生者と死者に告ぐ

ネレ・ノイハウス

ホーフハイム刑事警察署の管轄内で、犬の散歩中の女性が射殺された。ライフル銃で80メートルの距離から正確に頭部を狙撃されたのだ。翌日、森の縁に建つ邸宅のキッチンで、女性が窓の外から頭を撃たれて死亡。数日後には、若い男性が心臓を撃ち抜かれて殺害された。被害者たちはいずれも他人に恨まれるタイプではなく、動機に結びつくような共通点もわからない。そして警察署に“仕置き人”と名乗る謎の人物から死亡告知が届く。犯人の目的は？　被害者たちの見えない繋がりとは？　刑事オリヴァーとピアが未曾有の連続狙撃殺人事件に挑む！

登場人物

オリヴァー・
　フォン・ボーデンシュタイン……ホーフハイム刑事警察署首席警部
ピア・キルヒホフ……同、首席警部
ケム・アルトゥナイ……同、首席警部
カイ・オスターマン……同、上級警部
カトリーン・ファヒンガー……同、上級警部
クリスティアン・クレーガー……同、鑑識課課長、首席警部
ニコラ・エンゲル……同、署長、警視
ヘニング・キルヒホフ……法医学研究所所長。ピアの元夫
フレデリック・レマー……法医学者
アンドレアス・ネフ……州刑事局事件分析官、首席警部
クリストフ・ザンダー……オペル動物園園長、ピアの夫
カタリーナ（キム）・フライターク……司法精神医。ピアの妹
コージマ……オリヴァーの元妻

ガブリエラ・フォン・ロートキルヒ……伯爵夫人。コージマの母
ロザリー……シェフ。オリヴァーの長女
インカ・ハンゼン……獣医。オリヴァーの恋人
インゲボルク・ローレーダー……ニーダーヘーヒシュタットに住む女性
レナーテ・ローレーダー……花屋。インゲボルクの娘
マルガレーテ・ルードルフ……オーバーウルゼルに住む女性
ディーター・パウル・ルードルフ……外科医。マルガレーテの夫
カロリーネ・アルブレヒト……マルガレーテの娘
マクシミリアン・ゲールケ……音楽学校教師
フリッツ・ゲールケ……マクシミリアンの父
キルステン・シュタードラー……脳出血で死んだ女性
ディルク・シュタードラー……キルステンの夫
ヘレン・シュタードラー……キルステンの娘
エーリク・シュタードラー……会社経営者。キルステンの息子
ヨアヒム・ヴィンクラー……キルステンの父
リュディア・ヴィンクラー……キルステンの母

フランカ・フェルマン……………エーリクの部下
リス・ヴェニング……………………エーリクのパートナー
イェンス＝ウーヴェ・ハルティヒ……金細工職人
ヒュルメート・シュヴァルツァー……パン屋の店員
パトリック・シュヴァルツァー………ヒュルメートの夫
コンスタンティン・ファーベル………タウヌス・エコー紙の記者
マルク・トムゼン……………………遺族互助会HAMOの会長
ペーター・リーゲルホフ………………弁護士
ラルフ・ヘッセ………………………ダルムシュタットに住む男性
ベッティーナ・カスパール＝ヘッセ……ラルフの妻
ウルリヒ・ハウスマン…………………フランクフルト救急病院院長
ハンス・フルトヴェングラー…………腫瘍（しゅよう）・血液学者
ジーモン・ブルマイスター
アルトゥール・ヤニング……………フランクフルト救急病院の医師
ヴィヴィアン・シュテルン……………ヘレンの友人

生者と死者に告ぐ

ネレ・ノイハウス
酒寄進一訳

創元推理文庫

DIE LEBENDEN UND DIE TOTEN

by

Nele Neuhaus

Published in 2014 by Ullstein Verlag

This book is published in Japan by TOKYO SOGENSHA Co., Ltd.

Published by arrangement through Meike Marx Literary Agency, Japan

生者と死者に告ぐ

マティアスに捧ぐ。
永遠にそしていつまでも。

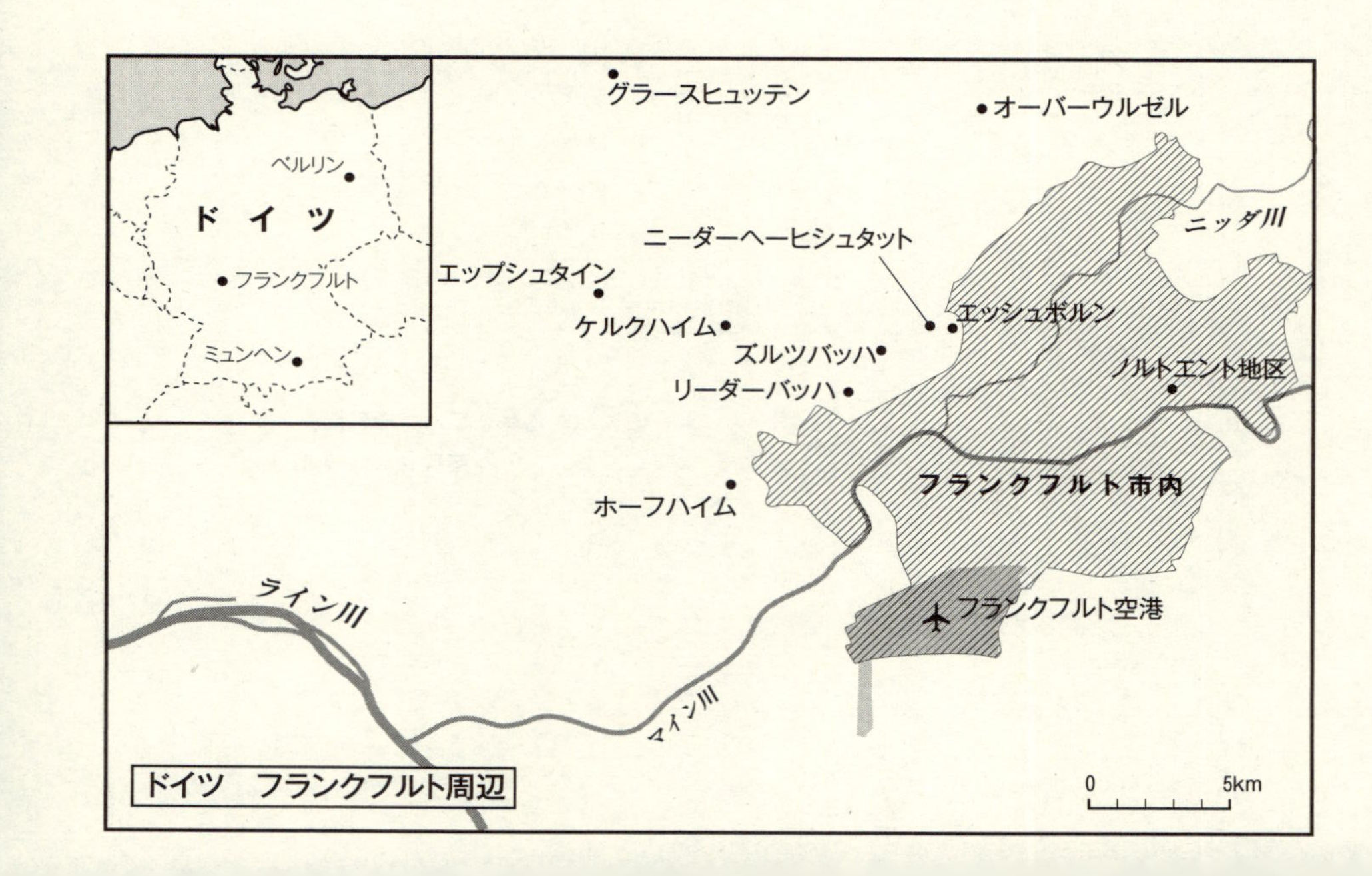
ドイツ　フランクフルト周辺
ベルリン
ドイツ
フランクフルト
ミュンヘン
グラースヒュッテン
オーバーウルゼル
ニッダ川
ニーダーヘーヒシュタット
エップシュタイン
エッシュボルン
ケルクハイム
ズルツバッハ
ノルトエント地区
リーダーバッハ
フランクフルト市内
ホーフハイム
フランクフルト空港
ライン川
マイン川
0
5km

二〇二二年十二月十九日（水曜日）

外気温摂氏三度。無風。雨の予報なし。条件は揃っている。

午前八時二十一分。

男は女が来るのを目視した。冬の夜明けのどんよりした薄明かりの中、ピンクの帽子が信号のように光っている。女はひとり。毎朝のことだ。並んで歩く犬。葉の落ちた藪のあいだから見え隠れするしなやかな黒い影。女の散歩道はいつも同じだ。ラーン通りを歩いてきて、児童公園を過ぎると、ヴェスターバッハ川にかかる木橋を渡り、右に曲がって小川沿いの舗装道路をすすむ。それから左に折れて学校へ向かう。学校は朝の散歩の折り返し地点だ。そこからエッシュボルンとニーダーヘーヒシュタットをつなぐ畑の中のデルン小路に戻り、一キロほど先で左に曲がってまた木橋を渡って帰宅する。

犬は児童公園のブランコの前にある緑地で排泄した。女は犬の排泄物を拾い、十字路のゴミ箱に袋を捨てる。二十メートルほど近くを通りすぎたのに、男に気づかなかった。潜んでいるところから観察していると、女は橋を渡った。橋は濡れていて黒々と光っていた。女はそのあと木立の向こうに消えた。これからおよそ三十分の待機だ。男は深緑色のレインコートの上に腹ばいになっている。必要とあれば、何時間でもそうしていられる。辛抱はもっとも得意とするところだ。夏には水がちょろちょろ流れるだけの小川のせせらぎが足下の方で聞こえる。二羽の鴉(からす)が男のまわりをうろちょろし、男を探るように見て、そのうち興味をなくした。サーモパンツを通して冷気がしみてくる。頭上の冬枯れしたナラの枝で、ハトが一羽鳴いている。若い女がひとり小川の向こう岸を歩いていた。軽やかな足取り。ヘッドホンで音楽でも聴いているのだろう。遠くから鉄道のガタゴトいう音と学校のベルが聞こえてきた。

灰色と黒と茶色ばかりのどんよりした冬景色の中にピンクの点が見えた。女が来た。男の鼓動が速くなった。ライフルスコープを覗いて呼吸を整え、右手の指を動かす。女は橋に通じる道に曲がった。犬は数メートルあとを歩いている。

男は引き金に指をかける。左右に目をやって様子を見る。他に人影はない。いるのは女だけだ。道がカーブしているところにさしかかった。顔の左半分が男の方を向いた。計画どおりだ。サプレッサーを装着すると、命中精度は落ちるが、八十メートルの距離なら問題ない。銃声を響かせたのでは、不必要に騒がれる恐れがある。男は息を吸って吐き、気持ちを落ち着けた。視界をせばめ、標的に狙いをつける。そっと引き金を引く。勝手知った衝撃が鎖骨に響く。一瞬遅れてレミントン・コアロクト弾が女の頭部を吹き飛ばした。女は声もださずにばたりと倒れた。命中。

はじきだされた薬莢(やっきょう)が湿った地面で湯気をあげた。男は薬莢を拾うと、ジャケットのポケットに入れた。寒い中ずっと横たわっていたため、膝(ひざ)がこわばっていた。手際よく銃を片づけ、スポーツバッグに収納すると、レインコートもたたんでスポーツバッグに押し込んだ。近くにだれもいないことを確かめて藪から出た。児童公園を横切り、ヴィーゼンバート方面に足を向ける。そちらに車を止めてあった。九時十三分、男は駐車場から車をだし、ハウプト通りを左折した。

同じ頃。

ピア・キルヒホフ首席警部は休暇中だ。先週の木曜日から二〇一三年一月十六日まで。まる五週間！　本格的な長期休暇はじつに四年ぶりだ。二〇〇九年、クリストフと彼女は中国を訪ねた。その後、短い旅行しかしていない。だが今回は地球の裏側まで行く。まずエクアドルへ飛び、そこから船でガラパゴス島へ。豪華クルーズの主催者に頼まれて、クリストフはよくガイドを務めている。ピアは今回はじめて同行する。彼の妻として。

ピアはベッドのへりにすわって金の指輪をしみじみ見つめた。クリストフが彼女の左手の指に指輪をはめたので、役場の職員は面食らった。心臓が左側にあるので、結婚指輪を左手にはめることにした、とピアは説明した。ただしこれは真実の半分でしかない。じつは別の理由があった。ヘニングとの結婚では右手の指に結婚指輪をはめた。それがドイツでは普通だからだ。ピアは決して迷信深くない。結婚の破綻となんの関係もないことは承知している。それでも不必要に運命に挑戦する気はなかった。それから、こちらが決定的な理由だが、がっしり握手をされたとき、指輪で指が潰れそうになるのに閉口していたのだ。

クリストフとピアは金曜日、ボロンガロ宮殿の庭園にしつらえた式場でひっそりと慎ましやかに結婚した。友人にも、家族にも告げず、結婚立会人もいなかった。旅行から戻ったら公表し、今度の夏、白樺農場（ビルケンホーフ）で盛大な披露宴をおこなう予定だ。

ピアは指輪から目を離し、ベッドに積みあげた着替えをなんとか二個のスーツケースに押し込もうとした。厚手のセーターとジャケットはいらないだろう。代わりに夏服がいる。Tシャツ。ショーツ。水着。楽しみだ。ピアは冬とクリスマスが苦手だ。その時期にクルーズ船のデッキで日光浴や読書をし、だらだらしていられるなんて。クリストフはガイドで忙しいだろうが、自由時間はある。夜中はふたりだけになれる。クルーズ船から両親や妹や兄（とくに兄と傲慢（ごうまん）なその妻）に葉書を送って、結婚したことを伝えるのもいいかもしれない。ヘニングと別れたことを知ったとき、兄の妻ジルヴィアが口にした嫌味がいまだに耳に残っている。「三十過ぎの女じゃ、また男に出会えるチャンスより雷に打たれる確率の方が高いわよ」たしかにピアは雷に打たれた。六年ほど前の六月の朝、オペル動物園の象の檻（おり）の中で。動物園園長クリストフ・ザンダーにはじめて出会い、恋に落ちた。いっしょに暮らしてかれこれ四年以上。だからごく普通に、生涯添い遂げようという結論に至った。

食卓に置いてきた携帯電話が鳴りだした。ピアは階段を駆けおり、キッチンに入って、まずだれからの電話か画面を確かめた。

「休暇中です」ピアはいった。「本当はもう家を出ているはずなんですけど」

「本当は、というのは微妙な言い方だな」オリヴァー・フォン・ボーデンシュタインがいった。彼はこういうちょっとした言葉に耳ざとい。「本当に申し訳ない。しかし困ってるんだ」

「といいますと?」

「死体が発見された。きみの家の近くだ。わたしはまだ火災現場にいて、ケムは休暇中、カトリーンは病欠。ちょっと足を運んで現場検証してくれないか。クレーガーたち鑑識チームはすでに現場に向かっている。こっちが済んだら、すぐに引き継ぐ」

ピアは頭の中でやらなくてはいけないことを反芻した。きっちりスケジュールを立て、三週間にわたる不在中の手配はすべて整っている。スーツケースに持ち物を詰めるのにあと三十分はかかる。だが電話をしてくるなんて、オリヴァーは本当ににっちもさっちもいかないようだ。
二、三時間なら協力してもいいだろう。
「わかりました。どこへ行けばいいんですか?」

「感謝する、ピア。恩に着る」オリヴァーがほっとしているのがわかった。「ニーダーヘーヒシュタットだ。ハウプト通りをシュタインバッハ方面へ向かってくれ。およそ八百メートル先の右側に農道がある。その道に入るんだ。すでに警官がいる」

「わかりました。じゃあ、あとで」ピアは通話を終えると、結婚指輪を抜いてキッチンの引き出しにしまった。

＊

毎度のことだが、遺体発見現場でなにが待ち受けているか、ピアには皆目見当がつかなかった。現場に向かうと連絡したとき、当直からはニーダーヘーヒシュタットで女性の遺体が発見されたとしか教えられなかった。舗装された農道に右折すると、パトカー数台と救急車が見えた。鑑識チームの青いフォルクスワーゲンバスと乗用車も止まっている。ピアは茂みの前の小さな草地に駐車し、後部座席からベージュのダウンジャケットを取って車から降りた。

「おはようございます、首席警部」立入禁止テープのそばにいた若い巡査がピアにいった。「この先です。右手の茂みの裏です」

「おはよう。ありがとう」ピアは教えられた道をすすんだ。広々した牧場にこんもりした茂みがある。ピアはそこをまわり込んで、鑑識課課長のクリスティアン・クレーガーと出会った。

「ピア！」クレーガーは驚いた。「ここでなにをしているんだ？　たしかきみは……」

「……休暇中」ピアは微笑みながらいった。「オリヴァーに頼まれちゃったのよ。ボスももうすぐ来る。そうしたら失礼するから。なにがあったの？」

「ひどいもんだ。女性が射殺された。頭部銃創。日中堂々の犯行だ。エッシュボルン警察署から一キロも離れていない」

「何時に発生したの？」ピアがたずねた。

「九時少し前。かなり正確だ」クレーガーはいった。「被害者がばたっと倒れるのを、自転車に乗っていた通行人が目撃した。目撃者は銃声を聞かなかった。法医学者の見立てでは、かなり離れたところから狙撃されたようだ」

「あら、ヘニングが来ているの？　彼の車を見なかったけど」

「いいや、幸運にも新人が来た。きみの元亭主は所長の椅子についてから、現場に来る時間がなくなったようだ」クレーガーはにやっとした。「まあ、こっちは一向に構わんがね」

クレーガーはヘニング・キルヒホフと犬猿の仲だ。ふたりとも自分の流儀にこだわり、口論が絶えない。この数年、関係者は耳にたこができるほどで、ふたりの口喧嘩はすでに伝説と化していた。

この夏、トーマス・クローンラーゲ教授が定年で職を辞すと、ヘニングが法医学研究所所長になった。大学は空席になったポストを公募する予定だったが、ヘニングが持つ法人類学の知見は余人をもって代えがたく、彼を失わないため、そのまま所長に昇格した。

「新人の名は？」ピアはたずねた。

「すまない。忘れた」クレーガーがささやいた。

遺体のそばにしゃがんでいた白いつなぎを着た男がフードを払って立ちあがった。もう若くはないようだが、禿げ頭で口髭を生やしているため、年齢はよくわからなかった。禿げ頭は実際よりも老けて見えるものだ。

「フレデリック・レマーです」法医学者は右手の手袋を脱いで、ピアに手を差しだした。「よろしく」

「こちらこそ」そう答えると、ピアはその男と握手した。「ホーフハイム刑事警察署の捜査十一課ピア・キルヒホフです」

遺体発見現場で世間話は場違いだ。ピアは簡単な自己紹介にとどめ、気を引きしめて遺体のそばに行った。ピンクのウールの帽子、被害者の白髪、灰色のアスファルト、茶色のぬかるみ、黒ずんだ血だまり。なんともいえないコントラストだ。

「『シンドラーのリスト』ね」ピアがささやいた。

「はあ?」ドクター・レマーは少し面食らった。

「リーアム・ニーソンとベン・キングズレーが共演した映画」

レマーはなにをいわんとしているか気づいてにやっとした。

「なるほど。たしかにそう見える。あの映画はモノクロなのに、少女のコートだけ赤かった」

「わたしは目の人間なんです。犯行現場の第一印象がいつも大事で」ピアは手袋をはめてしゃがんだ。レマーもしゃがんだ。捜査十一課に配属されてもう長い。ピアは距離を置くコツを覚えていた。さもなければ、こんなおぞましい遺体を目にして耐えられるわけがない。

「弾丸は左の側頭部に命中しています」レマーは死体頭部のきれいな射入口を指差した。「弾丸が貫通するとき、頭蓋骨の右半分を吹き飛ばしました。典型的な大口径拡張弾です。凶器はライフル銃で、かなり遠いところから発砲しています」

「このあたりでハンティングの事故はありえないから、狙撃したようだな」クレーガーが背後でいった。

ピアはうなずいて、遺体の顔を見つめた。六十歳から七十歳の女性だ。なぜ公道で射殺されたりしたんだろう。時と場所が悪かったのか、行きずりの犯行だろうか。

クレーガーの部下が数人、白いつなぎを着て金属探知機を持ち、茂みと草地で弾丸を捜している。写真を撮る者や、電子機器で弾丸が飛んできた方向を割りだそうとしている者もいる。

「被害者の身元は?」ピアは腰を上げてクレーガーを見た。

「鍵束以外なにも所持していない。財布も携帯電話もなかった。目撃者と話すかい？　救急車にいる」

「すぐにね」ピアはあたりを見まわして眉間にしわを寄せた。見渡すかぎりの畑と牧場。分厚い雲を通して射し込む冬の淡い日の光を浴びて、彼方にテレビ塔とフランクフルトの町並みが輝いている。およそ四十メートル離れたところを流れる小川に沿って木立がつづいている。落葉した枝の向こうに児童公園が見える。その先にはエッシュボルン市ニーダーヘーヒシュタット地区の住宅が数軒建っていて、街灯のある舗装道路が牧場や畑を抜けて延びている。公園に近いレクリエーションエリア。サイクリング、ジョギング、ウォーキングにもってこい……

「犬はどこ？」ピアは突然たずねた。

「犬？」クレーガーとレマーは驚いて聞き返した。

「これは犬のリードよ」ピアはかがんで、被害者の肩と上体に絡まった暗褐色のかなり傷んだ革のリードを指差した。「被害者は犬と散歩していた。車のキーを持っていなかったのなら、すぐ近くに住んでいるはず」

＊

「これから三週間のバカンス。うれしい」カロリーネ・アルブレヒトは息を吐き、足を伸ばした。両親の家の食卓にすわっていた。手元のカップには、お気に入りのバニラルイボスティーがいれてある。この数ヶ月でたまりにたまったストレスが発散されるのを感じていた。心穏やかな気持ちだ。「グレータとわたし、自宅でのんびり過ごすか、母さんのところに遊びにきて、クッキーを食べさせてもらう」

「いつでも歓迎よ」母親のマルガレーテ・ルードルフは老眼鏡の縁ごしに娘を見た。「でも、どこか太陽がいっぱいあるところに行くんじゃなかったの？」

「母さん、わたしは今年、カルステンよりも多く旅客機に乗ったと思う。彼はパイロットだっていうのに！」カロリーネはにやっとしてハーブティーをなめた。といっても、その明るさは作り物だ。

八年前、国際経営コンサルタント会社の執行役員になって企業再編と国際化を担当し、二年前、同社の社長になった。それ以来、ホテルと旅客機と空港のＶＩＰルームを行き来する生活がつづいている。彼女はこういう地位につけたごくすくない女性のひとりだ。収入は不道徳と思えるほど高額だ。ひとり娘のグレータは寄宿学校に入り、結婚は破綻し、友人たちとも疎遠になった。カロリーネはつねに仕事を最優先してきた。オール優で大学入学資格試験に合格したときからそういう意識を持っていた。ドイツとアメリカのエリート大学で経営学を専攻して、優秀な成績を収め、その後、スピード出世した。

ところが二、三ヶ月前から倦怠感と空虚感に襲われ、仕事に意味を見いだせなくなっている。これまでやってきたことは本当にそんなに大事なことだったのか。娘と過ごして、人生を楽しむことよりも重要なことだったのか。四十三歳になったというのに、本当の人生を営んでこなかった。この二十年、仕事の予定に追いまくられ、スーツケースが人生の供となり、自分にとってなんの意味もない、どうでもいい人間にばかり囲まれてきた。グレータはカルステンの新しい家族とうまくやっている。腹違いの弟、飼い犬、そして本当の母からは味わえない温もりを与えてくれる父親の新しい伴侶にすっかりなついている！　カロリーネが娘を失うのは時間の問題だ。自業自得ではある。娘の人生にいなくても支障のない人間になっているのだから。

「でも仕事は楽しいんでしょう？」

母親の声でカロリーネは我に返った。

「どうかしらね」そう答えると、彼女はカップをテーブルに置いた。「だから来年、サバティカル休暇を取るのよ。グレータといっしょの時間をもっと作ろうと思って。それから今住んでる家を売りにだすつもり」

「あら！」母親は眉を吊りあげた。あまり感心していないようだ。「どうして？」

「広すぎるもの」カロリーネは答えた。「グレータとわたしにはもっと小さくて、居心地のいい家が必要なのよ。ここみたいな」

カロリーネは今住んでいるような邸宅をずっと夢見ていた。洒落(しゃれ)ていて豪華で、存在感がある家。総床面積は四百平方メートル。快適さの極み。ところが、一度としてマイホームと感じられなかった。本音では、自分が育った両親の家のような居心地のいい、古風な家に焦がれていた。みしみしいう木の階段、高い天井、キッチンの市松模様のタイル、張り出し窓のある部屋、古い浴室。

「じゃあ、乾杯しましょうよ」母親がいった。「どう？」

「いいわね」カロリーネは微笑んだ。「冷蔵庫に冷えているお酒がある？」

「もちろん。しかもシャンパン」母親は目配せをした。

少ししてふたりは向かい合い、クリスマスと、人生を根本的に変えようというカロリーネの決断に乾杯した。

「あのね、母さん」カロリーネはいった。「わたしは無理をしすぎたみたい。みんなの期待に応えようと必死に頑張ってきた。規律と分別と采配の鬼で、ストレスが溜まるばっかりだった。本心からそうしたかったわけじゃない。そう期待されていたから」

「自由になれたのね」

「ええ。そうよ」カロリーネは母親の両手を握った。「呼吸ができるようになった。これからはぐっすり眠れる！　何年も水面下で生きてきた感じ。水面に顔をだして、世界がどんなに美しいか再認識した。仕事とお金がすべてじゃないのよね」

「そうね。本当にそう」母親は微笑んだ。だがその笑みは悲しげだった。「あなたのお父さんは絶対にそういう境地に至らないわね。定年になったら、どうなることやら」

カロリーネも考えたくなかった。

「そうだ、母さん、いっしょに買い物をしましょうよ。いっしょにクリスマスイヴの料理を作るの、昔みたいに」

母親は感動して微笑み、うなずいた。

「そうしましょう。明日の晩、グレータを連れてきて、クッキー作りを手伝って。クリスマスにたっぷり食べられるように」

＊

三十分後、オリヴァーが遺体発見現場にあらわれた。

「駆けつけてくれて助かったよ」オリヴァーはピアにいった。「あとはわたしがやる」

「どうせ今日は暇だからいいです」ピアは答えた。「なんならもう少し付き合います」

「それはありがたい」オリヴァーはにやっとした。この二年でボスはずいぶん変わった、とピアは思っていた。結婚生活につまずいてからぼろぼろだったが、今は復調して、昔の勘を取りもどしている。以前はピアの方が勘を働かせ、無鉄砲に動き、ボスは決まりを守り、ピアにブレーキをかけたものだが、最近は役割が逆転したのではないかと思うこともしばしばだ。

人生のどん底を体験し、生き延びた者は成熟し、性格が変わる。ピアはそんな言葉をどこかで読んだことがある。ボスはまさしくそんな感じだ。いや、ボスだけじゃない。ピアも変わった。人と人との関係では、現実から目を背け、万事うまくいっていると長いあいだ思い込んでしまう場合がある。だがいつか幻想はシャボン玉のようにはじけ飛び、立ち去るか、とどまるか、あるいはそのまま生きつづけるか、やり直すか、人生の選択を迫られる日が来る。

「目撃者とは話したか？」オリヴァーはたずねた。

「ええ」そう答えて、ピアはフードをかぶった。風が氷のように冷たい。「自転車でデルン小路を走っていたそうです。エッシュボルン市内とニーダーヘーヒシュタット地区をつなぐ道はそう呼ばれているんです。ちょうどあそこの電柱のところで、被害者がくずおれるのを見たといっています。心筋梗塞（しんきんこうそく）かなにかを起こしたと思い、自転車を漕いでそばへ行ったそうです。

銃声は聞こえなかったとのことです」

「遺体の身元は？」

「わかっていません。近くの住人でしょう。犬を連れていて、車のキーを持っていません」

遺体搬送車が到着したので、ふたりは道をあけた。

「弾丸を発見しました」ピアはつづけた。「かなり変形していますが、ライフル銃の弾丸に間違いありません。ドクター・レマーは拡張弾だといっています。ハンターがそういう銃弾を使用します。うちでも威嚇射撃のときに使いますよね。軍隊ではハーグ陸戦条約で使用が禁じられていますけど」

「全部ドクター・レマーの入れ知恵か？」オリヴァーは皮肉っぽくたずねた。「そもそもそいつはだれだい？」

「いいえ、前から知っていました」ピアはいくらかむっとして答えた。「ドクター・フレデリック・レマーは新任の法医学者です」

口笛が鳴った。ピアたちは振り返って、小川のそばで両腕を振っているクレーガーを見た。

「クリスティアンがなにか見つけましたね」ピアはいった。「行ってみましょう」

ふたりは木の橋を渡って、児童公園まで行った。小川の少し上流にブランコ、シーソー、ジャングルジム、すべり台、砂場、水遊び場などが広い空間に配置されている。

「こっちだ！」クレーガーが興奮して叫んだ。なにか発見したときはいつもそうだ。「犯人はこの茂みに伏せていた！　草が押しつぶされている。それからそこ……わかるか……二脚銃架の跡だ。少し地面をならしているが、間違いない」

ピアには、湿った草と落ち葉と地面しかわからなかった。

「犯人はここで被害者を待ち伏せていたというのか？」オリヴァーが確かめた。

「ああ。そうだ」クレーガーはうなずいた。「あの女を狙ったのか、標的はだれでもよかったかはわからない。だがひとつだけはっきりしていることがある。こいつは素人じゃない。ここで狙いをつけ、サプレッサーを使い、恐ろしい銃弾を……」

「拡張弾」そういって、オリヴァーはピアに目配せをした。

「それ、それ！　詳しいじゃないか」しゃべるのを邪魔されたことにむっとしながら、クレーガーはいった。「とにかく、犯人はここに伏せていた、ギリースーツのようなものを着て」

「ギリー……なんだって？」オリヴァーはたずねた。

「おい、なんだ知らないのか？　ギリースーツはハンターや狙撃兵が使う迷彩服だ。カムフラージュしてまわりに溶け込むための服さ。それはどうでもいい。ここに犯人は腹ばいになり、精度を上げるためライフル銃に二脚銃架を装着していた。あとのことは突き止めてくれ。よし、それじゃ遺体のところに戻る」

クレーガーはいきなり背を向けて、その場を離れた。

「ボスにからかわれたと思っているみたいですね」ピアはいった。

「ギリースーツなんて言葉、本当に知らなかった」オリヴァーが弁解した。「説明を聞いて、思いだしたがな。だけど、それまで本当に失念していた」

「つまり、忘れていたってことですね」

「しつこいな」

オリヴァーのiPhoneが鳴りだした。

「あっちはわたしがやります」ピアはどんどん集まってくる野次馬の方を顎でしゃくった。立入禁止テープと鑑識官くらいしか見えないのに、携帯電話を高く掲げて写真を撮っている者までいる。それ以外の者たちは、様子を見ながらさかんにしゃべっている。怖いもの見たさということだろう。人殺しに魅了される人間がいることに、いつも啞然とさせられる。

ピアはふたりの巡査のところへ行った。ふたりは数人の子どもをつれて児童公園に行こうとする母親を止めたところだ。

「毎週水曜日の午前中、ここに来るんです」母親のひとりが食ってかかった。「子どもたちはずっと楽しみにしていたんですよ！」

巡査は顔をしかめた。

「二、三時間待ってください。そうしたらまた公園を使えますから。今は立入禁止です」

「どうして？　橋がどうかした？　なんで通行禁止なの？」もうひとりの母親がたずねた。

「どうして小川を渡ることができないの？」

「プールの方にまわってください。あそこにも橋があります」巡査がいった。

「ひどい！」最初の母親がいきりたった。もうひとりも攻撃的になって、警察国家がどうの、移動の自由がどうのと文句をいった。

ピアは巡査にいった。「規制線を十字路と道路のところまで広げて。難しいようなら応援を呼んで」

がみがみいっていた母親がこの隙に、ベビーカーを押して立入禁止テープの下をくぐった。

「なにするの！」ピアは母親の前に立ちはだかった。「規制線の外に出てください」

「どうして？」母親はじろっとにらんで顎をつきだした。「子どもたちが砂場で遊ぶくらいいいじゃない」

「捜査の妨害になります」ピアは冷静に答えた。「どうか出ていってください」

「ドイツでは移動の自由が認められているのよ！ あなたがやったことを見てみなさいよ！警察が公園にいくのを邪魔するから、子どもたちがおどおどしている！ わからないの？」

子どもがおどおどしているのは立入禁止テープではなく、あんたが大騒ぎするせいだといってやりたかったが、時間がもったいないし、意味がない。

「いいかげんにしてください」ピアは力を込めていった。「規制線の外に出ていただきます。さもないと、捜査妨害になりますよ。あなたの住所氏名を記録し、書類送検することになります。子どもにそんなところを見せたくないのではありませんか？」

「水曜日にいつもわざわざクローンベルクから来るのに、こんな目にあうなんて！」ふたりの母親がピアに食ってかかった。ピアが相手にしなかったので、結局大きな声で文句をいいながら去っていった。「訴えてやるんだから！ 夫は内務省で重要な地位にいるのよ！」

そこまでいわないと気が済まないらしい。ピアは放っておき、夫をあわれんだ。

「あきれますね」巡査はピアの隣で首を横に振りながらいった。「最近とみにひどいです。みんな、権利ばかり主張して、配慮は死語になりました」

オリヴァーが少し離れたところで待っていた。ピアは野次馬への対処は巡査に任せて、ボスのところへ行った。ふたりは児童公園を横切った。濡れた芝生が靴に踏まれて音をたてた。

「ベルを片端から押して、犬を連れた白髪の女性を知らないかたずねる」オリヴァーはいった。

「だれか家にいればいいがな。住人がこぞって現場を見にきていたら最悪だ」

建ち並ぶテラスハウスの一番手前の家からはじめた。オリヴァーがベルを押す前に、ピアが暗褐色のラブラドールに気づいた。道路の反対側に駐車している二台の車のあいだに怯えたようにうずくまっている。

「死んだ人の犬ですね。捕まえられるかやってみます」

ピアはゆっくり犬のところへ行くと、しゃがんで手を差し伸べた。灰色の鼻を見るかぎり、犬はもう若くない。そして人見知りをした。飛びあがると、車の向こうの藪に入り込み、隣の通りの方へ姿を消した。オリヴァーとピアはあとを追ったが、通りの角を曲がったときにはすでに犬の姿はなかった。

「ベルを押してみる」そういうと、オリヴァーは最初の家の庭木戸を開けた。不在だった。二軒目も反応がない。三軒目でやっとうまくいった。

玄関ドアが少し開いて、初老の女がチェーンをかけたドアの隙間から外をうかがった。

「なんでしょうか？」

「刑事警察の者です」宗教の勧誘や押し売りと間違われることがよくある。ピアはすぐに警察証を呈示した。家の奥から男の声がして、女が振り返った。

「警察！」女はいったんドアを閉めてからチェーンをはずし、大きくひらいた。

「このあたりで年取ったラブラドールを飼っている人はいませんか？」ピアはたずねた。

女の後ろからカーディガンを着て、室内履きをはいた白髪の男があらわれた。

「レナーテのところのトプシですね」女はいった。「どうしてそんなことを知りたがるんですか？　なにかあったんですか？」

「レナーテさんの姓と住所をご存じないですか？」オリヴァーは女の質問には答えずたずねた。

「それは知ってますよ。ローレーダーです」女が答えた。「トプシが事故にあったのではありませんよね。そんなことになったら、レナーテは心臓が止まってしまいます！」

「住所は四四番地だ」男がいった。「この先だよ。前庭に白いベンチがある黄色い家だ」

「もともと旦那さんの家でしたけどね」女がささやくような声でいった。目がきらっと光った。「でも七年前のクリスマスの三日前に、旦那さんが出ていってしまってね、そのあと自分の母親を引き取ったんですよ」

「そんなこと、警察は興味ないさ」夫が噂好きらしい妻に注意した。「ローレーダーはウンターオルト通りで花屋をやってる。だけどインゲボルクは家じゃないかな。普段なら、この時間は犬と散歩している」

「ありがとうございます」オリヴァーはていねいにいった。「助かりました。できればこのことで花屋に電話をかけないでいただけますか」

「もちろんです」女は少しがっかりしていた。「レナーテとはそんなに親しくないので」

オリヴァーとピアは別れを告げ、通りをすすんだ。四四番地はテラスハウスの最後の一棟だった。黄色い家で、他のテラスハウスより前に突きでている。明るい色の木製のカーポートに、古いがよく手入れしたオペル車が止めてあり、小さな前庭はていねいに冬支度してあった。植物の中には麻袋で雪囲いをしてあるものもある。植え込みにはクリスマスツリーのガラス玉がつるしてあり、セイヨウツゲはイルミネーションで飾られていた。モミのリースをかけた玄関ドアの前でトプシがふるえながら、だれかがドアを開けてくれるのを待っていた。

＊

店に入ると、呼び鈴が鳴り、湿った暖かい空気と、花やモミのあふれんばかりの匂いに包まれた。ショーウィンドウには古風な書体で、〝ローレーダー生花店　創業五十年〟と書かれていた。

結露したショーウィンドウの奥の店は人や花、陳列棚や籠（かご）にディスプレイされた小物であふれかえっていた。長いカウンターでは女性が三人、花束作りをしている。

花屋のにおいで葬儀場を連想したオリヴァーは、きびすを返したくなる気持ちを抑えた。庭や牧草地の花は美しいが、花瓶に挿した生花は好きになれない。気持ち悪く感じるほどだ。

オリヴァーが客の列を無視して前に出ると、次が自分の番の、小さなポインセチアを持つ老婆に叱責（しっせき）された。

「だめじゃない、お若いの」老婆はふるえる声でそういうと、歩行補助具でドンとオリヴァーを突いた。

「若いといってくれてありがとう」オリヴァーはそっけなく答えた。最近老けたと感じていたからだ。家族の死を伝える役目は刑事歴がいくら長くてもたやすくない。はじめてのときと変わらなかった。

「あたしは九十六だよ！」老婆は胸を張っていった。「あたしと比べたら、あんたなんてまだまだひよっ子さ！」

「では先にどうぞ」オリヴァーは一歩さがって、ポインセチアが包まれ、会計が済むのをじっと待った。店を見てまわっていたピアもそこに並んだ。

「なにをお求めですか？」若い金髪の女がにこやかに彼を見た。女は濃い目のアイメイクをして、花と水を扱う仕事のせいか、手が荒れていた。

「こんにちは。ホーフハイム刑事警察署のボーデンシュタインです。こちらは同僚のピア・キルヒホフ。レナーテ・ローレーダーさんと話がしたいのですが」

「わたしです。なんの用でしょうか？」笑みが消えた。当分笑うことはないだろう、とオリヴァーは思った。

店の呼び鈴が鳴って、新しい客が入ってきた。だがローレーダーはあいさつせず、じっとオリヴァーの顔を見ていた。人生を一変させる不吉な知らせを受け取るのだとすでに予感しているようだ。

「なにか……あったんですか?」ローレーダーはささやいた。

「どこか別のところで話せませんか?」オリヴァーがいった。

「ええ……いいですけど。こちらへどうぞ」ローレーダーはカウンターの端にある細い木のスイングドアを押し開けた。オリヴァーとピアはそのドアを抜け、ローレーダーについて廊下の奥の救いようもないほどごみごみした小さなオフィスに入った。

「悪い知らせをお伝えしなければならないようです」オリヴァーがそう切りだした。「今朝の九時頃、エッシュボルンとニーダーヘーヒシュタットのあいだの畑で女性の遺体が発見されました。白髪で、オリーブ色のジャケットとピンクの帽子……」

ローレーダーは顔面蒼白になった。信じられないという表情だ。なにもいえず、腕をだらんとたらしたまま立ちつくし、こぶしを握り、またひらいた。

「その女性はリードを持っていました」オリヴァーはつづけた。

ローレーダーは一歩あとずさり、椅子に腰を落とした。信じられないという気持ちに拒絶反応がつづいた。ありえない。なにかの間違いだ、と。

「母はトプシと散歩したあと、店の手伝いをしてくれることになっていました。クリスマス前はいつも忙しいんです。なかなかあらわれないので電話をかけようと思っていたところでした。でもぜんぜん手があかなくて」消え入りそうな声だった。「母はピンクの毛糸の帽子をかぶっています。三年前、わたしがクリスマスに同じ色のマフラーといっしょにプレゼントしたものです。犬の散歩をするときはいつも古くなったバブアーのジャケットを着ています。見た目が悪くて、臭くて……」

目に涙があふれた。事実を受け入れると同時に心に衝撃を受けたのだ。

オリヴァーとピアはちらっと顔を見合わせた。ピンクの帽子、ラブラドール、オリーブ色のジャケット。被害者はインゲボルク・ローレーダーに間違いない。

「なにがあったんですか？　まさか……心筋梗塞？」そうささやくと、ローレーダーはまたオリヴァーを見た。涙が頬を伝った。黒いアイライナーとマスカラが溶けてまざった。「母のところに行かなくては！　顔を見ないと！」

ローレーダーが突然跳ねあがって、携帯電話と車のキーを机から取り、ドアの横の洋服掛けにかけてあった上着をつかんだ。

「ローレーダーさん、待ってください」オリヴァーはふるえる彼女の肩をやさしくつかんだ。

「まず自宅に戻りましょう。お母さんに会うことはできません」

「なぜですか？　死んでいないかもしれないでしょう……ただ意識を失っただけとか……昏睡状態とか！」

「お気の毒です、ローレーダーさん。お母さんは射殺されたのです」

「射殺？　母が射殺された？」ローレーダーは呆然としてささやいた。「そんな馬鹿な！　だれがそんなことをするんですか？　母は人が困っているところを見ていられない、世界で一番やさしい人なんですよ！」

ローレーダーはぐらっと揺れてしゃがみ込んだ。オリヴァーは彼女が気を失う前に、手を貸してなんとか椅子にすわらせた。ローレーダーは彼を見つめ、絶望してすさまじい悲鳴をあげた。そのあと何時間も、その悲鳴がオリヴァーの耳に残った。

＊

捜査十一課の会議室に集まった面々は多くなかった。オリヴァーとピアは楕円形の机の一方にすわり、ニコラ・エンゲル署長が上座につき、カイ・オスターマンはだれにも風邪をうつすまいとして、署長の対面に腰かけた。彼はたえず洟をかみ、咳をした。あわれな状態だ。窓の外はすでに暗くなっていた。オリヴァーは報告を終えて口をつぐんだ。

「公開捜査に踏み切った方がいいわね」エンゲル署長が声にだして考えた。「犯人を見た人がいるかもしれない。目撃証言が得られれば、時間の節約になるでしょう」

「それがいいと思う。しかし今のところ人員が足りない」オリヴァーは異議を唱えた。「ピアは本当をいうとバカンス中で、今日だけ協力してくれた。電話の受付にも人を割くとなると、捜査にあたるのは実質わたしひとりになる」

「じゃあ、どうしたいの？」署長は脱毛して細くした眉を吊りあげた。

「インゲボルク・ローレーダーがターゲットだったのか、行きずりの被害者だったのかもまだわかっていない」オリヴァーは答えた。「公開捜査をする前に、彼女の知人を洗ってみた方がいい。被害者の娘や花屋の店員や隣人に聞いたかぎりでは、被害者はみんなから愛されていたらしい。敵はいなかった。個人的な動機は今のところ見つかっていない」

「ヴェーラ・カルテンゼーの事件（既刊『深い疵』）を思いだして。あのときもそうだった」ピアが口をはさんだ。「あの人もみんなから愛され、尊敬されていて、疑う余地はなかった」

「同じに考えるのは無理だ」オリヴァーは言い返した。

「なぜです？　人間、七十歳にもなれば、いろいろなことが起きているはずです」

「被害者について調べましょう」カイがかすれた声でいった。

「それは当然だ」オリヴァーはうなずいた。「銃弾の鑑定で凶器についてなにかわかるかもしれない」

「いいでしょう」署長は腰を上げた。「報告を怠らないように、オリヴァー」

「わかっている」

「では頑張ってちょうだい」署長はドア口まで行って、もう一度振り返った。「そうそう、今日はありがとう、キルヒホフ。すてきなバカンスになることを祈っているわ。メリー・クリスマス」

「メリー・クリスマス。ありがとう」

カイは椅子を引いて、咳をしながらおぼつかない足取りで自分の部屋に向かった。ピアもあとにつづいた。彼のデスクには、薬と紅茶の入った魔法瓶とティッシュの箱が置いてあった。

「こんなひどい風邪は久しぶりだ」カイはため息をついた。「殺人事件が起きなければ、休みを取りたかった。帰った方がいい、ピア。うつったら、せっかくのクルージングが台無しだ」

「ねえ、カイ、あなたをひとり残していくなんてできない」

「なにをいってるんだ」カイはくしゃみをして、洟をかんだ。「自分だったら、バカンスの予約を入れているのに寝込むなんて絶対にお断りだ」

「ありがとう。いい人ね」ピアは小さな革のリュックサックを肩にかけてにこっとした。「それじゃお大事に。メリー・クリスマス！」

「赤道直下の太陽によろしく！」カイは手を振って、またくしゃみをした。「さっさと行くんだ！」

二〇一二年十二月二十日（木曜日）

オリヴァーは眠れなかった。三十分ほど寝返りを打ってから、起きることにした。隣で熟睡し、かすかに寝息をたてているインカを起こしたくなかったからだ。照明をつけずにベッドルームから出ると、寝巻の上からフリースのジャケットを着て、階段を下りた。キッチンに入ると、自分へのクリスマスプレゼントとして買った新品の半自動コーヒーメーカーの電源を入れ、カップを抽出口の下に置いた。

捜査十一課はふたりが病欠、ケム・アルトゥナイとピアは休暇中。殺人事件は簡単には解決しそうにない。同僚のあいだでインフルエンザが猖獗を極めている。だから署内で応援は期待できない。

ミルが音をたて、コーヒーがカップに注がれて、いいにおいが広がった。オリヴァーは裸足のまま子羊革のハーフブーツをはいてバルコニーに出た。コーヒーをひと口飲んだ。こんなうまいコーヒーははじめてだ。大きく伸びた庇の下に置いた人工ラタンのカウチに腰かけて、肘掛け椅子にたたんで置いてあった毛布にくるまった。空気は凍えそうなほど冷たいが、着陸態勢に入った旅客機のポジションライトが肉眼で見えるほど澄んでいた。フランクフルトからヘーヒスト産業パーク、フランクフルト空港へとつづくライン＝マイン平野の眺めには日中も夜間も、また夏も冬も目を奪われる。オリヴァーはこのバルコニーにすわってぼんやりと遠くを眺めるのが気に入っている。ケルクハイム市ルッペルツハイン地区に建つこのテラスハウスの片方を購入してよかった。一瞬たりとも後悔したことはない。四年前にコージマと別れてからぼろぼろだった日常をようやく取りもどせた。あの混乱に満ちた時期に唯一つづけたのは仕事くらいのものだ。それもピアに何度も助けられたおかげだ。集中を切らして、幾度もミスを犯した。今でも思いだすと赤面してしまう。だがピアはなにもいわなかった。暴露すれば捜査十一課課長の席を奪えたものを。彼女は間違いなくこれまでで最高の相棒だ。老女射殺事件の捜査でピアがいないかと思うと、正直不安だ。そのとき引き戸が開いた。オリヴァーはそちらに顔を向けた。長女のロザリーがそこにいたので驚いた。

「こんなに早くどうしたんだ？」

「眠れないの」ロザリーがいった。「頭が冴えちゃって」

「こっちへ来なさい」オリヴァーは少し横に詰めた。ロザリーが隣にすわった。父と娘はしばらくのあいだ黙って風景を眺め、初冬の朝の静寂を楽しんだ。ロザリーは迷っている。そのことがわかったが、オリヴァーは娘が自分からしゃべるまで待つことにした。二十四歳でニューヨーク一のホテルの副料理長になるという決断には勇気がいる。子どものときからちょっとした生活の変化にも腹痛を訴えたロザリーであれば、尚更だ。彼女は去年、コックのマイスター試験をその年最高の成績で合格し、師匠であるスターシェフのジャン＝イヴ・サン＝クレアから、外国でさらに経験を積むようにいわれたのだ。

「二週間以上、家を離れたことがないのに」ロザリーが小声でいった。「ひとり暮らしもしたことがない。いつも母さんか父さんがいた。なのにいきなりニューヨークだなんて！」

「遅かれ早かれ子どもは巣立つものさ」そう答えると、オリヴァーは娘の肩に腕をまわした。ロザリーは膝を抱え、毛布にくるまってオリヴァーにくっついた。「多くの若者が大学進学を機に親の家を出る。だがしばらくのあいだは親から資金的援助を受ける。おまえはもうとっくに自活している。それにおまえは家事の手伝いをちっともしない。いなくなっても、わたしは困らないさ！」

「わたしはさみしくなると思う、父さん。ここのなにもかもがなつかしくなって。わたしは都会人じゃないわ」ロザリーはオリヴァーの肩に頭を乗せた。「ホームシックにかかったらどうしよう？」

「第一に、ホームシックにかかる余裕なんてない。それでもホームシックになったら、会いたい人とスカイプで話をすればいい。休みがもらえたら、ロングアイランドやバークシャーヒルズに出かけたらいい。ニューヨークのすぐそばだ。それに母さんがたまに顔を見せるだろう」

「まあ、そうね」ロザリーはため息をついた。「ニューヨークで仕事をして、新しい人たちと知り合いになれるのが楽しみではある。それでも不安が消えないの」

「そういうものさ」オリヴァーは答えた。「おまえがコックの修業をはじめたとき、ただの反抗心で、すぐに投げだすだろうと思った。しかし頑張り抜き、すばらしいコックになった」

「何度もやめようと思った」ロザリーが白状した。「友だちとパーティやコンサートやクラブにも行けなかったからね。でもなんていうか……友だちはみんな無計画だった。夢の職業を見つけたのは結局、わたしだけ」

オリヴァーは闇の中で微笑んだ。ロザリーは本当に父親似だ。故郷を愛し、家族を大事に思う点だけではない。責任を引き受け、大事なことのために他のことを犠牲にする。だが父親にないものを母親から受け継いでもいた。脚光を浴びたいという名誉欲だ。

「そこが大事なところさ。好きだと思えなければ、成功を収め、仕事に満足することはできない」オリヴァーはいった。「おまえは正しい決断をしたと確信している。アメリカでの体験がいろんな意味でおまえを大きくするだろう」

オリヴァーはロザリーの額(ひたい)に頬を当てた。

「嵐にもまれ、静かな港が欲しくなったら、いつでもここに帰ってくればいい」オリヴァーは小声でいった。

「ありがとう、父さん」ロザリーはあくびをした。「少し気が晴れた。ちょっと眠るね」

ロザリーは腰を上げ、オリヴァーの頬にキスをして家に入った。

子どもはいつか大人になる。オリヴァーは少しさびしかった。時間が経つのが早い！　ローレンツとロザリーはもう大人だ。ゾフィアは少し前に六歳になった！　あと十八年で今のロザリーと同じ歳になる。そしてオリヴァーは七十歳！　人生を振り返って満足するだろうか。一年半ほど前、ニコラ・エンゲルが停職処分になったとき、しばらく署長を代行した。あのときそのまま署長の座につかないかと打診されたが、断った。デスクワークが増えるばかりで、政治屋になってしまう。オリヴァーは捜査官でいたかった。デスクワークは性に合わない。それからしばらくして、署長就任を断ったせいで、ピアの出世の機会を奪ったことに気づいた。首席警部になって一年半、ピアは捜査十一課を率いる手腕を示した。だがオリヴァーがその職にあるかぎり、彼女はその一員に甘んじるほかない。このままでいいのだろうか。ピアはキャリアを上げるために職場を替える判断をしないだろうか。オリヴァーは冷めたコーヒーを飲み干した。解明しなければならない殺人事件に考えを戻した。ピア不在のまま捜査するのがどういうことか、これから数日で実感することになるだろう。

＊

ピアもその夜、ボスと似たような理由でほとんど眠りにつけなかった。殺人事件のことがどうしても頭から離れない。仕事を終えて帰宅したら、気持ちを完全に切り替えるという同僚がいるが、ピアにはなかなかできなかった。いつしか起き上がり、つま先立ちで階段を下り、服を着た。二匹の犬があくびをして居間にある籠（かご）からはいだし、喜んでというより義務感からいっしょに外の冷気の中に出た。ピアは馬房で眠っている二頭の馬の様子を見てから厩舎（きゅうしゃ）の前のベンチに腰かけた。

第一印象として、インゲボルク・ローレーダーは心優しい老婦人だったようだ。家族経営の花屋に生涯を捧げ、地元の人々に愛された。聞き込みをした隣人にも、ショックを受けている花屋の従業員にも、インゲボルク・ローレーダーの頭に弾丸を撃ち込む理由を持つ者がいるなど想像もつかなかった。人違いかもしれない。あるいはやはり偶然そこを通って狙撃の被害者になっただけかもしれない。もちろんそっちの方が深刻だ。ドイツで起きる殺人事件のおよそ七十パーセントは、犯人と被害者のつながりが原因だ。犯人は被害者に近い人物であることが多い。たいていの場合、嫉妬や憎悪といった激しい感情や、他の犯罪行為が発覚するかもしれないという不安が動機になる。適当に犠牲者を選ぶ無差別殺人はきわめて稀で、解決が困難だ。犯人と被害者のつながりがない場合、目撃証言やDNA型鑑定などに頼るほかない。つまり偶然が頼りなのだ。ピアは最近、銃による暴力犯罪に関するセミナーに参加したばかりだ。ドイツでの殺人事件で銃が使われる割合が低いことに驚かされた。たったの十四パーセント。

ピアは寒気を覚えた。小さな馬場の向こうの高速道路はまだ交通量がすくなく、ときおりヘッドライトの光が通過するだけだ。だが二時間もすれば、様変わりする。ピアは二匹の犬に視線を落とした。ぶるぶるふるえながら目の前にうずくまり、籠から出たのを後悔しているようだ。

「さあ、家に入りましょう」ピアは立ちあがった。二匹の犬は彼女の前を歩き、ピアがドアを開けると、すかさず家に入った。ピアはジャケットとブーツを脱いで、二階に上がり、ベッドにもぐり込んだ。

「うわあ、すっかり冷え切ってるじゃないか」ぬくぬくと眠っていたクリストフは、くっついてきたピアにいった。

「ちょっと外に出てたの」ピアはささやいた。

「何時だい？」

「五時二十分」

「どうしたんだ？」クリストフはピアの方を向いて腕を取った。

「昨日の遺体のことが頭から離れなくて」

ピアは昨日の夜、休暇中なのに仕事に出た事情をクリストフに説明した。彼はそういうことに物わかりがいい。オペル動物園の園長である彼は、やはり自分の仕事に情熱を傾けている。いざというときには週末も休暇も返上する。

「人のいいおばあさんだったらしくて、みんなから愛されていた」ピアはつづけた。「犯人はサプレッサー付きの銃を使用していた」

「ということは？」クリストフはあくびを堪えながらいった。

「まだ初動捜査の段階だけど、行きずりの被害者だった気がする。つまり犯人は適当に標的を選んで狙撃した可能性がある」

「同僚が病欠だったり、休暇中なものだから心配なんだな」

「そうなの」ピアはうなずいた。「ケムとカトリーンがいてくれれば、心置きなくバカンスに

「きみがここに残っても、わたしは平気だ。もともとバカンスというよりも仕事だし……」

「ひとりで新婚旅行をさせるわけにいかないわ！」

「新婚旅行はあとでもできる。後ろ髪を引かれていたら、休養にならないぞ」

「わたしがいなくても大丈夫よ」そうはいっても、ピアは確信が持てなかった。「もしかしたら今日のうちに解決するかも」

「よく考えるんだ」クリストフは彼女を引き寄せた。彼の体の温もりが心穏やかにしてくれた。ピアは眠気に襲われた。

「そうね。そうする」といって、寝息を立てた。

＊

男は新聞をめくってすべての紙面をなめるように読んだ。なにものっていない。エッシュボルンでの殺人事件に関する記事は一切なかった。インターネットにも情報が上がっていない。ニュースもなければ、警察による記者会見もなかった。どうやら警察は、事件を公にしない方針のようだ。これは好都合だ。二、三日すれば、状況が変わる。だが、それまで世間に知られずにいるのは助かる。これで自由に動ける。

男は自分の作戦に満足していた。すべてが計画どおりだった。エッシュボルンの駐車場で、子ども連れの母親が数人歩きまわっていたが、だれもこちらを気にしなかった。なにごともなくライフル銃を入れたスポーツバッグを車のトランクにしまい、走り去ることができた。
iPadに天気予報のサイトをだした。この数ヶ月、日課になっている。天候が成功のカギを握るからだ。

「まずいな」

向こう三日間の天気予報によると、明日から天気が崩れるらしい。男は眉間にしわを寄せた。金曜の夜から雪が激しく降り、気温が下がるという。

雪はまずい。痕跡が残ってしまう。どうする？　今回はあらゆる危険を排除するべく考え抜いた。条件が揃うことが計画成功の前提だ。行き当たりばったりが一番よくない。だが雪のせいで計画に齟齬が生じそうだ。しばらくのあいだ机に向かって思案に暮れ、計画の細部をすべて反芻した。やはりだめだ。雪は危険だ。計画を変更するほかない。ただちに決行するのだ。

*

「おい、カイ、もうベッドで寝ろ」オリヴァーは捜査十一課の会議室で、最後に残った同僚を見るなりいった。

「ベッドで寝るのは死ぬときですよ」カイは手を横に振った。「見た目よりずっと具合がいいんです」

カイはにやっとして咳き込んだ。オリヴァーは疑わしそうに彼を見た。

「見捨てず手伝ってくれて感謝する」そういうと、オリヴァーは会議机に向かってすわった。

「弾丸に関する報告書が数分前に届いています」カイは鼻声でいうと、ボスに書類を渡した。

「弾丸径は〇・三〇八。あいにく広く使われているものです。軍、ハンター、射撃競技、われわれ警察でも使用しています。銃弾メーカーはどこもこの口径を製品リストに入れています。しかも弾頭の形状がいろいろあります」

暖房機がフル回転していた。オリヴァーはすでに汗がにじんでいた。だがセーターの上にダウンベストを着込み、マフラーを巻いているカイは、少しも暑さを感じていないようだった。

「弾丸はレミントン・コアロクト十一・七グラム。これも狩猟市場では世界で一番多く売られているセンターファイア式です。犯行に使われた銃は今のところ不明です」

「つまり手がかりはないということか」オリヴァーは上着を脱いで、椅子にかけた。「鑑識から新しい情報は？」

「いいえ、ないです。およそ八十メートル離れたところから狙撃されました」カイは咳き込み、のど飴を口にいれて、ささやくような声でつづけた。「訓練した射手なら問題ない距離です。犯行現場と狙撃現場には、二脚銃架の痕跡を消した跡以外、手がかりはまったくありません。薬莢は犯人が持っていったに違いありません。聞き込みをした結果、この数日おかしなことはなにもなかったようです。インゲボルク・ローレーダーの様子もいつもと変わらず、危険を感じている形跡はなかったとのことです」

凶器となった弾丸以外なにもわからないとは情けない。まったくもって気に入らないが、エンゲル署長が他の捜査課に応援要請をしないかぎり手も足も出ない。

「これじゃあ、もう……？」

そのときドアが開いた。カイが目を丸くした。

「おはよう」

背中で聞こえたピアの声に驚いて、オリヴァーは振り返った。

「ここでなにをしてるんだ?」

「お邪魔かしら?」ピアはオリヴァーからカイに視線を向けた。

「いや、そんなことはない!」オリヴァーは急いでいった。「こっちにすわってくれ」

「明日出発だろう。他にやることはないのか?」カイが鼻声でささやいた。

「平気よ」ピアは上着を脱いですわると、にやっとした。「旅行の準備は全部済んだ。だから三週間太陽を浴びる前にちょっと手伝おうかなと思って」

オリヴァーがセーターを脱いで、さっき話し合ったことをピアに伝えるあいだ、カイは顔をしかめていた。

「手がかりがすくないわね」ピアはいった。「銃弾がいつどこで買われたのか特定できないってこと?」

「ああ」カイは首を横に振った。「世界じゅうの銃砲店とハンター向けカタログにある。あいにく」

「それに動機がわからない」オリヴァーはいった。「ただ人殺しが目的のスナイパーという可能性もある」

「あるいはインゲボルク・ローレーダーに、だれも知らない暗い過去があるかも」ピアは答えた。「被害者の交友関係と過去を詳しく洗うべきね」

「いいだろう」オリヴァーはうなずいて立ちあがった。「レナーテ・ローレーダーを訪ねてみよう。そのあと法医学研究所だ。解剖は午前十一時半におこなわれる」

＊

レナーテ・ローレーダーの状態は昨日とほとんど変わらなかった。泣きはらした目で食卓につき、左手でハンカチを握り、足下にいるメスのラブラドールを右手でなでていた。昨日はアップにしていた金髪を肩に流し、顔はすっぴんだ。

「なぜ新聞にはなにものっていないのですか？」ローレーダーはオリヴァーのあいさつに応えず、非難がましくたずね、ひらいた日刊新聞を指で叩いた。「ラジオでも、なにもいっていませんでした。どういうことですか？　ちゃんと捜査してるんですか？」

殺された被害者の遺族を訪ねるのはいつだって楽ではない。オリヴァーは捜査十一課での二十五年間でありとあらゆる反応を体験してきた。遺族のほとんどはそのうち比較的普通の生活を取りもどすが、最初の数日はショックを受け、混乱し、なにも手がつかなくなる。オリヴァーたちは避雷針代わりになるしかない。オリヴァーは何を言われても動じなくなっていた。

「公開捜査をするには早すぎるからです。一般市民に捜査協力を求めるにしても、情報が足りません。それに葬儀の際に騒がれるのも本意ではないでしょう」

ローレーダーは肩をすくめ、スマートフォンを見た。数秒おきに着信音が鳴っていた。

「そうですね」彼女はささやいた。「店に出ることもできません！　みんな、気の毒に思ってくれているようですけど、わたし……お悔やみの言葉を聞かされるのに耐えられません」

オリヴァーはキッチンをちらっと見て、花屋で働く娘の代わりに、家事は母親が一手に引き受けていたなと思った。たった二十四時間で母親がいなくなったことがわかる。テーブルには朝食の残りがそのままになっている。パンくずがのった皿、蓋が開けっぱなしのジャムの瓶にはスプーンを入れたままだ。受け皿には使ったティーバッグがのっている。流し台には、汚れた皿と焦げついた鍋が積んであった。

「こんなときにお邪魔して本当に申し訳ないです」ピアがいった。「お母さんについてもっと知りたいのです。お母さんの出身はどちらですか？　エッシュボルンにはいつから……？」

「ニーダーヘーヒシュタットです」ローレーダーはそう訂正して洟をかみ、スマートフォンの画面に視線を向けた。

「……ニーダーヘーヒシュタット？　お母さんには敵がいましたか？　あるいは家族の中でなにか問題を抱えていましたか？　最近変わったことはありませんでしたか？　緊張していたとか、危険を感じていたとか」

「まさかだれかが本当に母を狙って撃ったというんですか！」もはや喧嘩腰だった。「母には敵などいません。はっきりいったでしょう！　母を嫌っている人はひとりもいませんでした。六〇年代はじめにゾッセンハイムからここに移ってきて、父といっしょに花屋と造園業を営んできました。平和に幸せに暮らしてきたんです。五十年以上！」

ローレーダーはさっきから着信音が鳴っているスマートフォンを手に取って、ピアに見せた。

「ほら！　みんながお悔やみの言葉を寄せてくれています。市長もです！」彼女の目に涙があふれた。「これでも好かれていなかったというんですか？」

「遠い過去になにか秘密を抱えていたということもあるでしょう」ピアはこだわりつづけた。カルテンゼー事件のことが念頭にあるのだろう、とオリヴァーは思った。的外れとはいえない。暗中模索の初動捜査ではあらゆる角度から事件を検討する必要がある。だから来る途中の車の中で、偶然など信じないというピアに、オリヴァーは反論しなかった。犯罪学的に正しい。動機のないまま犯行におよぶケースはきわめて稀なのだ。

「ローレーダーさん、お母さんの思い出を傷つけるつもりはありません」オリヴァーはあいだに入って穏やかにいった。「犯人を捕まえたいだけなのです。その際、殺人の動機を探るため、まず被害者の遺族や友人知人を調べるのは常套手段でして」

「動機などあるはずがありません」ローレーダーは頑固だった。「母の責任にしようとするなら、時間の無駄です」

　ピアはまだなにかいおうとしたが、オリヴァーが首を横に振って止めた。

「ありがとうございます、ローレーダーさん」オリヴァーはいった。「なにか捜査に役立ちそうなことに気づいたら、電話をください」

「ええ、もちろん」ローレーダーはまたティッシュで盛大に洟をかんだ。オリヴァーは彼女が握手を求めてきたらいやだったので、両手を上着のポケットに突っ込んだ。だが彼女の関心は完全に、スマートフォンに届く弔辞のメールに向いていた。

ふたりはキッチンから出て、玄関へ歩いていった。オリヴァーはコートの襟を立てた。車はエッシュボルン署の駐車場に止めてあった。

「ニーダーヘーヒシュタット、つまりエッシュボルンじゃない！」ピアは吐き捨てるようにいった。「啞然ですね！　市町村合併はいつでしたっけ？　五十年前？」

「一九七二年だ」オリヴァーはにやっとした。「みんな、おらが村を誇りにして、そこに自分のアイデンティティを感じているのさ」

「くだらない」ピアは首を横に振った。「合併してなかったら、村はとっくに破産していますよ」

通りの少し先に年輩の人が数人集まって、オリヴァーたちをじろじろ見ていた。オリヴァーは会釈した。

「すくなくとも村の噂話は更新されたみたいですね」ピアはいった。「インゲボルク・ローレーダーはエッシュボルン在住とかいったせいで、撃たれたのかもしれませんよ」

「なんでそんなに腹を立てているんだ？」オリヴァーはピアを横からちらっと見た。「レナーテ・ローレーダーがだれかの名前をあげて、逮捕できると思っていたのか？」

ふたりは警察署の駐車場に辿り着いた。オリヴァーはリモコンキーで車を解錠した。

「そんなことはないです！」ピアは立ち止まった。苦笑いしてから肩をすくめ、助手席のドアを開けた。「でも、その可能性があるかなとも思いました。事件が解決すれば、心置きなくバカンスに行けますし」

＊

十一時半ちょうど、ふたりは法医学研究所の地下にある第二解剖室に到着した。インゲボルク・ローレーダーの遺体はステンレス製解剖台の上で服を脱がされ、洗浄されていた。ヘニング・キルヒホフとフレデリック・レマーはすでに外貌チェックをはじめていた。

「ピア！」ヘニングは驚いて叫んだ。「ここでなにをしている？　休暇中じゃなかったのか？」

「そうよ。でも捜査官に病欠が多いものだから、今日は助っ人」

「なるほど」ヘニングはマスクを下ろし、眉を吊りあげて、にやっとした。少し皮肉っぽい、とピアは思った。

「明日の十九時四十五分に飛行機に乗る。荷造りはもうできてるし」

「つまり飛ぶとはかぎらないということか。飛ばない方に、百ユーロ賭ける」

「それじゃ、負けね。あなたたちがこっちで凍えているあいだ、わたしは心も晴れ晴れと日光浴しながら、あなたたちのことを思うことにする」

「それはないな。きみのことは知っている。クリストフをひとりで行かせることになったら、クリスマスはうちに来てくれていい。クリスマスツリーもあるぞ」

「明日飛ぶといったでしょ！」ピアはかっとしていった。

　ピアは、ヘニングに心を見透かされるのがいやでならなかった。実際、ずっと心待ちにしていたバカンスを、今はキャンセルしたい気持ちでいっぱいだった。だがそれを認めたくなかった。それを元夫の口からいわれるのは沽券に関わる。

オリヴァーは、ふたりの言い合いに啞然としているヘニングの新しい同僚に微笑みながら手を差しだした。

「ふたりは前からこんな調子さ。以前結婚していたんでね」オリヴァーは事情を説明した。「オリヴァー・フォン・ボーデンシュタイン、ホーフハイムの捜査十一課」

「フレデリック・レマー」新人の法医学者は答えた。「よろしく」

「はじめてくれる?」ピアがいった。「わたしたちは暇じゃないのよ」

「いいとも。きみが飛ぶのは明日だものな」ヘニングがまたからかって、ピアの怖い目つきに笑みで応え、それから遺体の方を向いた。

司法解剖でも、事件解決に結びつく新発見はなかった。インゲボルク・ローレーダーは健康体で、射殺されなければ、まだ何年も生きていられた。銃弾は左耳のすぐ上から頭蓋に射入し、数センチ上部の右頭頂骨を貫通。銃弾の軌道はクレーガーのいったとおりだった。狙撃手は小川のそばで腹ばいになっていた。どこからともなくあらわれ、いずこへともなく姿を消した。

＊

「これどう、ママ?」娘のグレータがフェイクファーをあしらったジャンパーを着て、鏡を覗き込んだ。ジャンパーは似合っていた。グレータはほっそりしていて、脚が長い。そういうジャンパーがよく似合う体型だ。同世代の他の女の子とは正反対だ。グレータの年齢なら、もっとぽっちゃりしているものだ。

「とっても似合うじゃない!」カロリーネはいった。

グレータは顔を輝かせ、袖についている値札をつまんだ。

「うそっ！」グレータは目を瞠った。「無理だわ！」

「なんで？」

「百八十ユーロもする！」

「気に入ったのなら、クリスマスのプレゼントよ」

グレータはうたぐるような目で母を見てから、ふたたび鏡の方を向いた。理性と欲望のあいだで心が揺れているようだ。結局、ジーンズ三本とセーターとフード付きスウェットが入っている買い物カゴにそのジャンパーも入れた。グレータはうきうきしていた。カロリーネもそれがうれしかった。クリスマスの四日前に市内で買い物。最後にしたのはいつだろう。二十年ぶり。いや、もっとかもしれない！　以前はこの人混みの中を親友と歩くのが好きだった。安物のクリスマスの飾り、クリスマスソング、クリスマスマーケットの屋台、冷たい十二月の空気の中にただようローストアーモンドのにおい。少しいっしょに散歩しようと、午後の早い時間にグレータを寄宿舎へ迎えにいった。本当はゲーテ通りに足を伸ばそうと思っていたが、グレータはどうしてもショッピングモールに行きたいといった。かれこれ三時間、ふたりは暖房が効きすぎて、人でごったがえしたショッピングモールを歩いていた。グレータは友だちやニッキやパパや腹違いの弟にあげるクリスマスプレゼントを探して、目を輝かせながら店をいくつも見てまわった。それから自分の着る服を夢中になって試着した。カロリーネにとってはとんでもない服ばかりだったが、娘は有頂天だった。驚いたことに、カロリーネも人混みに浮かれて、忘れたはずの若い頃の思い出にふけることができた。当時はいっぱい時間があった。母親はいつも鷹揚で、帰りが遅くなってもしかることはなかった。帰りの時間を意識しないでいいというのは、なによりうれしい。スマートフォンは車のグローブボックスに入れてきた。一度も必要性を感じなかった。

午後五時、たくさんの袋に入った獲物を地下駐車場に止めた車まで運び、オーバーウルゼルへ向かった。おばあちゃんとクッキーを焼くのをグレータは楽しみにしていた。もう十三歳だというのに。

カロリーネが黒塗りのポルシェを駐車スペースからだすとき、グレータがたずねた。「本当に仕事を休むの?」

「信じていないの?」カロリーネは娘を横からちらっと見た。娘は疑う目つきをしていた。

娘はため息をついた。

「寄宿舎が気に入ってる。もちろんママやパパと暮らせる方がずっといいけど。でも……」

「でも、なに?」カロリーネは駐車券をスロットに入れた。遮断機が上がった。

「パパがいってたの。ママが仕事を休んだら、世界がひっくり返るって」

＊

少しばかりフラストレーションをためながら、オリヴァーとピアはホーフハイムの刑事警察署への帰途についた。捜査十一課の会議室のホワイトボードには被害者の写真が貼ってあり、その横に氏名と犯行時刻をカイが記していた。逆にいえば、情報はそれだけだった。数人の同僚による周辺の聞き込みはなんの成果ももたらさず、目撃証言も犯行時刻の正確な特定に役立っただけだ。目撃者も犯人らしき者を見なかった。鑑識は犯行現場の半径一キロ圏内をくまなく捜索したが、今のところ二脚銃架の跡しか見つかっていない。糸くずも、薬莢も、皮膚片も、毛髪もない。地面が凍っていたため靴跡もなかった。犯人像ははっきりせず、動機も不明のまだ。

「これからどうしますか?」そうたずねて、カイは咳き込んだ。

「そうだな」オリヴァーは壁に貼った地図を見ながらうなじをかいた。犯人の逃走経路はどうだろう。児童公園、ライン通りを歩き、エッシュボルン署の前を通るようなあつかましいことをするだろうか。それともラーン通りに出て、歩道を歩いてホテル・シェーネ・アウスジヒトに止めておいた車で逃走したか。このふたつが一番早い逃走経路だ。だが他にもいくつか逃げ道がある。たとえばプールの駐車場まで歩く。あるいはさらにテニスコートのそばを通り抜けて、周辺の会社の従業員が駐車場として使っているお祭り広場まで行くという選択肢もある。人目につかず車に乗り込み、走り去る方法がいくらでもあるということだ。

「やはり事件を公表して、一般市民にも協力を求めるべきですね」ピアがいった。カイもうなずいた。「このままでは今わかっている以上の情報は入手できないでしょう」

オリヴァーは内心まだ抵抗があった、公開捜査に踏み切れば、いらぬ通報電話や間違った情報に振りまわされるからだ。限られた人員では、そんな時間の無駄をしていられない。しかし他に手がないのも事実だ。ピアのいうとおり、今のところこれ以上の情報は期待薄だ。だれかが事件を目撃した可能性は低い。

「わかった」オリヴァーはいった。「記者会見をしよう。うまくいくといいが」

*

この場所は理想的だ。モミの木の枝が苔(こけ)の生えた平屋根にかかり、道はこの変電施設で行き止まりになる。夕方六時には真っ暗になった。通りの右側は一面の牧場で、ターゲットの家は村はずれと古い国道にはさまれた小さな森の縁(ふち)に建っている。十分前、ターゲットがキッチンの照明をつけ、二階に上がった。その古い邸宅の窓は大きな昔ながらの桟(さん)付きで、ブラインドではなく、よろい戸がついている。だがそのよろい戸はお飾りで、もう何十年も閉めたことがないようだ。男のところからは、まるで人形の家のように見える。窓から中の様子が丸見えで、ターゲットの動きが逐一わかる。彼女の一日の行動はしっかり把握していた。パターンはめったに変わらず、変わったとしてもごくわずかだ。あと十分でキッチンに入り、夕食の準備をはじめる。

気温は昨日と比べて何度か落ちていた。天気予報では夜半から雪になるという。長くは待てない。寒さはなんとも思わない。それ相応の身支度をしてきた。男はちらっと腕時計を見た。デジタルのディスプレイが午後六時二十二分を表示している。女がキッチンに入った。ライフルスコープのカールレスZF69を通してターゲットがよく見える。まるで目の前に立っているかのようだ。腰をかがめ、振り返って戸棚からなにか取りだした。唇が動いている。音楽を聴いて、口ずさんでいるのだろう。ひとりでいると、多くの人がよくそういうことをする。男は人差し指を引き金に当てた。深呼吸して、ターゲットに神経を集中させる。女が自分の方を向いた瞬間、引き金を引いた。銃弾が窓ガラスを貫通し、女の頭を吹き飛ばした。そのとき男の目が反射的に右を見た。キッチンに人がもうひとりいる。なんてことだ。ひとりじゃなかったのか！　悲鳴が男の耳にも届いた。

「くそっ！」と、男はつぶやいた。アドレナリンが体じゅうにあふれ、心臓が早鐘を打った。他にも人がいるとは思わなかった。女は歌っていたのではなく、しゃべっていたのだ！　手早く銃を片づけ、バッグに詰めた。それからはじきだされた薬莢を上着のポケットに入れ、平屋根の端まではっていった。モミの木の枝に隠れながら屋根を滑り降り、男は音もなく闇に消えた。

＊

キッチンは一瞬にして修羅場と化した。熱い液体が噴水のように吹きあがり、彼女の顔と手と腕にかかった。

「なんてこと！」

見ると、体じゅうにオレンジ色のシミがついている。お気に入りだった薄墨色のカシミアセーターがカボチャとニンジンで台無しだ。ピアは悪態をついた。鍋の中でハンドミキサーのスイッチを入れる前にエプロンをつけるべきだった。飛散よけに鍋に蓋をかぶせるのも忘れた。飛び散ったピュレは彼女の体だけでなく、コンロや床をはじめ台所の半分近くをシミだらけにした。普通、料理中にこんな失態はやらかさない。ショウガとココナッツミルク入りのカボチャスープは初挑戦だった。レシピを見るかぎり簡単そうに思えた。だがまずカボチャでひと波乱あった。レシピに書いてあるように簡単には切れなかったのだ。肉切り包丁でもうまくいかず、指を切りそうになったため、この強情な塊(かたまり)を持って外へ行き、薪(まき)割り台にのせて斧を振り下ろした。それからキッチンで、細かい切り分けをおこなった。

「ただのカボチャのスープでこんな騒ぎをするなんて笑われちゃう」そうつぶやきながら、ピアはハンドミキサーのスイッチを切った。間抜けな話だが、レシピの紙がひどく汚れ、判読できなくなったため、ココナッツミルクをどのくらい入れたらいいかがわからなかった。車が着いて、しばらくして玄関が開いて、犬がうれしそうに吠えながらクリストフを出迎えた。

「料理に勤しむ妻」クリストフは上機嫌にいいながら、キッチンに入ってきた。「バカンスのはじまりにふさわしい!」

ピアは振り返って微笑んだ。いっしょに暮らして四年以上になるのに、クリストフを見ると、今でも幸せな気持ちになる。

「あなたが帰ってくる前においしいスープを作っておこうと思ったのよ。レシピには超簡単、調理時間は二十分と書いてあったのに。カボチャを切るのに悪戦苦闘しちゃった」

クリストフは戦場と化したキッチンを見まわした。相好(そうごう)を崩し、げらげら笑いだした。カボチャとニンジンでシミだらけなのもかまわず、ピアを抱いてキスをした。

「いやあ!」クリストフは唇をなめた。「これはおいしい!」

「これからココナッツミルクを入れる。そしてコリアンダー」

「あとは任せてくれ」クリストフは彼女の手からハンドミキサーを取った。「きみは片づけと、テーブルセッティングをしてくれないか」

「きっとそういってくれると思ってたわ、旦那さま」ピアはにやっとして、キスをすると、料理の実験が引き起こした戦場の片づけをはじめた。

十五分後、ふたりはテーブルに向かってすわった。スープは絶品だった。いつもと違って、ピアはどうでもいいようなことを滝のようによくしゃべった。今日、仕事に出たかどうかクリストフに訊かれたくなかったからだ。バカンスに行きたいという願望と、ボスたちを見捨てておけないという気持ちの狭間で心が引き裂かれていた。なかなか踏ん切りがつかない自分にも苦しんでいた。普段なら、いやなことを先延ばしにしたりしないからだ。クリストフははじめ、そうしたピアに合わせていたが、結局この微妙な問題に踏み込んだ。

「いっしょに来るか、ここに残るか、どっちにするんだい？」いっしょに食事の片づけをしていたとき、さりげなくたずねた。

「もちろんいっしょに行く！」ピアは答えた。「荷造りもできてるし」

「犯人は逮捕したのか？」

「いいえ」ピアは首を横に振った。「手がかりも、目撃者もなくて、動機もわからないときている。たぶん被害者は間が悪かったのよ。被害者と犯人には接点がないみたい」

「通り魔に撃たれたってこと？」

「そういうこと。稀なケースだけど、ないわけじゃない」

「で、どうするんだい？」

ピアは食洗機の片づけをはじめた。「ボスは公開捜査に期待をかけている。だれかがなにか目撃したかもしれないから。だから残る必要はない」気持ちはぐしゃぐしゃなのに、わざとにこやかにいった。「わたしがいようといまいと、関係ないってこと」

＊

「ヴィースバーデンから戻ったところ」エンゲル署長はオリヴァーの部屋の来客用の椅子に腰かけていた。「州刑事局で偶然、事件分析課課長とすれ違った。部下をひとり寄こしてもいいといってくれたわ。頭数が増えるし、別の視点から事件を検討できる」

「ふうん」オリヴァーはメガネを取って、署長を見た。署長が「偶然」だれかとすれ違うことなどない。わざとそういう言い方をするのは、オリヴァーの意向を尊重しているというふりなのだ。実際にはもう署長の心は決まっていた。オリヴァーにひと言の相談もなしに。

「アンドレアス・ネフは経験豊富な事件分析官よ」署長はやはり決めていたのだ。「しばらくアメリカで研修して、最新のプロファイルに習熟している」

「ふうん」オリヴァーはふたたびいった。今回の捜査でよそ者と組むのは、気がすすまなかった。だがピアは明日バカンスに行ってしまうし、カトリーン・ファヒンガーは相変わらず病欠。緊急に助っ人が必要なのも事実だ。

「ふうん、ってなに？　応援が来るのを喜んでくれると思ったのに」

オリヴァーは、かつて婚約者だったエンゲル署長をしみじみ見つめた。二年前の夏、昔の同僚フランク・ベーンケ絡みで署長を逮捕して、すったもんだした。ベーンケは十五年前、小児性愛組織の尻尾をつかんだ連絡員をエンゲルの命令で粛清したと主張した。刑事警察署長の逮捕に当然、報道機関が飛びついた。

だがエンゲルも座視しなかった。一九九七年当時フランクフルトの捜査十一課の刑事で、ベーンケの事件を傍目で見ていたオリヴァーに、エンゲルは固く口を閉ざしてきた真相を明かした。フランク・ベーンケだけではなく、エンゲルも陰謀の被害者だった。その陰謀は政界の上層部にまでおよんでおり、目障りになった彼女にひどい脅迫をして、体よくヴュルツブルクに左遷したのだ。殺人には時効がないので、彼女はひとまず沈黙を守り、ほとぼりが冷めるのを待っていた。

内部調査委員会での彼女の証言が引き金となって、元副警視総監と元高等裁判所裁判官がみずから命を絶ち、他の関係者が逮捕され、自供した。この結果、エーリク・レッシングとフランクフルト・ロードキングスのメンバーふたりの殺害事件がついに解明された。エンゲルは名誉回復して、署長に復職し、フランク・ベーンケは三人を殺害した罪で無期懲役を言い渡された。

オリヴァーが代行していた署長職に復帰したあと、エンゲルはピアとオリヴァーと長い時間話をし、ふたりの行動に感謝した。十五年かかったが、署長がこの重荷から解き放たれたことがすぐにわかった。あれから署長は変わった。協力的だし、ときにはかなり親身になる。

「うちのチームの人員が揃うのはうれしい」そういって、オリヴァーはコンピュータを終了させた。「事件分析官を加えるのも悪くない。捜査は昨日から一歩もすすまず、暗中模索の状態だからな」

エンゲル署長は立ちあがった。オリヴァーも腰を上げた。

「判断はあなたに任せる」署長はいった。「もっと人員が必要なら、そういってちょうだい。手配する」

オリヴァーのiPhoneが鳴りだした。

「わかった」オリヴァーは署長にうなずいた。署長が部屋を出るのを待って、電話に出た。

「父さん！」ロザリーの声だった。「母さんが、おちびをわたしのところに放りだしていったの。明日の約束だったのに！」

「あたしはおちびじゃない！」ゾフィアが背後で不平を鳴らした。

「静かにして」ロザリーが小さな妹にいった。それからまた電話口の父親に向かって話した。「予定が変わって、母さんは今日ベルリンへ行くことになったんですって。でも、わたしはどうしたらいいの？　わたしにもやることがあるのよ。ゾフィアをひとりにできないし！　どうして……？」

「三十分で帰る」オリヴァーがいった。「子守を交代する」

オリヴァーは洋服掛けからコートを取り、アタッシェケースをつかんで部屋の照明を消した。歩きながら元妻の番号に電話をかけた。まったくコージマらしい。なにか思いつくと、まわりの都合などおかまいなしで行動する。オリヴァーのことも、子どもたちのことも眼中にない。

＊

携帯電話の着信音が鳴った。だが相手が非通知なのを見て、電話に出るのをやめた。夜の六時半。相手は知らない人間か通信指令センターだ。二十四時間後にはエクアドル行きの旅客機に乗っている。ようやく決心がついたのだ。今さら迷いたくない。

「出ないのか？」クリストフはたずねた。

「ええ」

ピアは馬に飼い葉を与えたあと、カウチに寝そべってクリストフとなにかＤＶＤを観ながらワインを飲もうと思っていた。「映画をなににするか決めた？」

『ヒットマンズ・レクイエム』はどうだい？」クリストフが提案した。「しばらく観ていない」

「拳銃や死体はたくさん」ピアが返事をした。

「それでは、うちの映画コレクションは軒並みだめだな」そういうと、クリストフはにやっとした。『マグノリアの花たち』とか『プラダを着た悪魔』ではクリストフが納得しないだろう。スカイチャンネルでサッカーの試合を観戦するのも、死ぬほど退屈なドキュメンタリーを観るのもいやなので、ピアはジェームズ・ボンドもので妥協した。あれならいつでも楽しめるし、気分転換になる。

携帯電話がまた鳴った。

「出たらどうだ」クリストフはいった。「大事な用件みたいだぞ」

ピアはため息をつき、電話をつかんで応答した。

「キルヒホフ、申し訳ない」当直の警部がいった。「休暇なのはわかっているが、捜査十一課のだれにもつながらないんだ。また殺人事件が起きた。今回はオーバーウルゼルだ」

「最低」ピアはつぶやいた。「ボスは？」

「電話に出ない。このあとも電話をかけてみる」

「現場はどこ？」ピアはクリストフと目を合わせ、仕方ないというように肩をすくめた。

「オーバーウルゼル、ハイデ一二番地」当直は答えた。「鑑識にはすでに伝えた」

「わかった。ありがとう」

「感謝する」当直は、いい晩をなんていう歯の浮いた言葉を口にしなかった。実際、そんな晩になるはずがないのだから。

「どうした？」クリストフはたずねた。

「出なければよかった」ピアは立ちあがった。「オーバーウルゼルで殺人事件。本当にごめん。ボスに連絡がついて、すぐに交代できるといいんだけど」

＊

オリヴァーは、カオスとしかいいようのない元妻の人生でただの脇役になれたことを心底よかったと思っていた。計画の変更ばかりされることが「刺激的」なのではなく、「しんどいこと」だと自覚するのに、何年も要してしまった。コージマはなにか思いつくと、何週間も前から決まっていた予定でも平気でご破算にする。突然の思いつきにまわりの人間が黙って合わせるのが当然だと思っている。柔軟性と即応性、このふたつの言葉を、彼女はいいことだと考えているが、オリヴァーから見ると、自分を律することのできない証拠だ。

「タクシーを呼んだのに、一時間かかるっていうのよ！」コージマはいった。オリヴァーは複合施設魔の山（ツァウバーベルク）の駐車場でステーションワゴンの荷室に彼女のスーツケースを積むところだった。「ふざけてる！」

「昨日のうちに予約しておけばよかったんだ」オリヴァーはバックドアを閉めた。「忘れ物はないか？」

「あっ、ハンドバッグ！　持ってた？　持ってなかった？」コージマはふたたび荷室を開けた。オリヴァーは運転席に滑り込み、後部座席のチャイルドシートにすわっているゾフィアの方を向いた。

「シートベルトは？」オリヴァーがたずねた。

「しめたよ！　簡単だもの」ゾフィアが答えた。

「ああ、ここにあった！」そう叫んで、コージマはバックドアをばしんと閉め、助手席に乗った。「ああ、なんてあわただしいの！」

いいたいことはあったが我慢して、オリヴァーはエンジンをかけ、発進した。どうせいっても無駄だ。

走っているあいだ、コージマはしゃべりつづけた。フィッシュバッハとケルクハイムを抜け、国道八号線を南下。高速道路六六号線に乗ってマイン＝タウヌス・センターのそばに来たとき、コージマはようやく押し黙った。オリヴァーはちらっと右を見た。闇の中、ピアがパートナーと暮らす白樺農場（ビルケンホーフ）の明かりが見えた。エンゲルが目をつけたプロファイラーは迅速な事件解決の助っ人になるかもしれない。それでも、ピアとケムとカトリーンがいないことを考えると、途方に暮れる。刑事になって未解決で終わった事件は数えるほどしかない。インゲボルク・ローレーダー殺害事件の調書もいつか「未解決事件」として倉庫でほこりをかぶる気がしてならなかった。実際、これほど手がかりがない事件は珍しい。

「いつ着くの、パパ?」ゾフィアが後ろからたずねた。

「もうすぐだよ」そう答えると、オリヴァーは右のウィンカーをだした。数分後、フランクフルト空港の照明が見えた。コージマをここへ送ったのは何回になるかわからない。目をつむっていても、道がわかる。夕方の空港はいつものごとくすごい混雑だった。それでも出発ロビーの前で運よく短時間の駐車用スペースを見つけた。オリヴァーは車から降り、カートを取ってきて、スーツケースとバッグをのせた。そのあいだにコージマはゾフィアにさよならをいった。

　それからふたりは向かい合った。

「なんか昔みたいね」コージマは困惑気味に微笑んだ。「メリー・クリスマス、オリヴァー。ありがとう」

「いいってことさ」オリヴァーは答えた。「きみにもメリー・クリスマス。クリスマスイヴには連絡をくれ。みんな、うちに集まっていると思う」

「わたしもいっしょにいたいわ」驚いたことに、コージマがそういってため息をついた。コージマはあまり幸せそうではなかった。映画プロジェクトで旅に出るときのいつもの熱気が感じられない。

突然、コージマが足を一歩前にだしてオリヴァーを抱きしめた。彼女がオリヴァーに触れるのは数年ぶりだ。なんだかなつかしい。コージマは今も同じ香水だった。

「あなたがいなくてさみしい」そうささやくと、彼の頬にキスをした。次の瞬間、カートのハンドルをつかみ、ゾフィアにもう一度、投げキスをして立ち去った。オリヴァーは唖然として彼女を見送った。出発ロビーのガラス扉がしまり、彼女の姿は人混みにのみ込まれた。

＊

ピアはカーナビに入力した住所に到着するなり、これは長い夜になると思った。畑に面した静かな袋小路には、すでにありとあらゆる車両が集まっていた。パトカー数台、救急医の車、救急車、鑑識チームや危機介入チームの車両。闇の中、青色回転灯が音もなくまわっている。ピアはフランクフルト・ナンバーをつけた暗色系のポルシェの後ろに駐車し、ちらちら舞いだした雪の中、側面のドアが開けっぱなしの青いフォルクスワーゲンバスのところへ歩いていった。

「こんばんは」つなぎを着て、機材をおろしている鑑識官たちにあいさつした。

「やあ、ピア」クリスティアン・クレーガーがバスから飛びおりた。

「なにがあったの？」ピアがたずねた。

「女が射殺された」クレーガーがピアに説明した。「孫娘が真横に立っていた。娘も家にいた。

ふたりともショック状態だ。今、カウンセリングを受けている」

よくない状況だ。とことんよくない。

「死んだのはだれ？」

「マルガレーテ・ルードルフ、六十四歳。夫は医者」クレーガーはフードを頭にかぶった。「法医学者がちょうど到着した。うちの者がふたり中にいるが、わたしは外をまわってみるつもりだ。雪や野次馬に手がかりを消されてはたまらないからな」

クレーガーはアルミトランクを二個つかんだ。

「どうして外をまわるの？」ピアは驚いてたずねた。「事件は家の中で起きたんでしょう」

「被害者はキッチンだ。だが犯人は外から窓ごしに撃った。口径の大きな弾丸で頭を撃ち抜いた。どうやら、われわれが追う犯人が第二の犯行におよんだようだ。悪いが、急がなくては」

ピアはうなずいて、深呼吸した。家族の諍いではなかった。それでも充分ひどい話だが、実際はもっと深刻だった。ピアは舞い飛ぶ雪片を透かしてその古い邸宅を見た。その中でなにが待ち受けているのだろう。どうして電話に出たりしてしまったのだろう。カウチに寝転がってゆったり映画を観るはずだったのに。だがいまいましい義務感からここへ来てしまった。気を取り直すと、通りを横切って、玄関まで通じる舗装されたアプローチを歩いた。玄関は半開きになっていた。

「現場はどっち？」ピアはエントランスホールに立っていた巡査にたずねた。

「まっすぐ行った先の右。キッチンです」巡査は答えた。「被害者の娘と孫娘がいます。被害者の夫ディーター・ルードルフはまだ帰宅していません。この状況が伝わっていないようです。念のため」

「ありがとう」ピアはいった。犯行現場の捜査を遺族のいるところでするか否かは大きな違いだ。危機介入チームにはメンタルケアやスピリチュアルケアの専門家がいるからなんとかなりそうだ。

「こんにちは」ピアはキッチンに足を踏み入れた。

「やあ、キルヒホフさん」法医学者のフレデリック・レマーが顔を上げて、うなずいた。「死後およそ一時間。弾丸は右側から頭部に射入。被害者はその瞬間、左を向いたようだ。弾丸はほぼ同じ高さのところを貫通し、戸棚に食い込んだ。昨日と同じ弾丸だろう」

遺体は仰向けに横たわっていた。茶色のセーターと薄いカーディガンの上に青と白のストライプのエプロンをかけている。顔立ちはほとんど確認できない。弾丸の衝撃で破壊されていた。血と脳漿（のうしょう）がキッチン戸棚についている。天井にも飛び散っていた。ピアは殺人事件の捜査官だし、無数の研修やセミナーを通して、心を閉ざし、頭を働かせるように訓練している。だが遺体が左手に持っている小麦粉の袋を見て、息をのんだ。ピアは部屋を見まわした。窓の下の作業台には砂糖、バター、卵、カカオパウダー、ココナッツスライス、ボール、ミキサー、そしてクリスマスツリーや動物や星の形をした金属製の型が並んでいた。

「クッキーを焼こうとしていたのね」ピアは声を押し殺していった。怒りが湧き起こった。クリスマスの直前、しかも子どもの前でこんなことをするとは、なんて冷酷なのだろう。

家のどこかで電話が鳴ったが、だれも出なかった。

「終わったの？」ピアは鑑識官たちの方を向いた。

「はい」ひとりが答えた。

「あなたも？　ドクター・レマー」

「ええ」法医学者はトランクを閉めて立ちあがった。

「遺体をすぐ運びだして」ピアは指図した。「それから急いで事件現場清掃会社を寄こして。家族は見るに忍びないでしょう」

「承知しました」鑑識官のひとりがうなずいた。「外で待機している遺体搬送業者に伝えます」

ピアはひとりでキッチンに残った。桟付き窓の割れたガラスを見つめた。そこから冷気が流れ込んでくる。即死。マルガレーテ・ルードルフはなにも感じなかったはずだ。死の恐怖も、苦痛も。一瞬にして人生に幕を下ろした。しかし孫娘はその一部始終を見させられたのだ。

ピアは時計を見た。八時半。オリヴァーはどこにいるんだろう。

ピアは子どもとその母親に話を聞かなければならない。できることならしたくない。だがあとまわしにはできない。

キッチンの外で怒鳴る声がした。ピアが廊下に出てみると、黒っぽいコートを着た白髪のやせた男性がふたりの巡査を押しのけようとしていた。「通してくれ！　ここはわたしの家だ！」

男はものすごい剣幕だった。「どういうことだ？」

ピアがそばへ行くと、ふたりの巡査がどいた。

「ルードルフさんですか？」

「そうだ。あんたはだれだ？　なにがあったんだ？　家内はどこだ？」

亜鉛張りの棺を家に運び込んだ遺体搬送業者が神妙な顔で足を止めた。

「ピア・キルヒホフ首席警部です」ピアはいった。「少しふたりで話せますか……」

「なにがあったのか知りたい！」ドクター・ルードルフはピアの言葉をさえぎった。金縁メガネ越しに見える目には不安の色があった。「娘の車が外に止まっている！　娘はどこだ？」

居間のドアロにダークブロンドの女性があらわれた。四十代はじめから半ばだろう。顔をこわばらせ、目が虚ろだ。鎮静剤を注射されたか、ショック状態のようだ。

「カロリーネ！」ルードルフはピアを押しのけた。「どうしてだれも電話に出ないんだ？」

「母さんが死んだの」女性が小声でいった。「だれかがキッチンの窓越しに……撃ったのよ」

＊

「どういう反応をした？」二十分後、オリヴァーがたずねた。末娘を家に連れていく必要があって遅れたといって謝った。

「気が動転していました」恐ろしい知らせを受けてドクター・ルードルフが見せた激しい反応に、ピアはいまだに心を揺さぶられていた。

「夫人の遺体を見たのか？」

「止めることができませんでした」ピアは寒さにふるえた。「わたしたちを押しのけて、キッチンに飛び込んだんです。彼を遺体から引き剝がすのに四人がかりでした。娘さんがいなかったら、書斎に閉じこもって、絶望のあまりなにをしたかわかりません」

激しさを増す雪の中、ふたりは鑑識チームのフォルクスワーゲンバスのそばに立っていた。遺体は搬送され、事件現場清掃人が到着して、今キッチンで作業をしている。救急車と救急医も去った。隣人らしい数人の野次馬が歩道の街灯の下に集まり、被害者の娘が家から出て、フランクフルトナンバーのポルシェで走り去るのを見ていた。彼女は臨床心理士の助言を受けて、祖母殺害の目撃者となった十三歳のグレータが事情聴取されるのを拒否した。ピアはそれを受け入れた。どのみち少女は多くを見ていないはずだ。捜査の役に立つことはなにも得られないだろう。

「父親をひとりにしてしまうんですね」ピアはいった。「変ですね」

「ひとりになりたいんだろう」オリヴァーはいった。「こういう破局に直面したとき、反応は人によってまちまちだ。それに女の子をこの家に置いておくのはよくない。そういえば女の子はどこだ？」

「さっき父親が迎えにきました。両親は離婚していて、父親はバート・ゾーデンに住んでいます。それから巡査たちにいって、近所をまわって聞き込みをさせました」

「よくやってくれた」オリヴァーは両手をもんでからコートのポケットに入れた。

クレーガーがふたりのところへやってきた。

「犯人が発砲した場所を特定した。見てみるかい？」

「もちろんだ」オリヴァーとピアは彼について、敷地をまわり込んだ。屋敷の裏は森だ。その角に変電施設があった。その屋根に天幕が張られ、ライトが当てられていた。

「あの上に奴はいた」クレーガーがいった。「幸い雪が降る前に天幕を張れたので、手がかりを残すことができた。屋根は苔むしていて、腹ばいになった跡が残っていた。今回も二脚銃架を使っている」

「上がれるか？」オリヴァーがたずねた。

「ああ、もちろんだ。すでにすべて保存した」クレーガーがうなずいて、変電施設に立てかけてある梯子を指差した。ピアはボスのあとから梯子をのぼった。ふたりは並んでしゃがみ、家の方を見た。夏ならシデの生け垣が視界をさえぎっただろう、しかし落葉した今はどの窓もくっきり見通すことができる。

「理想的だな。見つかりにくい」オリヴァーがいった。「このあたりを下見したに違いない」

「狙撃距離はおよそ六十メートル」クレーガーが、地面に下りたオリヴァーとピアにいった。

「発砲したあと、庭と森の縁のあいだを抜けて、連邦労働局研修センターの駐車場まで逃げたか、そこの遮断機をくぐってホテル・ハイデクルークへ向かったようだ。ホテルはこのあいだの日曜日から一月末まで閉じている。犯人の車に気づく者はいない。そこからならすぐ通りに出て、国道四五五号線に乗れる。完璧な逃走経路だ。散歩している人間が偶然出会えたらいい方だ」

「昨日と同一犯だというんだな。それはどのくらい確実だ？」オリヴァーはたずねた。

「ほぼ間違いない」クレーガーが答えた。「キッチン戸棚に食い込んでいた銃弾は同種のものだった。それから薬莢が見つからなかった。これも昨日と同じだ。手がかりを残さないため犯人が持ち帰ったのだろう」

三人はゆっくり車のところに戻った。

「用意周到だったということですね」ピアはいった。

「そうだな」オリヴァーは考えながらうなずいた。「被害者の女性は行きずりの被害者ではない。もう一度、家に入ってみよう。医師と話せるか試してみる。孫娘は明日だ」

二〇一二年十二月二十一日（金曜日）

ゼーローゼ・ショッピングパークの駐車場はまだそれほど混んでいなかった。スーパー、ディスカウントショップ、パン屋以外の店は一時間しないと開かない。パン屋には、隣接する工業団地で働く人たちが昼休みや終業後によくやってくる。だが早朝は年金生活者か、フランクフルトで働く人が朝食やコーヒーを買いに寄る程度だ。男はパン屋のレジカウンター前にできた行列に並んだ。あとから来た客を先に並ばせもした。毎朝、早番で働いているトルコ人女店員に応対してほしかったからだ。無愛想な他の店員と違って、彼女はいつもにこやかだ。今も、ゴミ収集車で駐車スペースを何台分も占拠しているオレンジ色のジャケットを着たふたりの作業員にやさしく微笑んでいる。だが頭の中でなにを思っているかわかったものではない。

「おはようございます！」トルコ人女店員が男に微笑みかけた。「いつものですか？　ライ麦田舎パン、スライス」

常連客の希望を覚えている。いい店員だ。

「おはよう」男は答えた。「それで頼む。それからブレーツェル（ドイツの伝統的な焼き菓子）もひとつ」

今日買うパンも、この数週間買ってきたパンと同じように干からびて、固くなる運命だ。男はパンを買うためにここへ来ているわけではなかった。だがそれは店員のあずかり知らないことだ。

「かしこまりました！」後ろで結んだ髪から黒い巻き毛がほつれ、額にかかっていた。整った顔立ちで、唇は肉厚、歯がとても白い。美しい娘だ。男の好みよりも少し厚化粧だ。化粧の必要などないのに。だがなによりいいのは、彼女が習慣を大事にし、一日のスケジュールをきっちりこなすところだ。おかげで事をなすのがたやすい。

「年末には休むの？」ブレーツェルを袋に入れている店員を見ながら、男はたずねた。

「いいえ」店員は少し顔をしかめたが、すぐ輝かせた。「でも年明けにバカンスに行きます。三週間は、わたしがいなくても我慢してください」

このひと言で彼女の人生はすくなくとも三日短くなった。クリスマスと大晦日には見逃すつもりだったが、バカンスの計画があると知っては、計画を変更するほかない。さっそく変更の検討に入った。

「それは大変だ」男はカウンターに十ユーロ札を置いて微笑んだ。それが二重の意味を持つ言葉だと彼女にはわからなかっただろう。

「それまでに二、三回は会えます」店員はくすくす笑いながら、パンとまだ粗熱が残っているブレーツェルを入れた紙袋を渡し、小銭を返した。

「じゃあ、明日!」店員は親しげにウィンクしてから、次の客に微笑みかけた。彼女のやさしさが向けられるのは彼だけではないのだ。だが彼ひとりに向けても、なんの役にも立たない。

＊

ピアはシャワールームから出てタオルを取った。クリストフは十五分前に家を出た。スーツケースを提げて、気にしなくていいといった。娘のアントニアと恋人のルーカスが午後遅くクリストフを空港に送っていき、そのあと白樺農場（ビルケンホーフ）まで車を運転してきてくれることになっていた。

「かまわないさ」彼は昨日の晩いった。「きみの立場ならわたしも同じ決断をした」ひとりで旅立つことを、クリストフはすでに納得していた。ヘニングがいったとおりだった。三人ともいい勘をしていたということだ。みんな、仕事の鬼だ。ヘニングと結婚していたとき、ピアは仕事のために私生活を犠牲にする夫を呪った。ヘニングは、ピアが働くことを望まなかった。だから、ザクセンハウゼンの自宅で留守番をして、暇をもてあまし、夫に会いたくなったときは夜や週末を法医学研究所の解剖室で過ごした。オーストリアで起きたロープウェイ事故に夫が派遣されたとき、というより別れのあいさつもしない夫の怠慢にうんざりしたとき、ピアは夫と別れる決意をした。ピアが家を出たことに、ヘニングが気づいたのは二週間後だった。このときもうひとつ人生最高の決断をした。白樺農場（ビルケンホーフ）を買って刑事警察に復帰したことだ。ピアはまず自由でありたかった。二度と自分の欲求に目をつぶらないと心に決めた。それからクリストフに出会い、彼のチョコレート色の瞳にときめき、恋に落ちた。新しい彼もヘニングと同じようにいかれていたが。だが以前とは大きな違いもあった。ピアも仕事に励み、出世することができた。仕事を義務と感じたことはほとんどない。定刻に帰宅して、家畜の世話や農園の手入れをすることもできる。たまに今回のようなこともあるが、クリストフは文句ひとついわない。ピアの方も動物園に入り浸っているクリストフに不平を鳴らすことはなかった。新しい象の檻（おり）ができてからは、そういう日がつづいていた。

ピアは鏡に映った自分の顔を見て、ため息をついた。

クリストフは理解がある。怒りもしないし、失望もしないだろう。そのことにほっとしつつも、夫の反応が切なかった。夫婦になってはじめてのクリスマスと大晦日なのに、ピアは白樺（ビルケン）農場（ホーフ）に残り、クリストフは数千キロ離れた異国で過ごす。

クリストフは長い抱擁をして出ていった。ピアは胸がつぶれるかと思った。決心が揺らいだ。ふたりの被害者は見ず知らずで、ピアには大切な存在でもなんでもない。そのふたりが、こよなく愛する夫よりも大事だというのか。クリストフが旅行中に、旅客機の墜落や船の沈没などで帰らぬ人になったらどうする。耐えられるだろうか。今からもう彼が恋しい。知り合ってから、こんなに長く離れるのははじめてだ！

ピアは服を着て、髪を後ろで結んだ。オリヴァーはまだピアの決断を知らない。同僚のだれも、ピアがバカンスを犠牲にすることを期待していない。ボスはその限りではないだろうが。今ならまだクリストフに電話をして、いっしょに行くといえる。ピアはバスルームの照明を消して階段を下りた。携帯電話は食卓にのっている。それを手に取ってクリストフの番号に電話をかければいいだけだ。

だがそのとき昨日の晩の被害者の夫と娘が脳裏に浮かんだ。そしてレナーテ・ローレーダー。茫然自失した遺族たち。ピアは、祖母の頭が吹き飛ぶところを見させられた少女のことを思った。くそったれ。

＊

刑事警察署の一階にある待機室は満席だった。ニコラ・エンゲルの前任者ニーアホフ警視はここを何度も記者会見場にした。署内で一番広い部屋だからだ。今朝は「スナイパー特別捜査班」の初会合で、部屋には机や電話機、ホワイトボードやコンピュータ、プリンター、ファックスがところ狭しと並んでいた。すわっている者、立っている者総勢二十五名がぎゅうぎゅう詰めだ。この特捜班のために駆りだされた他の捜査課の捜査官たちだ。部屋には他にも署長のニコラ・エンゲル、署内の保安警察指揮官、州刑事局の事件分析官アンドレアス・ネフ、そして捜査十一課のオリヴァーとカイがいた。

昨夜、記者会見がおこなわれ、新聞各紙やオンラインニュースサイトがいっせいに「すでに二度のスナイパー殺人！　殺人鬼が徘徊？」といった見出しで報道し、一般市民の不安をあおっていた。早くも問い合わせの電話が殺到し、緊急用電話回線が一本増設された。

カイの声がまともに出なかったので、オリヴァーが状況の説明をした。

「水曜日の朝八時四十五分頃、ニーダーヘーヒシュタットで七十四歳のインゲボルク・ローレーダーが射殺された。今のところ犯行の動機は不明。凶器はライフル銃。口径は〇・三〇八。あいにく普及している。いつどこでだれが購入したか突き止めることはできない。当初、ローレーダーは行きずりの被害者と見られたが、昨夜午後六時三十分頃、オーバーウルゼルで第二の殺人が起きた。犯行の手口も似ている……」

そのときノックの音がして、だれかが入ってきた。みんなが肘(ひじ)をついた。

「やあ、ピア」詐欺横領課のマトゥーシェクがいった。「ここでなにをしてるんだ？」

「離ればなれがさみしいとさ」他のだれかがからかった。

数人がげらげら笑った。

「休暇を取ったんじゃなかったのか？」別の捜査官がたずねた。

ピアはリュックサックをデスクに置いて、オリヴァーの背後にまわった。「休暇って言葉はしばらく口にしないでくれる？」

「お願いなんだけど」ピアは冷たい声でいうと、みんなを見た。

返事の代わりにみんながうなずいた。オリヴァーは、ピアがバカンスを断念したと知って、心底ほっとした。

「しっかし、あほだよな」だれかがささやいた。「まったく気が知れない」

「プロープスト、だからあなたはうだつが上がらないのよ」ピアはきつい言い方をした。「定年まで同じ椅子にすわってなさい」

ニコラ・エンゲルと目が合って、オリヴァーは彼女がふっと頬をゆるめたことに気づいた。

「ごめんなさい、ボス。つづけてください」ピアはオリヴァーにうなずいて、カイが指を鳴らして他の同僚から譲ってもらった椅子に腰かけた。

「ありがとう」そう答えると、オリヴァーはまたみんなの方を向いた。二件の殺人事件の概要を簡単明瞭に説明し、これまで判明している手がかりを列挙した。

「ふたりの被害者は共に年輩の女性だ。被害者の家族関係については今のところ類似点はなく、接点もない」オリヴァーは二、三分してこうしめくくった。「第二の被害者の夫は医師、第一の被害者の娘は花屋。今のところわかっているのはこれだけだ」

「ご苦労」ネフ首席警部が発言した。「たしかに情報がすくない。これ以上情報は得られないものと思った方がいいだろう。二件の事件の状況は、通り魔的な狙撃事件の典型と思われる。アメリカ滞在中、捜査に関わった事件と二、三類似点がある。二〇〇二年十月、ふたりの男がワシントンDCとその近郊で三週間にわたって無差別に十人射殺する事件が起きた。被害者は場当たり的に選ばれた。純粋な快楽殺人だった」

「あれはだれ？」ネフがジョン・アレン・ムハンマドとリー・ボイド・マルボについて語るのを聞きながら、ピアはささやいた。

「ヴィースバーデンの秘密兵器」そう答えると、カイは目をくりくりさせた。「われわれ田舎者の警官のために助っ人に来た」

「アンドレアス・ネフ、州刑事局の事件分析官」オリヴァーが声をひそめて付け加えた。

「プロファイラー？」ピアは眉間にしわを寄せた。「なにをしようっていうの？」

カイは黙って肩をすくめた。

「署長が決めたことだ」オリヴァーが答えた。「まあ、猫の手も借りたいくらいなのは事実だからな」

ピアはネフの話が終わるのを待った。

「昨日の時点でもはや、犯人が行き当たりばったりに撃っているとは思えないのですが」ピアは反論した。「昨夜の犯行現場を見れば、これが通り魔でないことは明白です。被害者の家は袋小路の奥にあり、背の高い生け垣に囲まれています。犯人は狙撃するのに最適な場所を探し、逃走経路も綿密に調べていました。目下のところ不明ですが、ふたりの被害者にはなんらかの接点があるはずです。だからふたりの被害者の交友関係と過去を徹底して洗うべきでしょう」

ネフはピアの話を聞いて、微笑みながらうなずいた。

「当然そうすべきだ。わたしは現状での自分の判断を披瀝したただけだ。勘違いの可能性はあるわけで……」

「第一印象を述べてくれて感謝する」オリヴァーが口をはさんで立ちあがった。「キルヒホフとわたしは今日、ルードルフ夫人の遺族に話を聞く。いっしょに来てもらってもかまわない」

それから捜査官たちに指示を飛ばし、オリヴァーは捜査会議を終了させた。カイはネフについてどう思っているか隠そうとしなかった。

「あの頭でっかちと楽しんできてくれ」

カイはオリヴァーにじろっとにらまれた。

ピアは、ネフが同行することに異論はなかった。事件分析官と組むのははじめてだが、プロファイラーの分析が事件解決に貢献したという話をよく聞く。今回はひとつはっきりしていることがある。時間がない。犯人がいつまた犯行におよぶかわからないのだ。

＊

「捜査官には事件分析をおこなう時間の余裕がない。そのことはあなたもよくわかっているだろう。だから捜査の初期段階からわたしを加えることはきわめて賢明なことだ」アンドレアス・ネフ首席警部は警察車両をまわり込み、当然のように助手席のドアを開けて乗り込もうとした。

「後ろにすわって」そういって、ピアが前に立ち塞がった。

ネフはピアをちらっと見つめ、微笑みながら肩をすくめた。彼はやせぎすで、身長もピアより二、三センチ低い。しかもどこにでもいそうな顔立ちで、見てもすぐに忘れてしまいそうだ。だがそうしたハンディにもかかわらず、自意識だけは人一倍強かった。

「いいかね、こういうことは何度も経験済みだ」ネフは後部座席にすわった。「州刑事局の事件分析官であるわたしは、捜査チームの一員ではない。捜査に行き詰まったときだけ派遣される。だからまず歓迎されない。だれも、自分が壁にぶちあたったと白状したくないからね」

なにをいいたいのか、ピアにはわからなかった。

「経験済みって、なにを？」ピアはたずねた。

「わたしが招かれざる存在であることさ。長年、人間の行動を研究してきた。人間のコミュニケーションは言葉が八パーセントで、九十二パーセントはボディランゲージだ。きみのボディランゲージからは、わたしに対する不安が読み取れる。自分では意識していないだろうが、不安ゆえに攻撃的になっている。ちなみに多くの女性捜査官がそういう反応をする。それは性役割に起因するものだ。身体的に劣っていると感じていることも原因のひとつだ。わたしが後ろにすわり、きみが前にすわる。これできみは、チームの中の下っ端だとわたしに思い知らせ、優越感に浸れる」

「あらそう？」ピアは啞然とした。「わたしは身体的に劣っていると感じていないし、不安でもないんだけど」

「いや、そう感じているさ。よくわかる。つねに細部まで意識し、分析しなければならない立場なので、チーム内部の構造にも敏感になる。警察内部での男女同権や女性の自己理解はアメリカの方がはるかにすすんでいる。ドイツは十年遅れているな」

ピアは、オリヴァーがにやにやしていることに気づいた。

「つまりわたしが前の座席にすわるのは、不安だからというのね？」ピアはネフのおしゃべりに割り込んだ。「あるいは女だから不安だというの？」

「両方さ」

ピアは冗談かと思ったが、ネフはいたって真面目だった。

「それから、わたしに対して強気に出ていることも問題だね。後ろにすわって、という命令口調。ていねいに頼むことをしなかった。しかもわたしの行く手をさえぎった。命令を言葉だけでなく、体で示したことになる」

「あきれた」ピアは首を横に振った。「わたしが助手席にすわるのは、この車にカーナビがついてなくて、犯行現場までの道を知っているのがわたしだからよ。あなたはそれを知らない。それに、わたしはいつも前にすわる」

「そうかね。わたしもいつも前にすわる。今のなにげない言葉から、きみの考え方のなにがわかると思う？　きみは融通が利かない。ルーチンワークにこだわる。その方が安心感を覚えるからだ。さらにいうと、きみは変化や革新を恐れる。この分析にはまだあとがあるが、このくらいにしておこう」

ピアはきつい言葉で言い返したかったが、黙っていることにした。たしかに突然、不安を覚えたのだ。それが腹立たしかった。ピアがなにもいわなかったので、ネフは納得させられたと思ったらしい。ＦＢＩで研修中に覚えた最新のプロファイル法について話しだした。

「シリアルキラーには一定の行動パターンがある。統計的には特殊な社会的、経済的特徴と結びつくもので、また結びつかなければならない」彼は後部座席からしゃべりつづけた。「われわれは犯罪学上の知見に基づき、証拠や犯行現場の手がかり、犯罪事実を勘案しながら結論を引きだす。その意味では、犯行現場を写真でしか知りえないというのは非常に残念なことだ。犯行現場を実地に検分する方が望ましい」

オリヴァーはウィンカーをだして、ケーニヒシュタインの環状交差点をクローンベルク方面に曲がった。オペル動物園のそばを通った。ピアはここで降ろしてくれとボスに頼みたくなった。こんな頭でっかちに不快な思いをさせられるくらいなら、クリストフといっしょにエクアドルとガラパゴス島へ行った方がはるかにましだ。

「あなたの講演を中断させて悪いのだけど」ピアはネフにいった。「なにか質問はないの？ 昨日、しかも事件が起きて四十五分後に犯行現場に駆けつけたのはわたしだけど」

「知っているとも。事件ファイルを読んだからね」ネフは少し不愉快そうに答えた。「むろん質問はあるし、質問することになるだろう。わたしはチームの一員だからね」

書類上はね、とピアは思った。こいつがチームの仲間入りを果たすとは到底思えなかった。

「遺族と話すのはわたしたちに任せてもらいたい」ようやくオリヴァーが口をはさんだ。十五分間もよく黙っていられたものだ。

「どうしてだね？」ネフが不平を鳴らした。「わたしは……」

「捜査官はわたしたちで、あなたは外部の事件分析官だ。つまり一種のオブザーバーで、観察したことを分析するのが仕事だ」オリヴァーは落ち着いた声できっぱりといった。ネフが啞然として口をつぐんだので、ピアはそれだけでオリヴァーにキスをしたくなった。

＊

マルガレーテ・ルードルフはオーバーウルゼル生まれで、生涯そこに住みつづけた。古くて瀟洒(しょうしゃ)な邸宅は彼女の両親の家で、両親が早く亡くなったあとすぐ夫と移り住んだ。インゲボルク・ローレーダーと同じように、マルガレーテ・ルードルフもみんなから愛され、尊敬されていた。教区やスポーツクラブや文化サークルで熱心に活動し、ブリッジをたしなみ、文学同好会の会長を務め、ライオンズクラブ婦人部にも入っていた。知り合いは多いが、彼女の命を狙う者など絶対にいない、と寡夫と娘は何度も口を酸っぱくしていった。ふたりはいうまでもなく、ひどいショックを受けていた。

「コーヒーをおだししたいが……娘とわたしは……まだあそこに……」ドクター・ルードルフは六十代はじめの白髪が目立つやせた人物だ。彼は話の途中でいいよどんだ。オリヴァーも、ピアも、彼がなにをいわんとしているかわかった。事件現場清掃人が作業に入り、キッチンには血痕一滴残されていないが、それでも入るに入れないのだ。

ドクター・ルードルフは気をしっかり持ってどんな質問にも答え、懸命に平静を保とうとした。それは娘の方も同じだった。ふたりとも、自分を律することに慣れていた。だがカロリーネ・アルブレヒトの方はいまだに昨日の服を着ている。夜、一睡もしなかった証拠だ。

家の中はすでにクリスマスらしい飾り付けがしてあった。サイドボードには、楽器を持つ天使や、黄ばんだ髭を生やしたパイプ男といった木彫り人形が並び、床に置かれたガラスの花瓶に挿したモミの木の枝がクリスマスらしく飾りつけられていた。どっしりした食卓には趣味のいい待降節のリースがのっていて、四本目の蠟燭にまだ火がともされていなかった（クリスマス直前の四週間である待降節では、一週間ごとに蠟燭の火をともす）。雪が積もった庭に面した天井まである桟付き窓には紅白色違いで大きさの異なる星が貼ってあった。

庇（ひさし）のある外のテラスには立派なモミの木があり、飾られるのを待っているが、おそらく飾られずに終わる。家の中は一変するだろう。心筋梗塞（しんきんこうそく）などで愛する人を失うだけでもつらいことだが、殺人事件は桁違いに悲惨だ。

「アルブレヒトさん」ピアは慎重にいった。「お嬢さんのグレータさんと話せますか？」

「意味がありますか？」カロリーネはいった。「外は暗くて、キッチンには明かりがともっていました。娘はだれも見ていません」

「お嬢さんは今どこですか？」

「バート・ゾーデンに住む父親のところです。慣れた場所と多少の日常が今の娘にはとても大事なんです」

カロリーネはそこで口をつぐみ、唇を引き結んだ。父親が彼女の腕に触れると、カロリーネは父親の手に自分の手を重ねた。ふたりはぴったり寄り添っているのに、どこか所在なげで、よそよそしかった。家族に思いがけない死が訪れたとき、しかもそれが殺人事件だったりすると、遺族はそれまで敵意を抱いていても、たいていはそれを忘れ、慰め（なぐさ）合うために親密の度合いを増すものだ。だが逆に以前からくすぶる確執が顕在化して、家族を崩壊させることもある。

ピアはグレータと話すことに固執するのをやめ、ボスに軽くうなずいて、あとを任せた。

「この数週間、奥さんになにか変わった点はありませんでしたか？」オリヴァーがたずねた。

「なにか気になるものを見たとか、怖い思いをしたとかいっていませんでしたか？」

「いいえ」ドクター・ルードルフは心ここにあらずという様子で首を横に振った。体をこわばらせてすわったまま、華奢(きゃしゃ)な手を祈るように合わせていた。頬にかすかに無精髭(ぶしょうひげ)が見え、褐色の瞳にベールがかかり、表情からはなにを考えているのかわからなかった。

「面識のない職人が家に出入りしたとか、電気や水道のメーターをだれかが検針にきたとか」オリヴァーは慎重につづけた。「いつもと違うこと、不自然なことはありませんでしたか？」

ルードルフはちらっと考えてから、すべて否定した。

「わかりません」

「インゲボルク・ローレーダーという名前に覚えはありませんか？」今度はピアがたずねた。

「ニーダーヘーヒシュタット在住の方ですが？」

ルードルフは眉間にしわを寄せた。「いいや。すまない。聞いたこともない」

「アルブレヒトさん、なにかあったとき、お母さんはあなたに打ち明けていましたか？」オリヴァーは娘の方を向いた。「お母さんとの関係はいかがでしたか？」

「よかったです。心が通っていました」カロリーネはいった。「仕事が忙しいですが、母とは毎日電話で話をしていました。あいさつ程度のこともありましたが、一時間以上話し込むこともありました。母は……いつもわたしの人生の支えでした」声がふるえたが、しっかり気持ちを抑えた。「もし……なにか気になることがあったり、不安を抱いていたりしたら、話してくれたはずです」

取り乱さないよう必死で我慢している、とピアは思った。母親を失った悲しみに加え、娘の心のケアも考えなければならない。きっといつか限界に達し、絶望に打ちひしがれるだろう。

ピアはカロリーネのためにも、そして自分自身のためにも、今そうならないように祈った。いったん感情が爆発すると、収拾させるのが大変だ。カロリーネは自分を恥じるだろう。そうなると、今後の事情聴取が難しくなる。

オリヴァー、ピア、そしていわれたとおり口をださなかったネフが立ちあがり、カロリーネも腰を上げた。

「母はだれにもひどいことをしませんでした。殺されるいわれなんてありません!」カロリーネはうっと声を漏らした。笑っているような、すすり泣いているような声だった。父親も鉄壁の自制心を失って泣きだした。「母よりも射殺されるべき人間がごまんといるはずです!」

*

帰りはピアがハンドルを握った。動物園の前を通りたくなかったので、ボマースハイム方面に曲がった。州道三〇〇四号線はミクヴェルアレー通りが終わるところで高速道路六六号線に接続する。このルートなら信号もすくなく、ノーマルタイヤでのろのろ走るドライバーに遭遇することもないので、一気に走り抜けられる。

ピアとオリヴァーはいつも事情聴取したあと、相手の返答や反応や態度について意見交換するのだが、ネフが同乗していたためそのタイミングを失した。ネフは後部座席にすわるなりぺらぺらしゃべりだし、呼吸するのももどかしそうに事細かいことまで分析した。

「ちょっとおしゃべりをやめてくれません。考えがまとまらないんですけど」ピアは苛立っていった。「あなたは臨床心理士だったりするんですか?」

「わたしの観察と分析がおしゃべりといわれたのははじめてだ」ネフはむっとして答えた。「経験からいえることだが、すぐに同僚と意見交換するのは事情聴取をより包括的に認知するために有効だ」

「あのですね、わたしたちも何年も前からそういう経験をしています」ピアはきつい言葉で言い返した。「しかしこれから十キロほど黙っていてくれるとありがたいんですけど」

ネフがなにかいう前に、電話が鳴った。オリヴァーはハンズフリー通話をしようとしたが、相手の氏名を画面で確認して、そのままiPhoneで話をした。相手の話をしばらく聞いて、二、三回うん、うんと答え、あいさつすることなく通話を終了させた。

「署長？」ピアはたずねた。

「ああ」

「どんな感じ？」

「かなりきている」

「というと？」

「上から圧力がかかった」

「報道のせいね」

「ああ」

七年も組んで仕事をしているので、ふたりは夫婦みたいなものだ。長い時間をいっしょに過ごした者同士には電報スタイルの言葉のやりとりでも十分理解できた。

「その退化したコミュニケーションは、わたしをのけ者にするためかね」ネフが後部座席から不満そうにいった。

「とんでもない」ひどい邪推にびっくりして、オリヴァーは答えた。「電話はエンゲル署長からだ。報道機関が事件を書き立てたせいで騒ぎが大きくなり、内務省が口をだしてきたっていうんだ。上から圧力というのはそのことだ。これでいいかい？」

「ふむ」ネフはひと声うなった。

ピアはダッシュボードの時計を見た。午後四時四十三分。クリストフはぼちぼち空港に向かっている頃だ。当分顔を見られなくなる。三週間ははてしなく長い。

「それにしても道路がすいてるな」オリヴァーがいった。「普通、金曜日のこの時間帯はとんでもない渋滞になるのに」

「そうですね」ピアもうなずいた。「もしかして、理由は……」

「おそらく」オリヴァーは相槌を打った。

「ドイツ語という美しい言語をずたずたに切り刻むなんて、まったくけしからん」ネフが文句をいった。

「そう？」ピアは驚いて見せた。

「かもな」オリヴァーはにやっとした。

それからふたりは笑った。笑うところではなかったが。

＊

捜査官たちはフラストレーションがたまっていた。オーバーウルゼルとニーダーヘーヒシュタットで目撃者を探しても成果が上がらず、被害者の隣人や知人からいくら情報を引きだそうとしても、なにも出てこなかったからだ。一日じゅう家から家へ訪ね歩き、わからないといわれ、肩をすくめられるばかり。ホットラインにも、役に立つ情報はまるでかかってこなかった。ドクター・ルードルフはインゲボルク・ローレーダーという名に聞き覚えはなく、レナーテ・ローレーダーもマルガレーテ・ルードルフをまったく知らなかった。ふたりの被害者の共通点はともに女性であり、娘の母親だということだけだ。

オーバーウルゼルの犯行現場の検証結果も前日のニーダーヘーヒシュタットと大差なかった。「薬莢もなし。靴跡もなし。犯人の手がかりゼロ。まるで実体がつかめない」クレーガーは悲しいくらいに短い報告をした。

「こちらも芳しくない」オリヴァーはいった。「ふたりの被害者ともに、脅迫や無言電話といったおかしなことに遭遇していない。どちらの事件もどこから手をつけたらいいかわからない。偶然に期待するか、犯人の犯行声明を待つしかないな」

特捜班本部は沈黙に包まれた。

「わたしは、諸君ほど絶望していない」ネフが発言した。

「それはすばらしいわね」立ちあがって、ネクタイを直し、上着のボタンをはめたネフを見て、ピアは目をくるくるさせた。

「すでにはっきりとしたモデルができあがっている」ネフがはじめた。「犯人は恣意的だが、綿密に計画を立てている。非常に知的な人間ということだ。衝動的だが、その衝動はうまく制御されている。もう若くはない。とはいえ三十歳くらいだろう。なぜなら苦もなく走ったり、よじ登ったりしているからだ。犠牲者のパターンもかなりはっきりしている。六十歳から七十五歳の女性。事件分析は心理学と関係ないが、犯罪捜査学や刑事犯罪学とは関係が深い。だからこう推理する。犯人はマザコン男だ」

ネフは満足の笑みを浮かべ、どうだというようにみんなを睥睨した。「六十歳以上の女性は気をつけろ。外には出ず、家のブラインドを下ろせとか警告するのか?」カイがピアにささやいた。

ピアはにやにやしながら首を横に振った。署長はあいにく外の廊下で電話に出ていたが、こいつがろくでもない奴だと早く気づいてくれることを祈るばかりだ。ピアは半分上の空で聞いていた。クリストフからもう一度電話がないかなと心待ちにしていたからだ。

「ちょいといいかね」クレーガーが発言した。「あまりにくだらない。今わかっている情報で犯人のプロファイルが作れるわけがないだろう」

「あんたには無理でも」ネフはいまだに微笑んでいた。「わたしならできる。FBIで鍛えてきた……」

「俺もアメリカに二年滞在して、FBIで研修した」クレーガーが口をはさんだ。「すべての情報が揃うまで、いたずらに推理すべきではないということをな。細部をすべて見てからでないと、全体像は描けない」

「だからそのためにわたしは呼ばれたのだ」ネフは愛想よくいった。「諸君はすぐ細部に振りまわされるから、わたしが全体を見渡す」

クレーガーは顔を紅潮させた。他の捜査官もぶつぶついいだした。クレーガーはあまり自分を前面にださないが、能力があることは折り紙つきだ。彼の緻密さと勘の鋭さのおかげで、これまで何度も難事件が解決できた。

「そこまでにしておけ」オリヴァーが見かねて口をはさんだ。「ネフ事件分析官、あとでわたしの部屋に来てくれ。他のみんなは帰宅してくれたまえ。ただし即応できるようにしていること。明朝、次の捜査会議をひらく」

「いやあ」カイはささやいた。「秘密兵器はクレーガーを怒らせたな」

「わたしのこともよ」ピアはいった。「まったく救いようのない奴。プロファイラーは役に立ちそうもないわね」

二〇一二年十二月二十二日（土曜日）

カトリーン・ファヒンガーは墓穴からはいだしてきたような顔つきだった。顔全体が青白く、目に隈(くま)ができていた。足を引きずるようにして二階の会議室に入り、どさっと椅子にすわり込んだ。

「狙撃されないように気をつけろ」クレーガーがからかった。「まるでうちの婆さんのようだ」

「鏡で自分を見なさいよ。あなただって大差ないわ」カトリーンがむっとして言い返した。

「手伝うために頑張って出てきたのに、なんて言い草よ」

「クリスティアンがそういうのも、うちの天使の秘密兵器が昨日、自説を披露したからさ」カイがにやっとした。

「だれ？」そうたずねて、カトリーンはくしゃみをした。

「ヴィースバーデンから来たＦＢＩの第一人者」クレーガーが吐き捨てるようにいった。「だれよりも知っている、だれよりもできる。本人いわく、十年前ワシントン近郊で起きたスナイパー殺人事件をひとりで解決したらしい」

「州刑事局事件分析官アンドレアス・ネフ。われわれの捜査の助っ人」ピアがいった。「ふたつの事件を分析して、犯人は年輩の女性を標的にしていると結論づけたの」

「それは、どうも！」カトリーンはクレーガーをじろっとにらんだ。

彼女は捜査十一課の中で一番若く童顔で、角張ったメガネと華奢な体格のせいで実年齢の二十六歳よりもはるかに下に見られた。しかし人畜無害と思ったら大間違いだ。カトリーンは自意識が高く、怖いもの知らずだ。フランク・ベーンケ相手に意地を張り、とうとう彼が懲戒処分されるように仕向けた過去がある。

「どういう奴？」カトリーンがたずねた。

「すぐにわかるさ」窓辺にもたれかかって駐車場を見下ろしていたカイがいった。「ディル・

クーパー（テレビドラマ「ツイン・ピークス」に登場するFBI特別捜査官）廉価版のお出ましだ」

「それじゃ早いとこ、線条痕の分析結果を報告してしまおう」そういうと、クレーガーは手にしていた書類をめくった。「採取された二発の弾丸は同じ銃から発射された。あいにくその銃がそれ以前に発砲された記録がない。つまり警察の網にかかっていない」

「ふたつの事件が同一犯によるのは確定か」カイがいった。

「マザコンの犯人」ピアが付け加えた。

「それをいうなら祖母コン」クレーガーはピアに目配せをして会議室を出た。

ピアはクリストフに思いをはせた。昨日、彼が飛び立つ前に電話で話ができた。もうエクアドルのキトに着いているだろう。時差は六時間。あっちの現地時間で今は早朝の四時。電話をかけるには早すぎる。だが、今からもう恋しいと伝えたかった。昨日は、電話で話したあと、スーツケースの荷を解いて、早めにベッドに入った。驚いたことに、一週間ぶりに熟睡した。こっちに残るという判断は正しかったのかもしれない。

ネフが会議室に入ってきた。ダークスーツ、ワイシャツ、黒いネクタイ。短くカットした褐色の髪は完璧に整えてあり、黒靴はピカピカに磨いてあった。手にはコーヒーカップを持っている。どうやら給湯室から持ってきたらしい。

「おはよう！」彼の視線がカイとピアからカトリーンに移った。「おお、これはどなたかな？」

「カトリーン・ファヒンガーです」カトリーンがかすれた声でいった。「うつるから、そばに来ない方がいいですよ」

「わたしはネフ。州刑事局の者だ」ネフはカトリーンをちらっと見て、関心をなくした。「捜査課の秘書かね？」

カトリーンの目つきが険しくなった。

カイはピアと視線を交わして、背を向けた。にやにやしているところを見られないためだ。本当に自分から地雷を踏む奴がいるとは。

「さて」ネフはカイの方を向いた。「昨夜もう少し検討を加えた。クリスマス中はこれ以上事件が起きないだろう。犯人は社会生活を営んでいる。つまり……」

「それ、わたしのカップですけど」カトリーンがネフの言葉をさえぎった。

「……家族と過ごしているか、いっしょにバカンスをしている」ネフはカトリーンを無視してゆっくり机をまわり込み、コーヒーをひと口飲んだ。「クリスマス休暇中の犯行はない」

カトリーンは腰を上げて、ネフの前に立ちはだかり、彼が手にしているカップを指差した。

「それ、わたしのカップです。そこに書いてあるでしょ。見えます？ カトリーンのカップ」

「ああ、本当だ」ネフは眉間にしわを寄せた。「他のは汚かったんでね。カップはもっときれいにしておいた方がいい。洗剤を使えば、簡単にきれいになる」

「カップを返してください」カトリーンが怖い口調でいった。「自分のを持ってきたらいいでしょう」

「秘書とは仲よくしないとな」ネフはやさしく微笑んでカトリーンに磁器のカップを返した。

「さもないとおいしいコーヒーは飲めない」

「秘書じゃありません。ファヒンガー上級警部です」

ネフは困惑もしなければ、わびも入れなかった。

「なるほど。ところで、話はどこまでしたかな？　そうそう。犯人のプロファイルだが」

「まだ情報がすくないのに、どうやってそんな結論がだせるんです？」カイがたずねた。

「そういう方法がある」ネフは鼻高々に答えた。「もちろん経験豊富でなければ無理だ」

机にのっていた電話が鳴りはじめた。そばにすわっていたピアが身を乗りだし、受話器をつかんだ。十秒ほど話を聞いた。

「すぐ行く」そういうと、ピアは受話器を置いた。

「なにかあったんですか？」カトリーンがたずねた。

「マイン＝タウヌス・センターで発砲事件」そう答えると、ピアは立ちあがった。「カイ、ボスに連絡して。カトリーンとわたしで行く」

「わたしも同行する」ネフは目を輝かせながらいった。

「お断りします」ピアはジャケットとリュックサックをつかんだ。「あなたが必要なときはいいます」

「ここでわたしになにをしろと？」

「全体像をつかんでください。そのためにあなたは呼ばれたんですから」

＊

「手伝わせて、パパ！」そういって、ゾフィアは小さなプラスチックのバスチェアをバスルームからキッチンに引きずってきた。「チキンスープなら作り方を知ってる」

ゾフィアはバスチェアをオリヴァーの横に置いた。

「そうなのかい？」考えごとをしていたオリヴァーは、笑みを作った。「どうやって作るのかな？」

「まず水。それから塩、コショウ、ブーケガルニ」ゾフィアは指を折って数え、作業台に身を乗りだした。「それからチキン。でもオーガニックチキンよ。そうそう、それからキノコ！キノコ大好き！」

「おいしそうだな」オリヴァーはうなずいた。「じゃあ、それをこしらえよう」

「あたし、ニンジンを切る」ゾフィアは引き出しを開けて、一番大きな包丁を取りだした。

「キノコをきれいにしたらどうだい」オリヴァーは包丁を取りあげた。

「そんなのつまんない！　ママはニンジンを切らせてくれたよ」ゾフィアは目を吊りあげて地団駄を踏んだ。

「うちではだめだ」オリヴァーは答えた。

「でも、できるよ！」

「キノコ、それともなにもしないかだ」

「じゃあ、なにもしない」ゾフィアはバスチェアから飛びおりると、ひと蹴りした。バスチェアが転がった。ゾフィアは胸元で腕を組み、これみよがしにふくれっ面をしてしゃがみ込んだ。

オリヴァーは放っておくことにした。末娘と週末を過ごすのが、このところ億劫になっていた。朝から晩まで気が休まらないし、ゾフィアはロザリーやインカに嫉妬して、聞き分けが悪い。コージマは面倒くさがって、なんでも末娘のいいなりにしているのだろう。ローレンツやロザリーのときと同じだ。当時も日常の育児はオリヴァー任せだった。コージマは旅行やオフィスでの仕事で忙しかった。たまに家にいても、コージマには居場所がなかった。子どもたちは母親のいない生活に慣れていたからだ。だから気に入られたい一心で、彼女はさらに子どもたちをあまやかし、オリヴァーが禁じたことをなんでも許した。子どもたちは母親を甘く見て、生意気に振る舞うようになった。それからコージマはきびしくしようとしたが、やり抜くことができなかった。オリヴァーはバランスを取るため、諍い(いさか)の仲裁に乗りだし、口うるさくきまりを守らせることが多かった。

ゾフィアの場合も、同じ問題に直面している。六歳のゾフィアはまだあきらめることときまりを守ることをまともに学んでいない。祖父母や家政婦は簡単にゾフィアの言いなりになるが、オリヴァーはそんなに甘くなかった。ゾフィアはかわいい顔をして、大きな問題を抱えている。どう対処したらいいのかわからない。そもそも対処できるのか。インカはオリヴァーと同居するつもりだったが、そうしないのはゾフィアのせいかもしれない。はっきりと口にはしないが、しばらく前からゾフィアが来る週末になると家を離れる。オリヴァーは見捨てられた気がしていた。一度そのことを話題にしたとき、インカはいった。〝ゾフィアがいるときは、わたしの方を見ないでしょう。それなら自宅や動物病院にいたって同じじゃない〟

ふたりのあいだで口論になることはなかった。インカとは決して喧嘩にならない。話題の核心は、口にはださないが「娘かわたしの二者択一」だ。オリヴァーはそのことに落胆しつつ、インカがそこをうやむやにしていることに安堵してもいた。そもそもオリヴァーの弱腰、あるいはエゴイズム、あるいは無精なところに原因があるのかもしれない。しかし正直いって、何年も譲歩し、末っ子を育てる気力はオリヴァーにもなかった。

コージマは当時、妊娠を黙っていて、後戻りできないところに彼を追い込んだ。終わりのはじまりだった。コージマは若くありたいという欲求を持ち、赤ん坊では飽きたらず、家族を顧みないで浮気に走った。すべてを壊したのは彼女だ。結婚生活を破綻させ、両親が揃った家庭で育つ機会を末娘から奪った。コージマが底なしのエゴイズムでしでかしたことの尻拭いをどうしてしなければならないんだ。ロシア人冒険家との関係はとっくの昔に切れていた。あいつが求めていたのは情熱的な恋人で、小さな子どもを抱え、疲れ切った母親ではなかったということだ。

ルッペルツハインの家を買うとき、オリヴァーはゾフィアのことも考えた。いざとなったら自分のところで預かってもいいとも。だが子どもに全人生を捧げ、インカとの関係を危険にさらす覚悟はなかった。

オリヴァーがちょうど席につき、スープを口にしたとき、iPhoneが鳴った。ピアだった。声が緊張していた。

「マイン=タウヌス・センターに向かっているところです。発砲事件があり、現場はパニックになっています。死者や負傷者がいるかどうかは未確認です」

オリヴァーはぎょっとした。気が動転しそうだった。ロザリーがそのショッピングセンターでなにか買い物をするといって、一時間半前に出かけたばかりだ。

「末娘をだれかに預けたら、すぐに行く」オリヴァーはそういって、立ちあがった。「状況は逐一知らせてくれ！」

オリヴァーはふるえる指でロザリーの番号に電話をかけた。呼び出し音が鳴ったが、出ない。オリヴァーは冷静に考えた。土曜日のショッピングセンターは数千人でごったがえす。よりによりによってロザリーになにかあるなんてことがあるだろうか。でもこういうときは、みんなそう考える。だれかが貧乏くじをひき、運のよかった他のみんなは、ほっと胸をなでおろす。

オリヴァーがインカに電話をかけると、彼女はすぐに出た。

「仕事が入ってしまった。ゾフィアをきみのところに預けられないかな？」

「わたしはまだ患者のところなの」インカは少したためらってからいった。「クリニックに連れてきて。わたしが戻るまで、ヴァーグナーに見てもらう」

「いつ迎えにいけるかわからない」オリヴァーは電気コンロのスイッチを切った。「マイン＝タウヌス・センターで発砲事件があったらしい。ロザリーが心配だ。ショッピングセンターに行くといって出かけた。電話をかけても出ない」

「大騒ぎになってるでしょうから、きっと携帯電話が鳴ってもわからないのよ。心配しないで。遅くなっても、わたしはかまわない」

ここがインカのいいところだ。オリヴァーと同じでなにがあっても動じず、ためらうことなく冷静に対処する。コージマとまったく違うところだ。コージマは、オリヴァーがなにか提案すると、面倒で、不愉快な目にあうのではないかといつも先回りして考えるところがあった。

「スープはどうするの？」ゾフィアがいった。計算高い目つきをしている。オリヴァーはそれが気に入らなかった。

「ごめんよ」オリヴァーは首を横に振った。「その時間がなくなった。出かけなくてはいけない。急いでくれ。インカのところに連れていく」

「でも、あたし……」

「話し合っている暇はないんだ」オリヴァーはゾフィアの言葉をさえぎった。「上着を着て、靴をはきなさい。急いで」

ゾフィアは唖然として父親を見た。

「だけど、おなかがぺこぺこなのよ！」

「すまない」オリヴァーはマフラーとコートを身に着け、ダウンジャケットをゾフィアに渡した。「さあ、行くぞ」

「いや」ゾフィアは腕組みして、床にしゃがんだ。オリヴァーは神経が切れそうになった。

「ゾフィア、いいかげんにしなさい」オリヴァーはきつくいった。「仕事なんだ。おまえと議論している暇はない。三分で服を着て、車に乗らなかったら、怒るぞ」

「そうしたらどうなるの？」母親のような言い方だった。

「クリスマスプレゼントはなしだ。映画も観ない。本当だ」

「ひどい！」ゾフィアが目に涙を浮かべてどなった。「だいっきらい！」

＊

マイン＝タウヌス・センターは大騒ぎになっていた。店内通路の二階部分で銃声が鳴り響いたらしいが、全員が聞いたわけではなかった。だが銃乱射と死傷者が出たという噂があっという間に広まった。怯えた人々はすでに人でいっぱいの店舗に命からがら逃げ込んだり、店内通路から身を隠したりしようとしたが、緊急通報で出動した機動隊によってショッピングセンターは完全に封鎖され、すでにだれも逃げられなくなっていた。

ピアとカトリーンは防弾チョッキを身につけ、機動隊員と共にがらんとした店内通路をすすんだ。犯人がどこにいるのかだれにもわからなかった。まだ隠れているのか、逃げ去ったあとなのかも不明だ。物陰に隠れた方が無難だ。床には、逃げ惑う客が落としたり、ぶつかったりしたせいで買い物袋や服が散乱していた。フランクフルトから出張ってきた特別出動コマンド(SEK)がショッピングセンターを虱潰し(しらみつぶし)に調べ、狙撃者と被害者を捜した。これでスナイパーを捕まえられるとみんなが期待した。だがピアはしっくりしなかった。例の犯人が人でごったがえすショッピングセンターで犯行におよぶというのはどうも理にかなわない。奴は逃げ道を周到に考えておくはずだ。ここでは目撃されたり、パニックになった群衆に逃げ道をふさがれたりする恐れがある。とはいえ群衆はいい隠れ蓑(みの)だ。人混みに紛(まぎ)れることができる。それでも武器を持ち歩くから、そう簡単でもないはずだ。

クリスマスの音楽は消えていた。異様な静けさに包まれている。聞こえるのは上空を旋回するヘリコプターの音だけだ。店舗のショーウィンドウを通して肩を寄せ合う人々が見える。水族館で怯えている魚の群れのようだ。

「けが人が多数出ていて、治療が必要です」支配人がピアと並んで歩きながらいった。「救急車を通してはいけませんか？」

五十代ののっぽのやせた男だ。この数時間でもみくしゃにされたのがわかる。最悪の事態に対応するはずの警備員たちがなすすべもなく群衆に押し倒されるところを目の当たりにしたに違いない。立体駐車場に通じる通路に無数の負傷者がいた。数百の人が恐怖のあまり出口に殺到したためだ。立体駐車場と大きな野外駐車場は、いっせいに走りだした車で身動きが取れない。騒ぎに乗じて店の商品を強奪する者まであらわれ、警備員が止めに入ったため、つかみあいになり、負傷者を増やすことになった。一年で一番の稼ぎ時だったのに、間違いなく最悪の日になった。

「大怪我をしたお客さまが何人もいるんです」支配人がピアにいった。「群衆に踏まれた子どももいますし、女性がひとり心筋梗塞（しんきんこうそく）を起こしています。早く医者に診（み）てもらわなくては！」

「わかっています！　しかし銃を持った犯人がまだいるかもしれないんです！」ピアは立ち止まって、必死の形相の支配人を見た。どうすればいいだろう。負傷者を医者に診せずにいて、もし死者が出たら一大事だ。だが犯人に逃げられはしないだろうか。

〝自分では意識していないだろうが、不安ゆえに攻撃的になっている〟ネフの言葉が頭の中で響いた。いまいましい！

落ち着け、とピアは自分に言い聞かせた。オリヴァーがまだ来ていない。ピアが今ここにいる警官のトップだ。優先順位をつけて、決断しなければならない。今すぐに。

「カトリーン。救急医と救急車を敷地内に入れるよう伝えて」

「わかりました」カトリーンはうなずいて、無線機をつかんだ。

「ありがとう」支配人はほっとした様子で、きびすを返すと、走り去った。

突然、ピアの無線機から音が漏れた。

「逮捕しました！」特別出動コマンド(SEK)の現場指揮官の声がはっきり聞こえた。ピアはほっと安堵した。「バスセンター脇の立体駐車場二階。凶器も確保」

「すぐに行く」そう答えて、ピアは駆けだした。

＊

ガラスの割れる音、どさっという鈍い音、金切り声。彼女はびくっとして背筋が寒くなった。頭の中で真っ先に考えたのはグレータのことだ。買い物メモを書いていたボールペンを置くと、食卓から慌てて立ちあがり、台所へ走った。グレータがそこにいた。娘になにごともなかったので、ほっと安堵したが、グレータの顔も、買ったばかりの新しいセーターも血で真っ赤だった。心臓が止まるかと思った。グレータは目を大きく見開いて床を見つめていた。カロリーネは娘の視線を追った。そこにこの世界の支柱が横たわっていた。黒とクリーム色で配色された、すり減った床のタイルに母親が横たわっていたのだ。頭のまわりには血だまりができていた。白っぽい骨片と黄色い脳漿(のうしょう)のまじった血がシステムキッチンのつなぎ目を伝って滴り落ち、白い戸棚に飛び散っていた。カロリーネは膝からくずおれ、母親の手に触れた。温かかった。戸棚に頭をぶつけて気を失っているだけかもしれない。

「母さん！」カロリーネはささやいた。「母さん、起きて！」

母親の肩を軽く揺すった。頭ががくっと横を向いた。だがそこに母親の顔はなく、真っ赤に染まった肉塊しかなかった。

カロリーネはぎょっとして体を起こした。胸が痛いほど鼓動が早鐘を打ち、寒気に襲われた。

母は死んだ。

悪夢ではない。

カロリーネはまた上体を横たえ、目をつむった。おぞましい現実に向き合いたくなかった。脳裏に焼きついたイメージをどう消し去ったらいいのだろう。夢の中でもすべてが細部に至るまで鮮明に見えた。あのときの驚愕を再体験した。泣きじゃくるグレータを抱いて、キッチンから出た。そのあとのことは断片的にしか思いだせない。別れた夫カルステンが駆けつけてくれた。警察もやってきた。それから父親……絶望して悲鳴をあげる父親。母親の顔がなくなっているのを見たときと変わらないくらいショックだった。カロリーネは苦しいため息をついた。これからどうしたらいいのだろう。自分の母親が間近で射殺されるという体験をして、これからどういう態度を取ったらいいのだろう。みんなはどういう態度を期待するだろう。これまでどんな問題も論理的に解決してきた。合理的に決断を下し、解決に向けて行動した。だが今回はそれが通用しない。心臓が萎縮してしまい、泣くこともできない。いや、今悲しみに負けたら、立ち直れなくなる。

カロリーネはなんとか体を起こした。体の節々が痛い。体が鉛(なまり)のように重い。悪夢の光景が脳裏に渦巻いている。まるで小さな亀裂から漏れだす水のようだ。やがて壁に穴をうがち、すべてをのみ込んで破壊するだろう。彼女の世界は色彩を失った。彼女の人生は、これ以前とこれ以降に分かたれるだろう。

カロリーネはベッドから立ちあがり、足を引きずるようにしてバスルームへ行った。一昨日から、同じ服を着たままだ。シャワーも浴びていないし、ろくに食べてもいない。二、三回カルステンと電話で話し、グレータとも言葉を交わし、父親の面倒を見た。父親はほとんどなにもいわず、彼女と同じように茫然自失という地獄に捕らわれていた。着替えるため、カロリーネは昨夜自宅に帰ったが、ベッドに倒れ込むと、そのまま眠ってしまった。シャワーを浴びていると、電話が鳴った。今は出る気になれない。あとでかけ直せばいい。いつか。今は強くなくては。グレータのために、そしてとくに父親のために。いままで以上に父親はカロリーネを必要としている。

＊

ピアはデスクに向かって、出動報告書の結びの言葉をコンピュータに打ち込んで、保存した。スナイパーが逮捕できるかと思ったが、緊張と期待は失望に変わった。父親のフェイクガンを持ちだした三人の若者の悪ふざけだった。まったく質(たち)が悪い。ただでは済まされないだろう。自分の娘が無事だと知って胸をなでおろしたオリヴァーは、小さくなっている三人の若者にきびしく説教して、どんなにまずい状況か教えた。警察の出動費だけでも、両親は数千ユーロを支払わされる。損害賠償もある。三十四人がパニックで負傷した。重傷者もいる。心筋梗塞を起こした女性は生死の境を彷徨（さまよ）っている。

ピアは立ちあがって給湯室に行った。オリヴァーとエンゲル署長がそこにいた。

「あいつら、なにも考えてなかったんだろう」オリヴァーは首を横に振りながらいって、コーヒーを注いだ。「拳銃を撃つふりが恰好いいとでも思ったんだろうな。あきれる！」

「無理ないわ」署長はカップを口に運んだ。「最近の若者の多くは自分が悪いことをしているという自覚に欠けているのよ。コンピュータゲームで人を撃ち殺して遊んでいる。〈イライラしない〉（ドイツで古くから親しまれているすごろくゲームの一種）で相手のコマをはじきとばすのなんてかわいいものだったわね」

「両親は目も当てられないでしょうね」ピアがいった。「武器保管庫をちゃんと施錠していなかった父親はとくにね。ヴィネンデンやエアフルトで銃乱射事件が起きているのに、なにも学んでいないなんて信じがたいです」

「自分の子にかぎってそんなことはしないって信じてるのさ」オリヴァーは答えた。

「そうね」署長はカップをすすいで、流し台の横のトレーに置いた。「とにかく大過なく解決してよかった。よくやったわ、キルヒホフ」

「報告書も書き終えました」ピアはいった。署長が訊くだろうと思ったからだ。

署長はピアを見て、うなずいた。

「さすがね」そう答えてから、署長はオリヴァーの方を向いた。「少し時間ある？　話があるんだけど」

「いいとも」オリヴァーは署長と給湯室から出た。

ピアはカイと共有している部屋に戻った。するとあつかましいことに、ネフがピアのデスクにすわっていた。

「さっきいっただろう」ネフはデスクに足をのせて満面に笑みを浮かべた。「今日の事件がスナイパーではないとわかっていたさ。クリスマス前には犯行におよばない」

「わたしのデスクなんですけど」ピアは手で追い払う仕草をした。「ファヒンガーの部屋に空席がありますよ」

「ここにだってあるではないか」ネフはかつてフランクが使っていたデスクを指差した。今は事件ファイルの整理を担当しているカイが書類の仮置き場にしている。「ではあそこを使う。かまわないだろう」

「わたしなら、勝手にいじったりしないですね」

ピアの電話が鳴った。

「耳が悪いんですか。それともいやがらせ？」ピアがたずねた。ネフは足を下ろすと、わざとゆっくり腰を上げて、部屋を斜めに移動した。ピアは受話器を取って、椅子に腰を下ろした。

「ニーダーヘーヒシュタットの同僚から電話です」カトリーンがかすれた声でいった。「それと、ボスが、あなたと話したいといってます」

「回線をこっちにまわして」ピアは答えた。

ネフはそのあいだに、フランクの席だったデスクにのっているファイルや紙の束を興味深そうにぱらぱらめくりはじめた。カイなりに整理してある書類だ。ぐしゃぐしゃにされたと知ったら、彼は怒髪天を衝くだろう。

「エッシュボルン署のロートハウスです」ピアがよく知っている上級警部だ。「匿名の手紙が届きまして。興味を持つかなと思ったのです。インゲボルク・ローレーダーの死亡告知です」

ピアはびくっとした。

「死亡告知?」と聞き返した。

「はい、黒枠に十字架、文面も奇妙でして」上級警部は答えた。「こうです。〝追悼　インゲボルク・ローレーダー。インゲボルク・ローレーダーは死なねばならなかった。彼女の娘が救護を怠り、人を死に至らしめるという罪を犯したが故だ〟。差出人名は〝仕置き人〟」

ピアは緊張して息をつめていたことに気づき、息を吐いた。非常に興味深い! ふたりの被害者の氏名はまだ公にしていない。ローレーダーの知人がこんなことをするはずがない。そして犯人にしか知りえないこと、つまり動機に触れている!

ピアは上級警部に礼をいって、三十分でそちらへ行くといった。

「なにかあったのか?」ネフが興味を覚えてたずねた。

ピアは質問を無視して、立ちあがると、オリヴァーを捜すことにした。そして署を出ようとしている彼を署長室の前で見つけた。

「これからインカのところに末娘を迎えにいく」オリヴァーはいった。「なにかあったら電話を……」

「ニーダーヘーヒシュタットに行かなくてはなりません」ピアは興奮していった。「インゲボルク・ローレーダーの死亡告知が届いたんです。しかも犯人にしか知りえない情報が含まれています。被害者の氏名と……」

ピアは口をつぐんだ。ネフが廊下をやってきたからだ。

「なにも隠すことはないだろう」ネフは微笑みながらいった。

「こそこそやってきて、聞き耳を立てる人には聞かせられません」ピアはそっけなく答えた。

一瞬だが事件分析官の顔から笑みが消えた。ネフは明らかに面の皮が厚い。

「そういうわけにもいかない」ネフがいなくなってから、オリヴァーがいった。「協力し合うよう署長にもう一度念押しされた」

「だけど、最低の奴ですよ！」ピアはたてついた。「くだらないおしゃべりは癇に障ります」

オリヴァーはため息をついて、ポケットからiPhoneをだした。

「ニーダーヘーヒシュタットへ行く」オリヴァーはそういって、電話番号をタップし、iPhoneを耳に当てた。「ネフとクレーガーを連れていく」

「どうしてもですか？　ネフのことですけど」ピアは苦い気分でたずねた。

「つべこべいうな」オリヴァーはいった。「うまくやるんだ。頼む」

＊

人生は石を彫るのとは違う。柔軟に対応する必要がある。不安材料があるかぎり、最高の計画も完璧とはいえない。順番を変えることを検討した。バカンスに行かれては、パン屋の女店員がいつ戻るかわからない。

男はパンにチーズをのせてかじり、ふたたび机に身を乗りだした。建物の図面と数枚の写真がのせてあった。昨日の朝、パン屋に寄ったとき、狙撃に使うつもりだった工事現場にこの一日で外壁が貼られることが判明した。腹立たしいなんてものではない。狙撃をする場所を新しく探さなくてはならない。偶然、理想的なところが見つかった。グーグルマップで逃走経路も調べ、昨日下見した。

テレビのニュースが、マイン＝タウヌス・センターで今日の午前中、発砲事件があり、客がパニックになったと伝えた。男はリモコンをつかんで音量を上げた。

「……警察によると、エッシュボルンとオーバーウルゼルでふたりの女性を射殺したスナイパーではなく、三人の若者だったとのことです。三人はフェイクガンで……」

男は首を横に振って、テレビを消した。

食卓の蠟引(ろうび)きテーブルクロスに銃の掃除に必要な道具をすべて並べていた。銃は使うたびに掃除することが重要だ。銃身内の鉛の残滓(ざんし)は命中精度を著しく下げる。遊底も火薬の燃え滓(かす)を除去し、ガンオイルを差す必要がある。ここなら作業中に邪魔が入ることはない。男はチークピースをはずしてから、遊底止めを押し、ダストカバーから遊底を抜く。それからガンオイルを少しだけ銃身にスプレーし、ロッドガイドを差し込む。男は微笑みながら、薬室から銃口に向けて真鍮ブラシを通す。器用にねじ込んだブラシを銃口から抜いて、クリーニングロッドを引きもどす。綿パッチに汚れがつかなくなるまでこれを繰り返す。二度の狙撃とも上々だった。腕はなまっていない。

＊

「典型的だな」エッシュボルン署の署長室で匿名の手紙を見てから、ネフはいった。「犯人は目立ちたいんだ。ジョン・アレン・ムハンマドも所轄の署長に電話をかけ、自分は神だと主張した。警察に接触するのは、自己愛性パーソナリティ障害によくある行動だ」

　刑事警察署を出てから、ネフはのべつまくなしにしゃべった。ピアは洗脳されるような感覚を味わった。まともに考えることもできない。ボスの頼みなので、ピアはなんとか聞こうとしたが、クレーガーは「秘密兵器」を毛嫌いしているのを露骨に態度で示した。

「普通のコピー用紙。A4、白色」クレーガーはネフを無視していった。「触ったのはだれかわかるか？」

「開封した巡査だけです」ロートハウス上級警部は答えた。

「よし、巡査の指紋なら簡単に照合して除外できる」クレーガーは手紙と同様にビニール袋に入れられた封筒を仔細に見た。

「告知書はよくできているようだが」オリヴァーはいった。

「最近はちっとも難しくない」クレーガーはいった。「日刊新聞の告知用ポータルでテンプレートを選んで、送信をクリックするだけで済む」

「犯人は三十歳前後だな」ネフは主張した。「インターネットに詳しく、オンラインで死亡告知を作る方法を知ってい……」

「俺は四十六だが、そのくらい知ってるぞ」クレーガーがすかさずいった。「両親も知ってる。六十を超えているがな」

「だがあんたの両親は夜、変電施設によじ上って、視界の悪い中、六十メートル離れたところにいる人間を撃てるかね？」ネフはあざけるようにいった。

「オンラインで死亡告知を作成できる能力なんて条件をプロファイルに加えるから悪いんだ」クレーガーが話題を元に戻したが、ネフは笑みを浮かべて聞き流した。

「死亡告知が本当に犯人からのメッセージなら」オリヴァーは声にだして考えた。「インゲボルク・ローレーダーは行きずりの被害者ではないことになる」

「救護を怠り、人を死に至らしめた」ピアはいった。「どういう意味でしょうね？」

「とにかく犯人は重要なことをわたしたちに明かした」そう答えると、オリヴァーは眉間にしわを寄せた。「インゲボルク・ローレーダーは、娘がなにかをしたか、なにかをしなかったために死ななければならなかった。こうなると、事件に新たな光が当てられることになる」

「スナイパーが被害者を無差別に撃っているわけでないという証左ね」ピアはいった。「狙いすましていて、自分の行為を正当なものだと考え、〝仕置き人〟と名乗っている」

「よし」オリヴァーはいった。「レナーテ・ローレーダーに会って、これについてどういうか聞いてみよう」

オリヴァーは礼をいって、署長室を出た。クレーガー、ネフ、ピアの三人もあとにつづいた。

「精神病質者」ネフは訊かれてもいないのに、ピアの言葉にコメントした。「間違いない。気に障ることがあって復讐しているんだ。しかも本人ではなく、その近親者に対して。まったく卑劣だ」

「昨日は反対のことをいっていませんでした？」ピアはいった。「スナイパーは無差別に人を撃っていると」

「昨日はまだ、今日入手した情報がなかったからね」ネフはへらず口をたたいた。

ピアはあきれた。

「ああいえば、こういう」ピアは首を横に振った。「そういうのもアメリカ流ですか？　アデナウアー首相の名言〝昨日いったことなど、なんの意味も持たない〟を地で行くんですか？　でも、意見を変えてばかりいると、信用を落としますよ。うちの捜査官がだれもあなたを評価しないのもうなずけます」

クレーガーは愉快そうにニヤニヤした。ネフがはじめて言葉を失ったからだ。だがそれも長くはつづかなかった。

「初動捜査ではあらゆる可能性を提示する必要がある。たとえそれが一見したところ奇妙に思えるものでもな」とひらきなおった。

「ならばこれからはあなたのそのいいかげんな推測をいいかげんなものだとはっきりいってもらいましょう」ピアは冷ややかにいった。「さもないと、あなたの発言は捜査妨害以外のなにものでもなくなります」

「あんたのような素人がわたしの思考についてこられるなんて端から思っていない」ネフは答えた。「まあ、無理もない！　これほど雑然としていて、しまりのない捜査十一課ははじめてだ」

ピアが言い返そうとしたとき、クレーガーが先にいった。

「ここで素人にしか見えないのはあんただよ」本当の意味でクレーガーは頭ごなしにいった。というのも、ネフの身長はクレーガーの顎にも届かなかったからだ。「行き当たりばったりの理論とプロファイル中毒のせいで、あんたは支離滅裂だ。口を慎んで、人の話を聞くんだな。そうすればまだなにか学べるかもしれない」

「何様のつもりだ？」ネフが声を荒らげた。だがクレーガーはかまわずそばをすり抜けた。

「何様でもないさ。そんな偉ぶる必要は感じない」とネフの方を見もせずにいった。「そうだ、ピア、思いついたことがある。オーバーウルゼルの警察署に電話をかけて、同じような手紙が届いていないか確認した方がいい」

クレーガーがネフにだしたレッドカードはこれ以上ないほど真っ赤だった。ピアはネフのむっとした表情を見て、吹きだしそうになった。

オリヴァーはすでに手荷物検査所で三人を待っていた。

「遅いぞ」

「州刑事局のプチ・ナポレオンがまた失言したんで、ちょっと話をしたのさ」クレーガーが答えた。「それより、オリヴァー、オーバーウルゼルの警察署に同じような死亡告知が届いていないか問い合わせた方がいい。犯人はまだどこの署が捜査に当たっているか知らない。だから地元の警察署に死亡告知を送ったんじゃないかと思うんだ」

「なら、どうしてオーバーウルゼルなんだ？」オリヴァーはたずねた。

「マルガレーテ・ルードルフが住んでいる地域の管轄だからさ」

オリヴァーは少し考え、納得してうなずいた。

「問い合わせてみよう」警備室に足を向けると、オリヴァーは当直の警官と話した。

「死亡告知は本物だってことね？」ピアはクレーガーにたずねた。

「ああ、本物だと思う。この点ではナポレオンのいうとおり、犯人は動機を明かしている。これは復讐だ」

「わたしがだれだって？」ネフが目を吊りあげてたずねた。

「ナポレオンじゃいけないかい？」クレーガーは無邪気に微笑んだ。ピアはネフの顔を見て笑いそうになったため、あわてて背を向けた。

「納得できない！」

「あんたに素人呼ばわりされた俺の同僚も納得していないはずだ」クレーガーはすかさず言い返した。

「自分で反論できないのか？　あんたみたいなメガホンがないとだめなのか？　それとも肩入れをする別の理由でもあるのかね？」ネフはにやっとした。

オリヴァーが警備室から足早に出てきた。

「クリスティアン、大当たりだ」オリヴァーは興奮していった。「本当に死亡告知が届いていたぞ！　ローレーダーのところに寄ってから、その足でオーバーウルゼルへ行く！」

「答えがないのも答え」ネフはいった。「そんなところだと思った」

「なにを思ったんだ？」オリヴァーが訊いた。

「ナポレオンは、ピアを侮辱したときに俺が肩を持ったから、俺たちにやましいことがあるといってるのさ」クレーガーがそう答えると、ネフは顔を紅潮させた。

「なんだそれは？」オリヴァーが鋭い声でいった。「殺人事件を二件も追っているのに、そんなくだらないことをいう暇はない。チーム一丸になってもらわないと困る。そんな意地の張り合いはやめろ！」

「これでも遠慮しているんだ」ネフが文句をいった。「それなのに、こいつは黙ってろとぬかした！」

「朝から晩までくだらないことをしゃべってるからさ」そういって、クレーガーはガラス扉を開けた。

「素人ふぜいが！　みんな、グルになってる！」ネフが捨て台詞を吐いた。

「チビ野郎！」クレーガーが言い返した。

ピアはボスに頼まれた手前もあったので、ネフとなんとかうまくやっていこうとして黙っていた。見ると、ボスの鼻の付け根に縦皺（たてじわ）が寄っている。貴族としての包容力を失う直前だ。

「もう我慢できない！　帰る！」ネフは肩を怒らせてずんずん歩きだした。だれひとり呼び止める者はいなかった。

「バス停は右よ！」ピアは彼の背中に向かっていった。いわずにいられなかった。

「この幼稚園並みの騒ぎはなんだ？」オリヴァーがピアにいった。

「ボスだって癇に障ってるでしょう！」ピアは答えた。「あいつがいっしょだと、考えがまとまらないんです！」

「だがこれでいなくなった」オリヴァーもそれを残念には思っていないようだ。「さあ、車に乗ってくれ。まだやることがある」

＊

レナーテ・ローレーダーは自宅にいなかった。オリヴァーは出直すことにして、先にオーバーウルゼルに向かうことにした。ネフがいなくなったことで、内心ほっとしていた。チームに波風を立てていたからだ。はじめてふたりで会ったときはこんなことになるとは思わなかった。高飛車な態度は敵を作るだけだとどこかではっきり伝えなければならない。

iPhoneが鳴った。インカのところの医療助手ヴァーグナーからだ。帰宅したいが、インカがまだ戻っていないという。いまいましい。

「父にいって、ゾフィアを迎えにいってもらう。いろいろありがとう」

オリヴァーは両親に電話をかけ、仕事が終わるまで子どもを見ていてくれないかと頼んだ。幸い父親は暇だったので、馬専門クリニックにいる孫娘をすぐ迎えにいくといってくれた。

「遅くなると思う」オリヴァーはいった。

「それならゾフィアはうちに泊まればいい」父親はいった。「はじめてじゃない。明日の朝、迎えにくればいい」

オリヴァーは礼をいって、iPhoneをしまった。娘を四六時中だれかに預けるしかないのが気に入らなかったが、他に手があるだろうか。コージマも同じようなことをしているのではないか。昼にキッチンで喧嘩をしてしまったが、ゾフィアとゆっくり話をしたいと思っていた。だが仕事がある。殺人捜査に子どもを連れまわすわけにはいかない。

オリヴァーたちはオーバーウルゼル署に直行し、匿名の手紙を受け取った。インゲボルク・ローレーダーの死亡告知と同じで、普通のコピー用紙に印刷され、封筒にはプリンターで印字した宛名のシールと切手が貼ってあった。クレーガーはラテックスの手袋をはめてから、手紙を手に取って仔細に観察した。「追悼　マルガレーテ・ルードルフ」クレーガーは読みあげた。「マルガレーテ・ルードルフは死ななければならなかった。夫が物欲と名誉欲から殺人の罪を犯したが故だ。〝仕置き人〟」

「ドクター・ルードルフがなんというか楽しみだな」オリヴァーは時計を見た。午後六時になるところだ。訪問する時間としてはまだ遅すぎない。数分後、オリヴァーはドクター・ルードルフの家の前で車を止めた。すでにすっかり日が落ちていた。クレーガーは車に残り、ピアとオリヴァーのふたりはうっすら雪に覆われた短いアプローチを上った。ガレージの人感センサー付き照明がともった。

「家にいるといいんですが」ピアはベルを鳴らした。

少ししてルードルフがドアを開けた。青白い顔に無精髭(ぶしょうひげ)が生え、この四十八時間で十歳は老けたように見える。

「なんの用だね?」あいさつの言葉もなく、つっけんどんだった。

「こんばんは」オリヴァーはていねいにいった。「お目にかけたいものがありまして。入ってもいいですか?」

ルードルフはためらってから、考え直した。

「いいとも。どうぞ」

ふたりはルードルフのあとから食堂に入った。寄木張りの床がみしみしいった。家の中は空気が淀んでいて、冷えたタバコの煙と食事のにおいが漂っていた。

「お嬢さんはいらっしゃらないのですか?」ピアがたずねた。

「カロリーネは娘の世話をしなければならない。今は特にな」ルードルフは照明のスイッチを押した。「わたしはなんとかなる。そうするしかあるまい?」

食卓の上のランプが淡い光でほんのりと部屋を浮かびあがらせた。ルードルフは部屋の真ん中で立ち止まり、食卓へ誘った。食卓には汚れたグラスと皿がのせたままで、だれもすわろうとしなかった。

「ドクター・ルードルフ」オリヴァーは死亡告知のコピーを広げた。「この死亡告知が今日、オーバーウルゼル署に届きました。犯人が送ったと見られます。これまで奥さんの殺害は通り魔の犯行と考えていましたが、死亡告知の内容から別の面が見えてきました」

オリヴァーはルードルフにコピーを渡した。文面にさっと目を走らせるなり、ドクターの顔から血の気が引いた。それから顔を上げた。

「これは……どういう意味だ？」ルードルフはかすれた声でささやいた。「二十年以上臓器移植外科で働いている。わたしは命を救っている！　十年前から長期休暇にはボランティアでアフリカ各地の病院を訪ね、オペをしている！」

ルードルフは椅子を引いて、どさっと腰を落とした。それからもう一度死亡告知を読み、首を横に振った。両手がふるえていた。

「あなたが執刀した臓器移植でだれか死んで、遺族があなたを責めたりしていませんか？」ピアがたずねた。

「臓器移植手術を受ける患者はみな、死ぬ覚悟をしている」ルードルフは消え入りそうな声でいった。紙を少し離すと、メガネを取り、右手の親指と人差し指で目をこすった。

「なぜこのような非難を受けるのか身に覚えはないですか？」オリヴァーはいった。

ルードルフは反応しなかった。

「最愛の妻が死んだ」彼はささやいた。「娘と孫娘はひどいショックを受けた。わたしたちは一家の中心を失った。そっとしておいてくれ。わたしは……質問に答える気力がない」

声を途切れさせると、ドクター・ルードルフはゆっくり顔を上げた。それだけでもしんどいというように。妻を殺された晩はあれほど強い口調でしゃべったのに、今は見る影もない。目の前にすわっているのは心を砕かれた人間だった。しかも妻を失ったことを受け入れられないだけでなく、妻の死の責任が自分にあると非難までされたのだ。

「帰ってくれ」

「わかりました。失礼します」オリヴァーはいった。食堂のドア口で、ピアは振り返ってもう一度ルードルフを見た。彼は腕に顔を伏せて泣いていた。

＊

レナーテ・ローレーダーは自宅にも生花店にもいなかった。オリヴァーたちは仕方なく刑事警察署に戻った。オリヴァーは駐車場で別れ、クレーガーは二通の匿名の手紙をヴィースバーデンにある科学捜査研究所に持っていった。指紋とDNAが検出できるか試してみるという。だからピアだけ署に入った。捜査十一課のオフィスは人気がなかった。カトリーンはベッドで寝るため帰宅したようだ。ネフもここには戻ってこなかったらしい。自分の部屋に入ると、ピアはご機嫌斜めのカイと出会った。

「ネフの野郎、まとめていた書類をぐしゃぐしゃにした！　絶対に許さない。整理するのに丸二時間かかった」

後ろで髪を結び、ニッケル縁のメガネをかけ、ラフな恰好をしているため、カイはコンピュータフリークに見えるが、ピアがいままで出会った中でもっとも組織だった人間だ。

「やめるようにいったんだけど」ピアはいった。「でもこの部屋に自分の拠点を欲しがって」

「ここにまた顔を見せたらただじゃ置かない」カイは腹の虫が治まらないようだ。機嫌を直させるため、ピアはエッシュボルン警察署での一件でネフが姿を消したことを話した。

「ナポレオン！　そりゃぴったりだ」カイはにやっとした。「この調子なら、ここでワーテルローの負け戦を体験するな」

ピアはまた、二通の死亡告知のこととドクター・ルードルフに会ったが、なんの成果も得られなかったことを報告した。ちょうど話し終わったとき、ピアの携帯電話が鳴った。

「もしもし、ヘニング」ピアは元夫にあいさつした。「どうしたの？」

「聞いたぞ。賭けはわたしの勝ちだ」ヘニングはからかうような口調でいった。ピアはむっとした。「クリストフひとり、世界旅行に送りだしたのか」

「賭け？」ピアは冷ややかにいった。「賭けた覚えはないけど」

「それはともかく、クリスマスイヴはうちに来るといい。ミリアムが喜ぶだろう」

それはうれしいが、ピアはふたりの住居に行く気はなかった。ヘニングと何年も暮らしたところだ。しかも彼がソファテーブルで検察官のレープリヒとことにおよんでいるところに出くわしたこともある。あそこには思い出が詰まりすぎている。それもいいものより悪いものが。

「ありがとう」ピアはいった。「でもいい機会だから、家族に会いにいこうと思ってる。兄と妹がクリスマスの前後、両親のところに滞在するらしいの」

「それは楽しみだな。みんなによろしく」ヘニングは答えた。

それからふたりはショッピングセンターの騒動について話し、ピアはスナイパーが送ってよこした死亡告知のことも話題にした。法医学研究所長であるヘニングは警察の人間ではないが、捜査チームの重要なメンバーだ。彼の経験と鋭い勘にはいつも助けられている。

「それでも捜査はあまり進展しないな」ヘニングがいった。

「そうなのよ。でもスナイパーの動機が少しわかった」ピアはそのとき、思いついていった。

「そうだ、ディーター・ルードルフって医師を知ってる？　臓器移植外科医なんだけど」

「ふうむ」ヘニングは少し考えた。「記憶にないな。知り合いに聞いてみる。臓器移植外科医はそんなに多くないからね」

ヘニングとピアの親友でもある彼の妻ミリアムの調査能力は高い。ピアはありがたいと思った。

「どんな些細なことでも教えて。それと、ろくでなしのプロファイラーをエンゲルに押しつけられて、こっちは混乱の極みよ」

いい週末をといって、ピアは通話を終えた。

「きみに家族がいるのか？」カイが興味を覚えてたずねた。

「あたりまえでしょ。道路の側溝に捨てられていたのを拾われたとでも思ってた？」

「すまない。穿鑿（せんさく）するつもりはないんだ。でも知り合って長いのに、家族の話を一度も聞いたことがないなと思って」

「かっとしてごめん。家族とはうまくいってないの。もう何年も会ってない」

実際、カイはピアの家族についてまったく知らない。家族写真を何枚もデスクに立てているケム・アルトゥナイと違って、ピアはプライベートなことを一切口にしないからだ。ヴィースバーデン市イグシュタット地区に住むピアの両親は、彼女が結婚という安定を捨てて、なぜ農家にひとりで暮らし、刑事警察に復職するのかまったく理解できなかった。ピアの父親は四十年間、ヘキスト社で働き、父親の定年後、両親は教会と庭いじりとボウリングクラブだけを日日の活動にした。ピアがはじめてクリストフの話をしたとき、母親はひどく心配した。ピアがまだ正式に離婚していないから陰口をたたかれると思ったのだ。だが母との軋轢はすでに二十年以上前からくすぶりつづけていた。ピアは当時、バカンス中にフランスで知り合った男につきまとわれ、最後には自宅で襲われた。両親は愕然として沈黙した。一度としてあの事件を話題にすることはなかった。数年後、ヘニングと結婚したとき、ピアは両親とまったく話が合わないことに気づいた。両親はピアとは無縁な小市民的な小宇宙に生きていたのだ。

兄のラースはどうしようもないほど頭でっかちな人間で、いいなりになって財テクをしていたら大変なことになるところだった。ピアはその代わりに一九九〇年代に新興株に数千ユーロ投資した。ヘニングと別居したあと、その儲けで白樺農場を買うことができた。株のプロを自任するラースはすっかりへそを曲げて、それっきりまともに口を利かない。一方、妹のキムとは今でもたまに連絡を取っていた。妹はハンブルクで刑務所付き司法精神医として働いている。フライターク家ではピアの職業と同じように忌み嫌われていた。

「まあ、家族は選べないからな」カイがいった。「親とほとんど連絡を取らないところは同じ。クリスマスと誕生日に自分で漉いた紙で作ったカードを送るくらいさ」

カイは頭の後ろで手を組んで笑った。

「典型的な六八年世代（日本の全共闘世代にあたる学生運動世代）でさ。レーン地方の古い農家に住んでる。暖房も電気もなし。野菜は自給自足。警官になったら、裏切り者ってののしられたよ。異端者ってわけさ。特別出動コマンド隊員（SEK）になって、核廃棄物輸送反対デモに出動したとき、両親と仲間の活動家たちが線路で人間の鎖を作っているのを見て、恥ずかしくなった」

　ピアはにやっとした。

「俺が人質になっても身代金は一銭もださないと父親にいわれたことがある」カイはいった。「失望したんだとさ」

「すごい」ピアは答えた。「でも本気じゃないでしょ？」

「本気さ」カイは肩をすくめた。「おかげで楽に決別できたけどね。両親は自分たちの真実しか認めない。そういう人間には反吐（へど）が出る。社交的で、物わかりがいいように振る舞っているけど、あれほどかたくなで、心が狭い人間は見たことがない」

「わたしの両親はただの俗物。庭の生け垣から決して外を見ようとしない。自分の小さな世界でしか生きようとせず、どんな変化もいやがる」ピアは眉間にしわを寄せた。「両親や兄が射殺されたら、自分はどういう反応をするかなと、この数日考えてる」

「それで？」カイは興味津々にピアを見た。

「ううん。かなり冷たく聞こえるかもしれないけど、たいして悲しまないと思う。わたしにとってはもう他人だから」

「同じだよ。残念だが」カイがうなずいた。「なのにクリスマスに訪ねるのか？」

「同じ理由からね。悲しまないと思ったことがショックだったの。だからもう一回、チャンスをあげようと思って。やっぱり家族だし」

「きみのことなんてなんとも思っていないさ。だから、気にしなきゃいいんだ。この歳になったら、親や兄弟のご機嫌取りなんてする必要ない」

二〇一二年十二月二十四日（月曜日）

この二十年間なにひとつ変わっていなかった。家も、両親も。クリスマスイヴをここで過ごすことにしたことを、ピアはわずか十分で後悔した。

「クリスマスくらい教会に行かないと」会うなり母親にいわれて、妹のキムとピアはげんなりした。そのひと言で、ピアの中にあった残りわずかのやさしい気持ちも完全に雲散霧消した。

一九七〇年代風の居間で革張りのカウチにすわったピアは、兄の妻ジルヴィアとキムにはさまれて、身をこわばらせていた。キムは二時間前にハンブルクから着いて、白樺農場（ビルケンホーフ）に泊まることになっていた。

なんとか会話を弾ませようと、両親と兄夫婦に様子を訊いたのが間違いで、ジルヴィアがここぞとばかり数分間の独演会をはじめた。しかもその中身ときたら、どうでもいい自慢話ばかり。太り気味で、頬の赤い母親はいつものごとく聞いていなかった。自分の知り合いと関係ない話にはまるで興味がないのだ。ピアの父親は黙って肘掛け椅子にすわって、ぼんやり前を見つめていた。

「キッチンに行ってるわね」ジルヴィアがちょっと息をつくタイミングを、母親は狙っていた。

「手伝う？」ピアとキムが異口同音にたずねた。

「もうできあがっているから大丈夫よ」

　だがジルヴィアがいなければ、場が持たなかっただろう。本当になにも話すことがなかった。ピアはあまりに辛口なリースリングをなめるように飲んだ。胃が痛くなりそうだった。

「心理学を学ぶ人ってたいてい自分を治療したいのよね」そういって、ジルヴィアはワイングラスをコースターの上に置いた。彼女はこの五年のあいだに団子のように丸々と太っていた。ラースも同じだ。ひとりよがりという点で、兄はナポレオン・ネフにひけを取らない。

「ねえ、ジルヴィア、わたしはそれでも自活している。夫の世話になるような女ではないわ」キムは答えた。「仕事は面白いし、うまくいってる」

　ジルヴィアと正反対で、キムは背が高く、とてもやせていて、化粧っ気がない。

「これからあなたが欲しいという男性があらわれるかどうか、はなはだ疑問ね」ジルヴィアはわざと笑みを作ったが、言葉に込められた悪意を無力化することはできなかった。「もう四十三だものね。生物学的時計がビッグベンみたいに大きな音で時を刻んでいるわよ！」

　ジルヴィアは自分の冗談が気に入ったのか、げらげら笑った。

「夫と子どもが世界で一番の幸せだなんてどうして思えるのかしらね」キムは動じずに言い返

した。「自分に嘘をついているとしかいいようがないわね。結婚して母親になった女性の大半がわたしのような生き方に憧れているはずよ。金銭面で自立していて、仕事で成功を収め、日曜日はゆっくり寝ていられる……」

キムはピアに目配せをした。ピアは笑いを堪えた。

「悲しいシングルライフを美化したい気持ちはわかるわ」ジルヴィアはあざ笑った。だがその取ってつけた笑いを見れば、キムの言葉がジルヴィアの痛いところを正確に射貫いたことは明らかだった。「子どもたちはすばらしいわよ！　満たされてる。でも、実際に子どもを持たなければわからないわね」

「古典的な自己欺瞞」キムはいった。「子どもは自己中の小さなモンスターよ。多くの人間関係を破壊する。いつか子どもは去っていく。ずっと子ども中心に生きてきたから、親は茫然自失するほかない」

ピアは半分上の空で聞きながら、早く食事をして、ここから退散したいとそればかり思っていた。この数日の事件で、この一帯の小売店はクリスマス商戦の恩恵を受けずに終わった。スーパー前の駐車場はがらがら。フランクフルトとヴィースバーデンのクリスマス市は予定より一日早く店じまいした。責任はテレビにあった。スナイパー事件について四六時中報道し、アメリカで起きた過去の類似事件まで取りあげて、人々を不安に陥れたのだ。いかれた犯人が適当に選んだ標的を射殺するため徘徊しているとメディアが騒ぎ立てたため、狙撃されるのが怖くてみんな家に引きこもった。

はじめはたしかに通り魔と思われたが、死亡告知が届いた今、狙いすまして犯行におよんでいることが確実になった。ピアは、ネフが不在の月曜日朝の会議で、報道機関にもっと正確な情報を流そうと提案した。だが彼女のボスとエンゲル署長は、これが警報解除と勘違いされ、人々が安全だと思い込む恐れが大きいと反対した。

日曜日は幸い、なにごともなく過ぎた。レナーテ・ローレーダーはクリスマスの時期、愛犬を連れてケルンに住む友人のところへ行っていることがわかった。科学捜査研究所は二通の死亡告知から封筒を開けた同僚の指紋しか検出できなかった。捜査は壁に突き当たった。なにもすることなく刑事警察署にたむろしているのも意味がない。昼になって、みんな「メリー・クリスマス」と声をかけ合い、ネフの予測が正しいことを祈りながら、家路についた。

「ねえ、いつになったら動物園の人を紹介してくれるの？」ジルヴィアはピアの方を向いた。「でも、あなたを連れずにバカンスに行くなんてね。なんかあったんじゃないかって勘ぐりたくなる」

「バカンスじゃない」ピアは答えた。「仕事よ」

グラスのワインが生ぬるくなってしまい、ますますまずくなった。

「またワーカホリックを選んだってわけかい。前の旦那と変わらないじゃないか」ラースが口をはさんだ。「どうせおまえもいつも仕事をしているんだったな」

「たしかに今日は待機中」ピアはだれかが死ぬのでなければ、クリスマスイヴに出動がかかった方がましだと思った。

両親も、ラースも、ピアの暮らしぶりや仕事についてなにも訊かなかった。形だけの関心すら示さないほど、どうでもいいことなのだ。〝気にしなきゃいいんだ〟というカイの言葉が頭の中で響いた。なんとか今夜を乗り越えて、これで家族にはバツ印をつける。永遠に。

＊

「タクシーを呼ぶなんて絶対だめです」オリヴァーは義母の手からやさしく受話器を取った。「家まで送りますよ」

ピアと同じで彼も待機中のため、食前にシャンパンを一杯飲んだだけで、それ以上は一滴も酒を飲んでいなかった。

「本当に？」ガブリエラはいった。「こんなに遅いのよ。一日中働いていたんでしょう」

「かまわないです」

「じゃあ、お願いしようかしら」ガブリエラ・フォン・ロートキルヒ伯爵夫人はロザリーに向けてワイングラスを上げた。「クリスマスディナーであると同時にお別れのごちそう、すばらしかったわ。ありがとう！」

「本当にすばらしかった！」インカもいった。「こんな宝物がもうすぐ来るって、アメリカ人はまだ知らないのよね」

「ありがとう」ロザリーは感じ入っていた。「みんな、大好き。会えなくなるのがさみしい」

ロザリーは頰を濡らした涙をぬぐった。

「わたしたちだってさみしいさ」そういうと、オリヴァーは顔をしかめた。「明日からまたわびしい食生活だ」

「父さん！　お手軽なレシピを書いておいたでしょう。また冷凍ピザを食べたりしたら、ただじゃ置かないから！」

「絶対にそんなことはしないよ！」オリヴァーは微笑んだ。じつに喜ばしい、いい雰囲気の夜だった。息子のローレンツとインカの娘トルディスもバート・フィルベルから来て、今夜はインカのところに泊まることになっている。ゾフィアはお行儀がよかったが、コージマが電話をくれるという約束を守らなかったのでがっかりしていた。

「じゃあ、行きましょう、ガブリエラ」オリヴァーは立ちあがった。「わたしが戻るまでに、子どもたちがキッチンを片づけてくれているでしょう」

「子どもたち!」ローレンツがにやっとした。「子どもはひとりしか見当たらないけど。しかもその子はカウチで熟睡している」

「助かった」このところベビーシッターをやらされることが多いロザリーがいった。

「大きくなっても、みんな、わたしの子どもだ」オリヴァーはいった。

「ああ、父さん！」ロザリーはオリヴァーの首にかじりついた。「世界一の父さんよ！　もう今からさみしい！」

　胸をしめつけられるような別れのあと、オリヴァーとガブリエラは家を出た。オリヴァーは義母のために助手席のドアを開け、そのあと運転席に滑り込んだ。夜は凍てつくほど寒く、空気が澄んでいた。道路を走る車はほとんどなかった。

「すてきな夜だったわ!」ガブリエラはいった。「今でもあなたが歓迎してくれることがうれしい」

「歓迎するに決まっているじゃないですか」オリヴァーは答えた。「コージマのお母さんで、子どもたちのおばあさんです。それにすばらしい女性でもある。心から尊敬しているんです!」

「ありがとう、オリヴァー。うれしいわ」ガブリエラは心を揺さぶられた。

ふたりはしばらく黙っていた。

「わたしがコージマの生き方に納得していないのは知っているわよね」ガブリエラが口をひらいた。「自分の娘とはいえ、問題だと思っている。あなたたちが別れたときはショックだったわ」

「わかってはいますが……」オリヴァーは弁解する必要を感じて話しだしたが、ガブリエラはギヤレバーに置いた彼の手に触れた。

「あなたは間違ったことをしていないわ。わたしだったらもっと早く荷物をまとめていたでしょう。コージマがあなたと子どもを置き去りにして、どれだけ世界をほっつき歩いてきたことか。そしていまだに同じことをして、ゾフィアの世話をしない。もっと厳しく育てるべきだったかもしれない。今晩はそのことをしみじみ考えてしまった」

ガブリエラは深いため息をついた。

「ふたりになれてちょうどよかった」ガブリエラは話をつづけた。「ケーニヒシュタインのエルミュール通りを走っているときだった。「じつはあなたに話があるの。あなたたちが別れてからずっと心にかかっていたこと。数ヶ月前、わたしは遺言状を書き直したの。わたしが目を閉じたとき、コージマには法定相続分だけ行くようにして、遺産の大半は孫に配分し、あなたを先位相続人に指定する」

オリヴァーは耳を疑った。

「しかし……」オリヴァーは反対しようとしたが、ガブリエラが先にいった。

「これでいいの。よく考えて、弁護士にも相談したことなんだから。あなたには屋敷を遺贈する。冷たい人間よりも、心ある人に預けたい。それに運がよければ、わたしは長生きして、あなたは相続税を節約できるかもしれない」

「しかしガブリエラ……それは受けられません！」オリヴァーはめったに動揺しないが、これにはさすがに気が動転した。義母の屋敷はハルトヴァルト地区の広大な敷地に建っている。ハルトヴァルトといえばバート・ホンブルク一の高級住宅街だ。数百万マルクの価値がある！そのうえガブリエラは集合住宅や一戸建てもいくつも所有し、個人所有の重要な美術コレクションがあり、公益団体や多額の株式も持っている。ただの警官が将来そんな財産を手にするとは。考えただけでめまいがした！

「ちゃんと前を見て！」そう叫ぶと、ガブリエラは笑った。「オリヴァー、あなたこそ、わたしが欲しいと思っていた息子よ。家族思いで、心根がやさしく、思慮深くて、思いやりがあり、頼りになる。わたしの遺産を管理し、孫たちのために維持できる人はあなたをおいてほかにいないわ。もちろんそのためにしかるべき報酬がもらえるようにしておく。わたしが亡くなったあと、あなたが正しいと思うことのためにその財産を使ってちょうだい。それに、あなたにはいいかげん自分の望みを少しは叶えてほしいのよ。あなたはあまりに慎ましすぎる。どうかしら?」

ガブリエラは闇の中、オリヴァーに微笑みかけた。

「なんといえば……いいのか」オリヴァーは口ごもった。「そ……それって……」

「うんといってちょうだい!」ガブリエラは愉快そうにいった。「書類はすべて揃っている。あとはあなたの署名だけなの」

「だけどコージマや彼女の妹たちがなんというか! 黙っていないと思いますよ!」オリヴァーは最初の衝撃から少し回復していた。

「受け入れてもらうほかない。これはわたしの意志なんだから。それにコージマとラファエラとレティティアは、すでに父親から多額の金を相続している。わたしの孫はあなたのところの三人の子だけ。フォン・ロートキルヒ家の財産は家族の元に残したいというのがわたしの意志なの。さあ、どう? 受けてくれる?」

オリヴァーは首をまわしてガブリエラに微笑みかけた。

「しかし条件があります」オリヴァーはいった。

「というと?」

「あなたがこれからも長生きすることです」

ガブリエラは笑った。

「約束はできないけど、努力する」そういって、ガブリエラはオリヴァーの手を握った。

二〇一二年十二月二十五日（火曜日）

その夜ふたたび雪が降った。足跡が残るだろう。だが心配はいらない。靴を買うときに大量生産品であるかどうか気をつけた。奇抜なものではない。長く待つことはなかった。ターゲットはクリスマスの朝も、いつもどおりの時間にやってきた。そして狙いどおりのところに命中した。一瞬にして血液循環は止まった。彼の心臓、いや、彼女の心臓が停止した。自然にまかせれば、十年前に動きを止めたはずの心臓だ。あれだけ大金を注ぎ込んだのに、時間を十年遅らせただけだったと知って、ショックを受けるあいつの顔を見てみたいものだ。誘惑に負けそうだが、ここにとどまるのは危険だ。男は身をかがめ、薬莢を拾って上着のポケットに入れた。それから銃を片づけ、バッグを肩にかけ、潜むのに完璧だった藪から出た。階段を上って、そこから姿を消したとき、夜の闇がかすかに明るくなっていた。

*

電話は午前八時五十分に鳴った。ピアは深い眠りから叩き起こされた。ピアとキムは前の夜、食事を済ますとすぐ両親の家から退散した。そのままだとキムとジルヴィアの口論が過熱するところだった。ラースとジルヴィアは自分の子どもたちにあまりに高いプレゼントを贈って見せびらかしたため、口数のすくない父親まで苦言を呈する始末だった。ピアとキムは白樺農場(ビルケンホーフ)に引きあげるとおいしい赤ワインを二本あけて、朝方までおしゃべりをした。

「現場はどこ？」ピアは寝ぼけながら電話に向かってたずねた。

「ケルクハイムのキジ通り四七番地」当直の警部はいやなほど明晰(めいせき)な声で辛抱強く繰り返した。

「鑑識を向かわせました。法医学者にも連絡しました」

「ボスにも電話してくれる？」ピアはベッドから転がるようにして起きあがり、あくびをした。

「すぐに行く」

ピアはふらふらしながらバスルームに入ると、急いで歯をみがき、服を着た。シャワーを浴びている時間はなかった。

「あら、もう起きたの！」ピアはびっくりした。階段を下りてみると、キムが食卓でコーヒーを飲み、タバコを指にはさみながらiPadにつないだキーボードを操作していたからだ。犬たちが籠(かご)から出てきて、尻尾を振ってピアにあいさつした。

「おはよう」そう答えると、妹が顔をしかめた。「祭日だっていうのに、七時ちょうどに体内時計で起こされちゃった。本当は朝寝坊なのに」

「おいしい朝食をとる暇はなくなっちゃった」ピアは犬の頭をなで、コーヒーを注いだ。「ケルクハイムで死体が発見された」

「うわ、連れていってくれる？」キムはiPadのキーボードを折りたたんだ。「二分で用意する」

キムは何年も前からハンブルク近郊にある司法精神医療刑務所の副所長を務めていて、裁判所や検察局の鑑定人としての評価も高い。ネフはいなくなったから、犯行現場にあらわれることはないだろう。警察とは違う目で状況を把握する人間を連れていっても間違いではない。

「わかった。いいわよ」ピアはコーヒーをひと口飲んだ。ぞっとするほどまずかった。だが今はうまいかどうかは二の次だ。必要なのはカフェインだ。そしてそれは必要以上に強かった。

二、三分で、ふたりは白樺農場(ビルケンホーフ)の門を出た。四輪駆動車はがたごといいながら踏切を渡った。

「ショックアブソーバーが壊れてる」キムがいった。

「車そのものがいかれてるわ」ピアはそっけなく答えた。「動かなくなる前に、買い換えを考えなくちゃ」

「今回もスナイパーの仕業だと思う？」キムがたずねた。昨夜、ピアは捜査中の二件の事件について話してあったのだ。

今回の被害者は年輩の女性ではなく、若者だ。しかもクリスマスに殺された。もし同じ犯人なら、ネフの主張は根拠を失う。

「かもしれない」そう答えると、ピアは国道八号線に曲がってアクセルを踏んだ。バート・ゾーデンに入るところで、シルバーのメルセデス・ベンツ・ステーションワゴンが速度制限を無視して、クラクションを鳴らしながら追い越した。

「あら、ヘニングね」そういって、ピアはみるみる小さくなる元夫の車にあいさつ代わりにパッシングして、アクセルを踏み込んだ。おんぼろエンジンがうなりをあげたが、速度計の針は時速百四十キロのあたりでふるえたまま一向に上昇しなかった。

「犯行現場へ向かうときってどんな気持ち？」キムが興味を覚えてたずねた。「興奮する？」

「緊張っていった方がいいかな」ピアは答えた。「なにが待っているかわからないから」

「こうやって走っているとき、死体を見た場所のことを思いだす？」

「ええ、もちろん」ピアはうなずいた。「頭の中に犯行現場地図みたいなのができてる。何年経っても、家が燃えた場所とか、死体が横たわっていた場所を覚えてる」

ピアは速度を落とし、シフトダウンすると、国道が終わる十字路で右折し、二、三百メートル先で左折した。

「この先ね」ピアはパトカーの後ろでブレーキを踏んだ。「ボスがもう来てる」

＊

「死んだのはマクシミリアン・ゲールケ、二十七歳です」最初に現場に着いた若い上級警部がいった。「父親を訪ねるところでした。毎朝八時の日課だったようです。遺体を発見した隣人がそういっていました」

「なにか目撃しているのか？」

「あいにくだめです。犬と散歩に出かけて、ここに横たわっている被害者を見つけました。銃声は聞いていません」

「ありがとう」オリヴァーはあたりを見まわした。遺体はうつ伏せで、両足が玄関ドアに通じる舗装されたアプローチにのっていて、上半身は冬枯れの芝生にあった。その場で撃たれて死んだに違いない。ポケットに突っ込んでいた両手を抜いてもいない。

「頭を撃たれたわけじゃないな」オリヴァーは手袋をはめ、手のひらで遺体のうなじに触れた。体温がまだ残っている。背中の左側、ちょうど肺があるあたりに射入口があり、ライトグレーのジャケットに、赤黒いシミが広がっている。

「背後から銃撃。心臓に命中している」だれかが後ろでいった。

「おはよう、ヘニング」オリヴァーは振り返って、「メリー・クリスマス」というべきか迷ったが、不謹慎だと判断した。「すぐ来てくれてありがたい。クリスマスは連絡が取れなくなることが多いからな」

「問題ない。祭日なんてあってないようなものだ」ヘニング・キルヒホフはアルミのトランクを開けて、つなぎ、手袋、靴カバーを身に着け、フードを頭にかぶった。「どう思う？　ニーダーヘーヒシュタットとオーバーウルゼルのときと同じ犯人かな？」

「まだはっきりしない」オリヴァーは一歩さがった。「これまで被害者はふたりとも頭を撃たれている。なぜやり方を変えたのか？　もちろん今回の犯人はサプレッサーを使っている。その点はスナイパーと同じだ」

ピアの古い四輪駆動車が道に入ってきて、パトカーの後ろに止まった。オリヴァーは女性を伴って通りを横切るピアに気づいた。ふたりはマクシミリアン・ゲールケが撃たれる前に通った小さな門へ足を向けた。

「おはようございます、ボス」ピアがあいさつした。「メリー・クリスマス」

「ああ、メリー・クリスマス」オリヴァーはうなずいた。「妹を紹介します。うちに訪ねてきていたものですから」

「はじめまして」オリヴァーはピアの妹に手を差しだした。「オリヴァー・フォン・ボーデンシュタインです」

「カタリーナ・フライターク。キムと呼んでください」

しっかりした握手、青灰色の鋭いまなざしにふさふさのまつ毛。姉妹は驚くほど似ている。頬骨が張り、口が大きく、肉厚の唇、ポニーテールのピアと違って、ブロンドの髪を後ろできつく結んでいるせいか、妹は額(ひたい)がよく見えていた。

「親族を犯行現場に連れてくるものでないことは承知しています」ピアはいった。「でもキムは司法精神医なので、手伝ってもらえるかと思いまして」

「わたしが決められることではない」オリヴァーは答えた。「ただ見学することは差し支えない」

通りの反対側に野次馬が数人集まっていた。クリスマスの早朝に血なまぐさい事件が起きたという知らせは、この高級な住宅街にまたたくまに広まったようだ。

「被害者の父親とこれから話してみようと思う」被害者についてわかっていることを伝えると、オリヴァーはピアにいった。ヘニングは遺体の検視をほぼ終えて、ピアの妹がいることに驚き、うれしそうにあいさつした。

鑑識課の青いフォルクスワーゲンバスがやってきて、鑑識官たちが降りてきた。クリスティアン・クレーガーを見て、ヘニングの唇に勝ち誇った笑みが浮かんだ。

「五対七。追いついてきたぞ」ヘニングはピアとキムにいった。「今年に入って七回、クレーガーに先を越された。スナイパーがこの調子でやってくれるなら、引き分けにできそうだ」

「ヘニング！」ピアは首を横に振った。「馬鹿げた意地の張り合いはやめて！」

「それで国道をあんな速度で走っていたわけ？」キムがたずねた。

「まあ、そんなところさ」ヘニングもさすがにいいづらそうだった。

「家に行くぞ」オリヴァーがピアにいった。「ふたりがまた言い争いをはじめる前にな」

＊

仕事柄、ピアは毎日たくさんの人間に出会う。老いも若きも、利口な者も間抜けな者も、世故に長けた者も世間知らずも、穏やかな者も好戦的な者も、正直な者も嘘つきも。その多くがいつもと違う感情に揺さぶられ、うわべをつくろう余裕をなくし、ほんの数秒かもしれないが、本心をさらけだしてしまうものだ。ピアの仕事は客観性が求められる。それでも、人によって共感する場合としない場合があるのは避けられない。

フリッツ・ゲールケには同情を禁じえなかった。年老いたゲールケは完全に打ちのめされていたが、それでもオリヴァーの質問に正確に答えようとした。彼の世代の多くの人と同じようにゲールケも感情に流されまいとした。泣きわめいたり、放心状態になったりするもっと若い世代の方が、答えないで済むように全力で抵抗する。

一九九五年に妻に先立たれ、八十一歳の彼は大きな家にひとりで暮らしていた。彼の家は五十年以上前にそのあたりに建てられた最初の家の一軒だ。さまざまな老人病を抱えているが、まだひとり暮らしが可能だった。日曜日と休日以外は家政婦に毎日家事をしてもらい、日に二回、訪問介護を受けていた。ひとり息子のマクシミリアンは毎朝パンを届け、いっしょに新聞を読んだ。

「なんでマクシミリアンが殺されなければならなかったのかわかりません」ゲールケは声をふるわせながらいった。彼はオリヴァーたちを居間に招き入れ、肘掛け椅子にすわった。薄くなった白髪をきちんと分け、シャツにネクタイを結び、ボルドーレッドのウールのセーターを着ている。老人斑が浮かんだ手はステッキの柄を握っていた。家は古いが、よく片づいていて、きれいだった。トラバーチンの床はピカピカに輝き、絨毯の総には櫛が入れてあった。

「マックスは控えめで、やさしい若者です」金縁メガネを通して見える目はうるんでいた。「大学では音楽教育学を専攻しまして、ケルクハイムの音楽学校で教えています。それからザンクト・フランツィスクスの教会合唱団の団長で、パイプオルガン奏者です」

息子が死んだことはわかっていたが、息子のことを過去形で語ることがまだできないようだ。

「息子さんのお住まいは？」オリヴァーはたずねた。

「ケルクハイムのフランクフルト通りです」ゲールケは真っ白なハンカチで洟をかんだ。「ここに住むよういってたんです。この家には玄関が違う、同居人用の住居がついているんです。しかしマックスには、自分の足で立つことが重要だったんですよ。あの子は重度の心臓疾患を抱えて生まれました。何年も入院しましたが、治りませんでした。おない年の子のように飛びまわったり、サッカーをしたりすることができませんでした。それでもたくさん友だちがいました。あの子は……あの子は……すみません」

ゲールケは言葉を詰まらせて首を横に振り、気を取り直そうとした。

ノックの音がした。ピアが断って玄関ドアを開けた。

「現場検証が終わった」クレーガーはまだフード付きのつなぎを着ていた。「犯人が発砲した場所を確認した。見てみるかい？」

ピアはうなずき、クレーガーについて外に出ると、搬送業者が遺体を死体袋に収めていた。このあと遺体はフランクフルトの法医学研究所に搬送される。

「あそこだ」クレーガーは通りの反対側の高いイチイの生け垣に囲まれた敷地を指差した。ゲールケの家よりも少し高いところにある。「あそこに立っていたに違いない」

「リスクがあったんじゃないの？」ピアは首をひねった。「住人に見られるかもしれないでしょう」

「いいや、理想的さ。見ればわかる」

クレーガーのあとから通りを横切ったピアは、階段状の細い小道があることに気づいた。その小道はイチイに囲まれた敷地に沿って、その上の通りに通じていた。クレーガーはその階段から低い鉄条網を越え、生け垣に分け入った。

「こっちだ！」クレーガーがピアを呼んだ。「しかし俺の足跡をちゃんと踏んでくるんだぞ。今回、犯人は手がかりを残した！　雪に靴跡があった！」

ピアはあとにつづき、生け垣が見た目ほど深くないことに気づいた。そこからは斜面になった敷地の上の方の家が見えない。大きなシャクナゲが視界をさえぎっていたからだ。

「ここだ」クレーガーは地面を指差した。「ここに立って待っていた。生け垣に穴をあけていた。切った枝があちこちに転がっている」

ピアはクレーガーの横に立った。たしかにフリッツ・ゲールケの家がよく見える。

「もちろんこれから弾丸の軌道分析をする」クレーガーはいった。「だがここで発砲されたことは間違いない。それから犯人は来た道を戻った。階段を上って、去ったんだ。車をナハテイガル通りの少し先に駐車していたのだと思う。あいにくそのあたりは雪がすくなくて、轍の跡は残っていなかった。犯人はそこから数秒で国道八号線に出られる。そして消えた」

ふたりは階段を上った。ピアは見まわした。「本当ね。完璧な逃走経路だわ」

上着のポケットで電話が鳴った。ピアは携帯電話をだした。電話番号は非通知だったが、それでも出た。

「ケルクハイム署のヘーネルです」男の声は若く、興奮してふるえていた。「いましがた、そちら宛に手紙が届きました」

「うちに?」ピアはクレーガーの腕に触れて、足を止めるように合図した。

「はい、住所に〝ホーフハイム殺人捜査課〟とありまして」

「その手紙を持ってきたのは?」

「犬を連れた初老の女です。修道院のそばで、持っていくよう男に頼まれたそうです」

「その女性の名前と住所は記録した?」

「もちろんです!」

「わかった。すぐに行く」ピアは通話を終了させた。

「どうした?」クレーガーは興味津々にピアを見た。

「ケルクハイム署のだれか」ピアは怒った顔をして答えた。「女がうち宛の手紙を持ってきたらしい。それがスナイパーからの手紙なら、厚顔無恥にもほどがある!」

＊

〝マクシミリアン・ゲールケは死ななければならなかった。父親が人の死と賄賂で安易に利益を享受したが故だ〟ピアは死亡告知のコピーを壁のボードに貼って、その上に被害者の氏名と死亡日時を記した。当直の警部の連絡を受けて、捜査官が三々五々、特捜班本部に入ってきた。ピアとオリヴァーは警察署にその手紙を届けた女性に会ってきたが、あまり役に立たなかった。男はジョギング中のような恰好で、帽子をかぶり、サングラスをかけ、マフラーをまいて鼻のところまで覆っていたため、女性は人相を見ていなかった。しかも男は渡すようにとしかいわなかったという。

「わかっているのは三点」ピアはいった。「スナイパーは三度目の犯行におよんだ。土地勘がある。動機は復讐」

「だがなにに対する復讐なのかさっぱりわからない」カイが付け加えた。

「死亡告知には明確な理由が言及されていない」オリヴァーは声にだして考えた。「ロビン・

フッドでも気取ってるのか？」

「それはないです」キムが発言した。そのときニコラ・エンゲル署長が入ってきた。「それなら世に知らしめようとするでしょう。しかしそれはしていません。これは個人的な復讐です」

「興味深い指摘ね」そういって、署長はキムを見つめた。「で、あなたは？」

キムとピアが同時に腰を上げた。

「ドクター・キム・フライタークといいます」ピアの妹は自己紹介して、署長に手を差しだした。署長は一瞬ためらってから握手した。「キルヒホフの妹で、クリスマスに訪ねているところです」

「そうなの。しかし殺人捜査に捜査官が家族を連れてくるというのは普通ないことですけど」署長はピアに非難がましい視線を向けた。「そのうち家でクリスマスを祝うのが退屈になって、母親や兄弟や祖父母までここに連れてくることになるのかしら？」

署長は取りつく島もなかった。有能な協力者が加われば署長も喜ぶと思っていたが、急に自信がなくなった。

「あの……その……」ピアはしどろもどろになった。

「名前には覚えがありますね」署長は、口ごもっているピアのことは歯牙にもかけず、首を傾げてキムを見つめた。

「オクセンツォル司法精神医療刑務所の副所長で、ドイツ各地で裁判所や検察局の鑑定人をしています」キムはオリーヴ色のフィールドジャケットの内ポケットから名刺をだした。「最近の仕事はカールスルーエ高速道路殺人事件です。シリアルキラー、強姦魔、虐待事件などのケースでよく呼ばれます」

「十二月はじめウィーンでおこなわれた会議で暴力犯罪者の精神生物学的特徴について講演しませんでした？」

「ええ、しました。法務省でおこなわれた司法精神医学会ですね」キムは微笑んだ。「今回の事件について昨日、姉から聞きまして、わたしが関わったアメリカの事件に類似していることに気づきました」

「まさかジョン・アレン・ムハンマドではないですよね！」カイはノートパソコンから顔を上げることなくいった。

「そうですけど」キムは驚いて答えた。「どうしてですか？」

「州刑事局から助っ人に来ているネフ大先生からついこのあいだご高説を承ったばかりで、そのときの話では、FBIにいたときにあの人ひとりで解決したような口ぶりでしたが」

「そうなんですか？」キムは少し意外なようだった。「わたしは二年間クワンティコのFBIアカデミーにいましたが、ドイツ人警官があの事件の捜査に参加していた記憶はありません」

「とにかく会議をつづけて」エンゲル署長が会話に割って入った。「フライタークさん、会議のあと少しお話ができますか？」

「かまいません」キムは微笑んだ。

「キルヒホフ、最新の事件について説明して」そういって、署長はピアの椅子にすわった。

ピアは判明している事実を急いで列挙し、ホワイトボードに犯行現場の見取り図を描き、犯人の逃走経路を示した。

「今回も拡張弾で、狙撃用サプレッサーが使われています」ピアはそういって話をしめくくった。「なお犯人は今回はじめて手がかりを残しました。靴跡です。それと、犯人から手紙を預かった女性によって目撃されました。あいにくその人の目撃情報はきわめてあいまいです」

「被害者の父親はウィキペディアにのっていました」カイがいった。「フリッツ・ゲールケ、一九三一年ケルン生まれ。医学専攻。一九五三年マリアンネ・ザイツと結婚。一九五五年博士号取得。義父の会社に一九五八年入社などなど……その後、妻と死別。会社はコンツェルンへ成長……一九八二年再婚。一九九八年、会社をアメリカの投資会社に譲渡。受賞歴多数。一等功労十字章も授与されています」

「なんの会社だ?」オリヴァーがカイの言葉をさえぎった。

「もともとは胃薬を製造していました。ザイツ父子製薬会社。しかし息子が亡くなったらしく、義理の息子であるフリッツ・ゲールケが引き継ぎました。ゲールケはこの小さな会社をジェネリック医薬品に特化したサンテックスという医薬品コンツェルンに育てあげたんです。同コンツェルンは一九九八年、二十億ドルでアメリカのコンツェルンに売却されています。貧乏人ではないですね」

「気になるところがもう少しあります」キムが発言した。「最初のふたりの被害者は頭部銃創ですが、マクシミリアン・ゲールケは心臓を撃たれています。父親は、被害者のマクシミリアンが心臓病だったと話していました」

オリヴァーが顔を上げた。

「十年前、ドナーの心臓を提供されたんだったな」

「犯人はそのことを知っていて、提供された心臓を撃ったのかもしれません」キムはいった。

「自分が全能であることの証(あかし)として」

一瞬、だれひとりなにもいえなかった。

「そこが三人の被害者を結ぶ接点かもしれない！」オリヴァーはいきなり立ちあがってホワイトボードの前に立った。興奮して目を輝かせている。「はじめて有力な手がかりが見つかった！」

彼はマルガレーテ・ルードルフの名を指で叩いた。

「夫は臓器移植外科医。最後の被害者は心臓移植されている！　偶然じゃない！」

カイの指がキーボードを叩いた。

「ディーター・パウル・ルードルフ、一九五〇年マールブルク生まれ」少しして画面上のデータを読みあげると、ひゅうっと息を吐いた。「こりゃすごい！　世界初の心臓移植を成功させたクリスチャン・バーナードとケープタウンでいっしょに働いている。それからチューリヒ大学病院とハンブルク＝エッペンドルフ大学病院。新しい手術法をいくつか開発している。ドイツを代表する心臓移植専門医のひとりだ。一九九四年からフランクフルト救急病院医長になっている。二〇〇四年、バート・ホンブルクにある私立病院に転職し、今もそこで働いているらしい。二桁を超える著書があり、たくさんの賞を受けている」

「心臓移植ができる病院はこの地域にいくつあるんだ？」オリヴァーは声にだして考えた。「ドクター・ルードルフと話してみるべきだな。マクシミリアン・ゲールケを知っているかもしれない」

＊

どんよりした朝につづいて、午前中もそのまま風のない曇天だった。オリヴァーは警察車両のキーを車両課から受け取り、考えごとをしながらガレージを歩いていた。車を見つけると、解錠して運転席にすわり、ピアと妹がニコラ・エンゲルとの話を終えてやってくるのを待った。

コージマの母ガブリエラから遺産の話を聞いてから、オリヴァーは足が地についていなかった。ガブリエラが信頼を寄せてくれるのはありがたいし、うれしいが、不安もあった。フォン・ボーデンシュタイン家は経済的に余裕があったためしがなく、城と農場以外に不動産はほとんどなかった。オリヴァーには経営学の素養がないし、銀行との取引もやったことがない。ガブリエラの計画に首を縦に振らなくても、彼女の遺言書で子どもたちへの遺産の管理人に指名され、財産についての責任を負わされるわけだから、否応なく関わらざるをえない。何年もガブリエラを補佐した弁護士や銀行員や財団関係者は、オリヴァーが無能だとすぐに気づき、横領したり、嘘をついたりするかもしれない。母親の計画を知ったら、コージマがどういう反応をするか想像がつく。コージマは以前、金に興味がないように振る舞っていたが、あれは実家にいくらでも財産があったからだ。それに父親が死んだとき、信託資金から莫大な金を相続し、そこから映画のプロジェクトや旅行や日常生活に資金を出していた。だからオリヴァーの公務員としての給料などものの数に入っていなかった。自分ひとりだったら二十年前にケルクハイムの閑静な地区に家を構えることも、子どもたちを授業料の高い私立学校に通わすこともできなかっただろう。ただ貧乏なだけの人間なら金持ちの女性を妻にしても平気だろうが、オリヴァーは謙虚さを叩き込まれてきた。これからはすべてが一変する。警官として働く必要がなくなる。だが警官であることには給料をもらう以上の意味がある。辞めたらどうなるのだろう。昨夜バート・ホンブルクから帰る途中、このことはひとまずだれにも話さないことにした。インカにも黙っていることにした。絶対にいえない。コージマと電話で話をしたり、ゾフィアを預かるために会ったりするだけでも、彼女はいらいらする。コージマとは終わったとはっきりいっているのに、信じていないようだ。ガブリエラの申し出を受ければ、元妻の家族とあらためて強い結びつきができてしまう。

「お待たせ！」ピアが助手席のドアを開けた。オリヴァーははっと我に返った。「電話が殺到して、カイが呪いの言葉を吐いてる。どこかの新聞が今回の殺人事件をかぎつけたらしいの」

「それも悪くない」オリヴァーはエンジンをかけた。「運がよければ、目撃者があらわれるかもな」

オリヴァーはルームミラーをちらっと見た。

「それで、ドクター・フライターク、偉大なわれらが署長はなんていっていた？」

「協力する力があると認めてくれた」キムは微笑んだ。「当面はお客という身分だけどね。内務省がこの事件の補佐役として認めるまでは謝礼なし、補償なし。でもそれでもかまわない。休暇中だから時間があるし、他にすることもないから」

「では、わたしたちのチームに歓迎する」オリヴァーは愛想よくいった。「ニコラ・エンゲルを納得させるのは容易なことじゃない」

オリヴァーはキムのことが気に入っていた。姉と同じように勘が鋭いし、実行力があり、ユーモアも兼ね備えている。

「署長もプロ、わたしもプロ」キムは答えた。「特別な事件には特別な措置が求められる」

「いうねえ!」オリヴァーは車を発進して、異様にがらがらな道路に出た。

*

二十分後、オリヴァーたち三人はドクター・ルードルフの娘と相対した。彼女は喪服を着ていた。木曜日の夜からまともに休んでいないようだ。肌が荒れ、目が赤く腫(は)れていた。

「こんにちは、アルブレヒトさん」オリヴァーは彼女に手を差しだした。「具合はいかがですか? お嬢さんは?」

「娘はあれからだれとも口を利きません」カロリーネ・アルブレヒトは答えた。「元夫が今朝、娘と彼の家族を連れて、シュタルンベルク湖のそばに住む彼の両親のところへ行きました」

「いい判断です」オリヴァーはいった。「あなたも環境を変えた方がよくありませんか?」

「わかっています。でも父をひとりにしておけません」カロリーネはカーディガンをかき抱いて腕組みした。「それに母の葬儀を手配しなくてはなりませんし」

カロリーネの緑色の瞳には深い絶望が口を開けていた。彼女の心の痛みと深い悲しみに、オリヴァーは衝撃を受けた。普通なら被害者とその遺族に距離を置くことは少しも難しいことではない。仕事柄、そういうことに慣れていた。だが他の家族のために背筋を伸ばし、顔をこわばらせて、懸命に気力を保っているこの女性になぜか心を揺さぶられた。

「いっしょにいてくれる友人はいらっしゃらないのですか？」オリヴァーはやさしくたずねた。

「クリスマスですから頼めません。大丈夫です。人生はつづくのですから」

オリヴァーは彼女の腕に手を置いて、軽く力を入れた。ああ、大丈夫だろう。カロリーネ・アルブレヒトは強い女性だ。今はつらいだろうが、くじけはしないだろう。

「お父さんと話す必要があるのですが。お父さんに伝えていただけますか？」

「喜んで。お入りください」

オリヴァーたち三人は彼女のあとから家に入った。家の中はこのあいだ来たときよりもずっといいにおいがした。食卓は片づき、クリスマスの飾りは消えていた。カロリーネは食堂から通じるドアのひとつに入って、すぐに戻ってきた。

「書斎でお会いするそうです」カロリーネはどうぞという仕草をした。

ドクター・ルードルフもかなり落ち込んでいた。天井まである本棚に囲まれたデスクに向かっていて、見る影もない。あいさつするために立ちあがろうともしなかった。

「おまえは席をはずしてくれるか？」

父親にそういわれ、カロリーネは書斎を出て、ドアを閉めた。オリヴァーは早朝、ケルクハイムで起きた殺人事件のことを話した。

「被害者はまだ二十七歳の男性です。父親の話では、被害者は生まれたときから心臓に障害があり、心臓移植で救われたそうです」

「かわいそうに」ルードルフはとくに興味を示さず、オリヴァーを見た。

「もしかしたらその被害者をご存じではないかと思いまして。マクシミリアン・ゲールケというのですが」

「ゲールケ？　覚えがないね」ルードルフは力なく首を横に振った。「移植手術には二十年以上携わっている。いちいち覚えていない」

「しかし通常とは違う特別なオペなら覚えているでしょう」キムが口をはさんだ。「マクシミリアン・ゲールケはまだとても若く、生まれつき心臓に障害があったわけですから。もう一度考えてみてください」

ルードルフはメガネを取ると、赤く充血した目をこすって考えた。

「ああ、あの子か」ドクターは顔を上げた。「思いだした。ファロー四徴症の患者だった。右心肥大を起こし、他にも病気を併発していた。手術を数回おこなったが、失敗に終わり、心臓移植しか救う方法は残っていなかった」

オリヴァーとピアは顔を見合わせた。ついに突破口が見つかったということだろうか。ふたりの被害者がつながったのか。

「インゲボルク・ローレーダーという名に覚えがないかもう一度考えていただけません？」ピ

アはたずねた。

「それはだれだね？」ルードルフはメガネをかけ直した。

「最初の被害者です」ピアは答えた。「七十四歳。エッシュ……いえ……ニーダーヘーヒシュタット在住でした」

「ああ、このあいだ訊かれた件か。いいや、申し訳ない。一度も聞いたことがない。話は終わりかね？」

「いえ、まだあります」オリヴァーは微妙な話になるので、言葉を選んだ。「犯人が死亡告知で書いていることはどういう意味だと思いますか？」

「昼も夜もそのことを考えている」ルードルフは肩を落とした。「しかしどうしてもわからない。医者になって何年にもなるが、患者の家族と問題を抱えたことは一度もない」

オリヴァーたちは別れを告げ、家を出た。カロリーネ・アルブレヒトにはそのまま会わなかった。

「彼から言葉を引きだしたのはうまかったわ」通りをわたって車の方へ歩いていたとき、ピアは妹にいった。

「姉さんの頭の中の地図のことを考えたのよ」キムは微笑んだ。「遺体と犯行現場を忘れないってやつ。医者も同じだと思ってね」

「とにかくふたりの被害者がつながった」ピアはジャケットのファスナーを顎のところまで上げた。「だけどなにを意味するのかな？　なかなか手がかりが見つからなくて、おかしくなりそう！　犯人は被害者のことを正確に調べあげている。習慣、生活環境。そして人目につかずに狙って、狙撃後容易に逃げだせる場所を見つけている。どうしてだれにも姿を見られていないのかしら？」

「見ているけど、記憶に残らないのでしょう」キムが答えた。「ほら、前方の犬と散歩している男性と同じ。目には入るけど、数秒後には忘れてしまう。よくある光景だからよ。犯人はまわりに溶け込み、目立たずに動ける人間ね」

「気になるのは今朝の手紙」ピアはいった。「人相がばれる恐れがあるのに、よほど自信があったのね」

「危険はほぼなかっただろう」オリヴァーがいった。「手紙を届けた女性は慎重に選ばれたんだ。高齢でおどおどしていた。それに犯人は、女性をびっくりさせている。犯人を見くびってはいけない！　すべて計算ずくだ」

「でもいずれミスをするでしょう」ピアはいった。

「それを待ってはいられない」オリヴァーはリモコンで車を解錠した。「日に日にわたしたちへのプレッシャーは大きくなり、人々はパニックに陥(おちい)る」

「犯人は三人で終わらせないでしょうね」キムが予言した。「世間の注目を浴びたいのよ」

「注目を浴びることにはなるわね！」ピアがいった。「記者会見で詳細をすべて明らかにするから。多くの人が直接の危険はないと理解すれば、少しは騒ぎも沈静化するでしょう」

「それはリスクが大きい」オリヴァーは首を横に振ってエンジンをかけた。「思わぬ別の被害が生じるかもしれない。その責任は負えないぞ」

「責任を負うのは」キムはいった。「犯人だけよ」

＊

冷凍庫を開けた。たくさんのプラスチック容器を見て、彼女の目にまた涙があふれた。母さんは昔から倹約家だった！　なかなかものを捨てようとしない。ジャムやピクルスの瓶も洗って、フルーツを漬け込むのに使い、アイスクリームのパックを冷凍保存用に昔から利用し、内容物についてていねいに書き込む。パックのひとつに「肉の煮込み、二〇一二年九月十二日」と母親の手書きの文字が書かれている。

「母さん」そうささやいて、カロリーネは涙をぬぐった。「わたしがどんなに料理が苦手か知っているでしょう」

肉の煮込みを取りだすと、冷凍庫を閉め、地下からの階段を上った。父親は警官と話をしたあとも書斎から出てこなかった。彼女にとってはそれでよかった。父親がいては、心の中で母親と会話することができない。そこに父親が入り込む余地はない。すくなくとも日中は。父親は昔から朝の七時には家を出て、夜の十時前に帰ることがほとんどない。母親はそのことで文句をいったことがなかった。むしろ、定年になって、一日じゅう家にいたらどうしようと心配していたくらいだ。母親は自分の人生を歩み、さまざまな活動に参加して、父親とはまったく接点のないことに関心を広げていたのだ。父親は仕事しか頭にない人間だ。

わたしと同じ、とカロリーネは思い、また涙があふれてくるのをぐっと堪えた。この二十年間ひたすら仕事の鬼でとおした自分が信じられなかった。正気の沙汰ではない。家族や友人と過ごす時間を惜しむなんて。これまで自分にとって大事だったものがことごとく陳腐に思える。彼女は世界じゅうのトップマネージャーの前でなにが大事か語ってきた。〝個人的な問題を洗い直そう。会社の環境や人格を改善するために時間を管理し、戦略を練らねばならない〟と。それでいて、自分にとって大事なものをすべて蹴散らしてきたのだ。成功と賞賛を追い求めた結果、結婚生活だけでなく、社会生活そのものを根こそぎだめにしてしまった。〝いっしょにいてくれる友人はいらっしゃらないのですか？〟とさっき刑事に訊かれた。そんな友人などいやしない。つらい真実だ。ただひとり心が許せる相手が母親だった。その母親はもうこの世にいない。母の死で心の真空地帯が扉を開けてしまった。他の人ならすてきな思い出や体験、愛情や幸福、パートナーや友人といった大事な人でいっぱいの場所だが、彼女には思いだす価値のあるものなど豆粒ほどしかなかった。なんて表面的で、意味のない、上っ面だけの人生を送ってきたのだろう。愕然とすると同時に悲しかった。

カロリーネはあえてキッチンに入った。以前はこの場所を愛していた。いつでもこの家の中心だった。母さんの領分。いつもコンロやオーブンでいいにおいがしていた。幅広い窓台には鉢植えのハーブが並び、ニンニクやタマネギが木製の棚にのっている。そのキッチンが今、魔法が解けて、おぞましい場所に変貌してしまった。弾丸が貫通した窓には急ごしらえで、厚紙が貼ってある。それ以外、木曜日の晩を思いださせるものは一切ない。事件現場清掃人は徹底的にきれいにしていった。カロリーネは引き出しからだした鍋に冷凍の肉の煮込みを入れて、コンロにかけた。それからシュペッツレ（ドイツ料理で使われる卵麵の一種）をだして、もうひとつの鍋で湯を沸かし、塩を加えた。日常生活に逃避しなければ、トランプの家は崩壊し、恐怖という黒い洪水にのみ込まれてしまう。医者が処方してくれた鎮静剤をカロリーネはのまなかったのに、感覚が麻痺している感じがする。危機介入チームの臨床心理士が話し相手になると声をかけてくれたが、それも断った。話などしたくなかった。話せることがなにひとつないからだ。ショックはひとりで乗り越えるほかない。今必要なのは時間だ。なにが起きたのか理解し、受け入れ、これからどうしたらいいか考えなくては。

カロリーネは窓から雪の積もった庭を見た。生け垣の向こうから死神は狙いをつけた。犯人は変電施設の上に横たわって発砲した、と警官はいっていた。だけど……なぜ？　新聞には「スナイパー」が無差別に発砲していると書かれていた。最初の被害者は犬と散歩中の女性だった。今朝、犯人はふたたび犯行におよんだ。今度は男性。前庭を歩いているところを撃たれた。行きずりの被害者？　時と場所が悪かった？　しかし母親はキッチンにいた。袋小路の一番奥の家。生け垣や木立で視界がさえぎられていた。こんなところに偶然やってくるはずがない！　殺人犯は綿密に計画を立てたはずだ。

シュペッツレをゆでるための湯がぐつぐつ沸騰して、湯気を上げた。カロリーネははっとしてコンロの温度を下げた。

突然、彼女をこの数日、麻痺させていた悲しみと茫然自失のどんよりした霧が晴れた。母親は偶然殺されたわけじゃない！　それなら、なぜ死ななければならなかったのだろう。母親にはなにか隠しごとがあったのだろうか。カロリーネが知らない秘密。昔、罪深いことをしたとか。突き止めなくてはならない。是が非でも。さもなければ、この気持ちをずっと引きずることになる。

＊

鑑識がマクシミリアン・ゲールケの住居を捜索し、過去を明らかにできる日記や手紙などを段ボール箱に何箱も詰めて持ち帰った。オリヴァーはもう一度フリッツ・ゲールケを訪ね、ピアとキムとカイは段ボール箱の中身を調べた。マクシミリアンは男なのに、意外なほど熱心に日記をつけていた。気持ちはよくわかった。重い病を抱えていた彼は子どものときから青春期にかけて箱入り状態で育てられた。十歳のときには母親と死別している。楽な人生ではなかっただろう。しかしひねくれることなく、音楽と本をこよなく愛した。ピアノとパイプオルガンの演奏者となり、熱心な読書家でもあった。日記には書評やコンサート評が書き込まれていた。

「長生きはできないとわかっている」ピアは二〇〇〇年の日記の書き込みを読みあげた。「だからできるかぎり今を楽しむんだ。パパは希望を捨てていない。いつか適合するドナーの心臓が見つかるはずだ、移植ができるようになったときのために健康を保てと口を酸っぱくしていう。そんなことを祈るのは、どうも変な気がする。だってそれって、だれか別の人が死ぬということじゃないか。ドナーは若くなくてはいけない。年輩では移植ができないんだ」

「十五歳にしてはよくわかっているな」カイが感想を漏らした。

「無理もないわ」キムは答えた。「寝ても覚めてもそのことばかり考えていたでしょうからね。

それなのに長生きができなかったなんて悲しすぎる」

殺人事件はどんな場合も、一見無関係な事実を論理的につなぎ合わせる必要があるので大変だ。犯人の動機と身元を突き止めるため、被害者の人生に向き合わなければならない。捜査が終わる頃には被害者について親友や近親者よりも詳しくなることはすくなくない。それでも被害者の運命に気持ちを近づけすぎないよう気をつける必要がある。被害者への同情とか犯人への怒りといった感情は客観性をゆがめてしまう。被害者を人間としてだけでなく、犯罪の手がかりを見つけるための対象として見られるようになったのは、法医学研究所通いをつづけたおかげだ。だが今回はどうもうまくいかない。日記のページを繰るたびにそう感じた。マクシミリアン・ゲールケはインゲボルク・ローレーダーやマルガレーテ・ルードルフと同じ被害者だが、犯人が復讐したい相手ではなかった。三人は親族の行動が犯人の復讐心に火をつけた結果、死ぬことになったのだ。

「ビンゴ！」キムがいきなり興奮して叫んだ。「見つけた！　二〇〇二年九月十六日に書いている。適合条件の合うドナーの心臓が入手でき、今晩、病院に行くことになった！」

カイとピアが顔を上げた。キムはそこから数ページに目をとおし、ページをめくり、重要なところを読みあげた。他人の心臓が自分の体内にあることに、十七歳の若者は複雑な思いを抱いた。手術後二、三週間で体調はめざましく改善したが、新しい心臓の出所をひどく気にしていた。ドナーになにが起きたのか。なぜそんなに若いうちに死ななければならなかったのか。マクシミリアン・ゲールケはドナーの氏名を知ろうと八方手を尽くし、成功した。

「彼の心臓はキルステン・シュタードラーという女性のものだった」キムは読みあげた。「病院の職員から教えられたようね。でも教えた職員の氏名は記されていない」

カイはノートパソコンを引き寄せて警察照会システム（POLAS）に氏名を打ち込み、そのあとグーグルでも検索した。

「インターネットでキルステン・シュタードラーは数十件ヒットするが、俺たちが捜している人物ではないな。フェイスブックだけでも同姓同名の女性が十四人登録されている」

「マクシミリアンの父親はそのことを知らなかったと思う？」ピアは半信半疑でたずねた。

「可能性はあるわね」キムはうなずいた。「ドイツでは臓器を提供された者はドナーの身元を一切知らされないことになっている。そこがアメリカと違うところ。あちらでは臓器を提供された者とドナーの家族が連絡を取り合うことは普通だから」

「マクシミリアンがそれを父親に話したとは思えないな」カイはいった。「彼はその情報を違法に入手し、知ることで満足した。遺族と接触するつもりはなかった」

ピアは手にしていた日記を段ボール箱に戻し、オリヴァーに電話をかけるために受話器をつかんだ。キルステン・シュタードラーという名は新しい手がかりだ。新しい手がかりが見つかると、それがどんなものでもまずは期待に胸がふくらむ。結果として袋小路にはまることもあるが。

*

ガレージのシャッターを下ろし、施錠してから車に乗り込んだ。エンジンはすでにかかっている。ずらっと並ぶガレージに沿って走り、通りに出た。クリスマスとスナイパー・パニックが重なって道路はがらがらだ。高速道路に着くまで、一台も車とすれ違わなかった。本当をいうと、処刑には間隔をあけるつもりだった。だが理論と実践は違う。警察は「スナイパー」という空想力豊かな名を冠した特別捜査班を立ちあげた。遅かれ早かれ捕まるだろう。完全殺人などありはしない。最初から完全殺人の計画など立てる努力はしなかった。殺人を重ねるたびに新たな手がかりを残し、新たなリスクが生じる。そのうち、なにが起きているのか警察も理解するだろう。だから悠長にやるわけにはいかない。まだやるべきことが残っている。あいにく天気のせいで、これから二日間は行動することができそうにない。天気予報では雨と風とある。八百メートル以上離れたところからの狙撃には悪条件だ。だが金曜日の天候は回復し、無風状態になるらしい。理想的だ。それまで静かに目立たないように生活しなければ。死亡告知でヒントを与えたのに、警察はいまだに暗中模索のようだ。運がよければまだしばらくはこの状況がつづきそうだ。

二〇一二年十二月二十七日（木曜日）

クリスマスが終わり、「スナイパー特別捜査班」の朝の会議で、捜査十一課の全員がふたたび顔を揃えた。ケム・アルトゥナイはトルコでのバカンスを中断し、カトリーン・ファヒンガーの具合もかなりよくなっていた。

「どうして次の犯行があったことをすぐ教えてくれなかったんだ？」アンドレアス・ネフがオリヴァーに食ってかかった。「こういういやがらせを受けたのでは、協力できない」

「だれもいやがらせなどしていない」オリヴァーはいった。「クリスマス休暇中の連絡先を教えておいてくれなかったじゃないか」

「連絡先を教えておいた！」

「その番号には何度も電話した」カイが応じた。「しかしあんたの携帯電話は切ってあって、留守番電話も機能しなかった。フェイスブック経由でメッセージを送るのはさすがにね」

捜査官が数人にやっとした。ネフは携帯電話の履歴を確認して沈黙した。

そのときエンゲル署長が特捜班本部に入ってきて、みんな、押し黙った。署長はホワイトボードのそばに立ってみんなを見た。

「みなさん、楽しい休暇を過ごし、英気を養ったことと思います。まず新しいメンバーを紹介しましょう。キム・フライターク博士、オクセンツォル司法精神医療刑務所の副所長で、法廷での鑑定人を何度も務めている方です。アドバイザーとして捜査に加わってもらいます」

「アドバイザーをいったい何人呼ぶつもりなんです？」ネフが不満そうにいった。

「あなたは事件分析官、フライターク博士は司法精神科医」署長は冷ややかにいった。「立脚点がまったく違うでしょう」

オリヴァーは驚いた。署長が外部のアドバイザーをこれほど投入するのははじめてだ。署長とキム・フライタークがちらっと視線を交わしたことに気づいた。なにがどうなっているんだ。ピアの妹がここにいるのは偶然じゃないのか。

「実際猫の手も借りたいくらいです。第三の殺人が起きながら、有力な手がかりがまったくないこの状況に、内務省も検察局もにがりきっています」署長はキムにうなずいた。「フライターク博士はすでに似たような事件に関わっています。有益なアドバイスをしてくれるでしょう」

キムは立ちあがって咳払いをした。

「今回の三件の事件は、みなさんが通常関わる殺人事件と大きく異なります。犯人は被害者に近づくことがないため、いつもなら犯人を同定するのに役立つ手がかりを被害者から採取することができません。状況証拠に頼れないということです。犯人の動機と直接の被害者との関係も特殊です。犯人の復讐は殺した相手ではなく、その遺族に向けられているからです。したがって被害者は犯人と面識がなく、なんら接点がない可能性があります。一方、犯人は犯行の動機を部分的に明かしています。ただの快楽殺人に走る精神病質者とはまったく違います。犯人は自分の行動が正当で妥当だと考えていますが、それでいて不当であることも意識しています。犯行を心理学的に評価すると……」

そのとき、キムの目がネフにとまった。腕組みして壁にもたれかかっていたネフが、目をつむったまま首を横に振ったからだ。キムは話すのをやめて、たずねた。

「違う意見ですか？」

「どうぞつづけて、博士」ネフは不遜な笑みを浮かべた。「わたしの見立てはまったく違う」

「ネフ氏は事件分析の分野で国際経験豊富な第一人者なんです。とくに狙撃による連続殺人に関してね」カイが口をはさんだ。「FBIにいたんですよ」

「そうなんですか?」キムはあらためて興味を抱いたようだ。「いつどの部署にいらっしゃったんですか?」

「そんなことは今、関係ないでしょ」ネフはすかさずいった。

「ワシントン・スナイパー事件を解決したそうです。しかもひとりで」カイがいった。ネフにじろっとにらまれたが、邪気のない笑みを返した。

「二〇〇二年にはクワンティコのFBI行動分析課で働いていました。あなたは?」そうたずねて、キムは眉間にしわを寄せた。「名前や顔を覚えることには自信があるのですが、あなたのことは記憶にありませんね」

カイがにやにやし、ピアも笑いをかみ殺した。

「地区検察局のスタッフさ」問い詰められて、ネフは目を白黒させた。

オリヴァーはエンゲル署長を見た。署長はふたりのアドバイザーのやりとりをおもしろがって、ネフがからかわれても、口をはさもうとしなかった。

「話がそれてしまった」オリヴァーはいった。「チームに波風を立てたくないし、集中して仕事がしたかったのだ。混乱とライバル意識に用はない。「コメントをありがとう、ドクター・フライターク。ではこれまでに判明したことを説明したい」

オリヴァーが話し終えると、ショックから回復し、自信を取りもどしたらしいネフが発言した。「今日の午前中に、インゲボルク・ローレーダーが埋葬される。犯人がそこに姿をあらわすと思われる」

「それはないでしょう」キムがいった。

「絶対にあらわれる」ネフはクリスマスのあいだに微笑むことを忘れたようだ。「犯人は認められたいという欲求が強い。刺激と冒険を求めている。犯人は比較的若く、敏捷で、運動能力が高く、ナルシストの特徴が顕著だ。自分の行為に満足感を覚えている」

「そうは思えませんね」キムが反論した。「犯人はプロです」

「プロの殺し屋だというのか？」ネフは嘲るようににやっとした。

「人の話は最後まできちんと聞いてください」キムは愛想よくいった。「犯人はプロです。狙撃の訓練を受けています。警察か連邦軍にいた可能性があります」

「それでも」ネフは手を横に振った。「被害者の葬儀にあらわれるさ。おそらく変装して、自分がやったことを見て楽しむ」

「それはありえません」キムは首を横に振った。「被害者が死んだ時点でケリはつき、犯人は次の犯行に意識を向けています」

「ふたりともありがとう」またもや口論になりそうだったので、オリヴァーはその芽を摘んだ。「キルステン・シュタードラーについてもっと情報が欲しい。二〇〇二年九月、彼女の心臓が第二の被害者の夫ドクター・ルードルフによってマクシミリアン・ゲールケに移植された。ゲールケとルードルフのつながりは今のところもっとも重要な手がかりだ。ピア、もう一度レナーテ・ローレーダーと話してくれ。インゲボルク・ローレーダーと他のふたりの被害者に接点があるかどうか知りたい。カトリーンとケム、きみたちはフランクフルト救急病院に行って、カルテの開示を要請してくれ。おそらく拒否されるだろうから、カイには検察局に開示請求するよう働きかけてもらう。他のみんなはケルクハイムへ行き、ゲールケが住んでいる界隈の住人へ聞き込みだ。それから、もうひとつ。外部のアドバイザーは捜査を支援するために来てもらっている。わたしたちはひとつのチームだ。すべての力を結集し、少しでも早く事件を解決させるべく集中してほしい。いつもどおり気を引きしめてもらいたい。いや、これは要求だ。わかったな」

　最後の言葉はいつになくきびしかった。その場にいる全員がうなずいた。

「では会議を終える。仕事にかかってくれ」オリヴァーがそうしめくくると、椅子を引く音とぶつぶつしゃべる声が広がった。

「わたしはどうすればいいのかな？」ネフが不満そうにたずねた。

「葬儀に参列したいのだろう」オリヴァーはそういってから、机にのっているマクシミリアン・ゲールケの日記を収めた段ボール箱を指差した。「そのあと被害者の住居で発見した文書を読んでおいてくれ。二〇〇二年以降に起きたことをすべて調べてほしい。マクシミリアン・ゲールケと犯人の関係がわかるかもしれない」

＊

「母はフランクフルト救急病院に行ったことなどありません」葬儀に出るため喪服を着ていたレナーテ・ローレーダーは花屋のカウンターにいた。ピアとキムと彼女しかいなかった。「母は臓器を提供したことも、もらったこともありません。あったら、わたしが知っているはずです！」

「キルステン・シュタードラーという名前はどうですか？」ピアは訊いた。

「キルステン・シュタードラー？」レナーテは少し驚いた。「知り合いでした。シュタードラーは三軒離れたところに住んでいましたから。でも不幸があって、引っ越していきました」

「不幸？」ピアはたずねた。

「ええ、キルステンがある朝、ジョギング中に倒れたんです。脳出血でいきなりでした。その日のことは今でもよく覚えています。わたしも犬を連れて散歩していたんです。ただうちの犬がウサギを追いかけたりしたもので、通りかかったのは彼女が倒れてからかなり経っていました。キルステンの娘ヘレンがいきなりわたしの前にあらわれたんです。気が動転していて、母親のことを話して、助けてくれといわれました」

レナーテのボディランゲージはもっと雄弁だった。そわそわしている。再三にわたって鼻をつまみ、髪の毛をなで、耳たぶに手をやった。どうやらうしろめたいことがあるようだ。

「それで？」ピアはさらに突っ込んでたずねた。「あなたはどうしたんですか？　助けたんですか？」

「その日に限って……携帯電話を持っていなかったんです」レナーテはおずおずと微笑んだ。

「あとで犬が車にひかれて。家に帰って救急医に電話をするってヘレンに約束したんですけど……うっかり忘れてしまったんです。犬が血を流し、運転手から怒鳴られて。思いだしたのはずっとあとで、もう他のだれかがとおりかかっただろうと考えたんです。キルステンの具合がどんなだったかなんてわかりませんでしたし」

「救護を怠ったんですね」ピアがいった。

「ええ、まあ」レナーテは話しづらそうだった。「あとで自分を責めました。キルステンはとてもいい人だったんです。好きでした。それから半年後、シュタードラー一家はニーダーヘーヒシュタットから出ていきました。どこへ引っ越したかは知りません。そのうちそのことを毎日は思いださなくなり……忘れました。人生はつづきますから」

「あなたに見せるものがあります」ピアはリュックサックから死亡告知のコピーをだして、ローレーダーに渡した。

「これは?」

「あなたのお母さんを撃った犯人が送ってきたものです」

ローレーダーは死亡告知を読んだ。顔から血の気が引いた。その紙で手を切ったかのようにさっと放して床に落とした。

「嘘!」彼女は愕然としてささやいた。「嘘っ! そんな……ありえない! まさか……わたしが……」

その先がいえなかった。母親が死んだ責任が自分にあったとは。

「手紙は本物だと考えています」ピアは淡々と答えた。「他の被害者にも同様の死亡告知が届いています」

入り口の鈴が鳴って、客が店に入ってきた。

「あとで来てくれませんか」ローレーダーは客にいった。喪服の上につけていた緑色のエプロンのポケットから鍵をだし、ドアを施錠した。それからドアにもたれかかり、片手を胸に当てて一瞬、目を閉じた。

「ひどい。納得できない。この知らない犯人を誹謗中傷で訴えてやる」怒り心頭に発したせいか、本来追及すべき犯罪行為を忘れたようだ。「母が死んだ責任がわたしにあるなんて……ありえない！」

「お母さんの死に責任があるのは射殺した犯人です」ピアはいった。「犯人は罪のない人をすでに三人も殺害しています。そしてこれからも犯行をつづける恐れがあります。犯人はキルステン・シュタードラーの関係者である可能性があります。ローレーダーさん、あなたはシュタードラー家を知っていましたね。協力してください。犯人はだれだと思いますか？」

ローレーダーはごくんと唾をのみ込んだ。顔を手でぬぐい、はずみをつけてドアから離れた。

「彼女は……冷淡でした」ローレーダーは小声でいった。「ここにあらわれ、わたしの顔をにらみつけて、一生楽しい思いはさせないっていいました」

「だれのことですか、ローレーダーさん？」ピアは詰め寄った。

ローレーダーはため息をついた。

「ヘレン。キルステンの娘です。数ヶ月前、突然この店にあらわれたんです。男といっしょでした。はじめ彼女がだれかわかりませんでした。彼女の母親が死んだのはわたしの責任だといわれました。キルステンが脳出血を起こしたのがわたしの責任だったみたいな口ぶりでした！」

「いっしょにいた男性はわかりますか？」ピアはたずねた。

「いいえ。名乗りませんでした」ローレーダーは首を横に振った。

「人相はどうでしたか。年齢は？」

「人相は覚えていません。年齢は三十代半ばから終わりくらいでした」ローレーダーはぞっとした。「とてもハンサムでした。なんかこう……暗くて狂信的な感じでした。怖いなって思いました。ひと言もしゃべりませんでしたけど」

＊

「犯人が女性の可能性はある？」ピアは花屋から出たあと、車に戻る途中たずねた。

「シュタードラーの娘のことを考えているなら、ありえないでしょうね」ピアとローレーダーが話しているあいだずっと後ろで黙っていたキムが口をひらいた。「かなり感情に流される人間のようだもの。そういう人間は激情に駆られて犯行におよぶことはあっても、問題のスナイパーみたいな行動は取らないわ。犯人は明らかに男よ。女は男とは違う殺し方をする。知っているでしょう。この仕事について二十年、おぞましい事件にいろいろ出会ったけど、女が無関係な人間を殺したためしはないわね」

「なにごとにも例外はあるでしょう。中近東の自爆テロリストがいい例よ。罪のない子どもが死んでも平気なわけだし」

「それはありえないわ。ピア、娘の線は忘れることね」キムは首を横に振った。「そういうことをするには、神経が強靭で、とんでもない忍耐力がいる」

「いっしょにいたという男はだれかしらね？」ピアは車の横で立ち止まった。

「ヘレン・シュタードラーに訊くのが早道ね。さあ、車に乗りましょ。お尻が冷えてかなわないわ」

ピアはにやっとして、ドアを開けた。妹はそういうことをいうタイプには見えない。

「とにかく犯人はプロよ」キムはいった。「連邦軍と警察を調べるべきね」

「どういうふうに捜せっていうの？　問い合わせるにしても、具体的な情報がないのよ」

ピアの携帯電話が鳴った。カイが住民登録局に問い合わせて、死んだキルステンの夫について情報を手に入れたのだ。氏名はディルク・シュタードラー。リーダーバッハ在住。

「そっちへまわってくれ」カイがいった。「ボスも向かっている」

「わかった。これから向かう」ピアは答えた。

カイに教わった住所から、同じ形の住宅が建ち並ぶテラスハウス団地であることがわかった。オリヴァーはすでに通りの角にいた。風が冷たかったのでコートの襟を立て、両手をポケットに入れていた。ピアはオリヴァーが使っている警察車両の後ろに駐車した。

「死亡告知を見せたら、ローレーダーはひどくショックを受けていました」ピアはボスに報告した。「キルステン・シュタードラーは隣人で、知り合いでした。キルステンが死んだ日のこともよく覚えていました。救護を怠ったため、罪悪感を抱いていました。飼っていた犬が車にひかれて、そっちに気を取られてしまったそうです。彼女が車で運んだり、救急医を呼んだりしても手遅れだった可能性は高いです。キルステンは脳出血でしたから。しかし娘のヘレンは助かったはずだと思っているようです」

「数ヶ月前、だれか男といっしょに花屋にあらわれ、レナーテ・ローレーダーをなじったそうです」キムが付け加えた。「犯人がその一件を知っているなら、ローレーダー家に近い人物になりますね」

「ではキルステンの元夫の話を聞いてみよう」オリヴァーはめざすテラスハウスを見つけ、五八番地Fのベルを鳴らした。やせぎすなくらいほっそりした男がドアを開けた。灰色の髪を短くカットし、額が禿げあがっている。

「ホーフハイム刑事警察署のボーデンシュタインといいます」オリヴァーは身分証を呈示した。

「同僚のキルヒホフとフライタークです。シュタードラーさんに会いたいのですが」

「わたしですが」男は猜疑心と戸惑いをないまぜにしたような表情でオリヴァーたちを見た。刑事警察の訪問を受けたときによく見られる反応だ。

「入ってもよろしいですか？」

「ああ、もちろん。どうぞ」

男は五十代半ばだ。コーデュロイのズボンをはき、シャツの上にオリーヴ色のVネックセーターを着ている。オリヴァーの顔を見るのに、顔を上げた。

「息子が昼食に来ていましてね」シュタードラーはいった。玄関から大きな部屋が見えた。食堂と居間とキッチンが一体になっている。食卓には三十歳くらいの男がいて、タブレットPCから顔を上げて会釈をしたが、立ちあがることはなかった。

「息子のエーリクです」シュタードラーは息子を紹介した。「で、なんの用ですか?」

「亡くなった奥さんのことで伺いたいことがあるのです」オリヴァーは答えた。

「キルステンのこと?」シュタードラーはわけがわからないというようにオリヴァーからピアとキムに視線を泳がした。「なにかの間違いではないですか。家内が死んだのは十年も前です」

「この数日起きている連続殺人事件のことはご存じでしょう」オリヴァーは話をつづけた。「ニーダーヘーヒシュタットとオーバーウルゼルで女性がふたり射殺され、クリスマスの朝にもケルクハイムで若い男性が撃ち殺されました」

「ええ、新聞で読みました。ラジオやテレビでも報道していましたし」

息子がやってきて父親の横に立った。息子の方が少し背が高く、ふたりとも顔の彫りが深い。

「犯人が警察に接触してきまして」オリヴァーはいった。「三件それぞれに死亡告知を書いてよこし、犯行理由を明らかにしたのです。それから最後の被害者の日記から亡くなった奥さんの名前が浮上しました。最後の被害者はマクシミリアン・ゲールケ、二十七歳。生まれつき心臓に障害を持っていて、そんなに長く生きられないと診断されていました。十年前、亡くなった奥さんの心臓が彼に移植されました」

父親と息子は青い顔になり、ちらっと顔を見合わせた。

「オーバーウルゼルで殺害された女性は心臓移植外科医の夫人です」

「なんてことだ」父親は愕然としてささやいた。

「最初の被害者はあなたのかつての隣人の母親でした」

「そんな……信じられない！　しかしなんでです？　何年も経っているのに！」

「そのことはわたしたちも不思議に思っています」オリヴァーはうなずいた。「一見無関係に思える三つの事件が、亡くなった奥さんでつながるのです」

「ちょっと……すわらせてください」父親はいった。「入ってください。どうぞ……コートをお脱ぎください」

ピアは、シュタードラーが足を引きずり、体を少し傾けて歩いていることに気づいた。どうやら足が片方短いようだ。父親は食卓に向かってすわり、オリヴァー、ピア、キムの三人も席についた。

息子のエーリクは汚れた食器を片づけてオープンキッチンに立った。黒っぽい花崗岩(かこうがん)の天板に、ステンレスをふんだんに使った白いキッチンだ。居間の大きなガラスのフロントドアの前に飾り付けされたクリスマスツリーが立ててあり、ソファテーブルにはクッキーを持った皿がのっている。家全体は地味だが、調度品の趣味はよく、黒と白と灰色が基調色になっている。ドクター・ルードルフの邸宅とは大違いだ。あちらでは花が飾られ、カーテンはビロード、色あせた子どもの絵が壁にかけてあり、冷蔵庫にマグネットでメモが貼ってあった。ここには女性の痕跡がない。唯一この枠組みから外れている家具はアンティークのどっしりしたサイドボードだけだ。そこには銀製の額に金髪の女性の写真が入っていた。女性はカメラに向かって笑っている。シュタードラーはピアの視線に気づいた。

「家内のキルステンです」彼はかすれた声でいった。「写真は死ぬ前の夏に撮ったものです。最後のバカンス。フランスの大西洋岸です」

　息子のエーリクは父親の隣に腰かけた。

「まさか……家内の件で人が死ぬことになったとは」シュタードラーは咳払いをした。気が動転しそうなのを懸命に堪(こら)えているようだ。「どうしてですか？　どういうことなんですか？」

「きわめて個人的な動機のようです」オリヴァーは答えた。「犯人は復讐しようとしているのです。しかも、あなたの奥さんが死んだことへの復讐です。奥さんと近しかった人の仕業ではないかと見ています」

「しかし家内は脳出血で死んだんです。悲しい事故でした。だれの責任でもありません。家内の脳内に動脈瘤(どうみゃくりゅう)があって、それが破裂したのです。いつどこで発症しても不思議はなかった」

*

　父親は食事をほとんど口にせず、ナイフとフォークを皿の上に置いた。

「おいしくない？」カロリーネはたずねた。

「いいや、とてもうまいさ」父親はふっと微笑んだ。「だが食欲がない」

彼女も同じだった。だが食べるように努めた。生きつづけようと努めるのと同じだ。

「気にかけてくれて感謝する、カロリーネ。とてもうれしいよ」

「あたりまえのことでしょ」彼女もふっと微笑んだ。

この二日、カロリーネは思っていることをうまく口にすることができず、頭を悩ませていた。どうして事件のことを父親と話せないのだろう。いつもの雄弁さと勇気はどこへ行ってしまったのだろう。母親が死んでから彼女と父親はほとんど話をしていない。だがよく考えたら昔からほとんど口を利かなかった。家族が調和しているという幻想、それは母親の功績だったのだ。その母親がいなくなった今、彼女と父親のあいだには沈黙しかない。カロリーネは父親と心のこもった関係を持ったためしがなかった。小さい頃から若い頃にかけて父親は彼女の人生になんの役割も担わなかったからだ。父親は天才で、医者の世界では第一人者だ。父親のしていることは大事なことだ。死に瀕（ひん）した患者の命を救っているのだから。父親を誇りにしていた。みんなが父親に感心しているのがうれしかった。しかし成長するにつれ、父親との距離が広がっていった。父親と同じ仕事につかないと決心したとき、彼女は父親を失望させた。そのときからふたりのあいだには溝ができた。口論と沈黙しか生まない奇妙な狭間。

母親の死は、ふたりが近づく好機だ。しかし父親はその機会を使う気がないらしい。ふたりは通り一遍のぎこちない会話しかできなかった。

父親が立って、書斎に閉じこもってしまうような気がして、カロリーネは口をひらいた。

「ちょっと訊きたいことがあるんだけど」

「なんだい？」

「新聞には、母さんがスナイパーに狙われた行きずりの被害者という書き方がされているけど」カロリーネは父親を見ないで、機嫌を損ねないように言葉を選んだ。「状況を考えると、そうは思えないの」

カロリーネは顔を上げた。あの事件以降、父親がはじめて自分を見ていることに気づいた。

「では、どう思っているんだ？」父親が聞き返した。

「偶然にこんなところまで入り込まないと思う」そういうと、カロリーネはナイフとフォークを脇に置いた。「キッチンの窓は庭の方を向いている。生け垣の向こうに、人が歩ける道はない。犯人はこの家とこのあたりを周到に調べて、変電施設を見つけている。偶然のはずがない」

父親は彼女をじっと見つめた。

「最初から母さんを狙ったんじゃないかしら。でも理由がわからない。なんだか……」カロリーネは口をつぐんで首を横に振った。

「なんだね？」

「母さんがだれも知らない秘密を抱えていたみたいに思える。父さんやわたしも知らないなにか。なにかはわからないけど、なにかあるはずよ」

父親はいまだに娘を見つめていた。それからフォークを手に取って、なにもいわず料理をつついた。数秒が経ち、数分が過ぎた。またしてもいまいましい沈黙！　昔だったら萎縮した。だけど今回は父親を逃がしはしない。

「一昨日、警察と話したでしょう。なんていっていたの？」

「他の射殺事件との関連性を探っていた」父親がようやく答えた。

「それで？　警察はなにかつかんでいるの？　関連性はあるの？」

父親はいいよどんだ。その間が少し長すぎた。

「いいや。まだ暗中模索の状態だ」父親は眉ひとつ動かさず、カロリーネの視線を受け止めた。

嘘をついている。カロリーネは胃にずしんとくる衝撃を受けた。

「信じられない」思ったよりきつい口調になった。カロリーネは誤魔化されたくなかったのだ。

「どうして嘘をつくの？」

「なぜわたしが嘘をついているというんだ？」

「あいまいな言葉で逃げたからよ。だれかが本当のことをいわないとき、わたしにはすぐわかるの。警察にはなにを訊かれたの？　どうしてわたしを書斎から遠ざけたわけ？」

驚いたことに、父親はテーブルごしに彼女の手を握った。

「おまえを守りたかったからだ。おまえにつらい思いをさせたくなかったんだ」父親はやさしくいった。「おまえが母さんをどれだけ大事にしていたか知っている。それにおまえは、グレータのことも気遣わなければならない」

カロリーネは一瞬、父親の言葉を信じた。信じたかったからだ。だがいいくるめられようとしているとすぐ気づいた。怒りを感じ、失望した。この世にはもう信頼できる人がひとりもいないのだ。

「なにか隠している。なにを隠しているの？　そして、なぜ？」カロリーネは手を放して、立ちあがった。「自分で突き止める」

＊

「奥さんが亡くなった事情を手短に話していただけませんか？」ピアはディルク・シュタードラーに頼んだ。「当時なにがあったんですか？」

二〇〇二年九月十六日のことを、父親と息子が交互に話した。当時三十七歳だったキルステンは健康でスポーツが好きだった。毎朝、愛犬を連れてジョギングをし、そのあと車で子どもたちを学校に送っていくのが日課だった。その日は一時間経っても母親が戻ってこなかったので、息子のエーリクと娘のヘレンが捜しにいき、野道に倒れている母親を見つけた。母親はすでに息をしていなかった。犬はその横にすわっていた。

「救急医が救急病院に運んで、そこで脳出血と診断されました」父親がいった。「そのときわたしは仕事でアジアに出張していて、連絡がつかなかったんです。家内の両親が病院に駆けつけ、エーリクとヘレンの面倒を見てくれました」

「あれはショックでした」息子もそのときのことを思いだしながらいった。「母は集中治療室に横たわり、眠っているようでした。医者からは脳死だと告げられました。大量の内出血で脳が回復不能なほど損傷されたといわれました」

しばらくのあいだ、だれひとりなにもいわなかった。暖炉の煙突で風が巻き、芝生に植えてある落葉した果樹の枝が揺れていた。

「わたしは二日後、中国から戻りました。子どもたちはすっかりトラウマを抱えていました」

父親があとを受けた。「家内の両親も似たようなものでした。医師団から圧力を加えられて脳死状態の家内の臓器摘出を承諾してしまったんです」

　父親は咳払いをした。

「家内はいろんな理由から臓器移植に否定的でした。当時は珍しかったですが、リビング・ウィルを書いて生前に意思表示もしていたんです。医師団はわたしの帰りを待たなければいけなかったのに、結論を急いだんです。二回の脳死判定に間隔をあける規則をないがしろにするほどに。病院の記録では二回の脳死判定の間隔が改竄されていました。そのうえ、はじめにいっていたよりもはるかに多くの臓器が摘出されていました。心臓と腎臓という話だったのが、すべての臓器、さらに左右の眼球、骨、皮膚、筋肉組織が摘出されていたんです。わたしは後日、病院を相手取って訴訟を起こしました」

　そこでいったん言葉を途切れさせると、父親は悲しそうな目でサイドボードにのっている妻の写真を見た。

「家内が提供した臓器で何人かの人の命が救われたと思って、自分を慰めてきました」シュタードラーは小さな声でいった。「しかし家内の父親は当時、苦痛と怒りで逆上していたんです。だまされたと確信していました。臓器摘出の承諾書に署名した覚えはない。署名したのは、治療の全権を委ねる書類だけだったといったんです。病院を相手取っての訴訟はよくある決着を迎えました。病院が示談金を払うといってきたんです。受けるほかありませんでした。弁護士に払う金にも困っていましたから。結局、それで子どもの教育費をまかないました」

ピアはじっとふたりを観察した。どんな身振りも、言葉遣いもおろそかにしなかったが、疑わしいところはなかった。父親は大切な者を失っていったん地獄を見たが、今は過去と折り合いをつけているようだ。息子のエーリクも声を荒らげることなく、淡々としていた。そしてピアが思ったとおりのことを口にした。

「すべてを乗り越えるのに長い時間がかかりました。しかし母は、俺たちが泣いて過ごすことを望まなかったでしょう。母は陽気な人でした。そういう母を俺たちは記憶にとどめたんです。だからふたたびなんとか普通の暮らしを営んでいます。どんな心の傷も、それがいかに深くても、受け入れればいつか癒やされるものです」

「家内の死に関わった人に、だれかが復讐するなんて考えられません」父親がいった。「当時、怒りに駆られてだれかが自制心を失ったというならわかりますが、十年も経ってからなんて」

「そろそろ行かないと」息子のエーリクは時計を見て、タブレットPCをつかんだ。「ズルツバッハで会社を経営しています。年末でばたばたしているんです。なにか知りたいことがあったら電話をください」タブレットPCのカバーから名刺を抜いて、オリヴァーに渡した。オリヴァーもシュタードドラー父子にそれぞれ名刺を差しだした。

「わたしたちも長くお邪魔するつもりはありません」オリヴァーも腰を上げ、ピアとキムもそれに倣った。「なにか気づいたら、連絡をください」

ディルク・シュタードドラーはオリヴァーたちを玄関まで伴った。

「足を怪我したんですか?」ピアがたずねた。

「ええ」シュタードラーは微笑んだ。「十五年前にドバイの工事現場でね。昔は土木技師として世界じゅうを飛びまわっていたんです。あいにく足を怪我して、まともに仕事ができなくなりました。寒くなってじめじめすると、痛くなりましてね」

「今はどんな仕事についているんですか？」

「家内が死んでからは、できるだけ子どもたちといっしょにいるために転職しました。二年間仕事にはつかず、そのあとフランクフルト市建築課で仕事をもらいました。障害者枠で」

息子のエーリクは上着を着て、ニット帽をかぶった。

「ごちそうさま、父さん」息子は父親の肩に触れて目配せした。「ファストフードのソーセージばかりじゃ味気ないからな」

「いいってことさ」父親は答えた。「土曜日のことはまた電話で。リスによろしく」

「ああ、それじゃ」

父親は息子に微笑みかけたが、息子がいなくなると、その顔から笑みが消えた。

「もうひとつ」彼はオリヴァーとピアにいった。「家内の両親は娘を失ったことから立ち直ることができませんでした。ひとりっ娘だったんです。あれからふたりは臓器提供者の遺族で作った互助会に参加しています。それから……」

シュタードラーは言葉を途切れさせ、首を横に振った。

「それから？」ピアが聞き返した。

突然、シュタードラーが悲しそうな顔をした。

「いいたくはないのですが、黙っているわけにもいかないでしょう」彼は唇をきゅっと結び、少し迷ってから深呼吸した。「家内の父親は以前、優秀な射撃選手で、ハンターでした」

＊

「ひどい話ですね」車に戻る途中、ピアはいった。「一瞬にして人生が変わってしまうなんて」

ディルク・シュタードラーはグラースヒュッテンに住む妻の両親の住所をメモ用紙に書いた。

だがオリヴァーたちはそこを訪ねる前に二台の警察車両の一台を署に戻すことにした。

「あのふたりをどう思った？」オリヴァーはキムにたずねた。

「ディルク・シュタードラーは夫としてものすごい喪失感を味わったでしょうね。でも、妻の死を受け入れたように見えます。ふたりとも、話しているあいだ神経質になることも緊張することもありませんでした。なにかを隠している人間はたいていそういう態度を見せるものです。驚いたりしたときも、演技とは思えませんでした。とにかくふたりは親密なようですね」

「あっ、しまった！」ピアは立ち止まった。「娘のことを訊くのを忘れたわ！」

「娘が犯人と見るのはやめた方がいいわ」キムは首を横に振った。「捜すならいっしょにいたという男ね」

「でも娘と話はしてみた方がいいでしょ」ピアはこだわった。「それにその男とローレーダーの店にあらわれたんだし」

ピアの携帯電話が鳴った。

「もしもし、ヘニング」画面に法医学研究所の電話番号があるのを確認して、ピアはいった。

「わたし……」

「二時十五分」ヘニングが冷たくいった。「あるいは十四時十五分。そっちの言い方がよければな。法医学研究所の下僕はいったいいつになったら刑事に来訪いただけるのかな？」

「どうして？」ピアは面食らった。「そんな予定があった？」

「きみのボスがクリスマスの死体を早急に解剖するよう要請した。スタッフが足りないので、わたしがじきじきに執刀する。とにかくやんごとなきフォン・ボーデンシュタイン殿はなぜ電話に出ないのかね？　もう二、三回試しているんだが」

「すぐに行く。十五分で着く。それでいい？」

ヘニングはかけてきたときと同じように、あいさつもなく電話を切った。

「しまった！　解剖！」オリヴァーはiPhoneをコートのポケットからだして調べた。「なんで機能しないんだ！　予定を記録しておいたのに。ほら、これ！」

オリヴァーはiPhoneをピアに見せた。

「サイレントスイッチをオンにすべきではないですね」ピアはにやっとした。「そうすれば通知音はしたはずです」

「この手の技術とはどうも相性が悪い」オリヴァーはそうなって、顔をしかめた。「わたしの車の方はここに止めておこう。あとで取りに戻ればいい。そのときシュタードラーに娘のことを訊けばいい」

三人はピアとキムが乗ってきた車に乗り込んだ。そちらの方が多少乗り心地がいいからだ。

オリヴァーはグラースヒュッテンに住むヴィンクラー夫妻のところにパトカーを向かわせた。

「死亡告知と犠牲者の話をしたときのふたりの反応に問題はなかったと思う」ピアは妹のさっきの説明に賛同した。「取調中の非言語コミュニケーションに関するセミナーを受けてからボディランゲージに気をつけるようにしているの」

「それでも絶対というのはないわよ」キムがいった。「嘘発見器をだます人もいるんだから。それでも足に障害のあるディルク・シュタードラーが変電施設に上ったり、ゲールケの隣人の庭に忍び込んだりしたとは思えないわね。それにあの歩き方では人目につく」

「それに彼が犯人だったら、できすぎだ」オリヴァーがいった。

三人は異様にすいている高速道路を走って、やはり異様に人気のない町に入った。スナイパーへの恐れから、この地域全体がゴーストタウンの集合体と化していた。

「あれを見て！」ピアは中央駅前で客待ちをする数台のタクシーを指差した。ふだんなら百台以上並んでいるところだ。「これはいくらなんでもまずいわ！」

「だが復讐はまだ終わっていないだろう」オリヴァーは陰鬱な様子で答えた。

「なんとかしなくちゃ！　根拠のないパニックよ！」

「そのことについては議論したじゃないか」オリヴァーは首を横に振った。「いたずらに安全宣言するのは無責任だと」

「風が強いあいだは、事件は起きないでしょうね」キムがいった。「犯人は被害者と直接接触するのを避ける。遠距離から射撃する。ただし理想的な条件のときだけよ」

ピアは無力感に襲われた。めったに感じないことだ。犯人の姿が見えない。しかも偶然に頼らず、ミスを犯さず、いつも警察より一歩先を行く、狡猾(こうかつ)で冷酷な殺人者だ。インゲボルク・ローレーダーのときは明らかな遺留品はひとつだけだった。三人目にしてやっと新たな手がかりを残した。だがそれだって、不確かなものだ！　キムが今朝いったように、特捜班はまったく新しい前提に立たされた。普通なら捜査で重要な役割を持つ被害者の人物像が今回の事件ではまったく意味をなさないのだ。なぜなら被害者は犯人の本当の標的ではなく目的を達成するための道具でしかないからだ。手がかりも状況証拠もなく、目撃者もいない。わかっているのは三人の死者が出たこと、三通の死亡告知、ドイツで何十万足も売られている靴の跡、男の三人にひとりは該当する犯人のプロファイル、キルステン・シュタードラーの名、それですべてだ！　この頭のいかれた犯人を見つけ、犯行を止められなければ、どうなるだろう。殺人リストにはいったいどれだけの数の氏名が並んでいるのだろう。

「娘といっしょにローレーダーのところにあらわれたのが彼女の兄じゃないのは確かね」キムがいきなりいった。「年齢が違うし、彼はハンサムといえない」

ピアは「ふむ」とだけいった。それから三人とも押し黙り、ケネディアレー通りの法医学研究所に到着すると、オリヴァーは駐車場に入った。ユーゲントシュティール（ドイツ、オーストリアなどでのアールヌーボー様式）の建物の黒い木製玄関をくぐった。フランクフルト法医学研究所は一九四〇年代からここに居を構えている。ピアはここへ来ると、いつもなつかしい気持ちになる。一時期、自宅よりもここで過ごす時間の方が長かった。ピアたちは板張りの廊下をすすみ、地下に通じる階段を下りた。二室ある解剖室の一室で、服を脱がされ、洗浄されたマクシミリアン・ゲールケの遺体が待っていた。

「どうも!」解剖助手ロニー・ベーメが給湯室としても使われている小さな事務室から出てきた。「やっと来ましたか。所長を呼びます」

「ありがとう、ロニー」ピアは微笑んで、上着を洋服掛けにかけた。オリヴァーとキムはそのままコートを着ていた。解剖室はいつも冷え冷えしているからだ。

「ちょうどコーヒーをいれたところです。よかったらどうぞ」ベーメはにこっとしてから受話器を耳に当てた。すぐに足音が響いてきたので、彼は受話器を元に戻した。

「謝罪は聞きたくない!」ヘニングがドア口にあらわれた。学生らしい若者とハイデンフェルト検察官を引き連れていた。ピアは以前、この検察官が司法解剖に立ち会って吐いたことを思いだした。遺体はイザベル・ケルストナー、ピアがオリヴァーといっしょにはじめて解決した事件だった。

「謝っても仕方ないだろう」オリヴァーは答えた。「はじめよう」

「いわれなくてもはじめるさ」ヘニングがいった。

手術用ライトのまぶしい光の中、コアロクト弾がもたらした惨状がはっきりと見えた。肋骨が粉砕され、組織に大きな穴があいている。ピアはマクシミリアン・ゲールケの細面を見つめた。穏やかに眠っているように見える。彼の日記を読んでいたため、他人とは思えなかった。唐突に怒りが湧き起こった。〝仕置き人〟つまり死刑執行人を気取って、卑劣な行為を正当化

「苦しまなかったのがせめてものなぐさめね」

「懸命に生きた若者がこんなむごい死に方をするなんて」ピアは気持ちをこめていった。「苦しまなかったのがせめてものなぐさめね」

「地面に倒れる前に死んでいた」ヘニングがいった。「心臓は完全に粉砕されてる」

「でも自分の心臓じゃなかったのよね」

「なんだって？」ヘニングがちらっと見た。

「十年前に心臓移植されたのよ」

ヘニングは両手を下げて、マスクを下ろした。

「おいおい」そういって、ピアからオリヴァー、ハイデンフェルト検察官へと視線を移した。「わたしが解剖に命を懸けていることはみんな知っているだろう。一体でも多く解剖したい。しかしきみたちがここでなにを知りたいのかわかっている方がありがたい。一年目の医学生でも死因がわかる遺体がこれで三体目だ」

「こっちはわらにもすがる思いさ」オリヴァーが口をはさんだ。「今のところ、このマクシミリアン・ゲールケに移植された心臓のドナーが三件の殺人事件の原因らしいんだ。しかし手がかりが一切ない」

「死因の解明が問題ではないの」ピアが付け加えた。「解剖でなにか新たなヒントが得られるかもしれないでしょう」

ヘニングはため息をついて、肩をすくめた。

「協力するのはやぶさかではない」ヘニングはまたマスクを上げた。「だが他のふたりの被害者の場合と同じで、役に立たない解剖所見を提出することになりそうだ」

＊

父親はなにか隠している。カロリーネ・アルブレヒトは気持ちが沈んだ。あの親切そうな刑事に相談したいと思ったが、それもためらわれた。警察に話したら、母親を亡くした上に父親まで失いそうな気がしていた。いや、それだけじゃない。母親のイメージを壊すような真実を知る羽目に陥るのではないかと恐れていたのだ。父親は〝おまえを守りたかった〟といった。本当にそうなのかもしれない。カロリーネは自分がわからなくなってしまった。これまでの人生で問題に立ち向かい、解決することを忌避したことなどない。どうして今回はこれほど逡巡し、あてもなく車を走らせているのだろう。決断できないなんて。木曜日に受けたショックからまだ立ち直っていないのだろうか。昨日の夜、電話でグレータと少し話したあと、カルステンと一時間近く話し込んだ。おかげで気分が晴れ、弱い鎮静剤の助けもあって、夜中は悪夢を見ることもなく熟睡できた。

「グレータはきっと大丈夫だ」カルステンは電話口でいっていた。「焦らず見守るんだ。それに環境を変えた方がいい。農村で暮らす祖父母のところなら、まだ世界に秩序がある」

「あの子のことを考えてくれてありがとう」カロリーネはそう答えた。「あなたの両親とニッキにもそう伝えて」

「わかった。だがあたりまえのことだ」カルステンは少し迷ってからいった。「きみの方はどうなんだ？　なんとかなりそうか？」

なんとかなりそうかなんて通り一遍の質問をされて、思わず大丈夫だと答えそうになった。だがそれは嘘だ。その言葉が喉元で引っかかった。今回はインフルエンザに感染したときや、取引がうまくいかないときとはわけが違う。自分の存在の根源に関わる事態だ。母親が死んだということだけでは収まらない、生きる意味を問い直さなければならないほどの危機なのだ。

「正直まいってる。母が恋しくて。ベッドにもぐり込んで泣きわめきたい気分」

カロリーネは狙撃が偶然だったと思えないことをカルステンに話し、父親が嘘をついているようだとも打ち明けた。

「本当のことを突き止めたい。母が撃ち殺されるようなことをしたとはどうしても思えなくて」

「カロリーネ」カルステンはため息を漏らした。「気持ちはわかるが、危険なことはするな。約束してくれ」

カロリーネは約束した。

「助けが必要なときはいってくれ」カルステンは最後にいった。「いつでも歓迎する」

カロリーネはやっとの思いで「ありがとう」といって、通話を終えた。カルステンの今の妻ニッキの代わりに自分がカルステンといっしょに子どもたちをつれて彼の両親の居心地のよい農家にいられたらどんなにいいだろう。だがそれをできなくしたのは自分だ。

カロリーネは別のことを考えることにした。カルステンは警察に任せろといったが、カロリーネがいうことを聞くわけがないとわかっていたのか、他の被害者の遺族と連絡を取ったらどうだと提案した。だから今、カロリーネはエッシュボルンに向かっている。マスコミが「スナイパー」と命名した犯人による最初の被害者はニーダーヘーヒシュタットの年輩の女性だ。名前も知らなければ、遺族がどこに住んでいるかもわかっていない。だが最初の被害者が暮らしていた場所は自分の探偵活動の出発点に最適だと思っていた。シュタインバッハを抜けたところでガソリン残量低下のランプがともったので、近くのガソリンスタンドに寄った。ガソリンの値段がびっくりするほど安かったが、客は彼女だけだった。

「朝から客が来なくて上がったりですよ」がっしりした五十代半ばの女がレジに立ち、指で大衆紙の見出しを叩いた。「これ、読んだでしょう？　みんな、このドンパチやってるいかれた奴が怖いのさ。話題はこのことで持ちきり」

「事件が起きたのはこのそばじゃなかった？」カロリーネは鎌をかけるのはいやだったが、目的のためなら手段を選んでいられない。「その人と知り合いだったの？」

「ええ、ローレーダーのおかみさんよ。ここをよく利用してくれたからね。ガソリンを入れにきたり、新聞を買ったり。ほんとぞっとする」レジの女は暇だったため、知っていることをどんどん話した。支払いを済ませ、車に戻ったとき、カロリーネは被害者の飼い犬の品種から、乗っていた車や、被害者の娘がエッシュボルンのウンターオルト通りで花屋を営んでいることまで情報を仕入れていた。それにニーダーヘーヒシュタット墓地で昼前に葬儀が営まれたという。なかでも一番重要な情報は、被害者のインゲボルク・ローレーダーが娘と暮らしていた家の住所だ。

＊

自動車電話が鳴った。オリヴァーがサッカースタジアムのコメルツバンク・アレーナのそばを通って高速道路へ向け車を走らせていたときだ。カイからの連絡だった。早朝にケルクハイムで重点的な聞き込みをおこなったが、芳しい情報はなかったという。ヴィンクラー夫妻は不在だったため、そこを訪ねた巡査は、ホーフハイム刑事警察署捜査十一課に連絡するようにというメッセージを残した。科学捜査研究所の専門家たちは封筒からも死亡告知書からも、指紋やDNAを検出することができなかった。ナポレオン・ネフはインゲボルク・ローレーダーの葬儀に参列したが、やはり情報らしい情報は得られなかった。

「袋小路ですね」カイはいった。「今は切手に消印が押されないのが残念です。消印があれば、投函された場所がわかるのですが。今はすべてインクジェットプリンターで印字されますし、トナーも使用されたコピー用紙も大量生産品です」

「昔なら封筒に唾液が付着していたし、タイプライターなら文字が一部かすれたりして個体差があったからな」クレーガーがコメントした。「それに紙も生産された時期が特定できる場合があった。今どきの犯人はテレビのミステリ番組なんかで、手がかりを残さないためのヒントを手に入れている」

「フランクフルト救急病院に行ったカトリーンとケムはどうだ？」オリヴァーは訊いた。

「だめでした」カイがオリヴァーの最後の希望を打ち砕いた。「カルテの開示を認める権限を持つ者が出勤していないといわれたそうです。検察局の開示請求書はまだ届いていません」

法医学研究所からの帰りも、来るときと同じで、みんな押し黙った。ヘニング・キルヒホフがいったとおり、マクシミリアン・ゲールケの解剖からはなにもわからなかった。インゲボルク・ローレーダーとマルガレーテ・ルードルフのときと同じだ。ただじたばたしているだけ。オリヴァーは、ガス欠寸前の車に乗っているような気分だった。

「ボスの車はリーダーバッハに止めっぱなしでしたね」マイン＝タウヌス・センターの近くでホーフハイムに向かおうとしたとき、ピアが思いだした。オリヴァーはすかさずウィンカーをだし、右折した。ロザリーはそろそろニューヨークに到着する頃だ。これから一年そこに暮らして働く。旅立つときはつらそうにしていたが、行けばあの町に感激するだろう。コージマの母からの提案をいつインカに打ち明けよう。彼女はどういう反応をするだろう。なかなか話す機会が見つからない。日中はふたりとも働いているし、ゾフィアがいるため、インカは夜、自分の家に帰ってしまう。どういうふうに切りだしたらいいか、この数日悩んでいた。コージマから離れる気がないと非難されるに違いない。この状況でインカとまで喧嘩するのは願い下げだ。

オリヴァーは警察車両の横で車を止めると、シートベルトをはずして車から降りた。

「それじゃ」オリヴァーは運転席にすわったピアにいった。

「じゃあまた」ピアはうなずいた。「車のキーはありますか？」

オリヴァーはコートのポケットを叩いて、ディルク・シュタードラーが住むテラスハウスの通りに曲がった。日が落ちて、家はどこもブラインドを下ろしている。あちこちの玄関ドアのガラスから淡い明かりが漏れているが、窓はなにかでていねいにふさいであった。シュタードラーの家に照明はともっていなかった。オリヴァーはベルを鳴らし、少し待ってもう一度ベルのボタンを押したが、だれもドアを開けなかった。玄関の左右に植えてある小ぶりのツゲの木が激しい風で揺れ、枯れ葉が道に舞っていた。気温は二、三度下がっていた。冷気がオリヴァーのズボンから忍び込んできた。彼は自分の仕事が好きだ。すでに三十年はこの職についている。厄介なことが多いし、疲れる仕事ではある。だが難しいからこそ愛していた。犯人を捕まえ、被害者とその遺族の仇を討ったときの満足感は堪えられない。オリヴァーには他の仕事につくことなど考えられなかった。他に能もない。彼にとって、刑事は天職のようなものだ。午後五時にそそくさと家路につくような仕事とはわけが違う。だが今回のようになにひとつ前にすすまないケースを何度か経験している。ときどきアーカイヴから掘りだされ、新しく検証される未解決事件、いわゆる「コールドケース」はごくわずかしかない。科学捜査の進展によって精細な分析が可能になり、より正確な結果が得られるようになっている。それに各国の警察との連絡網も役立っている。それでも忍耐強さは警官に求められる大事な能力のひとつだ。だが今は待機するのは悪手だという気がしてならない。オリヴァーはきびすを返して車に戻った。

〝もちろんそのためにしかるべき報酬がもらえるようにしておく〟ガブリエラの言葉が再三脳裏をよぎる。公務員である以上、副業は許されない。刑事を辞めるほかないのだろうか。義母の期待にそもそも応えられるだろうか。

オリヴァーはエンジンをかけて、暖房をめいっぱい効かせた。冷たい空気が顔に当たったので、ぶつぶついいながら風向きを調整し、ワイパーを動かして発進した。

リーダーバッハからホーフハイムへ向かう途中、ガブリエラの提案のいいところはなにか考えた。どこかで遺体が見つかったといって、夜中や日曜日の朝、ベッドから叩き起こされることはなくなる。人員がぎりぎりであることや、同僚間の確執や、多くの規則や制約やつらいデスクワークに悩まずに済む。焼死体も、腐乱死体も、水死体もない。いつ終わるともしれない取り調べで荒唐無稽な嘘を聞かされることとも、ストレスとも、忙殺とも、徹夜ともおさらばできる。だが、遺体発見現場に呼ばれるときのあのどきどきする気持ちを味わえなくなってもいいのか？　獲物を求める熱い思い、大切なこと、よいことをなしているという高揚感、それに仲間と組んで働くこともなくなる。義母の財産を管理するだけの日々にどんな達成感があるだろう。独り言をいった。「いいや、それは違う」

突然、オリヴァーは気分がよくなった。

＊

カロリーネ・アルブレヒトはしばらく車の中で逡巡した。車を降りて、ベルを鳴らすべきだろうか。じつをいえば、恐ろしい運命に導かれ、同じような苦しみを味わったその女についてなにか知りたかったわけではない。悲憤と苦渋は自分で味わった。これ以上は受け止めようがないほどに。葬儀のあとの会食もお開きになり、客はしだいにいなくなった。カロリーネははずみをつけて車から降りた。これ以上待ったら遅くなって、訪ねるのは失礼になる。

「はい」レナーテ・ローレーダーはドアを少し開けて、様子をうかがった。「なんでしょうか？」

「カロリーネ・アルブレヒトといいます。いきなり訪ねてすみません……あなたとお話がしたくて来ました。母が先週……オーバーウルゼルで射殺されました。あなたのお母さんを……殺害した犯人に」

「えっ！」赤く泣きはらした女の目が見開かれた。用心深さが好奇心に入れ替わった。どうしてここがわかったのかたずねることもなく、チェーンを外し、ドアを大きく開けた。「中に入ってください」

家の中は甘いにおいがして、息苦しかった。濡れた犬のにおいもかすかにする。ふたりは狭い廊下で黙って向かい合ったまま相手の顔を見つめた。レナーテの顔には心労の跡が刻まれている。鼻から口元にかけて深いしわがあり、まぶたが腫(は)れ、目の下に隈(くま)ができている。年齢はカロリーネと大差ないはずなのに、老婆のような顔だ。

「お悔やみ……申しあげます」カロリーネは沈黙を破った。レナーテはしゃくりあげ、カロリーネに抱きついた。他人と触れ合うことが苦手なカロリーネだが、柔らかい胸を押しつけられて、心をしめつけていた氷のリングが粉々にはじけ飛ぶのを感じた。外聞が悪いなどという気持ちは消し飛んで、涙を流し、心に同様の傷を負った目の前の相手と同じように大泣きした。

しばらくしてふたりは居間で紅茶を飲んだ。ふたりとも胸襟(きょうきん)を開くことに同意したが、それでもなかなか事件のことを話題にできずにいた。歳をとったラブラドールは籠(かご)に入って、憂(うれ)いをたたえた黒い目でふたりを見つめていた。その目は少し濁(にご)っていた。

「母がいなくなってから、トプシはほとんど食べないんです」そういって、レナーテはため息をついた。「あの事件のとき……そばにいたんです」

カロリーネは息をのんだ。

「母が撃たれたとき、娘が横に立っていました」この数日、父親とはあたりさわりのない言い方しかしてこなかったことをストレートにいえる自分に驚いた。

「なんてこと！」レナーテは顔をしかめた。「ひどすぎる！　お嬢さんはどうしているの？」

「父親とその家族の世話になっています。なんとかなっている感じです」カロリーネはティーカップを両手で包んだ。「犯人は母を無差別に選んだという話になっていますけど、わたしはどうしても信じられないんです。両親の家は森の縁（ふち）にあるんです。袋小路の一番奥。偶然迷い込むようなところではありません」

レナーテが背筋を伸ばして、カロリーネをじっと見つめた。「警察が本当のことを発表していないから、ニュースでそう報道されているだけです」

「えっ？」カロリーネはきょとんとした。

「警察はキルステン、キルステン・シュタードラーの件が絡（から）んでいると見ています」レナーテが声をふるわせ、目をうるませた。「新しい被害者が出たところで彼女の名前が浮かびあがったんです。……死亡告知が届いたんです」

レナーテはしゃくりあげた。

「ひどい話です。キルステンとわたしはかつて隣人でした。よく顔を合わせ、いっしょにジョギングしたこともあります。キルステンも犬を飼っていました。ホファヴァルト種、名前はスパイク」

カロリーネはキルステンがだれか知らなかったし、レナーテがなんでそんな話をするのかまったくわからなかった。

「死亡告知というのは？」とたずねてみた。

「待ってください」レナーテは腰を上げて居間を出ていくと、少しして持ってきたコピー用紙をカロリーネに渡した。「これがエッシュボルン警察に送られてきたんです」

その紙には〝死亡告知〟と書かれていた。

〝インゲボルク・ローレーダーは死ななければならなかった。彼女の娘が救護を怠り、人を死に至らしめるという罪を犯したが故だ。仕置き人〟

「どういう意味？」カロリーネはささやいた。「わたしの母とどういう関係があるんですか？」

「それはわかりません」レナーテは洟をかみ、それから二〇〇二年九月十六日の朝に起きたことを話した。「母が死んだのがわたしの責任だなんて、わけがわかりません。わたしがなにをしたというんですか？　キルステンがどういう状態かなんて、わたしにわかるわけがないでしょう。若くて健康な人が脳死状態になるなんて、だれが思います？　どうすればよかったというんですか？」

レナーテは呆然と前を見つめ、ハンカチをくしゃくしゃに握りしめた。打ち明けるのに相当の決心がいるようだ。自責の念に心をさいなまれているのだ。

「つまり」カロリーネはたしかめた。「〝仕置き人〟はあなたが救護を怠ったから、あなたのお母さんを殺したということ？」

レナーテは不幸せそうにうなずいて、肩をすくめた。

「ありえないでしょ。どうしてわたしを撃たなかったの？　母は……いい人でした！　だれの話にも耳をかたむける、心の広い、やさしい人だったんです」

苦しみに耐えられなくなって、レナーテはふたたびすすり泣いた。

「もうずいぶん前になりますけど」と涙声でつづけた。「ヘレンが知らない男と店にあらわれるまで、すっかり忘れていました」

「ヘレン？」

「キルステンの娘。なんで母を助けてくれなかったのかと詰問されて、あの日のことを思いだしたんです」

「いつのこと？　あなたになんの用があったんですか？」

「数ヶ月前です。わたしがあのときなにをしたのかわかっているのかってたずねられました。後悔しているかってね。連れの男はなにもいわず、変な顔でわたしをずっと見ていました。怖かったです」

レナーテはなにがいいたいのだろう。

「警察にその男のことを訊かれましたけど、わたし、混乱していて、なにも思いだせませんでした。でもちょっと思いだしたことがあるんです」レナーテは居間のテーブルに置いてあった新聞をつかんで、カロリーネに差しだした。「一昨日の広告が偶然目にとまって気づきました」

彼女はその広告を指で叩いた。

「ふたりが乗ってきた車にこのマークがあったんです。うちのショーウィンドウの前に止まっていたから目に入りました」

マークというのはホーフハイムの金細工工房のロゴだった。

「わかりますか、カロリーネ？」レナーテはささやいた。目に恐怖の色が浮かんだ。「きっとあの男が〝仕置き人〟ですよ！」

カロリーネはレナーテを見つめた。頭の中でたくさんのパズルのピースをつなごうとしたがうまくいかなかった。死亡告知。キルステン・シュタードラー。救護義務違反。脳死！　突然自分がいつもより二倍は高いところでセーフティネットなしで細いロープに乗っている綱渡り芸人のような気がした。黒い口をあけた奈落の上で生きた心地もしない。

「レナーテ、キルステン・シュタードラーはどの病院に搬送されたんですか？　そしてそこでどうなったか知ってます？」声帯が緊張して痛くなり、手のひらに汗をかいた。なにを聞かされるのか不安で心臓がどきどきした。

「覚えてません……考えてみないと」レナーテはこめかみをもんで、目をつむった。「フランクフルトの病院でした。フランクフルト救急病院だと思います。でも手遅れだったと聞いています。脳に酸素が供給されない状態がつづきすぎて……」

カロリーネは愕然として、レナーテがいったことが耳に入らなかった。なんとか別れを告げて、新鮮な外気に包まれ、おぼつかない足取りで暗くなった通りを歩いて車に戻った。

車に乗り込むと、カロリーネはハンドルに両手をついて、何度か深呼吸した。キルステン・シュタードラーの件に父親が絡んでいる気がしてならなかった。否定しようとしてもできない。本当は知りたくない。母はすでに死んでしまった。今さらなにをしても生き返りはしない。

＊

「こんなに暮らし方が違うなんてね」キムはカウチでくつろいでいた。「わたしはハンブルク市内のロフトで、姉さんは農家」

「こういう家が夢だったのよ！」ピアはにやっとして、白ワインで妹と乾杯した。「都会の生活はもううんざり。駐車場探しに何時間も費やすのも、地下駐車場を使うのもいや」

「でも近所に住んでる人がいないじゃない！」キムは答えた。「なにかあっても、だれにも気づいてもらえないでしょう」

「ふだんはクリストフがいる。五百メートル先に隣人がいる。ここの方が市内よりもずっと安全よ。都会では社会的つながりがなくなっている。自宅で死んでも何週間もだれにも気づかれないことがよくあるのを知らない？　集合住宅に十世帯、二十世帯が住んでいても、だれもあなたに関心を持たなければ、役に立たないでしょう。田舎ではみんなお互いを気にかける」

「わたしはこんな辺鄙なところに住めるかわからないな」キムはワインをひと口飲んだ。

「辺鄙？」ピアは笑った。「ここから百メートルもないところをドイツで一番交通量の多い高速道路が走っているんだけど！」

「わたしのいいたいことはわかるでしょう。こんなに寂しいところに住んでも平気だなんて。昔あんなことがあったのに」

「あれは左右に人が住んでいるアパートで起きた。それでもどうにもならなかった」

仕事を終えたあと、ふたりはいっしょに買い物をして、馬の世話をし、そのあとピアが料理をした。ラムのヒレ肉をニンニクとオリーヴ油とフレッシュハーブで焼き、ポレンタ（トウモロコシの粉を練り上げたもので、焼いて料理の付け合わせにする）とパルメザンチーズ、バターで炒めたニンジンを添えた。料理に舌鼓を打ちながらガヴィ・ディ・ガヴィを飲み、すぐに二本目の栓を開けた。

「毎晩自分で料理をするの？」キムはたずねた。

「ええ」ピアはうなずいた。「クリストフが作ってくれることが多いけど。料理がすごくうまいのよ。昔は夕食に出来合いのツナピザをオーブンで焼くくらいしかしなかった。昼はドネルケバブやソーセージやハンバーガーで済ませていた。でも今は料理がけっこう上手になった。カボチャのスープはだめだけど」

「けっこう上手になった？　見事だわ！」

「ありがとう」ピアは微笑んで、ワインを注いだ。暖炉では薪（まき）がはぜ、心地よい温もりを発していた。数年前にリフォームして、白樺農場（ビルケンホーフ）の住環境はめざましい改善を見た。窓は三重サッシで、屋根も新しくして断熱性が上がった。新式のセントラルヒーティングが古い蓄熱ヒーターに取って代わった。昔のはうまく働かず、電気代ばかりかかっていた。二階にはバルコニー付きの大きなベッドルームと広いバスルームに加えウォークインクローゼットもあった。一階の古いベッドルームは浴室付きの客室になっている。

「クリストフと知り合うのが楽しみ」キムはいった。「ここに来て本当によかった！」

「わたしもうれしい」ピアは妹を見つめた。昔は仲良しで、なんでもいっしょにしていた。だがピアは早い時期から独立したいという気持ちが強く、大学入学資格試験に合格した直後、陰気でださい両親の家を出た。女性の友だちといっしょに暮らして法学を学び、両親から自由でいるためアルバイトもした。一方、末っ子のキムは両親のところが居心地がいいと感じた。ピアよりも物腰が柔らかくおとなしかった。ひたむきで、まっすぐな性格でもあった。子どもたちがだれもヘキスト社でインターンシップを受けようとしなかったので、両親はとうとう長男が銀行員の資格を取り、ふたりの娘が大学に進学することを認めた。だがラースとキムが自分の目的に邁進したのに対して、ピアは大学を中退して警官になった。ボウリングクラブや教会の合唱隊で将来は弁護士と自慢してしまったため、両親は赤恥をかいた。しかも〝死体切り分け人〟ヘニング・キルヒホフと結婚してから、ピアは両親の話題にすら上らなくなった。その後キムも同じような道を辿った。重犯罪者や精神病質者と関わる仕事についたキムは静かに家族の歴史から抹消された。せいせいする気持ちで関係を絶ったピアと違って、キムは両親の露骨な拒否反応に心底うんざりして、ハンブルクに移り住み、この十年間、形だけのクリスマスカードを送ってくるだけだった。

「今年、両親のところに顔を見せる気になったのはどうして？」ピアはたずねた。

「わからない」キムは肩をすくめた。「ハンブルク時代は終わった気がする。十一年も同じ仕事をしたら、わくわくすることがなくなるでしょう。所長の座につくのもなんだかねえ。いろいろ声がかかっているの。このフランクフルトからもね」

「へえ！」ピアは驚いた。「あなたがまたこのあたりで暮らすなんて、最高だわ」

「ええ、ちょっと惹かれる」キムも認めて、考えながらワイングラスの脚をまわした。「ベルリン、ミュンヘン、シュトゥットガルト、ウィーン、そっちへ行くよりもいい。フランクフルトは真ん中に位置しているから、すぐどこへでも行ける」

「パートナーはいないの？」ピアはたずねた。

「いない。もうずっとひとり。その方が楽だもの。姉さんとクリストフは？　いっしょになってどのくらいになるの？」

「出会って六年になる」ピアは微笑んだ。

「ぜんぜん知らなかった。本気なのね？」

「まあね」そういって、ピアはにやっとした。「十日前に結婚した」

「なんですって！」キムが目を見開いた。「ついでにいうわけ？」

「まだだれも知らない。彼の娘たちもね。クリストフとわたしは自分のためにそうすることにしたの。夏になったら、この白樺農場（ビルケンホーフ）で盛大なパーティをするつもり」

「うわあ、それはすごい！」キムはにやっとした。「ますます彼のことが気になってきた！」

「紹介するわよ。きっと気に入ると思う。すてきな人なんだから」そして今は地球の裏側にいる。そう思った瞬間、恋しくなった。日中はほとんど考えないでいられたのに。

ふたりはしばらく黙った。薪が暖炉ではぜて、火花が散った。二匹いる犬のうち一匹が籠の中で夢を見ているようだ。脚と鼻をヒクヒクさせた。夢を見ながら吠えた。

「あなたのボスっていいわよね」キムがいきなりいった。

「えっ？　ボスって、オリヴァー？」ピアは驚いてたずねた。

「違う」キムは微笑んだ。「ボーデンシュタインじゃない。ニコラよ。ニコラ・エンゲル」

「な……なんですって？」ピアは上体を起こして目を瞠（みは）った。「本気？」

「ええ」キムは手にしたワイングラスを見つめた。「いいところがあるじゃない」

「うちの天使（エンゲル）は朝から生肉と釘（くぎ）をひと握り食べても平気な人よ。必要とあれば、うちの捜査官をひとり平らげる」ピアは妹の思いがけない告白に面食らった。「鉄のように固いし、三回はクリーニングされている。どういうつもり？」

「さあ」キムは肩をすくめた。「心が惹かれる。こんな気持ち、久しぶり」

二〇一二年十二月二十八日（金曜日）

静けさに目が覚めた。夜通し嵐が吹き荒れていた。煙突で風が巻く音がして、ブラインドがガタガタ鳴った。だが今は静かだ。手を伸ばして、ナイトテーブルにのせた目覚まし時計をつかんだ。六時十分前。一日がはじまるにはいい時間だ。今日は新聞の見出しを賑わすだろう。地方ニュースでは収まらなくなるはずだ。最初の狙撃から新聞もテレビもラジオも、その話題で持ちきりだ。騒ぎが収束しては困る。だから手を打つ。だが無差別に人を殺す〝異常な殺し屋〟と呼ばれることには納得がいかない。それは違う。そろそろわかってもいい頃だ。死亡告知をだすアイデアは秀逸だった。ところが警察は、その情報を公にする気がないようだ。だから、この数日事件について何度も記事を書いているまともそうな新聞社を調べて、死亡告知のコピーを送りつけた。男は布団を払いのけ、バスルームに入って用を足した。それから耐えられないくらい熱いシャワーをたっぷり浴びた。これが最後のシャワーになるかもしれない。昨夜もそう思った。いつ検挙されても不思議ではない。いつ自由な日が終わるかわからない。そのことを意識しているから、ささやかな日常を五感で楽しむ。寝心地のいいポケットコイルマットレスのベッド、暖かい羽毛布団、ダマスト織りのシーツ。高級なシャワージェル、ふわふわのタオル、柔軟剤のにおいがする下着。シェービングフォームをたっぷり使ってカミソリでていねいに髭を剃る。そういう贅沢は刑務所では望めない。おそらく今晩すべてが終わるだろう。あるいは三日後か二週間後。先が見えないのは刺激的だ。神経がピリピリする。久しぶりの感覚だ。男がしなければならないことに、それはつきものだ。男に選択肢はない。こうしなければ、奴らが思い知ることはないからだ。奴らに罪の意識はない。良心の呵責を感じないまま、のうのうと生きている。奴らは後悔していない。だれひとりとして。だから後悔の念を教え込むのだ。

男はゆっくり服を着て、鏡を覗きこむ。今日逮捕されてもいいように身だしなみを整える。大丈夫だ。否認はしない。弁護士もいらない。自供する。さっさと、ためらいもなく。それも計画のうちだ。七時二十三分。引き金を引くまであと六時間。男はジャケットに袖を通して出かけた。あの女店員のところで最後のパンとブレーツェルを買うために。

＊

オリヴァーも風がやんでいることに気づいた。コーヒーカップを手にしてバルコニーに立ち、左手の隣人の庭に立ててある旗がだらんと垂れさがっているのを見た。

無風状態。

狙撃には理想的だ。

オリヴァーは遠くを見た。左手にあるテレビ塔の天辺に赤い警告灯がともっている。その横ではフランクフルト市の高層ビルが輝いている。真ん中にはヘーヒスト市と工業団地、ずっと右の方には空港が見える。そこに暮らすだれかが次の被害者になるかもしれないのだ。警戒レベルが引きあげられ、この地方の警官は全員、休暇を返上し、他の地域からも応援を呼んだ。ライン＝マイン全域を監視するのはどだい無理な相談だが、大幅に人員を増やした警察と市民の強い関心がスナイパーの逃げ道を遮断するかもしれない。それでも死者が出るのを阻止することは難しいだろう。オリヴァーはコーヒーを飲んだ。

キルステン・シュタードラー。

十年前に起きた彼女の死が、本当にスナイパー殺人事件の遠因だろうか。怠慢のそしりを受けたくなかったオリヴァーは、念のためシュタードラー父子の監視を指示した。不眠不休の監視ではない。それは無理な相談だ。パトカーを定期的にやって、父親および息子の住居の様子を見てこさせた。ふたりが外出したとき、そのことを知っておきたかったのだ。

空気は冷たく澄んでいた。オリヴァーはぶるっとふるえた。

ゾフィアの世話をする子守が来るのは八時だ。どのみちその前に出かけるわけにはいかない。だから普段は職場に持っていく新聞を今読むことにした。一階に下りて、郵便受けから新聞を取り、コーヒーをもう一度注いで食卓に向かった。そしてぎょっとした。大見出しが目に飛び込んできた。〝スナイパー殺人事件。警察が隠蔽(いんぺい)〟。オリヴァーは急いで三ページに掲載されているというスクープ記事を読んでみた。記事の最初の数行は憶測ばかりだったが、そのあとの内容に腸(はらわた)が煮えくりかえった。KFというイニシャルの記者は、被害者の姓をイニシャルにしたが、名前は実名をあげ、警察は犯人が標的を決めて犯行におよんでいることを知っていながら、おそらく捜査上の理由からそれを公表していないと主張していた。どうやって被害者の氏名を知ったんだろう。特捜班に内通者でもいるのか。それとも犯人が自分で新聞社に情報を流したのか。

＊

カロリーネ・アルブレヒトは赤ワインを一本飲み干し、わかった事実にそれなりのつながりを求めて夜半過ぎまで頭を絞った。この事実を父親に突きつけるほかない。父親を一生許せなくなるとしても。いつになく迷いがある。不安のあまり決心が鈍(にぶ)りそうで腹立たしい。ケルクハイムからオーバーウルゼルへの移動中、体が熱くなったり、冷たくなったりした。胃が引きつり、手のひらに汗をかいた。こんな感じを味わったのは二十四年前、運転免許試験を受けた朝が最後だ！　親の家の前に着くと、父親の車が進入路に止めてあるのが見えた。このままUターンして気づかれる前に走り去りたい誘惑に駆られた。

「さっさとやるのよ。うじうじしない」カロリーネは自分に言い聞かせ、車から降りて深呼吸すると、玄関ドアへ向かった。鍵を挿そうとすると、ドアがひとりでに開いた。

「やあ、カロリーネ。早いじゃないか！」

父親は髭を剃り、髪を整え、コートを着て、アタッシェケースを提げていた。

「おはよう、父さん」カロリーネは父親の姿を見て驚いた。「出かけるの？」

「ああ。病院だ。ここにいると気が休まらない。仕事をするのが一番の良薬だ」

「話があるんだけど」カロリーネは、わきをすり抜けて車に向かおうとする父親にいった。

「今晩ではだめかね？　十時に大事な手術があって……」

「わたしが話をしたいときにかぎって、父さんはいつも大事な手術があるのね」カロリーネは口をはさんだ。「今回はだめよ」

「どうしたんだ？」

本気でそうたずねているのだろうか？

「父さん、隠していることがあるでしょう。なぜなの？　本当にわたしのことを思ってそうしているの？　それともなにか隠さなければならない事情があるから？」

「隠しごとなんてない！」一瞬目が泳いだ。なぜだろう？　腹を立てたから？　うしろめたいことがあるから？　それとも不安から？

「そう、それじゃ、母さんの死亡告知が送られてきたか警察に問い合わせてもいいわね」

父親は返事ができなかった。それが答えだ。最後に残されたわずかな希望、勘違いかもしれないというあわい期待はあえなく消えた。自分の父親に嘘をつかれた。カロリーネの気持ちをおもんばかったからではない。レナーテ・ローレーダーと同じで、父親自身が罪の意識を持っているからだ！

「死亡告知にはなんて書いてあったの？　〝仕置き人〟はなんて書いてきたわけ？　教えて！　わたしには知る権利がある。母さんはなぜ死ななければならなかったの？　わたしの娘はどうしてあの惨劇を見て、トラウマを抱えなくてはならなかったの？」

「カロリーネ！」父親はアタッシェケースを置いて、娘の腕をつかもうとした。だがカロリーネは後ろにさがった。「隠すつもりはなかった。ゆっくり話せるときを待っていたんだ。簡単には話せないことだったのでね」

「じゃあ、いつ話すつもりだったの？」カロリーネはまた泣きだしそうになった！　だが涙を流しては心理的に不利だ。今は泣くわけにはいかない！「警察がこのあいだ来たときから知っていたんでしょ？」

「ああ、そうだ。だがおまえの気持ちがもっと落ち着くのを待ってからと思っていた。信じてくれ。あれからいろいろと悩み、自分を責めているんだ！」父親はため息をついて肩を落としたが、目をそらさなかった。「その死亡告知には、わたしが殺人の罪を犯したから、おまえの母さんの死に責任があると書いてあった！　馬鹿げている。警察にもそういった。わたしは命を救っているが、いつだって生と死、希望と失望の狭い尾根を歩いている」

「母さんがスナイパーの被害者になったのは、偶然じゃなかったのね」カロリーネは胸元で腕を組んだ。「それはキルステン・シュタードラーと関係するの？　いったいどういうこと？」

「馬鹿げているといっただろう」父親は不機嫌な声をだした。話題にうんざりして、話を打ち切りたいときのいつもの口調だ。カロリーネは、その口調に母親がよく不快な顔をしたことを思いだした。露骨に突き放そうとしていることを相手に感じさせるのはとても不遜なことだ、と母親はいっていた。だがそれでいて母親は、いつも父親の肩を持った。本心じゃない。気持ちが患者のところにいっているから、と。

母親はいろいろなことを美化していた、とカロリーネは思った。胸がちくっと痛くなった。カロリーネのことも美化していた。

母親はそうでもしないと、夫と娘というふたりの自分勝手なワーカホリックに耐えられなかったのだろう。

「当時なにがあったの？」カロリーネはしつこくたずねた。

「別にたいしたことはなかった。いつもと同じさ」

だがそうは思えない。父親にはいつもの治療かもしれないが、患者やその家族にとってドクター・ルードルフが手術をしたということは決定的なことだ。望みが絶たれた状況の中の最後の希望だ。父親はそのことを自覚したことがないのだろうか。医療行為の向こうに人間の運命があることを本当に知っているのだろうか。

「父さん！」カロリーネは声をひそめた。「母さんが死ぬ原因を作ったのなら、わたしは絶対に許さない！」

胸が激しく鼓動した。父親に向かってこんな口を利くのははじめてだ。玄関の淡い明かりの中、父親が急に老けて見えた。あれほど全能で優秀な父親は見る影もなかった。子どものときは父の関心を呼びたくてあんなに必死になったというのに。

「わたしをだれだと思っているんだ？　おまえの母さんがひどい目にあうことを望んだりするわけがないだろう。わたしに責任はない。信じてくれ！　当時のことは残念ながら本当にたいしたことではなかった。脳出血を起こした女性が搬送されてきた。数時間、脳に酸素が供給されず、脳死だった。手遅れだったんだ。親族は臓器摘出を認め、必要な検査を経てパラメーターがユーロトランスプラントに報告された。そして適合する臓器の提供を待っている患者に連絡した。脳死の女性はその夜のうちに臓器摘出された。いつもと同じだ。その女性の遺族にとっては悲劇だが、わたしにとっては日常の医療行為だった」

「だけど何か問題があったはずよ。さもなかったら、十年も経って復讐をはじめ、罪のない人を射殺したりしないでしょう！」

「問題はなかった。誓う！」父親は強い語調で答えた。ふたたびアタッシェケースをつかむと歩きだした。ガレージのライトがともり、進入路がまばゆい光で照らされた。

「今晩寄ってくれるか？」娘がなにもいわなかったので、父親がたずねた。

「たぶん」そう答えると、カロリーネは車の方へ歩いていく父親を見た。昔は父親の仕事がどういうものかろくに考えたことがなかったのに、父親のいうことを決して疑ったことがなかった。だが今は違う。真実をいっていないと感じていた。当時なにかが起きた。そのせいで母親は死ななければならなかったのだ。

＊

特捜班本部にはオリヴァー以外だれもいなかった。頬杖をついて、しょんぼりホワイトボードを見ていた。そこには事件関係者の氏名が記され、犯行現場の写真と被害者の写真が貼ってある。スナイパーはまた犯行におよぶだろう。もしかしたら今日のうちに。阻止するすべはない。状況がどのように変わろうと、オリヴァーは八方塞がりだった。とにかく情報不足で、スナイパーがどういう基準で被害者を決めているのか見当がつかないからだ。

〝途方もない不正が行われた。罪人は自分たちの無関心と物欲と名誉欲と不注意がもたらしたのと同じ苦痛を味わうのだ。罪を犯した者たちは不安と恐怖のうちに生きるがよい。わたしは生者と死者を裁くために来た〟

オリヴァーは〝仕置き人〟がタウヌス・エコー紙編集部に送りつけた死亡告知のコピーをたんだ。現物はすでに科学捜査研究所に送られた。今朝、署の広報官に電話をかけ、イニシャルがＫＦのタウヌス・エコー紙記者がだれか調べてくれるように頼んだ。その記者、コンスタンティン・ファーベルと電話で話すのにちょうど一時間かかってしまった。性急な憶測と被害者の氏名の公開が捜査妨害になると非難すると、ファーベル記者はかなり横柄な態度を取った。

「ドイツには報道の自由があるんですよ。それにジャーナリストとして、読者に情報を伝える責務があります」

オリヴァーは罵倒したくなったが、心のギヤをシフトダウンした。マスコミを敵にまわしてもなんの得にもならない。協力し合った方がいい。実際ファーベルは三通の死亡告知を郵便で受け取っていた。差出人は匿名(とくめい)だが、自称〝仕置き人〟であるのは疑いようがなかった。刑事警察署へ向かう途中、オリヴァーはケーニヒシュタインにあるタウヌス・エコー紙編集部に寄ってファーベルと話をした。〝仕置き人〟の手紙を封筒と死亡告知ごと証拠物件として預かり、代償として〝仕置き人〟からまたなにか送られてきたら独占的に情報を教えると約束した。

タウヌス・エコー紙の記事がパニックを引き起こし、特設されたホットラインは鳴りっぱなしになった。役に立ちそうな手がかりはわずかだったが、それでもすべて裏を取る必要がある。そのため朝の会議は簡潔にするほかなかった。オリヴァーはネフとキムの口論の芽を摘み、捜査官たちにそれぞれ仕事を与えた。これで有力な手がかりがつかめるといいのだが。なんとしてもそういう手がかりが欲しい。

ディルク・シュタードラーの義父ヨアヒム・ヴィンクラーの居場所を確認する必要があるし、ヘレン・シュタードラーといっしょにレナーテ・ローレーダーを訪ねた男の正体も突き止めなくてはならない。シュタードラーの子どもたちエーリクとヘレン、それからニーダーヘーヒシュタット時代にシュタードラー一家の隣人だった者たちにも事情聴取する要員が必要だ。それに十年前フランクフルト救急病院でキルステン・シュタードラーの手術に関わった関係者を割りださなくてはならない。ディルク・シュタードラーとフランクフルト救急病院のあいだの裁判記録の閲覧許可を取る必要もある。病院側弁護士はだれだったのか？　シュタードラー一家の弁護士の氏名は？　マクシミリアン・ゲールケの父親が当時だれかに賄賂をつかませたとしたら、それはだれだ？　臓器を得るためにそもそも賄賂が効くのだろうか？

　オリヴァーは夜半までインターネットを調べ、適合するドナーを見つけることが非常に難しいことを知った。患者が拒絶反応を起こさないためには医学的パラメーターが一致しなければならない。オランダに本部を置くユーロトランスプラントが、登録された患者への臓器提供を調整している。ただし最近、臓器移植を巡るスキャンダルが起きていた。患者リストの改竄だ。オリヴァーはそのことを新聞で読んだことがあるが、その問題を熱心に追うことはなかった。

「まだいたんですか」ピアの声で、オリヴァーは我に返った。「お邪魔でした？」

「いいや、入りたまえ。だがドアは閉めてくれ」

　今回の一連の事件が起きてから、なにかと邪魔が入ってピアとまともに会話していなかった。

　ピアは椅子を引き寄せて、オリヴァーと向かい合った。

「〝仕置き人〟はなんでファーベル記者に告知文を送ったんでしょうね？　タウヌス・エコー紙のウェブサイトを見てみましたけど、担当は文化面と経済面ですよ」

「おそらく偶然だ。ファーベルはクリスマスから新年にかけて編集長を代行している。だから彼のデスクに届いたのさ。だが不幸中の幸いだった。ファーベルは協力的だ。特ダネを求めるタイプの記者ではない」

　ふたりはしばらく黙った。

「今日またなにか起きますね」ピアは突然いった。「いやな予感がします」

「わたしもそう思う」オリヴァーも認めた。

「この騒動はちょっと目に余りますね。ゆっくり考えることができません。いちいちいろんなアイデアや説を披露され、行動パターンがどうの、犯人のプロファイルがどうのいわれて！」

「わたしもそうだ」オリヴァーはため息をついた。「アドバイザーは今のところ触媒というよりもストッパーだ」

「うまいことをいいますね」ピアはにやっとして、うなずいた。「わたしはなんだか警察学校にいるような気がしています。なにをするにもいちいち説明し、納得してもらわないといけない。無駄話が多すぎです」

「どうする？」

「はずすべきです。ナポレオン・ネフ、それから妹も。ふたりにはこちらで得た結果を分析してもらうのがいいです。現場が混乱するので」

「わかった」

　世論の大きな関心を呼んだため、内務省は日に日にニコラ・エンゲル署長に圧力を加えていた。署長は内務省の要求をそのままオリヴァーに伝えた。だが大きなチームを差配するのははじめてではない。オリヴァーはこれまで手綱をしめてこなかったが、ネフのような自意識過剰な奴にはブレーキをかけなければならない。さもないとチームが混乱する。ピアの妹もチームプレイヤーではなかった。あくまで意見を述べるだけの鑑定人だ。

「シュタードラー父子の動向は？」オリヴァーはたずねた。

「息子のエーリクは昨日出社し、午後七時に帰宅しています。今朝は八時七分に家を出て、ジョギングをしました。父親の方は郵便受けから新聞を取っただけでずっと自宅にいます」

「ではまず息子を訪ね、それから父親のところに行こう」オリヴァーは腰を上げた。「わたしたちふたりだけでな」

＊

多くの人間は信じられないほど決まりどおりに動くものだ。たとえばパン屋の女店員がそうだ。一日の行動は時計を見ていればわかるほどで、分刻みの正確さだ。この二週間、一度として流れが変わることはなかった。毎朝五時四十五分に住まいを出て、エッシュボルンのキャンプ・フェニックス・パークにある大型スーパーの横のパン屋に向かう。車はいつも安売りスーパーの裏の駐車場に止める。朝六時から午後一時まで働き、休憩は朝食をとるときだけ。もちろんその時間はまちまちだ。仕事を終えると、隣のスーパーで買い物をする。十五分以上かかることはめったにない。それから車で帰宅。ベルリン通りを走り、夫といっしょに暮らすシュヴァルバッハへ。夫はたいてい先に帰宅している。昼休みなのだろう、午後二時半までにまた仕事に出る。午後四時、女はもうひとつのパート先であるバート・ゾーデンのネイルスタジオに行く。そこでは週五日、午後六時半まで働く。夫婦に子どもはいない。たぶん女がまだ若いので、あとで子どもをこしらえるつもりなのだろう。

「おはようございます！」女店員が注文の順番が来た男に微笑みかけ、「いつものですか？」

といいながらパンに手を伸ばした。

「いいや、今日は違うのを頼む」男も微笑んだ。

「あら！　ライ麦田舎パンに飽きました？」

「まだ残っているんだ。そこのオープンサンドをもらえるかな」

「かしこまりました！」女店員は手袋をはめた右手を陳列棚に入れ、チーズとサラダ菜とかたゆで卵がのっているパンを取ると、紙ナプキンに包んで、紙袋に入れた。

「それで？」男は世間話をした。「バカンスの荷造りはできたのかい？」

「いいえ」女店員は微笑んだ。「週末にゆっくりやります。二ユーロ七十セントです」

男は五ユーロ札を差しだした。

「つりはいい。バカンスで使ってくれ」

「あら、ありがとう！」店員としての作り笑いとは違う、本当にうれしそうな笑みだった。

「よい年を！　また会いましょう！」

ああ、また会おう。男はそう心の中でいった。

いい新年を迎え、すてきなバカンスになるようにというと、男はこれを最後と決めてパン屋をあとにした。

＊

ズルツバッハのヴィーゼン通りのはずれにある古い工場の駐車場。車は数台しか止まっていない。駐車場は荒れ放題だ。アスファルトに亀裂が走り、あちこちに穴があいていて、ゴミ袋でいっぱいのメッシュコンテナがあり、その横に古タイヤが積みあげられている。駐車場の端には錆びついた使用済みのコンテナーもあった。

「二十年前、ここにはこのあたりで中堅の会社があった」オリヴァーは水たまりになった穴を避けながら歩いた。「二代目社長が社長室で自分の頭を拳銃で撃つまではな。そのあと会社は破産した。それっきりここに入居しようとする会社はなかった」

「わかります」ピアは社屋の傷んだ正面壁を見上げた。「縁起が悪いってことですね。ここで合ってるんですか？」ピアはぞくっとした。

「エーリク・シュタードラーは験を担がないのだろう」オリヴァーは玄関に取りつけられたアクリルボードの四角い案内板を顎でしゃくった。「ＳＩＳ－シュタードラー・インターネット・サービス」

ガラスの玄関ドアは薄汚れ、曇りガラスのように見える。だれも取っ手をつかもうとしないのか、ガラスやドアの枠に指の跡がついていた。オリヴァーとピアはロビーに足を踏み入れた。すり減った赤いタイル、黄ばんだ壁紙、古くさい書体でオフィス、会計課、ＷＣ、生産部門と書かれたドア。表面処理を施した案内板があり、〝ＳＩＳ有限会社の来訪者は二階へ〟と書かれていた。二階は別世界だった。ピアは啞然として見まわした。

「このおんぼろのビルにずいぶん奮発しましたね。寄せ木張りの床とは！」

「それ、ビニールです」ちょうどファイルを三つ小脇に抱えた女がそこにあらわれて訂正した。女が出てきたのは階段の正面にあった〝アーカイヴ〟と書かれたドアだった。「木目調塩ビタイル。安くはないですけど、壊れにくくて、帯電防止にいいんです。うちにはコンピュータがいっぱいあるので、そういうところが大事なんです。なんのご用ですか？」

「ボーデンシュタイン。ホーフハイム刑事警察署の者です」オリヴァーは身分証を呈示して、ピアを紹介した。「シュタードラー社長と話したいのです」

「あいにくですが、社長は不在です」そばかすだらけのかわいらしい顔からやさしい笑みが消え、突き放すような表情になった。「いつまたここに顔をだすかわかりません。最近はたいてい自宅で仕事していますから」

「あなたは？」オリヴァーはていねいにたずねた。

「フランカ・フェルマン。総務部員です」彼女は肩に力を入れて、胸を張った。それから目を大きく見開いて、大げさにため息をついた。「経理担当、受付嬢、社長秘書、掃除婦を兼務。好きに呼んでください」

不満そうなのが口ぶりから聞き取れた。自尊心を傷つけられ、知っていることをしゃべりたい衝動に駆られている者が捜査に役立つことを、オリヴァーはよく知っていた。だから同情するような口調でいった。

「お忙しそうですね」オリヴァーは愛想よくいった。「大晦日（おおみそか）の直前ですから」

「年末の片づけを丸投げされてます！」フェルマンは抱えていたファイルを持ちあげた。「いくつか社長のサインが必要なのに出社しなくて。これからどうしたものか」

秘書の愚痴を聞きながら、ピアはコーヒー色に塗られた壁にかかっている額入りの写真を見た。パラグライダー。ベースジャンピング。スカイダイビング。ゴールテープを切るバイアスロン選手。

「それ全部、うちのボスです」フェルマンは訊かれてもいないのにいった。「そういうことに命を賭けているんです。いかれていますよ」

「エーリク・シュタードラーさんはベースジャンピングをするんですか？」ピアは驚いた。

「それだけじゃないです。命の危険があることを片端からやっています」誇らしさと拒否反応がないまぜだ。「よくいえばアドレナリン・ジャンキー。オリンピックのバイアスロン競技で銅メダルを取っているんです。バイエルン州で連邦軍に入っていた時代に」

「ほう」オリヴァーはうなずいた。「今日、社長と話をするか、会うことがあったら、署に連絡するように伝えてください」

「用件は？」フェルマンは総務部員の顔に戻って、ていねいに毛抜きした眉を吊りあげた。

「ご存じのはずです」オリヴァーはいった。「ありがとう」

立ち去ろうとして、ピアはふとあることを思いついた。

「そうだ、フェルマンさん、社長の妹さんの住所をご存じですか？」

フェルマンは妙な顔をしてピアを、それからオリヴァーを見た。

「ヘレンは亡くなりました。数ヶ月前自殺したんです。社長の様子がおかしくなったのはそれからです」

ショックから最初に立ち直ったのはピアだった。

「知りませんでした。教えてくださってありがとう。さようなら」

ふたりは黙って階段を下り、ビルの外に出た。

「なんで黙っていたんでしょう?」ピアは車のところへ歩きながらたずねた。

「ヘレンのことを訊かなかったからな」オリヴァーはいった。

「それでも変です」ピアは立ち止まった。「あの親子は母親が死んだときのことを三十分は話し、そのあいだ何度もヘレンの名前をだしていました。それなのに、自殺したのを忘れたというんですか?」

「ふうむ」オリヴァーは考えた。

「わたしが考えていることがわかります?」

「エーリク・シュタードラーが犯人かもしれないということか?」

「そうです」ピアは下唇を吸いながら考えた。「エクストリームスポーツをしている。リスクを好む人間。バイアスロン選手で元兵士なら、射撃は得意でしょう」

「フランクフルト市内の自宅を訪ねてみよう。いればいいが」

「いない気がしますね」

＊

カロリーネ・アルブレヒトは今までやったこともない行動に出た。良心の呵責を覚えつつ、胸をどきどきさせながら、父親の書斎をかぎまわったのだ。三十年前、デスクで友だちに電話をかけているところを見つかってから書斎は立入禁止区域になっていた。それっきり勝手に書斎にもぐり込んだことはない。説教されたときの記憶がカロリーネの骨身にしみていたし、家政婦に入られては困るといって父親は出かけるときかならず施錠する。カロリーネはスペアキーがあることを母親から聞いていた。部屋に入ると、彼女は呆然と立ち尽くした。どこから捜そう。なにを捜したらいいだろう。迷いをかなぐり捨てて、まずゴミ箱をあさった。たいしたものは入っていなかった。脱税調査官になったつもりで、北側から南側へと徹底的に調べた。デスクにもやはり秘密はなかった。パスワードがわからずコンピュータはひらけなかった。電話の通話記録は一件しかなかった。ケルクハイムの市外局番、電話をかけたのは十二月二十五日。先週の水曜日から父親はこの電話からどこにもかけていないし、電話を受けてもいない。カロリーネは奇妙だと思った。それから三十分近く、古い金庫の鍵の置き場所を捜した。壁にかかっている絵を裏返し、絨毯(じゅうたん)の下や花瓶の中を覗き、本も一冊ずつ本棚から抜いてみた。そして医学生の基本図書とされている『胸郭の解剖』という父親が著した医学書にはさまれているのを見つけた。罪悪感はとうになくなり、今はハンティング熱に冒されていた。金庫を開けると、コンクリートプレートと鋼鉄でできたずっしり重い扉を開けた。中には両親のパスポートの他に、母親のアクセサリーケース、父親の時計コレクション、現金、自動車登録証明書、金貨、家族簿(家族単位の身分登録簿)、保険証、医学書の草稿二点、最近の納税申告書、父親が老後のために買い集めている不動産関連の証書があった。正確な文面を読みたいと思っていた死亡告知は金庫になかった。

金庫を閉じようとしたとき、かすかに着信の振動音が聞こえた。カロリーネは耳をすました。金庫の中から聞こえる。急いでアクセサリーケースを次から次へと開け、時計の箱の中にマナーモードのスマートフォンを見つけた。最新型のスマートフォンで、フル充電されていた。なぜスマートフォンを金庫にしまっておくのだろう。こんな最新型を持っているのに、なぜ普段は旧式の携帯電話を使っているのだろう。

カロリーネはスマートフォンを手のひらにのせながら少し考え、ホームボタンを押し、画面をスワイプした。メインメニューがあらわれた。留守番電話に二件着信があった。カロリーネは唇をかんだ。リストをクリックすれば、着信履歴が消える。父親はそのことに気づくだろうか？　パスワードは設定されていなかった。スマートフォンを持ちだすつもりがないからだ。好奇心を抑えられなくなって、カロリーネは留守番電話のリストをひらき、履歴を見てびっくりした。昨日だけでも何度も電話をかけていて、通話時間は合計で一時間以上になる。相手は古い友人や同僚だ。今の状況を考えたら不思議はない。けれどもなぜデスクの上の固定電話を使わず、このスマートフォンを使ったのだろう。答えはわからなかった。

＊

二、三週間前、その高層マンションに目をつけたのは偶然だった。エッシュボルン商業区南地区のガラスと鉄骨でできたオフィスビル群の中で、そのマンションの巨大な広告が目を引いたからだろう。ゼーローゼ・ショッピングパークから直線距離にして約一キロ。無風であれば不可能な距離ではない。二度そこへ行って、改修中のマンションを下見した。足場を伝えば、だれにも気づかれずに屋上に行ける。すれ違う作業員は彼のことをまるで気にしなかった。たくさんの会社が改修工事に関わっているから、知らない顔がいても変に思わないのだろう。三百十二戸ある部屋の住民たちも、数ヶ月にわたる改修工事中だったので、足場に人がいても訝(いぶか)しむことはない。男は屋上に上がる方法をすでに調べてあった。最初は下から足場を上ったが、重いバッグを提げているためかなりきつかった。二度目はマンションの中を抜けた。マンション内に入るのは少しも難しくなかった。今回も適当にいくつもベルを押し、「郵便です!」といった。ドアが解除される音がして、男は中に足を踏み入れた。ロビーとエレベーターまでの通路には防犯カメラがある。そのことはわかっていたので、フードと建設作業員のヘルメットをかぶった。エレベーターでなんなく二十四階に上がる。階段室のガラス扉を開けてバルコニーに出ると、手すりを飛び越えて、足場に立った。わずか数分で屋上に着き、固定された梯子(はしご)を上った。屋上にはアンテナやパラボラアンテナが林立している。近くのビルから姿が見えるだろうが、ヘルメットをかぶっているからだれもあやしまないだろう。コンクリート壁まで行くと、屋上設備の隙間に滑り込んだ。ここなら人目につかずに銃を構え、大型家具店〈マン・モビリア〉の横をかすめてまっすぐスーパーに狙いがつけられる。今度の狙撃は大きな反響を呼ぶことになるだろう。屋上は寒かった。覚悟していたので、ヒートインナーとダウンジャケットを着てきた。ライフル銃をていねいに組み立て、実包を装填(そうてん)して射撃の体勢を取る。カムフラージュに自分の体と銃に灰色の毛布をかぶせた。これで人工衛星からも認識されないだろう。男はライフルスコープを覗いて、ピントを合わせた。〈マン・モビリア〉の広告旗は垂れさがっている。無風状態。完璧だ。人や車や、スーパーがだしている特売の看板を見た。視界は良好。車のナンバープレートの行政地区の公証スタンプまで読める。彼女の車は駐車場にあった。用意万端整った。腕時計を見る。十一時四十四分。マンションの玄関からここへ来るまで十一分を要した。これから一時間二十五分待機する。だがそのくらい平気だ。忍耐力には自信がある。

*

フランクフルト市ノルトエント地区。エーリク・シュタードラーは不在だった。スマートフォンにも出なかった。

「無駄足でしたね」ピアはうなるようにいった。「なにがホームオフィスよ！　どこでなにをしていることやら！」

ピアとオリヴァーは車を止めたエーダー通りまで二、三分歩かなければならなかった。ノルトエント地区の駐車事情は相変わらず破綻していた。とくに夜や週末がひどく、年末のこの時期も、たいていの人が休みを取り、仕事に出ていないから救いようがない。

「父親の方はフランクフルト市の職員だったな？」オリヴァーは助手席にすわった。

「ええ、でも役所も休みに入って、だれも出ないでしょう。フェルマンに電話をかけた方が早いですよ。ボスは気に入られたようですから、シュタードラーの父親の携帯番号を教えてくれるでしょう」

「気に入られたって、どうして思うんだ？」オリヴァーは眉間にしわを寄せた。

他の男なら、ピアがこういうことをいえば、誉められたと思うだろうが、オリヴァーにはそれが通じない。彼は女性に関して信じられないほど鈍感だ。明らかな秋波にも気づかないときている。そのせいで過去に何度も厄介ごとに巻き込まれている。結婚が破綻していると気づくのに遅れたのもおそらくそのせいだ。女の巧妙な駆け引きに、彼はなすすべがない。だからあんな淡泊なインカ・ハンゼンとも付き合えるのだろう。ピアはプライベートなことをボスとあまり話さないが、感情をめったに見せない退屈な獣医といっしょにいて幸せを感じるなんて、どういうわけなのかいつか訊いてみたいと思っていた。

「あの胸をボスの目の前にちらつかせているのを見れば、言い寄っているのは間違いないです」ピアはわざと大げさにいった。「ボスにぞっこんですよ。双方とも同じ気持ちってわけではないでしょうけど」

「三分話しただけで、そこまでわかるのか」オリヴァーは舌打ちをし、メガネをかけてエーリク・シュタードラーの名刺に記載されている電話番号にかけた。ピアの勘ははずれていなかった。フェルマンはすぐに携帯の番号を教えてくれた。これでエーリクの父親に電話をかけられる。

「シュタードラーです」少ししてスピーカーからディルク・シュタードラーの声が聞こえた。

「ホーフハイム刑事警察署のボーデンシュタインです」オリヴァーは名乗った。「シュタードラーさん、今どちらですか？」

「フランクフルト中央墓地ですが」

「娘さんのお墓？」オリヴァーはたずねた。

数秒の沈黙。

「いいえ」シュタードラーが突然、押し殺したような声をだした。「娘はケルクハイムの墓地に眠っています。ここには仕事で来ています。墓石がしっかり立っているか検査しているんです」

「お嬢さんが自殺したことをなぜ黙っていたのですか？」オリヴァーは訊いた。

「重要なこととは思いませんでしたから」また少し間を置いてからシュタードラーはそういって、咳払いをした。「思いだすのもつらいのです。娘とわたしは家内の死後、いっしょにあのことを乗り越え、心がつながっていたんです」

なにか嘘をつくと思っていたオリヴァーは、シュタードラーの率直なものいいに驚いた。

「ぶしつけな質問をしてしまい申し訳ありませんでした」オリヴァーは声を和らげた。「昨日あなたがそのことをいわなかったので、ちょっと腹を立てていたのです」

ピアはボスのこういうところにいつも感心する。ミスを犯したとき、それを認める心の強さと大きさを併せ持っている。

シュタードラーは謝罪を受け入れた。「相当プレッシャーを受けているのでしょうね」

「もう一度話がしたいのですが」

「いいですよ。午後四時に仕事を終えます」

「では午後四時半にお宅にうかがいます。ありがとうございます」オリヴァーは通話を終えた。

「さっきの言葉を信じるべきか、疑うべきかどっちかな?」ピアにというより、オリヴァーの独り言だった。

「娘の自殺を黙っている理由が他にありますか?」

「気になるのはそこさ」オリヴァーはヘッドレストに頭を預けて目を閉じ、黙って考え込んだ。

*

ツェリーナ・ホフマンはぶつぶつ文句をいった。駐車場を三度まわったが、どこにも駐車スペースがない。あと一分で一時だ。すぐに駐車スペースを見つけないと、交代時間に遅れて、ヒュルメートに会いそこねる。二週間前に借りた五十ユーロを、年を越す前に返さなくては。ツェリーナにはあまり主義主張はないが、迷信深いところがあった。借金をしたまま年を越すと、不幸を招き、もっと借金をすることになる、と祖母からうるさくいわれていたのだ。

「よかった」ツェリーナは前方のオペルがバックで駐車スペースから出るのを見つけた。ウィンカーをだして、車を後退させた。老人がハンドルを握っていて、指示を送るべき老婆はなにもできず車のそばに立っていた。これは時間がかかりそうだ!

なんてことだろう。今日はどうもついていない。やることなすこと裏目に出る。まず寝坊した。ついで車の燃料がすくないことがわかった。ガソリンスタンドまでは走れたが、給油してから財布を家に忘れてきたことに気づいた。幸いガソリンスタンドの人間に知り合いがいた。その知り合いに金を借りて、自宅にとってかえした。自宅は八階にある。ところがまたしてもエレベーターが故障していた。今日はつくづくついていない。

老人がなんとか駐車スペースから車をだした。老婆が助手席に乗り込み、ツェリーナはやっと車を駐車することができた。駆け足で駐車場を横切る。パン屋のカウンターに並ぶ行列が見えた。アスノビッチの婆さんがシフトに入っている。やはりついていない。ツェリーナが遅刻した、ときっと店長に告げ口する。並んでいる客をかきわけて、カウンターの手前にある、小さな休憩室と倉庫に通じるドアを開けた。

「ヒュルメートは？」ツェリーナは上着とバッグを椅子に投げ、上っ張りを羽織った。

「また遅刻ね」焼けたブレーツェルのプレートをオーブンからだしていた年輩のパート仲間にいわれた。「ヒュルメートはもう上がったわ。一時五分過ぎよ！」

「駐車スペースが見つからなくて」ツェリーナはパート仲間の脇をすり抜けて、売り場に出た。

「遅い！」昼のシフトのパート仲間オズレムも不機嫌だった。「てんてこまいなんだから」

「ねえ、ヒュルメートがスーパーから出てくるのが見えたら教えて」ツェリーナは頼んだ。

「五十ユーロを返さなくちゃならないの。今晩の掃除もわたしがやるから」

「わかったわ」オズレムはうなずいて、次の客の注文を聞いた。

＊

十四分前、女はパン屋を出て、いつものようにスーパーに入った。男はじっと待った。いつもどおり人でいっぱいだ。年末なので、オフィスビル街で働くサラリーマンはほとんどいないはずだが、駐車場は満車で、活気に満ちあふれている。人々が店舗を出たり入ったりしている。

せかせかしている者が多いが、のんびり歩く者もいる。この高みから見るとアリのようだ。いまだにほぼ無風状態。屋上にそよ風が吹いたが、それは計算の内だ。これだけの遠距離なのだから、精密なライフル銃でも、軌道がずれるのは避けられない。今回はサプレッサーの使用をあきらめていた。銃弾の速度を落とすからだ。短い距離ならいいが、六百メートルを超えたら、弾速にブレーキをかけるのは禁物だ。呼吸を整え、スーパーの出口に意識を集中させた。出てきた！　買い物籠を腕にかけ、洋服店と靴屋の前を通って、車を止めた安売りスーパーの方へまっすぐ歩いている。息を吸い、息を吐く。ライフルスコープで彼女の頭を捉え、指に力を入れた。待て！　ちくしょう。標的が立ち止まって振り返った。だれかが名前を呼んだようだ。かまわない。絶好のタイミングだ。引き金を引く。発砲音。鎖骨に反動を感じた。

*

カロリーネは自宅の食卓について、眉間にしわを寄せながらノートパソコンのパワーポイントの画面とにらめっこしていた。つながりがわからない。今のところ情報がすくなすぎる。だが〝仕置き人〟の第三の被害者がだれかわかった。新聞とインターネットで姓のイニシャルと名前が明らかにされた。その情報と父親の秘密のスマートフォンにあったメッセージをヒントに推理した。もっともレナーテ・ローレーダーと父親がフリッツ・ゲールケとどういう関係があるのかわからない。カロリーネはゲールケの名前は知っていた。両親の知り合いで、もう八十歳になるはずだ。

「マクシミリアンが射殺された」ゲールケのふるえる声が父親の留守番電話に残されていた。

「電話をくれ」

メッセージはそれだけだった。ゲールケと父の付き合いは、思ったほど表面的なものではないらしい。ゲールケは娘にも知らされていない秘密の番号を知っている。

カロリーネはレナーテに電話をかけて、ヘレン・シュタードラーといっしょにいた男の車にペイントされていたというロゴをもう一度教えてもらい、ホーフハイムの〈ハルティヒ金細工工房〉をグーグルで見つけた。工房の所有者はイェンス＝ウーヴェ・ハルティヒ、ホーフハイムのハウプト通りで工房つきの店を経営している。だがウェブサイトにはたいして情報がなかった。自作の小品の写真が数点のっているだけで、開店時間、電話番号、税金番号しか記載がなかった。作業中の店主の写真も略歴もない。ハルティヒは亡くなったキルステン・シュタードラーの娘とどういう関係なのだろう。殺人事件にこのふたりが関わっているのだろうか。

カロリーネはうなじをもんで、ブランチ代わりのサラミのオープンサンドをかじった。なにか腑に落ちない。情報がすくなすぎる。ノートパソコンを閉じると、父のスマートフォンから書き写した電話番号のリストを手に取った。カロリーネはスマートフォンを調べたあと時計の箱に戻して金庫をしめ、鍵を元の場所に戻した。書斎の鍵は施錠したあと、持っていることにした。念のためだ。忍耐強く夢中で捜し物をしたあとは、気が抜けて悲しみばかりが心を覆った。母親の思い出でいっぱいの家にこれ以上とどまっていられなかった。車から娘のグレータに電話をかけた。娘は少し元気を取りもどしたようだ。すくなくとも泣きださず、いとこのダーナと厩舎を覗いたといって、自分の馬が欲しいとねだられた。年明けに、カルステンが家族全員を、毎年恒例のオーストリアでのスキーバカンスに連れていってくれるという。グレータはそれを楽しみにしていた。

カロリーネはオープンサンドをかじりながらリストに目を通し、知らない名前にふたたび目をとめた。ペーター・リーゲルホフ。フランクフルトの市外局番のあとに長い電話番号がつづく。内線電話らしい。インターネットの電話帳で逆引き検索をしてみたがヒットしなかった。この数日、父親はこのリーゲルホフと何度も電話で話している。カロリーネはあらためてインターネットを調べ、フランクフルトに同姓同名の人物が数人いることがわかった。無添加ワインの輸入業者、広告デザイナー、歯科医、弁護士。そのうちのだれなのか確かめるには電話をかけてみるほかない。父親のことをかぎまわるのは気が引けるが、他に選択肢はない。

＊

「ヒュルメート！　待って！」ツェリーナはパン屋の裏口から飛びだし、ヒュルメートに駆け寄った。

「借金したまま年を越したくないの！」ツェリーナはにやっとして、五十ユーロ札を上着のポケットからだして振った。ヒュルメートは立ち止まると、振り向いて微笑んだ。

いきなりだった。彼女が手を伸ばしたそのとき、ヒュルメートの頭部が破裂した。血と脳漿のピンクの噴水が飛散した。同時にパンと音がして、すぐそばのショーウィンドウのガラスが振動した。時間が止まった。ツェリーナは口を開け、悲鳴をあげようとしたが、声が出なかった。ただそこに立ち尽くし、信じられない思いでヒュルメートが倒れるのを見ていた。プリンででもあるかのようにくたっとくずおれた。ツェリーナはいまだに紙幣を手にして、突然顔がなくなったヒュルメートを呆然と見つめた。まわりが大騒ぎになった。悲鳴、子どもを引っ張って地面に伏せる親。たくさんの人が駆けだした。車の陰に隠れる者もいた。車が衝突し、人々がぶつかりながら逃げ惑っていることに、ツェリーナは気がつかなかった。わけがわからず、血だらけの肉塊と化したヒュルメートの頭に目が釘付けになっていた。ヒステリックな金切り声が聞こえた。だれかに腕をつかまれたが、振り払った。その恐ろしい光景から目をそらすことができなかった。男に頬を張られて、はじめて我に返った。

喉が痛い。悲鳴をあげていたのはツェリーナ自身だったのだ！ どうなってるの。

「どこ……ヒュルメートはどこ？ わたし……五十ユーロを返そうと思ったのに！」

膝の力が抜けて、目の前が真っ暗になった。

＊

緊急連絡が入ったのは、ホーフハイムで高速道路六六号線を下りたときだった。

「どこだ？」オリヴァーがたずねた。

「エッシュボルン、ゼーローゼ・ショッピングパーク」当直の警部が無線でいった。ピアは即座に反応した。左のウィンカーをだしてUターンすると、アクセルを踏んだ。数秒後には高速道路を逆方向に走っていた。

オリヴァーはもっと詳しい情報を求めた。

「スーパーの前で女性が射殺されました」当直はいった。「それ以上はわかりません。ショッピングパークはすでに封鎖され、上空にヘリが出動しています」

「通報は何時だ？」

「午後一時三十七分」

つまり三分前。これ以上迅速に対応するのは無理だろう。それでも、オリヴァーは手遅れだと感じていた。犯人はすでに逃走してしまっただろう。まだ現場にいるかもしれないが、そのときは群衆にまじって逃げるに違いない。

オリヴァーはそのショッピングパークを知っている。スーパーが数軒、大型家具店も数軒。ファストフードレストランが二軒にさまざまの企業や店舗が集まっている。そのうえ車の出口は高速道路六六号線方面の他にも、州道三〇〇五号線方面があり、そこからはタウヌス山地の方と高速道路五号線に抜けられる。シュヴァルバッハ方面に延びる歩道や自転車専用道、野道も理想的な逃走経路だ。中でも一番のカムフラージュは群衆にまじることだ。年の瀬の金曜の昼は人でいっぱいのはずだ。

「例のスナイパーだと思います？」ピアは注意深く通りを見ながら、猛スピードで追い越しをかけた。追い越されたドライバーは怒ってクラクションを鳴らしたが、ピアは無視した。

「ああ、間違いない」オリヴァーは苦々しげにうなずいた。

「先週のマイン＝タウヌス・センターと同じような感じですね」ピアの声には、誤報でありますようにというかすかな希望がにじんでいた。だがオリヴァーは最悪の事態を覚悟していた。

「だがあのときは発砲があったという報告だけで、死者が出たとはいっていなかった。今回はあいつだ。完璧な場所と時間を選んだな」

冷酷な殺人鬼は白昼堂々と犯行におよんで姿を消した。今回の被害者はだれだろう。被害者の遺族に復讐することを目的にして罪のない人を処刑するなんておぞましい。なんのための復讐だ。なにが目的だ。それに最初の事件から九日も経っているのに、捜査が一向にすすんでいないとは。成果がまったく上がらず、ただ神経をすり減らし、法務省やマスコミや世論から突きあげを食らっていたのでは、特捜班の士気は落ちる一方だ。これでは、どんなに頭脳明晰な捜査官でも、平静を保てないだろう。焦るあまり、間違った結論を導きだし、軽率な判断を下す恐れがある。

ピアは高速道路から下りて急ブレーキをかけた。高速道路の橋の下は渋滞になっていた。

「青色回転灯をだしましょう。これじゃ前にすすめません」ピアはいった。オリヴァーは助手席の後ろからマグネット着脱式の青色回転灯を取り、窓を開けてルーフにつけた。

「前方は車でびっしりです」ピアがいった。「今回は逮捕できるかもしれませんね」

ショッピングパークの出口にあたるゾッセンハイム通りは青色回転灯をつけたパトカーによって通行止めになっていた。巡査がパトカーをバックさせて、ピアとオリヴァーを通した。ピアが窓を下ろした。

「どっち?」

「信号を左折、直進してください。駐車場の左の〈ケンタッキーフライドチキン〉のそばです!」低空飛行しているヘリコプターのローター音に負けじと、巡査は声を張りあげた。

「ありがとう」ピアは車を発進させたが、二、三メートル走ったところで、数百人の人がショッピングパークから逃げようとしていることに気づいた。ほとんどの人が車で、中には歩きで避難する者もいた。

ピアは急にハンドルを切って右に曲がると、歩道を越えて、〈マン・モビリア〉の駐車場に入り、大型家具店をまわり込んだ。

「歩きましょう」そういって、ピアはシートベルトをはずした。「あそこは通り抜けられません」

オリヴァーはうなずいた。ふたりは、車でふさがった通りを横切った。州道三〇〇五号線への出口も封鎖されていた。巡査たちが防弾チョッキを着て銃を構え、規制線を通過するすべての車をチェックしていた。

「無意味だ」オリヴァーはピアにいった。「犯人はとっくに逃げている」

スーパーの前の大きな駐車場にはほとんど車の影はなく、閉鎖されていた。救急医と救急隊員がショックを受けたり、ガラス片で負傷したりした人の手当てをしていた。警察のヘリコプターが雲に覆われた空を旋回し、いたるところに青色回転灯が見えた。

だが被害者にはどんな救助も手遅れだった。銃弾は被害者の頭と靴屋のショーウィンドウのガラスを貫通していた。これまでの三人と同じで、この被害者も地面に倒れる前に死んでいた。若い命が一瞬にして消し飛んだのだ。頭のいかれた犯人がそう望んだから。

「被害者の身元はわかったの？」ピアは事件現場に最初に着いた上級警部にたずねた。

「そこのパン屋で働いていて、自分の車へ行くところでした」上級警部が答えた。「撃たれたていました。ショック状態で、救急医に診てもらっています」上級警部はピアに被害者のハンドバッグを渡した。有名ブランドの安い海賊版だ。中には財布、携帯電話、鍵束などが入っていた。ピアは礼をいって、ラテックスの手袋をひと組、上着のポケットからだしてはめた。財布には身分証が入っていた。

「ヒュルメート・シュヴァルツァー」ピアは写真を見た。「きれいな人! 二十七歳になったばかり。シュヴァルバッハ在住」

「なぜだ?」オリヴァーは自問した。「なぜ二十七歳のパン屋の女店員なんかを射殺した?」

「例のスナイパーならすぐにわかるでしょう。やり口がますますひどくなっていますね」

「注目されたいんだ。殺人が目的ではない。なにか他に事情がある」

「ひとつだけはっきりしています。犯人は警察を愚弄して、冷酷に目的を果たしています」

オリヴァーはあたりを見まわした。スナイパーはどこから撃ったんだ。斜め向こうの道路の反対側に建設現場がある。そこの屋上から狙ったのか。そこへはどうやって上ったんだろう。大型家具店の駐車場に監視カメラがある。犯人が映っていないだろうか。

オリヴァーはいつになく無力感を味わっていた。バールで宝箱を開けようとして、挿し口が見つからない感じだ。

＊

カロリーネ・アルブレヒトはケーニヒシュタインにあるタウヌス・エコー紙編集部から出て、歩行者専用区域までリンブルク通りを歩いた。クリスマスが終わったこの時期は、いつもなら人でごったがえす。だが今は多くの店舗が閉店している。三発の凶弾を発射した男のせいだ！

それでも編集部で教えてもらった食堂は開いていた。カロリーネは店に入り、風よけ用の垂れ幕を払った。薄暗いカウンターで男が数人、コーヒーを飲んでいた。だがひとりもタウヌス・エコー紙のウェブサイトで確認したファーベルに似ていない。ファーベルのことを訊くのはやめて、しばらくその店で待つことにした。新聞編集部の受付嬢の話によると、ファーベルはほぼ毎朝この店に来るという。カロリーネはコーヒーを注文して、カウンターの男たちの好奇の目を感じながら数すくないテーブルに陣取った。代金を払って立ち去ろうとしたとき、出入り口が開いた。垂れ幕が左右に払われ、冷気が吹き込んだ。カロリーネはすぐファーベルだと気づいた。といっても、ウェブサイトの写真よりもだいぶ太っていて、髪も薄かった。

「クリスマスは楽しめたか？」ファーベルは店内を見まわして、止まり木にすわった。

「やめてくれ」そこにいた男のひとりがいった。「クリスマス直前の売り上げが激減した」

「俺もさ」別の男がいった。「クリスマス商戦に賭けていたのに、あのいまいましい殺し屋のせいで台無しだ」

他のふたりも肩を落としてうなずいた。男たちはみんな、店を経営しているようだ。予約のキャンセルとか従業員が仮病で休んだとか、そういう言葉が飛び交った。カロリーネはスマートフォンをいじるふりをしながら聞き耳を立てた。

「みんな、クリスマスプレゼントをネットで買ったらしい」ふたり目の男ががっかりしながらいった。「一月に従業員をふたり解雇するのは決まりだな」

「うちはこの騒ぎがおさまるまで店を閉じる」別の男がいった。「明日からイタリアに行く。十日程度ならかまわない」

だれかが、昨日からバス運転手と電車運転士が働くのを拒んでいるらしいといった。フランクフルトでは高速都市鉄道の運行が停止され、タクシー運転手も自宅待機になった。

「早く捕まるといいんだがな」そういって、店主がファーベルにコーヒーを差しだした。「このままだと、ライン＝マイン地域のインフラがすべて機能停止する」

「うちも困ってる」ファーベルがいった。新聞の配達がなかったと定期購読者が苦情を寄せたというのだ。新聞配達人がたくさん病欠したためだった。新聞配達人の気持ちはわかる。

警察になにができて、なにをすべきかカウンターの男たちが話すのを聞いて、カロリーネは、新聞配達人やバス運転手は撃たれたりしないのだから、騒ぎすぎだといいたかった。思いがけないことだが、〝仕置き人〟はこの地域のたくさんの企業や店舗をひどく困らせていたのだ。

カロリーネは立ちあがって、カウンターに歩いていった。

「いきなりすみません。タウヌス・エコー紙のファーベル記者ですね？」

「そういうあなたは？」ファーベルはうさんくさそうに彼女を見た。「警察の人？」

「いいえ。編集部の人から、あなたはここにいるだろうって聞いてきました。あなたと話がしたいんです。どこか別の場所で」

「おいおい、ファーベル、言い寄られたぞ！」男のひとりがそういうと、他のみんなが笑った。だが当のファーベルの目からは猜疑心が消えた。

「いいとも」彼は腰を上げ、上着をつかんだ。「つけといてくれるか、ヴィリー？」

「いいともよ」店主は答えた。

カロリーネはコーヒー代を払って、ファーベルのあとから通りに出た。

＊

衆人監視の中で捜査することに、ピアは慣れていなかった。死体はたいてい室内や森の中といった人目につかないところで発見されるからだ。したがって事情聴取も、数人の目撃者と死体発見者にするだけで済んだ。だが今回は何十人もがヒュルメート・シュヴァルツァーが撃たれるところを目撃した。銃器が珍しく、普段目にする機会がすくない国なので、その体験は目撃者にとってはるかに強いトラウマになった。なかでも靴屋にいた七歳の少年のショックは大きかった。いっしょにいた姉がちょうど靴を試しているところで、少年は退屈して外を見た。そのときヒュルメートを殺害した弾丸が少年のすぐそばをかすめ、陳列棚に食い込んだ。不幸中の幸いだった。

少年は救急車で救急医のケアを受けていた。オリヴァーは少年の両親と話し、ピアは被害者のそばに立っていたという若い女性の様子を見た。

「彼女と話せますか？」ピアは救急医にたずねた。

「どうぞ。ただひどいショックを受けていて、だれとも話そうとしません」

ツェリーナ・ホフマン、二十代はじめの金髪女性。彼女は別の救急車のステップにすわって両手を見つめていた。だれかに保温シートをかけてもらっていた。はじめその女性の顔にそばかすがあるのかと思ったが、顔や髪や上っ張りや両手についていたのは血痕だった。

「こんにちは、ホフマンさん」ピアは声をかけた。「ホーフハイム刑事警察署のキルヒホフです。そばにすわってもいいですか？」

ツェリーナは顔を上げると、虚ろな目でピアを見て肩をすくめた。体がふるえ、顔に血の気がなかった。いずれショックは和らぐだろう。だが今日体験したことは一生忘れられないはずだ。多くの人は強靭な精神を持っていて、こういうおぞましい体験でも乗り越える。だが魂に一生傷跡を残す人もいる。

「わたし……ヒュルメートに借りてた五十ユーロを返そうとしたんです。彼女がバカンスに行く前に」そうささやくと、ツェリーナは握りしめていた紙幣をピアに見せた。涙がひと滴、頬を伝った。「クリスマス前に借りたんです……わたし……借金を抱えて年を越すと不幸になるっていわれていたので」

「ヒュルメートさんはあなたと同じ職場で働いていたんですね？」ピアはたずねた。

「はい……そこのパン屋で」ツェリーナは声をふるわせながら答え、血だらけの両手を見つめた。「あの人はいつも早番で、わたしはたいてい昼に働いていました。今日……わたし、遅刻したんです……車のガソリンがなくなっていて。ヒュルメートは仕事を終えて、スーパーに買い物に行っていました。だから彼女の姿が見えないか、気にしていたんです。彼女がスーパーから出てきたので、わたし……店から駆けだして声をかけたんです。彼女は立ち止まって……そして……わたしの方を振り返って……そのとき……」

ツェリーナは口をつぐみ、涙をあふれさせた。話したことが功を奏して、ショックが解放された。ツェリーナは絶望してすすり泣いた。ピアは黙ってティッシュを差しだし、ツェリーナが気を取り直してまた話すのをじっと待った。

「わたし……なにが起きたのかわからなかったんです」ツェリーナはしばらくしてまた口をひらいた。「気づくと、ヒュルメートが目の前に横たわっていて。わたしは悲鳴をあげました。だれかに平手打ちをされて引き離されるまで」

「銃弾がどっちの方角から飛んできたかわかりますか？」ピアはたずねた。

「いいえ。わたし……ヒュルメートしか見ていなかったので」ツェリーナは洟をすすった。「でも右の上の方からでした。あのとき……ヒュルメートは……駐車場に半分背中を向けていて……顔が……はじけとんだんです」

ツェリーナは拝む仕草をした。残酷な出来事をいくら消し去ろうとしても、すぐ脳裏に蘇るとでもいうように。ピアは感心した。目撃者がこれほど詳細に思いだすことはきわめて珍しい。恐ろしい体験をしたり、目撃したりした人にすぐ質問するのは酷なようだが、事情聴取は早ければ早いほど、真実に近い生の証言を得られる確率が高い。体験を反芻し、他の人の話を聞いたりすると、見たことにさまざまな雑念が紛れ込む。人間の脳は精神を守るために恐ろしいことを記憶から消し、断片化するようにできているからだ。見たり体験したりした事故を思いだせないこともよくある。そしてこうした記憶喪失はたいていの場合、長期にわたる。

「無理を承知でお願いします」ピアは同情していった。「鑑識官にも話していただけますか」

ツェリーナはうなずいた。ピアは名前と住所と電話番号をメモし、パン屋の同僚に付き添ってもらうことにした。クレーガーの鑑識チームはすでに到着して、犯行現場の検証をはじめていた。

「目撃者の話では、銃弾は右後方の上から飛んできたそうよ」ピアはクレーガーとボスに報告した。「目撃者はここに立っていたから、弾丸はあっちから来たようね」

ピアは大型家具店の方を指差した。

「ふむ、どっちかというとあっちの建設現場の天辺じゃないかな」オリヴァーはいった。

「いいや、射角が合わない」クレーガーは見まわして首を横に振った。「目撃者はかなりよく見ていた。弾丸は左耳の上から頭蓋骨に射入した。〈マン・モビリア〉の屋上だろう。屋上にあがって、軌道分析をする」

「電話が鳴っています！」そう叫んで、クレーガーの部下がピアにヒュルメート・シュヴァルツァーのハンドバッグを差しだした。ピアはオリヴァーと視線を交わしてからハンドバッグに手を入れ、携帯電話をだした。

〝パトリック〟と画面に表示されていた。だれなのかわからないが、知り合いに違いない。

「ヒュルメート、どこだい？」男の声だった。「どうして電話に出なかったんだ？」

「ホーフハイム刑事警察署のキルヒホフといいます。どなたでしょうか？」

「妻はどこだ？」少し間を置いて、男はたずねた。これで被害者との関係が判明した。「なにがあった？　なんで妻は電話に出ない？」

「シュヴァルツァーさん、今どちらですか？」ピアは逆に質問した。もし夫が四十トントラックでも運転していて、妻の死を知ったら、とんでもないことになる恐れがある！

「じ……自宅だが」そういって、シュヴァルツァーは住所を告げた。突然、声がふるえた。「妻になにかあったのか？」

「すぐそちらにうかがいます」そういうと、ピアは通話を終え、携帯電話を鑑識官に渡した。鑑識官はそれをビニール袋に入れた。

茫然自失し、悲嘆に暮れる遺族と向き合うのはこの数日で四度目だ。さすがにピアも気が重かった。なしにできるならありがたいが、この役目をこなせる者は他にいない。

「行くぞ」オリヴァーがいった。ピアの気持ちがわかっていた。「仕事を片づけよう」

＊

「被害者の夫はなんていってた？」一時間後、ピアとカイの部屋でひらかれた緊急会議の席で、エンゲル署長がたずねた。「今回の被害者と他の被害者たちになにかつながりはあるの？　夫はキルステン・シュタードラーを知ってた？」

「質問ができる状態ではなかった」オリヴァーが手を横に振った。「ハッタースハイムにある貯蓄銀行の顧客相談口で働いていて、いつもどおり昼食をとるため帰宅していた。ラジオを聞いていなかったので、エッシュボルンで起きた事件のことを知らなかったんだ。心の準備がまったくできていなかった」

「犯人が例のスナイパーである確率は？」エンゲル署長はたずねた。

「百パーセント。これまでと同じ銃弾でした」ピアはいった。

「犯人はなぜ突然マスコミに接触するようになったの？」署長は今朝、オリヴァーが捜査会議で〝仕置き人〟が新聞社に届けた手紙について報告したとき、まだ顔をだしていなかったのだ。「どう思う？　それからメッセージの内容は？」

「〝途方もない不正が行われた。罪人は自分たちの無関心と物欲と名誉欲と不注意がもたらしたのと同じ苦痛を味わうのだ。罪を犯した者たちは不安と恐怖のうちに生きるがよい。わたしは生者と死者を裁くために来た〟」ファイル棚にもたれかかったアンドレアス・ネフがもう一度声にだして読んでからいった。「精神病質者だな。生と死を司る〝仕置き人〟を気取るとは誇大妄想癖があるようだ。このメッセージで犯人についていろいろわかる。たとえば、信仰心が篤い。最後の文章はカトリックの信仰宣言の一節だ。犯人には使命感があり、同時に追っ手を挑発している。奴にとってこれは遊びだ。われわれの犯人は冒険が好きなんだ」

ネフはどうだというように一同を見まわした。

「わたしの犯人プロファイルが正しかったとこれで信じてくれるかな？」

その質問は横に立っているキムに向けられたものだった。

「知識のない人なら信じるでしょうけどね」キムはネフの方を見もせず答えた。ネフの方は彼女を露骨に意識している。彼女を気にしているようだ。だがキムが彼に無関心なのは、ネフを除くだれの目にも明らかだった。キムはネフの説に一切反応せず、下唇を吸いながら考えた。

「だれかヘレン・シュタードラーと話した？」キムがいきなりたずねた。「なぜ彼女はレナーテ・ローレーダーを訪ねたのかしら？」

　オリヴァーとピアはちらっと顔を見合わせた。事件が急展開したため、今日の午前中にわかったことをチームに伝えるのをすっかり忘れていたのだ。

「キルステン・シュタードラーの娘ヘレンは数ヶ月前、自殺していた」オリヴァーはいった。

「今日エーリク・シュタードラーのところの従業員から教えられた。父親もそれを認めた」

「エーリク・シュタードラーはバイアスロン選手でした。ベースジャンピングなどのエクストリームスポーツをやっています」ピアはネフの説を補強するような気がしたのでいやいや報告した。「オリンピック大会の銅メダリストでもあります。それから連邦軍にいました。つまり射撃にも慣れています。おそらく腕がいいでしょう。そして今日の十二時に訪ねたとき、会社にも自宅にもいませんでした」

「決まりだな」ネフは満足してうなずいた。「そいつが犯人だ。キルステン・シュタードラーの息子だから動機もある」

「どう思う、オリヴァー？」署長がたずねた。

「たしかにエーリク・シュタードラーは条件に当てはまる」オリヴァーは顎の無精髭（ぶしょうひげ）をなでた。

「では指名手配すべきね」

　署長がいうと、カイが発言した。

「フランクフルトの同僚がすでに自宅を見張っています。パトカーをもう一台会社に向かわせましょう。どこかにあらわれるはずです」

「キルステン・シュタードラーの両親はまだ連絡を寄こしません」ケムが口をはさんだ。「シュタードラー親子同様、強い動機があります」

署長は一瞬考えて、すわっていた椅子から腰を上げた。

「記者会見をする。これまでにわかっていることをすべて公表する。一週間に四件の殺人事件！　この地域を震撼させている。住民の協力を求めるのよ。だからすべての犯行現場と犯行時刻を公にする。だれかがなにか見ているはず。新聞社とテレビ局のために事件のあらましを逃走経路にいたるまで詳細に再構成して」

「用意します」カイはうなずいた。

「マスコミには、犯人がスポーツバッグか大きな買い物袋を持っていたはずだということも伝えるべきですね」ケムが付け加えた。「解体した銃を運ばなければなりませんから」

「結果が欲しい」署長は力強くいうと、両手を叩いた。「それじゃ、仕事にかかって！」

「犯人の動機は報復のようね。ただの復讐ではない」キムがいった。

「どう違うんですか？」カトリーンがたずねた。「同じじゃないですか。結局はリンチでしょ！」

「報復は受けた不正に対応する行為で、不正行為と質的に一致する罰を求める」キムは答えた。「目には目をというやつよ。ただしネガティブな場合とポジティブな場合がある。なぜなら報復でよいことをする場合もあるから。報復は倫理上の正義という社会原則に基づいている。復讐は報復を過剰にしたものなの。たとえば血の復讐ね。復讐者は目的を果たすために法的手段を無視する。それでは納得がいかないから」

「やっぱり違いがわからないな」カイはいった。

「結果とその効果を見る限り、違いはないわ。違いは動機にあるのよ。わたしの考えでは、今回の事件はきわめて珍しい殺人犯を相手にしている。精神病質者とはぜんぜん違うし、誇大妄想でもない。これは遊びじゃない。犯人はどきどきするのを楽しんだり、難しい狙撃に挑んだりするタイプじゃない。狙撃する場所を便利かどうかという観点からのみ探しだしている。挑発しているわけじゃない。視界良好、完璧な逃走経路。前にもいったように、プロを捜すべきよ」

＊

〝インゲボルク・ローレーダーは死ななければならなかった。彼女の娘が救護を怠り、人を死に至らしめるという罪を犯したが故だ〟

カロリーネ・アルブレヒトは涙を流すまいと必死で堪えた。気を取り直すあいだ、ファーベルがそっとしておいてくれたことに感謝した。彼は新聞社の二階の窓辺に立って、彼女に背を向けていた。

「どうして犯人はこれをあなたに？」カロリーネは声を押し殺してたずねた。

「さあ」ファーベルは振り返った。「うちの新聞の読者かもしれないです。もしかしたら個人的にわたしを知っているのかもしれません」

ファーベルは椅子を引いて、彼女の正面にすわった。大部屋の編集部は閑散としていて、デスクのほとんどががら空きだった。

「偶然かもしれないですしね」ファーベルはいった。「クリスマスから大晦日にかけてほとんどの記者が長期休暇をとってるんです。わたしは今、編集長代行をしています。年末年始は普通なにも起きない時期なので」

カロリーネは彼を見た。ファーベルは、彼女がスナイパー事件の被害者の娘だとすぐに看破した。旧姓が記載された身分証明書を見せろともいわなかった。たぶんやつれた顔を見るだけでわかったのだろう。

「どこまで知っているんですか?」カロリーネはたずねた。

「なにも知りません」ファーベルは肩をすくめた。「だから困ってるんです。あの記事は憶測の羅列ですから。警察はかなり怒っています。でも、知らせる義務があると思うんです」

ファーベルの返事にカロリーネはがっかりした。彼もろくに知らないのだ。

「どうして警察にたずねないのですか?」今度はファーベルが質問した。「あなたは被害者の遺族ですから、いろいろと教えてくれるでしょう」

カロリーネは一瞬押し黙った。

「父は著名な医者なんです。専門領域では世界のトップクラス。多くの人にとって最後の希望です。数え切れない人の命を救ってきました。でも今、だれかがその父を人殺しと非難し、母を殺したんです。信じがたいことです」

「お父さんに罪があるかどうか突き止めたいんですね」

「そうです。母がなぜ死なねばならなかったのか知りたいんです。警察はそんなことにほとんど興味がありません。犯人を追いつめたいだけでしょ。わたしにはそれでは不充分なんです」

「わたしにどうしろと？　地方新聞のしがない記者でしかない。担当は経済面と文化面。陰謀を暴くには力不足です」

カロリーネは、彼が困っていることに気づいて、うなずいた。小柄でずんぐりしていて、髪が薄く、グレーのカーディガンを着た男。引退前のやる気をなくした教師のように見えるこの男が第二のボブ・ウッドワードやカール・バーンスタイン（ウォーターゲート事件をスクープしたアメリカのジャーナリスト）でないのは確かだ。スナイパーが接触してきたという一点を取ってみただけでも、ジャーナリストとしてチャンスなのに、彼はそういうことにチャレンジするには歳を取りすぎ、現状に満足しきってしまっているようだ。

「死亡告知と封筒をコピーさせてくれますか？」カロリーネはたずねた。

「もちろん」ファーベルはすぐに答えた。ふたりは立ちあがった。カロリーネはハンドバッグと死亡告知を手に取って、彼のあとから絨毯敷きのフロアを歩いてコピー室へ向かった。

「なにか質問があったら、電話をください」別れ際にファーベルはいった。協力を求められなかったのでほっとしているのが、表情からよくわかった。

「ありがとう」カロリーネは彼に名刺を渡した。「なにか新しいことがわかったら、ぜひ教えてください」

「わかりました」そういったが、ファーベルは彼女の視線を避けた。なんでも約束するのは、彼女から早く解放されたいがためらしい。

＊

ディルク・シュタードラーはオリヴァーとピアが到着するのと相前後して帰宅した。ふたりに会釈し、ずらっと並ぶガレージのひとつに車を入庫し、足を引きずりながらやってきた。

「帰りが少し遅くなりました」そういって、まずピアに手を差しだし、それからオリヴァーと握手した。

「わたしたちもです」オリヴァーは答えた。「また殺人事件が起きました。聞いているのではないですか？」

「ええ、ラジオでニュースを聞きました」シュタードラーはうなずいた。「どうぞ家に入ってください。ここよりは暖かいですから」

玄関に着く直前、隣人の女性が彼を呼び止め、小包を預かっているといって持ってきた。

「本当にやさしい隣人です」シュタードラーは微笑んだ。「ひどい隣人に当たることもあります。テラスハウスは、距離が近くなりますからなにかと大変です」

シュタードラーはピアに、小包を持っているように頼んで、玄関を開けた。

「買い物はほとんどインターネットで済ましているんです」彼はドアを開けた。「町の商店を訪ねるときのような楽しみはないですが、快適です。足がこんななので」

家に入ると、シュタードラーは照明をつけ、コートを脱いだ。ピアは小包を玄関の小さなサイドボードに置いてから、シュタードラーとオリヴァーにつづいて広いリビングダイニングに足を踏み入れた。シュタードラーはなにか飲むかとたずねたが、ふたりは丁重に断った。

「あらためてうかがいたいのですが、連続殺人が死んだ家内と関係あるなんて、どうして考えたのですか？」食卓を囲んですわると、シュタードラーがたずねた。

「最初の被害者の娘レナーテ・ローレーダーは、あなたがニーダーヘーヒシュタットに住んでいたときの隣人で、奥さんが亡くなった日、お嬢さんが助けを求めたのに救護しなかった過去があります」

「覚えています」シュタードラーはうなずいた。「エッシュボルンの花屋ですよね。あの人も犬を飼っていました。家内はよくいっしょに散歩したものです」

「そうです」オリヴァーが答えた。「第二の被害者の夫は、奥さんの件であなたが訴訟を起こした病院の臓器移植外科の医長でした。第三の被害者はあなたの奥さんの心臓を移植された人です。生まれつき心臓病だった若い男性です」

「恐ろしいことだ」シュタードラーは愕然としてささやいた。

「そして」オリヴァーはつづけた。「第四の事件が起きました。犠牲者は二十七歳の女性です。関連性はまだわかっていませんが、犠牲者の夫が二〇〇二年九月十六日の出来事に関係しているのではないかと思っています」

オリヴァーは死亡告知については黙っていた。

「このあいだ娘さんが死んだことをどうしていってくれなかったんですか？」ピアはたずねた。

「関係していると思いませんでしたから」シュタードラーはやっとの思いでいった。「それに……つい最近のことなんです。もう何年もヘレンのことを心配していましたが、この一年は精神が安定していて、罪悪感を覚えたり、鬱になったりすることがようやくなくなったように見えたんです。大学も卒業間近で、いい相手に巡り会って夏に婚約しました。ふたりは十月はじめに結婚する予定で、結婚式の招待状も送ったあとでした。それなのに……突然、高速都市鉄道に飛び込んだんです」

「どこでですか?」ピアはたずねた。「いつのことですか?」

「ケルスターバッハです」シュタードラーは声を押し殺して答えた。「九月十六日。母親の十回目の命日でした」

「お嬢さんはなぜ鬱病だったんですか?」ピアはたたみかけた。「なにに対して罪悪感を覚えていたのでしょうか?」

シュタードラーはすぐには答えなかった。心の中で一瞬葛藤し、あまりに苦しそうだったので、慰めの言葉をかけたくなったほどだ。

「家内は毎朝、犬を連れてジョギングしていました」シュタードラーがいった。「雨の日も風の日も。家内はスポーツが好きで、ニューヨークマラソンに出るためトレーニングしていたんです。アメリカに行くことは家内の大きな夢でした。あちらで暮らしたいと思っていたほどです。娘もよくいっしょに走りました。しかしあの朝、娘はその気になれず、ベッドにもぐっていたのです。十四になったところでした。家内はいつもエーリクとヘレンを車で学校に送ってから仕事に向かっていましたが、一時間経っても母親が帰ってこなかったので、子どもたちは心配になったのです。携帯電話にかけても出なかったので捜しにでました。家内がよく走るコースはわかっていましたから。そして……ふたりは母親を見つけたんです。母親は遠くまで行っていませんでした。倒れて一時間は経っていたわけです。ヘレンは助けを呼びにいき、エーリクは蘇生を試みました。その後、病院で家内が脳出血を起こしたことがわかりました。それ自体は重度のものではなかったらしく、早期に発見され人工呼吸が施されていれば、手術も受けられたし、死なずに済んだはずだったのです」

シュタードラーは顔を上げた。目がうるんでいた。涙がひと筋、頬を流れ落ちた。

「娘は、怠け心で母親といっしょに走らなかった自分を責めていました」シュタードラーの声が裏返った。顎の筋肉がこわばり、小鼻がぴくぴくした。「わかりますか？　ヘレンは自分がいっしょにいれば、母親を助けられたと思っていたのです」

＊

「切ないですね！」刑事警察署に戻る途中、ピアはいった。「奥さんに死なれ、娘は十年間、罪悪感に苦しんだ末の自殺だなんて！　酷い運命にさらされる人がいるものです」

雨が降りだしていた。雪まじりの雨だった。

オリヴァーはメガネをかけ、室内灯の淡い光の中、ディルク・シュタードラーから預かった裁判記録をぺらぺらめくった。「これは本当に悲惨だ」

オリヴァーは、十年前フランクフルト救急病院でキルステン・シュタードラーに関わった人物が他にもわかるのではないかと期待していた。犯人の標的になりうる人物の名が判明して、警告することができるかもしれない。

「ヘレンの婚約者と話す必要がありますね」ピアは考えていることを口にして、ワイパーのスイッチを入れた。前を走る車のウォッシャー液が凍結防止塩とまじって、フロントガラスにかかり、こびりついてよく見えない。「父親が協力的でよかったですね。さもないと一歩も先にすすめなかったでしょう」

オリヴァーがうなった。彼は背中をまるめ、ファイルに鼻がくっつきそうなほど顔を近づけて読んでいた。

「十分もあれば署に戻れます」ピアはニヤリとした。「署で読んだ方がよくないですか?」

「そうだな」オリヴァーはファイルを閉じた。それからため息をつき、雨に濡れた道路を見つめた。オリヴァーは指でファイルのカバーを叩きながら口をへの字に曲げてなにか考えていた。よく知っている表情だ。ボスはなにか考えている。だがまだ話せるほどまとまっていないのだ。

ピアは高速道路を下り、二キロほど走って、刑事警察署の駐車場に入った。手荷物検査所の先でカイがふたりを出迎えた。

「署長が会議をするといっています」そういって、カイは待機室の方を顎でしゃくった。「今夜七時に市民ホールで大きな記者会見をおこないます」

「ようやくね!」ピアは濡れたジャケットを脱いだ。

「エーリク・シュタードラーの動向はまだ不明ですが、ヴィンクラー夫妻から連絡がありました」カイがつづけた。

オリヴァーはうなずいて、シュタードラーから預かったファイルをカイに渡した。

「シュタードラーがフランクフルト救急病院に対して起こした裁判の記録だ。もしかしたらまだわたしたちが把握していない名前に出会えるかもしれない」

「すぐに調べます」カイがいった。

「記者会見のあとグラースヒュッテンへ行ってヴィンクラー夫妻と話してみる」オリヴァーはいった。「いいかな、ピア？」

「いいですよ。どうせ家で待つ人はいませんし。でも、わたしはヘレン・シュタードラーの婚約者を訪ねた方がよくないですか？　市民ホールでは役に立ちませんから。それに、今日亡くなった犠牲者の夫ともう一度話してみてもいいですし」

「それは署長が決めることだ」廊下を曲がってきたエンゲル署長を見て、オリヴァーはいった。

署長のパンプスのヒールが挑むようなスタッカートで床を叩いていた。

「コンバットスーツによく研いだナイフを携帯している感じですね」カイがいった。

「聞こえたわよ」署長はバーベナとシトロンの香りを残して、そばをとおっていった。「なにぐずぐずしているの？　ほら、早く入ってらっしゃい！」

なんで妹が署長に夢中なのか謎だ。長くてハードな一日を過ごしても、署長はエネルギー切れを起こさない。いつものように頭の天辺からつま先まで一分の隙もない。ていねいに塗られたマニキュア、控え目なメイク、ヘアサロンに行ったばかりのような髪型。スーツは光沢のある緑色。さらに真珠のネックレスとカラフルなネッカチーフとヒールがすくなくとも十二センチはある色を抑えたエナメル靴。オリヴァーと署長がかつて婚約までしていたことをピアは知っていたが、署長の家にベッドがあるところを想像することができなかった。あるとすれば、翌朝までに充電するための電気椅子だろう。この女性が伸びてしまったジョギングパンツや洗いざらしのTシャツを身につけて、化粧もせずにのんびりカウチに腰かけているなんてありえない！　オリヴァーはどうやらアクセル全開で人生をつっ走るキャリアウーマンに弱いようだ。コージマもそうだし、インカ・ハンゼンもクールでひたむきな仕事の鬼だ。

「みんな、すわって！」署長がみんなにいった。「市民ホールでの記者会見まであと三十分。遅れたくない」

その場にいたのはオリヴァー、カイ、ケム、カトリーンの他にキムとネフと他の課から応援に来ている捜査官数人だった。オリヴァーとピアはこの日に起きたことと判明したことを交互に報告した。

署長は、ピアとケムとキムの三人がこのあとすぐヘレン・シュタードラーの婚約者のところへ向かうことを了承した。

「では、行くわよ」署長は腕時計を見て行動を開始した。「カイ、プレスリリースは？」

「ここです。五十部コピーしてあります」カイはフォルダーに入れたコピーの束を署長に差しだした。署長はそれをすぐオリヴァーに渡した。

「犯人のプロファイルの要点もまとめておいた」ネフは熱を込めていうと、ネクタイを直した。

「署長のすぐあとに……」

「あなたの出番はないわよ。すくなくともマスコミの前ではね」署長はぴしゃりと言い放ってコートを着た。

「しかし必要な専門知識はわたしが……」ネフはむっとした。

「専門家は充分揃ってる」署長は彼に一瞥もくれなかった。「特捜班主任のボーデンシュタイン、保安警察署長、報道官、検察官、そしてわたしが壇上にあがる」

「じゃあ、家に帰るとするか」ネフは明らかにがっかりしていた。「わたしの能力を評価できる者がいないようだから」

「わたしが評価するのは、うまくチームに溶け込み、与えられた仕事をしっかりこなす人物よ」署長は手荷物検査所の前で彼をじろっとにらんだ。「あなたは事件分析官。ならば、犯行現場に残された手がかりから犯行の経過を探り、他の事件との関連を分析して捜査官の仕事を補完するのが役目でしょう。犯人の心理について踏み込むような出すぎたまねはしないことね。それは司法精神医の仕事よ」

「女性の割合について異議を唱えたことはないですが」ネフは悪態をついた。「ここはすっかり女に牛耳(ぎゅうじ)られているようですな」

「行くわよ、みなさん！　マスコミを不必要に待たせたくない」署長はドアマン代わりの巡査に合図した。ガラス扉を通ったところで、署長は雨模様であることに気づいた。「ボーデンシュタイン、傘はある？」

「赤毛の闘鶏」ネフは捨て台詞を吐いた。「尻を叩く男が必要だな」

「本当は女になでなでされたいんでしょ？」キムはそういいながら、ネフのそばを通った。ネフは顔を紅潮させた。それを聞いたエンゲル署長が振り返ってにやっとした。

「待った！　待ってください！　重要なことが判明しました！」クレーガーが興奮して廊下を走ってきた。

「もう時間がないわ、クレーガー」署長がいった。「どうしたの？」

「どこからヒュルメート・シュヴァルツァーに発砲したかわかったんです！　これまでのデータで犯行の経過をコンピュータでシミュレーションしました。被害者の身長、射角などから」

「シミュレーションの仕方は知っているわ」署長はじれったそうにいった。「結論をいいなさい！」

「犯人は射撃がうまいとかそういうもんじゃありません……」クレーガーはわざと間を置いて焦らした。「正真正銘のスナイパーです。狙撃の訓練を受けているのは間違いありません。趣味でライフルをいじっている程度の腕では、これほどのことはできません！　犯人はブレーマー通りの高層マンションの屋上から狙撃していました。距離にしてほぼ一キロ！」

「たしかなの？」署長は懐疑的だった。

「ええ、百パーセント確かです！　間違いないです」クレーガーは激しくうなずいた。「射角に合致する建物は他にありません。実際に屋上に上がって、レーザー距離計で測定しました。八百八十二・九メートル。むちゃくちゃですよ！」

「この地域の射撃協会に問い合わせなくては」カイがいった。「それほどの凄腕なら名がとおっているはずです。それから連邦軍と警察も確認すべきですね。現役、退役、予備役」

「わかった」署長はうなずいた。「頼んだわ、オスターマン」

「その高層マンションに捜査官を向かわせろ」傘を広げたオリヴァーが付け加えた。「マンションの住人全員に聞き込みだ。それから防犯カメラがあるか確認してくれ」

「承知しました」カイは敬礼をした。

外階段の下に警察車両が到着した。

「よくやったわ、クレーガー」そういうと、署長は向きを変え、オリヴァーの傘に入って降りしきる雨の中、階段をずんずん下りていった。

「すごい人」そうつぶやいて、キムはピアに目配せした。

「さあ、わたしたちも行くわよ」ピアはいった。「ハルティヒに会えればいいけど」

*

記者会見でこれほど人がひしめくとは。オリヴァーにとってはじめての体験だった。市民ホールの前にドイツじゅうのテレビ局の中継車が列をなして止まっていた。ロビーには記者が群がっていた。巡査たちが人混みをかき分けて、エンゲル署長たち一行を通した。控え室にはすでにローゼンタール検察官がいて、最新の捜査状況を気にしていた。

「プレスリリースにすべての犯行現場と犯行日時をリストしました」オリヴァーの簡単な説明が終わるのを待って、エンゲル署長がいった。「市民に協力を求めるなら、正確な情報を提供する必要があります。さもなければ意味がありません」

「同感だ」検察官はうなずいた。

オリヴァーのiPhoneが鳴った。コージマだ！ いつも間が悪いときに電話をかけてくる。たいした才能だ。

「ちょっと失礼」オリヴァーは部屋の隅に行って、電話に出た。

「もしもし、オリヴァー！」コージマがいった。「今、ケーニヒシュタイン行きの電車に乗っているところ。空港でタウヌス方面に行ってくれるタクシー運転手が見つからなかったのよ」

「ちょっと待った。シベリアに行くんじゃなかったのか？」オリヴァーはびっくりした。

「あんな寒いところいやよ」コージマが笑った。わざとらしかった。「うちのチームに任せた。自分で行く気になれなくて。ゾフィアを迎えにいこうと思うんだけど」

「それはいいが。あの子は今インカのところだ。難しい事件が起きていて、これから記者会見なんだ」

「例のスナイパー事件？ みんな、ヒステリックになってるわね」

「電話を切るぞ、愛……」オリヴァーはうっかり「愛してる」といいそうになった。別れてもう四年も経つのに！ コージマが気づいていなければいいが！

「いいわ」コージマは答えた。「インカのところに引き取りにいく。ケーニヒシュタインからルッペルツハインに行けたらね」

「わかった。きみが行くことをインカに伝えておく」

「ありがとう。じゃあ、明日」そういって、コージマは電話を切った。

自分のプロダクションを立ち上げてから、コージマが撮影旅行を途中で断念するのははじめてのことだ。それもたいした事情もなく。なにかおかしい！　母親が遺言状を書き直したことでも知ったのだろうか。だから戻ってきたのか？　急いでインカにショートメッセージを送った。ゾフィアが予定より三週間も早く母親のところに戻るのだから、いやとはいわないだろう。オリヴァーは胸がちくっと痛くなった。

iPhoneがまた鳴った。カイだった。

「エーリク・シュタードラーが帰宅していました。どうしましょうか」

「待ってくれ」オリヴァーはエンゲル署長のところへ行って、彼女と検察官に話した。

「逮捕令状を発付するだけの容疑が固まっているんだね？」ローゼンタール検察官がたずねた。

「それほどはっきりはしていません」オリヴァーは認めた。「〝仕置き人〟として身柄を拘束するのは無理でしょう」

「でも、一時的な逮捕なら」署長がいった。

「わかった。では逮捕して、取り調べをしてくれたまえ」検察官は承諾して、時計を見た。

「時間だ」

「カイ」オリヴァーは電話でいった。「シュタードラーが逃げないよう引きつづき監視させるんだ。こちらが済んだら、わたしが出向いて、逮捕する」

壇上には長い机と椅子が五脚のっていた。そこへ行く途中、オリヴァーはピアにショートメッセージを送って、スマートフォンの電源を切った。

＊

「午後六時三十分閉店！　ついてない！」

　ピアは金細工工房の暗いショーウィンドウを覗き、ガラス扉をノックした。ヘレン・シュタードラーの婚約者イェンス＝ウーヴェ・ハルティヒがまだ奥の部屋にいるかもしれない。だが人の気配はなく、店は真っ暗だった。

「時間どおりに閉店するとはな」ケムがいった。「ハルティヒの自宅住所はわかってるのか？」

「ごめん。わからない」ピアは最後の名刺をだし、裏側にメモを書いた。長い一日、絶えず緊張を強いられた上、じめじめとした寒さに神経がすり減り、体の節々が痛い。このまま家に帰って、カウチに寝転がりたいと思った。ピアが車から出ると、ちょうど年輩の男があらわれた。ピアたちのところにまっすぐやってくると、ピアの前に仁王立ちして、頭ごなしにいった。

「あんた、そこの標識が見えないのかね？　車は進入禁止だよ！」

　ピアにはもう心の余裕がなかった。

「新しいメガネを買った方がいいわね。進入禁止は午前九時から午後六時まで。今は午後六時半よ」

　ピアは男をそこに立たせたまま、店の郵便受けに名刺を入れた。

「グラースヒュッテンへ行きましょう。ヴィンクラー夫妻に会う」ピアはケムとキムにいった。

「そっちの方が重要よ」

　年輩の男は上着のポケットから携帯電話をだして車の前に立ち、ナンバープレートを撮影した。ピアは男にかまわず、ケムに車のキーを差しだした。
「運転してくれる？　今日はもううんざり」
「いいですよ」ケムは鍵を受け取って、ハンドルを握った。ピアは助手席に、キムは後部座席に乗り込んだ。移動中はだれも話さなかった。ピアはその静けさがありがたかった。道路はがらがらで、ケーニヒシュタインに着く頃には雨が吹雪に変わった。ピアはオリヴァーからショートメッセージが送られてきていることに気づいた。〝エーリク・シュタードラーがあらわれた。記者会見が終わりしだい、そっちへ向かう〟

　エーリク・シュタードラー。彼は妹が好きだったのだろうか。妹が何年も苦しんでいるのを見て、どんな気持ちだっただろう。妹の自殺が連続殺人の引き金になったのだろうか。エーリク・シュタードラーと彼の父親には、レナーテ・ローレーダー、ディーター・ルードルフ、フリッツ・ゲールケを憎むだけの理由が十二分にある。ピアはあくびをした。車の中は暖かく、眠気に襲われた。クリストフといっしょに船の上で心置きなく日光浴ができたはずなのに、闇と吹雪の中を走り、捜査はなかなか先にすすめずにいる！　受け身に立たされているのはつらい。死者が四人！　いまだに暗中模索。
「着いたぞ」ケムがいった。ピアはびくっとした。「明かりがついている。家にいるようだ」

　キムはiPadを終わらせた。三人は車を降りると、ベルを鳴らし、くるぶしまである雪を踏みしめながらヴィンクラー家の玄関まで歩いた。

　キルステンの母親リュディア・ヴィンクラーはひどくやせていて、ショートヘアを緋色に染め、顔がしわだらけで、老け込んで見えた。

「中に入ってください」ヴィンクラー夫人は愛想よくいった。「こんな天気にここまで来なければならなかったなんてお気の毒です」

「問題ありません」ピアは微笑んで見せた。「幸い、ヘッセン州政府は警察車両用の冬タイヤを配備してくれていますので」

家は見た目よりも大きかった。一九七〇年代に流行った作りだ。天井は暗色系の板張りで、焦げ茶色のタイルの床にペルシャ絨毯が敷かれ、古くさいカーテンと金属サッシの大きな窓。ゲールケの屋敷に似ている。ヴィンクラー夫人はピアたちを居間に案内した。ピアの家の一階全体と同じくらいの広さがあるが、天井の配色のせいで低く感じられた。

「ちょっと待っていてください。夫を呼んできます」ヴィンクラー夫人は三人に席をすすめることなく、その場から消えた。ピアたちは顔を見合わせ、それからあたりを見まわした。サイドボードにはたくさんの写真が立ててある。ピアは興味津々に見つめた。年齢はまちまちだが、ほとんどの写真がキルステン・シュタードラーかその子どもたちだ。なぜかキルステンの夫の写真は一枚もない。壁にも死んだ娘の写真が数枚かかっていた。かわいらしい少女として、そしてにこやかに微笑む魅力的な女性として。

しばらくして、ヴィンクラー夫人が夫を連れて戻ってきた。夫は夫人よりも体が大きい。顔はやつれていて、頭は禿げている。口元にはつらい過去が刻まれていた。明るい色の目は、少しでも挑発すれば、すぐ怒りだしそうな気配があった。ピアは見るなり、感じが悪いと思った。

「警察か。こんな天気によく来るな」ヨアヒム・ヴィンクラーはあいさつもせず、わざとズボンのポケットに両手を突っ込んだ。ピアはそれには答えなかった。一瞬、いたたまれない沈黙がその場を包んだ。家の中はとても暖かく、ピアは汗が吹きだし、口が乾き、頭が痛くなった。

「なんの用だね?」ヴィンクラーは無愛想にたずねた。

「すでにディルク・シュタードラーさんから聞いているかもしれませんが、この数日連続して起きているスナイパー殺人事件がお嬢さんの死と関連しているようなのです」ピアは前置きなしに話しはじめた。義理の息子の名を聞いて、ヴィンクラーの硬い表情に影がかかった。

「いいや、聞いていない。娘の夫とは一切連絡を取っていない」

だが夫も夫人も、どういう関連があるのかたずねなかった。緊張はしているが、驚いてもいないし、興味もないようだ。意外な反応だ。

「お嬢さんの死に関係した人々の家族が殺害されたのです」ピアはつづけた。「シュタードラーさんの話では、あなたがなにか関わっているかもしれないとのことでした」

ケムの啞然とした目つきを見て、ピアは失態に気づいたが、もうあとの祭りだった。

「なんだって?」ヴィンクラーが顔を真っ赤にして爆発した。「なんであいつはそんなことをいったんだ?」

事情聴取ははじめる前から暗礁に乗りあげた。こんな失態をやらかすのも、疲れ切り、シュタードラーの義父に本能的に嫌悪感を覚えたからだ。しかしいくら疲れていても、プロにあるまじきミスだ! ケムに任せておけばよかった。彼の方がピアよりも話がうまい。

「そんなにいきり立たないで、ヨッヘン」夫人が夫の腕に手を置いて取りなそうとした。夫は乱暴にその手を払いのけた。

「冗談じゃない！」夫は息巻いた。「俺のことは放っておいてくれ！」

彼は背を向けて、足音をたてながら居間から出ていった。しばらくしてどこからかテレビの音が聞こえてきた。

「すみません」ピアは肩をすくめた。「言い方がまずかったですね。この数日のプレッシャーがひどくて」

「いいんです」ヴィンクラー夫人は疲れた笑みを浮かべた。「キルステンのことになると、夫は今も神経をとがらせるんです。いまだにすべて自分のせいだと思っているんです」

ヘレン・シュタードラーは、母親の死に責任を感じていた。彼女の祖父もか？

「でもお嬢さんの死因は脳出血ですよね」ピアはいった。「だれの責任でもないでしょう」

「わたしたちは大変な思いをしてきました。娘の死で家族は壊れてしまいました。突然、家族に死なれるだけでもつらいのに、あんな目にあったんですから。あれは本当に試練でした」

「あんな目？」ケムがたずねた。

「長い話です」ヴィンクラー夫人はため息をついて、ソファを指差した。「どうぞ、すわってください」

＊

カロリーネ・アルブレヒトは記者会見を幾度となく経験しているが、いつも壇上にすわる側だった。それが今はセンセーションに飢えたたくさんのジャーナリストやテレビクルーやカメラマンにまじって、警察による発表を待っている。緊急記者会見があることをEメールで教えてくれたのはファーベルだ。だが彼自身は出席しないと書いてきた。人々が殺到したため、記者証を確認するどころではなくなっていた。おかげで、なんなくホールに入ることができた。

午後七時少し過ぎ。警官と検察官が壇上に姿をあらわし、マイクが林立する横長の机についた。いっせいにフラッシュがたかれた。エネルギッシュなホーフハイム刑事警察署署長がまずあいさつに立ち、驚いたことにあらゆる情報を公にした。警察は肝心なことは発表せず、自分たちの捜査が進展していないことについて口をつぐむものと思っていたのに、ここまでオープンにするとは。

「みなさん、いちいちメモを取る必要はありません」エンゲル署長が記者たちにいった。「すべてのデータをプレスリリースに記載してあります。ご静聴ありがとうございました。では質問をどうぞ」

大騒ぎになった。全員が立ちあがり、口々に発言した。若い女がふたり、マイクを持っていたが、途方に暮れるほかなかった。仕方なく、署長がひとりずつ指差した。

「すでに有力な手がかりはあるのですか？」記者がたずねた。ホールが静かになった。カメラのシャッター音が聞こえ、フラッシュがたかれた。

「あいにく、まだです」オリヴァーが落ち着いた声で答えた。「ここでみなさんに開示した情報が、わたしたちの手元にあるすべてです。不安に怯える市民に安心してもらえる情報が手に入れば、すぐにお伝えします。しかし残念ながら、捜査はそこまですすんでいません。ですので、ライン＝マイン地域に住むすべての方々に、注意を払ってくださるようお願いします。唯一判明していることは、犯人は被害者を無差別に選んでいるわけではないということです。それ以上のことはいえません」

午後八時十五分前、記者会見が終わった。ホールはすぐもぬけの殻になった。数組のテレビクルーがまだ片づけをしている。カロリーネは、どうしてここへ足を運んだのか、自分でもわからなかった。母親は「被害者2」とされていた。それを見て、母の思い出が汚されたような気がした。できることならマイクを奪って、ここにいる鵜の目鷹の目の連中に、少しは死者に敬意を払えと怒鳴りつけてやりたかった。だがそんなことをすれば、「被害者2」の娘であることに気づいて、連中が群がって質問攻めにし、写真を撮ろうとするだろう。お涙ちょうだいの記事を書くために。

カロリーネは市民ホールのロビーを横切り、記者に囲まれたフォン・ボーデンシュタイン刑事を見た。タウヌス・エコー紙のシールが貼られたショルダーバッグが目にとまって、興味を惹かれた。意気地なしのファーベルは、自分では来ずに、仲間を寄こしたようだ！カロリーネはゆっくり近づいて、耳をそばだてた。

「わたしたちがただ手をこまねいているだけだと思うんですか？」オリヴァーがいった。怒っているそぶりは見せないでいる。「ホットラインには十数人の捜査官を張りつかせています。みなさんが書く記事のおかげで電話が洪水のようにかかってくるでしょうから」

刑事の紳士的な対応がなかなかいい、とカロリーネは思った。

「今日の午後までの時点で、犯人を見たという通報が二百件は寄せられています。それもありとあらゆる場所、またあり得ない場所で見たという通報が。こちらはこうした通報をひとつ残らず確認する必要があります。どれだけの人員と経費が求められるか想像できると思います」

「でも、そうすることで本当の手がかりも得られる可能性があるわけですよね」記者は食いさがった。

「いいえ、時間の浪費でしかありません」オリヴァーは眉間にしわを寄せながらiPhoneを見た。「殺人事件の捜査をするのははじめてではありません。どういうタイミングでどのような情報を公にするべきか、そしてそれが許されるか、わかっているつもりです。報道の自由は大切です。ファーベル記者に伝えてください。なにかわかったら、記事にする前にこちらに知らせるように、と」

「実際、新しい情報があります」刑事が立ち去ろうとすると、ファーベルの同僚がいった。

「シュタードラー一家が訴訟を起こしたとき、病院側に立った弁護士がいますね。リーゲルホフ弁護士。もしかしたら当時なにがあったか詳しく知っているんじゃありませんか?」

カロリーネは息をのんだ。今日ファーベルに教えた情報だ。彼は他言しないと約束したのに! なんて卑怯な奴だろう! カロリーネは急に不安になった。他になにを話しただろう。他にも名前をいっただろうか。そのせいで、警察の足を引っ張ったらどうする。

「ファーベル氏やあなたが独自に調査をすすめないことを願っています」刑事が記者にいった。

「大変な結果になる恐れがあります。危険です。約束を守るよう、ファーベル記者に伝えてください。では、ごきげんよう」

　刑事は背を向けて、足早に立ち去った。

　カロリーネは刑事を目で追った。声をかけて、自分がファーベルに話してしまったことを伝えた方がいいだろうか。だが刑事自身の知らないことをなにか話せるだろうか。カロリーネが持っている情報はすべて、レナーテ・ローレーダーから仕入れたものだ。そしてローレーダーはそれを警察から教わった。新鮮な外気に包まれると、カロリーネはコートのフードをかぶり、オリヴァーと赤毛の署長が黒い車に乗り込むところを見た。ストレスでいっぱいの刑事に話しかけるのはまだ早すぎる。だめだ。あいまいな話しかない。

＊

　ピアはケムと妹にはさまれるようにしてソファにすわり、ほっとひと息ついた。ヴィンクラー夫人は向かいの肘掛け椅子にすわり、落ち着いた声で二〇〇二年九月十六日に起きたことを話した。まず孫のエーリクが泣きながら電話をかけてきた。母親が倒れて目を覚まさない、と。

「夫とわたしは孫たちを迎えにいくため、すぐ車でニーダーヘーヒシュタットへ向かいました。それからキルステンが搬送された病院へ行きました。エーリクとヘレンは気が動転していて、娘の夫のディルクは外国に出張中で、電話がつながりませんでした。病院では、キルステンが脳出血を起こし、長時間にわたって酸素が充分に供給されなかったため脳死状態だといわれました。わたしたちはショックで、医師団のいったことが理解できませんでした。キルステンは集中治療室にいて、まるで眠っているようでした。人工呼吸器を装着されていましたが、まだ体が温かだったんです。汗までかいていました……そして消化器官も機能していました」

リュディアは少し間を置いて不自然に唾をのみ込んでから、深呼吸して話をつづけた。

「医師団は、キルステンが脳出血によって脳幹と大脳の大部分に回復不能な損傷を受けたといって、わたしたちをせっついたんです。キルステンの臓器を移植手術のために提供しろと。わたしたちには……殺人のように思われました。娘を切り刻み、臓器を摘出するというのですから。……まるで生きているように見える娘をですよ」

夫人の声がまた途切れた。涙を流すまいと必死に堪えている。痛みは心の深いところまで達し、いまだについ先だって起きたかのように感じるのだろう。ディルク・シュタードラーは世界の裏側にいて連絡がつかない。ヴィンクラー夫妻は医師団にせっつかれて、どうしたらいいかわからなくなった。臓器提供について娘と一度も話をしたことがなかった。臓器提供意思表示カードを持っているか、リビング・ウィルを書いているかどうかも知らなかった。

「わたしたちは娘の夫に連絡がつくまで待ってくれるように頼みました。しかし医師団はしつこくせまったんです。わたしたちのモラルに訴えて、助かる命があるといわれました。医師団は引きさがろうとしませんでした」夫人は老眼鏡をいじりながら、できるだけ客観的に話そうとした。かわいそうだったのは当時十七歳のエーリクだったという。ふたりの医師の話を立ち聞きして、母親がすでに見捨てられていることに気づいてしまったのだ。集中治療室での措置がつづけられていたのは、母親の臓器を生かすためだった。

「エーリクは暴れて、叫び声をあげ、どうしても落ち着かせることができませんでした。わたしたちは家に帰されました。夫とわたしが翌朝、病院に行ってみると、すでにすべて済んでいることを知らされました。夜のうちに、医師団はわたしたちの娘からすべてを剝ぎ取ったのです……眼球や骨まで！　文字どおり解体されたんです」夫人は短い間を置いて顔をしかめた。気持ちを抑えることが難しいようだった。

「霊安室に横たわっていたあの子はまさしく抜け殻でした。ぞっとする光景でした。中身が空っぽの眼孔にテープが貼られていたんです」夫人は声をふるわせた。「すさまじい苦痛に身もだえしたあとのように見えました。わたしたちはあの子に穏やかな死を望んでいたんです。延命装置を外したあと、家族に見守られながら永眠する。しかしその機会は与えられなかったのです」

　翌日、中国から戻ったディルク・シュタードラーは臓器摘出承諾書を呈示された。義父が署名していた。ヨアヒム・ヴィンクラーはそんな承諾書に署名した覚えはないと、何度もいった。キルステンが自分で決断できないため、治療の全権委任状に署名しただけだと。

「でもそれは夫の署名に間違いありませんでした」夫人はつづけた。「わたしたちはだまされたんです。でも、いっても詮ないことでした。ちゃんと説明を聞いていなかったのだろうといわれました。夫は完全に壊れてしまいました。反証できなかったからです」

「だからシュタードラーさんはフランクフルト救急病院を訴えたんですか？」ケムがたずねた。

「ええ、いろいろある理由のひとつです」夫人はうなずいた。「でも一番問題にしたのは、キルステンの扱われ方でした。医師団は、あの子が死ぬとわかったときから人間扱いしなかったんです。ハゲタカでした。遺体から必要なものを剥ぎ取る連中のやり方ときたら、むごいものでした。死者の尊厳など……ゼロでした！」

「訴えた結果は？」ケムはたずねた。

「示談になりました。ディルクは慰謝料を受け取り、弁護士料も病院に払ってもらいました。わたしにとっては、それが病院側の罪滅ぼしだと思いました」

　ピアは心の中でヨアヒム・ヴィンクラーに対する判断が早計だったと反省した。それと同時に、殺人におよぶ完璧な動機があると思った。もちろん七十歳の老人にそんな犯行がおこなえるかという疑問が残るが。

「シュタードラーさんから聞いたのですが、あなた方は一種の互助会に参加しているそうですね」ピアはいった。

「ええ。娘が死んだあと、なにも手につかなくなりました。わたしたちの悩みや罪悪感を相談できる人はひとりもいませんでした。孫娘がインターネットで見つけたんです。臓器マフィアの被害者遺族互助会は、わたしたちと同じような体験をした遺族の共同体です。事故で死んだ未成年の子の臓器を提供した両親、結婚相手、あるいは成人した子どもの両親。だれひとり、ひとつの決断がこれほどあとを引くことになるとは思っていなかったのです。愛する人が突然、医師から瀕死の人間として見てもらえなくなるなんて。あの人たちにとっては……材料、交換部品だったんです。最悪の体験です。大事な人に先立たれるだけでもつらいのに、なんの敬意も払われないとは。決して忘れることができません。十年経った今でも毎夜夢に見ます。キルステンが人の命を救ったと考えても、なんの慰めにもなりません。あの子の命は救われなかったのですから。そしてヘレンの人生まで破壊されたんです」

＊

第四の被害者が出て、テレビ局は特別番組を組んだ。警察の記者会見も実況中継された。マスコミは犯人を「タウヌス＝スナイパー」と命名した。どぎつく、大げさな名だ。だれが考えたのだろう。男は興味津々にその番組を見て、警察はなかなか飲み込みが早いと思った。

「一連の事件は関連しているとにらんでいます」捜査主任がいった。顔の彫りが深く、ハンサムだ。声はよく響くバリトン。「クリミナル・マインド　ＦＢＩ行動分析課」や「コールドケース　迷宮事件簿」といったアメリカのテレビシリーズに出演できそうだ。「犯人の動機は復讐です。しかし被害者は本当の標的ではありません。標的の家族なのです」

「おめでとう、フォン・ボーデンシュタイン！　いい線いっている！」男はあざ笑うと、テレビ画面の中の刑事に向かってビール瓶を上げ、ぐびぐび飲んでからチーズのオープンサンドをかじった。

警察がようやく予想どおりの行動を取った。一般市民に協力を求めたのだ。目撃者を見つけるため、四人の被害者、犯行の状況、犯行日時、犯行現場など詳細な情報を公開した。そのうえグーグルマップも使った。手法が「事件簿番号ＸＹ」（ドイツで放映されている、未解決事件を扱うテレビ番組）とそっくりだ！

男は背もたれに寄りかかって考えた。追っ手が迫っている。それでもまだわかっていないことが多い。これでいい。一日一日、状況は悪化し、今後はより一層注意が必要になるが、それでもそう簡単に捕まるわけにはいかない。本当は犯行にもう少し間隔をあけるつもりだった。予想外だったのは、住民のパニックだ。番組の中で食堂の亭主や商店主やショッピングセンターの支配人、バス運転手のコメントが流れた。いかれた犯人の被害者になることを恐れ、タクシーとバスは走らなくなり、客足の途絶えた食堂は店を閉じ、ドライバーが運転を拒否したため、荷物が運送会社の集荷所に山積みになっている。予想を上回る騒ぎになった。だが「タウヌス＝スナイパー」という命名と同じように冷ややかに受け止めた。常軌を逸しているといわれようが、精神病質者とか冷酷な人殺しとか呼ばれようがどうでもよかった。いつか本当の理由を説明することになるだろう。遅くとも法廷で。男はリモコンをつかんでテレビを消した。突然、静寂が訪れ、窓ガラスを叩く雨の音が聞こえた。最後までやりとおしてみせる。そう誓ったのだから。

＊

ヨアヒム・ヴィンクラーには完璧な動機がある。それだけは間違いない。夫人の語る夫の深い絶望を聞くうちに、ピアには彼が犯人としか思えなくなった。自責の念と心痛と我を忘れるほどの怒りに心を引き裂かれ、彼は今なお門違いの罪の意識に苦しんでいる。治療の全権委任状に見せかけた書類に署名させられたこと、つまりだまされたことを証明する手だてはない。自分が正しいと思っているヴィンクラーにとっては悔しい敗北だったに違いない。そして当時、娘の死に関係した者たち全員を知っている。夫はフランクフルト救急病院を訴えることに全身全霊を捧げた、とヴィンクラー夫人はいった。彼の残りの人生は復讐のためにあるようなものだった。

「包み隠さず話してくださりありがとうございます」ケムは彼らしいやさしさと気遣いを見せた。「すべてを話すのは途方もなくつらいことだとお察しいたします」

「お役に立てばいいのですが」そういって、夫人は悲しそうに微笑んだ。

彼女はソファから腰を上げた。隣の部屋でテレビの音が消えた。だがヨアヒム・ヴィンクラーは姿を見せなかった。

「ご主人は銃器を所有していますか？」ピアはふと思ってたずねた。

「ええ。何挺も」夫人はためらいがちにうなずいた。「以前は腕がよくて、熱心なハンターでした。でももう昔の話です」

「銃器を見せていただいてもいいですか？」

「いいですけど」

ピアたちは夫人に従って、キッチンを抜け、大きな二台用ガレージに入った。かなり古い白のメルセデス・ベンツが止めてあった。工作台と冷凍庫の横に金属製の銃器保管庫があった。夫人は工作台の引き出しから鍵をだして銃器保管庫を開けた。銃は五挺。レバーアクションライフルが四挺に空気銃一挺。ピアはラテックスの手袋をはめ、一挺ずつ手に取って、銃口と管状弾倉を覗き、においをかいだ。夫人は不快そうにピアを見た。

「ひょっとして夫が犯人だと思っているのですか？」

ピアは最後の銃を保管庫に戻して首を横に振った。どの銃にも最近使用した形跡がない。

「なにも思っていません」ケムがあわてていった。「なにごとも調べてみる必要があるので」

夫人は銃器保管庫を施錠すると、ピアをじろっとにらんだ。

「夫はパーキンソン病です。薬がなければ、髭を剃ることもできないんですよ」夫人はスイッチを押して、ガレージのシャッターを上げた。「車には自分で戻れますよね。さようなら」

「お邪魔しました」ケムは答えた。「ありがとうございます」

夫人は黙ってうなずいて、またスイッチを押した。シャッターがピアたちの後ろで閉まった。

「お冠だったわね」キムが雪を踏みしめながらいった。

「どうだっていい」ピアは答えた。「夫には動機があって、憎しみを抱いていた。この事件に絡んでいても不思議はないもの」

「パーキンソン病なんだろう」ケムがいった。

「だからなに？　自分では撃てないかもしれない。でも計画を立てて、ターゲットの動向を探ることはできる」

三人は車に辿り着いた。ケムはトランクからスノーブラシをだして、フロントガラスとリアガラスの雪を払った。ピアとキムはそのあいだに車に乗り込んだ。

「犯人はキルステン・シュタードラーの近親者に間違いない」ケムが車に乗って、エンジンをかけると、ピアはいった。「寡夫、息子、両親。全員に動機がある。ヘレンが自殺してからは、動機がふたつになった。全員のアリバイを調べなくては」

*

「午後七時十四分に帰宅して、それから家を出ていません」ノルトエント地区のアードラーフリュフト通りで見張りについていたふたり組の巡査のひとりがいった。

「ひとりか？」オリヴァーがたずねた。

「さあ」巡査が答えた。「十世帯が住んでいまして、人の出入りが多いですから」

「どうやって帰ってきた？　車か徒歩か？」

「徒歩です。ジョギングの恰好をしていました」

「わかった」オリヴァーは明かりが煌々とついているペントハウスを見上げた。「それじゃ訪ねてみよう」

オリヴァーたちは通りを横切って、玄関まで行った。エーリク・シュタードラーが危険を察知して逃げたら大変なので、オリヴァーは並んでいるベルの一番下を押した。ベルの並びが、実際の階と一致しているようにと祈りながら。うまいこと一階に住んでいる女がドアを開けた。オリヴァーの身分証と巡査を見ると、女は関心がなさそうにうなずいてまたドアを閉めた。オリヴァーたちはエレベーターで八階に上がり、さらに階段を数段上ってペントハウスに向かった。閉じたドアから大音量のテクノ音楽が漏れていた。オリヴァーはベルを鳴らした。音楽が消えると、足音が近づいてきて、ドアが開いた。エーリク・シュタードラーはボクサーショーツに白いアンダーシャツという恰好で、鍛えた体が見てとれた。凝ったタトゥーが左肩に彫ってある。警官を見て、シュタードラーは眉を吊りあげた。

「また下の住人から通報があったのかい？」そういってから、オリヴァーに気づき、怯えた目つきで無理に笑みを作った。「騒音の苦情で刑事警察が来るんですか？」

「こんばんは、シュタードラーさん」オリヴァーは答えた。「音楽とは関係ありません。入ってもいいですか？」

「ああ、どうぞ」シュタードラーは横にどいて、オリヴァーたちを住まいに入れた。

父親と同じで広いところが好きらしい。ほとんどの壁が取り払われ、代わりに柱を立ててとても広い空間になっていた。掃き出し窓からは周囲の家越しに銀行街の高層ビルが見えた。正面にオープンキッチンがあり、その横の階段が回廊に通じている。すてきな住宅だ。フランクフルトのこのあたりは安くはないはずだ。

「なんの用でしょうか？」エーリクがたずねた。ゆったり構えているが、内心は違うはずだ。不快そうな空気を全身から発散している。

「今日の午後一時にどこにいましたか？」オリヴァーはたずねた。

「ここです。仕事をしていました。よくそうするんです。会社よりも集中できるので」

「証人はいますか？」オリヴァーは嘘をつく者の顔をたくさん見てきた。うまく誤魔化せると思っているようだが、ほとんどが失敗に終わる。

「いいえ。なぜですか？」シュタードラーは嘘が下手だった。オリヴァーを見返すのがやっとだった。

「十二月十九日水曜日午前八時四十分頃にはどこにいましたか？」オリヴァーはかまわず質問をつづけた。「十二月二十日木曜日の午後七時半と十二月二十五日火曜日の午前八時は？」

シュタードラーは面食らった顔をしたが、それも作り物だ。

「二十五日？　クリスマスですね」シュタードラーは頭をかき、耳たぶと鼻をつまんでから胸元で腕を組んだ。「朝から走っていました。仕事はデスクワークなので、体を鍛えるようにしています」

「どこを走りましたか？　何時から何時までですか？　正確に教えてください。途中、だれかに会いましたか？　言葉を交わした人はいますか？」

「覚えてない。毎日走っていますので。なんでそんなことを訊くんですか？」

オリヴァーはシュタードラーの言葉に惑わされなかった。彼の額に汗が浮き、指が落ち着きなく動き、目が泳いでいる。刑事に質問されて落ち着いていられる人はすくない。それはわかっているが、シュタードラーのいらつきは度を超している。

「バイアスロン選手なんですよね？　このあたりでは珍しいですね」

「連邦軍時代、山岳猟兵に配属されていたんです」これは嘘ではなかった。「それでバイアスロンをやるようになったんです。スキーをする時間はめっきり減りましたが」

「しかしエクストリームスポーツをしていますね」

「いろいろとね。なにがいいたいんです？」

「銃の腕前は？」

「ああ昔はかなりよかったです」エーリクはうなずいた。「しかしもう昔の話ですよ」

オリヴァーは被害者の氏名をあげてみた。シュタードラーはインゲボルク・ローレーダーとドクター・ルードルフを知っているといったが、マクシミリアン・ゲールケとヒュルメート・シュヴァルツァーは聞き覚えがないと答えた。

「シュタードラーさん、わたしがさっき質問した時間にアリバイがあればよかったのですが。あなたに、四件の殺人の嫌疑がかかっています。ホーフハイム刑事警察署に同行願います」

「なんだって！　俺は人殺しじゃない！」

「では事件が起きた時間になにをしていたか教えてください」

「それは……わからない」シュタードラーはふたたび頭をかいた。「考えてみなくては」

「署でも考える時間はたっぷりあります。服を着て、身の回りのものを持ってください。巡査が連行します」

「逮捕するんですか？」

「一時的なものです」そう答えると、オリヴァーは被疑者を逮捕する際に義務づけられている告知をおこなった。

「なにかの間違いだ。俺は関係ない」シュタードラーが訴えた。

「そう思いたいです」オリヴァーは背を向けた。「急いでください」

十分後、エレベーターで一階に下りた。廊下で女とすれ違った。黒髪をショートカットにし、キャメル色のトレンチコートの下にスポーツウエアを着ている。

「エーリク！」ふたりの警官にはさまれて歩く彼に気づいて、女が叫んだ。「なんなの……どういうこと？」

「リス、俺は……」シュタードラーは立ち止まろうとしたが、巡査に引っ立てられた。

「これはどういうこと？」女はスポーツバッグを落とした。「恋人なんです。話させてください！　なんで彼を連行するんですか？　どこへ連れていくんですか？」

オリヴァーは女の前に立ちふさがった。

「ホーフハイム刑事警察署の者です。彼に話があるんです」

「でも……どうして？」女は目を丸くした。「あなた……さっきテレビに出ていませんでしたか？」

オリヴァーはうなずいた。女が愕然とした目つきになった。ひとつひとつ考えて、状況を理解したのだ。肩を落として背を向けると、階段にしゃがみ込んで泣きだした。

＊

家に帰りついたのは夜の十一時だった。オリヴァーが部屋に集まった面々のためにピザを注文してくれたおかげで、ふたりとも満腹だった。キムはすぐあくびをしながら部屋にさがった。ピアはWi-Fiを備えたクルーズ客船に乗っているクリストフとスカイプで話をした。ほんの二、三分だが、不満つづきの一日を忘れ、いかれた乗客を巡るクリストフの話でひとしきり笑った。

「疲れているようだな」クリストフがいった。

「ハードな一日だった」ピアは答えた。「今日、四人目の死者が出た。濁った水の中で魚を探している感じ。らちがあかない。あなたといっしょに微笑んでいられたらどんなにいいか」

「わたしもその方がうれしいさ」クリストフは思いやりを込めていうと、真面目な口調になった。「きみが農場でひとりじゃなくてよかった」

「そうね。キムがいてくれてよかった」

クリストフと話すと心が安らぐ。たとえ何千キロ離れていても、彼となら心が通じ合える。

「きみが恋しい」クリストフが最後にいった。「きみがいないと半分しか楽しめない」

ピアはそれを聞いて心が温まり、目がうるんだ。彼の顔が画面から消えると、ノートパソコンを閉じ、しばらく放心した。クリストフほど好きになった人が他にいただろうか。ヘニングとの関係はまるで違っていた。彼が日中どこでなにをしていようが、こんな痛いほどの寂しさは感じなかった。彼がいないと、ほっとすることすらあった。

ディルク・シュタードラーのことが脳裏に浮かんだ。クリストフは、最初の妻を同じように突然失った。脳卒中。青天の霹靂（へきれき）だった。彼はそのときのことをピアに話してくれた。遺された三人の小さな娘を抱え、アフリカで暮らす夢は潰えた。子どもたちは父親を励まし、おかげでクリストフは妻を失ったつらさを乗り越え、生きる気力を取りもどした。ディルク・シュタードラーと同じだ。だがシュタードラーは十年後、娘まで失った。このうえ息子が四人を殺した犯人だと知ったらどうなるだろう。それとも、息子が犯人であることを知っているのだろうか。エーリク・シュタードラーが犯人である見込みは高い。オリヴァーはスナイパーを逮捕したと確信している。だがピアはまだ確信が持てなかった。エーリクは弁護士を要求しなかった。

無実である証ではないだろうか。明日になればもっとわかるだろう。

カイはディルク・シュタードラーから預かった分厚いファイルを徹底的に調べた。残念ながらドクター・ルードルフと院長のドクター・ハウスマンしか言及がなかった。パトリック・シュヴァルツァーはどこにも登場しない。カトリーンは昨晩もう一度、殺された女店員の夫と話したが、キルステン・シュタードラーという名に覚えはなかった。夫は強い鎮静剤をのんでいたため、まともに答えられなかった。

ピアの携帯電話が鳴った。ピアは携帯電話を引き寄せて、カイが送って寄こしたメッセージを読んだ。〝起きているかい？ HAMOについて調べた。ぞっとさせられた。ウェブサイトのリンクをコピペしておく〟クリストフと話して疲れが取れていたので、ピアはノートパソコンをもう一度起動して、リンク先をアドレスバーに打ち込んだ。HAMOのウェブサイトに辿り着いた。HAMOは臓器マフィアの被害者遺族互助会の略だ。

「なんてこと」ピアは読みはじめた。

HAMOは一九九八年、脳死判定されて臓器を提供した子どもが、まだ死んだわけではなく瀕死状態だったことを後日知った遺族たちによって設立された。ピアは「当会について」のボタンをクリックして、会員数が三百九十二人におよぶことを知った。会員は遺族だけでなく、仕事でこの問題に関わる人やさまざまな理由で移植医療に批判的な人で構成されていた。その他のページでは、さまざまな人が子どもを失ったことについて文章を寄せていた。臓器移植の経過について書いている病院の職員もいた。ピアは臓器提供について深く考えたことがなく、

二、三年前、必要もないのに臓器提供意思表示カードに記入した。だが今は愕然としている。
ピアはカイの携帯に電話をかけた。カイはすぐに出た。

「むちゃくちゃだわ」ピアはいった。

「リュディア・ヴィンクラーも記事を書いている」カイが答えた。

「見た」ピアはページをスクロールした。「愕然とした！　わたし、臓器提供意思表示カードを捨てる！」

「臓器提供自体は悪いことじゃない。その逆だよ。情報をしっかりもらって、愛する人たちに見送られないことを受け入れるなら問題ない。結局のところ命を救えるんだからな」

「あなた、そんなふうに死にたいの？」ピアは唖然とした。「臓器を摘出されそうになったときに目を覚ました女性がアメリカにいたでしょう。あなたもそうなりたいわけ？」

「脳死判定には厳格な条件がある。複数の医師が臨床的徴候を検査し、不可逆であることを証明しなければならない」

「医者はそれをちゃんとやると思う？」

カイはそれには答えずにいった。

「その互助会でなにが問題になっているかは興味を引かれるな。切羽詰まっているときに臓器提供に同意するよう圧力を加えられたという報告がある」

「キルステン・シュタードラーの両親の場合と同じね。すぐに新しい心臓なり腎臓なりを移植しなければ死んでしまう患者がいると医師団にいわれた。ヴィンクラー夫人がそういってた。

あなたがぐずぐずしていて患者が死んだら、責任が取れるのか、と。これってもう脅迫でしょう！　ひどすぎる！」

「しかも脳死は死んだように見えないからな」カイがいった。キーボードを叩く音が聞こえた。

「家族はショック状態で、死んだことが理解できず、蘇生することを期待する。その一方で永遠に待つことはできない。なぜなら臓器が摘出できるのは『生きている』者からだけで、死者からは無理だ。だが定義上、脳死は『死』に相当する。ドイツ倫理審議会の見解にリンクが張ってあった。〝脳死の定義におけるモラルと人間の尊厳〟つまり脳死状態の人間は細胞レベルでは有機的存在だが、精神活動と社会的相互作用が欠如している。つまり生きてはいない。脳死の定義では移植医学が大きな役割を果たした」

カイの話を聞きながら、ピアはホームページの管理者情報を見た。

「ヨアヒム・ヴィンクラーは副会長、リュディア・ヴィンクラーは書記。会長はマルク・トムゼン、エップシュタイン在住。HAMOの所在地もそこね。緊急ホットラインまである。スタッフが緊急事態に常時対応している」

「エーリク・シュタードラーと父親も会員か？」カイがたずねた。

「役員には名を連ねていないわね。ディルク・シュタードラーは義理の両親と連絡を取っていないようだし、HAMOのことをあまりよくいっていなかった。会に参加しているとは思えないわね。おそらくこの問題とは縁を切っているんでしょう。関わりつづけるかぎり、克服することはできないものね。ディルク・シュタードラーは妻を失ったことを乗り越えている印象がある。隣人ともうまくやっているみたいだし、一匹狼の社会病質者ではないわ」

「ふむ」

「気になるのは、ヒュルメート・シュヴァルツァーとマクシミリアン・ゲールケの殺害が犯行のパターンに当てはまらないこと」ピアは話題を変えた。「ゲールケはなぜ死ななければならなかったの？　キルステン・シュタードラーの心臓を移植されたから？」

「いいや、犯人は父親を罰しようとした」

「なんのため？　父親はなにをしたというの？」

「影響力があり、金を持っていた。もしかしたら心臓が早く入手できるように賄賂を送ったのかもしれない」

「だけどそれは無理な話でしょう」ピアは首を横に振った。「だれが臓器をもらえるか決定するのはユーロトランスプラント。それにパラメーターが合致しないといけない。だれの臓器でもいいというわけじゃない」

「新聞を読んでいないのか？」カイは少し馬鹿にしたようにたずねた。「今ちょうどひどいスキャンダルが起きている。複数の病院が闇取引をして、新しい肝臓をもらう権利のない患者に移植されていたんだ」

「知っている」ピアはあくびを抑えられなかった。「どうしてそういうことが可能だったのか、専門家に訊いてみる必要があるわね。でも、医者はみんな、口が重いんじゃないかな」

「じゃあ、元旦那に訊いたらいい」カイもあくびをした。「彼なら知っているかもしれない。

さあて、そろそろ家に帰るとするか。明日があるからな」

ふたりは「おやすみ」といって電話を切ったが、ピアは気持ちが高ぶって眠れなかった。真夜中までネットサーフィンをして、臓器提供意思表示カードに記入しない人の理由を読みあさった。

二〇一二年十二月二十九日（土曜日）

夜半に雪はやんだ。気温は摂氏二、三度。オリヴァーは早朝の闇の中、ルッペルツハインからフィッシュバッハへ蛇行する道路を走っていた。昨夜遅く、カイがケルクハイム市ミュンスター地区にあるイェンス＝ウーヴェ・ハルティヒの住所をメールで知らせてきた。ハルティヒのアパートは刑事警察署へ出勤する途中にあったので、ヘレンの兄を取り調べる前に、婚約者と話してみることにしたのだ。コージマは昨晩、ゾフィアを連れ帰った。それなのにインカはオリヴァーのところに泊まらなかった。疝痛（せんつう）の手術をした馬を数時間ごとに診（み）なければならないから、自宅にいたほうが楽だといっていた。オリヴァーははじめ、自分が彼女のところへ行くと提案しようかと思った。インカも密かにそれを期待しているようだった。だがきつい一日だったので、だれともしゃべらず、ひとりでいる方がいいと判断した。ケルクハイムは深い霧に包まれていた。ルッペルツハインよりも気温が二、三度低い。冬場に無風状態の日々がつづくと、そのあとよく大荒れになる。オリヴァーはナビの助けを借りずにハルティヒのアパートを探しあて、車から降りてベルを鳴らした。だが不在だった。車に乗り込んで去ろうとしたとき、隣家の表玄関が開いて、女がベビーカーとリードにつないだ犬を外にだそうとした。

「手伝いましょう！」オリヴァーは女が出るまで、ドアを押さえた。それから身分証を呈示して、ハルティヒのことをたずねた。

「ついさっき車で出かけました」女はいった。「きっと墓地です。あのことがあってから、毎朝、仕事に出る前にあそこへ行きますから」

「あのこと？」オリヴァーはたずねた。

「恋人が自殺したんですよ。結婚式を二週間後に控えて。つらいに決まっています」

犬がさかんに飛びはね、リードがベビーカーの車輪にからみついた。

「恋人をご存じなのですか？」オリヴァーはかがんで、リードを車輪からはずした。

「ありがとう」女は微笑んだ。「ええ、ヘレンのことは知っています。よくここに来ていましたから」

「でもここに住んでいたわけではないんですよね？」

「ええ。結婚したら引っ越すといっていました。ホーフハイムです。イェンスはそこに家を持っているんです。でも彼女がいなくなったから、彼はそこに住まないでしょうね」

「そうなのですか。ところでヘレンさんはどこの墓地に葬られたかご存じですか？」

「中央墓地です」女は一歩近づいて、声をひそめた。「ヘレンのお父さんが住んでいるのはリーダーバッハですけど、イェンスがケルクハイムに埋葬すると主張したんです。墓を守れるようにね。すごい執着心ですよね」

オリヴァーもそう思った。話好きの隣人に礼をいって、中央墓地へ向かった。

＊

「十年前はどうだった？」ピアはたずねた。「今ほど厳格ではなかったの？」

キムとピアは法医学研究所でヘニングから臓器移植について話を聞いていた。臓器の提供を受けるレシピエントにはどのような条件があるのか、ドイツ臓器移植財団が厳しく監視しているはずの決まりごとは、スキャンダルが発覚し、ドナーが激減しているこの数年どうなっているのか。

「ああ、規則は当時も非常に厳しかった」ヘニングはいった。「今ほどではなかったかもしれないが、不正行為やミスから学んで、新しい決まりが作られている」

「だれかが自分や家族のためにお金で優遇してもらうなんてことは考えられる？」ピアはたずねた。

「なにがいいたいんだ？」ヘニングはメガネを取ってレンズをふきながら、眉間にしわを寄せてピアを見た。

「スナイパーがなぜマクシミリアン・ゲールケを撃ったのか気になって」ピアはいった。「マクシミリアン・ゲールケはキルステン・シュタードラーの心臓を提供された。父親は裕福。フランクフルト救急病院の医師団になにか不正を働かせたかもしれない」

ヘニングはまたメガネをかけて思案した。

「患者に緊急措置が必要だとユーロトランスプラントに申請することはできる。もちろん急患でなければ無理だ。しかも組織学および免疫学上の前提条件が合致し、その患者が近くにいる必要がある。つまり適合するドナーの心臓があってはじめて可能になる」

「そういうケースを知ってる？」キムがたずねた。

「心臓移植の場合は知らないが、肝臓移植の場合はちょうど今、マスコミで騒がれている。心臓の場合も、ドナーとレシピエントの身体的な条件が一致する必要がある。身長、体重のずれが十五パーセント以上あってはならない。もちろん血液型も一致しなければならない。血液型が異なる移植は不可能だ。過去にアメリカとスイスで血液型の異なる移植が実施されたことがある。一九九七年ベルンでいったんは成功したが、二〇〇四年、チューリヒで血液型の違いを見落として心臓移植をし、レシピエントが死亡している」

「どういう見落としだったの？」キムは驚いてたずねた。

「ドナーの血液型が0型であれば、一致しない他の血液型への心臓移植が可能だ」ヘニングは教授然としていった。「だがドナーがA型、B型、AB型の場合、0型のレシピエントには不適合となる」

「だれかがお金で臓器を買おうとしても、現実的には難しいってことね」ピアはがっかりした。スナイパーの動機がマクシミリアン・ゲールケの父に関係していると思っていたからだ。

「可能性はほぼないが、ありえないことじゃない」ヘニングは答えた。「ドイツでは数百人の患者が臓器提供を待っている。しかしドナーの人数が他のヨーロッパ諸国と比べてすくない。つまり、多くの患者が移植希望登録をし、何ヶ月も待たされている。治療にあたっている病院の医師は当然、患者の病歴をよく知っている。もしドナーになりうる患者がその病院に搬送(はんそう)された場合、そのデータはユーロトランスプラントに送られるが、そこから待機中の移植希望登録者の提案があっても、病院側が該当するレシピエントを治療しているといって、そちらを優先することはありうる。心臓は摘出後、四時間以内に移植しなければならないんだ」

「どうしてそんなに詳しいの？」キムはすっかり舌を巻いていた。

「きみと同じで、検察局や病院の鑑定人になることがあるのでね」ヘニングが微笑んだ。「なんならこの件についてもっと調べてみてもいい」

「それはありがたいわ」ピアはコーヒーを飲み干すと、時計を見て立ちあがった。「フランクフルト救急病院は完全に非協力的で、なにか隠そうとしているみたいなのよ」

「たしかに隠したいことがあるようだ」ヘニングはうなずいた。

「キルステン・シュタードラーの遺族がフランクフルト救急病院に対して起こした訴訟は和解して、慰謝料が支払われている」ピアはいった。

「医療事故を起こした医師に対する刑事訴訟手続きの多くが、非公開で中止されている」そういって、ヘニングも立ちあがった。「それでも医師側に肩入れしなければならない。病院で医療事故がこれ以上増えないのが不思議なくらいだ。医師をはじめとした医療スタッフが背負わされている状況は過酷だ。人間の集中力はつづいても十時間がせいぜいだ。それでも外科医や麻酔専門医は注意散漫によるミスを犯すことができない。自動車の塗装業者なら塗り直せば済むが、外科医にやり直しはない。重圧はきつく、責任が大きい」

廊下に出ると、ピアはふとあることを思いついて、今日に限って妙に協力的な元夫に頼んだ。

「今年の九月に自殺したヘレン・シュタードラーがここで解剖されたか調べてくれない？　二〇一二年九月十六日、ケルスターバッハで電車に飛び込んだことになっている」

「調べてみよう」ヘニングはうなずいた。「なにかわかったら連絡する」

＊

早朝ということもあって、ケルクハイム中央墓地の駐車場には車が一台しか止まっていなかった。黒のボルボで、金細工工房ハルティヒのロゴ入れがされていた。オリヴァーはその横に駐車して、車を降り、霧の立ちこめる暗がりの中、墓地の門まで階段を上った。最後に来たのは数年前になる。太陽が輝く美しい夏日。殺害された教師ハンス＝ウルリヒ・パウリーの葬儀に参列したとき（既刊『死体は笑みを招く』）だ。葬儀場の手前で左に曲がり、中央通路をすすむ。オリヴァーは墓地の静かで平穏なところが好きだ。家族とバカンスを過ごしたときはかならず教会を訪ね、墓地を長い時間かけてゆっくり散歩したものだ。墓石に刻まれた碑文（ひぶん）を読み、そこに永眠しているのがどんな人間だったか想像する。とくに古い墓地では感傷的になる。コージマには馬鹿にされたが、ついにこの習慣をやめることはなかった。

コージマ。なにがあったのだろう。どうして計画していた旅行を突然中止したりしたんだろう。男絡（おとこがら）みで、失恋でもしたか。とっくに離婚したというのに、いまだに気になるとは。だれかに彼女の心が傷つけられたかと思うと怒りを感じる。霧の中、ずらっと並ぶ墓石に沿ってゆっくりすすむ。冬枯れした樹木の枝から朝露が落ちてくる。オリヴァーは、人間の心はなんて奇妙で気まぐれなのだろうと思った。コージマほど彼の心を深く傷つけ、失望させた人間はいないというのに、彼女に同情するとは！

あたりが明るくなってきた。ずっと先の左の方で人の気配があった。新しい墓がならんでいるあたりだ。まだ墓石がなく、木の十字架が立っているところに、男がひとり両手を重ね、頭を垂れている。オリヴァーは遠慮して、手前で立ち止まった。だが男も気配を感じたようだ。顔を上げて振り返り、ゆっくりオリヴァーのところへやってきた。

「イェンス＝ウーヴェ・ハルティヒさん？」オリヴァーは声をかけた。

男はうなずいた。年齢は三十代の終わりか、四十代のはじめで、寝不足のようだ。目が充血して、髭を剃っていない。褐色の髪もぼさぼさだ。オリヴァーは男の前に立った。

「毎朝ここへ来るんです」ハルティヒはいった。声がかすれていた。「結婚することにしていたんです。招待状も発送し、すべて準備が整っていました。披露宴のメニュー。ハネムーンの予約。カリフォルニアで三週間。ヘレンの大きな夢でした。なのに殺されてしまいました」

「婚約者をだれに殺されたというんですか？」オリヴァーは面食らった。

ハルティヒは立ち止まって、目をこすった。「彼女の中に巣食った悪魔です」小声で答えた。「悪魔はわたしの愛よりも強かった。彼女を死に至らしめたんです。ヘレンがいなくてはもう人生になんの意味もないですが、それでも生きていかなければならない」

「ヨアヒム・ヴィンクラーは化学者で、四十年間ヘキスト社で働いていました」カイが調べたことを報告した。「社名が変わったあとも勤務しました。法に触れることはしていませんが、銃器所有者に登録され、猟銃を何挺も持っています」

「銃器は確認しました」ピアがいった。「しかしもう何年も使用されていませんでした。パーキンソン病だと夫人から聞きましたが、どうやったら確認できますかね？」

「それはわたしが調べる」ネフが仕事を買ってでた。

*

昨日の記者会見前にあんなひどいことをいわれたのだから、もう顔を見せないだろうとピアは思っていたが、ネフは時間どおりに出勤した。ひと晩寝て忘れたようだ。彼ははじめてスーツ姿でなく、みんなと同じようにジーンズとセーターを身につけていた。ネクタイを取ることで傲慢さを脱ぎ捨てただけでなく、ようやく自分の行動を反省したと見える。

「いいでしょう」ピアは根に持つタイプではない。チームの一員になるチャンスをもう一度与えることにした。ネフも経験を積んだ警官だ。今の状況ではどんな人間でも欲しい。

ハルティヒへの事情聴取が長引きそうだというショートメッセージがオリヴァーから届き、ピアは先に会議をはじめた。ケムはヴィンクラー夫妻に事情聴取した結果を報告した。ピアとキムは今朝ヘニングから得た情報をみんなに伝えた。

「キルステン・シュタードラーの血液型は？」ピアはたずねた。

「それは失念していた」カイは答えた。

「ファイルをちょうだい」キムがいった。「見てみる」

カイはディルク・シュタードラーから借りたファイルをキムに渡してからいった。

「ドクター・ハウスマンに連絡が取れるか試してみました。今でもフランクフルト救急病院院長です。あいにくクリスマスから大晦日は旅行中で、連絡がつかないといわれました。病院の首脳陣は相変わらず非協力的で二〇〇二年の職員名簿を提出しません」

「では別の方法を考えましょう。捜査班を二手にわけ、異なるふたつの捜査をしてもらいます」ピアは、ドア口で聞いているエンゲル署長を見た。署長はうなずいて、話をつづけるように促した。「第一班は犯人を捜索する。第二班は今後犠牲者になりそうな人物を探す」

「どうして全員を監視させないんです？」ケムがたずねた。「ヴィンクラー夫妻、シュタードラー父子。犯人がキルステン・シュタードラーと近しい人間であることは間違いないじゃないですか」

「人手不足だし、経費的にも不可能なのよ」署長がドア口から発言した。「それにまだ容疑が固まっていない。世界じゅうのどんな裁判官でも、監視を許可しないでしょう」

「パトロールを強化する」ピアはいった。「それ以上は無理」

全員の担当を決め、ピアは会議を終えた。

「わたしはこれからエーリク・シュタードラーを取り調べる。キム、隣の部屋で聞いていてくれる」

「わたしも取り調べに同席する」署長がそういったので、ピアは驚いた。「取り調べはあなたにまかせる。わたしは話を聞くだけ」

署長がじきじきに取り調べに同席するのは珍しいことだ。もちろん今回の事件がきわめて厄介なものだからだが。

「どうぞ」ピアはいった。「では下に行きましょう」

＊

オリヴァーは小さな店のショーケースに飾られたアクセサリーを見た。指輪、ブローチ、ネックレス、時計、金銀プラチナの飾りピン。真珠やダイヤモンドなどの宝石があしらってある。シンプルなデザインもあれば、凝っているものもある。

「全部自作ですか？」オリヴァーは感心した。

「もちろんです。わたしの仕事ですから」ハルティヒは微笑んだ。「手直しも請け負っていますが、やはり自分でデザインするのが楽しいです」

「どこで作るんですか？」オリヴァーは店内を見まわした。

「アトリエをお見せしましょう」ハルティヒはカーテンの奥に姿を消した。オリヴァーはそのあとにつづき、廊下を通って驚くほど広い部屋に辿り着いた。作業台が四台、棚にはさまざまな鋳型や化学薬品、万力、工具を入れたプラスチックケース、ガスボンベが並んでいる。

「ここですべての工程をこなします」ハルティヒは使い込んだ作業台をなでた。「注文製作、古いアクセサリーの手直しと作り直し、クリーニング、修理。わたしたちは電気メッキ、鍛造、圧延、鑞付けもします」

「わたしたち？」そう訊きながら、オリヴァーは作業台にきれいにかけてあるペンチ、ヤスリ、ノコギリ、ハンマーを見つめた。

「職人をふたり雇っていて、他に研修中の女の子もひとりいます。金細工は世界最古の冶金技術のひとつで、本当に魅力的な職業なんです。創造性が求められ、忍耐力と手先の器用さが必要です。もちろん今はレーザー溶接機やCADの技術がありますが、わたしは古来の作業方法が好きです。たとえばこれは吹きガラス用のブローホースです」

「興味深いですね」オリヴァーはうなずいた。「材料はどこに保管しているんですか？　材料自体がかなり高価なのではないですか？」

「夜は金庫に保管します。合金を作ったあとの削りくずはリサイクルします」

ハルティヒは工房を出て小さな部屋に入った。給湯室、休憩室、事務室を兼ねているようだ。

「コーヒーは？」ハルティヒはコーヒーメーカーの電源を入れた。

「いただきます」オリヴァーはうなずいてすわった。「ブラックで」

コーヒーミルが音をたてた。オリヴァーはその部屋をざっと見まわした。壁に若くて美しい女性のモノクロ写真がかけてある。

「ヘレンです」オリヴァーの視線に気づいて、ハルティヒがいった。「大恋愛でした。魂の双子ともいえる存在でした」

「失ってさびしいでしょうね」

「彼女に死なれてから、生きている実感があまりありません」ハルティヒは認めて、オリヴァーにコーヒーカップを差しだした。「今後ふたたび生きている実感が味わえるかどうか」

オリヴァーはお定まりの言葉をかけるのをやめ、ここへ来た理由と、スナイパーがシュタードラー家に関係する人物で、家族を苦しめた者たちに報復している可能性があることを話した。

ハルティヒは流し台に寄りかかって、コーヒーカップを手にしながら聞いていたが、なにもいわなかった。

「いつどこでヘレンさんと知り合ったのですか？」オリヴァーはたずねた。

「およそ四年前です。ＨＡＭＯという互助会で講演をしたときです。ヘレンは祖父母といっしょに参加していました」

オリヴァーは耳をそばだてた。

「なぜあなたがそこに？　家族を失ったのですか？」

ハルティヒはため息をついて、オリヴァーの真向かいにすわると、メモの山をどかしてコーヒーカップを置いた。

「それならまだいいです」ハルティヒは苦々しく答えた。「わたしは殺した側の人間でした」

「ほう！」オリヴァーは驚いた。

「わたしは医者でした」ハルティヒは椅子の背にもたれかかった。「うちは医者の家系なんです。曾祖父、祖父、父親、おじ、いとこ。いずれ劣らぬ名医です。ひと山いくらの医者ではありません。傑出した医者ばかりでした。それぞれの分野のパイオニアで、尊敬されていました。わたしはそういう世界で育ち、医者になるという選択肢しかありませんでした。そして神は優秀な外科医になる才能を与えてくれていました。大学は楽々卒業し、一族の名声のおかげで他の人にはひらかれることのないドアがいくらでもひらきました。しかし本当に優秀な外科医になるための精神力と冷徹な心が備わっていませんでした。自分のしていることに疑問を覚えてしまいました。わたしは軟弱で、心がやさしすぎたんです」

「それで医者をやめて……金細工師になったのですか？」

「この仕事に必要な手先の器用さは外科医に求められるものと同じですから」ハルティヒは微笑んだ。だがすぐ真剣な顔になった。「でも人の苦痛や絶望を見ずに済みます。それに病院の環境も好きになれませんでした。多くの病院は、いまでも軍隊のような規律で動いているところがあります。反論や考えること自体が禁じられるのです。わたしを心臓外科医にしようという父の野心さえなければこうはならなかったかもしれません。父は友人の臓器移植外科医にわたしを預けたんです。多臓器同時移植手術を体験してトラウマになりました。どういう過程を辿るか知っていますか？」

オリヴァーは首を横に振った。

「それまで集中治療を施していた患者は突如として備蓄庫に変わるんです。心臓、肺、肝臓、腎臓、膵臓、腸の一部、骨、組織、眼球。そのすべてが消費されます。しかも時間との勝負です。多臓器摘出の際にはドイツじゅうから医療チームが集まって、死体に群がるんです。臓器摘出はつねに夜中におこなわれます。通常の医療行為に支障をきたさないためです。患者を手術室に搬入して切開し、体内に氷水を流し込んで、臓器を冷やします。それから血抜きがおこなわれます。寸暇を惜しんで作業がつづけられます。大勢の人が電話をかけながら手術室を歩きまわり、くるぶしまで血に染まります。どんな場合にも麻酔医が同席します。脳死の場合は体が反応するからです。血圧が上昇し、体が痙攣し、汗をかきます。生きている人が眠っているのと同じです。そして終了します。突然、全員が立ち去り、わたしはひとり、一時間前にはまだ呼吸していた人間の抜け殻とそこに取り残されました。遺体を気にかける者はひとりもいません。わたしは病院を駆けまわって、この血だらけの冷たくなった遺体をせめて縫い合わせてくれる人を探しました」

「どこの病院にいたのですか？」オリヴァーがたずねた。

「ドルトムント心臓センターです」そう答えると、ハルティヒは顎をなでた。

「ドナーの亡骸に対する非人間的な扱い、同僚の敬虔な心のなさと無神経さが、わたしには耐えられなかったのです。臓器提供そのものを否定はしません。命を救うことができますから。時間との勝負なのもわかります。しかしやり方が。尊厳の……欠片すらないのです。死後、自分の臓器で他の人を救うと意思表示し、家族に看取られることを放棄した患者に対して、ほとんどの医者は敬意の念がありません。そこでおこなわれていることは倫理にもとることです。節度がありません。医者は少しでも早く、効果的に手術をすることしか頭にないのです。その結果、ミスも生まれます。臓器を損壊して使えなくしてしまったり、口論や権限の奪い合いが繰り広げられたりします。反吐が出ます」

「だから医師の看板を下ろしたんですか？」オリヴァーはたずねた。「専門を替えることだってできたのではないですか？」

「当時その選択肢はありませんでした」そう答えると、ハルティヒは立ちあがった。「状況を変えたいと思って、働きかけたんです。コーヒーのおかわりは？」

「いいえ、結構です」

「脳死を判定するには厳格な決まりがあります」ハルティヒは自分のコーヒーを注ぐと、席について話をつづけた。「ドイツ連邦医師会とドイツ臓器移植財団が定めたものです。すべての医療行為は正確に記録されることが求められています。今でも脳死の定義には異論があるからです。それから臓器摘出に関わらないふたりの医師が十二時間の間隔を置いて患者を二度検査しなければなりません。二度目にも脳損傷が不可逆であり、患者が自力で呼吸できないとき、はじめて脳死と判定されます。もちろんその前にドナーの適合性検査がおこなわれます。血液型検査、感染症検査などです。しかし病院も企業です。移植手術に特化した病院は評判を大事にします。医師は評価されることを望み、自分のキャリアのために手術を必要としています。臓器移植は外科医術の頂点でありつづけるでしょう。ですから残念ながら決まりは可能なかぎり端折られます。病院の理事会や事務局もそれを黙認します。集中治療科、神経外科、臓器移植外科の医長が十二時間の間隔を短縮したり、のちに記録を改竄したりするのを目撃しています。上司である医長にこのことを指摘して、大目玉を食ったこともありましたし、病院の理事会に訴えたときは口止めされました。でも自分の良心には嘘がつけませんでした。決まりにはそれなりの理由があるんです。だからふたたびそういう事例があったとき、ドイツ連邦医師会に訴えたんです。脅迫されましたが、もうどうなってもいいと思いました。わたしは当時二十六歳、正義とモラルをもって訴えればなんとかなると思っていたんです。愚かでした。結局、問題のある医師たちにお咎めはありませんでした。そのまま同じことをつづけました。責任を取ることはありませんでした。わたしの方はもちろん病院を追いだされ、以来父に見限られました。父の目から見ると、わたしは仲間内で暗黙の了解にしていることに異議を唱えた裏切り者、医者の風上にも置けない奴だったんです」

「キルステン・シュタードラーの件についてなにかご存じですか？」そうたずねて、オリヴァーは温くなったコーヒーを飲み干した。

「同じような過程を辿ったはずです」ハルティヒは答えた。「ミスはなかったことにされ、判定は改竄され、書類が行方不明になる。麻酔記録データはどこかに消え、臓器摘出の際、公式には麻酔をしないので、そもそも麻酔薬投与はなかったと白を切られます。まあ脳死の患者は死亡と見なされますから。それから外部の医療チームがおこなった手術記録もない」

オリヴァーはハルティヒを見つめ、どんな人間か推し量ろうとした。彼の言葉には諦めのようなものがあるが、世をすねたり、復讐心に駆られたりしている様子はない。むしろ納得できない状況から縁が切れたことを喜んでいる節がある。彼の目に浮かぶ悲しみは、若い頃に仕事でつまずいたことよりも、愛する人を失ったことから来ているようだ。ただしそこには関連性もあるので、過小評価するのも禁物だ。ハルティヒはシュタードラー家のドラマにどこまで絡んでいるのだろう。一家の不幸をハルティヒ自身の不幸とどのくらい重ねているだろう。ハルティヒは公式には家族の一員ではないが、近しい存在だ。今必死に探している病院スタッフの名前を知っていたりするだろうか。事件解決の突破口になるだろうか。

一瞬、沈黙に包まれた。

「HAMOでは、同じような境遇の人とたくさん知り合いになりました」ハルティヒがいった。

「この人たちのために働こうと決意したんです」

「臓器提供には反対なのですか？」オリヴァーはたずねた。

「いいえ、臓器提供に反対なわけではないです。病院のやり方を批判しているんです。不幸に見舞われた自分の子どもやパートナーをどうするか決断を迫られた遺族に道徳的なプレッシャーを加えることに反対なのです。ショックを受けた遺族が臓器提供の申し出を受け、よく考える暇もなく、また他人の死に責任を負わされ、意志に反して認めてしまうケースを何度も目にしました。そのあと彼らの人生は破壊されました。病院と医者は倫理的および道徳的原則である指針を守らなければいけないのです。遺族に臓器提供を拒否される危険があっても、遺族に考える時間を与え、もっと詳しく説明すべきなのです。臓器の不足は現時点でも深刻です。しかしこういうスキャンダルがあっては、ドナーになる人はもっと減るでしょう」

「ヘレンも同じ意見だったのですか？」

「いいえ」ハルティヒは首を横に振り、ちらっと壁の写真に視線を向けた。「ヘレンはそのあたりのことをわきまえていませんでした。彼女の意見は極端で、臓器提供は自然に反すると考えていました。母親の死を乗り越えられず、心が引き裂かれていたんです。救ってやれませんでした」

＊

カロリーネ・アルブレヒトはケルクハイムへ行き、ゲールケの家の前で車から降りた。霧が家並みを深く包み、気温がまた一段と下がっていた。庭木戸をくぐり、家につづく洗い出し仕上げコンクリートのアプローチを辿る。常緑のベイスギの生け垣、雪がところどころ残り、褐色の落ち葉がのっている芝生。コンクリートにどす黒いシミを見つけて、彼女はぎょっとした。マクシミリアン・ゲールケはそこで凶弾に倒れたに違いない。母親は即死だった。だが弾丸が心臓を吹き飛ばしたとき、命の灯はどのくらいで消えるのだろう。マクシミリアンはなにか感じただろうか。なにか考える時間はあっただろうか。脳裏をよぎる最後の思いはなんだっただろう。それとも意識が飛び、目の前が真っ暗になっただろうか。

玄関に近づくにつれ、カロリーネは自分がやっていることに自信を喪失した。老人が死んだひとり息子を弔(とむら)っているときに邪魔をしていいものだろうか？　それも、老人に責任があると伝えるために？　ゲールケが十年前にやったかもしれないことは本当に理解しがたいことだろうか。手段と機会があれば、病身の子どものためにそれを行使してどこが悪い。カロリーネだってグレータのためなら同じことをするかもしれない。彼女は玄関の前に丸一分佇(たたず)んでいた。訪ねることを事前にいっておくべきだったろうか。それとも突然来訪した方が意表をつけるだろうか。

カロリーネは深呼吸して、ベルを鳴らした。少ししてドアが開いた。元気はつらつとした男の面影はなかった。ドイツ経済の重要なブレインで、いくつかの企業で監査役を務めていたゲールケが、今は悲しみにくれる人間の抜け殻でしかなかった。背を丸め、顔から血の気が失せている。そして目が虚ろだった。

「なんでしょう?」ゲールケはおずおずとたずねた。「どなたですか?」

「カロリーネ・アルブレヒトです。ルードルフの娘です。覚えていませんか」

ゲールケは彼女をじっと見つめてから、しわだらけの顔を和ませた。

「もちろん。おちびのカロリーネ」ゲールケは少し微笑んで、老人斑が目立つがりがりにやせた手を差しだした。「久しぶりですね」

「二十年以上になります」

ゲールケは玄関のドアをさらに開けて、彼女を招き入れた。

「コートを脱いで、奥へどうぞ」ゲールケは愛想よくいった。

カロリーネはコートを脱いで、フックにかけてから、ゲールケにつづいて小さなサロンまで廊下を歩いた。

「ただご機嫌伺いに来たわけではないんです」すわり心地のよくない肘掛け椅子に腰かけてからカロリーネはいった。「母が殺されたんです。あなたの息子さんを殺したのと同じ犯人です」

「わかっています」フリッツ・ゲールケも椅子に腰を下ろし、ステッキを椅子の肘掛けに立てかけた。「お気の毒に。すばらしい方だった」

カロリーネは唾をのみ込んだ。

「あの……どうしてこんなことになったのかわからないんです」カロリーネは低い声でいった。「母がなぜ死ななければならなかったのか突き止めたいんです」

「この世には説明のつかないことがいろいろあります。つらいことですが、受け入れるほかありません。わたしも息子を失って苦しんでいます。マックスはわたしが大事に思っているたったひとりの人間でした。あの子は運が悪かったんです」

カロリーネはびっくりしてゲールケを見つめた。新聞を読んでいないのだろうか。警察は事件の背景をなにひとつ説明していないのだろうか。それともこの老人は認知症？

「でも、それは違います」カロリーネはいった。「この犯人は無差別に人を撃っているわけじゃありません。警察は十年前のキルステン・シュタードラーという女性の死と関係していると見ています。父から聞きましたが、その人は脳出血でフランクフルト救急病院に搬送され、脳死判定後、臓器提供者になったそうです。犯人は犯行のたびに死亡告知を警察に送りつけて、犯行の理由を説明しています。わたしの父は物欲と名誉欲から殺人の罪を犯したために母は死ななければならなかった、と」

ゲールケは催眠術にでもかかったかのようにカロリーネを見つめた。

「お願いです、ゲールケさん、十年前になにがあったのかご存じでしたら教えてください。わたしの父はいつもと変わりなかったといっていますが、信じられないんです」

ゲールケが涙を浮かべていることに気づいて、カロリーネはびっくりした。ゲールケは息をのみ、気をしっかり持って言葉を探した。

「ということは……マクシミリアンにもそういう死亡告知が？」虚ろな目に驚愕の表情が浮かんでいた。

「ええ」カロリーネは一瞬ためらったが、ハンドバッグから死亡告知のコピーをだして、渡した。ゲールケは少し迷ってから、コピーを手に取って死亡告知の文面を読んだ。

〃マクシミリアン・ゲールケは死ななければならなかった。父親が人の死と賄賂で安易に利益を享受したが故だ〃

ゲールケの顔から血の気が引き、うめき声が漏れ、手が激しくふるえた。

「これをもらってもいいかね？」ゲールケはささやいた。

カロリーネはうなずいた。

ゲールケが気を取り直すのに少しかかった。

「マクシミリアンはシュタードラー夫人の心臓を移植されたんです」ゲールケはかすれた声でいった。カロリーネは耳を疑った。こんな大事なことを、父親はなんで黙っていたんだろう。

「息子は、自分が生きつづけるために、他の人が死ななければならなかったことに悩んでいました。わたしは……息子が健康になったこと、ただそれだけを喜んでいました」

「ええ、でも……でもなんで息子さんは射殺されなければならなかったんですか？」カロリーネはわけがわからなくなっていた。

「わたしたちは正しいと思うことをしたんです。わたしたち全員が」ゲールケはしわがれた声でいった。「そのツケを払うことになったんですよ」

「母は自分に関係のないツケを払わされたんですね。あなたの息子さんと同じように！　ゲールケさん、父が母の死と無関係だと信じたかった。でも今の話が本当なら……わたしは父を許せません」

カロリーネは言葉に詰まって唇を引き結び、首を横に振った。

ゲールケはステッキをつかんでふらふら立ちあがると、窓辺に立って、霧が立ちこめる薄闇を見つめた。

「もう帰ってください」ゲールケが小声でいった。

カロリーネはハンドバッグをつかんだ。

「ごめんなさい。こんなつもりでは……」

「とんでもない」ゲールケは片手を上げた。「あなたに感謝します。息子がなぜこんな死に方をしたのか理由がわかったのですから」

カロリーネは彼を見つめ、いわんとしていることを理解した。真実は苦い。だが彼女もファーベルから死亡告知を見せてもらって楽になった。だがゲールケと彼女のあいだには違いがある。犯人の非難は、レナーテ・ローレーダーや彼女の父親と同様にゲールケに向けられている。この老人が立ち直れなくなるのではないかと心配になった。ゲールケなら、この主張が本当のことか、精神病質者のたわごとかわかるはずだ。

＊

警察署の留置場で一夜を過ごすのは、ひとりで閉じ込められた経験のない人間にはきついものだ。留置場の扉が施錠されると、突然の隔離と無力感を身にしみて感じる。エーリク・シュタードラーも神経がざらつき、ろくに睡眠が取れなかったはずだ。ピアは取り調べを自分の部屋でおこなうことが多い。その方が緊張がほぐれ、被疑者の信頼を得やすいからだ。今までに研修やセミナーで取り調べの手法をいろいろ学び、どうすれば相手が口を割るか熟知していた。被疑者はよく嘘をつく。話しつづければ、やがて自分の嘘に搦め捕られ、ストレスを感じるようになる。だがシュタードラーの場合、ピアは自分の部屋ではなく、窓のない取調室に連れてこさせた。その小部屋には録音機がのっている机が一台と椅子が三脚しかない。天井には監視カメラが二台取りつけてあり、壁にはミラーガラスがはめられている。隣の部屋から取り調べを見られる仕掛けだ。ピアが録音機を作動させ、決められた基本情報を吹き込むと、シュタードラーがたずねた。

「なんで拘束したんですか？」

「わかっているでしょう。犯行時間になにをしていたか思いだしましたか？」

「昨日いったじゃないですか。ジョギングです」シュタードラーは静かにすわっていようとしたが、できなかった。激しいストレスを受けている。罪の意識がある証だろうか。

「俺はだれも射殺してません！　俺にとってあれはもうとっくに終わったことなんです。人生はつづく。俺は生きなければならない。自由に」

「だれだってそうでしょう。あとあとどんな結果を招くか考えずに行動してしまうことがあるものです。気づくとどつぼにはまって、引き返せなくなっているということがね」

「俺は、だれも、射殺、していない！」シュタードラーは語勢強く繰り返した。「ジョギングをしていたんです。体がなまらないように、よくスポーツをするんです」

「どこを走ったのですか？　だれかに会いましたか？　だれかと話しましたか？」

「だれにも会わなかった。昨日いったじゃないですか！　俺はいつもひとりで走るんです。俺のスピードについてこられる者はほとんどいないので」

「妹さんとの関係はどうでしたか？」

「妹？」

「ええ。九月に自殺した妹のヘレンさんです」

「仲がよかったです。でも、母があんなことになってから、ヘレンはおかしくなって、すべて自分の責任だと思い込むようになってしまったんです。この数年、あまり付き合いがありませんでした。俺には会社があるし、ヘレンには大学があり、恋人がいましたから。やっとまともになったという印象だったんです」

「妹さんはなぜ自殺したのですか？」

「わかりません。あいつの内面は見た目とぜんぜん違ったんでしょう」

「妹さんの婚約者のことはよく知っていますか？」

「よくっていえるかどうか」シュタードラーは肩をすくめた。「知ってはいます。この数年いつもヘレンといっしょでしたから。ヘレンのいるところにはいつも彼がいました」

「婚約者を気に入ってはいたんですね？」

「ええ。あいつはまともでした。妹を気にかけ、世話していました。ヘレンにはそういうのが必要でしたし。以前は父親がそうしていましたが、イェンスがその役を果たしたんです」

ピアの携帯電話が振動した。画面をちらっと見た。ヘニングがヘレン・シュタードラーの解剖報告書をメールで送ってきたのだ！

「いいでしょう」そういって、ピアは立ちあがった。「あとで同僚をさしむけますから、地図にジョギングのコースを書き込んでください。あとでもう一度話をしましょう」

ピアは、黙って聞いていたエンゲル署長にうなずいた。ふたりはドアのところへ行き、開けるようにドアをノックした。

「待ってくれ！」シュタードラーが勢いよく立った。「いつになったら釈放してくれるんだ？」

「あなたが犯人でないと確信が持てたら釈放します」そう答えると、ピアは取調室を出た。

＊

鉄道人身事故の解剖報告書を読むのははじめてではなかった。だがピアはこの手の報告書を読むたびに、自殺者の身勝手さが理解できず、運転手や死体回収をしなければならない消防隊員に同情を禁じえなかった。ヘレン・シュタードラーの場合は橋の上から走ってくる列車の前に飛び降りた。体重わずか五十二キロの華奢(きゃしゃ)な体はばらばらに引き裂かれたが、頭部と両手は大きな損傷もなく回収された。

ピアがコンピュータのモニターで報告書を読み終えたとき、オリヴァーがドアを開けて顔を覗かせた。

「あら、ボス。ヘレンの婚約者はなにかいいましたか?」ピアがたずねた。

「いろいろとな。大きく前進できそうだ。みんなを呼んで、わたしの部屋に集まってくれ」

「署長を呼んできます」ピアが椅子からさっと立ちあがると、カイがケムとカトリーンに連絡するため、受話器をつかんだ。

少ししてみんながオリヴァーの部屋に集まり、ハルティヒから聞いたという話に耳を傾けた。

「彼は医者だったが、勤めている病院で臓器摘出に関する規則違反が繰り返されたので、ドイツ連邦医師会に医長を訴えたあと、医師の看板を下ろしたそうだ」

「えっ!」ピアは驚いた。「ハルティヒが元臓器移植外科医? 奇妙な偶然ですね?」

「そうでもない」オリヴァーがいった。「ドナーに対して多くの医者が倫理的とはいえない態度を取っていることが気に入らなくて遺族互助会のHAMOで活動している。そしてそのHAMOでヴィンクラー夫妻とヘレン・シュタードラーと知り合った」

「どこの病院で働いていたんですか?」ピアはたずねた。

「ドルトムント心臓センター」オリヴァーは答えた。「カイ、できるだけ早く裏を取ってくれ。それからどこの大学で学んだかも知りたい」

「了解です」カイはうなずいて、メモを取った。「もし臓器を得るためにキルステン・シュタードラーが病院で見殺しにされたのだとしたら、今回の連続殺人事件の動機は決まりですね。あとは当時だれがこの件に関わっていたか突き止めるだけです。関わったのはひと握りの人間でしょう」

「ハルティヒに訊いてみた?」エンゲル署長がたずねた。

「もちろん」オリヴァーが相槌を打った。「しかしルードルフとハウスマン院長以外は知らないといわれた。このふたりなら、こちらでもすでに把握している」

「ではエーリク・シュタードラーに訊いてみましょう」ピアはいった。そのときドアをノックする音がして、警備室に詰めている女性の巡査が部屋に入ってきた。

「郵便です」そういって、巡査はすでに開封した封筒をオリヴァーに差しだした。

「ありがとう。デスクに置いてくれ」オリヴァーはメガネをかけて、ラテックスの手袋をはめると、封筒から紙を抜いた。これまでと同じシンプルな十字架が印刷された死亡告知だった。デスクを囲んでいたみんなが緊張した。

「追悼 ヒュルメート・シュヴァルツァー」オリヴァーは読みあげた。「ヒュルメート・シュヴァルツァーは死ななければならなかった。夫が酒気帯び運転で事故を起こし、その結果ふたりの人間を死に至らしめるという罪を犯したが故だ」

「犯人は、わたしたちが捜査を担当していることを知ったようですね」ケムがいった。

「でもなぜふたり?」「キムがたずねた。

「いい質問だ」オリヴァーは死亡告知をデスクに置いた。「キルステン・シュタードラーとその娘ヘレンのことだろう。次の問題は、このふたりのために報復までする者はだれかということだ」

「シュタードラー親子」ピアは答えた。

「そしてハルティヒ」オリヴァーが付け加えた。「彼のオフィスにはヘレンの大きな写真が飾ってあった。それに毎朝、仕事の前に墓参りをしている」

「エーリク・シュタードラーにこの死亡告知を見せるべきですね」ピアは提案した。

「ああ、そうしよう」オリヴァーは立ちあがった。ピアは自分の部屋に戻ると、ヘレンの解剖所見を印刷して、事件簿にとじた。

「ハルティヒはどうでしたか?」ピアは一階に下りる途中、オリヴァーにたずねた。「どんな人間でした?」

「繊細な人間だった。ある意味、よきサマリア人だ(『新約聖書』に由来する、困っている人に同情して援助する者を指す)」オリヴァーは階段室のガラス扉を開けてピアを通した。「ヘレンへのこだわりは強迫観念に近かった。ヘレンが死んだことで、完全に平常心を失っていた」

「人を射殺するほどに?」

オリヴァーは一瞬考えた。

「やろうとしたことはとことんやり抜く人間だろう。よきサマリア人に例えたが、彼は戦いを取る人間だ。忍耐の人ではない。大事なもののためなら、彼は戦う」

「きっとすべての事情を知っていて、関わった人間の名前もみんな知っているでしょう。犯人の可能性はありますね。犯行時刻のアリバイを訊くべきです」

「それからヘレンについてもっと情報を集める必要がある」オリヴァーはうなずいた。「どこに住んでいたのか? 遺品はどこにあるのか?」

「彼女の兄に訊いてみましょう」ピアは取調室の前で待機している巡査にうなずいた。巡査はドアを開けた。

＊

エーリク・シュタードラーは嘘をついた。オリヴァーは、彼がなぜ嘘をつくのかわからなかった。なにか隠さなければならない事情があるのだろうか。彼がスナイパーなのか。そろそろ取り調べのテンポを上げ、圧力を加える潮時だ。彼に考える暇を与えてはならない。

「これではらちがあかない。もう一度はじめからやり直しましょう。お母さんに起こったことから話してください」

「もう知っているじゃないですか」シュタードラーは明らかに苛立っている。「このあいだ、おやじと俺で話したじゃないですか！」

シュタードラーは手首をもみ、指を引っ張った。ますます神経質になっている。

「いろいろな理由から、その話が本当か疑っているんです」オリヴァーはいった。「どういう状況で、あなたと妹さんはお母さんを発見したんですか？　あなたは正確にはなにをしましたか？　フランクフルト救急病院に搬送されたとき、お母さんはどんな様子でしたか？」

「今さらそのことになんの意味があるっていうんですか？」罠が仕掛けられていると思ったか、エーリクの目が小刻みに動いた。自分が体験したことを正直に話しているなら、そんな恐れを抱く必要はないはずだ。

「こちらは重要な意味があると考えている」

シュタードラーは考えてから肩をすくめた。目が泳ぎ、汗が噴きだしている。そのうち膝を両手でこすりだした。ひどいストレスを感じている証拠だ。

「母はジョギングをしに家を出て帰ってこなかったんです。ヘレンと俺で捜しにでました。ユースは知っていました。母は道に横たわっていて、犬がそばにすわっていました。俺は母の携帯電話で救急医を呼び、それから母を介抱しました」

「もっと正確に」オリヴァーはわざと鋭い口調でいった。「どういう介抱をしたのですか？手を握ったとか？」

「いいえ、蘇生を試みました。自動車学校で応急処置の講習を受けたばかりだったので」

「お母さんはそのとき自力で呼吸していましたか？」ピアはたずねた。

「いいえ」シュタードラーは少し息を詰めてからいった。「それでも心臓マッサージをして、口対鼻人工呼吸法をしました。救急医が来るまで」

「お母さんは少しでも意識を取りもどしましたか？」ふたたびオリヴァーがたずねた。

ふたりは交互に質問をして、シュタードラーに気持ちのゆとりを与えなかった。

「いいえ」エーリクは答えた。今度はオリヴァーと視線を合わせないようにした。

「それから？」

「救急医と救急隊員があとを引き継ぎました。そして母を救急車に乗せて搬送しました」

「なぜいっしょに乗らなかったのですか？」

「だって……犬がいましたから！ヘレンはヒステリーを起こしていましたし。俺は祖父母に電話をかけました。祖父は祖母といっしょに来てくれて、ヘレンと俺は祖父母と共に病院へ向かいました」シュタードラーの緊張が少しほぐれた。本当のことをいったからだろう。

「そこではなにが起きましたか？」

「母にはしばらくのあいだ会えませんでした、それから集中治療室に通されました。母には何本ものチューブと人工呼吸器がつながっていました。母の容態をだれも教えてくれませんでした。祖父が大騒ぎしました」

「お父さんはどこにいたのですか？」

「外国です。電話をかけましたが、つながりませんでした」

「それから？」

「あのですね」シュタードラーは身を乗りだした。「そんなにちゃんと覚えていませんよ。十年も経ってるんです！　母は脳死状態になっていた。脳に酸素が供給されない時間が長すぎたんです！」

「お母さんが倒れていたのはジョギングコースの始点でしたか？　終点でしたか？」ピアがすかさずたずねた。

「どっちだっていいじゃないですか」シュタードラーは困惑してピアを見た。

「お母さんが倒れたのは、あなたと妹さんが見つける二、三分前だったかもしれませんよ。あるいはすぐには意識を失わなかったかもしれません。その場合、脳に酸素が供給されなくなってからまだそれほど時間が経っていなかったことになります」

「なにがいいたいんですか」

「お母さんの脳が酸素不足で不可逆的な損傷を受けたかどうかがポイントです」ピアは説明した。「あなたはすぐ人工呼吸をはじめたといいましたね。そのあとを救急隊員が引き受け、病院では人工呼吸器につながれた」

シュタードラーは肩をすくめた。

「それでも、医師団は脳死と判定しました。脳出血で脳幹が不可逆的に損傷したんです。どのみち母が目を覚ますことはなかったんです」

「あなたのおばあさんによると、医師団がお母さんの命を救おうとせず、臓器提供者の候補としか見ていないことに気づいて、あなたは騒ぎだしたそうですね」

「俺は十七だったんです！」シュタードラーは激しく答えた。「ショック状態でした。母親が目の前で死んだんですからね！　でも今さらでしょう。あれから十年！　母は死んだんです！」

「では教えましょう」ピアはいった。「だれかが外をうろついて、なんの罪もない人を撃ち殺しています。しかもそれは、あなたのお母さんに起きたことと同じような目にあわせて、その家族を罰するためです。そのだれかは、本当はなにがあったか知っているんです！　そのだれかは、あなたのお母さんの命を救えたかもしれないと思っているんです。病院に搬送されるまでに二時間が経過していれば、たしかに脳死だったでしょう。だれにも罪はなかったはずです。でも、そうじゃなかったんですよ！」

シュタードラーは気が動転した。十五分間、マシンガンのように質問攻めにあい、心が折れたのだ。

「じゃあ、母の臓器が欲しくて、連中はお袋を見殺しにしたといえばいいんですか？」シュタードラーが突然怒鳴りだした。「母が死んで十年も経っているのにまだそんなことにこだわっているのか、とあんたたちは馬鹿にするでしょう！　ぞっとする作り話をするおかしな奴だってね！」

「いいや、そんなことはいいません」オリヴァーは静かに答えた。「当時そういうことをやって平気でいる連中をあぶりだし、思い知らせる。罪のない女性や子どもを射殺するよりも、その方がずっといいと思います！」

「あなたは命を救えるんです」ピアはいった。

「前にもいわれましたよ！」シュタードラーはあざ笑った。「連中が当時、俺の祖父にいった。〝臓器の摘出を承諾する書類に署名するんだ！　お嬢さんは死んだが、まだ他の命を救える〟連中は祖父のやさしさにつけ込んだ。〝二週間以内に新しい肝臓が移植できれば、幼い少年が助かる。一週間以内に新しい膵臓が移植できなければ、三人の子どもの若い母親が死ぬことになる〟とかなんとかいって！」

額（ひたい）に玉の汗が浮かんでいた。シュタードラーは大きく息を吐いた。

「落ち着いてください」オリヴァーは心配になっていった。「あなたの古傷をひらくつもりはないんです」

「ひらいてるじゃないですか！　この十年間ずっと忘れようとしてきたんです。妹は罪悪感に耐えきれなくて自殺したんですよ。だけど妹に罪はなかった！」

シュタードラーは押し黙り、首を横に振って目を閉じた。

「いつになったら帰れるんですか？」

「まだだめです」

「いつですか？　理由もなく二十四時間以上拘束することは違法でしょう！」

オリヴァーは立ちあがった。ピアもファイルをつかんだ。

「理由はあります」オリヴァーはいった。「犯行時刻のアリバイがない以上、あなたは被疑者です。昨日いったはずですよ。あなたには自分に不利なことを黙秘する権利があります。そしていつでも弁護士を呼べます」

「ふざけてるんですか！」シュタードラーがいきり立った。「俺はだれも射殺していない！弁護士も必要ない！」

「いいえ、必要だと思いますよ。さもなくば、四つの事件についてアリバイが必要です」

＊

「強情ですね」エーリク・シュタードラーが連行されていくのを見ながら、ピアは廊下で同僚たちにいった。がっかりだった。なにかわかるのではないかと期待していたのだ。確かななにか。彼が〝仕置き人〟であるという手がかり。

「たしかに手強いわね」隣の部屋でエンゲル署長たちといっしょに取り調べを見ていたキムが

いった。「でも母親の死を巡って本当のことをいっていない。態度を見れば明らかよ。プロファイルからすれば、彼には犯人の可能性がある。動機と機会がある」

ピアはもうプロファイルなどというくだらないことは聞きたくなかった。妹を捜査に巻き込んだことを後悔していた。なにか見落としている。だが、なんだろう。

「なにか隠している」キムがいった。「でも、なぜかしら？」

「おそらくあれが病院と合意した公式の話なんだろう」オリヴァーがいった。「口止め料をもらっているな」

「それにあの親子はヘレンにそのことを話していなかった」カイがいった。「ヘレンは母親が死んだ責任が自分にあると信じて生きていましたからね」

「いや、注意が必要だな」オリヴァーが警告した。「それもあくまで憶測だ。わたしたちは、証言が本当ではないということを知っているだけだ。家族とその周辺のだれかに、とんでもない圧力がかかり、爆発したんだ」

「もしかしたら思ったよりつまらない理由かもしれませんよ」ピアは下唇をかみ、きれぎれの考えをまとめようとした。

「シュタードラーは射撃がうまいんですよね」カトリーンが口をひらいた。

「バイアスロン選手が狙うのは五十メートル先の的だ」ケムは懐疑的だった。「犯人はおよそ一キロ離れた人間に命中させている！　まったく次元が違う」

「どうするの？」エンゲル署長がたずねた。「泳がせる？」

「それはしたくない」オリヴァーはいった。「だが新しい証拠がないかぎりこれ以上勾留することはできない」

「それなら証拠を見つけて！」

「あの男が留置場に入ってから事件は起きていないことが証拠になります」カトリーンはいった。

「それでは不充分だ」オリヴァーは首を横に振った。「釈放する。ただしもう少しあとだ。カイ、彼を監視する手配をしてくれ。それからパスポートを提出させて。一日に一回署に連絡を入れるようにさせる。カトリーン、きみはシュタードラーのパートナーに事情聴取してくれ。シュタードラーの最近の態度がどうだったか知りたい。それから、なにか変わったことがあったかどうかもな……みんな、頼んだぞ」

「任せてください」ケムが真顔でうなずいた。

プレッシャーは刻々ときびしさを増していた。みんな、緊急通報か五通目の死亡告知が届くのではないかと、内心戦々恐々としていた。すると、警備担当の巡査が廊下をやってきた。

「課長に会いたいといって、ヴェニングという女性が来ています」巡査がオリヴァーにいった。

「弁護士も同行しています」

「ありがとう。すぐ行く」オリヴァーはうなずいて、ケムとカトリーンの方を向いた。「パートナーのところへこちらから出向く必要がなくなった。フランクフルトへ行って、シュタードラーの隣人に聞き込みをしてくれ。そうだ、その前にもう一度、パトリック・シュヴァルツァーを訪ねてくれ。話せるくらいには気を取り直しているかもしれない。彼に死亡告知を見せるんだ。彼とキルステン・シュタードラーのつながりを知りたい」

廊下に集まっていた面々が散って、ピアだけそこに残った。

「どうした？」オリヴァーがたずねた。

「わたしたち、間違った質問をしていました」ピアは答えた。

「どういう意味だ？」

「言葉のとおりです」ピアはボスを見た。「シュタードラーはなにか隠しています。でもそれは殺人事件のこととはかぎりません。カルテンゼー事件を思いだしてください。マルクス・ノヴァクとエラルド・カルテンゼー教授はなにを隠していました？」

「ああ、覚えている」オリヴァーはけげんな顔でピアを見た。「だがそれとどういう関係があるというんだ？」

「わたしたちはあのふたりを疑いました。明らかに嘘をつき、なにか隠していたからです。でもあのふたりが黙っていたのは殺人事件のことではなく、人にいえない事情があったからでしょ。エーリク・シュタードラーにもなにか口が裂けてもいえない秘密があるんですよ。でもそれは〝仕置き人〟じゃない」

「なんでそういえるんだ？」

「それはまあ」ピアは肩をすくめた。「勘です。彼はこの十年あのことを忘れて、普通の生活に戻ろうとしたといったでしょう。あれは本心でした。その一方で、彼は公式の話をする義務を負っている。そういう申し合わせになっているんです。違うことをいえないために、彼はあんなにそわそわしていたんです」

オリヴァーは眉間にしわを寄せて考えた。

「そうかもしれないな。しかし犯人と疑われ、勾留される危険まで冒すのはなぜだ？」

「なにかわけがあるんでしょう。黙っているのは、そっちの方が殺人犯と疑われるよりもまずいことなのでしょう。あるいは、こっちの方が可能性が高いと思いますが、彼はだれかをかばっている」

ふたりは一瞬、顔を見合わせた。

「シュタードラーを先にしますか？　パートナーを先にしますか？」ピアはたずねた。

「まずあいつのパートナーだな」オリヴァーは答えた。

＊

褐色の髪のリス・ヴェニングが青白い顔で、見るからに不安そうに手荷物検査所で待っていた。そのそばにはスーツにネクタイをしめ、背が高く口髭を生やした男が立っていた。フランクフルト近辺の刑事なら、だれもが知っている男だ。アンデルス弁護士を弁護人として依頼するというだけで、罪の意識があることを明かしているようなものだ。なぜならこの刑事弁護人は、新聞に名前がのるセンセーショナルな殺人事件の被疑者ばかり弁護しているからだ。当然、タウヌス＝スナイパーは外せない。

「依頼人と話したい」アンデルスが開口一番にいった。

「どうぞ会ってください。ただし先にヴェニングさんと話してからです」オリヴァーは答えた。

「ここで待っていてください」

弁護士は抗議した。ヴェニングは弁護士をなだめた。ふたりが親しい口の利き方をしていることに、ピアは気づいた。

「どうしてアンデルス弁護士を知っているんですか？」ピアは、さっきまでエーリク・シュタードラーがいた取調室に向かって廊下を歩いているとき、興味を覚えてヴェニングにたずねた。

オリヴァーはドアを閉めて、ヴェニングに席をすすめた。彼女は椅子に浅く腰かけ、ハンドバッグの肩紐をきつく握りしめた。大きな褐色の目が不安げだ。

「アンデルス弁護士はわたしが働いているフィットネスセンターのお客なんです」ヴェニングは答えた。「他に弁護士を知りません。刑事さんが昨日エーリクを連行したとき、なにか大変なことになっているってわかったんです。エーリクはどこですか？　あの人がなにをしたというんですか？」

ピアは女を観察し、いたわることをやめた。

「シュタードラーさんには四人を射殺した疑いがあります」

「嘘でしょ！」ヴェニングは、顔からさらに血の気が引いて、首に手を当てた。「なんでそんなことをする必要があるんですか？」

「母親と妹が死んだことへの報復です。残念ながら、今のところ協力的ではありません。しかし犯行時刻にアリバイがなく、ジョギングをしていたと主張しています。あなたが協力してくだされば助かります」

ヴェニングはショックから立ち直れず、啞然として首を横に振った。

「十二月十九日の朝八時から十時のあいだシュタードラーさんはどこにいましたか?」オリヴァーがたずねた。「それから十二月二十日の午後七時頃とクリスマスの日の朝八時。そして昨日の昼」

「わたしには……わかりません」ヴェニングは口ごもった。「十二月十九日と二十日は会社にいたはずです。クリスマスの日は、わたしが起きたときにはすでに出かけていて、午後になってから帰ってきました」

ヴェニングははっとして、いいよどんだ。

「どこに行っていたのかいいませんでした。わたしも訊きませんでした。昨日は会社に出勤する予定でした。今、決算の最中なんです。経理係が退職することになっていまして」

「会社には出勤していません。自宅で仕事をしていたといっていましたよ」

ヴェニングは途方に暮れて、ピアとオリヴァーを交互に見た。

「ヴェニングさん、シュタードラーさんにいつもと違うところはありませんでしたか?」オリヴァーは静かなしっかりした声でたずねた。「なにか変わったところはなかったですか?」

ヴェニングは一瞬葛藤したが、それからうなずいた。

「彼は変わってしまいました。それも、ものすごく。ヘレンが死んでからです。妹の自殺に衝撃を受けていました。あの人とヘレンは、ずっと仲がよかったんです。嫉妬を覚えるほどに」

ヴェニングはなんとか笑みを浮かべたが、すぐにまた消えた。

「どう変わったんですか？　どういうところが以前と違ったんですか？」ピアはたずねた。

「あの人は笑うことがなくなりました。塞ぎ込むようになって、スポーツにばかり打ち込んだんです。エーリク……彼はわざと危険を求めるようになったんです。見ていられなくて、わたしはついて行かなくなりました」

ヴェニングは口をつぐんだ。唇を引き結び、希望を失ったように見えた。

「最近はいつもなにか心配しているようでした」そうささやくと、ヴェニングはうなだれた。

「隠しごとがある感じでした。急に時間を守らず、携帯電話を隠すようになったんです」

「なにがあったか想像できますか？」オリヴァーはたずねた。

「わたし……てっきり……彼に別の女ができたのかと思ったんです」涙が一滴、頬を伝った。

「二、三回、そのことを話してみました……でもまるで取り合ってくれませんでした。本来、彼はそういう人間じゃありません……最近いってくれたんです……わたしを愛していると」

ヴェニングはそれ以上なにも知らなかった。できることなら、彼のアリバイを証明したかっただろう。彼のためなら嘘をつく覚悟もあったはずだ。だがそうはしなかった。

「シュタードラーさんは銃を所持していますか？」

「ええ。何挺も。会社の戸棚に保管しています」

「その銃を今日引き渡していただけるとありがたいのですが」オリヴァーはそういって、話をしめくくった。「銃を検査し、月曜日にシュタードラーさんが自供してくれることを期待します。それまでは勾留します」

ヴェニングはうなずいて立ちあがった。

オリヴァーとピアは彼女を弁護士のところへ伴った。弁護士はいらいらしながら依頼人に接見できるのを待っていた。だがオリヴァーはその前にもう一度エーリク・シュタードラーと話したかった。そしてケムに、ヴェニングと共にズルツバッハへ行き、銃器を押収してくるように指示した。

エーリク・シュタードラーは目を閉じて留置場の狭い寝台に腰を下ろし、頭を壁に預けていた。

「シュタードラーさん」オリヴァーが彼に話しかけ、ピアは扉のそばにとどまった。「どうして本当のことをいってくれないんですか？　殺人事件で送検される恐れがあるんですよ。無実なら、なんでそんな危険を冒すのですか？　だれかを守りたいんですか？」

返事はなかった。

「今日、拘置所に移送されます。しばらくのあいだ出られないでしょう」

シュタードラーは目を開けた。ようやく真実を明かすか、とピアは期待したが、それは失望に終わった。

「勝手にしてくれ」シュタードラーは答えた。「弁護士のいないところではもうなにもいわない」

＊

ディルク・シュタードラーの家がある袋小路に曲がったとき、オリヴァーとピアはあやうく女とぶつかりそうになった。女はうつむいて、道の角から足早に出てきた。街灯の黄色い照明の中、ピアは女がエーリク・シュタードラーの経理係だと気づいて声をかけた。

「フェルマンさん？」

フランカ・フェルマンが驚いて、振り返った。目を赤く泣きはらし、顔も涙で濡れていた。

「わたし……シュタードラーさんのところに会社の鍵を預けてきたところです。一日じゅう社長に連絡をしたんですけど、つながらなかったものですから。本当は昨日がわたしの最後の出勤日だったんです。社長は今日いっしょにシャンパンを飲もうといってくれまして。それにまだ決算が終わっていないんです。社長が来てくれなかったものですから！　電話すらしてこなかったんですよ！」

フェルマンは泣きだした。ひどく傷つき、失望していた。

「エーリク・シュタードラーさんのところではどのくらい働いていたんですか？」ピアがたずねた。

「はじめからです！」フェルマンはすすり泣いた。「二〇〇九年十月から。はじめは半日だけ、でも会社がうまくいって、常勤が必要になったんです」

フェルマンはハンドバッグからティッシュをだし、音を立てて洟(はな)をかんだ。「もっぱら顧客に請求書をだしていました。社長はコンピュータの天才でも、そういう細々したことは苦手なんです」

フェルマンは苦笑し、それからまた顔をくしゃくしゃにしてすすり泣いた。

「あの人はいつも最高のボスでした。会社をいっしょに作りあげるのは面白かったですし。でも……もう無理になったんです。息子ができて、世話が必要で。それなのに二、三ヶ月前から会社の切り盛りを全部わたしがするようになって。社長の妹があんなことになってからです」

「妹さんを知っていたのですか？」オリヴァーはたずねた。

フェルマンは少し不愉快な表情をした。

「ええ、もちろんです。会社は家族のようなものでしたから。なにかパーティをするときは、たいていヘレンが来ました」

「どんな人でしたか？」

フェルマンは少し考えてから、また泣きだした。

「死んだ人を悪くいうのがいけないことくらい知っています。でもヘレンは性悪でした。彼女にやさしくしても、みんなあとでしっぺ返しをくらっていました。ヘレンはお母さんのことにこだわって、家族をずたずたにしたんです」

オリヴァーとピアはさっと顔を見合わせ、フェルマンのしゃべりに水を差さないようにした。

「パーティやバーベキューでお酒が入ると、ヘレンはきまって母親の話をはじめて、場をしらけさせました。病的でした。目立ちたがり屋というか。みんなを思いのままにして、自分の役回りを楽しんでいるような気がしたほどです。一度、セラピーを受けた方がいいと忠告したことがあります。そうしたらものすごい剣幕で怒りだし、そのあとわたしと口を利かなくなりました。わたしがガラスでもあるかのように無視したんです！」ピアはたずねた。

「ヘレンさんの仕事は？　お兄さんの会社でも働いていたんですか？」

「働きたかったのでしょうが、役に立ちませんでした！　社長がヘレンに電話番をさせたことがあります。でもそれすらできなかったんです。好きな時間にあらわれて、私用の電話ばかりかけて、まったく頼りになりませんでした。だからヘレンを取るか、わたしを取るかどっちかにしてって社長にいったんです！　わたしはヘレンとイェンスから白い目で見られました。でもそのあと会社はうまくいっていました。わたしにとっては、それが一番大事なことでした」

フェルマンはヘレンに嫉妬し、憎んでいたのだ。ヘレンが死んでも、その気持ちに変わりはないようだ。社長の妹は墓に入ってもなお、フェルマンにとって大事なものをすべて破壊した存在ということだ。

「そのあとヘレンさんはどうしましたか？」

「知りません。たしか大学に進学して、社会学と心理学を専攻したはずです。でも卒業はしませんでした」

「どこに住んでいたんですか？」

「お父さんのところです」フェルマンは頭で後ろを指した。「イェンスがかなり大きなアパートに住んでいたのに、ヘレンは実家から出ていこうとしませんでした」

「イェンス＝ウーヴェ・ハルティヒさんを知っているんですか？」

「もちろんです。変な人です」フェルマンは洟をかんだティッシュで、目元の涙をぬぐった。

「強烈なメサイアコンプレックス（他人を助けることで自分が満たされるという共依存的心理状態）の持ち主です。あの人はヘレンしか見ず、いつでも彼女のことを気にかけて、彼女の世話をしていました。社長やお父さんと同じように。でもものすごく奇妙だったのは、あのふたりが過去の話しかしなかったことです。老人ホームにでもいるようでした！　あのふたりは昨日の世界で生きていたんです。イェンスはヘレンを治そうとせず、いかれた考えを増長させていました！」

「ふたりは結婚する予定だったんですよね？」

「十月はじめの予定でした。キードリヒで。イェンスはそこの出身ですので。招待状を印刷する手伝いをしましたからよく覚えています。エーリクも彼の恋人もお父さんも、ヘレンから解放されることを密かに喜んでいたと思います」

　フェルマンはしゃくり上げた。

「会社を辞めるのは、社長たちを見捨てるようで最低の気分です。でもこれ以上は無理です。この数週間、社長はろくに出社しませんでしたし、わたしに居場所も告げず、携帯に電話をかけても出なかったんです。仕事になりません！　昨日あんなに約束したのに、わたしが出勤する最後の日にもあらわれないなんて！」

「昨日、会社に姿を見せなかったのですか？」ピアはたずねた。

「ええ。顔を見たのはクリスマス前が最後です」フェルマンは答えた。

「どこにいるかいいましたか？　もしかしたら国外？」

「わかりません。なにもいってくれませんでした」

フェルマンのハンドバッグの中で携帯電話が鳴った。彼女はそちらを見た。

「息子です」フェルマンは涙をぬぐった。「友人に預けてあって、そろそろ迎えにいかなくては」

「もうひとついいですか」ピアはいった。「ハルティヒさんは射撃（シュッツェン）が得意でしたか？」

「シュッツェン？」フェルマンは一瞬きょとんとしたが、すぐにいった。「ああ、射撃のことですね。一瞬、射手座（シュッツェ）と勘違いしました。すみません。知らないです」

＊

「このあいだはどうしてあんな作り話をしたんですか？」ピアはディルク・シュタードラーにたずねた。彼はクリスマスツリーの飾りをはずしてモミの木をテラスにだし、ちょうど掃除機をかけているところだった。

「作り話？」シュタードラーは驚いてピアを見た。足を引きずりながら椅子のところへ行き、すわって足をもんだ。

「奥さんが死んだ日のことです。あなたの話はでたらめじゃないですか」

「そんなことはないです。なんででたらめをいう必要があるんですか？」

「口止め料をもらっているからでしょう。あなたは訴えを取り下げて、息子さんが人工呼吸したとき、奥さんにはまだ意識があったのに、そのことをだれにもいわないと約束した。いくらもらったんですか？」

ピアはエーリク・シュタードラーから聞いた話に無理矢理脚色を施した。山勘だった。否定されると思ったが、ディルク・シュタードラーはため息をついた。「五万ユーロ。しかしあなたがいったことはナンセンスです。エーリクには妻を救うことはできませんでした。家内は意識を失い、話すことができなかったのです」

「どうしてわかるんですか？　その場にいなかったのでしょう」

「エーリクから聞きました」

「真実と正義は、あなたにとって五万ユーロなのですか？」

「あなたにはわからないでしょう」シュタードラーは肩をすくめた。「だれも間違ったことをしませんでした。しかし義父は、臓器摘出を承諾したのが自分だったということを受け入れることができませんでした。なんとしても訴えるといったのは義父です。わたしは義父に説得されただけです。はじめから勝訴なんて望み薄でした。向こうには義父が署名した臓器摘出承諾書があったのですから、勝ち目はなかったんです。訴えを取り下げれば、金をくれるといわれ、了承しました。わたしの立場になってください。もうなんの気力も湧かなかったんです。病院に対して勝てる見込みのない訴訟を起こす。場合によって何年もかかり、わたしは破産したことでしょう！　キルステンが生き返るわけでもないし。わたしは新しい仕事を見つけ、子どもたちの世話をする必要があったんです。とくにヘレンが心配でした。当時、あの子はまだ十五歳だったんです。だから和解に応じて、金を受け取ったんです。おかげでエーリクとヘレンのその後の人生のために資金が確保できました」

「あなたはなにを根拠に訴えたのですか？」オリヴァーがたずねた。「一連の経過がじつは違うということを、どうやって知ったんですか？」

「裁判記録は渡したでしょう」シュタードラーは答えた。

「もっと詳しく知りたいんです」オリヴァーは食いさがった。

「訴えるつもりはなかったんです」シュタードラーは片方の足をそっと伸ばして、顔をしかめた。「子どもたちのために、このことはもう話題にせず、子どもたちと共に母親を弔い、その死を受け入れようと思っていたんです。しかし義父があきらめなかったんです。馬鹿げた陰謀説に取り憑かれていました。イェンスが義父に話したことはもちろん眉唾でした」

「待ってください！」オリヴァーはシュタードラーの言葉をさえぎった。「ハルティヒさんの話では、ヘレンさんと知り合ったのは四年前とのことですが。どうしてあなたの義父にそんな話ができたんですか？」

シュタードラーは顔を上げて、きょとんとした。

「ヘレンと知り合ったのはそのあとだったんでしょう。義父母とはHAMOを通してもっと前から知り合いでした。家内が死んでから義父母はすぐそのHAMOに出会っていますから。イェンスは自分が体験したかのように話しました。なにかの検査で規則通りの時間が守られなかったこと。手術の記録が欠けていたり、医師の手で改竄されたりしていること。確信を持っていましたね。わたしはせっつかれて、訴えを起こすことにしたのです。それからうちの家族はそのことばかり話題にするようになりました。何ヶ月も、何年も。心の傷は癒えることがありませんでした。ヘレンが苦しんでいることに、わたし以外だれも気づきませんでした。あの子は思春期で、繊細で感じやすかったんです。あの年頃によくあるように極端な考え方をしました。あの子は、臓器を手に入れるために母親が意図的に死に追いやられたと確信していました」

「ヘレンさんは真実を知っていたんですか？」オリヴァーが念を押した。

シュタードラーは肩を落としてため息をついた。

「本当も嘘もない、とあの子にはいったんです。家内はジョギング中に脳出血を起こして死んだ。あの子がそばにいても救えなかった、と。家内は数日、あるいは数週間生きられたかもしれません。しかし覚醒する見込みはありませんでした。家内の脳は死んでいたんです。脳波はゼロでした。しかしヘレンは聞く耳を持ちませんでした。絶望して、自分に罪があると思い込むようになったんです。この十年で六回自殺未遂を起こしました。数日のあいだ家に帰ってこないこともありました。居場所がわからず、あの子の遺体が見つかったという電話がかかってくるのではないかと毎回戦いていました。しかしいつも家に帰ってきました。わたしには、友だちのところにいたとしか教えてくれませんでした。イェンスと恋仲になったのは数年前のことです。すべてがいい方向に向いたように思われました。ヘレンは落ち着いて、他のことに関心を向けるようになりました。ですからあの子の自殺は青天の霹靂でした。人生に前向きになり、結婚を楽しみにしていたのに……」

シュタードラーは黙って目をこすった。

「わたしにはいまだに理解できません。娘はフランクフルトでウェディングドレスを引き取りにいく日に自殺したんです」

「どうしてケルスターバッハだったんですか？　あそこでなにをしていたんでしょうか？」

「それはわかりません。なぜあそこにいたのか、どうやって行ったのか、いまだに謎です」

「遺書はあったんですか？」

「ないです」

　ピアは〝仕置き人〟がタウヌス・エコー紙に送った手紙のことを思った。〝わたしは生者と死者を裁くために来た〟という信仰宣言からの引用があった。

「あなたは信仰心が篤い方ですか？」ピアはたずねてみた。

「いいえ」シュタードラーは首を横に振った。「神が正義であるということを何年も前から信じなくなりました」

「ヘレンさんの遺品を見せてもらえますか？」

「いいですよ。あの子の部屋にすべて残してあります」

「この数日、息子さんがどこにいたかご存じですか？」オリヴァーが訊いた。

「いいえ」急に話題が変わったので、シュタードラーは驚いたようだ。「クリスマスイヴに会ったきりです。リスといっしょにうちに来ました。ついさっき息子の会社の経理係が来て、息子と連絡が取れないといって会社の鍵を置いていきました。息子になにかあったんですか？」

「昨日、署に連行しました」オリヴァーはいった。「犯人である疑いがありましたので」

「エーリクに？」シュタードラーは啞然とした。「まさか……息子が人を射殺したというのですか？」

「射撃の腕がいいという話です。動機もあります。そして犯行時間にアリバイがないのです」

「だけどエーリクがするわけないです！　絶対にしません！」

オリヴァーもピアもわずかなためらいを見逃さなかった。口ではそういっても、シュタードラーは息子の無実に確信を持っていないのだろうか。

シュタードラーはしんどそうに椅子から腰を上げて、足を引きずりながら居間を横切った。話はもうおしまいということだ。

「ヘレンの部屋を見ますか？　二階の右側のふたつ目のドアです。わたしはここに残ります。今日は足の調子が芳（かんば）しくないので」

「ええ、もちろん」オリヴァーはいった。

シュタードラーはかがんで掃除機に手を伸ばしたが、なにか思いついたようにいった。

「わたしならイェンスと話してみますが。それからマルク・トムゼン」

「マルク……だれですか？」

「HAMOの会長です」そう答えると、シュタードラーは苦笑いした。「ヘレンの……父代わりのような存在です。父親がいないかのように」

＊

エッシュボルンのゼーローゼ・ショッピングパークは大変な人混みだった。物見高い連中が集まっていたのだ。人々は方々からやってきたが、目的は買い物ではなく、ヒュルメート・シュヴァルツァーが死んだ場所を写真に収めることだった。銃弾で割れた靴屋のショーウィンドウはすでに取り替えてあった。被害者が働いていたパン屋もいつもどおり店を開けている。まるでなにもなかったかのように。

「信じられない」ピアは血の跡に群がる人だかりを見て、嫌悪感をむきだしにした。「どうしてこういうことをするんでしょうね？」

「わたしにも理解できない」オリヴァーは首を横に振った。「腹ぺこだ。なにか食べようか？」

「いいですね。あそこの〈バーガーキング〉はどうですか？」

「どうしてもというなら」

オリヴァーはファストフードがあまり好きではない。ピアはそのことを知っていたが、カロリーのある肉とマヨネーズに食指が動いていた。〈ケンタッキーフライドチキン〉も選択肢に入るが、そちらはピアの好みではなかった。少ししてふたりはカウンター前の行列に並んだ。

オリヴァーはメニューの掲示板とにらめっこをした。なにを選べばいいかわからないようだ。

「なにになさいますか？」カウンターに立っている若い店員がピアの前にトレーを置いて、注文された商品をのせた。

「決めました？」ピアはボスにたずねた。

「まだだ」オリヴァーは考えあぐねて、店員の方を向いた。「今日のおすすめはなにかな？」

「お好みはなんでしょうか？」若い店員は面食らったが、すぐ気を取り直した。「ベジタリアンですか？」

「いいや。そうだ、フィレオフィッシュはあるかな？」オリヴァーがたずねた。

「それは扱っていません。ここは〈バーガーキング〉ですので」

ピアは笑いの発作をかみ殺した。オリヴァーはバーガーの違いと、サイドメニューの違いを説明してもらい、さらに細かい質問をした。横や後ろに並んでいる客たちがそれを見て唖然とした。オリヴァーは最後にダブルワッパーチーズとフレンチフライとミネラルウォーターを注文した。ピアは支払いをオリヴァーに任せ、トレーを持って空いているテーブルに向かった。

「なんでみんなじろじろ見るんだ？」ピアの向かいにすわったオリヴァーがたずねた。

「こんなのはじめてです！」ピアは吹きだし、涙が出るほど笑った。「今日のおすすめ？　ファストフード店でそんなことを訊く人がいますか？」

「セットメニューがどうなっているかわからなかったんだ」オリヴァーは胸を張っていったが、自分でもにやにやした。

「当然です！」ピアは首を横に振って、笑いの涙をナプキンでふいた。「あの店員の顔、もう絶対に忘れられません！」

オリヴァーはにんまりしながらハンバーガーの包みをひらき、ためつすがめつしてからかぶりついた。

「まずくはない。だけど広告写真とは似ていないな」

ピアはほおばりながら首を横に振った。ほぼ一時間ヘレンの部屋を引っかきまわしたが、これといったものは見つからなかった。たくさんの本と衣類、アルバム、化粧品、研究資料。棚の箱には古いぬいぐるみが入っていて、デスクの引き出しにはコンサートのチケット、葉書、母親の古い写真といった捨てがたい思い出の品。だが若い人の部屋ならかならずあるものが見当たらない。たとえばコンピュータやノートパソコン。

シュタードラーは、ヘレンがノートパソコンを持っていたと証言した。自殺した日、ヘレンはいつものようにノートパソコンをリュックサックに入れて持ってでたが、それっきり見ていないという。警察は現場検証のあとリュックサックを返してくれたが、ノートパソコンはなかった。奇妙な話だ。もしかしたらあの日にハルティヒのところに置いてきたのかもしれない、とシュタードラーはいった。ピアが最後のフレンチフライをつまんだとき、カイから電話がかかってきた。HAMO会長マルク・トムゼンについて調べるよう頼んであったのだ。

「変だね」カイはいった。「この地方に、そういう名前の者はいないようだ」

「でもHAMOのウェブサイトにはのっているわ」ピアは携帯電話を肩と耳ではさんでいった。

「たしかに、氏名がのっていて、エップシュタイン在住とある。だがそれ以上は不明だ」カイは答えた。「住民登録局に問い合わせたところ、エップシュタインにトムゼンという名の者はいないという返事だった。うちのデータベースでも見つからなかった」

「それは興味深いわね」ピアは油のついた指をナプキンでぬぐった。「リュディア・ヴィンクラーに電話してみて。なにか知ってるかも」

「そうだ、パトリック・シュヴァルツァーについて少しわかった。以前、社会奉仕活動で救急車の運転をしていた」

「当ててみましょうか」ピアはいった。「二〇〇二年九月十六日に勤務していたんでしょう」

「そういうこと。前の日が誕生日で、酒を飲み過ぎて、翌日は二日酔いだったそうだ。キルステン・シュタードラーを乗せた救急車を方向転換させるとき、側溝に脱輪させて、四十五分間を無駄にしてしまったらしい」

カトリーンから〝仕置き人〟の死亡告知を見せられ、シュヴァルツァーはそのときのことを思いだしたのだ。十年前の出来事などすっかり忘れていた。彼にとっては、どうということもないことだった。二年半の奉仕活動中に起きたたった一度のミスだった。だがその意味をなさない出来事のせいで妻の命を犠牲にしたと知って、彼はくずおれ、自殺するといいだした。カトリーンは臨床心理士を呼び、シュヴァルツァーの父親と兄が来るまでそばに付き添った。

「罪人は自分たちの無関心と物欲と名誉欲と不注意がもたらしたのと同じ苦痛を味わうのだ」ピアはタウヌス・エコー紙編集部から渡された〝仕置き人〟の死亡告知を思いだしていった。

「犯人は目的を果たしたわけだ」カイはそっけなくいった。「シュヴァルツァーは立ち直れないな」

車のところへ歩きながら、ピアはカイから聞いたパトリック・シュヴァルツァーの過去についてボスに話した。

「やはりエーリク・シュタードラーがあやしい」オリヴァーがいった。「彼なら当時知りえたことだ」

「シュタードラー一家のだれかが殺し屋を雇ったという線はどうでしょうね？」そういいながら、ピアはぞっとした。殺し屋が外国から来て、そのまま人知れず姿を消したら、逮捕するのは至難の業だ。

「その場合は依頼人を捜す」オリヴァーはしだいに濃くなる霧を見つめた。

「でもそうしたら、これまでのプロファイルはどれも当てはまらなくなりますね」ピアは懸念を抱いた。「依頼殺人ならヴィンクラーでも、足の悪いシュタードラーでも可能です」

「いまいましいな。一週間前となにも変わらない！　時間ばかりが過ぎていく！」

「そんなことはないです。すくなくとも事件の背景がわかってきましたから」ピアはまたじっくり考えられるようになった。「キルステン・シュタードラーとその娘が連続殺人の動機です」

「だがどうして今になって？」

「娘の自殺が引き金かもしれないですね」ピアは推理した。それから指を折って、被疑者を数えた。「エーリク・シュタードラー。ディルク・シュタードラー。ヨアヒム・ヴィンクラー。イェンス＝ウーヴェ・ハルティヒ。この四人が被疑者になります。監視しないと。でももっと大事なのは、これから被害者になるかもしれない人物を探すことです。だからエーリクとハルティヒとフランクフルト救急病院に圧力をかけなくては」

「そうしよう」オリヴァーはうなずいた。「絶対に犯人を捕まえてやる」

二〇一二年十二月三十日（日曜日）

ブラインドの隙間から薄明かりが差し込んでいた。オリヴァーは目を開けて、夢現の状態から意識が戻るのを待った。日中捜査したことを、夜中まで引きずることはめったにないが、今回は特捜班に謎を投げかけている人々が夢に出てきてなにか伝えようとした。オリヴァーは仰向けになって、家の中が深閑としているのをしみじみ味わった。自分を呼ぶ子どもはいない。散歩したがる犬もいない。インカもいない。ベッドの半分はきれいにベッドメイクしたままだ。インカは午後遅く、〝事故があってリンブルクへ行く、何時に帰れるかわからないから自宅に戻る〟というショートメッセージを送ってきた。へたな口実だ、とオリヴァーは思った。以前は真夜中だってやってきた。インカは玄関の鍵を持っているわけだし。いったいどうしたんだ。なにがあったんだろう。クリスマスのときはいい雰囲気だったのに、突然距離を置くようになった。いっしょに暮らすのは無理だとでも思っているのだろうか。ゾフィアがインカになつこうとしないことは知っている。だがふたりの絆がそんなことで切れるとは思っていなかった。コージマとは小さな諍いが多かったし、口論もしたが、インカとはまったくぶつかることがない。気に入らないことがあると、彼女は押し黙ってしまう。オリヴァーははじめ、気が合うからだと思ったが、どうやらインカは葛藤を表にだすことができないのだ。もっといってしまえば、無関心なのだ。インカは誇り高く、自活している。長いあいだパートナーを持ったことがなく、五十歳を過ぎ、生活を変える必要を感じないのだろう。オリヴァーとの関係に束縛を感じているのだろうか。彼女にとってオリヴァーは退屈ということか。オリヴァーはデジタル目覚まし時計に視線を向けた。八時。今朝はゲールケを訪問し、〝仕置き人〟の死亡告知の内容について慎重に話をすることにしていた。起きあがると、ベッドから足を下ろし、シャワーを浴びた。

インカはなぜおやすみのショートメッセージに返信しなかったんだろう。ふたりのあいだにあるのはなんだろう。愛ではなさそうだ。胸がときめく深くて温かい感情とは違う。コージマにはずっとそういう感情を持った。もっともそれは一方通行だったようだが。インカとの関係にはそういう激しい愛情や情熱はない。どちらかというと昔からの親愛の情だ。子どもたち同士の結婚によって呼びさまされた。お互いに仕事があり、それぞれの生活がある。面と向かってはっきりと自分の決心を口にしたことはない。インカはなんとはなしに彼のところに住みつくようになった。それでも自分の家を人に貸したり、ふたりがパートナー同士であることを公(おおやけ)にしようとしなかった。オリヴァーもそれでいいと思った。コージマと離婚し、アニカ・ゾマーフェルトとの短い情事を体験したときも、インカは普通に相談に乗ってくれて、何時間も電話で話をした。ふたりはなんとなくベッドを共にした。それでよかった。信頼の結果だ。だがそれ以上の関係ではない。オリヴァーはそれを認めるしかなかった。
髭(ひげ)を剃(そ)りながら、オリヴァーはインカのことをよく知らないことに気づいた。彼女には絶対に越えられない一線がある。彼女の心の中にはいつも立入禁止区域があった。ふたりは話題に事欠かないが、インカ自身のことは決して話題にのぼらない。トルディスの父親についても、彼女はいまだに固く口を閉ざしている。アメリカで暮らしていた頃のことも話してくれたことがない。当時の知り合いや友人のことも名前すら上げたことがない。

オリヴァーはそんなことを考える自分が気に入らなかった。二日うちに泊まらず、ショートメッセージに返信しなかっただけで、そんな疑いをかけていいものだろうか。インカの動物病院は忙しいし、オリヴァーも多忙だ。それはお互いわかっていることじゃないか。以上。それでも心の中にわだかまりが巣くっていた。真実を直視する勇気がないからそんな言い訳を考えるのだろうか。中途半端なふたりの関係に本当に満足しているのだろうか。

オリヴァーは服を着て、一階に下りた。物思いにふけりながら、コーヒーメーカーのスイッチを入れ、食パンを二枚トースターで焼いた。iPhone にインカからのメッセージはなかった。トーストにフレッシュチーズとイチゴジャムを塗って、キッチンで立ったまま食べ、コーヒーを飲んだ。外は明るくなったが、雲がかかり、太陽が見えない。新聞には〝二〇一二年十二月は一九五一年に観測がはじまって以来もっとも天気がすぐれない月になった〟と書かれていた。気持ちが沈んで、なにもかも悪く取ってしまうのは、このどんよりした天気と厄介な事件のせいかもしれない。そのときコージマの母の申し出を思いだした。いまだにインカに話していない。というか、考えまいとしていた。だがぐずぐずしていたら、ますます面倒になる。それにこれだけ大きなことをなにかのついでに話すわけにはいかない。とくにコージマの家族が絡む話に、インカは感情的になりやすい。

オリヴァーはひとまず様子を見ることにした。明日は大晦日（おおみそか）、明後日は新年。心機一転できる。今は殺人犯を捜すことが先決だ。

＊

家の中が寒い。息が白くなるほどだ。だが掛布を二枚重ねていたので温かかった。だから尿意を催しても、ずるずると寝ていた。他に男をせっつくものはない。この数日、理想の天気になるのをじっと待った。霧が晴れるといいのだが！　昨日の夜は推理小説に読みふけり、いつのまにか眠ってしまった。お気に入りの一冊だ。わくわくする筋立てだが、精神病質者が女に加える暴力の描写はいただけない。

男は視線を泳がせ、色あせた醜い壁紙とペンキがはがれた窓枠を見た。

決心して掛布を払うと、ベッドの横の椅子にかけてあったフリースのジャケットをつかみ、裏起毛のブーツをはいた。バスルームと居間も同じように寒かった。ストーブの横の木箱には薪（まき）が一本も入っていない。しまった！　まずトイレに行ってから、マフラーとジャケットを身につけて籠（かご）を持ち、薪を割るために外へ出た。木の階段が彼の重さでみしっといった。三本の大きなモミの木の真ん中の一本からカラスが一羽鳴きながら飛び立った。いまだに霧が深く集落を覆い、じめじめした冷気があたりを包んでいた。男は家をまわり込んで、丸太を数本だして、薪割り台から斧を抜いた。早朝から少し体を動かすのも悪くない。十分後、二日分の薪ができ、籠で家の中に運び入れた。まもなくストーブに火がつき、心地よい温もりが広がった。

男は安物のコーヒーメーカーのフィルターにコーヒーの粉を入れて、スイッチを押した。今年の夏、きちんと整理整頓しようと思ったが、もっと大事なことが起きてしまった。そして今や整頓など無意味となった。そのうち警察に逮捕され、裁判にかけられる。みんなに憎まれ、異常な精神病質者とさげすまれるだろう。これまでしたこと、そしてこれからすることを考えれば、そういう扱いも仕方のないことだ。だれが見ても、弁解はできない。だが男にはもうどうでもいいことだった。死なねばならなかった者たちは、父親や夫や子どものせいで死を宣告されたのだ。男は死刑執行人でしかない。すべて厳密に記録した。生者は罰を受け、死者は正義を得る。例外はない。

*

九時ちょうど。オリヴァーはゲールケの家の前で車から降りた。ベルを鳴らしたが反応はなかった。そこで庭木戸を開け、外階段を上って玄関へ通じるアプローチを歩いた。窓はどれもブラインドが下りている。オリヴァーは胸騒ぎがした。だれに電話をかけようか考えていたとき、〝シスター・ヒルデガルト〟という字入りの白い小型車がやってきた。真っ赤に染めたマッシュヘアのがっしりした女が車から降りて、黒いハンドバッグを肩から提げ、元気よく外階段を上ってきた。厚手のダウンジャケットの下に白衣を着ていて、白い靴をはいている。

「ブン屋さんは日曜日も休まないのですか?」オリヴァーが声をかける前から女は喧嘩腰だ。

「帰ってください! 警察を呼びますよ!」

「新聞社のものではありません。刑事です」そう答えて、オリヴァーは身分証を呈示した。

「あなたは？」

「それは失礼しました。わたしはカーリン。カーリン・ミヒェルです」女はどぎまぎした。

「シスター・ヒルデガルトではないのですか？」オリヴァーはにやっとした。

「シスター・ヒルデガルトは介護派遣の会社です」介護士はいたずらっぽく微笑んだ。「スタッフは七人います。ほとんどが介護士ですが、老人ホームで働くことに飽き飽きしてこっちに移ってきたんです。この仕事にもストレスはありますが、ずっとていねいな介護ができますから。感謝してもらえますし」

介護士はしゃべりながら歩きつづけ、上着のポケットから鍵束をだした。オリヴァーはあとに従った。

「ブラインドがまだ全部下りていますね。ベルを鳴らしたのですが、だれも出ませんでした」

「いつものことです。ひどい口を利いてしまってすみませんでした。でもこの数日いろんな記者がやってきては、ゲールケさんにぶしつけな質問をぶつけたものですから。あの人の気持ちも考えず」

介護士は首から提げていたメガネをかけて鍵を探した。介護士のような人たちは尊敬に値する。高齢で病気がちの人を世話して、それでもにこやかで思いやりがあるなんて、なかなかできることではない。

「もう忘れました。ゲールケさんのところへはどのくらいの頻度で来るのですか？」

「朝と晩です。こんなひどい目にあった方をひとりにしておくのはよくありませんから。マックスは毎日、お父さんを訪ねて、いっしょにいろんなことをしていました。あんなことになるなんてひどすぎます」

ようやく鍵を見つけて、介護士は玄関ドアを開けた。暖かい空気が流れだした。むっとする臭気と煙のにおい。オリヴァーはいやな予感がしたが、介護士はなんとも思っていないようだ。

「おはようございます、ゲールケさん、わたしです。カーリンです！」介護士は大声で叫んだ。「また明かりをつけずにすわっているんですね！　よくそうしているんですよ。明かりをつけてブラインドを上げるのを忘れるんです。そのせいで前に一度転んだこともあるんです。幸い怪我をしませんでしたが」介護士はスイッチを押した。家じゅうの電動式ブラインドがカタカタいいながら上がった。「わたしは家の中に人感センサー付き照明をつけるよう息子さんにいったんですけど、ゲールケさんが頑として首を縦に振らなかったんです。電気代がかかりすぎるといって！　一九三一年生まれの戦中派ですから。倹約家なんですよね。ゲールケさんのような人をたくさん知っています」

介護士はおしゃべりだが、好奇心はないらしく、なにも聞きだそうとしなかった。

「ちょっと待ってください。ゲールケさんを捜して、刑事さんが来ていると伝えます」

「わかりました」オリヴァーはうなずいた。「ありがとう」

「どういたしまして」介護士はゲールケの名を大きな声で呼びながら歩いていった。

オリヴァーは玄関ホールを歩きまわった。突然、悲鳴があがって、彼はすぐに声のした方へ向かった。介護士が廊下を歩いてきた。顔面蒼白だった。

「たいへんです！　ゲールケさんが！　来てください！」

オリヴァーは介護士を押しのけて書斎に入った。いやな予感が的中した。ゲールケは死んでいた。顎を胸につけてデスクチェアに体を沈めていた。一見したところ、居眠りをしてそのまま平和のうちに死んだように見える。だがオリヴァーは、死体が手にしている注射器を目ざとく見つけ、ふるえている介護士の肩を抱いて、キッチンに連れていった。

「すわってください」オリヴァーはキッチン戸棚を開けてグラスを見つけると、蛇口から水を注いで介護士に渡した。「ゲールケさんに最後に会ったのはいつですか？」

「昨日です。昨日の午後六時頃」そうつぶやくと、介護士は水をひと口飲んだ。手がふるえていた。「いつもどおりでした。普通にさようならと言葉を交わしました」

「ゲールケさんは糖尿病でしたか？」オリヴァーはたずねた。

「ええ。成人発症型の二型糖尿病でした。でもちゃんと養生していました。とても……自制心のある方でした」

介護士はいきなり泣きだした。

「死んだ人を見るのははじめてではありません」介護士は片手で涙をふいた。「ゲールケさんはとてもいい方で、気丈でした。でも息子さんの件ではさすがに気落ちしていました」

オリヴァーは別の疑いを抱いていたが、介護士の幻想を壊すのはしのびなかったので、黙っていた。

*

カロリーネ・アルブレヒトはニーダーンハウゼンで高速道路三号線に乗った。ウィンカーをだしてアクセルを踏む。黒いポルシェ911Sは飛行機のように速度を上げた。四百馬力のエンジンが背後で咆吼（ほうこう）した。速度計の針が数秒で時速百五十キロを指した。昔から車を飛ばすのが好きだった。運転免許試験に合格してすぐ手に入れた車はゴルフGTIだった。ポルシェは今の会社からあてがわれたものだが、豪邸と同じで今の彼女には無用の長物だ。娘のグレータが寄宿舎に入ってからやめていた乗馬をまたやりたくなったのなら、馬をプレゼントしてもいい。そのときはスポーツカーよりも牽引装置付きの四輪駆動車の方が便利だろう。

二、三分、カロリーネは将来を夢想し、グレータと自分のために買う家を思い描いた。古い農家。背の高い老樹がそびえる魔法にかかったような庭。バラの茂み。ヤナギが枝を垂らす池なんかもいい。二、三年働けば、ケルクハイムでそういう贅沢をする金はたまる。それに母親の遺産がある。母親のことを思いだして、カロリーネは現実に引きもどされた。モンタバウアーのあたりで時速を百キロに落とした。カルステンは昨夜電話をかけてきて、大晦日は彼の両親が住むシュタルンベルク湖に来ないかと誘ってくれた。ふたり目の妻のニッキは心が広く、今でも彼の両親はカロリーネのことを歓迎してくれる。けれどもカロリーネは丁重に断った。今は南ドイツくんだりまで行っている暇はない。母親の葬儀の準備があるし、十年前になにが起きたのかなんとしても突き止めなくては。さもないと死ぬまで真相がわからず苦しみそうな気がした。

カロリーネはルームミラーに自分の顔を映した。悲しみと苦しみと怒り。自暴自棄になりそうだったので、心の中に押し込めていたそうした感情が顔にあらわれている。このままではトランプの家ががらがらと崩れてしまう。あとどのくらい耐えられるだろう。いつまで自制心を保っていられるだろう。

カロリーネは精神を一点に集中させて、他のことを忘れるコツを心得ている。今こそその能力が必要だ。ナビによれば、ドクター・ハンス・フルトヴェングラーのところには十一時二十六分に到着する。父親がこの数日頻繁に電話をかけた人物だ。昨日、ゲールケとドクター・アルトゥール・ヤニングと話してみたが、たいしたことはわからず、かえって疑いが深まった。父親と父親の友人知人を結びつける因縁がなにかあるのだ。カロリーネは、ドクター・フルトヴェングラーからなにか聞きだせるとは思っていなかったが、どんなささいな情報でもパズルのピースになりうる。

＊

「マックスの死に絶望して、生きる気力を失ったのです」介護士はむせび泣いて、涙で濡れたハンカチを握りしめた。

オリヴァーとピアは顔を見合わせた。居間の暖炉に積みあげられた中身が空っぽのバインダーと、いまだに熱を持っている灰は別のことを語っている。バインダーの背表紙はきれいには ぎ取られ、燃やされていた。バインダーの中身も、もはや確認不能だ。ゲールケは書類を徹底的に廃棄した上でインスリンの過剰投与で命を絶った。遺書はないが、デスクにスナイパーが送った死亡告知のコピーがあった。オリヴァーがわざと取っておいて、今日見せるつもりだったものだ。だれかが先回りをした。だれだろう。ファーベル記者しかありえない。あいつは自力で調査をしているのかもしれない。死亡告知の内容がゲールケ自殺の引き金になったのは間違いないだろう。ファーベルをとっちめる必要がある！

「ゲールケさんに遺族はいますか？」ピアがたずねた。空色のビニールカバーを靴の上からはき、ラテックスの手袋をはめている。

「たしか妹さんがどこかにいるはずです」介護士は少し気を取り直して答えた。「でも暮らしているのは外国です。八十歳になるはずです」

「ありがとう、捜してみます」ピアはメモを取った。「帰ってけっこうです、ミヒェルさん。協力してくださり感謝します」

　介護士はキッチンの椅子から腰を上げ、ピアに伴われて玄関に向かった。姿を消す前に、彼女は鍵の束から玄関の鍵をはずしてピアに渡した。

「もう必要ないので」介護士は小声でそういうと、立ち去った。

　そのあいだにクレーガーの部下たちは遺体と書斎を撮影し、現場検証した。ピアのすぐあとに到着した法医学者フレデリック・レマーは鑑識チームの作業が終わるのをおとなしく待ったので、クレーガーの評価が上がった。ピアが書斎に戻ると、鑑識官がふたりで遺体をそっと椅子から持ちあげ、絨毯（じゅうたん）に寝かせたところだった。

「見てまわってもいいかな？」オリヴァーはクレーガーにたずねた。

「ああ、こっちは終わった」クレーガーはうなずいた。

オリヴァーとピアはデスクを探った。案の定、デスクの上にも引き出しにもたいしたものはなかった。ゲールケは徹底的に片づけていた。

レマーは死体の体温を測り、死斑が腰部、背部、大腿の下部、下腿に出ているのを確認した。血液は循環しなくなると、沈殿するからだ。

「死後硬直がまだ完成していない」レマーがオリヴァーとピアにいった。「午後十時から未明の一時までに死んだようだ。一見したところ他殺の線はないでしょう」

ピアは手袋をはめたままの指で固定電話の通話履歴を液晶画面にだしてみた。最後に電話をかけたのは午後八時四十八分。相手はオーバーウルゼルの市外局番。その前にケルンに住むだれかと電話で話している。

「これって第二の被害者の夫ドクター・ルードルフの電話番号ですね。賭けてもいいです」ピアはいった。

「どうしてそう思うんだ?」オリヴァーが驚いてたずねた。

「勘です」ピアは答えた。

突然、電話が鳴った。ピアが受話器を取ろうとすると、オリヴァーが止めた。フランクフルトの市外局番だ。三回鳴って留守番電話になった。

「フリッツ、わたしだ」発信音のあと、男の声がした。「いましがたきみのメッセージを聞いた。フリッツ?　いないのか?　あとでかけ直す」

「どうして出てはいけなかったんですか?」ピアは驚いていた。

「これ以上、資料を焼かれたくないのでね」そう答えると、オリヴァーはクレーガーの方を向いた。「電話機に記録されている電話番号をすべて調べたい。着信と送信両方だ」

「問題ない」クレーガーはうなずいた。「電話機を持ち帰ろう」

「それから電話の回線をそのままにして、着信を転送することはできるか？」オリヴァーはたずねた。「ゲールケの死が知られないうちは、まだ電話がかかってくるかもしれない。なにかの手がかりになる可能性がある」

「もちろんできる。手配する」

「すぐに頼む。通話履歴はカイに渡して、調べさせてくれ」

「ああ。そうせっつくなって。最善の努力をするよ」

「クリスティアン、きみは最高だ。みんな知ってるさ」オリヴァーはクレーガーの肩を叩いた。

「愚痴くらいいわせてくれ」クレーガーは首を横に振りながら立ち去った。

ピアの電話が鳴った。

「カイからです」ピアはそういうと、オリヴァーも聞けるようにハンズフリーにした。

「トムゼンを見つけました」ピアがあいさつするよりも早く、カイはいった。珍しく興奮している。「本当の名前はマルクス。姓はブレヒト＝トムゼン。そう住民登録されている。昨日、発見できなかったわけだよ」

「住所は？」ピアはたずねた。

「エップシュタイン市フォッケンハウゼン地区ヒバリ通り十二番地」

「ありがとう」オリヴァーはいった。「じゃあ、さっそく訪ねてみよう」

「待ってください！」カイが叫んだ。「他にもわかったことがあります！　トムゼンはかつて警察の人間でした！　連邦国境警備隊、しかも対テロ特殊部隊のＧＳＧ９！　射撃が下手なはずはないです」

オリヴァーとピアはすることがなかったので、ゲールケの家を出た。ケムとカトリーンには隣人に聞き込みをして、この数日、とくに昨日の夜ゲールケに来客がなかったか調べるように指示した。

「今回の事件では、銃の扱いを熟知している人間ばかりあらわれますね。変じゃありませんか？」ピアはオリヴァーにつづいて車に乗り込んだ。自分の車は少し離れたところに止めてある。あとで取りにくることにした。

「まあ、そうだな」遺体搬送車を通すため、オリヴァーは車を後退させた。「銃を所持する人間がドイツにも多いということだ。ハンター、射撃選手、警察関係者。もちろんアメリカほどではない。だが充分に多い。他の事件ではあまり銃が使われないから問題にならないだけだ」

「そうかもしれませんね」ピアは身を乗りだして、カーナビにカイから教わった住所を入力した。「ヘレン・シュタードラーの父代わりになった人物がどんな話をするか楽しみです」

＊

ヒバリ通り十二番地の家は平屋だった。昔はすてきな家だったに違いない。だが今は傷んでいた。ペンキがはがれ、屋根は苔むしている。前庭も荒れ放題だ。

オリヴァーはベルを押した。だれも出てこない。だがガレージの前に汚れた黒い四輪駆動車が止まっている。薪を割る音がした。

「だれかが薪割りをしていますね。裏手に行ってみましょう」そういって、ピアは敷地に足を踏み入れた。ふたりはガレージの脇をとおって庭に入った。前庭と同じで、そう呼んでいいかわからなかったが。芝生は冬になってから刈っていないようだ。家のそばとガレージの裏には雑草がはびこり、がらくたが積みあげてあった。風化した木製のテラスに男が立っていた。寒気の中、ジーンズとTシャツだけの姿で薪を割っている。手際がいい。テラスの外階段に置いた籠に割った薪をどんどん投げ込んでいる。男の横にロットワイラーが横たわっていて、オリヴァーたちに気づいて頭を上げ、体を起こした。

「おいおい！」オリヴァーがピアの背後に隠れた。

「なにやってるんですか？」ピアは立ち止まった。筋肉の塊（かたまり）のような大型犬が吠えながらふたりの方へ駆けてきた。

男は斧を薪割り台に突き刺して振り返った。

「やめろ、アルコ！」男の鋭い声で、犬は吠えるのをやめ、立ち止まった。

「トムゼンさん？」オリヴァーはピアの後ろから出てきた。「日曜日にお邪魔してすみません。じつは……」

オリヴァーは身分証をだしたが、マルク・トムゼンは手を横に振った。

「警察だろう。身分証なんていらない。見ればわかる。俺も同じだったからな。どうした？」

年齢は四十代終わりくらいで、体がしまっている。ふさふさした褐色の髪、きれいに切りそろえた口髭、刺青を彫った筋骨隆々の上腕。

「スナイパー事件を捜査しています」オリヴァーは明かした。

「ほう」トムゼンは興味なさそうにいった。「俺とどういう関係があるんだ？」

「捜査中にHAMOのことを知りました。会長はあなたですね。少し時間がありますか？」

「俺でいいなら」トムゼンは肩をすくめ、籠をつかむと、口笛で犬を呼んだ。犬は見知らぬふたりから目をそむけることなく、主人に寄り添うようにして歩いた。「家に入ってくれ」

オリヴァーたちはトムゼンのあとからテラスを横切って家に入った。家の中は冷え冷えしていた。

「ストーブはこういうところが不便だ」トムゼンはいった。「すぐ暖かくなる。キッチンにいてくれ」

トムゼンは居間のストーブに火をつけた。居間もいい状態とはいえなかった。ドアもドア枠も傷だらけで、床のタイルも汚れ、窓も曇っていた。ところがキッチンはきれいに片づいていた。壁にはサッカーのユニフォームを着てにこにこしている十四歳くらいの少年の額入り写真が飾られていた。

「で、なんの用だい？」トムゼンはキッチンに入った。「コーヒーは？」

オリヴァーとピアは断った。

「HAMOってなんですか？　なんの略語ですか？」ピアはたずねた。

「互助会さ」そういって、トムゼンはコーヒーを注いで、砂糖をカップに入れた。「臓器マフィアの被害者遺族互助会の略だ」

「臓器マフィアの被害者遺族？」オリヴァーは聞き返した。「どういう意味ですか？」

「移植医はハゲタカだ。臓器が入手できると嗅ぎつけると、群がってくる。臓器摘出は殺人と変わらない」トムゼンは確信を持っていうと、作業台に寄りかかった。「ひとりでは奴らに太刀打ちできないが、うちの会は同じ境遇の人に警告を発している」

「境遇というのは？」ピアはたずねた。

「家族を事故で亡くすだけでもつらいことなのに、病院から圧力を加えられたら、地獄だろう」トムゼンは答えた。「だれも立ち直れない」

「あなたも経験したんですか？」

「もちろん。十五年前に。息子が自転車事故を起こし、病院で脳死と判定された。家内は虚脱状態に陥ったので、医師団は俺に猛烈な圧力を加えた。俺はそれに負けて息子の臓器摘出を認めた」トムゼンの視線がちらっと壁の写真に向けられた。「そんなことはしたくなかったんだ。俺にはベニが死んだように見えなかった。二度と目を覚まさないなんて認めたくなかった。しかし言葉巧みに説得された。ベニの死は悲しいことだが、もう手の施しようがない。だがベニの臓器は他の病人を救えるってな。俺は家内とゆっくり相談したいといった。ところが、医師団はしつこかった。これ以上ベニを生命維持装置にかけておけないとかいってせかしたんだ。俺は神経がまいって承諾した。そのことを今でも後悔している」

トムゼンはため息をついた。

「俺は息子が死ぬときそばにいてやれなかった。医師団は息子を集中治療室から手術室に移した。翌日、霊安室で再会したが、それはもう俺たちの息子じゃなかった。ただの抜け殻だった。顔は引きつり、目にはテーピングがしてあった。網膜まではぎ取ったからさ！」声は平静を保っていたが、苦しい気持ちがいまだに伝わった。十五年経ってもまだ癒やされないのだ。「息子は手術台の上で尊厳もなく死に至った。十五歳で。あんたたちに子どもがいるなら、俺の気持ちがわかるだろう」

「ええ、よくわかります」オリヴァーはうなずいた。「わたしにも子どもが三人いるので」

「結婚生活も破綻した。二年後、家内に去られ、職も失った」

「今はどんな仕事を？」ピアがたずねた。

「警備会社で働いている」トムゼンは無理に笑って見せた。「他の仕事は勤まらない」

「GSG9の隊員でしたね」オリヴァーが確かめた。

「昔のことさ。除隊して十二年になる」

「射撃の腕は衰えないでしょう」

「まあな」トムゼンの目に皮肉めいたきらめきがあった。「自転車に乗るのと同じだ」

トムゼンはそっけなくそういった。ピアはあらためてこの男が何者か意識し直した。GSG9の隊員には、警官ならだれでもなれるわけじゃない。厳しいトレーニングに耐え、精神を限界まで追い詰め、作戦ではその限界を超えることもあるエリート集団だ。彼らはためらうことを知らない有能な戦闘機械、完璧な殺し屋だ。

「ヘレン・シュタードラーさんをご存じですね？」ピアはたずねた。

トムゼンの顔から少し表情が消えた。しかし一瞬、口が引きつった。

「もちろん。彼女の祖父母はＨＡＭＯで活動している。ヘレンがどうした？」

「死んだことはご存じですね？」

「もちろん。葬儀に参列した。なんで彼女のことを訊く？」

「スナイパーはヘレンさんとその母親の復讐のため人を殺しているようなのです」オリヴァーは答えた。「だからヘレンさんと近い間柄の人間だと考えているんです」

「なるほど。国境警備隊の元隊員がそういうことをすると思っているわけだ」トムゼンは不機嫌そうにいうと、コーヒーカップを流し台に置いた。

ピアはちらっとロットワイラーを見た。床に横たわり、琥珀色の目でじっとピアを見ている。弾薬を装塡した銃と同じくらい危険だ。いや、飼い主と同じくらいといった方がいいか。

「ディルク・シュタードラーさんは、あなたがヘレンさんの父代わりだったといっています」ピアは答えた。「かなり親しかったと思われますが」

トムゼンは胸元で腕を組み、さげすむような視線をピアに向けた。ピアの背中に鳥肌が立った。うさんくさい。トムゼンはどこかあやしい、とピアの直感が告げていた。

「ヨアヒム・ヴィンクラーはハンターだった」トムゼンはいった。「かなりうまい。ヘレンの婚約者ハルティヒも。ヘレンの兄はバイアスロン選手だった。みんな、俺なんかよりはるかにヘレンに近しい存在だ」

「ヴィンクラーさんはパーキンソン病です」ピアは答えた。「薬がなければ水を入れたグラスも持てないほどです。一キロ近い距離から正確な狙撃をするのは無理でしょう」

家のどこかで電話が鳴った。トムゼンはびくっとして体を起こした。

「ちょっと失礼」オリヴァーが止める前に、トムゼンはその場を離れた。犬がオリヴァーたちの前に立ちはだかった。ピアがドアの方に一歩近づいて、盗み聞きしようとすると、ロットワイラーがうなり声を上げた。

「わかったわ」ピアは犬にいった。「落ち着いて」

トムゼンはすぐに戻ってきた。途中で犬の頭をなでて、すわるように命令した。

「銃を持っていますか、トムゼンさん？」オリヴァーはたずねた。

「どうして？」

「質問に答えてください」

「銃器所持許可証を持っている。この数年、銃は少しずつ売り払っているけどな。金がいるんでね」

「領収書は持っていますか？」

「当然だ」

「あなたが勤めている警備会社の名前は？」

「トップセキュア」トムゼンは腕時計をちらっと見て、急にそわそわしだした。

「十二月十九日の朝八時から九時のあいだどこにいましたか？　それから十二月二十日午後七時頃、クリスマスの朝八時、十二月二十八日の午後一時三十分頃」

トムゼンがきびしい目つきをした。

「そりゃなんだい？　どこにいたかなんて覚えちゃいない。たぶんここにいた。夜勤明けは一日じゅう寝ている」

「十二月十九日からずっと夜勤なのですか？」

「夜勤だよ」

「つまりアリバイがないのですね」オリヴァーがいった。「これであなたは被疑者になります。動機、手段、機会、元警官ならわかりますね。同行願います」

トムゼンは答えなかった。目が泳ぎ、さっとキッチンを見まわしてから、オリヴァーに視線を戻した。

「断る」トムゼンはいった。

「どういうことですか？」

トムゼンは背を向けて引き出しを開けた。あっと思ったときにはもう拳銃がピアの頭に向けられていた。ピアはこめかみに冷たい銃口を感じた。

「拳銃と携帯電話を食卓に置け。すぐだ」

「どういうことです、トムゼンさん。ただじゃ済まないですよ」オリヴァーがいった。だがピアはなにもいわずホルスターから拳銃を抜き、携帯電話といっしょにテーブルに置いた。両手がふるえ、脈拍が速くなった。トムゼンは迷わず引き金を引きそうだ。

「武器を捨てなさい」オリヴァーは落ち着いていった。「まだ手遅れじゃない。拳銃をわたしに渡して、ついてくるなら、不問に付します」

「元警官としては、信じられないな。説得しても無駄だ。早くしろ」

オリヴァーはピアに視線を向け、それから拳銃とiPhoneを置いた。

「馬鹿なことをしなければ、なにもしない」トムゼンは保証した。「俺の前を歩いて、地下に下りろ」

＊

どんなことも苦にならない。一戸建て住宅を建てること以上にすてきなことがあるだろうか？　何ヶ月も計画を練り、床材、壁紙、バスルームのタイル、階段の手すり、テラスの敷石を検討する。はじめは図面と草むらしかなかった。それから建築がはじまる。夢に描いたものが、日を追って形になる。ベッティーナ・カスパール＝ヘッセは毎日工事現場を訪れ、刻々とできあがっていく様子を写真に撮って記録する。コンクリート造の地下室、基礎、壁、一階、二階、屋根裏。彼女はゴム長靴をはいてぬかるみを歩きまわり、現場監督や建築家と打ち合わせをし、大小さまざまな変更をおこない、夢が実現する日を心待ちにした。シュテルン小路のマンションは手狭になっていた。子どもたちにはもっと広い家が必要だ。新居にはその広さがある！　大きな部屋、地下の遊戯室、ブランコ、プール、大きなトランポリンのある庭！　ベッティーナは車をガレージに入れたら、そこからキッチンにアクセスする贅沢を享受できる。

買い物袋を提げて駐車場を横切り、四階まで運ぶ労苦からとうとう解放される！
ベッティーナは微笑んでオークの作業台をなでた。朝、目が覚めると、ベッドから掃き出し窓を通して森が見える。この十年が順風満帆だったことに感謝していた。当時はこんなにすてきな人生が送れるとは想像だにしなかった。最初の結婚に失敗し、絶望の淵にいたとき、若い頃に付き合ったことのあるラルフと偶然再会した。彼は落ち込むベッティーナを支えてくれた。元夫のように縛ることはなく、酒に溺(おぼ)れて殴ることもなかった。過去の暗い影はもうすっかり消え去り、ラルフのおかげで静かな生活を営めている。彼とのあいだにすばらしい子どもをふたり授かった。母親になる気力を失っていたのに。新居は幸福の頂点だ。我が家。四方を囲む自分の壁。自分の家具。ラルフと彼女が思い描いたとおりの家になった。毎晩図面とにらめっこをし、アイデアを練り、笑い、資金繰りを考えた。いつの日かローンを返し、この家でいっしょに歳を取る。共に年輪を重ね、白髪頭になる。愛情いっぱいの人生。

ベッティーナは微笑んで、冷蔵庫からだしておいたキッシュ・ロレーヌ用の生地に向かった。明日の夜は年越しパーティをする。まだまだ準備が必要だ。コンロの上の大きな鍋では牛肉の(ターフェル)煮込み(シュピッツ)がぐつぐつ煮えている。メイン料理をなににするかずっと思案した。牛肉の煮込みは失敗がないし、温め直すたびにおいしくなる。

「クリスマスは新居で祝おう」工事がすすんでいるように思えなかった夏、夫はそういった。ベッティーナは内心危ぶんでいた。だが夫のいうとおりになった。十一月二十四日に入居し、急いで荷をほどき、衣類をワードローブにしまい、書物を本棚に並べた。

玄関ドアがかちゃっと開いた。

「戻ったぞ！」夫が叫んだ。すぐに子どもたちがキッチンに駆けてきた。目を輝かせ、赤い頬をしている。夫といっしょに行ってきた動植物公園がよほど楽しかったと見える。ふたりは冷蔵庫からマルチビタミンジュースをだしてオープンキッチンの朝食用カウンターのハイチェアによじのぼった。

「ただいま」夫は靴を脱いでキッチンに入ってくると、ベッティーナの腰に腕をまわしてキスをした。「ううん、おいしそうなにおいだ！」

「明日の料理よ」ベッティーナは胸がはずんだ。夫の姿を見るといつもそういう気持ちになる。「でもオーブンの中に、お腹を空かしたあなたたちのために別のサプライズがあるわよ」

「においでわかったさ」夫はオーブンを覗き込んだ。「ピザだな！」

「ピザだ！　ピザだ！」子どもたちも歓声をあげた。「なにをのせたの、ママ？」

「あなたたちが好きなものをのせたわよ」ベッティーナは微笑んだ。「テーブルセッティングをして、手を洗ってらっしゃい。それから食事よ」

ベッティーナは夫を見つめた。夫も見つめ返した。

「この家を愛してる」ベッティーナはいった。「でもその何倍もあなたを愛してる」

ラルフは彼女を抱いて、冷たい頬で頬ずりをした。

「きみを愛する。死ぬまで」

＊

「なんてことだ!」オリヴァーは悪態をついた。「信じられない。本当に監禁した!」

トムゼンはふたりを暖房室へと追い立てて、ズンと鈍い音をたてて防火扉を閉め、施錠した。

ふたりは籠の鳥だ! 暖房が消してあり、その小さな部屋は寒くて暗かった。

ピアはふるえが来ないように気をしっかり持った。恐怖が手や足の先まで浸透していた。トムゼンは危険だと思ったが、まさかこんな目にあうとは思わなかった。

「わたしたちがどこへ向かったか、カイが知っている」オリヴァーはピアを慰め、壁のスイッチを探った。だめだった。スイッチは外側らしい。鉄格子がはめられた小窓をとおしてうっすら日の光が差し込んだ。

ピアはこれからなにが起こりうるか考えた。手がかりを消すために、あいつが家に火をつけたらどうなるだろう。焼け死ぬか、一酸化炭素中毒で死ぬことになる! もしかしたら昔いかれた犯人がやったみたいに、地下室を水没させるかもしれない!

ピアは深呼吸して、気持ちを落ち着けた。あいつは、おとなしくしていればなにもしないといった。信じるほかなさそうだ。

「彼が犯人だと思いますか?」ピアはたずねた。目が薄闇に慣れて、バケツを見つけ、裏返してすわった。

「その可能性はある」オリヴァーは答えた。「射撃がうまいことは間違いない」

「失うものもないですしね。それより困りました!」

「どういう意味だい?」オリヴァーが面食らってたずねた。

「トイレに行っておけばよかったです！　ちょっとおしっこがしたくなって」

「そのバケツを使うといい。わたしは見ないから」

「いいえ、まだ我慢できます」ピアは冷たくなった手をジャケットの袖の中に入れた。「トムゼンはヘレンが好きだったようですね。彼女のことをたずねたとき、顔を引きつらせました」

「エーリクも妹が好きだった」

「妹としてでしょ。彼は家族が崩壊したことで何年も苦しんできました。でも会社を順調に伸ばし、趣味や友人を持っています」

「それでもネフが作成したプロファイルに該当する」

「プロファイルなんてくだらない！　それにエーリクは忍耐力がないです。トムゼンの方が犯人像に近いでしょう。彼は冷酷です。そしてプロです」

「ハルティヒも忘れちゃいけない」コートのポケットに手を入れて、オリヴァーは歩きまわった。五メートル行って、五メートル戻る。ピアはテニスの観戦者のように首を左右にまわした。

「よく考えれば、彼の人生はことごとく挫折している。仕事もプライベートも、自分に課した使命も。彼の中では復讐への欲求が湧きあがっているだろう。トムゼンがいったことが本当なら、彼も射撃がうまいことになる！　彼とヘレンはずっと過去の話ばかりしてきた。病的だ。普通の人間はそのうちに前を向き、過去を克服するものだろう。だがヘレンにはその力がなかった。そしてハルティヒにも」

「ヘレンは母親の死が自分の責任だと思い込んで生きていましたからね」ピアはうなずいた。

「まるで自分からそう望んだみたいに」

「重病人と同じだ。そう思うことで、自分を特別視したんだ」オリヴァーは壁に寄りかかった。

「関心を呼びたくてやたら病気だと訴える人がいる」

「何年もそんなことをするなんて、信じられないです」ピアは首を横に振って、膝を合わせた。ふるえはしだいに収まった。トムゼンがふたりを監禁したのは逃亡するためだ。ふたりに危害を加えるためではない。

「みんなが運命を乗り越えて生きつづけたのに、ヘレンだけができなかったというのが本当のところだな。ハルティヒをもっと詳しく調べなくては。ヘレンを自殺に追いやった人間に報復するのは義務だと思っているかもしれない」

「そしてヴィンクラー夫妻は」ピアは声にだして考えた。「死んだ娘の臓器を提供してしまったと自分を責めました。トムゼンも自分の決断とその結果で人生を狂わせたわけでしょ」

ピアは漏らしそうだった。いっしょに監禁されたのがオリヴァーではなく、カイやクリスティアンならこれほど我慢しなかっただろう。ボスの前でバケツに用を足すというのはどうにも気まずかった。

「被疑者は四人。ハルティヒ、トムゼン、ヴィンクラー、エーリク・シュタードラー」オリヴァーが整理した。「三人は銃が扱える。ハルティヒについては確認する必要がある。四人とも強い動機があり、手段と機会もあった。ハルティヒとシュタードラーは自営業。自分で時間を調整できる。ヴィンクラーは年金生活者で、トムゼンはシフト勤務」

「でも被害者の暮らしぶりを観察して、犯行に適した場所を探すには時間がかかります」ピアは手をこすって、しびれてきた左足を伸ばした。「シュタードラーの父親も忘れてはいけませんね。彼も条件に当てはまります。ああ、もう我慢できません。ボス、こっちを見ないでください」

ピアは立ちあがって、バケツをひっくり返してパンツを下ろした。

＊

救出されたのは午後四時四十分。地下の暖房室に閉じ込められてから四時間半が経っていた。ケム・アルトゥナイが巡査を四人連れてきて、錠をはずしてにやにやしながらドアを開けた。

「遅いじゃないか」オリヴァーはケムが約束を違えたかのような口ぶりだった。

「ボスたちの居場所を電話で知らされるまで、待機していたんです」ケムが答えた。「カイは、ボスたちがのんびり昼食をとっていると思っていましたし」

「なにそれ?」ピアは唖然としてケムを見つめた。

「トムゼンが三十分前、署に電話をかけてきて、暖房室にボスたちを監禁したといったんです。裏口が開いていて、鍵が挿してあるといって、電話を切りました」

「どういうこと?」ピアはわけがわからず、凝り固まった手足を伸ばした。

「まずい状況だとわかって、逃げる時間が欲しかったんだろう」オリヴァーがいった。「家宅捜索しろ。ケム、鑑識に知らせろ。徹底的に調べるんだ。カイにはトムゼンを指名手配するようにいえ」

食卓には、置いたときのままふたりの拳銃と携帯電話があった。居間のストーブは熱を発して、サウナの中のようだった。骨の髄まで凍えていたピアはようやく人心地がついた。それからオリヴァーとケムのふたりといっしょに家を見てまわった。トムゼンは妻と別れたあと、家具や調度品を自分好みに変えたらしい。居間にはカウチや肘掛け椅子の代わりにトレーニング機器が持ち込まれ、ランニングマシンまであった。他の部屋を見てみると、デスクの引き出しは空っぽで、ベッドは乱れたまま、そしてワードローブは扉が開けっぱなしだった。

「必要なものを持ってでたようですね」ピアは確認していった。「服がなくなっています」

「トムゼンはやはり逃走した」オリヴァーが苦々しげにうなずいた。

「首席警部」女性の巡査が階段から声をかけた。「上に来てください！」

二階には部屋が三室にバスルームがあったが、使われていなかった。暖房機もなく、空気が淀んでいた。女性の巡査はバスルームの横の部屋にピアとオリヴァーを案内した。トムゼンの息子ベニの部屋だったようだ。子供用のベッドが勾配天井の下にあり、サッカークラブ、アイントラハト・フランクフルトの色褪せたポスターが壁に張ってあった。ポスターには〝一九九七年／一九九八年〟と記されていた。勉強机の横の壁にはなにも張られていないコルクボードが六枚並べてかけてあった。そこに貼っていた紙をだれかがあわてて引きはがしたらしく、刺したままのピンに紙切れが引っかかっていて、絨毯敷きの床にもピンがいくつも落ちていた。

「デスクの裏にこれが」女性の巡査が興奮して微笑みながらオリヴァーに紙を一枚渡した。

「たぶん落ちたことに気づかなかったんでしょう」

「見てみろ！」オリヴァーはその紙に書かれたメモにざっと目をとおして、小さく息を吐いた。

「監視記録のようだ」

オリヴァーは紙をピアに渡した。

「たしかに！」ピアは相槌を打った。「マクシミリアン・ゲールケ。二〇一二年五月から八月まで毎日の行動が手書きで記録されていますね！　監視記録。それもこんな長い期間！」

「トムゼンが犯人だな」オリヴァーは確信を持っていった。

「でも字の癖（くせ）をよく見てください」ピアは眉間（みけん）にしわを寄せた。「これ、男の字じゃないですよ。若い娘の字ですけど」

「他になにを貼っていたんだろう？」オリヴァーは六枚のコルクボードをしげしげと見つめた。

「ピンを刺した跡が無数にある」

「コルクボードが六枚というのも意味がありそうですね」ケムがいった。

「なにがいいたいの？」ピアはたずねた。

「コルクボードはターゲットひとりずつにあてがわれていたんじゃないですかね」ケムは真剣な声で答えた。「もしそうなら、スナイパーはあとふたり狙っていることになります」

＊

ようやく捜査が進展した！

この十二日間、なんの手がかりもなく、暗中模索だったが、特捜班はこれで仕事に打ち込める。俄然やる気が起こり、まだ恐る恐るではあるものの高揚感すら感じていた。細心の注意を払ってどんなに小さな情報もおろそかにせず、矛盾を取り除き、判明した事実を総括した。ところがそれでも、すでにわかっているパズルのピースからできた像はまだかなり抽象的だった。

「タウヌス・エコー紙編集部はゲールケに接触していないと断言した」オリヴァーが会議で報告した。「第二の被害者の娘カロリーネ・アルブレヒトがあらわれて、母親の死亡告知を見たがったらしい。それから他の二通の死亡告知も見せて、コピーを渡したといっている」

「アルブレヒトはなんといっていますか？」ピアがたずねた。「ゲールケを訪ねたとしたら、その理由は？」

「知り合いだったかもしれない」オリヴァーは肩をすくめた。「おそらく父親の知人だ」

「今のところ連絡がつきません。残念ながら携帯の番号はわかっていないんです」カイがいった。

　窓の外は暗くなっていたが、だれも家に帰ろうとしなかった。突破口がひらきそうだからだ。だれかがイタリアンレストランからピザを取り寄せた。みんな、特捜班本部の机を囲んで、すわりながら、または立ちながらピザを食べ、カイがまとめた捜査結果を聞いた。

　トムゼンの家の屋根裏で、ライフル銃二挺と拳銃一挺が発見された。規則どおり銃器保管庫に入っていたが、銃砲所持許可証と照合したところ拳銃とライフル銃が一挺ずつ欠けていた。それにファイルを数冊押収した。オリヴァーはそのファイルからなにかわかると期待したが、トムゼンは重要な書類を持ち去っていた。その時間は充分にあった。トムゼンと飼い犬の指名手配がなされ、顔写真が報道機関に公開された。別れた妻にも事情聴取した。別れた妻の話は動機だけでなく、キムがいった犯人像を裏付けた。トムゼンは息子の死後、倫理観の欠片もない医師たちを非難することに躍起になっていたという。だがあまりに激烈だったので、だれにいっても聞き入れてもらえなかった。それから、彼はかつてはどんな状況でも冷静さを保てるすぐれた狙撃手だったという。別れた妻から、トムゼンが国境警備隊を辞めた理由も判明した。なにか事件を起こして譴責を受け、懲戒免職されたのだ。

トムゼンがグラースヒュッテンのヴィンクラー夫妻のところに匿われているかもしれないという淡い期待から夫妻の家を密かに監視したが、空振りだった。ウェブサイトから氏名が判明したHAMOのメンバーにひとり残らず電話をかけたが、だれも知らなかった。トムゼンは完全に姿を消した。

トムゼンが犯人としか思えない状況だったが、オリヴァーは他の被疑者に対する捜査の手もゆるめなかった。エーリク・シュタードラーはパトリック・シュヴァルツァーの話を裏付け、彼の失敗がかなり多くの人に知られていたことがわかった。たとえば、シュヴァルツァーが二日酔いで救急車を側溝に脱輪させたとき、救急医と救急隊員が相当腹を立てていたというのだ。

カイはハルティヒについて調べをすすめた。

連邦軍と警察への問い合わせで、新しい狙撃手の名前が上がったが、トムゼン以外、キルステン・シュタードラーと接点のある者はいなかった。

ゲールケの家では役に立ちそうなものは一切発見できなかった。ゲールケは自殺する前に徹底的に片づけていた。遺書もなかったが、マクシミリアンが死んだ二日後、ドイツ臓器移植財団を遺産相続人に指名していたことがわかった。

「医師で、製薬会社の社長でもあった人物が自分の息子を救えなかったなんて運命の皮肉だな」ネフはまるで偶然のようにキムの横にすわっていた。「財産が何百万ユーロあっても無理だった」

「救いはしたでしょう」キムが反論した。「息子は新しい心臓をもらえたんだから」

ピアは妹を見た。ひらめいたことがあった。

「ゲールケが医学を学んだのはどこ？」

「ケルンだ」ネフが答えた。

「ねえ、カイ、ゲールケの電話に記録されていた電話番号を分析した？」

「ああ。幸い携帯電話が好きではなかったらしく、固定電話ばかり使っていたから簡単だった」カイは通話履歴をピアに渡した。

「最後に電話で話したのはやっぱりドクター・ルードルフね。その前にケルン在住のハンス・フルトヴェングラーに電話をかけている。これはだれ？」

カイがさっそくその氏名をコンピュータに打ち込んだ。

「今朝のフランクフルト市外局番の電話」ピアはつづけた。「ペーター・リーゲルホフの固定電話よ」

「聞き覚えがあるな」そういって、オリヴァーは考えた。

「弁護士です」カイがいった。「調べておきました」

「そうだ！」オリヴァーはうなずいた。

「記者会見のあと話しかけてきたタウヌス・エコー紙の記者がその名をいっていた。リーゲルホフはフランクフルト救急病院の顧問弁護士で、シュタードラー一家との示談に関わっていた！　ゲールケとどういう関係があるんだ？」

「突き止めましょう」そういって、ピアはまた通話履歴を見た。「ヤニングとは十四分も話していますね。その前にバート・ホンブルク在住のドクター・ブルマイスターの固定電話。こちらはわずか十二秒」

「留守番電話でしょう」カイがいった。「フルトヴェングラーを見つけました！　一九三四年生まれ、名誉教授、内科医で腫瘍学者、専門は血液学」

「それからブルマイスターは」並行してグーグルで検索していたネフがいった。「フランクフルト救急病院の臓器移植外科医長だ」

ゲールケはこの四人になんの用があったんだろう。弁護士は親しい口ぶりだった。信頼関係があった証拠だ。ゲールケのような人物は年下とそう簡単に親しい口を利かないはずだ。

「共通点はある？」ピアはたずねた。「ロータリークラブとかライオンズクラブでいっしょだったとか？」

「ブルマイスターは二〇〇二年にはすでにフランクフルト救急病院にいましたね」フランクフルト救急病院のウェブサイトをひらいていたキムがいった。「ドクター・ルードルフの後任のようです。履歴書によると一九九九年から勤務しています」

「スナイパーの今後の標的になりうるな！」オリヴァーは電話をつかんだ。「電話番号を教えてくれ、ピア」

ピアは電話番号を読みあげた。しかし留守番電話になった。オリヴァーは至急折り返し電話をくれるようメッセージに残し、リーゲルホフ弁護士の番号に電話をかけた。夫人が出た。日曜日の夜だというのに快く応じてくれた。夫は法律事務所に出勤しているといって、オリヴァーにオフィスの固定電話と携帯電話の番号を教えてくれた。ところがリーゲルホフはどちらにも出なかった。オリヴァーはオフィスの固定電話と携帯電話それぞれの留守番電話にメッセージを残した。

夜の十時を少し過ぎた頃、エンゲル署長が特捜班本部にやってきて、ヴィンクラー家の固定電話の通信傍受とエーリク・シュタードラーとハルティヒの家宅捜索が許可されたといった。

「いいぞ」オリヴァーは満足だった。立ちあがって、みんなを見た。「シュタードラーは急がない。だが明日の朝五時にハルティヒを調べる。まず自宅、ついで工房だ。今日はここまでにしよう。みんな、ご苦労だった。明日は早い」

コンピュータの電源が切られ、ノートパソコンも閉じられた。ピアは伸びをして、あくびをした。キムがエンゲル署長を見ていることに気づいた。それにネフがキムの視線を追っていた。ネフはこのところ妹のそばにばかりいる。頼まれてもいないのにコーヒーやチョコレート入りクロワッサンを持ってきたりする。キムが冷たくあしらえばあしらうほど、ネフは気に入られようとして一生懸命になる。見られていないと思っているときのネフは、その表情から本を読むように気持ちが読み取れた。だがそこから読み取ったことに、ピアは一抹の不安を覚えた。ネフは糞野郎だ。彼の変化は信用できない。なにか企んでいるようだ。

＊

カロリーネ・アルブレヒトは凝ったうなじをもんだ。何時間もインターネットでハンス・フルトヴェングラーについて探ったが、これといった情報には行き当たらなかった。フルトヴェングラーは医者として活動した四十年間、不名誉なことや非難すべき行為におよんだ形跡が一切ない。ケルンの大病院で腫瘍科と血液科の医長を務め、定年後は個人クリニックを経営した。功専門分野では新しい治療法をいくつか開発し、それは今や白血病の標準治療になっている。功労十字章受章をはじめ、多くの受賞歴があり、さまざまな医師会やライオンズクラブや後援会の会員だ。スキャンダルはなく、訴えられたこともない。あやしいところはなにもなかった。父親の親友だったドクター・アルトゥール・ヤニングにも同じ検索をかけてみたが、やはりほとんどなにも突き止められなかった。フランクフルト救急病院の集中治療科医長ヤニングもフルトヴェングラーと同じように非の打ちどころがなかった。

ふたりの過去を洗えば、フルトヴェングラーとヤニングが関わったなにかを説明する情報が見つかると期待したが、無駄に終わった。八十歳になるフルトヴェングラーはカリブ海でバカンスを過ごしていたとかで、よく日焼けしていた。母親を亡くしたカロリーネに悔やみの言葉を述べてから世間話をした。カロリーネは、たまたまケルンに来たので、子ども時代に見た美しい庭を思いだして立ち寄ったといった。だがキルステン・シュタードラーの名をだすと、空気が一変した。沈黙の壁ができ、会話はそこで頓挫した。

結果が出ないことにがっかりして、カロリーネはオーブンの時刻表示を見た。もう調査をやめ、ベッドに入ろうと思った。もうすぐ真夜中だ！

そのときひらめいたことがあった。グレータは十三歳の誕生日を心待ちにしていた。やっとフェイスブックのアカウントを持てるからだ。以来SNSにどっぷり浸かっている。写真をアップロードし、毎日どうでもいいようなことを投稿し、「いいね」のクリック数で一喜一憂した。だれかに「友達」からはずされて週末ずっとふてくされていたこともある。昔ならさしずめ誕生日パーティに招待されなかったのと同じだ。少し前にカロリーネのアカウントを作り、基本操作を教えてもらったとき、グレータは、フェイスブックがなかったら世界がないのも同じだといっていた。驚いたことにカロリーネのところにありとあらゆる知り合いや昔の級友から「友達リクエスト」が殺到した。カロリーネはもう一杯白ワインを注いで、フェイスブックにログインした。ヘレン・シュタードラーを検索するとすぐに見つかった。驚いたことにアカウントが生きている。どうやらだれも閉鎖しようと考えなかったようだ。幸運に胸を躍らせ、ヘレンの「友達」をクリックした。五十四人とそれほど多くない。「友達」の承認を受けていないから数枚の写真と投稿文しか見ることができなかった。ヘレンの投稿にコメントを寄せ、「いいね」をクリックしている人の氏名をメモした。よく目についたのはヴィヴィアン・シュテルンだ。カロリーネは自分のページに戻って、ヴィヴィアン・シュテルンに友達申請してメッセージを書いた。返事があるとは思えなかったが、運を試すほかない。

二〇一二年十二月三十一日（月曜日）

大晦日。特別な日だ。多くの人にとって、この一年を振り返り、総括するいい機会だ。なにがよくて、なにがいけなかったか。来年の今頃は、どこにいるだろう。男の場合は決まっている。なぜこんなことをしたのか、だれも理解できないだろう。だから刑務所に入るか、地獄行きだ。どちらも大差ない。

ほとんどの人が新年を祝う。だれかといっしょに。飲み食いし、特別な夜ででもあるかのように振る舞う。そのじつ、いつもと変わらない夜なのに。十二月三十一日がただの日付である文化圏もある。空砲を撃ったり、ロケット花火を打ち上げたり、そういう大晦日の乱痴気騒ぎとは無縁になった。以前は違った。同僚とシャンパンで乾杯し、そのあと家で家族と新年を祝ったこともある。シャンパンに合わせてラクレットやフォンデュに舌鼓を打ったこともある。だがそれも昔の話だ。今日はひとりぼっち。そして今夜、人を殺す。新年を楽しみにしながら、体験せずに終わる人はすくなくない。大晦日にはいつもより交通事故が多い。年の順で人は死んでいくが、まだその順番でない者も死ぬことがある。そうじゃないか？　あの人物は生まれたときから、二〇一二年十二月三十一日にステアーSSG69から発射された弾丸で死ぬ定めだったのだろうか。それとも人生の節目節目に決断を繰り返した結果、今夜死ぬ羽目に陥ったのだろうか。

男は同情を覚えなかった。今までだれも彼に同情を寄せなかった。起きてしまったことを受け入れ、生きつづけるしかなかった。彼もまたなにも変えることができず、置き去りにされたのだ。運命は予告もなく容赦ない一撃を放つ。青天の霹靂。そして折り合いをつけなければならない。みじめな残りの人生を生きるために。

＊

ピアはよく眠れなかった。いろいろなことが脳裏を駆け巡る。考えがまとまらず、頭がおかしくなりそうだ。朝の三時四十五分に起きだして、服を着ると、キッチンに下りてコーヒーをいれた。昨日の夜、スカイプでクリストフと話した。トムゼンに拳銃で脅されたことは黙っていた。それでなくてもクリストフは彼女のことを心配していた。ちゃんとしたものを食べていないのではないか。まともに寝ていないのではないか。この上さらに心配させるわけにはいかない。ピアは心の底から彼が恋しかった。日中は忙しくて、そのようなことを考える暇もないが、夜はベッドの中でまんじりともせず、クリストフに恋い焦がれた。彼のにおい、息づかい。恋しくて胸が張り裂けそうだ！　だがピアの場合は一時的なことだからまだいい。最愛の人に死なれた人はその程度では済まないだろう。パートナー、娘、母親、息子に別れのあいさつもなく死なれたら、どんな気持ちだろう。ディルク・シュタードラーは最初に妻、ついで娘を失った。ハルティヒは結婚式を目前にして、婚約者を埋葬することになった。マルク・トムゼンは息子を亡くし、そのあと妻と仕事まで失った。

ピアは、自分の過ちのせいで最愛の人が死んだと知って愕然としたときのレナーテ・ローレーダーとドクター・ルードルフを脳裏に蘇らせた！　スナイパーは病身の老人ゲールケからもっとも大事な人を奪った。そしてパトリック・シュヴァルツァーは自分ではささやかなミスと思っていたことで、十年後にあれほど厳しい罰を受けた。

〝死ぬよりつらいこと〟という言い回しがあるが、まさにそれだ。喪失そのものがすでに破局をもたらし、癒えることのない傷となる。だがその責任が自分にあると気づかされることで、それは悪魔的な懲罰と化す。だからゲールケは命を絶ったのだろうか。

ピアが二枚のトーストにバターとヌッテラ（チョコレート風味のヘーゼルナッツペースト）を塗っていたとき、キムがあらわれた。

「おはよう」そうつぶやくと、キムはコーヒーメーカーのところへ歩いていった。「なんでそんなに元気いいわけ？」

「おはよう」ピアはにやっとした。「早起きの遺伝子よ。わたしはヒバリで、あなたはフクロウ。出勤前に朝食をとる？」

ピアはトーストを二つ折りにして、がぶりとかんだ。

「こんな朝早く食べられない」キムはいやな顔をして首を横に振り、コーヒーをすすった。

「マルク・トムゼンにはちゃんとした動機がない」ピアは口をもぐもぐさせながらいった。

「それでもシュタードラー一家となにか結びつきがある。なんなのかしらね」

「わたしもそのことを考えていた。ディルク・シュタードラーは当時、フランクフルト救急病院から金をもらった。彼がその金でだれかを雇ったとしたらどう？」

「プロの殺し屋？」

「そう。本当のプロ」

「そのことも考えた。ずっと前から、犯人はプロだといっていたものね。ディルク・シュタードラーは、義父母や息子と同じ動機を持っている。人脈さえあれば、汚れ仕事をする人間は雇える。リトアニア人、ロシア人、コソボ人……アルバニア人。連中なら、はした金でもやる」

「そこまで話を大きくする必要はないわ」キムはようやく頭が冴えてきたようだ。「考えてもみて！　トムゼンがシュタードラーから金をもらって報復を実行に移したのかもしれない」

ピアはトーストを食べながらそのことを考えた。トムゼンは殺しを引き受けたりするだろうか。捕まれば終身刑（ドイツでは死刑が廃止されている）だ。金をもらっても使い道があるだろうか。あるわけない。トムゼンのような人間は自分の信念に基づいたことならなんでもするが、それ以外は絶対にしないだろう。他人の片棒をかつぐタイプじゃない。

「今日の家宅捜索でなにが出てくるかね」ピアは時計を見て、皿とナイフを食洗機に入れた。「犬を外にだして、馬に餌をやってくる。あとで署で会うのでいい？」

「もちろん」そう答えると、キムはまたあくびをした。「わたしは九時に行く。その前に買い物をする」

「助かる」そういって、ピアはにやっとした。「大晦日はやっぱりフライターク家伝統の肉フォンデュにしないとね」

「新年占いの道具と花火も買っておく？」玄関で厩舎用のブーツをはいているピアに、キムがたずねた。

「やめてよ！」ピアはにやっとした。「ここからフランクフルトとフォルダータウヌスの花火が見える。お金の無駄！」

*

ハルティヒの住居を家宅捜索しても空振りに終わるだろう、とオリヴァーはすぐに思った。朝の五時、玄関を開けたハルティヒはすでに服を着ていた。あるいは服を着たままだった。髭は剃っていない。オリヴァーが捜索令状を見せようとすると、手を横に振った。

「どうぞ」ハルティヒは落ち着き払っていた。「コーヒーを飲んでもいいですか？」

「ご自由に」オリヴァーはうなずいた。ピアと彼はハルティヒにつづいてキッチンに入った。

「眠らなかったのですか？」

「少し寝ました」ハルティヒは、洗濯籠を抱えて入ってきた捜査官たちを興味なさそうに見た。捜査官たちはすべての部屋の照明をつけた。ハルティヒはコーヒーメーカーの方を向くと、耐熱ガラスのデカンタをつかんで水を入れた。「ヘレンが死んでからあまり眠れないんです。たいていはドキュメンタリー番組を見たり、工房に行ったりします。仕事をしていると気が紛れるので」

「工房に行ってたわけですか？　車のエンジンが温かいですが」

「ええ。三十分前に帰宅したばかりです」疲れた顔に笑みを浮かべた。ハルティヒは食器棚を開けた。「あなたが来るとは思いませんでしたので。飲みます？」

「いいえ、結構」ピアとオリヴァーは異口同音にいった。コーヒーメーカーがごぼごぼ音をたてた。汗とタバコのにおいがコーヒーの香りに取って代わられた。

「マルク・トムゼンさんを知っていますね？」ピアはたずねた。

「ええ」ハルティヒはうなずいた。「かなりの石頭です」

「なんですって？」オリヴァーはたずねた。

「頭が固いってことです」

「彼に嫉妬していたんですか？」

「なぜ？」ハルティヒは聞き返した。

「あなたの婚約者はトムゼンさんと親しかったでしょう」ピアはいった。「ディルク・シュタードラーさんは、トムゼンさんがヘレンさんの父親代わりだといっていました」

「馬鹿な。ヘレンがはじめてHAMOの会合に顔をだしたときから、あいつは彼女にしつこくつきまとっていました。はじめはヘレンもうれしかったようですが、そのうち……嫌うようになりました」

「どの程度ですか？」

「マルクは父親にでもなったつもりで口うるさくなり、訊かれてもいないのにいろいろ助言したんです」ハルティヒはいやな思い出を振り払おうとするかのように首を横に振った。「ヘレンのために自分の家に部屋まで用意したんです」

「なにか下心があったんでしょうか？」

「ヘレンの写真を見たでしょう」ハルティヒはどこか苦々しげだ。「とても美人で、はかなげだったんです。トムゼンのようにがさつなマッチョはイチコロです。人生の落伍者のくせに、自分は偉大で強いと思い込んでいる。トムゼンはあわれな奴です。復讐の妄執に駆られています。ヘレンをいつも困らせていました。それどころか、ヘレンを焚きつけたんです」

「復讐の妄執というのは？」オリヴァーはたずねた。

「自分をひどい目にあわせた連中を罰したいと思っているんです」

「トムゼンなら人を射殺すると思いますか？」ピアがたずねた。「口にするのと、行動するのは大違いです」

「ああ、あいつならするでしょう！」ハルティヒはコーヒーを注ぎながら顔をしかめた。「彼の心理的障壁は低いですから。ＧＳＧ９にいたとき、すでに人を射殺しています。二、三百メートル離れたところから狙撃するくらい朝飯前だとよくいっていました。コンピュータゲームと変わらないともいっていましたね」

　ピアはなにもいわなかった。トムゼンが昨日ピアやオリヴァーを本当に射殺したかもしれないとは思えなかった。だが本気を見せるため、足を撃つくらいのことは迷わずしただろう。

「あなたは射撃ができますか、ハルティヒさん？」オリヴァーはたずねた。

「昔はね。父は熱心なハンターで、小さい頃から兄といっしょに森の中を連れまわされました。はじめて猟銃を手にしたのは幼稚園に通っていた頃です」ハルティヒは冷めた笑みを浮かべた。

「父はおねしょをするチビをたくましくするには、それが一番だと考えていたんです」

「射撃は自転車に乗るのと同じで、一度習ったら忘れませんからね」ピアは、トムゼンが昨日口にしたことを思いだしながらいった。

ハルティヒはピアの顔をなめるように見てから肩をすくめた。

「でも、弾薬の装塡の仕方も覚えていませんけどね」

彼の褐色の目を少し見ただけで、ピアはそれが見せかけであることに気づいた。平然とした無表情にぞんざいな態度。それは細心の注意を払って作り込んだもので、ピアに勘違いさせることを唯一の目的にしていた。ハルティヒは頭の切れる人間だ。彼にとって失敗することは個人的な侮辱に等しいのだ。自分にとって大事だと思ったことは断固やり通すタイプの人間だ。どこまでやるかは、同僚の医師を批判して、自分のキャリアを台無しにしたことからも容易に察しがつく。

ピアはハルティヒを観察した。髪が脂ぎっていて、肩を落とし、気力のなさそうな動きをしている。悲しみに暮れた者のふりをしているのだ。演技がうまいのは間違いない。全体の態度にそぐわない奇妙な目つきに気づかなかったら、まんまとだまされていただろう。計算高く底知れないところがある。ピアはかすかな不快感を覚えた。

鑑定、検査の要ありと見なされたものが押収されるのを見守っていると、オリヴァーに電話がかかってきた。エーリク・シュタードラーのパートナー、リス・ヴェニングが話をしたいという。ハルティヒの工房の捜索はピアに任せて、オリヴァーはエーリク・シュタードラーの会社に向かった。そちらでも、七時三十分に家宅捜索がはじまる。そしてその足で署に戻り、ヴェニングと話すことにした。

「殺人事件が起きたとき、どこにいましたか？」ハルティヒとキッチンでふたりだけになると、ピアはたずねた。

「正確な時間をいってくれれば、答えられるでしょう」ハルティヒは答えた。「タバコを吸ったらだめですかね？」

「どうぞ。ここはあなたの住居ですから」そういってから、ピアは四件の殺人事件の発生日時をいった。

ハルティヒはじっと聞いてからタバコに火をつけて深く吸った。細い手首、美しく華奢な手。外科医の手。それにハンサムだ。

「どこにいたか正確には思いだせませんね」彼は目をすがめた。「アリバイはないというほかありません。だから家宅捜索するんですね。つまりわたしを疑っている」

またしても相手を探るような奇妙な目つき。

「もしかしたらあなたのところに、わたしたちが欲してやまない情報があるのに」ピアは答えた。「あなたが隠しているかもしれないでしょう」

本音ではないが、家宅捜索が許可された理由のひとつではある。

「情報？」

「フランクフルト救急病院でキルステン・シュタードラーと関わった者について。名前を思いだせませんか？」

「いいえ、申し訳ない。知っているのはドクター・ルードルフと院長のドクター・ハウスマンだけです」

「作り話はよしてください！」ピアは取り調べのときに被疑者に嘘をつかれたり、黙秘されたりしたときのとりつく島のない感じを覚えた。「あなたとヘレンさんは死んだ彼女の母親のことばかり話していたというじゃないですか。関係した人物の名前が話題に上ったはずです！なぜ協力してくれないのですか？　罪のない人がまだ死ぬかもしれないというのに、どうでもいいのですか？」

「ずいぶん切羽詰まっているんですね」ハルティヒはあざ笑った。「知らない人間なのに、なんでそこまで騒ぐのですか？」

ピアは唖然として彼を見つめた。本気でいっているのだろうか、それともふざけているのか。ハルティヒの態度には引っかかるが、それがなにから来ているのかどうしてもわからない。

「わたしは仕事で関わる人を個人的に知っていることはめったにありません」ピアは答えた。「だからって、〝仕置き人〟を名乗る者が生殺与奪の権を握っていることを座視することはできません。わたしたちは法治国家に生きていて、わたしはその国家の代理人です。今、犯人がやっているようなことがみんなに許されれば、無政府状態になってしまいます」

「法治国家なんてうわべだけですよ」ハルティヒは顔をしかめた。「ヘレンがいなくなった今、シュタードラー家がどうなろうとわたしには関係ありません。あれからシュタードラー家の人間とは連絡を断ちましたし、ヘレンと一切関係のない未来に目を向けようとしているのです。わかります？」

「ええ、よくわかります」ピアはうなずいた。「でも、信じられないですね。それならどうして毎朝、墓参りをするんですか？」

ハルティヒはため息をついた。

「わたしはヘレンをだれよりも愛していました。彼女がわたしとの人生よりも死を選んだことに衝撃を受けました。いまだに理解できません。たぶんそれが毎朝、墓参りをする理由です」

ピアは彼をじろじろ見た。嘘をついている証拠となる仕草や唇の動きを見逃すまいとしたが、うまくいかなかった。そこで挑発してみることにした。

「エーリク・シュタードラーさんとそのパートナーとの仲はどうですか？」まずはさりげなく質問した。

「ヘレンが死んでから連絡を取っていません。でもその前は仲がよかったです」

「ヘレンさんの父親とは？」

「ディルクは、わたしがヘレンの世話をしていることに感謝していました」

答えになっていない。

「ヘレンの世話ってなにをしたんですか？」

ハルティヒは少し迷ってから答えた。

「彼女を保護していました。できるかぎりうまく、彼女が許す範囲内で。ヘレンは矛盾だらけ勇ましく、自意識があるかと思えば、臆病で疑り深かったり。母親を亡くしたことと、そのときの事情から解放されることがありませんでした。気に入ると、しつこいくらいにつきまとうので、毛嫌いする人も多かったです。彼女の心には、いつか捨てられるという不安が深くつきまとっていたんです」

ハルティヒはタバコをもみ消し、手で顔をぬぐった。ピアは、フランカ・フェルマンから聞いた話を思いだした。

「ヘレンさんは精神的に重度の問題を抱えていたのに、セラピーを拒んだそうですね」

「心的外傷後ストレス障害(PTSD)でした。必要だったのはセラピーではなく、愛情と温もりでした。安全だという感覚。わたしはそのすべてを与えました」

「でも、充分ではなかったようですね。さもなかったら自殺しなかったでしょう」この挑発にハルティヒはどういう反応を示すだろう。激高し、猛烈な反論をするとピアは踏んでいたが、正反対の反応が返ってきた。

「そうですね」ハルティヒは静かにいった。「充分ではなかったようです。それがつらくて仕方ないんです。わたしは無力でした」

「ヘレンさんはトラウマを克服しようとせず、逆にそれを醸成(じょうせい)していたと聞きました。そしてあなたは、それを支えた、と。数ヶ月前、ヘレンさんとあなたはレナーテ・ローレーダーさんの店を訪ねましたね。母親が第一被害者になった方です。なぜ訪ねたのですか?」

「ヘレンのトラウマを支えていたわけじゃないです。乗り越える手伝いをしていたんです」

「他の人を脅迫して、ですか？」

「だれも脅迫なんてしていません」ハルティヒは首を横に振りながらいった。「あの人を目の前にするなり、ヘレンは逆上してしまったんです。花屋に足を踏み入れるまで、相手が何者か、わたしは知りませんでした」

ピアはさらにヘレン、シュタードラー父子、マルク・トムゼン、ヘレンの祖父母について質問した。ハルティヒは静かに答えた。まったく迷いがない。彼がいったことはすべて信憑性があった。顔の表情は口調と一致していたし、美化しようとしたり、なにかを隠したりしようとしなかった。矛盾も誇張もなかった。いまだに事実を受け入れられない遺族。だが完璧すぎる。人を見る目が確かなオリヴァーまでハルティヒにだまされるとは。ピアは不思議でならなかった。ヘレンの死で平常心を失った「よきサマリア人」とオリヴァーは評していた。だが目の前の男は平常心を失ってなどいない。愛する婚約者を失った悲しみを本当に克服しようとしているか、裏で暗躍する、冷酷で計算高い精神病質者であるか、どちらかだ。

*

リス・ヴェニングは弁護士を連れずに来ていた。寝不足なようだが、気持ちをしっかり持っていた。オリヴァーは彼女を自分の部屋に案内して、来客用の椅子をすすめた。

「エーリクのためならなんでもします」ヴェニングはいった。「六年前からいっしょに暮らし、人生の波乱をふたりで乗り越えてきました。とくにヘレンの自殺以降。エーリクは妹をとても愛していて、妹に死なれたときには相当参っていましたが、妹に弱点があることを冷静に見ていました。ヘレンは母親の件と家族がばらばらになったことで心が折れてしまったんです。父親にへばりついて、独り占めしました。父親も娘にべったりでした。ヘレンは本当に病気でした。不安障害、極端な適応障害で、ちょっとした変更も受けつけませんでした」

ヴェニングは軽く首を横に振った。

「父親が新車を買おうとしたとき、ヘレンは古い車に閉じこもって、小さな子供みたいに泣きじゃくったんです。新しい家具を買って、家を少し模様替えしただけでも怯えましたね。父親はヘレンのいいなりになって一切変えなくなりました。父親は彼女を溺愛していました。実際、愛すべき人でしたし」

「あなたのパートナーの会社の経理係から聞いた話はぜんぜん違っていましたが」

「フランカ？　そうでしょうね。お父さんの仕事が忙しくなったとき、エーリクがしばらくのあいだヘレンを会社で働かせたんです。フランカは嫉妬していました。だれかと仕事を分かつくらいなら、一日十二時間働いたでしょうね。彼女は自分の会社でもあるかのように振る舞ったんです。便利だったので、エーリクは好きにさせていました。でもそのうちフランカは忙しすぎるストレスでエーリクに嘘をいったり、電話口で客を罵ったりするようになったんです。だからエーリクは彼女をクビにしました」

「フランカさんの方から退職を申し出たのかと思っていました」

「ええ、今回はそうです。エーリクが彼女をクビにしようとしたのは二年前のことです。でもフランカが心を入れ替えると誓ったので、クビにするのをやめて、電話番を雇ったんです」

「ヘレンさんに話を戻しましょう」オリヴァーは足を伸ばした。「マルク・トムゼンさんとの関係はどうでしたか？」

「ヘレンはとても好いていました。崇拝している感じでした。長いあいだヘレンはあの人しか信用していなかったですね。でも女の子は一定の年齢に達すると父親になにもいわなくなるでしょう」ヴェニングは少し微笑み、それからまたすぐ真剣な顔になった。

「そこにイェンスが登場しました。他の人は入る余地がなくなりました。ヘレンはイェンスのことを前から知っていましたが、彼の方はまだ結婚していたので、ヘレンに言い寄ることはありませんでした」

「それは知りませんでした」オリヴァーは驚いてメモを取った。

「彼の奥さんにはだれも会ったことがありませんが、たぶん奥さんの方が出ていったんだと思います。イェンスは奥さんのことを嘆き悲しみましてね。それがヘレンの心の琴線に触れたんです。彼の方もヘレンを愛しました。大恋愛でした。少しのあいだでしたが」

「どういうことですか？　ふたりは結婚しようとしていたのでしょう？」

「結婚を望んだのはイェンスで、ヘレンじゃありません。ヘレンは幸せそうに振る舞っていましたが、実際は違いました。あの人を怖がっていたと思います」

「なぜ怖がっていたのですか？　ヘレンさんのお父さんは、イェンスさんがやさしかったといっていましたが」

「イェンスは彼女に薬を与えていたんです。医者でしたから、処方箋がだせました。詳しくはないのですが、一度薬を見て、グーグルで検索したことがあります。ロラゼパム。ベンゾジアゼピン系の抗不安薬ですね、不安障害、てんかん、不眠症に処方される。そして依存しやすい。わたしはそのことをエーリクに話し、エーリクはヘレンにいいました。彼女はすべて否定しましたが、ヘレンは服用しつづけていたと思います。すっかり人が変わってしまいましたから。ぼんやりしていることが多くて、疲れたとよく訴え、行動がのろかったんです」

「ハルティヒさんはどうしてそんな薬を与えていたんでしょうね？」

「その方がヘレンを思いどおりにできたからです。イェンスはコントロールフリークなんです。なにかというとヘレンに電話をかけ、ショートメッセージを送り、すぐに返事がないと騒ぎだしました。ヘレンはいいなりになっていました。マルクが気づくまで。マルクは薬の服用をやめさせました。ヘレンはひどい禁断症状を起こして苦しみ、イェンスがまともじゃないって気づいたんです。セラピーを受けさせるべきだったのに、イェンスは薬で彼女をおとなしくさせていたんです。ヘレンは縁を切ろうとしましたが、彼はヘレンを手放しませんでした。彼のところに引っ越さなかったのは、彼女の唯一の抵抗でした。彼女はとても不幸でした」

「イェンスさんの隣人の話では、彼は家を持っていて、ヘレンさんは結婚したあとそこへ引っ越すつもりだったそうですが」

「その家は二、三年前から所有していました。別れた妻と暮らしていたんです。だからヘレンはそこに住みたくないといっていました」

しばらくしてオリヴァーはたずねた。

「ハルティヒさんに人殺しができると思いますか？」

ヴェニングは少し考えた。

「あの人には奇妙なところがあります。狂信的で、一匹狼なところがあります。でも人を殺せるかというと、わかりません」

「マルク・トムゼンさんは？」

「仕事で人を殺したと聞いています。連邦国境警備隊にいたときに。マルクはヘレンのことがとても気に入っていました。娘のように、という意味です。ヘレンの自殺にはひどくショックを受けていました。そうですね、あの人なら人を殺せるでしょう。失うものはあまりありませんし」

「トムゼンさんとヘレンさんは復讐をする計画を立てていたようなのです」オリヴァーはいった。「なにか知っていますか？」

「いいえ」ヴェニングは首を横に振った。「ヘレンはお母さんに関わることをわたしには一度も話してくれたことがありません。知っているのはエーリクと彼のお父さんから聞いた話だけです」

「エーリクさんのアリバイはどうですか？　その時間にどこにいたかいってくれないんです。どうしてでしょうね？」

「本当にいえないからじゃないでしょうか。彼は走り出すと、まわりを完全に遮断してしまうんです。それに他の人と違って公園を一周したくらいでは満足しませんし。気分が乗ると、三十キロから四十キロ走るんです」

「エーリクさんが人を撃てると思いますか？」ヴェニングは自信を持っていった。「エーリクは危険な趣味を持ついかれた人かもしれません。でもだれよりも自由を愛しています。ですから刑務所に入れられるようなことをするはずがありません！　彼は……エゴイストです。ヘレンの自殺は悲しかったでしょうが、彼女のために問題を抱えるようなまねをするはずがありません」

＊

刑事警察署の駐車場に入ったとき、ヘニングからピアに電話がかかってきた。

「なかなか連絡できずすまなかった」ヘニングがいった。「これといった情報が手に入らなかった。情報をくれるといった者たちはクリスマスと新年にかけて旅行に出てしまったり、急に口が堅くなったりしてね。だがルードルフがいた頃のフランクフルト救急病院で働いていた者と話ができた」

ピアは駐車場の一番奥の警察車両用ガレージの前に駐車して、エンジンを切った。

「ルードルフは友人の息子を救うため、たしかに逸脱行為をしたらしい。その少年は心臓病を患っていて、完治するには移植手術するしかなかった」

「当ててみましょうか」ピアは彼の言葉をさえぎった。「マクシミリアン・ゲールケでしょう」

「名前は聞いていない。二〇〇二年の夏か秋のことだそうだ。女性の患者が搬送されてきた。その患者の血液型は偶然にも……」

「……O型。キルステン・シュタードラーよ。それで？」

「わたしの情報源は証言台には立たない。わたしにそのことを話したと認めないだろう。だがまだ救いようがあったのに、死に至らしめたそうだ。その患者の家族が莫大な金をもらったともいっていた」

「五万ユーロは莫大かしら？」

「百万ユーロと聞いたぞ」

二〇〇二年の夏から秋にかけて、フランクフルト救急病院ではいったい何個の心臓が移植されたのだろう。血液型がO型で、脳死状態の女性は何人搬送されてきただろう。キルステン・シュタードラーだと決めつけることはできないが、その可能性は大きい。

シルバーのBMWが駐車場に入ってきて、二、三メートル離れたところに止まった。見ると、ネフが降りて、電話をしながら車の横に佇み、それからアタッシェケースをつかんでさっそうと歩いていった。

「犯人はキルステンとヘレン・シュタードラーの死に責任のある人物の家族を殺すことで報復しているとにらんでる」ピアはいった。「あなたの情報源がキルステン・シュタードラーの件に関わっているなら、その人と家族にも危険が迫っている。だれなのか教えてくれれば、保護することができる」

「そう伝える」ヘニングは約束した。「今日はもう話せないかもしれないから、よい年をといっておく！　そうだ、もし暇なら、わたしたちはラルフとティナのところにいる。歓迎する」

ピアはそれを聞いて、ちょっと嫉妬を覚えた。ヘニングとミリアムは昔ピアが憧れた大晦日パーティをするんだ。ヘニングの弟のペントハウスの屋上テラスで銀行街の夜景と花火を眺めながら。だがヘニングは当時、その気も時間もなく、ピアは大晦日をたいてい法医学研究所の解剖室か自宅のカウチでさびしく過ごした。自分の方は相変わらずだ。今夜は家のカウチで過ごす。ひとりぼっちでないのがせめてもの慰めだ。

「ありがとう、ヘニング」そういって、ピアは車のドアを開けた。「あなたたちもよい年を」

ピアは考えながら駐車場を横切り、刑事警察署の玄関に向かった。フランクフルト救急病院に関係した人間がみんな言葉すくななのはなぜだろう。みんな口が堅いのにはなにかわけがあるはずだ。それにルードルフが設備の行き届いた有名な病院から名もない私立病院に移ったのも解せない。本当に当時なにかあったのだろうか。キルステン・シュタードラーの件だけではすまない、もっと大きななにかがあったのかもしれない。フランクフルト救急病院でつねに壁に突き当たることが、ピアには腹立たしくてならなかった。

＊

「あなたに話すのは、それがヘレンの意に沿うと思うからよ」ヴィヴィアン・シュテルンはカロリーネ・アルブレヒトにいった。ふたりは〈カフェ・ラウマー〉の奥の小さなテーブルで向かい合わせにすわった。ヴィヴィアンはその夜のうちにカロリーネが送ったフェイスブックのメッセージに返信し、驚いたことにいっしょにコーヒーを飲まないかという提案にも乗った。カロリーネがごちそうするというと、ヴィヴィアンはプロセッコ一杯がついた一番高い朝食を注文した。まったく厚かましい。カロリーネは数日ぶりに少し食欲を覚えて、ブリオッシュとカフェオレを注文した。

「ヘレンは突き止めたことを新聞にばらすつもりだった。でもその前に殺されたのよ」

「えっ?」カロリーネは唖然としてヴィヴィアンを見た。ヴィヴィアンは二十五歳で、一年前からアメリカのマサチューセッツ州のウィリアム大学で地球科学と生物学を専攻している。来年の春、大学入学資格試験を受けるといわれても、信じてしまいそうなくらい若く見える。とてもやせている。なめらかなアッシュブロンドの髪、かわいらしい顔立ちだ。「自殺だと聞いていたんだけど?」

「それ、絶対にない!」ヴィヴィアンは自信満々にいった。「すごい手がかりをつかんで、夢中だったもの。そんな人が電車に飛び込むはずがないでしょ」

「すごい手がかりというのは?」カロリーネはたずねた。ヴィヴィアンがスモークサーモンをクロワッサンにのせてかぶりつくのを見て、胃がひっくり返りそうになった。

「ヘレンはね、臓器欲しさにお母さんが殺されたって考えに取り憑かれていたの」ヴィヴィアンは口をもぐもぐさせながらいった。「マジかなあと思ってたけど、彼女が集めた証拠を見て、あたしも、これは本当だって確信した。ヘレンは、当時なにが起きたのかすべて解明しようとした。『みんな、嘘をついてる。真実を明らかにできなかったら、いつか頭がおかしくなる』っていってた。フィアンセに毒を盛られているんじゃないかって疑ってもいた」

「あなたはヘレンと仲がよかったの?」

「すごく。高等中学校時代から親友で、フランクフルト大学でもいっしょに勉強した」ヴィヴィアンはスモークサーモンをのせたクロワッサンにつづいて半熟ゆで卵に手を伸ばした。腹ぺこらしい。

「なるほど」カロリーネはメモ帳を見た。質問をいくつか箇条書きしていたが、訊くまでもなくヴィヴィアンはぺらぺらしゃべり、ヘレンがフィアンセに世話を焼かれ、薬漬けになっていたことまで話してくれた。

カロリーネはペンを置いて、内心ため息をついた。ヴィヴィアンはおしゃべりで、メロドラマの見すぎか、話がくどく、誇張するところがあるようだ。これでは時間の無駄だ。それにひそひそ話は聞いているだけで疲れる。まわりの騒音が大きすぎる。隣の席にいるふたりの中年女性が始終げらげら笑っている。

「ヘレンは精神的にぼろぼろだった。ホントひどかった」ヴィヴィアンは首を横に振って息を吸った。「だからいったの。あたしといっしょに一年間アメリカに留学したらいいって。新しい人生、新しい友人、新しい仲間。いやなことは全部置き去りにして。ヘレンもめちゃ乗り気だった。いっしょに計画を立てたの。あたしたち、だれにもいわなかったんだけど、ハルティヒに気づかれちゃった。あいつ、ヘレンの携帯電話やコンピュータを覗き見してたんじゃないかな。ある夜、突然あたしのアパートに来てね、ヘレンにこれ以上変なことを吹き込んだら後悔させてやるっていわれた。『ヘレンは俺を愛しているから、アメリカには行かない』とかいっちゃって。あたしが口答えすると、あいつ怒りだして、あたしを殴ったの。そのことをヘレンに話したら、あの子、黙っちゃった。ヘレンの携帯が年じゅう鳴っていた。あいつだった。どこでだれと会っているか、絶えずチェックしていたんだよね。ヘレンはめちゃくちゃ怯えてた。とくに前の奥さんが同じ目にあっていたって知ってからはね。裁判所から禁止命令をだされるまで、ストーカー行為をつづけてたそうよ。その話を聞いて、あたしはいっしょにアメリカに留学して、ハルティヒのことを父親とマルクに話すべきだっていったの」

「マルク?」知らない名前が加わり、カロリーネは人間関係がだんだんわからなくなった。

「父親代わりのような友人。ヘレンがおじいさんたちと参加していた互助会の人。でも、あの人に話すのは無理っていってた。マルクが知ったら、イェンスを殺す。忽然と消えるのが一番いいって」ヴィヴィアンはため息をついてプロセッコをひと口飲み、顔をしかめてフレッシュオレンジジュースを口に含んだ。「あたしが全部こっそり手配したの。学生ビザ、住居、大学入学申請、航空チケットとか。十月一日に決行することになってた。そのあいだヘレンは幸せなフィアンセを演じた。ハルティヒを安心させるためにね。ウェディングドレスまで買ったのよ! 同時にヘレンはありとあらゆる人にこっそり会っていた。母親を見捨てた医者に一矢を報いることができるって自信を深めていた」

いよいよ核心に近づいたと思って、カロリーネは体にふるえを感じた。我慢した甲斐があるだろうか。

「その医者の名前を知ってる?」と決定的な質問をした。

ヴィヴィアンはためらった。

「知らない」

信じられない！

「それじゃ、時間を取らせてしまったわね」カロリーネは微笑んでみせ、財布をだして支払いを済まそうとした。「あなたの話が役に立つかもしれない。少しくらいは」

「犯人捜しをどうして警察に任せないの？」ヴィヴィアンがたずねた。

「任せているわ。警察が見つけだすはず。でもそれだけじゃないのよ」

「というと？」

カロリーネはためらった。ヴィヴィアンの目を見るかぎり変な好奇心はないようだ。むしろ訝（いぶか）しんでいる。カロリーネが連絡を寄こした理由が気になっているのだ。突然、カロリーネは自分が試されているような気がした。そんなはずはないのに。「スナイパーは犯行のたびに警察に死亡告知を送りつけている。そこに犯行理由も書かれていてね、犯人は罪を負っている人間ではなく、その家族を殺害していたのよ。母親、息子、妻」

「なんでまた？」ヴィヴィアンは本当にぞっとしたようだ。

「遺族に、その人が無関心や物欲から人に与えたものと同じ苦痛を味わわせることが目的なのよ。警察宛に送られてきた匿名（とくめい）の手紙にそう書いてあった」

「嘘っ」

「父が物欲と名誉欲から殺人の罪を犯したから、わたしの母は死ななければならなかった」カロリーネは意外とあっさりいうことができた。「父は臓器移植外科医で、ヘレンのお母さんの臓器を摘出したのよ」

ヴィヴィアンはあんぐり口をあけてカロリーネを見つめた。

「わたしは真実を知りたいの。父がいわないから」カロリーネはつづけた。「当時なにがあって、父とその同僚たちがなにをしたのか知らなければならない。スナイパーが母を射殺したとき、十三歳のわたしの娘はキッチンで母が死ぬところを見てしまった。娘がどんな状態か想像がつくでしょう」

ヴィヴィアンは愕然としてうなずいた。

「スナイパーが書いたことが本当だとわかれば」カロリーネは声をひそめた。「父を決して許さない。刑務所に入れる」

カロリーネは深呼吸した。ヴィヴィアンはじっとカロリーネを見つめ、それからハンドバッグに手を入れて、すり減った黒い手帳をだした。

「これ、ヘレンの手帳。彼女が突き止めたことが全部書いてある。だれも信じられないといって、あたしに預けていたの。警察に渡すべきかもしれない。でも怖くて」突然、彼女は目に涙を浮かべた。「たぶん……スナイパーはハルティヒよ。あいつ……昔、医者だった。そして事件に関係している」ヴィヴィアンが洟（はな）をかみ終わるのを待った。カロリーネは、ヴィヴィアンはふたたびバッグに手を入れ、ティッシュをだした。カロリーネは、ヴィヴィアンが洟をかみ終わるのを待った。「あたし、あいつに殴られて、死ぬほど怖かったの！　あいつはなにをするかわからない。あと三日でアメリカに行く。そうすれば安心だけど、それまでは絶対にあたしの名前を出さないで。約束してくれる？」

彼女の不安は嘘ではなかった。カロリーネにはヴィヴィアンの名をだす理由がなかった。だがそうだろうか。刑事はどうやって手帳を入手したか知りたがるだろう。

「正直にいう」カロリーネはいった。「警察にとって重要なものなら、それを捜査課長に渡す。そうしたら、どうやって手に入れたかいわざるをえない」

ヴィヴィアンはカロリーネを見つめて唾をのみ込み、それからゆっくりうなずいた。

「嘘はついてないわね。他の人だったら、だれにも話さないって約束したはず」

ヴィヴィアンはテーブル越しに黒い手帳を差しだした。

「あげる。役に立つといいんだけど」ヴィヴィアンは真剣にカロリーネを見据えた。「これがあれば、警察はヘレンを殺した奴を見つけられるかもしれない」

＊

ピアはガラス扉を開けて手荷物検査所を抜け、警備室の同僚に会釈した。一階にある特捜班本部では会議がはじまっていた。ピアはカイの横の椅子にすわった。オリヴァーがリス・ヴェニングに事情聴取した結果について報告していた。その次はピアの番だ。

「ハルティヒは医師団の名前を知らないといっていますが、嘘ですね」ピアはいった。

「協力を拒んでいるのは、彼がスナイパーで、計画を最後までやり遂げようとしているからとしか思えません」カトリーンがいった。「なんで逮捕しないんですか？」

「証拠がない」オリヴァーはいった。

カトリーンのようにハルティヒが犯人だと決めつけたかったが、ピアにはどうしてもできなかった。

「ちょうどヘニングから電話がありました。当時フランクフルト救急病院で働いていた医者から話を聞いたそうです。その医師によると、キルステン・シュタードラーの件ではいろいろ問題があったようです。しかしその医師は身元を明かすのを望んでいません。これが本当なら、さまざまな矛盾が生じます。なんだかみんな嘘をついている気がします。なぜでしょうね?」

「スナイパーの犯行の背後には、積年の憎悪がありますね」キムが発言した。「ヘレンの自殺が、引き金だった可能性があります。火花で引火した火薬樽状態ですね」

「同感だ」ネフはうなずいて、書類ばさみから紙を一枚抜いた。新事実をたくさん手に入れ、それを披露する機会を待っていたような印象を受けた。「ところでディルク・シュタードラーについて調べてみた。州刑事局を通せば、いろいろな情報源が扉をひらく」

「また自慢話か」カイがつぶやいた。

「シュタードラーはロストック、つまり旧東ドイツ生まれで、一九八二年に西ドイツに亡命した。土木技師。建設会社のホッホティーフでプロジェクト・マネージャーをしていて、外国への出張が多かった。前科なし、交通違反の点数は目下四点。乗っている車はシルバーのトヨタ・プラッツ。ナンバーはMTK-XX 342。二〇〇四年からフランクフルト市職員。重度の障害者手帳を所持している」

「でかした」オリヴァーは納得してうなずいた。「すべて裏を取ったか?」

「もちろん! 勝手ながらマルク・トムゼンも調べておいた。情報の入手に少し手こずったが、人脈があってね」

少し間を置いてから、ネフはみんなを見た。だが彼の努力を賞賛する拍手は上がらなかったので、報告をつづけた。

「公式には、精神鑑定の結果、二〇〇〇年に連邦国境警備隊を除隊したとなっているが、実際には出動中、危険な状況でもないのにふたりを射殺したことが問題になった。懲戒免職になっている。なお連邦国境警備隊時代に、彼は十七人射殺している」

この事実で、トムゼンは被疑者のトップに躍りでた。

「それから、ハルティヒ、シュタードラーとヴィンクラーの預金がどうなっているか見ておいても悪くないと思った。Eメールと通話の履歴も」

「裁判所の決定がなければまずいだろう」オリヴァーは首を横に振った。

「緊急事態であれば例外は認められる」ネフは無邪気に微笑んだ。「今もいったようにいろいろと人脈があるんで、調べておいた」

「わたしに相談もなしにか？」

「あなたは忙しいから、負担をかけない方がいいと思ってね。こういうことを率先してやる者がいてよかったじゃないか」

「ちっともよくない！」オリヴァーがきつい口調でいった。「勝手にやることと率先してやることは天と地ほどの違いがある。憲法に抵触する。法廷では証拠として採用されない」

「心配なく」ネフはにやっとした。「事後承諾で許可を得るから」

オリヴァーは腹立たしい表情を見せた。ネフのいうとおりだが、そういうやり方は好みではなかった。捜査主任として部下のやったことに責任を負わなければならないが、その一方でEメールと通話の履歴はこの絶望的な状況の中で大いに役立つのも事実だ。逡巡した末、結局リスクを負って、ネフの情報を捜査に生かすことにした。

「それで、なにがわかった?」オリヴァーはたずねた。

ネフは勝ち誇って微笑み、分厚いプリントアウトをアタッシェケースからだした。

「トムゼンはこの数週間ほとんど電話をかけていない。電話をかけた相手はすべて調べた。固定電話でヴィンクラー夫妻と数回。どうやらプリペイド携帯電話を使っているようだ。そうなると調べがつかない。昨日の十二時四十四分ひさしぶりに固定電話にかかってきた」

「そういえば」ピアはいった。「わたしたちが訪ねていたとき、電話がかかってきた。そのあとそわそわしていた」

「かけてきた相手の電話番号は?」オリヴァーはたずねた。

「今のところまだ確認が取れていない」ネフは残念だというように首を横に振った。「オランダの携帯電話であることまではわかっている。Eメールもあまり受信していなかった。元が警察関係者だから、われわれになにができるかわかっているのだろう。じつに慎重だ。口座は貯蓄銀行にしかなく、残高は二千六百四十四ユーロ十五セント。給料がそこに入金され、電話料金、電気料金、住宅ローン、新聞購読料、医療保険、クレジットカード代金が定期的に引き落とされている。それからマスターカードを持っていて、ガソリンや買い物はすべてそれで支払っている。目立つところはない」

今やどれだけの監視が可能かわかりすぎるほどわかっていたが、それでも一般市民について細かい情報を易々と入手できることに、オリヴァーは戦慄を覚えた。

「興味深いのはハルティヒの方だ」ネフはみんなから注目されているのを楽しんでいるようだった。「複数の銀行口座を持っているが、借金がかなり多い。ケルクハイムのアパートとホーフハイムの一戸建てのローンが高額だ。工房も賃貸だ。ブレーメンに住む元妻に生活費を支払っている。しかし問題は次だ。九月まで毎月ディルク・シュタードラーが〈ヘレン〉という件名で彼に千ユーロ送金していた。ヘレンが自殺した直後、シュタードラーとハルティヒは頻繁に電話で話をしていて、日に何度もというケースもあった。ハルティヒはエーリク・シュタードラーとも電話で話している。十一月以降、付き合いをやめたかのように突然通話が途切れている」

ピアはボスの方を見た。ボスも見返した。ハルティヒがさっきピアに話したことの裏付けになる。

「ところが三日前」ネフは目を輝かせた。「十二月二十八日の午後七時四十五分から午後九時九分までシュタードラーとハルティヒが電話で話していた！　盗聴していないので、話の内容まではわからない」

「では一時間半もなにを話していたのか、シュタードラーに訊いてみなくては」ピアがいうと、オリヴァーもうなずいた。

「ヘレンが遺書を残さなかったというのもあやしいですね」ピアはいった。「シュタードラーとハルティヒが隠しているのではないでしょうか。なにか不都合なことが書いてあるため。ヘレンには要注目ですね。すべてがヘレンを中心にまわっているような気がします」

だれも反論しなかった。カイはホットラインに入った通報のリストを分析しはじめていた。記者会見で連続殺人事件の詳細を公表してから、この地域の全住民がホットラインの番号を手に入れたかのように電話が鳴りやまなかった。すべての裏を取ったが、ことごとく間違いだったり、無関係だったりした。捜索課、窃盗課、詐欺横領課から応援に来た八人の捜査官は朝から晩まで、通報者と電話で話したり、訪問したりした。

「今のところ有力な手がかりはありません」カイはそういって、報告をしめくくった。

ケムとカトリーンはトムゼンが働いている警備会社の社長に事情聴取してきた。トムゼンについて否定的な話はなかったという。遅刻したことがなく、頼りになり、同僚ともうまくやっていて、顧客の評判も上々だったという。彼が警備業務をしたところでは押し込み強盗がなくなったという。ケムは社長に頼んで、トムゼンのシフト表をプリントアウトしてもらった。これで彼がどこに派遣され、何時から何時まで勤務していたか一目瞭然となった。勤務中は定期的に時刻と現在地の報告が義務づけられていて、データはコンピュータに保存されていた。それにトップセキュア社の車両にはすべてGPS発信器が取りつけてあり、どの車両がどこにいるかつねに確認できるようになっている。

「興味深いのはトムゼンの派遣先です」ケムはいった。「たとえばエッシュボルンのゼーローゼ・ショッピングパーク。ヒュルメート・シュヴァルツァーが撃たれたところです。それから事件当日はすべて日中の勤務がありませんでした」

「ボスとピアが昨日トムゼンのところで見たという犬は雇用主の所有でした」カトリーンが付け加えた。「トップセキュア社は訓練された犬を五頭所有しています。トムゼンはアルコをよく家に連れ帰っていましたが、だれも問題にしませんでした」

「その犬は今どこにいるの？」ピアはたずねた。

「昨日、トムゼンは犬を会社のケージに戻したようです」カトリーンが答えた。「いつ入れられたか知っている者はいませんでした。でも今朝、犬はそこにいました」

「つまりトムゼンはまだこのあたりに潜んでいるということね」ピアはいった。

「ヘレン・シュタードラーの解剖所見は見たか？」オリヴァーがたずねた。

「ざっとは」ピアは答えた。

「列車に激突して、遺体はばらばらでした」カトリーンがあとを引き継いだ。「しかし血液から高濃度のバルビツレートが検出されました」

「それは興味深いな」オリヴァーはいった。「エーリク・シュタードラーのパートナーの話だと、ヘレンはフィアンセによって鎮静薬と抗うつ薬の依存症にされかけて、治療プログラムを受けていたらしい」

オリヴァーは強盗課のペーター・エーレンベルクが腕組みしてドア枠にもたれかかっているのに気づいて、そっちに視線を向けた。

「どうした?」

「報告があります」このところ無気力なところが目立つエーレンベルクがいった。「エッシュボルンの高層マンションです。女性が工事現場で犯人を見たといっています」

「なんだって? 通報はいつあったんだ?」オリヴァーが感電したような反応を見せた。

「たしか土曜日」

特捜班本部が静寂に包まれた。全員がこのホットライン担当者を黙って見つめた。

「土曜日?」オリヴァーはあきれてたずねた。「今日は月曜日だぞ! なんでぐずぐずしていたんだ?」

「だって電話はものすごい数かかってきてるんですよ」エーレンベルクがむっとして言い返した。「電話が鳴りやまないんです」

「だれも防犯カメラを見ていないのか? はっきり指示したはずだぞ!」

「もちろん金曜日には確保しました!」エーレンベルクが弁解した。「しかし住宅は三百十二戸もあって、数百人が住んでいます。それに建設作業員がしょっちゅう出入りしているんですよ! どういう奴を捜しているのかわからなければ、見つけようがないでしょう!」

オリヴァーは腹立たしいのをぐっと堪えた。できることなら、この小太りの男の肩をつかんでゆすってやりたかった。だがそんなことをすれば、エーレンベルクはそれをもっけの幸いに病欠するかもしれない。オリヴァーは受話器を取って、エンゲル署長に状況を報告した。

「これです」エーレンベルクは悪びれず、USBスティックを差しだした。「十一時三十三分からです」

カイは黙ってUSBスティックを受け取り、ノートパソコンに挿した。他のみんなが会議机のまわりに集まり、モニターを食い入るように見つめた。高層マンションのガラス張りの玄関がそこに映しだされた。

「目撃者はなにを見たといっていた?」オリヴァーはエーレンベルクにたずねた。

「目撃者は女性でした。九階の住人で、窓の外の足場を歩いている不審者を見たそうです。下りるところだったようです。もう何ヶ月も改修工事中だったので、建設作業員がいることに住人は慣れっこになっていました。ただ、その男はバッグを肩から提げていたので目にとまったそうです」

廊下で足音がして、エンゲル署長が部屋に入ってきた。

「エッシュボルンの高層マンションに目撃者がいて、土曜日に電話をかけてきていた」オリヴァーが署長に説明し、じろっとエーレンベルクをにらんだ。「あいにく担当者は、その重要さに今日気づいた」

署長はなにもいわなかったが、エーレンベルクは顔を紅潮させた。

「映像にはなにが映っているの?」署長がたずねた。

「待ってください」カイは映像を少し早送りした。映像はモノクロで、画像がかなり粗かった。

十一時三十三分、男がロビーに入り、右側にあるエレベーターに直行した。建設作業員の白いヘルメットとフードをかぶり、顔がカメラに向かないようにしている。肩から黒っぽいスポーツバッグを提げていた。

「信じられない」オリヴァーは歯がみした。署長が怖い目で彼を見た。

「目撃者は他になんといっていたの？」署長がたずねた。

「説明はとても正確でしたが、役に立つものではなかったです」エーレンベルクはつづけた。

「身長は一メートル八十センチから一メートル八十五センチ、上着の襟で鼻のあたりまで隠し、フードもかぶっていたので、髪の色は不明。他に身につけていたのは手袋、ジーンズ、黒い上着、白いヘルメット。スポーツマンタイプで、身のこなしがなめらか。はいていたのは作業靴ではなく、スニーカー」

説明はエーリク・シュタードラーにも、トムゼンにも、ハルティヒにも該当する。

カイは映像の画質を上げる努力をした。

「犯人はどうやってそのマンションに入ったの？」署長がたずねた。

「適当にだれかのベルを鳴らしたんでしょう」エーレンベルクは肩をすくめた。「たぶん小包を配達に来たとかいって。それに改修工事中ですから、表玄関が開けっぱなしになっていることもあったでしょうし、知らない人間が出入りしてもだれも気にしなかったと思います。犯人は何度か下見をして、発砲するタイミングまでこっそり待機できるところを探したはずです」

「わかった、ありがとう、エーレンベルク」署長はいった。「持ち場に戻っていいわ」

「もう三日も電話番をしてるんですけど、いつ交替してもらえるんですか？」

「交替はないわ」署長はエーレンベルクをじろっとにらんだ。「手のあいている者は、犯人を逮捕するまで全員働いてもらう」

「しかし……」

「休日手当と残業手当は支払われる！　それ以上になにが欲しいの？　これからはもっと慎重な働きを期待する！　こういうミスは二度としないこと」

　エーレンベルクはなにもいわず背を向けた。それでもオリヴァーに憎しみのこもった視線を向けた。まるでオリヴァーの責任だとでもいうように。

「これで狙いが絞れるわね」エーレンベルクが立ち去ると、ピアはいった。「水の精殺人事件（既刊『悪しき狼』）のときは『事件簿番号ＸＹ』の放送が功を奏した。犯人が車に乗り込むところをだれか目撃しているかもしれない。写真は記憶を呼びさます！」

「わかった」署長がいった。「どうやるか考えてみる。今ある情報をすべてまとめてちょうだい。それからボーデンシュタイン、新しい証拠がなければ、エーリク・シュタードラーを釈放するしかないわね」

「彼を勾留してから、新しい被害者が出ていない」オリヴァーは難色を示した。

「それだけでは裁判官を動かすことはできない」署長は首を横に振った。

「では監視をつけさせたい。他にも被疑者はいるが、彼がシロと決まったわけじゃない」

「いいでしょう」そう約束して、署長は腰を上げた。「彼を釈放して。状況を逐一報告すること」

＊

リーゲルホフ弁護士からはいまだに連絡がなかった。法律事務所も自宅も不在で、携帯電話の電源も切られていた。

「わたしたちを避けているのは、なにかやましいことがある証拠だ！」オリヴァーはいつになく怒っていた。高層マンションの住人からの目撃情報の確認が遅れたということ以上に、エーレンベルクの対応に腹を立てていた。特捜班のみんなは集中して頑張っている。なのにエーレンベルクのようなやる気のない奴がいるだけで、せっかくの努力が無駄になる。貴重な時間が失われた。人命がかかっているというのに！　カイは、犯行現場に少しでも関連する情報があったら最優先で知らせること、と電話対応者にはっきりと指示していた。

「リーゲルホフはバカンスかもしれないですね」ピアはいった。「多くの人が年末年始を旅行に……」

「リーダーバッハへ向かってくれ」オリヴァーがピアにいった。ふたりは高速道路六六号線を走っていた。「父親の方のシュタードラーともう一度話してみたい」

ピアはウィンカーをだして、高速道路から下りた。二、三分後、ディルク・シュタードラーが路上にいるのを見つけた。旅行カバンを車のトランクに積んでいた。

「旅行ですか？」ピアがたずねた。

「ええ。南ドイツのアルゴイ地方にいる姉を訪ねるんです」シュタードラーは答えた。「大晦日にひとりはよくないですから。明日戻ります。仕事がありますし」

「連絡することがあるかもしれないので、お姉さんの住所と携帯の番号を教えてください」ピアはいった。

「わかりました。家に来てください。メモを書きます」

シュタードラーはトランクをバタンと閉め、足を引きずりながら家に向かった。ピアとオリヴァーはあとにつづいた。家の中は暗かった。ブラインドが全部下りていた。シュタードラーは玄関にあるサイドボードの引き出しからメモ帳とペンをだし、住所と電話番号を書きつけた。

「息子はどうなりますか？」ピアにメモを渡すと、シュタードラーがたずねた。

「今日にも帰宅できます」オリヴァーが答えた。「シュタードラーさん、あなたに質問があります。銃は扱えますか？」

「わたしが？　いいえ」シュタードラーはかすかに笑みを浮かべながら首を横に振った。「銃を否定しています。わたしは平和主義者でして」

「連邦軍での兵役は？」

「ついていません」

「もうひとつ」ピアはいった。「マルク・トムゼンさんと最後に話したのはいつですか？」

「ずいぶん前になります」シュタードラーは眉間にしわを寄せて考えた。「ヘレンの葬儀のあと二、三週間経った頃です」

「最近あなたに連絡してきたことはないのですか？」

「いいえ、ありません」

「ハルティヒさんとはどうですか？　最近話をしましたか？」

「いいえ。彼とはヘレンが死んでから連絡を取っていません。気持ちはわかります。わたしたちの接点はヘレンでしたから」

「あなたはハルティヒさんに毎月送金していましたね。なぜですか?」オリヴァーがたずねた。

「ヘレンの生活費と学費です。ヘレンの住所はうちでしたが、実際にはほとんど彼のところにいました。ヘレン自身は収入がなかったので、ふたりがまだ結婚していない以上、イェンスに負担をかけさせたくなかったんです」

納得のいく答えだ。シュタードラーはヘレンが死んだあと送金を止めていた。

「ありがとうございます、シュタードラーさん、今日はこれで結構です」オリヴァーは会釈した。「よいご旅行とよい年を」

「ありがとう。あなたたちにも」シュタードラーは微笑んだ。「今日は静かな夜を過ごせるといいですね。なにか質問があったら、電話をください」

＊

スーパーは大賑わいだった。ロケット花火や爆竹を車に運ぶ人々、明日でこの世が終わるとでもいうように食料や飲み物を山ほど抱えた人々。パン屋もいつもどおりの賑わいだった。ヒュルメート・シュヴァルツァーのことなどすでに忘れてしまったかのように。従業員の非業の死を弔(とむら)う気もないのか、遺影すらない。それでいて三日経っても靴屋の前の血痕は残っていた。パン屋ではヒュルメートの代わりにかわいらしい若い娘がカウンターに立ち、笑顔を浮かべてパンや焼き菓子を売っている。これが人間というものだ。いやなことはなかったことにして、忘れてしまう。

　男は買い物袋を持って、駐車場の奥に止めた自分の車へ向かった。ふと高層マンションの方を見る。先週の金曜日からほとんどの人が同じことをして、人知れずぞっとしている。みんな、今でもあのときの噂をし、そばに蠟燭が立てられ、凍った花が添えられた血痕をよけて歩いている。なかにはその血痕を撮影する者もいる。だが大きな衝撃を受ける者は皆無だ。自分たちのみすぼらしい小世界には直接関係がないからだ。「人生はつづく」というくだらない言葉で自分の罪悪感を静める。それでいて心の奥底では、自分のエゴイズムや好奇心に、そして同情心を感じないことに気づいている。行き交う人々と、人々が連れているあつかましい犬ども。自分のことしか考えず、食べることに余念がなく、自分の遺伝子に価値があるかのように子作りに邁進する連中。まったく虫唾が走る。こいつらと袂を分かち、だれひとり必要としないですむのはうれしいことだ。

　買い物袋とミネラルウォーターのケースをトランクに入れ、高速道路の高架下をくぐってゾッセンハイムへ向かう。みにくい集合住宅が林立する界隈だ。二百五十台以上収容できるガレージ群。左右それぞれ二十枚のブリキのシャッター。ここではだれもまわりの人間を気にしない。男は四列目の一一七番の前で車から降り、シャッターを開けると、手袋をはめてまず中に止めてある車をバックでだした。暖房がかかるようにアイドリングしておき、乗ってきた車をガレージに入れると、荷物を積み替えてシャッターを閉めた。面倒だが、こうした方が安全だ。警察が公開捜査に踏み切り、新聞やラジオやテレビが毎日、事件を取りあげている。これまで以上に用心が必要だ。まだやることがある。例の記者を通して犯行の理由を公(おおやけ)にしようと思っていたが、やめることにした。どうせ裁判ですべてが明らかにされる。それまでにすべて片をつけなければ。隠れ家があるのはじつにありがたいことだ。男は高速道路六六号線に乗り、マイン=タウヌス・センターのところで国道八号線に曲がったとき、インストルメントパネルの時計を見た。午後一時四十八分。あと十時間で五人目が死ぬ。

＊

「ジョギングといったのは嘘です。……なにをしていたかいえなかったんです。リスに見捨てられるから」勾留三日、エーリク・シュタードラーはかなりやつれていた。

「他の女性と浮気をしていたんですか？」ピアはたずねた。

「違う！」シュタードラーはうなだれた。「じつは……友だちと欧州中央銀行の建設現場に上って……ベースジャンピングをしたんです」

オリヴァーとピアは絶句して彼を見つめた。

「どうして早くいわなかったんですか？」最初に気を取り直したのはオリヴァーだった。「わたしたちはあなたが殺人犯だとにらんでいたんですよ！　それに貴重な時間を無駄にした！　その時間があれば、真犯人を捕まえられたかもしれないのに！」

オリヴァーは腸(はらわた)が煮えくりかえっていた。

「すまない」シュタードラーは恥じ入った。「自分のことしか考えていなかった。俺たちは何ヶ月も計画を立てていたんです」

「命の危険があるでしょう！」ピアはまだあきれていた。

「死ぬことは怖くないです」シュタードラーは答えた。白状して、ほっとしている。「退屈な人生の方がずっとつらい」

オリヴァーはため息をつき、脱力して顔を手でぬぐった。こんなことははじめてだ！　どうでもいいようなことがいえなくて、殺人の容疑を甘受するとは！　ピアの勘は当たっていた。カルテンゼー教授とマルクス・ノヴァクの場合と同じだ。エーリク・シュタードラーはまったく別の理由であやしまれる行動をしていたのだ！

「帰って結構です」オリヴァーはがっくりしながらいった。

「起訴しないんですか？」

「ええ」オリヴァーはシュタードラーにメモ帳とペンを渡した。「命知らずの友人の連絡先を教えてください。そしたらわたしの考えが変わる前に、ここから消えた方がいい」

「ああ、もうひとつ」ピアはいった。「金曜日にハルティヒさんと話をしていますね。話の内容は？」

「イェンスと？」シュタードラーはびっくりして顔を上げた。

「ええ。妹さんの婚約者」

「もう何ヶ月も彼とは話していませんが。それから、これが友人の電話番号です」

「先週の金曜日の午後七時四十五分から午後九時九分までハルティヒさんと電話で話したはずです」ピアがしつこくたずねた。「なぜですか？」

「話していません。誓います！　彼と話したのはヘレンの葬儀のときが最後です！」

　そのとき、オリヴァーがはっとしていきなり立ちあがったかと思うと、ドアを開け、廊下に飛びだした。ピアは机の上のメモ用紙をつかんで、シュタードラーに会釈し、ボスのあとを追った。二階に通じる階段でオリヴァーに追いついた。

「どうしたんですか？」ピアは息を切らしてたずねた。

　オリヴァーは答えなかった。怒った顔をして廊下を左に曲がると、会議室のドアを開けた。カイ、ネフ、キム、カトリーンが驚いて顔を上げた。

「ネフ！」オリヴァーは怒鳴った。「金曜日の夜、ハルティヒは電話でだれと話していたんだ？」

「ええと……ちょっと待ってくれ……」ネフはあわてて書類をめくった。「すぐにわかる……すぐ！」

「早くしろ！」オリヴァーはせっついた。眉間に縦皺（たてじわ）が寄っている。本気で怒っている証（あかし）だ。

「ああ、あった！」ネフは当惑しながら微笑んだ。「午後七時四十五分から午後九時九分までハルティヒはディルク・シュタードラーと電話で話している」

「ディルク・シュタードラー？」オリヴァーが聞き返した。

「ええ、そういったはずだ」

「今日の昼、おまえはそうはっきりといわなかった」オリヴァーは自制心を失いそうだった。

「荷物をまとめて出ていけ！　おまえのいいかげんなやり方と軽率さにはうんざりだ！」

「だけど……」ネフのその言葉が、満杯の樽をあふれさせる一滴となった。

「つべこべいうな！　わたしのいうことが聞けないのか！」オリヴァーは怒鳴った。「ただちにうせろ！　ゲスト用証明書を警備室に置いていけ！　二度とおまえの顔を見たくない！」

オリヴァーはきびすを返すと、ドアを勢いよく閉めた。取り残された面々は唖然とした。ネフは顔を紅潮させ、唇を引き結ぶと、アタッシェケースをつかんで立ちあがり、上着を持ってなにもいわずに出ていった。

「グッバイ、ナポレオン」カイがささやいた。「もう戻ってこなくていい！」

「うわあ、ボス、すごい剣幕だったわね」カトリーンはささやいてからニヤリとした。「シャンパン一本じゃ足りない。ケースひと箱くらいのインパクトがあった。あの自己顕示欲の権化がいなくなってほんとにうれしい！」

＊

昼下がりに着いてみると、父親は不在だった。このあいだ喧嘩になってから、父親はカロリーネを避けている。だがその方が好都合だ。四時にロシア人家政婦イリーナと今後の打ち合わせをすることになっている。これまでは週に二度通ってきていた。基本的な家事をこなしてもらい、あとは母親が自分でやっていた。だが今の父親には、洗濯をし、食事の世話をするだれかが必要だ。家政婦を待つあいだ、郵便物にざっと目を通した。父親はいつものようにエントランスホールのサイドボードにある銀の深皿に郵便物を積みあげていた。自分宛のものは書斎に持っていったらしく、たくさんのお悔やみ状はすべて未開封のまま積んであった。その中にオーバーウルゼルの役場から届いた、母の遺体の埋葬許可状がまじっていた。許可状が届いたことを電話で知らせてもくれないとは。カロリーネは腹立たしかった。父親はいつものごとくそういうことに無頓着なのだ。銀の深皿を探って、母親を法医学研究所に搬送した葬儀屋の名刺を見つけだした。それから刑事の名刺も手にした。父親は郵便物と同じようにそこに無造作に投げ入れていたのだ。カロリーネは葬儀屋に電話をかけ、母親の葬儀ともろもろの手続きを依頼し、埋葬許可状をファックスすると約束した。それが済んだところでイリーナがベルを鳴らした。彼女はカロリーネを見るなり涙を流したので、カロリーネはあいさつもいえなかった。三十分後、打ち合わせも終わった。父親に、〝今後イリーナは隔日で九時から十二時まで家事手伝いをすることになったので、都合が悪いときは自分で家政婦に電話をかけて指示するように〟とメモを残した。

カロリーネは何度となく母親といっしょに過ごした食卓に向かって腰かけ、お悔やみ状を開封した。葬儀の日取りが決まったら、葬儀屋が用意する案内状の送付先をリストしなければならない。司祭と打ち合わせをして、聖書からの引用も決める必要がある。それから葬儀後の食事会をする店を予約し、母親が関わっていた団体や組織に退会届をださなくては。目がしみて、背中が痛い。それでも休憩は取らなかった。この数日、やらなくてはいけないことをひとつひとつこなした。そうやって気を張りつめてきた。父の過去を巡る真相の究明は深刻なものになりそうだ。だがそれを使命にしなければ、頭がおかしくなってつぶれてしまいそうだ。

窓の外はすっかり暗くなっていた。あと数時間で新年だ。まだ車でグレータのところへ行く時間はある。四時間あれば着けるだろう。そのときヴィヴィアン・シュテルンから預かった手帳のことを思いだした。カロリーネは立ちあがって明かりをつけた。ハンドバッグから手帳をだし、興味津々にめくった。箇条書きの日記だ。ヘレンは毎日、頭に浮かんだことをなんでも書きとめていた。ヴィヴィアンは思い込みが激しいという印象だったが、やはりその不安は的中した。ヘレンが殺されたという主張をどう考えたらいいだろう。ところが二年前から日記のスタイルが変わった。日付、数字、名前、暗号らしき記号。カロリーネにはつながりが皆目わからなかった。だがそのあと覚えのある名前に突き当たった。胸がどきどきするのを感じた。ヘレンはカロリーネと同じ手がかりを追っていたのだろうか。母親の死に責任があると思われる人物たちに直接接触している。ウルリヒ・ハウスマン、ハンス・フルトヴェングラー、フリッツ・ゲールケ、そしてルードルフ！　カロリーネははっとした。ヘレンは六月七日、父親と会っている！　なぜだろう。なにを聞きだそうとしたのだろう。さらに日記をめくりつづけて、身をこわばらせた。

「なんてこと！」カロリーネはさけんだ。ヘレンがメモした名前がなにを意味するかわかったのだ。

ずいぶん遅い時間になっていた。父親がいつ帰宅してもおかしくない。だが今晩は絶対に顔を合わせたくない。帰宅したら刑事に電話をかけることにして、急いで手帳をハンドバッグに戻すと、父親のために書いたメモを食卓に置き、明かりを消して家を出た。

＊

オリヴァーはケルクハイムの踏切の前で停車した。その機会に受信音が鳴ったiPhoneを見ることにした。インカからショートメッセージが届いていた。他にもEメールを受信していた。送信者のアドレスを見てぎょっとした。Der.Richter@gmail.com！ Richter、裁判官、まさか〝仕置き人〟？ 悪い冗談だろうか。それともスナイパーが直接接触してきたのか。記者会見で特捜班の長として紹介され、さまざまなメディアに名前が露出した。メールアドレスを突き止めることなど児戯に等しい。なんてことだ！ メールは三十分前に届いていた。ネフのことで頭にきていて、気づかなかったのだ。かっとしてあいつを叩きだしたあと、間髪容れずディルク・シュタードラーに電話をかけたが、彼の携帯電話はつながらなかった。姉の電話も応答がなかった。連日の緊張が十二日間つづき、さすがに神経がまいってしまいそうだ。オリヴァーは急いでメールと添付ファイルをひらいた。

「なんだ、これは！」オリヴァーは思わず叫んだ。アドレナリンが体じゅうを駆けめぐり、遮断桿が上がったことにも気づかなかった。後ろの車がクラクションを鳴らした。あわてて発進させると、ウィンカーをだして、五十メートルほど先にあるケルクハイム警察署の駐車場に曲がった。そこからピアに電話をかけた。あちこちで爆竹が鳴っている。世界じゅうがお祭り騒ぎになる日だというのに、このままでは、一年最後の日に死人が出る。

「〝仕置き人〟がわたしにEメールを送ってきた。よく聞け」オリヴァーは電話に出たピアにいった。「〝今夜、五人目が死ぬ。これでもうすぐ真相が明るみに出る〟」

「早くリーゲルホフ弁護士を見つけないと」ピアが答えた。仕事が増えることへの不満の言葉はなかった。「説得できるかもしれません。当時の関係者を全員知っているのは彼くらいでしょう」

「それからドクター・ルードルフもいる」オリヴァーはいった。「今ケルクハイム警察署にいる。ドクターのところにパトカーを向かわせる。ところでディルク・シュタードラーに連絡がつかない、携帯も、姉のところもだ」

「大晦日ですからね。ドクター・ルードルフがなにかしゃべるとは思えません」

「それなら刑事警察署へ連行させる」オリヴァーは警察署の玄関前に立っていた。「彼に話を聞く必要がある。きみを迎えにいく」

オリヴァーは通話を終え、インカのショートメッセージを読んだ。

〝ごめん。ウージンゲンで急患。遅くなる！〟

オリヴァーは返信した。〝こっちも緊急事態だ。あとで連絡する。会えないかもしれないから、よい年を！〟

オリヴァーはiPhoneをしまって、警察署に入った。

＊

オリヴァーから電話があったあと、ピアは急いで馬と犬に餌をやり、キムの携帯に電話をかけてみた。妹は出なかったので、ショートメッセージを送った。それから闇に沈む進入路を歩きながら、クリストフのことを思った。彼のいるところは今、午前十一時半だ。今回の事件はじつに厄介で、フラストレーションがたまる。できることなら被疑者全員を監視して、電話を通信傍受したいくらいだ。だが人員が足りないし、担当の裁判官はなかなか通信傍受の許可をださないことで知られている。それにオリヴァーは規則にうるさい。なにか重要なことがわかる可能性があるなら、自分だったら英断を下すのだけど、とピアは思った。ネフが今日、半ば非合法な手を使って勝手な行動を取ったとき、オリヴァーは気に入らない様子だった。それでも、あのろくでなしにしてははじめてのお手柄に思えた。だが結局、中途半端で気が利かず、すべてを台無しにしてしまった。初動捜査で重要な通報を見逃してしまったエーレンベルクと変わらなかった。オリヴァーの堪忍袋の緒が切れたのも無理はない。みんな、もう限界に近い。

ピアは門を開け、外に出ると、また閉めた。高速道路の騒音が聞こえる。漆黒(しっこく)の闇に包まれ、身を切るような寒さだ。ボスの反応は理解できる。あまりの無力感に、わずかに残った忍耐力もむしばまれてしまったのだ。だがなにより胸くそ悪いのは、非協力的なフランクフルト救急病院の事務局だ！　四人も死者が出ているというのに、いまだに状況の深刻さと緊急性を理解しようとしない。それとも、これまで闇に葬ってきたなにかが明るみに出るのを恐れているのだろうか。そっちの方が可能性が大きいような気もする。

車が高速道路の橋をくぐってきた。ひと組のヘッドライトが近づいてきて、数秒後にピアの前で止まった。

「リーゲルホフ弁護士は自宅でわたしたちを待っている」オリヴァーは野道に車を後退させて、方向転換した。「だが彼が考えを変えるかもしれないので、念のため巡査を先に向かわせた」

「どうして電話をしてこなかったのですか？」ピアはシートベルトをしめた。

「それは会ってから訊いてみる」オリヴァーは機嫌が悪く、緊張していた。車が踏切でガタガタ揺れた。

「〝仕置き人〟はなぜ、犯行予告をしたんでしょうね？」ピアはたずねた。「どういうことなんでしょう？」

「わからない」そう答えると、オリヴァーはフランクフルトに向けて高速道路六六号線を走った。「わたしたちがどんなに間抜けか思い知らせるために、追いかけっこでもするつもりなのだろう。ファーベルの奴も、なにもしないように口を酸っぱくしていっておいたのに、なにかこっそり調べている。まったく腹立たしい！」

ピアは口をつぐんだ。ボスといっしょに働いて何年にもなるのに、これほどお冠になるのははじめてだ。もしかしたらなにか個人的にも負担に思うことがあって、いらついているのかもしれない。

＊

ここは自宅ほど快適ではないが、気になるほどではない。食洗機がないので、鍋と皿とナイフ、フォークは手洗いした。男は食器洗いが好きだ。窓ふきや芝刈りと同じで、達成感がある。結果が目で見てわかるし、いやなことを忘れたり、考えごとをしたりするのにちょうどいい。男はこの小さな家が気に入っている。簡素で、無駄がない。男はここで過ごす時間を堪能した。まもなく刑務所暮らしになるのだ。洗った食器やカトラリーを片づけ、マイクロファイバーの布で傷のついた流しの水気をふき取った。ストーブでは盛んに薪（まき）が燃えていて、Tシャツでいられるほど暖かい。ここは静かだ。近くに邪魔な隣家はなく、声をかけてくる隣人もいない。それよりなにより、ここにはヘレンが集めた資料がある。自分の行為に迷いが生じたときはそれに目を通せばいい。ふたたび怒りが湧きあがって、復讐し、懲罰を加え、報復したい衝動に駆られる。あいつらにも、ヘレンと同じ苦しみを味わわせるのだ。奴らに死を与えたのでは寛大すぎる。奴らはヘレンと同じように死ぬまで苦しむべきだ！　男は時計を見た。午後七時四十二分。そろそろ出かける準備をしなければ。まず周到に着る服を見つくろった。夜中は冷えるし、どのくらい待つことになるかわからない。インナーパンツ、黒いジーンズ、その上からやはり黒くて、光り物がついていないウォーマーパンツをはき、黒いフリースのセーターと黒いパーカーを着た。靴下は三足重ねてはき、それに合うワンサイズ大きい安物のスポーツシューズを手に入れておいた。それから手袋と帽子。次の被害者がだれか、警察に突き止められるはずがない。殺人リストにあがっている氏名がわかるわけがない。メールはただの挑発だ。警察は真相に近づきつつあるが、男は一歩先んじている。

銃はすでに車の中だ。走行時間はおよそ三十分。すでに数回往復している。車は満タンだ。今夜の天気は安定している。霧雨になるかもしれないが、風はない。あと数時間で、ヨーロッパじゅうが新年を祝う。数百万ユーロ相当の花火が夜空に打ち上げられる。男にとっては好都合だ。

＊

左折してオーバーヘーヒシュタット通りに入ったとき、スマートフォンの受信音が鳴った。

片手でハンドルを握りながら、カロリーネは受信したEメールをひらいた。新聞記者のファーベルからのメールで、すごい剣幕だった。

〝アルブレヒトさん、あなたを信じて教えた情報をどうして第三者に渡したのですか？　今日、警察から電話があって、死亡告知を他人に渡したことを叱責されました。第三の被害者の父フリッツ・ゲールケが自殺して、そばに死亡告知のコピーがあったのです！〟

クラクションが鳴って、対向車線にはみだしていることに気づいた。急いでハンドルを切り、フュラー通りの信号で左折するためウィンカーをだした。カロリーネは突然気分が悪くなった。いったいなにをしでかしたのだろう。ゲールケが自殺。そんな馬鹿な！　死亡告知を渡したのは自分だ。責任は自分にある。だけどゲールケは冷静だったし、息子が死んだ理由がわかって感謝しているように思えた。左折の信号が青になり、アクセルを踏んだ。いろいろな思いが脳裏に浮かんだ。国道四五五号線に通じる州道を走りながら考えを巡らした。大晦日の夜八時。こんな時間に刑事に電話をかけても大丈夫だろうか。刑事の名刺はどこだろう。助手席に置いてあったハンドバッグを片手で探ったがうまく見つからず、室内灯をつけた。あった！　違う。葬儀屋の名刺だ。だけどたしか……そのときなにかがヘッドライトの光をかすめた。カロリーネは速度を上げすぎていたことに気づいた。急ブレーキ。雨に濡れた道路でポルシェはスリップした。タイヤがきしみ、横滑りした。カロリーネはハンドルを思いっきり右に切った。車が尻を振り、後部車輪がごんとなにかに激突した。林間駐車場の縁石だ。

「しまった！」衝撃でハンドルから手が離れ、こめかみを窓ガラスに強打した。ほんの一瞬意識が飛んだ。それから車が横転して独楽のように回転し、側道に乗りあげ、森の下草に突っ込んだ。金属がこすれるすさまじい音。車の重みで樹木が砕ける音。ようやく止まった。あたりは真っ暗闇で、エンジンが回転するかすかな音だけが聞こえた。カロリーネはシートベルトに引っかかるような恰好で朦朧とし、なにか温かいものが顔を流れるのを感じた。そして意識を失った。

＊

リーゲルホフ弁護士の瀟洒な邸は森林公園のそばのヴァルトフリート通りにあった。邸の前の歩道にパトカーが止まっていた。フランクフルト警察の巡査たちがすでに待機していた。

「足止めするなんて失礼千万だ！」オリヴァーとピアが邸に足を踏み入れると、五十代半ばの弁護士が文句をいった。髪は灰色で、団子っ鼻が赤らんでいる。カシミアコートの下にタキシードを着て、蝶ネクタイをつけていた。妻の方は床まで届くエレガントなドレスに身を包み、毛皮をあしらったケープを羽織っていた。「招待を受けていて、出かけなければならない！」

オリヴァーの心配は的中した。

「電話をくだされば、このような面倒は避けられたんです。わたしたちだって、新年を祝えたでしょう」オリヴァーはあいさつもせず、冷ややかにいった。「それよりなにより、スナイパーが今夜だれを射殺しようとしているかわかれば、保護できるのですがね」

「なにがいいたいんだ……」リーゲルホフはそういいかけたが、オリヴァーはその先をいわせなかった。

「説明しましょう。今あなたから必要な情報が得られなければ、あなたは留置場で年を越すことになる。確約しますよ」

リーゲルホフはオリヴァーをにらみつけたが、深刻な状況だと察して対応を変えた。

「少し待ってくれ」と妻にいった。妻が黙って肩をすくめた。それからリーゲルホフはオリヴァーとピアにいった。「来たまえ」

リーゲルホフはコートを脱いで、階段の手すりにかけ、ふたりを書斎に案内した。ピアは、スナイパーから手紙が届き、キルステン・シュタードラーの報復をしていると見られることをかいつまんで説明した。

「わたしになにができるというんだね？」リーゲルホフはたずねた。まだパーティ会場に向かえると思っているようだった。

「十年前、ディルク・シュタードラーがフランクフルト救急病院を訴えたとき、病院側弁護人でしたね」オリヴァーがまた口をひらいた。「その件に関わった人の名前を知っていますね。スナイパーは今夜、五人目を射殺すると予告したのです。おそらく今回も直接シュタードラー夫人の件に関わらなかった人が狙われるでしょう」

「それはあなたの家族かもしれないのです」ピアが付け加えた。「あなたの奥さんか子ども」

「悪い冗談はやめてくれ！」リーゲルホフはにやっとした。

「冗談ではないです」オリヴァーは真剣な顔で答えた。「犯人はシュタードラー夫人の子どもから助けてくれるように頼まれながらそれを怠った女性の母親を射殺しました。そして二日酔いで救急車を側溝に脱輪させてしまった元運転手の妻。さらにドクター・ルードルフの夫人、シュタードラー夫人の心臓を移植されたフリッツ・ゲールケさんの息子。あなたはゲールケさんの知り合いだった。日曜日に電話をかけたでしょう」

リーゲルホフは顔面蒼白になり、カフスボタンをいじった。

「だったというのはどういう意味だね？」彼は落ち着きをなくしてたずねた。

「一昨日、自殺しました」ピアはいった。

「なんだって……し……知らなかった」リーゲルホフは愕然とした。ピアは彼の目がかすかに泳いだのを見逃さなかった。安堵したように見えた。奇妙だ。

「ゲールケさんはあなたになんの用があったのでしょうね？　自殺する前に書類を燃やしていました。なぜなのでしょうか？」

「悪いが、わたしにはわからない」リーゲルホフは淀みなく答えた。「彼は留守番電話に氏名と電話番号を告げて、折り返し電話をするようメッセージを残したんだ。わたしはかなり驚いた。八年ぶりだったのでね」

「では当時のことが問題だったわけですね」オリヴァーがいった。「ゲールケさんとどういう関係があるのですか？」

リーゲルホフはためらった。邸の前でバンと爆発音が聞こえた。リーゲルホフはびくっとした。

「あなたがあまりに恐ろしい話をするものだから、びっくりしてしまった」リーゲルホフはそういって笑って、焦っているのを誤魔化した。

これにはピアもうんざりした。駆け引きをしている時間はない。

「リーゲルホフ弁護士、本当に深刻な状況なんです！　次の被害者候補を保護したいのです。あなたの協力が必要なんです！　二〇〇二年当時のフランクフルト救急病院の関係者を教えてください。あなたがその件に関わったかどうかなんて興味ありません。今夜、だれかが死ぬんです。あなたはそれを阻止することができる！　わかりますか？　その責任が取れますか？」

リーゲルホフは少し考えて、意を決した。

「書類は事務所にある」

「それならすぐに向かいましょう」オリヴァーがきっぱりいった。「奥さんも同行した方が無難です。スナイパーがあなたを狙っている可能性は本当に排除できませんので」

＊

真っ暗だった。それに寒い。体じゅうが痛いが、実際にひどい圧迫を感じるのは頭だった。わけがわからない。どこだろう。なにがあったんだろう。ガソリンのにおいがするけど、なぜだろう。光がまぶしくて、目を閉じた。

「おい、大丈夫か？」知らない声。「聞こえるか？　救急医が来る」

救急医？

「おい！　眠っちゃ駄目だ！」だれかが頬をはたいた。

夢に違いない。

「ほっといて」彼女は朦朧としながらつぶやいた。

「気づいたようだ」男の声だ。サイレンが聞こえた。そしてまた別のサイレン。目を開けてみる。青色回転灯がついている。日中のように明るい。だが日は暮れている！　大晦日の夜だ！　グレータに電話をかけて、新年おめでとうといわなくては。グレータ。母さん。

耳元で金属がねじれる音がした。冷たい空気を感じた。

「寒い」カロリーネはいった。

「もうちょっとの辛抱だ」と男の声。「今そこからだす。どこか痛いか？」

「頭がちょっとだけ。それから腕。なにがあったの？」カロリーネは明るい光に目をしばたたかせ、警察の制服が視界に入った。

「自動車事故だ」警官はまだ若い。せいぜい二十代半ばだ。「思いだせるか？」

「ええ。道路を……動物が横切って。わたし……ブレーキを踏んで」カロリーネはささやいた。

男たちがさらにやってきた。オレンジ色のジャケット、紺色のつなぎ。救急医と消防隊員だ。

カロリーネはシートベルトから解放され、ポルシェの残骸から担架に移された。

「ひとりで歩けます」カロリーネは力なくいった。

「ああ」とだけ返事があり、カロリーネは首コルセットをはめられた。救急車まで運ばれる前にあたりを見まわした。道路は封鎖されている。警察。消防隊。黄色のレッカー車がちょうど到着したところだ。救急車の内部は明るかった。カロリーネは固定されて、点滴を打たれた。

救急医は氏名と住所をたずね、今日の日付と曜日を確認した。カロリーネがすぐに答えたので安心したようだ。

なんで動物に気づくのが遅れたのだろう。どうしてあんなに速度を上げたのだろう。思いだした。刑事の名刺を探していたんだ。だけど、なぜ。

「ハンドバッグとスマートフォンが」カロリーネは若い方の救急隊員に話しかけた。年輩の救急隊員よりも話がわかるような気がしたからだ。「車の中にあるはずです」

「見てきましょう」そういって、その救急隊員は視界から消えた。少しして戻ってきた。ボッテガ・ヴェネタの茶色のハンドバッグを手にしていた。

「スマートフォンは中に入ってます」そういって、救急隊員はカロリーネのストレッチャーの横の補助椅子にハンドバッグを置いた。バックドアが閉じられ、救急車が動きだした。

「ありがとう。財布と鍵は?」

若い救急隊員がハンドバッグの中を探ってうなずいた。

「どっちも入っています」という声を聞いて、カロリーネはほっとして目を閉じた。「これからバート・ホンブルク病院へ向かいます。だれかに連絡しますか?」

「いいえ、大丈夫です」カロリーネは無理に笑みを浮かべて見せた。「あとで自分でします」

救急車が揺れ、サイレンが聞こえる。カロリーネは病院までの経路を頭の中で思い描いてみた。幸いひどい怪我はしていないようだ。買い物を忘れたが、もう今さらだ。

*

すべて計画どおりだ。その建築現場は身を潜めるのに最適だし、逃走経路も理想的だ。二度にわたって念入りに調べておいた。車は環状交差点のそばのガソリンスタンドに駐車した。二、三分で高速道路五号線に乗れる。不測の事態が起きても、ヴァイターシュタットに向けて農道を走るか、工業団地を抜けてビュッテルボルンへ行き、高速道路六七号線に乗る方法もある。建築現場のまわりは空き地で、その先に新築の住宅が三軒建っているだけだ。男は楽な体勢が取れる場所を見つけてあった。二脚銃架の代わりにセメントの袋を二袋使うことにしていた。いい目隠しにもなる。九時十五分。まだたっぷり時間がある。男は体を横にして、ライフル銃にカーレス社製スコープをネジ止めした。視界良好！　明かりのともった家の中がよく見える。女主人と別の女がオープンキッチンに立って談笑している。家の前にグロース＝ゲーラウのナンバープレートをつけた車が止まっている。客を招いているようだ。だがそれはどうでもいいことだ。子どもたちは居間でテレビを観ている。ひとりは床にすわり、もうひとりは黒い革のカウチにだらしなく腰かけている。かわいい子だ、男の子と女の子。家の主は二階にいる。別の男がいっしょだ。おそらく新居を自慢しているのだろう。一家は一ヶ月前に入居したばかりだ。運がよかった！　前に住んでいた集合住宅だったら、いい射撃位置を探すのにもっと苦労しただろう。もちろん標的を別の場所で始末してもいい。車の中、路上、通勤中、駐車場。だがやはり自宅にしたい。妻の目の前。子どもたちの目の前。父親が死ぬところを家族が目撃する。呆然として、あまりの衝撃に絶望する。ちょうどヘレンのように！　その光景を一生忘れられないようにするのだ。

＊

午後九時少し過ぎ。ノルトエント地区西部にある弁護士事務所に到着した。オリヴァーたちは車から降りた。パトカーで後ろからついてきた巡査たちも降車した。リーゲルホフ弁護士は両手がふるえていたため、カードキーを探し、ガラスの玄関のスロットに通すのに手間取った。あちこちで爆竹が鳴るたびに、彼はびくっとした。オリヴァーとピアは視線を交わした。

リーゲルホフは有名なHR&F弁護士事務所のシニアパートナーで、事務所はエッシャースハイム街道に面したモダンなビルの最上階である五階にあった。アーカイブはその階の半分の面積を占めていた。リーゲルホフは明らかにアーカイブのシステムに慣れていなかった。そのため、シュタードラーがフランクフルト救急病院に対して起こした訴訟の二十三冊からなるファイルを見つけるまで四十五分も時間を要してしまった。天井がガラス張りで屋上テラスに囲まれたペントハウス風のオフィスで、リーゲルホフはファイルをひもといた。夫人は巡査たちにトイレと給湯室の場所を教え、夫のそばに腰かけた。

「タバコは外で吸ってくれ」ライターをかちかち鳴らす音が耳ざわりだったのか、リーゲルホフはファイルとにらめっこしながらそういった。

「なによ」といって、夫人は立ちあがり、衣擦れの音をたてながら、掃き出し窓を開けた。凍てつくような風が部屋に舞い込んだ。ピアは、タバコをくわえ、電話で話しながら窓の前を行ったり来たりする夫人を見た。美人だ。夫のことなど気にもかけず、ただパーティに行きそびれるのを心配しているのだ。

「シュタードラーさんはファイルを一冊しか持っていませんでしたが、どうしたわけですか？」オリヴァーはたずねた。

「担当弁護士のところにはもっとファイルがあるでしょう」リーゲルホフは答えた。「しかし原告側にすべての資料は渡りません。シュタードラー一家が目にすることのできない内部資料があるからです」

「なぜですか？」ピアは驚いてたずねた。

「実際に問題があったからです。医師団側に逸脱行為がありました。ですから病院側はなんとしても示談に持ち込みたかったのです。訴訟手続きをすすめたらスキャンダルになり、病院は信用を失墜して大きな経済的損失を被ったでしょう」

「だからあなたの口は重かったんですね？」オリヴァーはむっとして眉を吊りあげた。捜査中にだれもが真実の断片しか明かさなかったのは、それが原因だ！

「フランクフルト救急病院はうちの顧客、しかも重要な顧客です。あなたたちにファイルを見せたら、うちは大きな問題を抱えることになるでしょう。しかし人の命には替えられません」

突然、良識に目覚めたということか。それともどっちを選んでも最悪だと自棄になっているだけか。

「シュタードラー一家は慰謝料としていくら受け取ったんですか？」ピアはたずねた。

「五万ユーロ」リーゲルホフは答えた。「しかしわたしの知るかぎり、シュタードラー一家はゲールケ氏からも金を受け取っています」

「どうして？」オリヴァーとピアが異口同音にたずねた。

「そこまでは知りませんよ。しかしそれに満足して、訴えを取り下げました」そういって、リーゲルホフは二冊目をめくった。「わたしはそちらは関知していなかったんです」

オリヴァーのiPhoneが鳴って、静寂を破った。オリヴァーはファイルをピアに渡して、電話に出た。

「ボーデンシュタインです」

「もしもし……カロリーネ・アルブレヒトです」驚いたことに女の声だった。「ドクター・ルードルフの……娘です。こんなに遅くすみません」

「あなたでしたか」オリヴァーはいった。「連絡をくださりありがとうございます。あなたには小言をいわなければなりません」

「ゲールケさんのことですね。わかっています。すみません。まさかこんなことになるとは思わなかったんです」カロリーネはシャンパンを数杯飲んだあとのように少し呂律がまわっていなかった。「電話をかけたのは別のことなんです。ヘレン・シュタードラーの手帳を手に入れました。そちらにとってとても重要なことが書き込まれています。殺人リストです」

「殺人リスト？」オリヴァーは聞き返した。「どういうことですか？」

「名前が箇条書きされているんです。インゲボルク・ローレーダーではじまり、次がわたしの母、それからゲールケの息子、そしてわたしが知らない名前が数人。ああ、そうそう、ブルマイスターとヤニング両医長ものっています」

オリヴァーは絶句した。

「それから、ヘレンは自殺ではないという話を聞きました。殺されたかもしれないんです。それも婚約者によって」

「その手帳は今どこに？」

「それがわからないんです」

「手に入れたといいませんでしたか？」

電話の向こうが数秒沈黙した。カロリーネが通話を終了させるのではないかとオリヴァーは心配になった。

「ちょっと問題が起きまして。自動車事故を起こして、今バート・ホンブルク病院に入院しているんです。手帳はまだわたしの車の中にあると思います。でも車がどこへ運ばれたかわかりません」

「どこで交通事故を起こしたんですか？」オリヴァーはすかさずたずねた。署を通せば、詳しいことがわかる。事故現場、車のナンバー、車種を確認し、手帳がどんな形状のものか教えてもらった。オリヴァーは礼をいって通話を終えると、すぐ別の番号に電話をかけた。

「捜査十一課のボーデンシュタインだ。事故車がどこに運ばれたか知りたい」

ピアはけげんな顔をしてボスを見ていた。

「交通事故はついさっき起きたらしい。郡道七七二号線、オーバーウルゼルと国道四五五号線のあいだだ。黒いポルシェで、ナンバーはF-AP 341。ああ、ありがとう、このまま待っている」

で合図し、大きな部屋を歩きまわりながら当直の返事を待った。だがオリヴァーは少し待つように手で合図し、大きな部屋を歩きまわりながら当直の返事を待った。

「事故車はロードサービス会社のH&Kがレッカー移動しました」当直の警部がいった。「ちなみに同社の敷地で交通事故鑑定人の到着を待っています」

「よし。それで正確にはどこにあるんだ？」

当直からロードサービス会社の住所を教わると、オリヴァーは、部屋の隅にあるソファでコーヒーをすすっていたふたりの巡査の方を向いて、カロリーネ・アルブレヒトのポルシェから急いで手帳を取ってくるように指示した。ふたりはうなずいて立ち去った。やることができてうれしそうだ。それからオリヴァーは、ピアに小声で事情を話した。

リーゲルホフがそのときふたりの方を向いた。

「見つけました」そういって、ファイルから数枚の紙を抜き取った。「これは臓器移植の際の手術記録です。ここに関係者全員の名前がのっています」

ピアは弁護士の手からその紙を受け取ると、テーブルに向かってすわり、読みはじめた。

「ドクター・ルードルフ、ドクター・ジーモン・ブルマイスター、ドクター・アルトゥール・ヤニング、そしてイェンス＝ウーヴェ・ハルティヒ！」ピアはあまりのことに息をのんだ。

「ボス、見てください！　ハルティヒは外科医として、キルステン・シュタードラーの臓器摘出手術に関わっています！　なんで黙っていたんでしょう？」

ピアはその紙をオリヴァーに渡した。

「カイが彼のことを調べたはずでしょ！　フランクフルト救急病院にいたことに、どうして気づかなかったんでしょう？」

「病院の返答がなかったからだろう」オリヴァーはうなるようにいった。「ハルティヒに電話をかけて、問いただそう」

オリヴァーは登録しておいたハルティヒの電話にかけた。彼は電話に出なかった。

ピアはそのあいだにすべての氏名をメモし、弁護士に他のファイルも見せるように頼んだ。

「なんなら全部持っていってくれて結構です」リーゲルホフは肩をすくめ、時計を見てから、屋上テラスでいまだに電話で話している夫人に視線を向けた。「役に立つといいですが」

「これは多すぎです！」ピアはどんどん長くなっていく名前のリストを見ながらいった。「他のファイルからさらに二十人は新しい名前が浮かぶでしょう。賭けてもいいです！　それにしても、なんで十二人も医師が関わったんですか？」

「多臓器移植でしたからね」リーゲルホフはいった。「迅速にすすめなければならない。たいていの場合、五、六チームが並行して死体に……あ、いや……ドナーの臓器を摘出します」

「いくらスナイパーでも、全員は殺せないでしょう！」ピアは名簿を見つめた。

「問題の手帳が見つかれば、時間を節約できるかもな」そういって、オリヴァーは時計を見た。

「あてにはならないでしょう」ピアはいった。そのとき、ふと思いついたことがあって、リーゲルホフを見た。「シュタードラーが問題にしたのは臓器摘出そのものではなくて、奥さんの扱い方だったんですよね？」

リーゲルホフはうなずいた。

「だとすると、そこに関わった人物に限定してはどうでしょうね。たとえば、ヨアヒム・ヴィンクラーに嘘の情報を伝えた人間。病院で臓器摘出について説明する担当者はだれですか？患者の家族と話をするのは？　医者ですか？」

「医者も話しますが」リーゲルホフは答えた。「フランクフルト救急病院のような大病院では、カウンセリングに通じたスタッフがいます。いわゆる臓器移植コーディネーターです」

「キルステン・シュタードラーの場合はだれだったのですか？」

「もう覚えていません」リーゲルホフは適当に別のファイルを引き寄せた。

「時間がかかりすぎる！　もうすぐ十時半だ。手遅れになる！」オリヴァーは首を横に振った。

「ドクター・ルードルフに電話をかけよう。覚えているんじゃないかな」オフィスの別の端へ行くと、オリヴァーはルードルフの番号に電話をかけた。今回はすぐにつながった。

「ほっといてくれないか！」オリヴァーが名乗ると、ルードルフがいった。「こっちは喪に服しているんだ！」

「お気持ちはわかります。しかし奥さんを射殺した犯人が今夜、犯行声明をだしたんです。それから今回の連続殺人が十年前にフランクフルト救急病院で起きたことと関係があるようなのです。今、シュタードラーさんが病院を訴えたときの病院側弁護士のオフィスにいて、標的になりうる人物を洗っています。シュタードラー一家と直接関わった病院側スタッフをご存じないですか？　たとえば臓器移植コーディネーターの名前とか」

電話の向こうが沈黙した。

「先生、お願いです！」オリヴァーはせっついた。「協力してください！　あなたなら殺人を止められるんです！」

ルードルフはなにもいわず電話を切った。

「糞（くそ）ったれ！」オリヴァーはののしった。「もう我慢ならない！」

「どうするんですか？」

オリヴァーは別の番号に電話をかけた。

「署に連行させる。これ以上の責任回避は許さない」

オリヴァーはディーター・ルードルフを連行するよう指示してからiPhoneをしまって、リーゲルホフをじろっと見た。

「ゲールケさんはあなたになんの用だったか思いだしましたか？」

「いいや」そう答えると、リーゲルホフは目を伏せた。

「後悔しないことを祈っていますよ」オリヴァーは冷ややかにいった。

「なにを後悔するというのですか？」

「なにか決定的なことを黙っていたことをです」オリヴァーは背を向けた。「では失礼。ファイルは預かります」

「それで、わたしたちは？」リーゲルホフはたずねた。

「パーティに出て結構です」

「しかしスナイパーがわたしたちを狙っていたらどうするんですか？　警察の身辺警護は？」

「あいにく無理です」オリヴァーは首を横に振った。「はじめからもっと協力的だったら、犯人はとっくに檻（おり）の中だったでしょう。リスクを背負いながら生きるほかないですね」

＊

食事は終わった。牛肉の煮込み（ターフェルシュピッツ）のじゃがいも添え、グリーンソースがけ。大人たちは食卓を囲んでカリフォルニア産の赤ワインを飲んだ。ナパ・バレーの二〇一〇年もの、カベルネ・ソーヴィニョン。

男にはラベルまで読めた。

皿の盛り付け、夫婦の表情、窓側に背を向けてすわり、しきりに手を動かす友人夫婦の後頭部。男にはどんな細部も見えた。女主人は少し飲み過ぎて、頬を赤らめ、よく笑った。愛情をこめて何度も夫を見る。夫の方も彼女を見つめた。調和、幸福。以前だったら、そういうものを見て感動しただろう。彼自身がかつてそういう主人を演じていた。まだ家族があったときは。あの頃は夢も希望もあった。

言葉が切れぎれに聞こえる。笑い声も。子どもたちはなにかアニメを観て楽しんでいる。のどかだ。新しい住処を得た幸せな家族。そして今夜、家族の一部を失い、二度と幸福になれない人々。

大人たちが立ちあがった。午後十一時を少し過ぎた。

ふたりの女が食卓を片づけ、男たちはガレージから花火を取ってきた。子どもたちが興奮してはねまわった。明るい声が聞こえる。

男たちはテラスに出て、花火の準備をした。空き瓶にロケット花火を挿し、ビールを飲みながら笑った。五十メートルもないところで死神がうかがっていることを知らないのだ。

死をもたらすもの。

男は死神だ。

＊

ひと目見て気になったのは書体だ。マルク・トムゼンの家で見つけたコルクボードの書き込みと同じ書体。すぐ目にとまる特徴がある。たとえば小文字のｉの点が。で、文字が大きく右に傾いている。左利きによく見られるパターンだ。ピアは黒い手帳を夢中になってめくった。なにを探したらいいのだろう。どこかに名前のリストがあるはずだ。カロリーネ・アルブレヒトはそういっていた。

ピアは助手席にすわった。オリヴァーはふたりの巡査に手伝ってもらって、膨大な数のファイルを警察車両のトランクに運んだ。

巡査たちは青色回転灯をつけ、サイレンまで鳴らして記録的な速さで手帳を取ってきた。ボスは黒い手帳をちらっと覗いて、すぐピアに渡した。

「ちょっとここだと薄暗い。メガネがあっても解読は難しいな。きみの目の方が若い」

「大差ないですよ」そういって、ピアはオリヴァーの読書用メガネを借りた。

マルク・トムゼンは行方知れずのまま。ディルク・シュタードラーからも電話がかかってこない。ハルティヒも姿を消した。彼の家とアパートと工房を監視させたが、今のところ成果はない。

オリヴァーがトランクを閉めたとき、ピアは問題のページを見つけて車から飛びだした。

「ありました！　アルブレヒトさんのいったとおりです！　本当に殺人リストです。聞いてください！」

ピアは急いで読みあげた。ヘレン・シュタードラーは通し番号をつけてきれいに箇条書きしていた。

1　レナーテ・ローレーダー（母親、犬）
2　ディーター・パウル・ルードルフ（妻、娘、孫）
3　フリッツ・ゲールケ（息子）
4　パトリック・シュヴァルツァー（妻）
5　ベッティーナ・カスパール＝ヘッセ（夫、子ども）
6　ジーモン・ブルマイスター
7　ウルリヒ・ハウスマン（娘）
8　アルトゥール・ヤニング（妻、息子）
9　イェンス＝ウーヴェ・ハルティヒ（？）

「住所も書き込んでいます！」ピアが叫んだ。全身で興奮している。

これで突破口がひらけた！

「ヘレン・シュタードラーは母親の死に関わった人間全員の行動を詳細に調べています。そしてヘレンのこの計画を今、何者かが実行に移しているんです。それからハルティヒの名前がどうしてこのリストに入っているのかが謎ですね！」

「それについてはあとで考えよう」オリヴァーは車のドアを開けて無線機をつかんだ。「スナイパーがこのリストを順になぞっているのなら、次はベッティーナ・カスパール＝ヘッセの関係者だ。住所を教えてくれ」

「グリースハイム地区シュテルン小路一一八番地」ピアは答えた。

オリヴァーは特捜班本部に電話をかけて情報を伝え、女の名を二度繰り返した。

「グリースハイム地区はフランクフルトとダルムシュタットにある。どっちだ？」彼はピアにたずねた。

「さあ、それは書いてありません！　通りの名前を調べた方が早いでしょう！」

ピアはカイに電話をかけた。幸いにもつながった。

「フランクフルトのグリースハイム地区にシュテルン小路はありません」その場にいた巡査のひとりがいった。「フランクフルトで十年パトロールをしていますから、あるなら知っているはずです」

「違う。オッフェンバッハじゃない！」オリヴァーが無線機に向かって怒鳴った。「シュテルン小路だ。シュタイン小路じゃない。しっかりしろ！」

「カイにつながりました！」ピアはボスにいった。「まだ署にいるので、対処するそうです！」

「場所がわかったら、だれかをそこに向かわせて、電話もかけるんだ。家の照明をすべて消して、わたしたちが到着するまで地下室に避難するようにいえ！」オリヴァーが無線機の電源を切った。「乗れ、ピア！　間に合えばいいんだが！」

＊

十二時二十分前。主は友人とロケット花火の準備をし、女主人は家の中でシャンパンの栓を抜いた。大きく開け放ったテラスの扉を通してコルクを抜く音が聞こえた。テレビは、大晦日のブランデンブルク門前を中継している。

カウントダウンがはじまった。

子どもたちが興奮して家の中を駆けている。上着を着ようとしている。男性の客が家に入った。シャンパンを運ぶ手伝いをするためだろう。

主はテラスに立った。上着のポケットに片手を突っ込み、もう片方の手にビール瓶を持っている。ぐいっとビールを飲んで、澄み切った夜空を見上げた。気の早いだれかがロケット花火を一、二発打ち上げた。なにを考えているのだろう。たぶんなにかすてきなことだ。自慢の家、すばらしい大晦日、人生最後の瞬間、彼はいい気分でいる。そうだ、幸せのうちに死ねる。

家の中で電話が鳴った。

「こんな時間にだれかしら？」女が叫んだ。

「出てみなよ！　きみの両親かもしれない！」そう答えて、主はにやっとした。
主は向きを変え、男の方を見た。
セメントの袋の陰にいるのが見えるだろうか。
電話が鳴り止んだ。
男は脇見をせず、引き金に指をかけた。
主の顔が間近に見える。毛穴まで見えそうだ。
「ラルフ！」甲高い声が響いた。「ラルフ！　家に入って！」
男は深呼吸した。
指を曲げて引き金を引いた。

二〇一三年一月一日（火曜日）

第一報が届いたのは、オリヴァーがちょうどグリースハイム方面の出口で高速道路五号線を下り、工事現場で急ブレーキをかけたときだった。

「当たりでした。ボス」カイは元気がなかった。「カスパール＝ヘッセが次の標的でした。スナイパーは彼女の夫を射殺しました。ダルムシュタットの捜査官がこちらの情報どおりの住所に十一分で着いたのですが、住所が違っていました。ヘッセ一家は一ヶ月前に引っ越していて、現在はタウバー通り十八番地に住んでいます。ダルムシュタットの捜査官が電話をかけたのですが、タッチの差でした」

「ちくしょう！」オリヴァーがかっとして平手でハンドルを叩いた。ピアはこんなオリヴァーをはじめて見た。「ちくしょう、ちくしょう！」

「すぐに非常線を張りましたが、まんまと逃げられたようです」カイがつづけた。「今どこですか？」

「五分で到着する」そう答えると、ピアはカーナビに新しい住所を打ち込んだ。

この数時間必死になっていた分、失望も大きかった。努力は水泡に帰し、希望は潰えた。すべてが徒労に終わった！　スナイパーはまたしても一歩先んじたのだ。

「ヘリコプターはどうした？」オリヴァーは叫んだ。

「大晦日(おおみそか)ですよ、ボス。花火のせいで、低空飛行は禁止されています」

「わかった。あとでまた電話をする」オリヴァーは少し気を取り直していった。「クレーガーに連絡がついたら、グリースハイムへ来るようにいってくれ。こっちの捜査官はいい顔をしないだろうがな」

「了解です。そうだ、こんな状況ですが、ふたりとも、よい年を」

「ありがとう。あなたもね、カイ」ピアは力を落としながらもいった。

オリヴァーはグリースハイム地区に入るとノルトリング通りに曲がった。ロケット花火が発射され、夜空に彩りを添えた。高速道路六七号線と町のあいだに広がる森を迂回していたとき、花火が本格的に打ち上げられた。道路が大きくカーブしたところで最初の検問があった。オリヴァーは車の窓を下ろして、配置についていた巡査に身分証明書を呈示し、そこを通過した。環状交差点の三つ目の出口からエルベ通りに入る。通りの左側に、森で終わる袋小路が何本もつづく。タウバー通りは四本目だ。新興住宅地で、空き地にはさまれるようにして数軒の住宅が建っている。どの家で悲劇が起きたかすぐにわかった。犯行現場や遺体発見現場の風景はいつも同じだ。救急医、救急車、そして青色回転灯をつけた警察車両。オリヴァーは規制線の手前で車を止めた。彼とピアは仮舗装された道を数メートルほど歩いた。冷気の中、黒色火薬のにおいが漂っている。遺体搬送車が到着し、前方の路上に早くも野次馬が集まっていた。

タウヌス＝スナイパーによる殺人事件に間違いなかった。不運にもダルムシュタット署で当直していた、ヘルムート・メラー首席警部がいた。普段は殺人事件に関わらないので、オリヴァーに捜査を引き継げてほっとしていた。さっそく状況を説明し、オリヴァーが自分の署の鑑識チームを呼ぶことを了承した。

「ぞっとします」メラーはいった。「本当にぞっとします。こんなの見たこともありません。子どもと奥さんの目の前で射殺するなんて」

ピアの携帯電話が鳴った。クリストフだ。ピアは少し離れて、電話に出た。

「新年おめでとう！」クリストフはご機嫌だった。「携帯電話がまたつながりづらいようだね」

「クリストフ！」ピアはいった。「新年おめでとう。今出動中なの。またスナイパー殺人。あとでかけ直す」

「それは、かわいそうに！」クリストフは同情してくれた。「キムといっしょに楽しくシャンパンでも飲んでいると思っていたのに。あとで電話をおくれ。きみのことを思ってる！」

「わたしも。会いたい！」

ピアは深いため息をつくと、覚悟を決めて、ボスのあとから家に入った。ここでもまた恐怖と苦痛と絶望、悲鳴、涙がピアを待ち受けていた。耐えがたかった。オリヴァーも同じ気持ちらしい。顔に刻まれた深いしわから見て取れる。なにがあっても動じない人間などいるわけがない。救急隊員や警察官に対するカウンセリングがおこなわれるのは無理もないことだ。どんなに経験豊かで冷淡な者でも、遺族の嘆きを目の当たりにしてなにも感じないなんてことはありえない。


人感センサー付きライトがラルフ・ヘッセの遺体を煌々と照らしていた。テラスの白い塀のそばに遺体は横たわっていた。たしかにぞっとする光景だ。血液、脳漿、骨片が家の壁に飛び散っていた。弾丸は顔の正面に命中し、射出時に頭を半分吹き飛ばしたのだ。


ピアはあたりを見まわした。まだ完成していない庭に立てたワインの空き瓶にロケット花火が挿してあり、テラコッタ張りのテラスに割れたビール瓶が落ちていた。隣の敷地には建築中の二世帯住宅が建っていた。

「あそこの建築現場から撃ったようですね」ピアはいった。オリヴァーは反応しなかった。コートのポケットに手を突っ込んで、肩をすくめたまま黙って立ちつくし、唇をきつく引き結んで足下の死体を見つめていた。

「五人もの人間をこんなふうに処刑するなんて、どういう神経をしているんだ？　感情にまかせて殺人におよぶのはある程度わかる。しかしこれは……この狙いすました計画殺人はイデオロギーに毒されたテロリストにしかできないことだ」

オリヴァーは顔を上げた。目に落ち着きがない。

「これまでは心の距離を保ってこられた。しかし今回は無理だ。犯人のやっていることは、もはや人ごとではない。メールでわたしたちを嘲笑した！　捕まえたら、ただじゃおかない！」

ピアはオリヴァーの腕をつかんだ。ボスの気持ちがよくわかる。ピアも悔しかった。

「奥さんと話してみましょう」そういって、ピアは二年半ほど前の恐ろしい体験を思いだした。自宅の進入路で死んでいた飼い犬たち。血を流してキッチンに倒れていたクリストフ、そしてクリストフの孫娘リリーの誘拐。クリストフとリリーは無事だったが、ベッティーナ・カスパール＝ヘッセはもう夫を抱くことができない。隣で寝ることも、目覚めることもできないのだ。

「ああ」オリヴァーはうなずいた。「片づけよう」

ふたりは開け放ったテラスの扉から家に入った。テレビがまだついていた。ブランデンブルク門の前で新年を祝う人々。オリヴァーはテーブルにあったリモコンでテレビを消した。食卓はまだ片づいていなかった。流し台に汚れた食器が積んであり、食洗機の扉が開いていた。盆には、シャンパングラス四客と栓を抜いたシャンパンの瓶がのっていた。

巡査と話していた四十代半ばくらいの褐色の髪の男が家に入ってきた。

「ダリウス・シェフラーといいます。家内とふたり、ここで新年を祝いに来ていました。今、子どもたちをお隣に預けてきたところです」

相当のショックを受けているようだが、男はそれでもオリヴァーとピアの質問に答えた。被害者とテラスで花火の用意をし、シャンパンを運ぶ手伝いをするため家に入ったという。

「そのとき電話が鳴りました。ベッティーナが、こんな時間にだれかしら、といって、ラルフが、きみの両親かもしれないと答えました。ベッティーナが電話に出て、しばらく話を聞いていて、急に青い顔になって叫んだんです。『ラルフ！　家に入って！』そのとき……振り返ったら……見えたんです……ラルフの頭が……いきなり……ほんとうにいきなり吹っ飛んだんです。彼は壁にぶつかり……血が……噴水のようにあたり一面に飛び散りました」

シェフラーは口をつぐんだ。しゃくりあげたが、気をしっかり保っていた。

「あなたの他にも見た人はいますか？」ピアはたずねた。

「ええ、全員が見ました。ベッティーナが叫んだとき、みんな、ラルフの方を見ましたから」

「子どもたちも？」

「いいえ、子どもたちは見ませんでした。ちょうど上着を着ているところでした。わたしはすぐふたりを捕まえて、外に出ないようにしました。子どもたちはなにも見ていません」

「あなたの奥さんはどこですか」ピアはたずねた。

「二階です。ベッティーナに付き添っています。子どもたちにこの惨状を見せたくなかったので、お隣に預けてきたわけです」

「いい判断です」ピアは少し微笑んだ。「話してくださってありがとうございます。名前と連絡先をわたしの同僚に伝えてください。あとでまた連絡します」

オリヴァーとピアは二階に上がった。すれ違った救急医が、夫人はひどいショックを受けているが、治療を拒んだと声をひそめていった。

「友人が付き添っています。夫人の両親がこちらへ向かっています」

「夫人に二、三質問しても大丈夫ですか？」ピアはたずねた。

「どうしてもというなら」救急医は感心しないという面持ちで答えた。ピアも、ふだんより気が重かった。

「ここで待っていてください」ピアは救急医に頼んだ。「先生が必要になるかもしれません」

ベッティーナ・カスパール＝ヘッセはがっくり肩を落としてベッドにすわっていた。涙も流さず、麻痺したかのように身をこわばらせている。友だちが横にすわって肩を抱いていた。

「カスパール＝ヘッセさん、お気の毒です。しかし二、三質問しなくてはなりません」ピアはオリヴァーと自分の身分を告げてからいった。「いいでしょうか？」馬鹿な質問だ。もちろんいいわけがない。ピアもしたくなかったが、これは仕事だ。

「ご主人は、すでに四人を射殺しているスナイパーの被害者になったと考えています」ピアはつづけた。夫人は反応しなかった。「ですので、あなたかご主人がかつてフランクフルト救急病院と関係があったか、今でも関係しているか確認する必要があるのです」

ベッティーナはゆっくり顔を上げると、けげんそうにピアを見つめてから軽くうなずいた。

「以前働いていました。はじめての妊娠をするまで。なぜですか？」

「どういう仕事をされていたのですか？」ピアはかまわず質問をつづけた。

「臓器移植コーディネーターでした」ベッティーナは顔をこわばらせて答えた。「その職について七ヶ月で妊娠したんです」

「キルステン・シュタードラーという患者を覚えていますか？　二〇〇二年九月十六日に脳出血を起こして病院に搬送され、そのあと亡くなってドナーになりました」

　ベッティーナはうなずいた。

「ええ、よく覚えています。妊娠を知った前日のことでしたので」口元をほころばせたが、すぐにまた消えた。「どういうことですか？　なぜそんな質問をするのですか？　そのこととどういう関係があるのですか？」

「キルステン・シュタードラーの件に関わった職員や医師の名前を覚えていますか？」今度はオリヴァーがたずねた。

「さあ……ずいぶん昔のことですから」ベッティーナは指をもんだ。「上司はドクター・ルードルフでした。あと集中治療科医長のドクター・ヤニング。ドクター・ブルマイスターもいました。当時、臓器移植外科の上級医師で、ハゲタカの異名を取っていました。あの人は、患者の家族が臓器摘出承諾書に署名しなかったので、わたしをひどく責めました。仕方なく、書類を治療の委任状だといつわって署名させたんです」

　ピアとオリヴァーはちらっと視線を交わした。

「医師団からどんな手を使ってでも患者の両親に臓器提供を認めさせろと命じられていました。時間が差し迫っていたんです。大至急、新しい心臓を必要とする患者がいたからです。わたしはいわれたとおりにしました。それが仕事でしたので。その日、わたしは気持ちが高ぶっていて、うまくやることしか考えなかったんです。後日、患者の夫が病院を訴えましたが、どうなったかは知りません。わたしは産休に入っていたので……」

ベッティーナは口をつぐんで目を大きく見開き、オリヴァーとピアを交互に見た。突然、気づいたようだ。愕然として、「嘘」とささやいた。

「嘘ですよね！ そんな馬鹿な。まさか、夫は……わたしの夫は……」

数秒のあいだ身をこわばらせ、まなざしが固まった。それから声にならない悲鳴をあげた。友人から身を振りほどくと、膝（ひざ）からくずおれ、両手のこぶしで床を叩き、声が嗄れるまで泣き叫んだ。救急医が飛び込んできて、ピアをじろっとにらんだ。

「質問はもうやめてください」救急医は、ピアがおもしろがってそうしているとでもいうようにいった。ピアはなにもいわず背を向けて出ていった。夫の死を招いたのが自分の責任だという思いを、ベッティーナは一生抱えて生きていくことになるだろう。

*

男は帰る道すがら、靴を暖炉で燃すのと、どこか適当なゴミ容器に放り込むのとどっちがいいか考えた。建築現場にはほこりが積もっていたので、足跡を残してしまった。それに今さら痕跡を消す手間をかけても意味がない。どうせ手が後ろにまわって、すべて白状することになる。靴跡をラボで分析するまでもない。ラジオではすべての局が「タウヌス＝スナイパー」による五人目の被害者について報道した。

若干の不安要素はある。警察の到着が迅速だったことだ。そこで犯行が起きると知っていたかのようだ。たぶん事件のつながりに気づいたのだろう。このままでは計画に支障が生じる。

男は集落に入った。車が凍った穴にはまってガタガタ揺れて、バンパーがきしんだ。家はどれも真っ暗だ。人気がない。大晦日はみんな、市内の隣人がいるところにとどまり、新年を祝うからだ。

男には好都合だ。

男は車を止めて、家に入った。とても暖かい。空腹であることに気づいた。着替えたあと、ストーブに薪(まき)をくべ、ベーコンエッグを作った。男はフライパンからそのまま食べると、テレビをつけた。警察からの公式発表はない。犯行現場が映っているだけだ。青色回転灯、規制線、遺体搬送車、顔を引きつらせ、先週の金曜日と同じコメントをするリポーター。リポーターは犯人を精神病質者、怪物と呼んでいる。馬鹿のひとつ覚えだ。そして的外れ。だがもうすぐ本当の動機がわかるだろう。それを連中が理解するかどうかは別の問題だが、中にはきっと、彼がこういう行動を取らざるをえなかったこと、奴らを野放しにしておけなかったことを理解する者がひとりやふたりいるはずだ。

リストに上がっているのはあと四人。ブルマイスター医長が最後だ。奴は今、娘といっしょにバカンスに行っていて、あさって帰ってくる。

＊

未明の二時半、ピアの電話が鳴った。オリヴァーは建築現場でクレーガーと話をしていて、ピアは外でタバコを吸っていた。

「もしもし、ヘニング」ピアはびっくりした。「みんなで無事に新年を迎えた？」

「みんなではなく、あなたはといった方がいい」ヘニングはそっけなく答えた。「新年をフリッツ・ゲールケと祝った」

「なんですって？」

「ミリアムとちょっとした口論になってね、彼女はだれか友だちのところへ行ってしまった。夕方、死体解剖をするといったのが気に入らなかったようだ。助手のロニーとわたしは他にすることもないので、霊安庫をいくつか空にした」

「まったく相変わらずなんだから」ピアは、いい気味だとちらっと思った自分を恥じた。ミリアムはもともと親友だったが、ヘニングと電撃結婚してからは表面的な付き合いになっていた。ピアはかつてワーカホリックなヘニングの手綱を取り損ね、ミリアムがうまくやっているようなのでおもしろくなかった。だがあれは、やはり見せかけだったのだ。

「それより聞いてくれ」ミリアムとの口論についてはそれ以上踏み込まず、ヘニングはいった。「一、三興味深いことがある。犯行現場の記録によると、ゲールケは暖炉で書類を燃やしてから死んだ。そうだな？」

「ええ、そうよ。それも大量の書類を燃やした。どうして？」

「気管支、肺、粘膜から煤が検出されなかった。マスクをつけていたか、火が燃えているときそばにいなかったかどちらかだ」

「そばにいなかった？　なにがいいたいの」

「聞いてくれ。鼻と口腔および上唇と下唇に皮膚の乾燥とわずかな皮下出血が見られた。それから鼻と口腔の粘膜に軽い炎症があった」

「はあ」

「科学捜査研究所で簡易テストをしたところ、ゲールケがクロロホルムを吸引していたという結果が出た。吸引したクロロホルムの四十パーセントが八時間以内に肺を経由して分解される。だから肺の組織を調べることにした。結果が出るまでもう少しかかる」

疲れ切っていたピアはあくびをした。ヘニングがいわんとしていることがわからなかった。

「所見は明日メールでくれない？　今グリースハイムにいるのよ。またスナイパー殺人が起きたの」

「大晦日に親しい人といないとなれば、そういうことだろうと思ったよ」ヘニングは鋭い口調で淡々といった。「さっきラジオのニュースを聞いた。それでも話を聞いてもらいたい」

「いいわよ」ピアはため息をついた。

「暫定的な結論としては、ゲールケはクロロホルムを吸って意識を失ったことになる。だがクレーガーの報告書に、クロロホルムを染み込ませた脱脂綿やタオルが遺体発見現場で押収されたとは書かれていない。それに後頭部と後頸部の皮下出血から、ゲールケは押さえ込まれていたことがわかる。しかも乱暴に」

ようやくピアもピンと来た。

「殺されたってこと？」

「少し時間がかかったが満点をやろう。新たな死体でてんてこ舞いであることを考慮する」

「インスリンは？」

「他人に注射されたことは確実だ。ゲールケは麻酔をかけられ、抵抗できなかった」ヘニングの言葉は夫婦喧嘩が頭痛の種になっているようには聞こえなかった。「クロロホルムはかなり古風な手口だが、それでも人をしばらく……」

「それってどのくらい確実なの？」ピアが口をはさんだ。オリヴァーがクレーガーといっしょに建築現場から出てきて、ピアの横で立ち止まった。

「まず確実。もちろんすべてはラボの解析結果しだいだ」

「ありがとう」ピアがまた口をひらいた。「ボスが来た。明日もう一度話しましょう」

「死神がこんな時間になんの用だ？」クレーガーがたずねた。

「暇だったので、ゲールケを解剖したそうよ」ピアは答えた。「他殺なのはほぼ確実ですって。ゲールケはクロロホルムで眠らされていた。肺には煤がない。つまり書類が火にくべられる前に死んでいたことになる」

「殺人事件がもう一件か」オリヴァーはうんざりした様子で首を横に振った。「やってくれるな！　わたしたちが暇だとでもいうのか」

「帰ってもいいぞ」クレーガーは彼の肩を叩いた。「ここはうちのチームがやる。ドクター・キルヒホフにできることくらい、俺にもできる」

「すぐ張り合うんだから」クレーガーにそういうと、ピアはまたあくびをした。「ボス、帰りましょう。つづきは明日」

＊

オリヴァーは四時頃、白樺農場（ビルケンホーフ）でピアを降ろしてから家に帰った。スナイパーへの怒りと自分の不甲斐なさが相まって眠気が吹っ飛んでしまった。インカが自分のベッドで寝る方を選んだ以上、家にいる理由はない。これでだれにも遠慮はいらないということだ。弁解はいらないし、罪悪感を覚える必要もない。約束を守ってもらえずがっかりしている子どももいなければ、非難がましい目つきもない。朝の五時に家じゅうの照明をつけて、コーヒーをいれ、のんびりシャワーを浴びて髭（ひげ）を剃（そ）る。タオルを腰に巻いてベッドルームに戻り、ワードローブの前に立ったオリヴァーは思った。なんでこの状況を変える必要があるんだ。人と暮らすのはひとり暮らしよりもはるかにややこしい。長所よりも短所の方が多い。コージマと離婚したばかりの頃はひとり暮らしをしていた。ボーデンシュタイン農園の御者の家は快適とはほど遠かったからでもある。だが今はすてきな家と、天国かと思える自由がある。

オリヴァーはいれたばかりのコーヒーを味わい、掃き出し窓からライン＝マイン地域の夜景を見た。新年に山ほど抱負を抱き、数週間で挫折する人間は数多い。だがオリヴァーはそういう類（たぐ）いの人間ではない。二〇一三年の抱負はたった三つだ。第一にスナイパーを逮捕すること。

第二にインカとの関係を終わらせること。第三にガブリエラの申し出を受けること。自分を疑い、快適さを放棄するのはもうやめる。今年は生き方を少し変える。それが楽しみだ。

オリヴァーはコートを着て、照明を消し、自分の車に向かった。スナイパー事件の解決はもう目前だ。彼の直感がそう告げている。だがなにか大事なことを見逃しているような胸騒ぎも覚え、落ち着かなかった。捜査ははじめから混沌としていて、チームが機能しなかった。なにかつかめたと思うたびに問題が起き、新たな殺人事件が発生した。プロファイリングにもひどく振りまわされた。プロファイラーに協力を求めるという署長の決断は拙速だった。殺人事件の背景に迫る前に、プロファイルのせいでかえって迷走した。しかもそのプロファイルはすぐに修正を余儀なくされ、そのうち全体を見渡すことができなくなった。だがスナイパーをまだ逮捕できず、いたずらに犠牲者を増やしているのは自分のせいだろうか。

いまだに眠っているケルクハイムへ向けて、花火の残骸が散らばった通りを走りながら、オリヴァーはフランクフルト時代のボス、メンツェル上級警部の言葉を思いだしていた。〝見聞きしたことをすべて記憶しろ。何度でも手がかりに戻れ〟徹底的に考え、勘違いを取り除く暇をスナイパーは与えてくれなかった。見事に警察を翻弄し、圧力をかけた。殺人捜査では急くこと、ストレスや疲労をためることが禁物なのに、オリヴァーたちは焦らされてしまった。疲れた人間は間違いを犯し、誤った結論を導きだして、道筋を見失う。今はすくなくとも標的にされている人間の名前がわかっている。そして犯人を駆り立てているものがなにかもわかっている。ヘレン・シュタードラーのリストにのっている人たちに注意を喚起することができる。

世間を騒がせているこの事件の捜査権がもっと上の捜査機関に移され、州刑事局のベテラン捜査官にこき使われることになるのではないか。オリヴァーはこの数日、覚悟していたが、そうはならなかった。信頼を寄せてくれたか、あるいはだれもこんな事件で評判を落としたくないのかもしれない。無能ぶりをさらすのは出世にマイナスだ。世間の目が注がれている中、断念するのは職業上の自殺行為。もちろん諦めるつもりはない。その逆だ！　パズルのピースの大半が卓上にある今、あとはそれをうまく並べるだけだ。今日、それをやる。

＊

ピアは疲れが取れず涙目だった。午前七時少し前、高速道路と並行する舗装路を車でホーフハイムに向けて走っていた。帰宅したのは朝の四時。キムはいなかった。ベッドで寝た形跡もない。クリストフとスカイプで話したあと、カウチでうとうとしただけで熟睡することができなかった。次から次へと悪夢を見た。朝の五時頃、携帯電話に妙なメッセージが届いた。昨日の夜十時、キムはピアのショートメッセージに返信していたが、大晦日で携帯電話通信網がパンクしたため、遅配されたのだ。〝わかった。わたしが必要なときはメールをちょうだい。十一時まで飲みはじめないこと。そのあとはお好きにどうぞ！　:-)　じゃあね、キム〟

六時半にピアは起きることにして、シャワーを浴び、きれいな服を着て、犬や馬の世話をしたあと、家を出た。

まだ暗い中、車を走らせながら、自分がクリストフの死を招くような過ちを犯したら、どんな気持ちだろうと考えた。レナーテ・ローレーダー、パトリック・シュヴァルツァー、ベッティーナ・カスパール＝ヘッセ、あの三人がしたことは重犯罪ではない。軽率な行為でしかない。すぐに忘れて当然のものだ。だがそのときの判断が別のだれかのことを深く傷つけ、十年後にブーメランとなって自分に返ってきた。

キツネが通りを横切った。ヘッドライトを浴びて目が緑色に光った。それから闇に紛れた。

生きていれば、まわりの人を苦しめ、失望させることもあるだろう。本当につらい思いをさせることだってあるはずだ。他人を害するような行為をしてしまったときは、償いをするための決まりがある。それが刑法典だ。リンチの時代は終わった。法の裁きに不満を覚える人は多いかもしれない。それでも復讐するために武器を取ることは認められていない。しかしスナイパーはまさにそれを実行した。法の裁きを信用せず、聖書の中の律法に準じた。命には命、目には目、歯には歯、手には手、足には足、烙印には烙印、ロープにはロープ。犯人にいわせると、俺の最愛の人にはおまえの最愛の人ということか。

ピアの携帯電話が鳴った。はっと我に返る。ピアはヘニングのメールをひらいて、車を走らせながら読んだ。〝ドクター・ハンス・フルトヴェングラー、ケルン。彼はルードルフと共同研究をした過去がある。もしかしたら協力してくれるかもしれない。電話番号を添えておく！〟

フルトヴェングラー！　フリッツ・ゲールケが死ぬ前に電話で話した相手だ。ヘレン・シュタードラーの手帳でも見た名だ。カイはこの老医師をすでに調べていて、土曜日に十四分間もゲールケと話した理由をたずねている。しかしフルトヴェングラーがカイになんといったか覚えていない。すぐに確かめなくては！　ピアは州道をホーフハイム方面へ曲がって、三分後、刑事警察署に着いた。キムの車は一般用駐車場に止まっていた。着いたばかりのようだ。白く霜が降りた駐車場にタイヤの跡がついている。昨夜はどこにいたのだろう。

＊

ドクター・ルードルフはかんかんに怒っていた。昨夜いきなり連行されて、留置場に押し込まれ、電話をかけさせてもらえなかったからだ。留置場から取調室へ連れていかれるとき、靴が何度も脱げた。靴紐を没収されたからだ。だがいやがらせの頂点はベルトを取りあげられて、ズボンを手でつかまなければならなかったことだ。

「これは自由の剝奪だ！」ルードルフは取調室にいるオリヴァーとピアを見るなり食ってかかった。「訴えてやるからな。吠え面かくなよ！」

「口を慎んで、そこにすわってください」オリヴァーは机の反対側にある椅子を指差した。さっきまでピアがすわっていた席だ。

「口の利き方に気をつけろ」ルードルフは腹立たしげにいった。「わたしには権利がある！」

「権利が認められている社会では義務も課されるんですがね」そう応じると、オリヴァーは相手を冷ややかに見つめた。ルードルフの細面が紅潮し、喉仏が上下した。髭は剃っていないし、白い髪もぼさぼさだ。留置場で一夜を過ごし、彼の自我は相当揺さぶられたはずだ。ルードルフは、オリヴァーが思ったとおりの反応をした。攻撃的で大声を張りあげる。人を使う立場にいる者は得てして自分が不可侵な存在だと思い込んでしまうものだ。みんなが口答えせず従う日常に慣れてしまい、普段なら眼中にない者から命令を受けると、そのことに我慢がならない。

「自分に課された義務くらいわかっている！」ルードルフは腹立たしげにいった。「あんたの年収は、わたしの納税額の一ヶ月分なんだからな！」

「とにかくすわってください！」オリヴァーは大声でいった。ルードルフはふてくされながらいうことを聞いた。「わたしがいっているのは税金じゃありません。道徳的義務ですよ！　昨日、あなたの以前のスタッフの名前を教えてくだされば、人がひとり死なずに済んだんです。フランクフルト救急病院の臓器移植コーディネーターだったベッティーナ・カスパール＝ヘッセの夫が射殺されたのです！　責任を感じていただきたいことは他にもあります！」

ルードルフは唇を引き結び、胸元で腕を組み、顎を突きだした。

「あなたは友人ゲールケさんの息子に新しい心臓を移植するため、逸脱行為をしましたね。ゲールケさんの息子は重い病気にかかっていた。そして偶然、シュタードラー夫人があなたの手に委ねられた。夫人の血液型は不運にもO型。つまり夫人の心臓はゲールケさんの息子マクシミリアンに移植できる。あなたは夫人の命を縮め、早期に脳死と判定しましたね」

「どっちみち助からなかった」ルードルフが言い返した。「一日早いか遅いか、それだけのことだった」

「では認めるんですね、あなたがシュタードラー夫人を……」ピアは啞然とした。

「なにも認めない！　認めることなんてなにもない！」

「いいですか」オリヴァーは身を乗りだした。「あなたは困った状況に置かれているんですよ。

最初から協力的だったら、あなたのことをこんなに知ることはなかったでしょう」

「家内を……射殺されたんだぞ」ルードルフは言葉を詰まらせた。「悲しみに暮れ、混乱していた。そのくらいわかるだろう」

「あなたは悲しんでもいなかったし、混乱してもいませんでした。ゲールケさんに電話をかけて、事態を悪化させまいとしたでしょう」オリヴァーはいった。「あなたのいうことは信じられません！　ヒポクラテスの誓いに背き、法を破った！　そしてそれが明るみに出た。ゲールケさんは訴えを取り下げさせるために、シュタードラー夫人の遺族に大金を渡しましたね。しかし他にも知っている者がいて、口をつぐまなかった。イェンス＝ウーヴェ・ハルティヒです。彼はシュタードラー一家に真実を語った」

「なにもわかっていないくせに」ルードルフは妙に落ちつき済ましていた。しかし目が小刻みに動いていた。

「しかし刻一刻、見えてくるものがありましてね」オリヴァーは、ピアがメモした紙に視線を向けてうなずいた。そこには四人の名前が記してあった。「リーゲルホフ弁護士から話を聞いています。シュタードラー家とフランクフルト救急病院のあいだの訴訟に関するファイルもすべて預かっています」椅子の背にもたれかかると、オリヴァーはルードルフの顔を見つめた。「ハルティヒさんとも話していろいろわかりました。これからドクター・フルトヴェングラー、ドクター・ヤニング、ドクター・ブルマイスター、ドクター・ハウスマンと話す予定です」

ルードルフの目がおどおどした。不遜（ふそん）という仮面に亀裂が走った。

オリヴァーとピアはなにもいわず、ただじっとルードルフを見つめた。突然の沈黙は効果てきめんの戦術だ。たいていの人間はいなすことができない。激しい言葉の応酬をしたあとではとくに難しい。一分経つごとに苛立ち、頭の中をさまざまな考えが駆け巡り、釈明や言い逃れや嘘をうっかり言い間違える。

ルードルフは七分十二秒後に観念した。

「弁護士を呼んでくれ」ルードルフはかすれた声でいった。

「たしかにその必要がありますね」オリヴァーは椅子を引いて立ちあがった。「キルステン・シュタードラー殺害の容疑で逮捕します」

「そんなこと、できるものか」ルードルフは抗議した。「わたしを必要としている患者がいる」

「しばらくのあいだ我慢してもらうことになります」オリヴァーは戸口に立っていた巡査に合図を送って、ピアといっしょに取調室を出た。

*

キムはガソリンスタンドでチーズやハムをはさんだプチパンをたくさん買い込んできて、会議机にどんと並べた。そこにはエンゲル署長、オリヴァー、ピア、カイ、ケム、カトリーンがいた。みんな、いっせいに手を伸ばした。ピアはチーズをはさんだプチパンにした。

「新年おめでとう！」そういって、キムはピアの隣にすわった。

「おめでとう」パンをかじりながらピアは微笑み、声をひそめていった。「夜はどこにいたの？」

「あとで話す」キムはささやいた。「いってくれれば、いっしょに行ったのに」

カイが報告をはじめる前に、ピアはヘニングに聞いたことをみんなに伝えた。

「ゲールケは自殺ではなく、他殺の可能性があります。ラボの正確な報告書はすぐ届けられることになっています」

カイはピアから預かったヘレン・シュタードラーの手帳に目を通し、人名のリストを作成したので、順次電話をかけるといった。ブルマイスター医長の元妻にはすでに連絡が取れ、彼が十七歳の娘を連れてセーシェルで二週間過ごし、明日の朝帰国することがわかっていた。

ピアは思いだしてたずねた。

「ねえ、カイ、ドクター・フルトヴェングラーはゲールケが死ぬ前日、電話で話していたわよね。どういう内容だったか聞きだせた？」

「たいした内容ではないといわれた。古くからの友人で、ゲールケが息子の死で落ち込んでいるようだったといった」

「信じるの？」

「今のところは。どうして？」

「ヘニングから、フルトヴェングラーについてコメントをもらった。彼はドクター・ルードルフと共同研究していたそうよ。ただ専門が違うのよね。一方は心臓外科医、もう一方は腫瘍(しゅよう)学者および血液学者」

「もう一度、電話をかけてみる」カイはうなずいて、メモをした。

マルク・トムゼンはあれっきり家に帰ってこないが、監視はつづけさせた。ヴィンクラーの家とハルティヒの住居と工房も同じように監視した。金細工工房の玄関には〝二〇一三年一月六日〟まで休業というメモが貼られていた。ディーデンベルゲンにあるハルティヒの家も家宅捜索した。家はもぬけの殻だった。近所に聞き込みをしたところ、彼は一年前にリフォームをはじめたが、去年の秋にいきなり中止したという。

会議机の上の電話機が鳴った。カイが出て、受話器をピアに渡した。

「もしもし」おどおどした少女の声だった。「ヨネレ・ハーゼブリンクといいます。グリースハイム地区のザーレ通りに住んでいます」

「もしもし、ヨネレさん」ピアは腰を上げ、会話がみんなに聞こえるようにハンズフリー通話にした。「ホーフハイム刑事警察のピア・キルヒホフです。どうしましたか？」

「例の殺し屋を友だちといっしょに見たみたいなんです」

全員がパンをかじるのをやめ、食い入るように電話を見つめた。

「あたしの両親には知られたくないんです。じつは……彼氏がいることを……いってないので」

「何歳なんですか、ヨネレ？」ピアは少女の名前をメモして、カイに渡した。カイはすぐその名前をノートパソコンに打ち込んだ。

「十五です」

「未成年ね。警察で証言するときには両親にいてもらわないと」ピアはいった。

「電話で話すんじゃだめなの？　しかられてしまいます」

「ルツ・ハーゼブリンクとペギー・ハーゼブリンク。ザーレ通り十七番地」カイは小声でいった。

「犯人を目撃したんですよね？」ピアはたずねた。

「そんなによくは見えませんでした」ヨネレは、この電話の結果どうなるかわかって怖じ気づいたようだ。「でも犯人の車を見ました。乗り込むところも。でも、それほど重要じゃないかもしれません」

ピアはオリヴァーの方を見た。オリヴァーは親指を立ててうなずいた。

「いいえ、とても大事なことよ」ピアは穏やかにいった。「見たことを正確に話してくれると、とても助かる。すぐそちらへ行く。お友だちもいっしょにいてくれるかしら」

「でも親にはなんていったらいい？　ファービオのことだけど」

「連続殺人事件の解決にあなたが貢献したら、ご両親は鼻が高いと思いませんか？　それにお友だちと付き合うのも、これから内緒にしなくてよくなりますよ」

少女は迷った。

「ええ、わかった。そうかもしれない。いつ来てくれる？」

「三十分あればそちらに行きます」

十分後、オリヴァー、ピア、キムの三人は車に乗り込んで、ダルムシュタットへ向かった。あの建築現場にスナイパーが隠れていたのは間違いなかった。弾丸の軌道分析からも疑う余地がない。スナイパーははじめて手がかりを残したのだ。クレーガーと部下たちは残された靴跡と寝そべった跡を発見した。スナイパーは二階の掃き出し窓の近くに潜んで、重ねた二袋のセメントの上に銃身をのせていた。ヘッセの家からはまったく見えない位置取りだ。

ピアはルームミラーで妹を見た。キムはスマートフォンになにか打ち込んで、にこにこしている。オリヴァーがいっしょだったので昨日の夜のことを聞くのは控えたが、気になって仕方がなかった。

＊

「もうひと晩、観察した方がいいのですがね」医長がいった。「脳震盪と頸部挫傷を甘く見ない方がいいです」

「なにもスキーをするわけじゃありません」カロリーネ・アルブレヒトも頑固だった。「ベッドで寝るなら、自宅でもできます」

「ひどい交通事故だったんですよ」そうはいったが、医長はすでにさじを投げていた。医療費自己負担患者だから、まだしばらく入院させておきたいのだろう。だがカロリーネにそんな気はなかった。十二時少し過ぎにグレータに電話をかけ、新年のあいさつをしたが、事故のことは黙っていた。心配をかけたくなかったのだ。父親には連絡がつかなかった。携帯電話は切ってあり、固定電話にも出ない。耳栓でもつけて眠っているのだろう。大晦日の騒ぎや花火を楽しむ柄じゃない。

「平気です」カロリーネは医長にいった。「安静にすると約束します。具合が悪くなったら、また来ます」

「お好きになさったらいいでしょう」医長はあきらめた。「わかりました。自己責任で退院するという書類に署名してください」

医長がドアから出ていくと、カロリーネは起き上がった。めまいがする。頭が痛い。だが何個所かひどい打撲をして、額に裂傷を負っている以外はなんともない。小さなバスルームに入り、鏡に映る自分のひどい顔を見てショックを受けた。顔の左半分は紫色で、目の下に血腫ができている。昨日着ていた服をだれかがタンスに入れてくれていた。血に染まって、異臭を放つ服を着るのはぞっとした。自宅に戻れば、シャワーを浴び、着替えられる。スマートフォンが鳴った。相手の電話番号は非通知だったが、通話ボタンを押した。警察か、ロードサービスの会社だろう。

「ボーデンシュタインです。おはようございます」刑事のよく響く声がした。「お加減はいかがですか？」

「おはようございます。ありがとう、元気です。エアバッグのおかげでむち打ち症になり、脳震盪を起こしただけです」カロリーネは答えた。「これから家に帰るところです。手帳は役に立ちましたか？」

「ええ、大いに。といっても昨日は手遅れでした。またしてもスナイパーに先を越されました」

「なんてこと」カロリーネはベッドのへりにすわった。「事故を起こさなければ、もっと早く手帳を渡せたのに……」

「あなたの責任ではありません」オリヴァーはカロリーネの言葉をさえぎった。「ゲールケさんが死んだのも、あなたの責任ではないようです。解剖の結果、麻酔をかけられた上でインスリンを過剰投与されて殺されたことがわかりました。これまで自殺したとみていました。しかし新しい事実が判明して、ファイルの焼却に新たな光が当たりました」

悪い知らせがつづく。だが殺人と聞いても、カロリーネはなにも感じなかった。前に本で読んだことがある。殺人に関わった人生、それがたとえ形だけのものだったとしても、二度と同じ人生には戻れない。それが真実だ。

「あなたのお父さんはゲールケさんの友人だった」オリヴァーはつづけた。「そうですね？」

「友人だったかどうかは知りませんが」カロリーネは答えた。「昔からの知り合いでした。ゲールケさんの会社は父の研究に資金をだしていました」

スマートフォンが鳴った。電池残量がすくない。

「電話が切れたら、電池がなくなったからです。充電ケーブルは家なんです」

「では手短に。昨夜、あなたのお父さんを逮捕しました。しかし黙秘して、弁護士を要求しています。もちろん、お父さんにはその権利がありますが。お父さんはゲールケさんが死ぬ前に電話で話しています。その内容が気になります……」

刑事の声が途切れた。スマートフォンの電源が切れた。カロリーネは立ちあがって、スマートフォンをハンドバッグに入れた。母は死に、父は逮捕。ひどい新年だ。カロリーネはコートとハンドバッグをつかんで、ナースステーションへ行き、退院の署名をした。シャワーを浴び、睡眠を取りたかったが、ベッドに入る前にもう一度、父の家へ行くことにした。

＊

十時半、グリースハイムに着いた。いまだに広域封鎖されている。鑑識チームは捜索犬の助けでスナイパーの逃走経路を再構成した。ハーゼブリンク家はタウバー通りのふたつ手前の横道に建つ赤い二世帯住宅の片方に住んでいた。ヨネレはかわいい少女だった。鼻がつんとしていて、髪が長く、目がくりくりしていた。友だちのファービオはやせていて、とんがり頭だ。ふだんはだぶだぶのジーンズに野球帽をかぶり、スニーカーで歩きまわっているタイプらしいが、ガールフレンドの家を訪ねるためまともな恰好をして、ハーゼブリンク家の食卓にすわっていた。オリヴァーとピアも席についた。ふたりの子どもは、死刑執行人を前にした死刑囚のように大人たちを見つめていた。話はすすまなかった。娘のボーイフレンドがよほど気に入らないのか、ヨネレの両親が険しい顔をしていたせいだ。結局ピアが両親に、部屋から出るように頼み、キムが両親のそばにいることになった。それからはましになった。

ヨネレとファービオは四ヶ月前から付き合っていた。ふたりはよくその建築現場で会っていたという。施主が破産したため、工事はもう一年くらい止まっていた。先週の金曜日もふたりは三階にもぐり込んだ。そこにはすでに窓がはめてあり、それほど寒くなかったからだ。

「あたしたち、そこでおしゃべりしてたの」そういって、少女は顔にかかった前髪を払った。「そうしたら、突然下で音がしたのよ。不動産屋かだれかが来たと思って、あたしたちパニックになった。上の階だから逃げるわけにいかなくて、セメントの袋の陰に隠れたの」

「男は階段を上がってきた」ファービオがいった。「階段から見えた。そいつはあちこち覗いて、あっちの家が見える部屋に入った。数分して、下の階に下りた。なにか動かす音がした。それから立ち去った」

「どんな男でした？」ピアがたずねた。「なにを着ていました？」

「わからない」ヨネレは肩をすくめた。「そんなにちゃんと見なかった。服は黒かったし、帽子の上にフードまでかぶってた」

「黒いジーンズと紺色のジャケット」ファービオが言い直した。

「髭を生やしてた」ヨネレがいった。

「あれは剃ってなかっただけだ。ちゃんとした髭じゃなかった。これと同じさ」

ファービオは人差し指で上唇をなぞった。

「口髭？」ピアがいった。

「そうそう」

「何歳くらいだった？」

「けっこう年寄りだった」ヨネレがおずおずとファービオを見た。「四十歳くらい。もっと上だったかな……わからない」

けっこう年寄り！まいった、とピアは思った。

「それから？」オリヴァーはたずねた。

「そいつはそれっきり戻ってこなかった」ファービオは答えた。「だから俺らも立ち去った。四時にサッカーの練習があったしね。遅刻すると、トレーナーが怖いんだ。俺は練習場に行った」

「あたしは家に帰ることにした」ヨネレがつづけた。「でもそのときガソリンスタンドでお菓子を買うことにしたの。環状交差点のそばにあるガソリンスタンドに行ったら、さっきの男がガソリンスタンドの脇の駐車場で車に乗るところだった。古いオペルで、紺色か黒。なぜかわからないけど、ナンバープレートを覚えた。別の町だったからかも。とにかく変な奴だった」

ヨネレはナンバーを教えてくれた。MTK-WM 117。

「建築現場で見た人に間違いなかったんだね？」オリヴァーは念を押した。

「ええ、間違いない」ヨネレはうなずいた。

「よく観察していたね、ヨネレ」オリヴァーは微笑んだ。「電話をくれてありがとう」

ふたりはおどおどしていたが、誇らしげでもあった。刑事に目撃証言をした話がそのうち広まって、ふたりは英雄になるだろう。ヨネレがオリヴァーを見て口ごもった。

「あの、あたしの両親に話してくれる？　ファービオのこと」

「フライタークおばさんが、口添えしてくれたはずよ」ピアは少女にいった。「怒られたりしないわよ」

*

車を手放すしかない。それも今すぐ！　警察がナンバーを突き止めた。車種とボディカラーも。どうやったんだろう。どこでミスを犯したのだろう。だれにも見られないように気をつけていたのに！　ラジオでの報道を聞いて、心臓が止まるかと思った。あれから体のふるえが止まらない。奴らはすぐそこに迫っている。幸い、居場所までは知られていない。まだ一歩先んじている。慎重にすすめてきた計画も残りわずか。忘れることはできない。

男はケーニヒシュタイン方面へ車を走らせた。両手に汗をかいていた。いつ見つかって止められても不思議ではない。不安だった。逮捕されることも刑務所に入れられることも怖くはない。計画を達成する前に阻止されることだけを恐れていた。走っている車はすくない。祝日。新年。二日酔いでベッドに寝ているか、タウヌス＝スナイパーに怯えているのだ。車がすくないのは助かる。見られる恐れが減る。もちろんこう車がすくなくては青いオペル・メリーバでも目立ってしまうだろう。

しかし男はあらゆる事態を想定して、解決策を講じていた。車に対してもだ。パニックに襲われて森に走り込んでもだめだ。計画を実行に移すのだ。

＊

雨が降りだした。はじめはぽつぽつと。だがそのうち土砂降りになり、雨が車のルーフとフロントガラスに叩きつけた。オリヴァーは視界を確保するため、数秒おきにワイパーを動かした。三十分前から、ピアとオリヴァーは車の中からリーダーバッハのタウヌスブリック七二番地の家を見張っていた。ナンバーがMTK-WM 117のオペル・メリーバの所有者ヴォルフガング・ミーガーの家だ。ふたりを気にする者はだれもいなかった。家は空き家のようだ。郵便受けから広告があふれ、玄関までのアプローチは枯れ葉に覆われている。ブラインドも下りていた。

後部座席の左のドアが開いて、ケムが滑り込んだ。

「ひどい天気だ！」ケムは額にかかった濡れた髪を払った。オリヴァーとピアのふたりと同じように、ケムもコートの下に防弾チョッキを着ていた。撃たれたときにはいいが、動きづらい。

「隣人はなんといっていた？」ピアがたずねた。

「ヴォルフガング・ミーガーは二〇一一年のクリスマスから老人ホームにいるそうです」ケムは答えた。「認知症で、世話をする親族はいません。奥さんは二、三年前に死に、子どもはいない。それ以来、空き家だそうです。ときどきだれかが家の様子を見にきて、夏に芝刈りをしているらしいが、隣人はだれなのか知らないといっています」

「これははずれかもしれないですね」そういって、ピアは冷たくなった両手に息を吹きかけた。最近の警察車両は窓が電動だし、FFヒーターのような贅沢な装備はなかった。「だが運がよければ、スナイパーがこの家を隠れ家にしているかもしれない」

ふたりの子どもの証言で犯人がようやく実体のある人間になった。特捜班は色めき立ったが、そのうちいつ終わるともしれないその緊張が逆に負担になった。今のところスナイパーからは、ラルフ・ヘッセの死亡告知が届いていない。昨日のEメールは州刑事局のIT技術者が追跡したが、公共無線LANから発信されたことがわかった。だが暗号化されていないインターネット接続はそう多くない。たいていの事業者は無線LANが悪用されないようにパスワードで保護している。スナイパーは追い込まれているのだろうか。警察がヘレン・シュタードラーの手帳を手に入れ、想像以上に肉薄していることを犯人は気づいているだろうか。もしそうなら、気になるのはどうやって知ったかだ。

カイはセーシェルのホテルに宿泊中のドクター・ブルマイスターと連絡が取れ、明日、到着ロビーのゲートで捜査官が待っていると伝えた。理由を訊かれたが、カイは答えなかった。ピアが空港へ向かい、そこで医師に直接話すことにしていたからだ。トムゼンとハルティヒはいまだに行方知れずだ。カイは工房の従業員のひとりを見つけ、一月六日まで休店していることをたずねたが、従業員は驚いていた。ハルティヒはどこかへ行く計画など立てていなかったともいう。検察局は携帯電話の位置情報取得を許可したが、ハルティヒの携帯電話は電源が切られていて、位置の確認はできなかった。

「ちょっとエンジンをかけてください」ピアはボスに頼んだ。「凍えそうです」

オリヴァーはキーをまわして、エンジンをかけた。空気が吹きだし、ガラスの曇りが取れた。そのときiPhoneが鳴った。オリヴァーはハンズフリー通話にした。

「特別出動コマンド(SEK)は十分で合流します」カイがいった。「それから、ナポレオンがあらわれました。追い返しますか?」

「いいや」ネフへの怒りは収まっていた。「なにかの役に立つかもしれない。手帳はどうだ?」

「カレンダーと同じですね。毎日なにをしたかメモをつけています。日常の細々したことばかりです。でもいくつか面白いものを見つけました」カイは答えた。「ヘレンはゲールケと話をしています。ドクター・ハウスマン、ドクター・ブルマイスター、ドクター・ヤニングとも話していますね。日時と場所も正確に記録しています。一日ごと、二〇一二年十二月十九日の最終期限までの残り日数が書き込まれていました。あいにく話の内容はたいしてメモされていません。書き込みから推測するのは難しいですね。サンテックス、血液型の適合性、血液型O型、ドナーのA型、レシピエントのO型、逆は不可能、ベルン大学病院、チューリヒ大学病院、それからドイツ連邦医師会の住所。どういうことなのかわけがわかりません」

「ここが済んだら、ヘレンの父親に訊いてみましょう」ピアはいった。「そろそろ戻る頃でしょうから」

「ヤニングとハウスマンの連絡先はわかったか？」オリヴァーは訊いた。

「すみません。まだです」カイは答えた。「でもつづけて調べます」

「カロリーネ・アルブレヒトがこの手帳をどうやって手に入れたか突き止めなくては」オリヴァーはいった。

「彼女のスマートフォンはあいにくいまだに切れた状態です」カイはいった。「引き続き連絡を取ってみます」

　無線機から雑音が聞こえ、声がした。

「カイ、いよいよ」ピアはいった。「特別出動コマンド（SEK）が到着した。じゃあ、あとで」

　オリヴァーたちは車から降り、雨の中、特別出動コマンド（SEK）の車両まで通りを歩いた。現場指揮官と打ち合わせをした。隊員三人が庭を抜けてミーガー家の敷地に入る。そこにはすでに隊員ふたりがいて、だれも家を出入りしないよう見張っていた。

　残りの四人はオリヴァー、ケム、ピアの三人と玄関に向かうことになった。だがその前にガレージのシャッターを開けるように指示された。数分後、大きな音を立てないようにシャッターを上げてみて、オリヴァーたちは目を丸くした。考えてみれば当然かもしれない。ガレージにマルク・トムゼンの黒い四輪駆動車があったのだ。トムゼンはミーガーを知っていたのだ。ミーガーはHAMOの会員かシンパだったのかもしれない。トムゼンは、ミーガーの家が空き家で、車が走れる状態でガレージに眠っていることをなんらかの方法で知ったのだ。警備会社で働いている者にとって、古い玄関ドアを開けることなど児戯(じぎ)に等しい。

「トムゼンは昔GSG9の狙撃手だった」オリヴァーは現場指揮官にいった。「武器を所持していて、危険性があると考えないといけない」

現場指揮官は部下にそのことを伝え、突入を命じた。あっという間に玄関ドアを破り、スタングレネードを暗い廊下に投げ込む。十秒後、カウチに横になってノートパソコンで映画を観ていたトムゼンを取り押さえた。彼はうつぶせになって床にはいつくばった。オリヴァーたちが家に踏み込んでみると、彼はTシャツとジョギングパンツ姿のまま腕を後ろにまわされて手首を結束バンドで縛られていた。覆面をした特別出動コマンド(SEK)隊員ふたりがトムゼンをかなり乱暴に引っ張り起こした。トムゼンはヨネレとファービオの証言に符合した。無精髭(ぶしょうひげ)を生やし、やせていて、四十代後半、そして口髭。椅子の背に黒いジーンズと紺色のジャケットがかけてあった。

「また会いましたね」ピアはいった。

「死ぬほどびっくりしたぞ」トムゼンはにやっとした。「ベルを鳴らせばよかったのに」

トムゼンのにやついた顔を見て、オリヴァーはかっとなった。死者のおぞましい顔や遺族の絶望する姿が脳裏をかすめ、トムゼンの顔を殴りたくなった。

「逮捕する」オリヴァーは感情を抑えていった。「あなたはインゲボルク・ローレーダー、マルガレーテ・ルードルフ、マクシミリアン・ゲールケを……」

「おい、なんだ、そりゃ？」そう叫んで、トムゼンは笑うのをやめた。「正気か？」

「これほど正気なことはない」オリヴァーは冷ややかにいった。「あなたの家で、あなたが犯人である動かぬ証拠を見つけた」

「証拠？」トムゼンは首を横に振った。

「たとえばマクシミリアン・ゲールケの監視記録」

「監視記録はもっとある！」トムゼンがいった。「やったのはヘレンだ！」

「馬鹿な！」オリヴァーは鋭い口調でいった。「武器はどこだ？」

「武器？」

「犯行に使った銃だ！」

「人殺しなんてしていない。俺の武器はもう検査したんじゃないのか。俺は関係ない！」

「あなたの書類によれば、ライフル銃が一挺(ちょう)欠けている。なぜわたしたちを地下に閉じ込めて、逃走したんだ？」

「急に……パニックになったんだ」

オリヴァーは首を横に振った。トムゼンは、警察があらわれただけでパニックに陥る奴じゃない。嘘をついている。

「どうしてこの家にいるんですか？」ピアはたずねた。「ミーガーさんとはどうやって知り合ったんですか？　車はどこですか？」

「車？」トムゼンはとぼけてみせた。オリヴァーはもううんざりだった。

「もういい。連行しろ！」

「スナイパーは俺じゃない」トムゼンは主張を曲げなかった。オリヴァーは背を向けて、家を出た。

＊

ディルク・シュタードラーと連絡がつき、彼はアルゴイ地方から戻る途中で、午後八時頃帰宅する予定だという。オリヴァーは、検察官が来るまでトムゼンの取り調べを待った。知恵のまわる弁護士に法廷でうまくあしらわれるような失態はしたくなかったのだ。その判断が正しかったことがわずか一時間後に判明した。ラジオで指名手配情報を流した結果、ゾッセンハイムのトニー＝ゼンダー通りにあるガレージについて通報する匿名電話があった。捜索中の青いオペル車が二七番ガレージに止めてあるという。オリヴァーはパトカーを一台向かわせた。カイはガレージの借主を調べた。数回の電話で管理会社の人間につながり、二七番ガレージは二〇一二年十月にトムゼンが借りていて、一年分の賃料を現金で払っていることがわかった。千戸を超えるマンション群とそれに応じたガレージだ。当然、全員が顔見知りではない。管理会社の人間は申し訳なさそうにいった。あいにくガレージは空だったが、オリヴァーはそのガレージを封鎖させ、検証するようクレーガーに頼んだ。

「これであいつと車がつながった」オリヴァーは苦い勝利の味を感じながらいうと、会議机に向かってすわった。「トムゼンが今度はどんな言い訳をするか楽しみだ」

「弁護士はいらないといっています」トムゼンを取り調べてピアがいった。

「放っておけばいい」オリヴァーは肩をすくめ、いきなり手を叩いた。「みんな、運よくスナイパーを捕まえられた。今日は定刻に帰っていいぞ!」

「それはありがたい」カイはいった。「もういっぱいいっぱいでしたからね」

オリヴァーは何度もカロリーネ・アルブレヒトのスマートフォンに電話をかけ、やっとつながった。

「何度か電話をくれていたことに今気づきました」カロリーネは開口一番にいった。「ごめんなさい。充電池が切れてしまって」

「長く邪魔をするつもりはありません。ヘレン・シュタードラーの手帳をだれから手に入れたのかぜひ聞かせていただきたいのです」

カロリーネは少したためらった。

「ヘレンのフェイスブックが閉鎖されていないことに気づいたんです」カロリーネは答えた。

「それでヘレンの友人ヴィヴィアン・シュテルンを見つけて、フランクフルトで会いました」

「フェイスブック!」カイはため息をついた。「なんで思いつかなかったんだ?」

「どんな話をしたんですか?」オリヴァーはたずねた。

「ヘレンが大変な事件をかぎつけたといっていました。臓器欲しさに、彼女の母親が見殺しにされたというんです。当時なにがあったかすべて明らかにしようとしていたそうです」

「ヘレンさんと、そのヴィヴィアン・シュテルンさんはどのくらい仲がよかったんですか？」

「高等中学校時代からの付き合いで、フランクフルト大学でもいっしょだったそうです。ヘレンは、父親や婚約者に見つからないようにいつも手帳をヴィヴィアンに預けていました。婚約者は相当にひどいことをしていたみたいですね。彼は結婚を望んでいたけど、ヘレンの方はいやがっていたそうです。ヘレンとヴィヴィアンは密かにアメリカ留学を計画していました。でも、ヘレンの婚約者が気づいて、ヴィヴィアンに脅しをかけました。殴りもしたそうです。そのため怖くて、手帳を警察に持っていけなかったんです。名前をいわないよう頼まれましたが、おそらくそれは無理だといいました」

「ヴィヴィアン・シュテルンさんの電話番号はご存じですか？」オリヴァーは訊いた。

「いいえ、知りません。あさってアメリカに戻るといっていました。今は、クリスマス休暇と大晦日なので両親のところに帰っているところだそうです。それでヘレンの調査と連続殺人事件の関連性に気づいたといっていました」

「どうやって？」

「新聞で名前を見たそうです。インゲボルク・R、マクシミリアン・G、マルガレーテ・R。ヘレンから聞いていた名前だったのです」カロリーネは間を置いた。そのあとの会話を思いだそうとしているようだった。「ヘレンがだれも信じられなくなったのは、お父さんが病院への訴えを取り下げる代わりにだれかから百万ユーロもらったからなんです。お父さんが脱税容疑で捜査されて発覚したんです。ヘレンが調査をはじめたのはそのあとです。友人に協力してもらっていたそうです。名前は忘れましたが」

「マルク・トムゼン？」昨日、交通事故を起こしたばかりなのに、たいした記憶力だ、とオリヴァーは舌を巻いた。

「そう、それです」

「ヴィヴィアン・シュテルンさんはどうして、ヘレンさんが殺害されたと疑ったのでしょう？」

「自殺する理由がないといっていました。アメリカ留学と調査結果に有頂天だったそうです。ヴィヴィアンは、別れようとしているヘレンを婚約者が殺したと考えているようでした」

「あなたのお父さんが、心臓を摘出するためにヘレンさんの母親を見殺しにした疑いがたしかに浮上しています。ご存じですか？」オリヴァーは少し間を置いてからいった。カロリーネが電話の向こうで息をのんだのがわかった。

「ええ、そうではないかと危惧していました」突然苦々しげな声になった。「だからわたしの母は娘の目の前で射殺されたんです。それが本当なら、父を絶対に許しません」

＊

「ヘニング、わたしよ、ピア。遅い時間にごめんなさい」

「かまわないさ。何時だい？」ヘニングは答えた。

「もうすぐ八時半」

「ああ、そんな時間だったか」

ピアはにやっとした。いかにもヘニングらしい返答だ。ミリアムとは仲直りしたのだろうか。たぶん喧嘩は昨日がはじめてではないだろう。ヘニングは最近また朝から夜遅くまで法医学研究所にこもっているようだ。結婚していたからよくわかる。

「あのね、もう一度ヘレン・シュタードラーの解剖所見を見てもらえる？」ピアはヘニングに頼んだ。「だれかに橋から突き落とされた疑いが出てきたのよ。当時は見落とした手がかりがあるんじゃないかと思って」

「見てみよう。捜査は進展したのか？」

「今日、被疑者をひとり逮捕した」

「おめでとう」

「あなたの情報源だけど、もしかしてドクター・アルトゥール・ヤニングじゃない？」

「どうしてわかったんだ？」

ピアには、その質問で充分だった。

「ヘレン・シュタードラーは自力で調査をして、ありとあらゆる人と話していた。手帳にそれを記録していて、その中にヤニングもいた」

「ああ、彼だよ。今はフランクフルト救急病院の集中治療科医長だ。シュタードラーの件には無関係だが、患者は集中治療科で治療を受けていたから、なにがあったか耳に入っていた」

「ヘレン・シュタードラーは殺人リストに九人の名前を書いていた。その中にヤニングもいる。そのうちの五人、正確には五人の親族がすでにあの世行きになっている。だからヤニングが次の被害者になる恐れがある」

「そうなのか」

「フランクフルト救急病院には、なにか別の問題があって、ヘレンはその手がかりをつかんだ。関係者全員がなにか隠していて、ゲールケのところでは書類が焼却された。自分で焼いたのか、他のだれかが焼いたのかはっきりしないけど、充分あやしいでしょう」

「それならルードルフが国外に逃げださないよう気をつけることだ」

「その機会はないわね」ピアはそっけなく答えた。「昨日の夜から国費で宿泊している」

＊

ディルク・シュタードラーはちょうど帰宅したところらしい。小さな旅行カバンが廊下にそのまま置いてあった。

「どうぞお入りください」シュタードラーはピアとオリヴァーに丁重にいった。

「ありがとう」ピアは微笑んだ。「アルゴイはどうでしたか？」

「静かでした」シュタードラーは彼女の笑みに応えた。「路上のゴミを見れば、ここがはるかにうるさかったことがわかります」

シュタードラーは玄関のドアを閉めた。

「昨夜また死者が出ました」ピアはいった。

「ラジオで聞きました。しかしこれで、わたしの息子が犯人ではないことが判明しましたね」

「ええ」オリヴァーは認めた。「今日、別の被疑者を逮捕したところです」

「そうですか。それは……すばらしい。おめでとうございます」シュタードラーは驚いて、うれしそうにした。「それで、どのような用件でしょうか？」

「その逮捕者も、犯人であることを否定していまして、もっと証拠と動機が必要なんです。報復が目的であることは判明しています。基本的な動機もわかっています。しかしこの事件にはまだ裏があるようでして」

「ほう」シュタードラーは居間の照明のスイッチを押した。「すわってもいいですか？　足がちょっと……長時間運転したもので……」

「どうぞ」オリヴァーはうなずいた。彼とピアもすわった。シュタードラーは膝をもみながら、オリヴァーの話をじっと聞いた。

「ゲールケさんがルードルフ医師と古い友人だったことはご存じでしたね？」オリヴァーはたずねた。

「イェンスの妄想かと思っていました」シュタードラーは疲れているように見えた。頬がこけ、目が熱を帯びてぎらぎらしていた。「イェンスは失望し、腹を立て、ルードルフを破滅させようとしていたんです。臓器移植の件を暴露して、ルードルフを困らせるのに、わたしが適役だと考えたんですよ」

「しかしあなたはしたくなかったのでしょう。なぜ考えを変えたんですか？」ピアはたずねた。

「前にいったでしょう。義父にせがまれたからです。義父の頭にはそのことしかなかったんです。しかしいろいろやるうちに、勝てる見込みがないことがわかりました。裁判に勝ったところで、家内は生き返りませんしね。わたしは静かに暮らしたくなったんです」

「フランクフルト救急病院との示談で五万ユーロを受け取ったといいましたね」ピアはヘニングから聞いた話を思いだしながらいった。「それで全部ですか？」

シュタードラーはため息をついた。

「いいえ。ゲールケ氏からさらに百万ユーロ受け取りました」

「百万ユーロ？」ピアは驚いたふりをした。「なんでまた？」

「訴えを取りさげる代償です。訴訟は何年もかかります。わたしは破産したでしょう。その金があれば、子どもたちにいい暮らしがさせられます」

「ゲールケさんはあなたに賄賂を渡したのですね」オリヴァーがいった。「なぜです？」

「どちらかというと罪悪感からだったと思います。彼の息子は生きながらえましたが、わたしの家内はそのために死ななければならなかったわけですから。彼は胸が痛んでいた。そしてわたしは金を必要としていた。金はスイスの口座に振り込ませました。それが間違いの元でした。脱税の容疑をかけられたんです。わたしの口座と名前が、流出した脱税者データにのっていたんです。追徴課税と罰金を払わされました。当然それまでその金の存在を知らなかった子どもたちの耳にも入ったわけです」

「どういう反応をしましたか？」オリヴァーがたずねた。

「エーリクは無関心でした。脱税をするなんて馬鹿だといわれました。だがヘレンはかんかんに怒って、金で口をつぐんだのは罪に加担したのと同じだといって、わたしを非難しました。わたしがどうしてそういう行動を取ったかわかってもらうまでずいぶん議論しました」

「いつのことですか?」

「二年前です」

オリヴァーとピアは顔を見合わせた。ヘレンが手帳に調査結果を記しはじめたのは二年前だ。

「お嬢さんが日記を書いていたことはご存じですか?」ピアはたずねた。

「ええ、小さい頃、書いていましたが、十六、七歳になった頃書くのをやめました。そのあとは日々のメモを書き残すくらいでした」

「お嬢さんは、母親がしかるべき治療を受けられなかったと確信していたようです」ピアは慎重にいった。「臓器を摘出するために、母親が見殺しにされたと」

「そんな馬鹿な」シュタードラーは元気なく答えた。「そのことは何度も話し合いました」

「友人が預かっていた手帳が見つかりまして。それによると、ヘレンさんは自力で調査していたようです」ピアはつづけた。「当時の関係者につきまといました。それもかなりしつこく」

「いいや、信じられません。ありえないことです。娘は精神的に非常に不安定でした。調査などできたはずがありません!」

「ヘレンさんはフランクフルト救急病院院長と話しています。ゲールケさんや責任を負っていたルードルフ医師ともうひとりの医師にも、最後通牒(つうちょう)を突きつけたのです」

「最後通牒？　なんのために？」

「おそらく母親が死んだことの真相を公にするつもりだったのでしょう。最終期限はクリスマス前に想定されていました」ピアは答えた。「しかしその話をした三日後、自殺しました」

ピアの携帯電話が鳴った。カイからのショートメッセージだった。〝ヴィヴィアン・シュテルン発見〟と書いてあった。ヘレンの友だちのことをシュタードラーにたずねてみようかとも思ったが、まずその女性と話すことにした。

「結婚するつもりもなかったようですね」オリヴァーが口をひらいた。「口うるさく監視するハルティヒさんを怖がっていたそうじゃないですか」

「そんなはずないです！　イェンスはヘレンを愛していました！」シュタードラーは首を横に振った。「結婚式を延期したとはいっていません。一年間アメリカに留学したかったからです。新しい体験をして、過去から距離を置くのは、ヘレンの人格形成に悪くないと思っていました。イェンスも同意していました」

「ではなぜハルティヒさんはヘレンさんに大量の薬を飲ませたんですか？」ピアはたずねた。

「だれがそんなことをいっているのですか？」シュタードラーはこの手の新情報をこれ以上受けつけられそうになかった。

「たしかな情報源からです」ピアはあいまいに答えた。

「お嬢さんは他にも計画を立てていたようですね」今度はオリヴァーがいった。「母親の死に責任がある人たちのリストを作って、その人たちを監視し、生活パターンや習慣を調べていました。それも何ヶ月にもわたって。トムゼンさんが支援していたようです。彼の自宅でマクシミリアン・ゲールケさんの監察記録を発見しました。わたしたちは、ヘレンさんがその人物たちに報復するつもりだったとにらんでいます。そして彼女が死んだあと、だれかが代わりにそれを実行しているのです」

シュタードラーはオリヴァーを見た。彼の目にほんの一瞬、言葉にならない苦しみの表情が浮かんだ。十年にわたって抱えつづけ、解放されることのなかった苦しみ。

「だれだというんですか？」シュタードラーが声にならない声でたずねた。「いったいだれが……そんなことを引き継いだというんですか？」

「射撃がうまいだれかです」オリヴァーはいった。

「トムゼン？」

「可能性はあります。ところでヴォルフガング・ミーガーという名に心当たりはありませんか？」

「知っています」シュタードラーはうなずいた。「ヴォルフガングはわたしの仕事仲間でした。パーキンソン病と認知症を患(わずら)っています。三年前に妻と死別し、子どもがいません。だけど、なぜ急に彼のことを訊くんですか？」

「その人の家で被疑者を逮捕しました」

シュタードラーはしばらく絶句し、それから背筋を伸ばした。

「ヴォルフガングの家の鍵はわたしが持っています」彼は小声でいった。「彼がケーニヒシュタインの老人ホームに入ってから、家を管理し、庭の手入れをしています。ヘレンがよく付き合ってくれました。わたしに時間がないときには、あの子がひとりで行って、郵便受けを空にして、異状がないか見てきてくれたものです」

「最後に行ったのはいつですか？」

「クリスマス前です。寒くなったときですから、二週間前ですね。暖房機の具合を見にいったんです」

「ミーガーさんの車を使うことはありますか？」

「いいえ。登録を抹消して、ガレージに置きっぱなしです」

「それが違うのです。だれかが乗りまわしていました」

「ありえません！　その車は登録されていないし、保険もかけていません！」シュタードラーは顔をしかめ、椅子から腰を上げると、足を引きずりながら廊下にあるサイドボードのところへ行った。引き出しを開けると、車のキーを見せた。「ほら、これがヴォルフガングの車のキーです。だれかが乗りまわしているのなら、わたしに内緒でやっていることです」

「お嬢さんが合鍵を持っていて、トムゼンかハルティヒに渡したということはないですか？」

オリヴァーは訊いた。

シュタードラーはサイドボードに寄りかかった。

「なんてことだ。そうかもしれません。数ヶ月前に玄関の鍵がひとつなくなっていました」

「ハルティヒさんがどこにいるかわかりますか？」ピアはたずねた。

シュタードラーは引き出しを閉めた。しばらく居心地の悪い静けさに包まれた。

「いいえ」シュタードラーは首を横に振った。「ヘレンが死んでから連絡を取っていません」

「しかし先週の金曜日、一時間以上電話で話しましたよね」

「ええ、まあ。年末のあいさつをしてくれたんです。それからしばらく四方山話をしました」

「なにについてですか？」

「いろんなことです」シュタードラーは軽く手を動かした。「ヘレンのことも話しました。生きていたら、その日、二十四になったんです」

＊

オリヴァーたちはシュタードラーの家を出た。まだ土砂降りだった。

「傘があればよかったですね！」役に立たないことは承知で、ピアはフードをかぶった。

「車に一本ある。取ってこようか？」オリヴァーは紳士らしくいった。

「いいえ、平気です」

ふたりは首を引っ込め、一番大きな水たまりを避けて車の方へ走った。途中でピアの携帯電話が鳴った。雨水がジャケットの袖を伝って流れたが、かまわず電話に出た。

「大当たりだった」ヘニングがいった。「ヘレン・シュタードラーの遺体はかなりひどい惨状だが、上半身は比較的ましだった。当時は自殺と見なされたので、上腕の皮下出血も打撲と見なしたようだ。しかしだれかに押さえつけられたとも取れる。華奢な体つきだから、力のある男なら、橋の欄干から突き落とすなり、投げ落とすなりするのは造作もなかっただろう」

ピアは、胸の鼓動が速くなるのを感じた。

「服はどう？」

「まだ警察の証拠品保管庫にあるはずだ。だが他にもある」

「なに？」

オリヴァーはピアのために助手席のドアを開けた。ピアは車に滑り込んだ。

「自殺の場合も、徹底的に解剖することは知っているだろう。左手の爪から皮膚片が見つかっていて、これも証拠品保管庫にある。他殺の疑いがあるなら、それを服も含めて科学捜査研究所に送った方がいい」

「すぐにそうする。ありがとう、ヘニング」

オリヴァーはエンジンをかけて暖房をつけ、風量を最大にした。ピアはヘニングから聞いたことを伝えた。

しばらく黙って闇の中を走った。

「なんか変な気がします」ピアはいきなりいった。

「どういうことだ？」

「わからないんです」ピアは肩をすくめた。「シュタードラーは見たところ信用できます。ショックで呆然としていますが、正直に答えています。あやしいところがあるわけじゃないです。ゲールケからの口止め料も認めたし、ハルティヒからの電話の件も、ミーガーの家の話も嘘じゃないでしょう。一度として焦りをにじませませんでした。でも……わたしなら見張らせます」

「シュタードラーを？」オリヴァーは唖然としてピアを見つめた。「なぜだ？　どうやって検察官を説得する？」

「彼にはだれよりも強い動機があります」なにか言おうとしたボスに向かって、ピアは手を上げた。「わかっています。体に障害があるし、アリバイもあります。トムゼンやハルティヒと違って武器を嫌っています。でもそれ以外は犯人と合致します」

「いいか、ピア！」オリヴァーは首を横に振った。「ヴォルフガング・ミーガーはシュタードラーの同僚だった。ヘレンはあの家を知っていて、鍵を手に入れることができた。ヘレンがトムゼンにあの家の話をして鍵を与えたんだ。スナイパーはあいつだ。アリバイもない。あいつにはもう失うものがない。ぴったり符合する。犯人はトムゼン。間違いない」

ピアは考えながら通りを見つめた。

「シュタードラーは、ハルティヒがフランクフルト救急病院でドクター・ルードルフのチームにいたことを知っているんでしょうか？」ピアはたずねた。

「なぜそのことを訊かなかったんだ？」

「わたしが訊かなくちゃいけなかったんですか？」ピアは非難されたような気がしてむっとした。「ボスが訊いてもよかったでしょう！」

「わざと訊かないのかと思った」

「思いつかなかっただけです」ピアは答えを得られないまま山積みになった疑問に押しつぶされそうだった。一方にたくさんの憶測や推理、もう一方にたくさんの言い訳や嘘。ピアはまさしく、木を見て森を見なかったといえる。

「ひとつ気になることができました」スパ施設のライン＝マイン＝テルメまで来たところでピアがいった。「脱税を摘発されたわけですよね。シュタードラーの仕事はどうなったんでしょう？　フランクフルト市の建築課にいるということは公務員ですよね？」

「そのはずだ。いずれにせよ公共機関に雇われている」オリヴァーはうなずいた。「そういえば、しばらく前に税務局長が納税の際、何年にもわたって家族構成の虚偽申告をした廉で免職になった。職務とは関係ないが、重大な違法行為と見なされた」

「どうしてそんなことを知ってるんですか？」ピアは驚いた。

「新聞で読んだ」オリヴァーはにやっとした。

「新年の夜の九時半では市役所に電話をかけてもだれも出ないでしょうね」ピアはあくびをした。「それにおなかがぺこぺこで、死ぬほどくたくた」ピアはあくびをしかけたところで、カイのショートメッセージを思いだした。

「しまった！」そう叫んで、ピアは携帯電話をだした。「シュタードラーのところにいたとき、カイがショートメッセージを送ってきていたんです！　ヴィヴィアン・シュテルンが見つかりました。たぶんすでに電話で話していると思います」

「それより、あくびをやめてくれないか？　うつってしまう！」オリヴァーは非難がましくいうと、刑事警察署の駐車場に入った。「そもそもこれからトムゼンの取り調べをしないと」

「それは明日にしましょうよ」ピアは顎の関節が鳴るほど大きなあくびをし、助手席のドアを開けた。「もう逃げられないんですから」

「そうだな。家に帰るとするか」オリヴァーはいった。「おやすみ！」

「おやすみなさい、ボス！」ピアはドアを閉めて、自分の車のところへ行った。

オリヴァーは車を後退させて方向転換した。駐車場から通りに出たとき、いつになく疲労がたまっているのを感じた。

二〇一三年一月二日（水曜日）

マヘ島発コンドル航空DE３０３便は予定どおり午前六時三十分に着陸した。男はもう一度、電光掲示板を見た。ターミナルⅠ、ゲートC、変更なし。

空港はいつも人でごったがえしている。だからスーツケースをそばに置いておけば目立たない。男はゲートCの斜め前にあるコーヒーショップに陣取り、コーヒーを注文して、店が用意した新聞をひらいた。男は空港に山ほどいる旅行中のビジネスマンに見える。タウヌス＝スナイパーの見出ししか目にとめなかった。他の記事同様、中身には興味がない。ゲートには四人の巡査が待機していて、金髪の女刑事キルヒホフもいる。彼女は男と同じように疲労困憊しているようだ。男のせいで、彼女は昨夜も遅くまで働いていたはずだ。

だがもうすぐだ。あと少しで目的を達成し、正義がおこなわれる。

男は必要がないのにカップをスプーンでかきまわした。ミルクも砂糖もコーヒーには入れない。しかし新聞を読みながらぼんやりコーヒーをかきまわすというのはよくある光景だ。キルヒホフは鋭い目つきであたりを見まわし、二、三回、男にも視線を向けたが、あやしまれることはなかった。男は変装の達人だ。平均的な顔立ちなのは好都合だ。とくに背が高くないし、特段ハンサムでもない。人混みに紛(まぎ)れるのが一番いいカムフラージュだ。

褐色の髪の女と白髪の年輩の男があらわれた、女刑事がふたりに話しかけた。しきりに話をしている。女はそわそわしている。両手をよじったり、髪の毛を指に巻いたり、ハンドバッグをいじったりしている。刑事たちは他の出迎え客から少し離れて、到着した乗客があふれ出てくるゲートを見ていた。男、女、子ども、若者、家族連れ。長いフライトで疲れがにじんでいるが、セーシェルでのバカンスで日焼けし、命の洗濯をしていたようだ。多くの人が出迎えを受けた。手を振り、笑いあい、抱擁する人々。再会の喜び。奴とその娘が出てきたのは最後の方だった。すぐ警官に囲まれた。娘が十六歳で、レアという名前であることは知っている。その娘が奴と別れのあいさつをした。抱きしめあい、少し言葉を交わす。奴が娘の顔をなでて、頬にキスをした。それからレアは母親である褐色の髪の女のところへ行った。女は奴に一瞥(いちべつ)もくれず、娘を抱きとめた。キルヒホフが奴に声をかけたが、奴は娘の方ばかり気にしていた。ふたりの警官がレアと母親と白髪の男に従い、他のふたりが奴のそばに残った。男は冷めてしまったコーヒーを飲み干した。じっとしているのが難しかった。これからの数分にすべてがかかっている。プランAを決行するか、プランBに変更するか、すぐにわかる。

＊

ドクター・ブルマイスターとその娘がゲートをくぐった。マヘ島発コンドル航空ＤＥ３０３便の乗客の最後の方だった。カートは使わず、そのままスーツケースを引いていた。

「いたわ！」ピアといっしょに待っていたブルマイスターの元妻が興奮して両手を振った。「レア！　レア、ここよ！」

娘はフランクフルトから列車でデュッセルドルフへ向かう予定になっていたが、十六歳の子を危険にさらすわけにはいかないということになった。母親は昨日、電話ですぐ、夫といっしょに直接ゲートで出迎えるといった。三人は周囲の好奇の目にさらされながら、警官ふたりに連れられて姿を消した。警官はそのあと一家を車のところまで伴い、ヴィースバーデン・ジャンクションまでエスコートすることになっている。ピアは危険を冒したくなかったのだ。

ブルマイスターは五十代はじめで、とてもハンサムだった。ふさふさした褐色の髪はオールバック。日に焼けたスポーツマンタイプだ。彫りの深い顔立ち、社会的地位の高さと身体的な優位を自覚し、自信に満ち満ちている。

「ドクター・ブルマイスター？　ホーフハイム刑事警察署のピア・キルヒホフです」ピアは名乗った。「同僚が電話でお話ししたとおりです」

「まずちゃんとしたコーヒーを飲みたい。機内のコーヒーはひどかった」ピアのあいさつに答えることなく、彼は投げキスをした娘に手を振った。それからふたりの巡査をちらっと見て、ピアに視線を向けた。「これはいったいどういうことだね？」

ブルマイスターはスーツケースをつかんで、すぐそばにあるコーヒーショップにまっすぐ向かった。ピアはあとについていくほかなかった。

「まともなドイツのコーヒーを一杯」ブルマイスターは店員にいって、十ユーロ紙幣をカウンターに置いた。それから忘れかけていたたしなみを思いだしたのか、こういった。「あなたも一杯飲むかね？」

「いいえ、けっこうです」ピアは無愛想に答えた。「話を聞いていただけます？」

　ブルマイスターは紙コップをつかんで、少し飲んだ。

「ああ、うまい！」そういって相好を崩した。笑いじわができて、人なつこい表情になった。

「では聞こう」

　スナイパー連続殺人のニュースはセーシェルまで届いていたが、ピアの話を聞いてブルマイスターから笑みが消えた。彼はコーヒーを飲むのも忘れた。

「スナイパーの殺人リストにあなたの名前ものっているんです」ピアはいった。「あなたから話を聞く必要があります。そして警護したいのです」

「あなたがわたしを警護する？」彼は眉を吊りあげてピアを見た。「どうやって？」

「スナイパーが逮捕されるまで、身辺警護要員を二名あなたにつけます。それに……」

「冗談じゃない！」そういうと、彼はコーヒーの紙コップとスーツケースをつかんで出口へ向かった。「とんでもない話だ！　知らない人間がトイレまでついてくるというのか。ふざけるな！　自分の身は自分で守る！」

「ちゃんと聞いていたのですか？」ピアはかっとして立ちはだかった。「好き好んで朝の六時に空港に来たりすると思いますか？」

「気にかけていただき感謝する。あなたの話では、スナイパーはいつもターゲットの家族を狙っているという話じゃないか。警護するならわたしの娘を頼む！」

「ですから、あなたの前の奥さんがお嬢さんを迎えにきたのです。他に危険がおよぶ恐れのある方はいますか？」

「他にはいない」

「交際している人とかは？」

「いいや、決まった相手はいない」彼はコーヒーを飲み干し、空の紙コップをゴミ箱に捨てた。「仕事が忙しいし、自由な時間を大事にしている。これまでの人生でさんざんいやな思いをしたんでね。さて、行かなくては。十時に病院で執刀する手術がある」

人のいうことを聞かない傲慢な奴だ。ピアは神経を逆なでされた。

「ドクター・ブルマイスター、事態を深刻に受け止めてください。犯人はあなたが過去に関わった患者の家族だと思われるのです。これは報復です。キルステン・シュタードラーは病院に搬送されてからわずか十二時間後に臓器を摘出されました。公式にはすべてが決まりどおりにすすめられたように記録されていますが、改竄されていますね。あなたのチームの医師が良心の声を無視できず、ルードルフさんとあなたを病院の理事会とドイツ連邦医師会に告発しました。それでもうまく誤魔化した」

ブルマイスターはピアを見た。表情は変わりなかったが、日焼けした肌から血の気が引いているのがわかった。

「キルステン・シュタードラーの夫はフリッツ・ゲールケから高額の口止め料を受け取り、不正を訴えた若い医師は病院を辞めさせられました」ピアはつづけた。「一件落着に見えたわけです。キルステン・シュタードラーの娘が調査をはじめるまでは。彼女はドクター・ハウスマン、ドクター・ルードルフ、ドクター・ヤニング、ドクター・フルトヴェングラー、そしてあなたと話をしています。会った日時のメモが残されています」

出口が開くたび、冷気が流れ込んできたため、ブルマイスターは上着の襟を立てた。

「最終期限はクリスマス前。それでもあなたたちが当時やった不正行為を認めなければ、シュタードラーの娘は報道機関に洗いざらい打ち明けるつもりでした。都合のいいことにヘレン・シュタードラーは九月に自殺しました」

「それは知らなかった」ブルマイスターはいった。

嘘だと思ったが、ピアはそれには言及しなかった。

「ヘレン・シュタードラーはあなたにどんな要求をしたのですか？」

ブルマイスターは一歩脇にどいて、考えながら頭をかいた。

「あれはとんでもない言いがかりだった。すべて解決済みなのに、あの娘はそれを認めなかったんだ。頭がかなりおかしかった。三十回近くしつこく電話をかけてきたので、訴えようかと思ったほどだ」

「あなたを脅迫したのですか？」

「ああ。しかしそんなものを真に受けるものか」彼は払いのける仕草をしたが、無関心という仮面はとうにはがれていた。「さっきもいったように、もう終わったことだ。示談が成立し、家族は金を受け取った」

彼が事態をそんなに軽く見ていたとは到底思えなかった。フランクフルト救急病院の臓器移植外科医長だ。外科医としての評判も高い。倫理にもとる不正行為をしたことが明るみに出れば、仕事も将来も名声も病院の評判もすべてふいにする。認められたいという欲求が強い人間は、同業者のあいだでの名声や評価なしでは生きていけない。ヘレンの好奇心は彼にとって間違いなく、捨て置けない脅威だったはずだ。

「話は以上です。これでこちらが懸念していることはおわかりいただけましたね」ピアは最後にいった。「警護することを提案はしますが、強制ではありません」

「歯に衣着せず話してくれて感謝する」ブルマイスターは笑みを浮かべた。「よく考えてみる。あとで連絡する」

「ああ、それからもうひとつ」ピアはこの情報を最後に取っておいた。「あなたのかつての上司ドクター・ルードルフはキルステン・シュタードラー故殺の疑いですでに勾留中です。そしてハウスマン院長、ヤニング医長、ゲールケさんとも話しています」

「そうなのかね？　それはまたどうして？」ブルマイスターの目つきが突然険しくなった。しかしその硬い目つきの奥に不安がちらついていた。

「わかっておいでだと思いますけど。予定はキャンセルして、いっしょに署に同行願います。協力いただけるとありがたいです」最後のひと言が余計だった。ブルマイスターの目に浮かんでいた険しさも不安も一気に安堵の色に変わった。なにを恐れていたのかわからないが、気づかれていないと悟ったようだ。まずいことをした！

「ありがたいが、自分の身は自分で守れる」彼は腕時計を見た。「さて、行かなくては。フライトは長かった。十時に病院に行くことになっている」

ピアは肩をすくめて名刺を渡したが、彼は蔑むような笑みを浮かべて無視した。

「どうぞご勝手に」ピアはいった。「あなたの命ですから」

＊

女刑事は二十分ほど奴と話していた。話の中身はわからないが、女刑事は苦虫をかみつぶしたような顔をし、それから肩をすくめて、奴に名刺を差しだした。しかし奴はそれを受け取らず、立ち去った。男はほっとした。プランBの方が厄介だ。これで計画を変更したり、即興で行動したりせずにすむ。奴は傲慢な愚か者だ。自分は絶対だと思っている。だがそこが狙い目だ。

ここからは一刻の猶予もならない。奴と同じように、男も携帯電話をつかんで一足先に外に出た。少し遅れて奴も外に出た。緊張した面持ちで声をひそめて電話で話している。相当怯えている。奴は一度足を止めてまた歩きだし、あたりを見まわした。タクシーを探している。ちょうどそこへ一台やってきて、奴の横に止まった。運転手がトランクを開けて、車から降り、スーツケースを積んだ。奴は右側の後部座席にすわった。男は満面に笑みを浮かべた。女刑事に警告されたはずなのに、ネズミは傲慢さゆえにまんまと罠にかかった！　男はタクシーをまわり込み、左側の後部ドアを開けて乗り込んだ。

＊

「アリバイはない」トムゼンはいまだに弁護士を呼ぼうとしない。「さっきいっただろう」

「それはまずいですね」オリヴァーはいった。矛盾に満ちた感情が心の中に吹き荒れていた。三十分前、トムゼンは一切自供しなかったが、今はなんでも答える。実際、オリヴァーは彼の自供を必要としていた。状況証拠はほぼ出揃ったが、疑いを差しはさむ余地をなくすには動かぬ証拠がいる。

「裁判所に提出できる証拠など一切ないじゃないか」トムゼンは悠然と構えていた。夜勤の同僚の話では、トムゼンは昨夜、寝台に横になると、わずか数分で熟睡したという。罪の意識があってできることではない。もちろん彼はエリート部隊で心理面も鍛え抜いている。相手をだますのにどういう態度を取るのがいいか熟知しているはずだ。もしかしてトムゼンは、良心の欠片もない、したがって罪悪感とは無縁の社会病質者だろうか。

「いやいや、証拠はいくらでもありますよ！」オリヴァーは迷いを払いのけた。「あなたは優秀な狙撃手でしょう。それに何ヶ月も被害者たちの行動を探っていたことがわかっています。インゲボルク・ローレーダー、マクシミリアン・ゲールケ、ヒュルメート・シュヴァルツァー、マルガレーテ・ルードルフ、ラルフ・ヘッセ、ジーモン・ブルマイスター、イェンス＝ウーヴェ・ハルティヒ。あなたが働いている会社の古紙回収コンテナーに捨てられていた文書を発見しました。犬を戻したとき、そこに捨てたのでしょう。またあなたはミーガーさんの家を隠れ家にしていましたね。犯行現場の近くでミーガーさんが所有していた車が目撃され、あなたの名で借りられているゾッセンハイムのガレージで発見されています」

「そんな馬鹿な」トムゼンは首を横に振った。「ガレージなんて借りてないし、そんな車を使った覚えもない」

「ガレージで確保した水のボトルからあなたの指紋が検出されているのですがね。どう説明するんですか?」

「どういうことだ」トムゼンは率直に答えた。「俺にはガレージを借りる理由がない。そもそもゾッセンハイムなんて行ったこともない」

「ずいぶん前から計画を立てていたのでしょう」オリヴァーはトムゼンの反論に動じることはなかった。「犯行現場への移動にミーガーさんの車を使った。しかしガレージで墓穴を掘りましたね」

「さっきもいっただろう。連中の行動を探ってたのはヘレンだ」トムゼンはゆっくり椅子にすわって、両手を膝(ひざ)にのせ、目をそむけなかった。まばたくことも、汗をかくこともなかった。

「ええ、それは知っています。しかし彼女はひとりではなかった。あなたが支援したのでしょう。そして彼女が死んだあと、あなたは彼女の復讐計画を実行に移した。あなたはどの犯行時間にもアリバイがないですね。ルードルフ夫人が射殺された晩、あなたの勤務は午後六時に終わっています。マクシミリアン・ゲールケさんとインゲボルク・ローレーダーさんが射殺されたとき、あなたは夜勤でした。すべて確認してあります。それに資料を廃棄する時間を稼ぐため、わたしたちを地下室に閉じ込めましたね」

オリヴァーはフラストレーションがたまるのを感じた。話題が堂々巡りしている。しかもほぼ一字一句違わず。

「ミーガーさんのことはどこで知ったのですか？」

トムゼンの答えはわかっていたが、それでもオリヴァーは、繰り返したずねた。そのうちにトムゼンは疲れて細部を忘れ、口をすべらすかもしれない。

「面識はない。ヘレンの父親の同僚だ。昔、建設会社でいっしょに働いていて、国外の大規模プロジェクトに関わっていた。奥さんが死んで、彼が認知症になったとき、シュタードラーとヘレンが世話をした。あんたたちを地下に閉じ込めたとき、あの家のことを思いだしたんだ。はじめはヴィンクラーのところへ行こうと思った。だがあんたたちは最初にあそこに目をつけると思ってね」

「では、またたずねますが、なぜ潜伏したのですか。無実なら、なにも恐れる必要はなかったでしょう」

「咄嗟の思いつきさ」トムゼンはその言葉をすでに三度は使っている。

「鍵はどうしたんですか？」

「玄関の鍵は庭にある鳥の水飲み場の下にあるってヘレンから聞いていた」

「どうもあなたは自分の置かれた状況を理解していないようですね、トムゼンさん！」オリヴァーは堂々巡りをそこで止めた。「わたしたちはあなたを五人の人間を殺した犯人だと見ています！　証拠があるんです」

トムゼンは肩をすくめた。

「なんで俺がそんなことをする必要があるんだ？　人間を射殺するなんて」

「ヘレンの復讐をするためでしょう」

「馬鹿げてる」トムゼンは首を横に振った。「俺の人生はみじめなものさ。このうえ心を病んだ娘の世迷言を実行して、残りの人生を刑務所で過ごそうなんて考えると思うか？」

「ミーガーさんの車はどこですか？」

「さあね。車があるってことも知らなかった」

「その車に乗っているところを見られているんですよ」オリヴァーはそういったが、あくまで推測だった。

「ありえない。たぶん目撃者の見間違いだろう。イェンスじゃなかったのか？　あいつの方がヘレンの復讐をする理由がある」

「ヘレンさんは彼と別れたがっていました。彼を恐れていました。知っているはずでしょう。彼に薬漬けにされていたヘレンさんを助けたのは、あなたじゃないですか」

返事はなかった。

「ハルティヒさんがヘレンさんに薬を与えたのはなぜですか？　どうしてヘレンさんの一挙一

動を見張っていたのですか？」

「本人に訊いてくれ」

「トムゼンさん！　どうして本当のことを話してくれないのですか？　なぜ逃走して、ミーガーさんの家に隠れていたのですか？」

トムゼンはため息をついた。

「どうしてもやることがあって、勾留されるわけにいかなかったんだ」トムゼンは突然、態度を変えた。「はじめのうち、あんたらはいくつか質問したら帰ると思った。だが任意同行させるつもりだと気づいたんだ。そういう意味では本当に咄嗟の思いつきだった」

「やることというのはなんですか？」オリヴァーはたずねた。「そして、どこでやるつもりだったのですか？」

トムゼンは片手で無精髭の生えた頬をなでた。

「この件とは無関係だ。あんたらが来たとき電話がかかってきたのを覚えているだろう」

オリヴァーはうなずいた。うなり声をあげる犬が脳裏に浮かんだ。そして電話に出たあとトムゼンの態度が急変したことも。「オランダからの電話だった。至急アイントホーフェンに行く必要があった」

「なぜ？」

「悪事を止めるためさ」トムゼンはオリヴァーを見返した。まつ毛一本動かさなかった。「それにブルマイスターがバカンスから帰ってきたとき、話したいことがあった。まあ、そっちはあんたに任せてもいいがな」

「どういうことですか？」

トムゼンはオリヴァーをじっと見た。オリヴァーはこの男に今日こそ自供させようと意気込んでいたが、楽観的すぎた。思惑がはずれた。

「九月十六日、あいつがケルスターバッハにいたことを突き止めたからさ」返事はないだろうとオリヴァーが思ったとき、トムゼンが答えた。「キルシェンアレー通りで速度オーバーしたあいつの車が撮影された。ヘレンが飛び降りたとされている跨線橋からわずか百メートルのところだ」

オリヴァーはしばらく絶句した。

「どうやって突き止めたんです？」

「警官をやめてしばらくになるが、今でも知り合いはいる」トムゼンは肩をすくめた。「だけど、あんたらに協力する気は毛頭なかった。ひどい目にあったことは忘れられないからな。警官になって二十年、百回は命を危険にさらした。その俺を内部調査の連中はわざと曲解して、スケープゴートにした。だが犯罪を野放しにしておくことはできない。だから少し調べたのさ。ブルマイスターがヘレンを殺したのはほぼ間違いない。あいつに都合の悪いことをヘレンが突き止めたからさ」

＊

九時にオリヴァーは取調室を出て、隣の部屋に入った。ピア、カイ、ネフ、キムの四人がその部屋でミラーガラスを通して取り調べの様子を見ていた。

「あいつはスナイパーじゃない」オリヴァーはがっくりしながらそういうと、あいている椅子にすわって、窓の向こうのトムゼンを見た。「わたしたちが憎くてしかたがないフラストレーションのたまった元警官というだけだ。くそっ、人違いだとは」

だれも反論しなかった。

「ブルマイスターの車の件が本当かどうか確かめましょう」

「任せてください」カイはいった。

「空港の方はどうだった？」

「ブルマイスターは身辺警護を断りました」ピアは答えた。「説得したんですが、断られました。十時に病院で手術をすることになっているとかで、彼にはそっちの方が大事なのです」

「なるほど。警告以上のことはできない」オリヴァーはうなずいた。「ディルク・シュタードラーはどうだ？　今、どこにいる？」

「シュタードラーは昨日の夜から自宅にいる」ネフが答えた。「あんたとキルヒホフが昨日あの男を訪ねたあと、ずっと監視している」重苦しい沈黙に包まれた。あと少しと思ったのに、またしても袋小路に迷い込んでしまった。

「なにかお腹に入れなくては考えることもできないわ」ピアは立ちあがった。「パン屋に買いだしにいくけど、なにか欲しい人は？」

全員がなにかしら注文した。キムだけはなにもいわずスマートフォンを見て、にやにやしていた。

「いっしょに行く、キム？」

　声をかけられて、キムはびくっとした。妹の面食らった顔がおかしかった。この世でなにがあろうとも、人生はつづく。そして愛情は、殺人に左右されるものではない。

「で、大晦日はどこにいたの？」ふたりして車に乗ると、ピアはいった。「もう尋問する気力はないから、さっさと話しなさい」

「ニコラのところ」キムが答えた。

「そうじゃないかと思った。それで？」

「別に。楽しくおしゃべりしただけ」

「なにについて？」

「四方山話」

「いいかげんにして。署長があなたを気に入ったってこと？」

「そうみたい」そう答えると、キムはほんのちょっと頬を染めた。「でも、女の経験はないようね」

「男とは付き合っていたってこと？」ピアは皮肉を込めてたずねた。

「女は成功すると、男と出会いづらくなるものなの。男はライバルとしか見ないから。経験者は語る」キムはニコラ・エンゲルの肩を持った。

「そうなんだ。じゃあ、わたしは成功してなくてよかった」ピアは混ぜっ返した。

「あなたたちは釣り合いが取れてるのよ。でもたいていの男は、自分のパートナーの方がよく働いて、稼ぎも多かったりすると我慢ならないものなの。だからわたしの恋愛も破綻した。わたしの働き方は病的で、わたしが日夜、重犯罪者と関わっていることに耐えられないっていわれた。ただの口実よ。最初の二年間、彼は気にも止めなかったんだもの。それよりニコラがオリヴァーと婚約していたことは知ってた？　そこにコージマが割り込んできたんですって」

「知ってる」ピアは信号が青になったので、エリーザベト通りに曲がった。「でも正直いって、気になるのは署長とあなたの関係よ。今度パーティをするとき、署長があなたといっしょにあらわれたりしないわよね」

「なんのパーティ？」キムは笑った。「事件が解決したらいっしょに食事をすることになってる」

「じゃあ、もう少しお預けね。マルク・トムゼンはスナイパーじゃない」

「わたしもそう思う。状況証拠ばかりだもの」

「それにしても、なんでボスとわたしを地下室に閉じ込めて、姿をくらましたのかしら？」ピアはウィンカーをだして、アム・ウンタートーアの駐車場に入った。

「さっきいってたじゃない。あなたたちに疑われていることに気づいたのよ。やることがあり、ブルマイスターと話があったから、逮捕されたくなかった。あいつが事件に関わっていたら、警察に電話をかけて、あなたたちの居場所を教えたりしなかったでしょうね」

ピアはうなずいた。オリヴァーはトムゼンがスナイパーだと断定したとき、まさにそこを見逃していた。

「ボスがさっきいったように、トムゼンはひどい人生を辿った、憎しみに溢れた元警官よ」キムがつづけた。「残りの人生を刑務所で過ごす気がないのは確かだと思う。あいつは馬鹿じゃない！」

「だけど、それならなんでヘレン・シュタードラーの文書を持ちだして、古紙回収コンテナーに捨てたの？　その必要はなかったでしょう。だれかをかばっているわけ？　もしかして本当のスナイパーを？」ピアは妹の顔を見た。まるでそこに答えが書かれているとでもいうように。

「よく考えるのよ！」キムはピアにいった。「トムゼンの最大の関心事はなに？」

ピアは人差し指でハンドルを叩き、スーパーマーケット・ブーフの醜い外観を見つめた。

「ＨＡＭＯね」ピアはいった。

「そのとおり。ＨＡＭＯの人たちが問題にしているのは、ドナーの家族に対する病院の非人道的な行為よ。それを非難したいわけで、そのために話題を作る必要がある。フランクフルト救急病院のやり方はとくにひどい」

「たしかに。ベッティーナ・カスパール＝ヘッセはブルマイスターをハゲタカと呼んでいた。ヴィンクラー夫妻をだますように彼女に強要したのは、あの医者だった。あのときだけとは思えない」

「トムゼンの一番の関心事もそれじゃないかな。キルステンやヘレン・シュタードラーじゃない。彼とヘレンは別の角度から、フルトヴェングラー、ゲールケ、弁護士が絡んだあの事件を追っていたのよ。もう一度フルトヴェングラーと話すべきね。ルードルフといっしょになにをして、なぜフランクフルト救急病院を去ることになったのか、はっきり訊く必要がある。それが謎を解く鍵だと思う」

ピアの腹が鳴った。

「でもその前に腹ごしらえよ」ピアはいった。「さあ、お腹をすかせたみんなにパンを買って帰らなくちゃ」

＊

父が警察に逮捕された。ふたりの子どもの母親である女性を殺めた容疑で。ナイフで刺したり、銃で撃ったり、喉を絞めたりしたわけではない。助かったかもしれない命を見捨てたのだ。なんでそんなことをしたんだろう。父は医者だ。それもすぐれた医者だ。仕事に命を懸けているはずなのに。罪悪感を覚えなかったのだろうか。〝物欲と名誉欲〟。母親を射殺したのは父親がやったことへの報復だと〝仕置き人〟は書いていた。新しい臓器を移植して、患者から命の恩人と感謝されたかったということか。本当にはじめてのことだろうか。発覚したのがはじめてというだけかもしれない。どうしてそんなことをしたのだろう。死者には支援団体がいない。遺族も医者のいうことをなかなか疑わない。父親のような権威から同情をこめていわれたら、まず口答えできないだろう。

カロリーネは親の家の食卓で途方に暮れた。生まれてこの方尊敬し、心から愛してきた父親が人殺しなのだ。良心の欠片もないエゴイスト。人の信頼を踏みにじり、嘘をついた。自分がやったことを認めず、誤魔化そうとした。母を悼み、葬儀の手配をすることもなく。あらゆる手段を使って躊躇（ちゅうちょ）なく嘘をつき、奔走した。なんのためだろう。金のため？　名声のため？

　カロリーネはサンテックスの開発担当重役と父親のあいだで交わされた通信文をまとめたバインダーを閉じて、立ちあがった。体の節々が痛い。いや体以上に心が痛かった。相談できる人もいないし、どれほど孤独にうちひしがれているか理解してくれる人もいない。たったひとりの心の支えだった母親はもうこの世にいない。仲のいい女友だちはいないし、電話をすることのできる男友だちも、恋人もいない。カロリーネにあるのは居心地の悪い家と、金と成功だけが求められる仕事と、トラウマを抱えた娘への責務だけだ。

　タクシーを呼んで自宅に帰り、ベッドにもぐり込んだ方がよさそうだ。いや、母親の車を使おう。母親は異を唱えたりしないだろう。カロリーネはぎこちなくコートを着た。首のコルセットは邪魔だったので、今朝シャワーを浴びたときにはずしたままだった。サイドボードの一番上の引き出しにBMWのキーはあった。カロリーネは家を出て、車のキーといっしょにしてあるガレージのリモコンを押した。シャッターががたがたいいながら開いた。すぐに焦げ臭いにおいが流れだした。どうしたわけだろう。テンがエンジン室にもぐり込んで、ケーブル火災でも引き起こしたのだろうか。一瞬ためらってから、母親のBMWの方へ歩いていき、なにか柔らかいものにつまずいた。

「やだ！」カロリーネは転びそうになった。脳震盪を起こしているのだから気をつけなくては。かがんでみると、父親の黒塗りのマセラティの後輪のそばに青いゴミ袋があった。カロリーネはそのゴミ袋をどかそうとして顔をしかめた。においの元凶はこれだ！　気になって袋の口を開けてみた。驚いたことに父親の衣類が入っていた。ダークグレーのカシミアセーター、シャツ、グレーのズボン、靴。わけがわからない。父親はなぜ衣類をゴミ袋に突っ込んだりしたのだろう。謎だ。そのとき刑事の言葉が脳裏をよぎった。ゲールケの家の暖炉で大量の書類が焼却されたといっていた。急に膝の力が抜けて、カロリーネは車のトランクにもたれかかった。刑事は、父親がゲールケと電話で話していて、それがどんな内容だったか気になるともいっていた。

かちっと音がして、ガレージ内のライトが消えた。カロリーネはじっと佇み、考えを巡らした。これまで頭の中でばらばらだったパズルのピースがひとりでにまとまりだした。

＊

公共無線LANを見つけるのは意外に難しかった。ドネルケバブ店やトルコカフェや安宿でも最近はパスワードで保護されている。フランクフルト市内には路上でなんなくログインできるところが二個所あるが、今日はそこへ行く時間の余裕がない。だがもうどうでもいい。適当なカフェに入ってみたら、ほとんど客がいなかったので驚いた。これはまずい。だが出ていくタイミングを失した。ウェイトレスがやってきた。男はジャケットを脱いで、コーヒーとケーキのフランクフルタークランツを注文して、無線LANのログインパスワードをたずねた。

「簡単です」そういうと、ウェイトレスは目配せした。「１２３４５６」

「それなら覚えられる」そう答えると、男は微笑んだ。「ありがとう」

斜め向かいの席に年輩の夫婦がいる。ふたりが見ている。あるいはそう思っただけだろうか。人の目を見くびってはいけない。もうすぐ成就するところだ。油断は禁物。いたるところに偽の痕跡を残したのは正解だった。ガレージを発見していれば、警察はトムゼンの指紋のついたボトルを確保したはずだ。コーヒーとケーキが運ばれてくる前に、男はEメールを送信した。緊張した。年輩の夫婦がまたこっちを見て、肘でつつきあった。おいおい、取り越し苦労だ！それでもここから出なくては。どう思われようがかまわない。男はケーキとコーヒーに手をつけず、皿の横に紙幣を置くと、ジャケットをつかんで姿を消した。

＊

「だけどトムゼンじゃないのなら、だれなんですか？」カトリーンがたずねた。マルク・トムゼンが犯人ではない根拠をピアがひとつひとつ列挙したときの反応だ。みんな、特捜班本部でコーヒーのシミが残るラミネート天板の机を囲んですわっていた。寝不足で、救いようのないほど疲労困憊した面々の仏頂面が並んでいる。この二週間は敗北に次ぐ敗北だった。はじめの頃の高揚感は消え去り、士気は下がり、犯人をすぐ捕まえられるという自信も揺らいでいた。ピアが買ってきたパンをのせた盆から、オリヴァーはブレーツェルを取って、部下の疲れた顔を見渡した。トムゼンの取り調べをしたあと、気落ちしつつも、何糞と思う気持ちが残っていた。現実感がなく、眠ることができず、まともに日課をこなすこともかなわなかった。もはやまともに仕事ができる状況ではない。他のみんなも大なり小なり同じだ。みんな、気が立っていて、普段はなにがあっても動じないカイまで苛立ちを募らせていた。

「あとはハルティヒですね」カイがパンをかじりながらいった。「俺はあいつがあやしいとにらんでるんですが」

「ヴィンクラーもあやしい」ケムが異を唱えた。ちらっとオリヴァーの方を見た。「だれか他にいますね。

「どちらも白よ」ピアは首を横に振って、人一倍強い動機があるだれか」

捜査の網から抜け落ちたけど、
オリヴァーは感心した。どこからこんなエネルギーを得ているんだろう。まともに眠っていないはずなのに、ピアはいまだに頭が冴えていて、オリヴァーが忘れていた細部まで記憶している。

「しかし彼ではないという状況証拠もある」ピアがだれのことをいっているのかわかって、オリヴァーがいった。

「だれのこと?」エンゲル署長がたずねた。ひとりだけ、チーズをはさんだパンを皿にのせて上品に食べていた。

「ディルク・シュタードラーです」ピアはペーパーナプキンで両手をふいてから、くしゃくしゃに丸めた。「トムゼンはどこからどう見ても犯人でしたが、わたしは違うと感じていました。彼は……完璧すぎます。彼が犯人だったら簡単すぎます。そして簡単に解決するときはいつも疑念を覚えるものです」

オリヴァーは、ピアのいうとおりだと思った。

「わたしたちの目がトムゼンに向くよう、何者かが仕掛けたのではないかと思うんです。たとえばガレージの賃貸とか！　ああいうのはEメールでも申し込めます。お金が支払われれば、相手が本人かどうか確かめもせず、賃貸契約を結ぶでしょう」

「トムゼンの指紋がついた水のボトルは、どう説明するんだ？」クレーガーはまだ納得していなかった。

「シュタードラーとハルティヒなら、トムゼンの指紋がついたものを手に入れることなど雑作もないでしょう」ピアはいった。「知り合いですし、ヘレンのことでよく会っていたはずです。あのボトルがいつのものかわかったものじゃありません」

「ディルク・シュタードラーは障害者で、足が悪い！」ネフが口をだした。「それに犯行時間にアリバイがある。勤務中だった」

「裏を取ったの？」そうたずねて、ピアは眉を吊りあげた。

「あ、いや」ネフは目をそむけた。「ちゃんとはしなかった」

全員の目が彼に向けられた。

「ちゃんとはしなかったというのは、どういう意味だ？」オリヴァーがかっとなった。犯行時間にアリバイがあると確信したからディルク・シュタードラーを捜査の対象からはずしていたのだ。「彼を調べたのはきみだな」

「名前をグーグルで検索した」ネフは顔を真っ赤にした。「インターネットで調べて、フランクフルト市の建築課で働いていることを確かめた。電話番号ものっていた」

「電話をかけて確認したんだろうな？」血管の中をゆくあてもないまま流れていたオリヴァー

の怒りが、胃の中で突然大きな塊(かたまり)になった。

「い……いや」ネフは椅子の上で腰をもぞもぞさせた。

「インターネットにはいろんな情報がある。古い情報もな」カイもいわずにいられなくなった。

「大昔の情報が残されていたのかもしれない」

ピアは受話器を取って、フランクフルト市建築課につなぐよう指令センターに頼んだ。

部屋は死んだような静けさに包まれた。電話がつながった。

「フランクフルト市建築課のエッケルです」女の声だった。

「ピア・キルヒホフ、ホーフハイム刑事警察署の者です」ピアはネフから目をそらさずにいった。「ディルク・シュタードラーさんと話したいのですが」

建築課にそういう名前の職員はいないという返事に、オリヴァーは足下に黒い穴があいたような感覚に襲われた。

「確かですか？」ピアは念を押した。「あなたの上司はだれですか？」

「ヘマー課長ですが」

「つないでいただけますか」

少しして、ヘマー課長が電話口に出て、不祥事があったため、ディルク・シュタードラーは二年前から勤務していないといった。

「脱税の有罪判決以来ですか？」

「ええ、そうです」

ピアは礼をいって受話器を置いた。

「まさかそんなに古い情報だとは思わなかった！」ネフは弁解した。「わたしはアドバイザーで、捜査官じゃない。アリバイの裏を取るのは本来、わたしの役目じゃない。こういうものは二重チェックするんじゃないのか。カイはいつもそうしているじゃないか……」

カイがかっとしてなにかいおうとしたが、その前にオリヴァーの怒りが爆発した。自制心を失って平手で机を叩いた。ネフは口をつぐんだ。

「自分でかってに調べたことじゃないか！ いろいろ人脈があると自慢していた。だからおまえに任せた！ チームでの捜査は、お互いを信頼してすすめるものだ。わかったか？ わたしがなんでもひとりでできるのなら、部下もチームもいらない。おまえが手抜きをしたために、シュタードラーを野放しにしてしまった。弁解の余地のない失態だ！ いいか、ネフ、シュタードラーが犯人だとわかったら、おまえをクビにしてやる！」

オリヴァーは椅子を引いて立ちあがった。

「ピア、すぐドクター・ブルマイスターに電話をかけろ。彼を保護する。カイ、ケム、カトリーン、ディルク・シュタードラーに関する情報をすべて集めろ」

指示を受けた者たちがいっせいに席を立ち、姿を消した。

「だけど……」ネフが口をひらいた。死体のそばで血に染まったナイフを手にして捕まっても、彼なら法廷で無実を訴えるだろう。オリヴァーは自分の長身を生かしてネフを上から見下ろした。

「つべこべいうな」と凄味を利かせていった。ネフは見栄を張り、恰好をつけてチームに波風を立て、結果として捜査妨害をしたのだ。「わたしの目の届かないところに行け。今すぐだ。さもないと……」

オリヴァーは背を向けて部屋を出ていった。

＊

廊下で、ピアはドクター・ブルマイスターの携帯に電話をかけた。血がどくどく音をたてて流れるのが聞こえ、冷静にものを考えられなかった。勘が当たっていたらどうする。金曜日、ヒュルメート・シュヴァルツァーが撃たれる直前、電話で話したシュタードラーはフランクフルト中央墓地にいるといった。なんであっさり信じたのだろう。だが疑う理由もなかった。金曜の夕方、もう一度シュタードラーに会った。ピアはそのとき彼がどういう行動を取ったか必死に思いだそうとした。ブルマイスターは電話に出ない。手術をしているのかもしれない。ピアは自分の部屋に戻って腰かけた。その直後、カイがあらわれた。

「あの糞野郎、俺のせいにしようとした！」そう文句をいって椅子にどさっと腰を下ろした。「ただ騒ぎ立てるだけ！　口先ばかりで、はっきりしたことはなにもいえず、くだらない戯言をいうだけの奴だった！」

カイはかんかんに怒っていた。ピアも同じ気持ちだったので、気の利いたことをいうことができなかった。ネフに任せて、シュタードラーに一杯食わされるとは。ピアははじめからなにか変だと直感していたというのに！

携帯電話で、ドクター・フルトヴェングラーの電話番号がのっているヘニングのメールを探して、電話をかけた。しかし電話に出たのは妻で、フルトヴェングラーは携帯電話を持たずに外出しているといった。

ピアはなにもいわず通話を終了させた。嘘や言い訳はもう聞き飽きた。あらためてブルマイスターに電話をかけた。またもや応答なし。つづいてフランクフルト救急病院に電話をかけて、ブルマイスターをだすように要求したが、事務局の担当者が出るまでさんざん待たされた。

「ブルマイスター医長はまだ病院に来ていません」事務員は相当いらついている。「ずっと待っているんです。本当は十時に大切な手術が予定されていまして」

ピアはいやな予感がした。

「病院に着いていないというのは確かですか？」

「そういってるじゃないですか！　わたしが嘘をついているとでもいうんですか？」

「ブルマイスター医長に命の危険があります。病院に到着したら、かならずわたしに電話をよこすよう伝えてください。それからヤニング医長とハウスマン院長に連絡したいので、電話番号を教えてください」

「あいにくふたりとも休暇中です」冷たい口ぶりだった。「お教えする権限は……」

ピアは怒り心頭に発した。

「いいですか、緊急事態なんですよ！」ピアはもう穏やかに対応する気が失せた。「もう一度いいますが、わたしはホーフハイム刑事警察署殺人課のピア・キルヒホフ首席警部です！　すでに五人が殺され、さらにふたり、犠牲になる可能性があるんです！　早く電話番号を教えなさい。さもなければ、捜査妨害であなたを逮捕します！」

事務員もさすがにまずいと思ったらしく、おどおどしながら電話番号を明かした。ピアは急いでオリヴァーの部屋に向かった。ノックをしようとしたら、いきなりドアが開き、ピアはオリヴァーの腕の中に飛び込みそうになった。

「ブルマイスターに連絡がつきません。病院にまだ到着していないんです……」

「カロリーネ・アルブレヒトからたった今、電話があった」オリヴァーはピアの言葉をさえぎった。「父親の家で書類と煤臭い衣服を発見したという」

ブルマイスターのことを心配していたピアは、その言葉の意味がわからなかった。

「すぐオーバーウルゼルへ向かう」オリヴァーは歩きながらコートを着た。「急げ！」

「でも今は……」

オリヴァーは有無をいわせなかった。

「ゲールケが書類を燃やしたと思ったが、気管と肺に煤の粒子が一切見つからなかった。書類が暖炉で燃やされたときマスクをつけていたか、すでに死んでいたことになる。ドクター・ルードルフの服はひどく煤臭いうえ、アルブレヒトがゲールケの家にあったと思われるファイルを見つけた」

「わかりました」ピアは電話をあとまわしにした。「一分ください。リュックサックを取ってきます」

＊

「ゲールケは事件もみ消しの犠牲になったんです」カロリーネ・アルブレヒトは前置きなしに本題に入った。「わたしの父がしたことに気づいたため、死ぬことになったんです」

大きな食卓に、父親の車で見つけたファイルがのっていた。その横にはスマートフォンと別のファイルがあった。カロリーネは疲れ切っているようだが、自分が突き止めた事実を報告した。その正確さにオリヴァーは舌を巻いた。その一方で体調を心配したが、「大丈夫です」とあっさりいわれた。彼女の顔の左半分が腫れあがり、こめかみから顎にかけて血腫がある。それでも彼女の顔の見事な均整を傷つけるものではなかった。笑ったら、どんな表情になるだろう。

「母を殺した犯人を捜すことは、わたしの関心事ではありません」カロリーネはいった。「それはあなた方の役目です。わたしは、父がなにをし、母がなぜ被害者になったのか知りたかったのです。その結果、父がキルステン・シュタードラーの人工呼吸器を止めるよう指示したことがわかりました。脳死判定には、患者が自力で呼吸できるかどうかを見るいわゆる無呼吸検査が必須です。人工呼吸器をはずして五分以内に自力で呼吸しなければ、脳死の条件がひとつクリアされます。しかしキルステン・シュタードラーは自力で呼吸しました、一度目も、二度目も。通常、最低でも十二時間の間隔をあけ、臓器摘出に関わらない医師によっておこなわれるべきものです。わかりますか？」

オリヴァーとピアはうなずいた。

「キルステン・シュタードラーのケースで起きた最初の逸脱行為は、この二回のテストが数時間以内におこなわれたことです。理由は彼女の血液型です。ドナーの適合検査の際、O型であることが確認されました。つまり彼女の心臓はどんなレシピエントにも適合するのです」

「血液型の適合性ですね！」ピアが叫んだ。うまく言葉にできなかったが、数日前から気にかかっていたことだ。ドクター・ルードルフが金欲しさに臓器移植をした可能性をたずねたとき、ヘニングが説明してくれた。血液型が不一致な場合、心臓移植はほぼ不可能だという。「心臓移植のレシピエントはだれでもいいわけではない。血液型が合致する必要がある。A型はA型、B型はB型というように。例外はO型。この血液型のドナーの心臓はどんなレシピエントにも適合する」

「そのとおりです」カロリーネはうなずいた。「O型だったことが、キルステン・シュタードラーの命を縮めたんです。集中治療科医長が黙認する中、父の命令で生命維持のための措置はすべて中止されました。一時間後、彼女の脳は酸素欠乏で不可逆的な損傷を受けたんです」

「どうして知っているのですか？」オリヴァーがたずねた。

「偶然、集中治療科医長だった人物が電話をかけてきたのです」カロリーネは答えた。「ドクター・ヤニングは父に話があったのです。父とは親友でしたが、キルステン・シュタードラーの件がきっかけで袂を分かったといいました。その前にも何度か問題が発生していて、そのときは目をつぶったけど、あれはやりすぎだったそうです」

「お父さんはなぜそんなことをしたんですか？」ピアはたずねた。「殺人と同じじゃないですか！」

「ノーベル医学賞がもらえるなら、殺人くらいなんともなかったのでしょう」カロリーネは吐き捨てるようにいった。「父にはそういう無茶苦茶なところがあります。父の能力は尊敬に値します。しかし父は想像を絶する動機で動いていたのです。ドナーの臓器を得るために見殺しにしたのは、一度や二度ではなかったかもしれません！」

「友人の息子に心臓を移植するために、キルステン・シュタードラーは死ななければならなかったんですね」ピアはいった。

「そうです」カロリーネはうなずいて、深いため息をついた。茫然自失しているが、真実がどんなにおぞましいものでも、話さなければという一心でつづけているようだ。「しかしその裏にはもっと大きな問題があったのです。父はただの友情からマクシミリアン・ゲールケを救ったわけではありませんでした。ゲールケの会社サンテックスが研究プロジェクトのスポンサーから下りるのではないかと心配だったからなのです」

カロリーネは一冊のファイルを手で叩いた。

「これはゲールケの家にあったものです。これがなにを証明するか知りません。そもそもなにかを証明するかどうかもわかりません。移植の記録と患者ファイル、父とドクター・フルトヴェングラーとゲールケが交わした手紙がとじてあります」

「フルトヴェングラーはあなたのお父さんとどういう関係にあったんですか？」ピアはたずねた。

「彼は血液学者でした」カロリーネは肩をすくめた。「専門は人間の血液。父とフルトヴェングラーはケルンで共同研究をしていました。どういう研究だったかは知りません」

オリヴァーは咳払いをした。

「どうしてお父さんがゲールケを殺したと思うんですか？　もう何年も経っているのに」

「犯人の動機が書かれた死亡告知をわたしが渡したあと、ゲールケは電話をかけたのでしょう。先週の土曜日の午後、ゲールケと長電話をし、長年心にわだかまっていたことを告白した、とドクター・ヤニングが打ち明けました。ゲールケは我を忘れて、父に電話をかけたのです」カロリーネはスマートフォンを指差した。「これは父の秘密のスマートフォンです。父の金庫にありました。ゲールケは土曜日の午後八時頃、父に電話をかけています」

「お父さんは彼のところへ行き、クロロホルムで麻酔をかけ、インスリンを過剰投与したんですね」ピアがその先を推理した。「それから書類をすべて探しだして、その大半を焼却し、このファイルだけ持ち帰った。ゲールケが絶望してすべての書類を処分して、自殺を選んだと見せかけようとしたわけですね」

「父はうまく切り抜けるところでした」カロリーネは声を詰まらせ、立ちあがると、窓辺に立って庭を見た。「父は自分の名声のためなら人を殺しても平気なのです。母まで犠牲にしました」

カロリーネは胸元で腕を組み、むせび泣いた。それでも感情に流されることはなかった。

「母と娘とわたしに父がしたこと、そして多くの人を苦しめたことは、万死に値します。父はよいこともしたでしょう。でもそれで償えるものではありません。父のもくろみがわかればわかるほど、患者個人の運命にまったく関心がなかったことがはっきりしました。父は自分の役に立つかどうかしか見ていなかったのです。父が示す同情は一度として本物だったことがないのです。大事なのはいつも名声ばかり。終身刑になればいいんです」

顔の表情や体の仕草から激しい感情の動きが見て取れた。怒り、痛み、失望、悲嘆。だが驚くべき自制心で、その感情を抑えていた。

「ゲールケ殺害が証明されれば、当分刑務所暮らしをすることになるでしょう」オリヴァーはいった。「しかし今のところ間接証拠しかありません。腕のいい弁護士には太刀打ちできないでしょう」

カロリーネは食卓に戻ってきて、革装のシステム手帳をひらいた。彼女の顔がぴくっと痙攣した。

「警察に任せるべきなのはわかっていましたが……少し調べてみました」カロリーネは小声でいった。「これは夜中の零時三十五分にゲールケの家から父が出てくるのを目撃した人の住所です。ゲールケの隣人で、犬を庭にだしたときに見かけたそうです。父のことを正確に描写しました。それとこのファイルと、煤臭い衣服があれば、証拠は充分だと思いますけど」

*

「ルードルフはなにをしていたんでしょうね？」車に乗って、エンジンをかけたオリヴァーにピアはいった。「血液型の不適合を克服する研究でもしていたんでしょうか？」

「ドクター・フランケンシュタインじゃあるまいし」オリヴァーは懐疑的だった。

「でも考えられますよ！　そうでなかったら、フルトヴェングラーのような血液学の権威と共同研究していた説明がつきません。ヘレンはそのことを突き止めたんですよ。手帳のメモも、それなら納得できます！」

「ブルマイスター医長とハウスマン院長の関心は、フランクフルト救急病院が医学研究の最先端にいることだった」オリヴァーは声にだして考えた。「病院の名声はうなぎのぼりだろう。喉から手が出るほどの成果だ。しかしルードルフは歯止めが利かなくなって、フランクフルト救急病院を去ることになった。キルステン・シュタードラーの件がきっかけだったかもしれない」

「ルードルフと友人だったドクター・ヤニングはゲールケに思いの丈をぶちまけて、真相を明かしたんですよ。だけど、彼はヘレンの殺人リストに名を連ねていますよね。まず間違いなくスナイパーのリストにも。なぜでしょう？」

「ヘレンと犯人の目には共犯者と映ったんだろう」

「ハウスマンとヤニングに電話をかけてみます」ピアは電話番号のメモをリュックサックからだした。

「気をつけろ。ルードルフの件はまだよくわかっていない。もしかしたら共犯者で、証拠を隠滅するかもしれない」

「そのつもりなら、とっくにしていますよ！」

ピアはまずハウスマン院長の携帯に電話をかけた。院長はすぐに出て、電話があったことは聞いているといった。そうだろうと思っていた。ピアはあいさつをしてから本題に入った。

「ドクター・ルードルフが当時フランクフルト救急病院を去った理由はなんですか？　本当はなにがあったんですか？」

「ちょっと待ってください」

電話の向こうで足音が聞こえ、ドアを閉める音がした。

「何度も苦情が寄せられていたんです」院長は心地よい太い声だった。「ルードルフは絶対君主のように振る舞っていました。現代の病院には合わない態度です。他の医師や看護師の抗議の声が日増しに高まっていたのです。病院運営上、契約解除するほかありませんでした」

「それが本当の理由ですか？」ピアは念を押した。「二〇〇二年秋に起きた患者キルステン・シュタードラーの件が原因じゃなかったのですか？」

院長は一瞬、言葉に詰まった。

「その件で状況が悪化したのは確かです」院長はうまく話をそらした。「ルードルフのチームの若い医師がルードルフを批判して、叱責されたため、うちの理事会とドイツ連邦医師会に訴えを起こしたのです」

「なにが問題だったのですか？」

「詳しくは知りません。個人的な諍(いさか)いだったと聞いています。ルードルフは難しい性格で、自意識のある若い医師たちとなかなか折り合いがつけられなかったのです」

院長の言葉が嘘なのは明らかだった。

「昨年の八月ヘレン・シュタードラーがあなたを訪ねていますね。どのような用件だったのですか？」

「だれですって？」

「キルステン・シュタードラーの娘です。情報によると、数ヶ月前にあなたと話しているはずです」

ふたたび間があいた。

「ああ、あの人ですか。もう覚えていません」

ピアは彼の言葉を少しも信じなかった。

「あなたが秘密にしておきたい内部情報をハルティヒから聞いた彼女は、あなたを脅迫したのではないかと思っているのですが。でも、その内容はどうでもいいことです。この二週間で五人が射殺された事件は耳にされていますよね。犯人の動機が判明しているんです。被害者は全員、キルステン・シュタードラーの件に関わった人の家族です。そのうちの三人はフランクフルト救急病院の関係者でした。どういうことなのでしょうか。大至急バカンスから戻って、秘書をクビにすべきです。数日前わたしたちがあなたに接触しようとしたときに秘書があなたに連絡していれば、二件の殺人事件を未然に防げたかもしれません」

「どうしろというんですか？」院長は急に不安そうな声でいった。

「報道機関が公表する前にシュタードラー夫人の死を巡る件を公（おおやけ）にするのです！　それが犯

人の狙いですので。そうすれば、これ以上被害者をださずにすむかもしれません」

「しかし、そんな……そんなことはできません」院長は答えた。

「なぜですか？　だれを恐れているんですか？」

「恐れてなどいません。しかしわたしは雇われの身なのです。病院は国外のコンツェルンの傘下にあります。批判的な記事が書かれるのは困ります」

「どのみち批判的な記事は書かれるでしょう」ピアはいった。「被害を最小限にとどめるよう勧めます」

「そうはいっても……その……わたしは……」院長は口ごもった。

ピアは通話を終了させると、すぐヤニング医長の携帯に電話をかけた。呼び出し音が五回鳴って、ヤニング医長が出た。

「院長」ピアはそのとき思いついたようにいった。「スナイパーはまだ捕まっていません。大切な家族がいたら、警告しておいた方がいいですよ」

彼もハウスマン院長と同じように言葉を濁した。彼にも、ヘレン・シュタードラーがなんの用だったかたずねた。

「十年前のキルステン・シュタードラーの死を巡って、あなたの名前が浮かびました」それからピアはスナイパーの被害者の氏名を列挙した。「あなたの家族かあなた自身が次の標的かもしれません！」

「いや、それは困る」ヤニングはおどおどした。「かまわないんですね？」

「ハウスマン院長から、ドクター・ルードルフが当時病院を去らなければならなかった事情を聞きました。もう露見しているのです。報道機関の知るところとなります。なぜ協力しないのですか？」

「院長が？」ヤニングは驚いた声をだし、それからいった。「なにが望みですか？　わたしになにをしろというんですか？」

「質問の立て方が間違っていますね。なぜあなたの名前がヘレン・シュタードラーの手帳にのっているのか問うべきです！　ヘレンはあなたになにを求めたのですか？　当時、あなたはなにをし、なにを怠ったのですか？」

　返事はなかった。

「あなたが協力しようとしまいと、どうせわかることです」ピアはいった。「協力してくれれば、もちろんあなたの名前をリストにのせた殺人犯からあなたを保護します」

「リストってなんだ？」

　ピアは答えなかった。

「今どこにいるのですか？」代わりにそうたずねた。

「コルティーナ・ダンペッツォ（イタリア北東部の山岳行楽地）だ」ヤニングは答えた。「家族と来ている。明日戻ることになっている」

「戻ったら、すぐ連絡をください。警護します」

　ピアは通話を終了した。その瞬間、電話が鳴った。

「ヴォルフガング・ミーガーの車が見つかった」カイが報告した。「マイン＝タウヌス・センターの駐車場だ。キーが挿したままだった。科学捜査研究所に伝えた。あちらへ搬送される」

「よくやった」オリヴァーはうなずいた。「他には？」

「あります」カイの声は張りつめていた。「ヴィヴィアン・シュテルンに連絡が取れました。それからディルク・シュタードラーについていくつかわかったことがあります。うれしくない情報です」

＊

二十分後、三人はオリヴァーの部屋に集まった。

「ヴィヴィアン・シュテルンはたしかにヘレン・シュタードラーと親しかったようです。五年生のときからです」カイがメモを見ながらいった。「夏にはタウヌス山地のどこかにある山荘でよくいっしょに過ごしたといっています。その別荘はヘレンの父親の友人の所有で、その人物は今、病気だそうです」

「ヴォルフガング・ミーガー？」ピアがたずねた。

「でしょうね」カイが相槌を打った。「ミーガーはシュタードラーと同じ旧東ドイツ出身です。ミーガーは壁崩壊前に国外逃亡しました。ふたりは当時、知り合いではありませんでしたが、同じ会社で働いていたことから仲よくなったようです。シュテルンの話だと、シュタードラーは旧東ドイツ国家人民軍の水中工作部隊に配属され、フェーマルン島までバルト海を四十キロも泳いで亡命しました。調べているあいだに、シュタードラーが何度も勲章を授与されていることがわかりました。三年連続、国家人民軍の最優秀狙撃兵に選ばれています」

一瞬、全員が言葉を失った。

「信じられない」オリヴァーはつぶやいた。

「まだあります」カイがつづけた。「シュタードラーが重度の障害者手帳を持っていることについても調べてみたんです。歩行障害のせいだと思っていましたが、違ったんです。重度の精神障害と診断されていました。ホームドクターもフランクフルト市の委託医も歩行障害についてまったく把握していませんでした」

「わたしたちをだましてたのね！」ピアが啞然としていった。

「わたしは連邦軍での兵役に服したかと質問したんだから、彼は嘘をついてはいない」オリヴァーは首を横に振った。「まさか国家人民軍だったとは。ちくしょう！　彼がロストック（旧東ドイツの都市）出身だとネフがいったとき、なんでそのことを考えなかったんだ？」

「それからアルゴイ地方に姉はいません」カイがさらにいった。「ケンプテン市にヘルガ・シュタードラーという人物はひとりもいませんでした。電話番号も他人のものでした」

オリヴァーもピアと同じように啞然とした。

「ネフには覚悟してもらうぞ！」そううなりながら、オリヴァーは受話器を取って、エーリク・シュタードラーの会社に電話をかけた。だが相手が電話に出た瞬間、受話器を戻した。

「どうしたんですか？」ピアが驚いてたずねた。

「ちょっと思いついたことがあって」そう答えると、オリヴァーはディルク・シュタードラーの家を見張っている警官に電話をかけた。

「静かなものです。八時過ぎにブラインドが上がって、それっきり動きはありません」警官はそう答えた。

「そうか」オリヴァーはいやな予感を覚えながらいった。「家に行って、ベルを鳴らしてみてくれ。結果をすぐに知らせるように」

返事を待つあいだ、ピアはもう一度、ドクター・ブルマイスターに電話をかけた。だが携帯電話の電源は切られていた。オリヴァーのiPhoneが鳴った。シュタードラーの家のベルを何度鳴らしても、だれも出ない。そして間抜けなことに、庭から裏手の家の庭にこっそり抜けられることに気づいたという。

「ガレージを調べて、隣人に話を聞け」オリヴァーは気持ちを抑えて指示した。「すぐに結果を知らせろ。わかったか？」

オリヴァーは受話器を戻して、頰をふくらませ、ゆっくり息を吐いた。

「まんまとしてやられた。カイ、すぐにディルク・シュタードラーの指名手配と彼の車の捜索を指示しろ」

「わかりました」カイは立ちあがって、オリヴァーの部屋を出た。

「アルゴイに姉がいるなんて、よくあんな嘘がつけましたね！」ピアはいまだに啞然としていた。「嘘とは……とても思えませんでした！」

「たしかに。疑われていないと確信していたのだろう。あいつはあと二日時間を必要としていた。つまり今朝、ブルマイスターがバカンスから戻るまで。彼が電話番号をメモしたときのことを覚えているか？」

「ええ。なぜですか？」

「手袋をはめていた」

　ピアは考えた。

「たしかに！　ちょうど荷物を車に積もうとしていました。寒くもありました。でも家では手袋を脱いでもよかったはずです」

「だがそうしなかった。指紋やDNAをメモ用紙に残したくなかったからだ」

「でもそれなら、家の中でいくらでも採取できるでしょう」ピアは眉間にしわを寄せた。

「さっきもいったように、犯人は時間稼ぎをしたんだ」オリヴァーはいった。「犯行現場に痕跡が残るのは承知の上だった。彼が使っていたミーガーの車もいずれ見つかるとわかっていた。しかし比較できる指紋やDNAがなければ、それを採取するために捜索令状を申請しなければならない。それに指紋のデータが記録されていないことに確信が持てなかったのかもしれない」

「コンピュータでひととおり検索しましたが、なにも出てきませんでした。交通違反の点数が数点あるだけで、ディルク・シュタードラーは一度も法に背いていません」ピアは首を横に振った。「アリバイ作りのために姉をでっちあげたんですね」

「そういうことだな」オリヴァーはうなずいた。「息子も嘘をつくか、ディルク・シュタードラーに警告する恐れがある。だから受話器を戻した」

　電話がふたたび鳴った。監視任務についていた警官が隣人に聞き込みをしたが、だれもシュタードラーが立ち去るところを見ていないという。ほとんどの住人は彼と付き合いがなく、シュタードラーがだれかすぐにはわからなかった。そしてガレージは空だった。

「シュタードラーが犯人だと思いますか？」ピアはたずねた。

「ああ」オリヴァーは暗い面持ちで答えた。「きみははじめから引っかかるといっていた。正しかったわけだ。綿密に計画を立て、捜査の目が自分に向くことも計算に入れていた。だからどんな質問にも答えられる用意をしていたんだ」

「フランクフルト市の職員でないことにもっと早く気づけたら」

「だが気づけなかった」オリヴァーは立ちあがって、ドアロへ向かった。「奴は障害者をうまく演じ、電話では墓地にいると嘘をついた。あれでわたしたちが調べることを怠るよう予防したんだ。しかも次々と事件を起こし、わたしたちに考える暇を与えなかった。もしかしたらハルティヒとトムゼンもグルで、シュタードラーに時間を稼がすためにわざと疑われるようなまねをしたのかもしれない」

「これからどうします？」ピアも廊下に出た。

「署長と特捜班に現状を知らせる」オリヴァーは答えた。「ヘレンの友人が話した山荘を探す。それからブルマイスターも捜索しなくては」

そのときカイがノートパソコンを抱えて、廊下の角を曲がってきた。オリヴァーの話が聞こえていた。

「その手間は省けます」と興奮していった。「スナイパーが新聞社に二通のＥメールを送りました。ファーベルが転送してきました。一通目はラルフ・ヘッセの死亡告知。二通目は自分の目で見てください！」

＊

カイが特捜班本部で大画面に映したおぞましい写真を、みんな黙って見つめた。手術台に手足を縛りつけられた男の苦痛にゆがんだ表情。右手がきれいに切断されて胸に置かれ、腕の傷口には手際よく包帯が巻かれていた。

「ドクター・ブルマイスター」ピアは吐き気に襲われたが耐えた。怒りに体がふるえた。だがスナイパーと軽率なブルマイスターのどちらに怒りを覚えているのかわからなかった。

「あいつら空港か、自宅前で誘拐しましたね」

「あいつら？」エンゲル署長が聞き返した。

「ハルティヒとディルク・シュタードラーです」ピアはいった。「あのふたりが共犯です。賭けてもいいです。これを見れば、ハルティヒが一枚嚙んでいるのは明らかでしょう」ピアは写真を指差した。「彼は外科医でした。しかも優秀な外科医。ルードルフやブルマイスターと諍いを起こすまで」

「ブルマイスターに意趣返しする個人的な理由があったわけだ」オリヴァーがいった。

「わかった」署長はうなずいた。「これからどうする？」

「すでにふたりを指名手配しました」カイがいった。「ふたりの自宅を監視し、車も捜すよう指示しています。〝仕置き人〟の二通のＥメールも、発信元を州刑事局のＩＴ専門家が調べています。ミーガーの山荘も登記簿で洗っています。どこかケルクハイムの近くのはずです。ヴィヴィアン・シュテルンは、山荘へ行く途中、踏切のそばのアイスクリーム屋に立ち寄ったことがあるといっています」

ピアはもう一度、ラルフ・ヘッセの死亡告知を読んだ。〝ラルフ・ヘッセは死ななければならなかった。妻が自らの欲求に従い、心理的暴力をふるうことでひとりの人間を死に至らしめるという罪を犯したが故だ〟

ベッティーナ・カスパール＝ヘッセがこれを読んだら、どう思うだろう。見せない方がいいだろうか。だが、ゲールケの場合と同じように、なんらかの形で知ってしまうかもしれない。

「メールが送信された時間は？」オリヴァーがたずねた。

「一分の差で送信されています」カイが答えた。「十一時五十二分と十一時五十三分」

「ブルマイスターは今朝の七時頃、フランクフルト空港を離れています」ピアは立ちあがって、壁に貼られた地図の前に立った。犯行現場を示すピンが刺してある。「その直後誘拐されたとすると、どこかに運んで、手を切断するのに四時間。どこかフランクフルトの近くですね」

「ターミナル１の監視カメラの映像を取り寄せます」カイはうなずいた。

「ちょっとこれを見てくれ」写真を仔細に見ていたクレーガーがいった。「写真の明度を上げてみた。このあたり、背景が少し見える」

全員が大きな画面を見た。

「タイルだ！　古い肉屋かパン屋のようだな」オリヴァーがいった。

「あるいは大きな厨房」エンゲル署長もいった。「もっとシャープにできない？」

「無理です。写真の画質と解像度がそこまでありません」クレーガーが答えた。

「半径百キロ圏内の使われていない厨房や廃業した肉屋を探しましょう」ケムが提案した。

ようやく捜査に動きが出た。さまざまな提案やアイデアを聞きながら、ピアは考えた。ブルマイスターがスナイパーの手に落ちたのはショックだ。だが自分を責める気にはならなかった。あれだけ警告したのに、彼は聞き入れなかったのだ。ハルティヒはこの数日行方不明だ。シュタードラーはアルゴイ地方に行っていなかったし、自宅にもいなかった。ふたりはどこに隠れていたのだろう？

ヴォルフガング・ミーガーのオペルをゾッセンハイムのガレージに隠して使っていた。犯人は車を何度も乗り換えていた。頭がいい。ガレージの借り主がトムゼンでないのなら、ハルティヒかシュタードラーだ。ふたりはトムゼンを嫌っていた。彼に捜査の目が向くように仕向けた可能性がある。そのせいで警察は袋小路にはまり、スナイパーに時間の余裕を与えた。

「トムゼンはまだ署にいる？」ピアはいきなりたずねた。

「ああ。今日の昼、拘置所に移送されることになっている」カイが答えた。

「ちょっとみんな聞いて！」ピアは立ちあがった。「トムゼンは山荘がどこにあるか知っているはずよ！　それからハウスマン院長とヤニング医長、ないしはその家族を警護しなくては」

「どうしろというんだ？」オリヴァーがたずねた。

「シュタードラーとハルティヒの自宅の監視は引きあげていいと思います」ピアは息せき切っ

て答えた。「代わりにふたりの電話を盗聴すべきです。エーリク・シュタードラーの固定電話とスマートフォンも。父親と共犯の可能性がありますから。ハウスマンとヤニングに電話をかけて、危険がおよぶかもしれない家族を聞きだします。それからルードルフへの圧力を強めましょう。ここに移送して、ブルマイスターの写真を見せるんです。同じことをトムゼンにもやって、山荘の場所を問い質(ただ)すんです！」

「わかった！」オリヴァーは立ちあがった。「トムゼンからはじめよう。わたしはヘレンの友だちと話したい」

「今晩アメリカに戻るといっていました」カイがいった。

「遅らせてもらうしかない」オリヴァーはきっぱりいった。「ここへ連れてくるんだ。今すぐ。ブルマイスターの写真はわたしの分もプリントしてくれ」

エンゲル署長はオリヴァーとピアのあとから廊下に出た。

「わたしにできることは？」

「ある」オリヴァーはそっけなく答えた。「全体を見渡していてほしい。わたしにはもう見渡せなくなっている」

*

マルク・トムゼンは「牧場」と呼ばれるミーガーの小さな山荘について、ヘレンから聞いて知っていた。ヘレンはそこで幸せな時を過ごしたらしい。フィッシュバッハとシュナイトハインのあいだの別荘地にあるが、トムゼンは正確な住所までは覚えていなかった。だが数分後、カイがケルクハイム市の登記簿から住所を見つけだした。さっそく数台のパトカーがフィッシュバッハのイチイ小路に直行し、特別出動コマンド（SEK）の出動も要請した。シュタードラーかハルティヒがそこにいて、武装している可能性があるからだ。ヴィヴィアン・シュテルンがオリヴァーと話をする前にアメリカに帰らないよう要請するのはケムとカトリーンに任せ、オリヴァー、ピア、クレーガー、キムの四人はどんよりと雲がたれ込む空の下、フィッシュバッハへ向かった。ゴミでいっぱいのゴミコンテナーの横にゴミ袋が山積みされ、ゴミに引き寄せられたドブネズミやキツネが白昼堂々、人気のない通りを走っていた。多くの人は急遽（きゅうきょ）旅行に出たり、家やアパートにこもったりしている。たまに車とすれ違えば、たいていパトカーだった。鉄道やバスもこの数日止まっている。新聞や郵便の配達人は配達作業を拒み、ゴミ清掃人、小包配送業者、建設作業員も仕事を休んでいる。無数の商店やレストランも店を閉め、スーパーも、多くの従業員が出勤途中に射殺されるよりは病欠した方がましと判断したため、最低限の人員でなんとか運営していた。

　気温はふたたび氷点下になった。葉を落とした枝の霧氷がすばらしい冬景色を作っていたが、そこに目を向ける者は皆無だった。ピアはフィッシュバッハを通り抜け、国道四五五号線をケーニヒシュタイン方面に曲がった。二キロ先に別荘地がある。フィッシュバッハ・テニスクラブの脇を通り抜け、未舗装道路で車が揺られ、タイヤが水たまりに張った氷を割った。

「あそこだ！」クレーガーは道路標識を指差した。「十九番地」

　巡査が数人、指示されたとおり周辺で待機していた。ピアはパトカーの後ろに車を止めた。

その直後、特別出動コマンド（SEK）がフランクフルトから到着し、敷地と家を包囲した。
家に突入して十分後、現場指揮官がオリヴァーに報告した。

「家はもぬけの殻です。入っても大丈夫です」

「ありがとう」オリヴァーはうなずいた。

十九番地の家は大きなモミの木立の中に建ち、小さく目立たなかった。イチイの生け垣と錆（さ）びた金網に囲まれた庭があり、その先はもう森だ。オリヴァーたちは苔（こけ）むした石の門柱に取りつけた扉を抜けて敷地に入った。古ぼけた郵便受けに手書きの文字で〝ヴォルフガング&ゲルダ・ミーガー〟と書かれているが、かすれてほとんど読み取れない。

「冬にここへ来る人はほとんどいない」数キロしか離れていないところで育ったオリヴァーがいった。「はじめは小屋が数軒あるだけだったが、今は本格的な家も建ち、電気も通っている。ただしケーブルテレビはつながっていない。ほとんどが違法建築だ」

「ミーガーの山荘は完璧な隠れ家ですね」ピアはいった。「とくにこの時期は」

「なにも触るなよ！」クレーガーがいわずもがなのことをいった。

その小さな山荘の窓にはよろい戸がついていて、ベランダがあり、そのベランダには二段の外階段で上がれるようになっていた。ベランダを囲む手すりには木製の車輪が三つかけてあり、たしかに牧場の雰囲気を醸（かも）しだしている。ベランダの下には薪（まき）が置いてあり、そのまわりに木くずが落ちていた。

オリヴァーとピアは靴カバーをはき、手袋をはめて家に入った。そこはキッチンコーナーのある大きな居間で、左右にドアがあった。かび臭く、冷えた煙のにおいがした。床も、閉じたよろい戸も、壁も天井もすべて木造で、オリヴァーは木箱の中にいるような感覚に襲われた。ミニキッチンを覗いてみると、流し台に鍋と汚れた食器があり、プラスチックの水切りに、すすいだグラス二個と皿が一枚のっていた。小さな冷蔵庫には食品がびっしり入っていた。暖炉の灰はまだ温かい。オリヴァーは右側の小部屋に通じるドアを開けた。ベッドは乱れたままで、衣類が床に散乱している。オリヴァーは居間に戻った。食卓に新聞がのっていて、パイン材のサイドボードに小型のブラウン管テレビが置いてある。

オリヴァーは部屋の真ん中で立ち止まって、一瞬目を閉じ、両手で拳を作った。シュタードラーの気配をひしひしと感じる。〝わたしは平和主義者でして〟という彼の言葉が脳裏に蘇り、嘲笑（ちょうしょう）されているような気がした。ピア、キム、クレーガーの三人が家の中を見てまわっているのか、色褪（いろあ）せた絨毯（じゅうたん）が敷かれた床がみしみし鳴った。

「ボス！」ピアの声が彼を現実に引きもどした。「これを見てください！」

オリヴァーは目を開けて左側の部屋に行き、ドア口で足に根が生えたように立ち尽くした。

壁に被害者の写真、切り抜いた地図、衛星写真が整然と貼られていた。デスクの上のトレーにはひとりひとりの被害者とその関連事項を記したメモがあった。紙の箱には空の薬莢（やっきょう）が五つ入っていて、それぞれ名前を記したメモが貼られていた。

*

オリヴァーたちは外に出た。クレーガーは家をひとまわりして、シュタードラーが暖炉の灰を捨てた場所を見つけた。生活で出るゴミは持ち去っているようだ。八十リットルの古いゴミ容器は空で、苔が生えていた。

「靴を燃やしている」クレーガーがいった。「靴底は無事だ。グリースハイムの建築現場で採取した靴跡と比較しよう」

「これからどうしますか？」ピアがたずねた。

オリヴァーは思案した。これ以上ミスは許されない。さもないと、マスコミは彼とその部下をぼろくそに貶(けな)すだろう。

「奴の帰りを待つ。そのうち帰ってくるはずだ。玄関のドアはどうだ？」

「鍵は壊れています」特別出動コマンド(SEK)の現場指揮官が答えた。「しかし閉じることはできます。ちょっと見ただけではわからないでしょう」

「よし。クリスティアン、すべてを写真に撮ってくれ。ただしなにも動かすな」

最後が余計だった。クリスティアン・クレーガーが怒りだしても不思議はなかったが、彼は黙ってうなずいて、作業に取りかかった。特別出動コマンド(SEK)の隊員たちは隣の庭と家の背後の森に位置取った。私服の警官がふたり、すでに別荘地への進入路のそばのフィッシュバッハ・テニスクラブの駐車場で見張りにつき、シュタードラーがあらわれたら、特別出動コマンド(SEK)の現場指揮官に知らせる手はずになっていた。

カイが電話をかけてきた。〝仕置き人〟のメールはウンターリーダーバッハのカフェの無線LANから送られたものだと判明した。すでにパトカーをそこに向かわせ、店員に事情聴取するよう指示したという。

「エーリク・シュタードドラーとパートナーを取り調べる」ピアとキムといっしょに車に戻りながらオリヴァーはいった。「コンピュータ、ノートパソコン、スマートフォンを押収しろ。ヴィンクラー夫妻にも署で会いたい！」

「でもシュタードドラーを警戒させてしまいませんか」ピアは懸念を示した。「わたしたちが息子とヴィンクラー夫妻を取り調べると思っているはずです。共犯だったら、定期的に連絡を取り合っているかもしれません。連絡がつくあいだはまだ大丈夫だと思うでしょう。逆に連絡がつかなくなったら、ブルマイスターとハルティヒを殺して、姿をくらますかもしれません」

オリヴァーは眉間にしわを寄せた。

「それにもし秘密を知らされていたら、口を割らないでしょう」ピアはつづけていった。「証拠を集め、なにも見落とさないように検討を加えた方がいいでしょう」

オリヴァーのiPhoneが鳴った。ふたたびカイだった。オリヴァーはハンズフリーにした。

「空港の監視カメラの映像を見ました。午前六時半と七時半のあいだ。セーシェルからの旅客機がターミナル1のゲートCに着きました。ブルマイスターは午前六時五十八分、到着ロビーの前でそばに止まったタクシーに乗車しました。そのとき別の男が左からそのタクシーに乗り込みました。タクシーの登録番号がわかりましたので、今調べているところです」

「やはり空港で誘拐されましたね」ピアは唖然としていった。「わたしがブルマイスターと話をしていたとき、スナイパーはすぐ近くにいたはずです！」

ピアは到着ロビーの状況を思い返した。出発ロビーと比べてそれほど混み合っていなかった。ブルマイスターの元妻と言葉を交わし、ブルマイスターとの会話に心が向いていたが、それでも周囲にいる人々のチェックを怠らなかった。数人の空港職員とコーヒーショップにいる四、五人のビジネスマンを除けば、みんな、出迎えの人たちで、到着した乗客と共にすぐに立ち去った。スナイパーは変装していたにちがいない。

「ゲートと出口のそばのコーヒーショップを映した映像はある?」ピアがたずねた。

「あるだろう」カイが答えた。「一九八五年の爆弾テロ以来、空港は隅々まで監視しているから」

「スナイパーはコーヒーショップの客よ」ピアは確信していた。「調べてくれる?」

「わかった。それじゃ」

ピアはギヤを入れて発進した。

「もうすぐブルマイスターの遺体がどこにあるかわかるわね」ピアはいった。

「それは違う」それまで黙っていたキムが後部座席からいった。「彼らはブルマイスターを殺さない、外科医として働けなくするのが目的だから、右手の切断で充分でしょう」

「彼を保護できなかった。被害者をひとりも守れなかった」オリヴァーは冴えない声でいった。

「いつもひと足遅れだ」

「事件にはふたつの物語が絡んでいました」ピアはボスの自己批判には触れずにいった。「まずキルステン・シュタードラーの件。これは当時うまくもみ消したけど、記録が残されていました。その意味では秘密とはいえません。でもフランクフルト救急病院が頑なに隠そうとしていることは別ですよね。ルードルフ、ヤニング、ハウスマン、ブルマイスターの四人しか知らないことで、ヘレン・シュタードラーはそれを嗅ぎつけたんです。ルードルフの転出は彼が権威的で、そのために生じた問題が原因だったという話になっていますが、ブルマイスターは今朝、わたしがそのことに気づいていないとわかるまで、不安そうな顔をしていました。ヤニングも同じ！　ハウスマンがすべて打ち明けたといったあと、急に口が重くなりました」

「ヘレン・シュタードラーはそのために死ぬことになったのね」キムがいった。

「それじゃ、ハルティヒがヘレンを殺したというのはおかしい」オリヴァーがいった。

「もっとも彼がそのなにかに関わっていたら別でしょ」ピアは答えた。「あるいは彼がルードルフのチームにいたことを知って、ヘレンがそれを父親にばらすと脅した場合もね」

「ヴィヴィアン・シュテルンは自分が恐ろしい目にあったから、ハルティヒがヘレンを殺したと思っているだけじゃないのかな」キムはいった。

「わたしもそう思う」オリヴァーがうなるようにいった。

　ピアは国道四五五号線を左折した。ケルクハイムに入ったところで、カイがまた電話をかけてきた。

「問題のタクシーは今朝、盗難にあっていました」カイがいった。「でも、いい知らせです。タクシーには位置情報を発信するチップが埋め込まれていて、盗難から二時間後、タクシー会社が発見していました」

「どこだ？」

「次はよくない知らせです。ボスの家の前でした」

「なんだって？」オリヴァーは唖然とした。「あいつ、こっちをからかっているのか？」

「明らかな示威行為ですね」キムがいった。

「タクシーは空港からルッペルツハインまで直行しています」カイが報告した。「ですからタクシー会社はドライバーから連絡があるまで、異状に気づかなかったんです。ドライバーはなにかで頭を殴られて縛られ、ウンターシュヴァインスティーゲ付近の森林公園に置き去りにされました。営業中のタクシーは百三十台。タクシーセンターには今朝、頭の悪い若い女しかつめていませんでした」

「奴らはものすごい危険を冒したことになりますね」ピアはいった。「空港からルッペルツハインまで車でおよそ三十五分。つまり七時半には着いていたはずです。その前にブルマイスターをタクシーから彼らの車に乗せ替えて、十二時にはメールに写真を添付して送りつけた。手の切断と傷の手当てにも時間がかかるから、どこかこのあたりにいるってことになります」

それがわかっても、なんの助けにもならなかった。「このあたり」はドイツで最も人口が密集している地域のひとつだ。機動隊をフランクフルト周辺に展開して、使われていない建物を捜索させ、ラジオ、テレビ、インターネットでハルティヒとシュタードラーを指名手配しても、干し草の中の針を探すようなものだ。オリヴァーは最近あるセミナーで傲慢なベルリンの刑事から、首都ベルリンと比べたらタウヌスなんて田舎もいいところだといわれたことがある。こう物言いにはいつも腹が立つ。たしかに田舎でも、フランクフルト空港があり、多くの銀行や世界的大企業がこれほどひしめいている地域が他にあるだろうか。だが今日ばかりは、農家が十軒程度の村がいくつかあるだけで、学校が一校、体育館が二棟しかない本当の田舎だったらよかったのにと思った。そう思った瞬間、今まで見落としていたことに気づいた。

「そうだ！」オリヴァーは興奮して叫んだ。ピアがびくっとした。

「事故を起こす気ですか？」

「シュタードラーは何年も建築課にいた！　つまり、市内の公共施設を知っている。博物館、学校、体育館、プールなどなど！　捜索はフランクフルト市内に絞っていい！」オリヴァーはカイに電話をかけ、そのことを捜査官全員に伝えるように指示しようとした。だが彼が口をひらく前に、カイがいった。

「署に戻るところですか？　新しいEメールが届きました！　今回は写真ではなく、動画が添付されています」

＊

「いっておきますが、覚悟して見てください」カイはそう警告して、八分間の動画を大画面に再生した。

ブルマイスターの恐怖に引きつった顔が大写しになった。飛びだしそうなほど目をむいている。目元に笑いじわをつくって娘を抱擁した、精力的で自意識が強い男の片鱗すらなかった。

「やめろ！」ブルマイスターが絶叫した。「やめろ、やめてくれ！　そんなことはするな！

お願いだ！　か……金ならやる、な……なんでも……するから、手を切らないでくれ、頼む！」

カメラは彼の顔から上半身、左腕と順に映しだした。左腕は台に固定され、肘の上で止血されている。

ピアは気分が悪くなって、顔をそむけた。ブルマイスターの悲鳴に耐えられず、耳をふさぎたくなった。結局、我慢できず、集まっている同僚たちをかきわけて、廊下に飛びだし、そのまま裏口から建物の外に出た。外階段の一番上にすわると、深呼吸して吐き気と闘い、込みあげる怒りの涙を堪えた。ふるえる指で上着のポケットからタバコをだし、ライターで火をつけようとしたが、うまくつかなかった。ブルマイスターを救えたはずだ！　なぜ彼を署に同行させなかったのだろう。息をするたび、無力感にうちひしがれる。ピアは冷たい壁にもたれかかって目を閉じた。ドアが開いて、だれかが横にしゃがんでも、目を開けなかった。

「自分を責めるな」

オリヴァーは自分を取りもどしたようだ。

「そういわれても」ピアは答えた。「同行するように要求すべきでした」

「本人の意志に反して助けることはできない」

「クリストフといっしょにエクアドルに行っていればよかったです！」ピアは手の甲で涙をぬぐい、目を開けて、あらためてタバコに火をつけようとした。

「きみがそうしなかったことをありがたく思っている」オリヴァーは彼女の手からやさしくライターを取り、口からタバコを取って火をつけ、また戻した。それからオリヴァーもタバコを口にくわえた。

「なんでこうもミスを連発してしまったんでしょう?」ピアは悄げていた。「フェイスブックでヘレン・シュタードラーの友人を探そうと、どうして思いつかなかったんでしょう?」

「じっくり考える暇がなかったからだ。犯人はわたしたちに時間を与えてくれなかった。しかも巧妙な偽の痕跡を残した。クリスマスの時期を選んだのもわざとだと思う。いろいろ情報を入手するのに手間取る」

「だけど……あんなに普通の印象だったんですよ」ピアはタバコの煙を吐いた。「同情まで覚えたなんて、間抜けもいいところ。どうかしてました」

「そんなことはない」オリヴァーは首を横に振った。「きみははじめから彼の様子に違和感を持っていた」ふたりはしばらく並んで黙ってタバコを吸った。

「ここでくじけてはだめだ」オリヴァーはいった。「わたしたちはこれまでふたりして、いろんな苦難を乗り越えてきたじゃないか。今回もやり遂げられるさ。あとひと息だ。ブルマイスターを最後の被害者にする。他の人間はみな、保護した」

「それでも、なにか見落としているような気がしてならないんです」ピアは吸い殻を投げ捨てた。オリヴァーは自分の吸い殻を階段に押しつけて、ぼんやりしながら指でその吸い殻をもみつぶした。

「わたしもそうだ。しかし最善を尽くした。わたしたちだって人間だ、ピア。機械でも、スーパーヒーローでもない。人間はミスをする」

ふたりは顔を見合わせた。

「これからどうします？」ピアはたずねた。

「ルードルフが連れてこられた。あいつに動画を見せる。音を上げるまで何回でも。だがまずはトムゼンをしめあげる。カイはヤニング医長とハウスマン院長にメールでブルマイスターの写真を送った。これでどれほど深刻な状況かわかるだろう。ハウスマンにはフランクフルトの銀行で働く娘がいる。身辺警護が受けられるよう手配した」

オリヴァーは立ちあがって、ピアに手を差しだした。ピアはにやっとして、彼の手をつかんだ。

「決着をつけるぞ」オリヴァーは微笑んだ。「今日、逮捕する」

＊

マルク・トムゼンは写真と動画を見させられた。

「とうとう」かすかに笑みを浮かべた。「いい気味だ」

「どういう意味です？」オリヴァーはたずねた。「まだなにか隠しているのですか？」

「いいや。スナイパーの正体は本当に知らない。高層マンションから狙撃するまでは、エーリクだと思っていたが、そのあとは皆目見当がつかない。射撃選手レベルで、あれは不可能だ」

「ブルマイスターだけ手口が違うのはなぜ？　どうしてやり方を変えたんですか？」ピアがたずねた。

「さあね」トムゼンは肩をすくめた。「ブルマイスターとルードルフは頭のいかれた功名心の塊だ」

　ピアはオリヴァーとさっと視線を交わした。

「ルードルフとフルトヴェングラーは何年も前から人間の血液型を変える新薬の研究をしていた。無数の実験動物が死んでいる。人間もすくなくとも三人が命を落とした。ルードルフとブルマイスターは研究中の新薬を事前に投与して意図的に血液型が異なるドナーの心臓を移植した。研究に資金をだしていたのが主に製薬会社サンテックス。社長のゲールケにも打算があったのさ。ルードルフが成功すれば、息子の命が助かると思ったんだな」

　トムゼンは少し間を置いた。

「新薬はまだ動物実験の段階だったが、ルードルフとブルマイスターは患者にも使った。その患者たちは絶望し、奇跡でも起きなければ、死ぬほかないとわかっていた。ルードルフは、その奇跡が起きると信じ込ませた。だけど、どのケースも悲惨な結末を迎えた。レシピエントは臓器移植後、数時間から数日しか生きられなかった。しかも激しい拒絶反応でもだえ苦しみながら死んでいった。たぶん闇に葬られたケースがまだあるはずだ。その三つのケースについてはルードルフのチームにいたハルティヒが詳しく知っていた。そのあとゲールケが支援を打ち切る意志を明らかにした。研究が頓挫しそうになって、ルードルフとブルマイスターはあわてた。ふたりの研究が成功すれば、血液型が一致しない場合でも、問題がなくなる。はるかに多くの人間が救えるというわけだ。それに、これがもっと大事なことだが、ルードルフはノーベル賞を受賞できる！」

「そんなときにたまたまキルステン・シュタードラーが搬送されてきたんですね。血液型はO型！」ピアはいった。

「そういうことだ」トムゼンはうなずいた。「ルードルフとブルマイスターは脳死をでっちあげて心臓を摘出し、ゲールケの息子に移植した。手術は成功し、マクシミリアンはみるみる回復した。ルードルフから新薬を使ったといわれたゲールケは研究への支援をつづけることにした。だがそのあとキルステン・シュタードラーの遺族が裁判所に訴えた。ルードルフはすべてをもみ消そうとして、キルステン・シュタードラーがまだ脳死でなかったことをゲールケに打ち明けた。ゲールケは責任を感じてシュタードラーに金を渡すと持ちかけた。とんでもない高額だった。この時点で、ルードルフの親友だったハウスマン院長も三件の医療事故死を知った。その結果、旧友同士の仲は険悪になり、ルードルフは病院を去ることになった。病院とシュタードラーの示談は成立し、ゲールケは口封じにさらに百万ユーロを支払った」

「なんでそんなによく知っているんですか？」ピアはたずねた。

「ルードルフの妄想の犠牲になったふたりの患者の遺族とつながりがあるからさ。奴と病院を訴える勇気も金も機会もなかった。だけど遺族からもらった情報とハルティヒの話で、ヘレンと俺は調査をする糸口をつかんだんだ」

「具体的なケースを知っているわけですね？」

「ああ。名前ともろもろのデータ。ヘレンは俺に内緒でゲールケ、ルードルフ、ハウスマン、ヤニング、ブルマイスターに会いにいった。彼女にとって、金はどうでもよかった。父親が沈黙を守ると約束したことなど眼中になかった。マスコミにばらすって脅したんだ。ハルティヒと俺を通して知った新薬の研究についてね」

「もし公表されていたら、とんでもないスキャンダルになったでしょうね」オリヴァーが口をはさんだ。

「ああ、間違いない。だけどそれだけにとどまらなかっただろう。移植医療それ自体が破局を迎えただろうな。何年も立ち直れなくなったはずだ」

トムゼンは親指と人差し指で顎をこすった。

「フランクフルト救急病院のマフィアどもはヘレンを恐れた。ハルティヒとつながっていることを知っていたからだ。彼なら法廷で証人になれる。だから脅威を取り除くほかなかった。そして実行したのさ」

トムゼンは笑った。愉快さの欠片もない苦笑だった。

「あいつら、ヘレンを殺したんだ」

「なぜハルティヒを脅さなかったんですか？」オリヴァーはたずねた。「彼の方がヘレン・シュタードラーよりも脅威なのでは？」

「ハルティヒには、この件を公にする気なんてさらさらなかったのさ。あいつには、ルードルフたちと同業の父親がいる。それが歯止めになっていた」

「ヘレンが殺されたといいましたけど、確かですか？」オリヴァーはいまだに確信が持てずにいたのだ。

「人生最大の問題が解決しようとしているときに、あんたは自殺したりするかい？」トムゼンが聞き返した。「ヘレンは有頂天だった。いままでになく元気だった。ずっとヘレンとその家族に覆いかぶさってきた影から解放されようとしていた。彼女はハルティヒに、結婚する前に一年間アメリカ留学するつもりだと宣言する気になっていた。学生ビザを申請していて、留学生としての在留資格も得ていたんだ！」

「なんでそんなになにもかも知っているんですか？」ピアはたずねた。

「ヘレンは俺に一切隠しごとをしなかった」

「でも、ヘレンが立てた計画があるでしょ！」ピアは首を横に振った。「ターゲットにした人たちを監視して、記録した！　なぜそれを止めなかったんですか？」

「はじめのうちは協力もしたさ。関係者について調べあげたのは俺だ。だけど、手にかけるつもりは毛頭なかった。ハルティヒにそのことを知られて、それからおかしくなった。あいつはルードルフたちに圧力をかけようと夢中になった」

「なぜ？」

「当時やられたことから心が癒えていなかったんだろうな。あいつは道義上、正しいことをしたのに馬鹿を見た」

「でも、ハルティヒがヘレンにすべて話していたのなら、なんで彼女を薬漬けにしたんでしょう。ヘレンが恐怖を覚えるほど行動を監視した」ピアはいった。「わけがわからないです」

トムゼンは丸一分黙っていたが、それからため息をついて顔を上げた。

「あいつはヘレンに話していない」トムゼンはがっくりしながらいった。「話したのは俺さ。そのときから歯車がおかしくなった」

ピアはボスをちらっと見た。

「ヘレンはそのときまで、自分が母親を救えたと思っていたんだ。責任があるのは自分ではなく、医者たちだとわかって、救われたようだった。ハルティヒと俺がいなかったら、ヘレンはそれで満足したと思う。ところがハルティヒはヘレンにぞっこんだった。ヘレンは奴からなにもかも聞きだし、おまけに父親や祖父や俺に鼓舞された。よるとさわると、その話になった。そして復讐という考えが生まれた。みんな、動機は違ったが、真実を明るみにだしたいという点ではいっしょだった。俺たちがいけなかった。取り返しのつかないことをした」

「ハルティヒは？　彼はなにをしたんですか？」

「母親の件で自分がどういう役割を担ったかばれればどうなるか気づいたんだ。ひどく後悔していたことは認めなくちゃならない。だけど、あいつはしてしまった」

「なにをしたんですか？」オリヴァーがたずねた。

「あいつがはじめて摘出手術し、移植したのはキルステン・シュタードラーの心臓だったんだ。臓器移植外科医としての輝かしい未来が待っていた。手術は成功した。だが裏でどういうことが起きていたのか知らなかった」

「どうしてあなたが知っているんです？」

「あいつの口から聞いた。何年も前、ＨＡＭＯで講演してもらったときに。そのときはまだヘレンと知り合っていなかった。不幸な偶然の連鎖さ。さらに何人もの人間が死ぬことになった」

「関係者の家族を殺害するというアイデアはだれが思いついたことですか？」ピアはたずねた。

「あなたはそこにどう絡んでいるんですか？」

トムゼンは答える前にまた一瞬考えた。

「俺はルードルフの人体実験を明るみにだしたかったんだ。ハルティヒは情報源として適任だった。もしかしたら本当にうまくやれたかもしれない。ふたつの医療事故死に関わって氏名を知っていて、証拠もつかんでいたし、証言してくれる人間もいた。だけど、そこにヘレンとその家族の問題が加わった。突然すべてが極端に感情的になった。シュタードラーの件ではあの時点で証拠がなかった。信頼できる証人もいなかった。ところが、ヘレンが証人をひとり見つけてしまったんだ」

「ハルティヒですね」

「そのとおり。あいつはヘレンを止めることができなかった。俺にもできなかった。試してはみたんだ。だがヘレンは意志を曲げなかった。そこでハルティヒは薬を使い、俺はヘレンの動向を監視した。これでなんとかなると思ったんだが、甘かった」

「ヘレンの父親は国家人民軍にいましたね」オリヴァーがいった。

「なんだって？」トムゼンは驚いて彼を見た。

「彼がスナイパーだとにらんでいます。可能性はあると思いますか？」

トムゼンは眉間にしわを寄せた。

「ディルクとは盲点だった。だがそれが本当なら……ディルクは奥さんを亡くして苦しんでいた。人生が終わったも同然だった。だから異常なほどヘレンにしがみついていたんだろう。ひとりになるのが怖くて、ヘレンが家を出ていかないようにしていた」

トムゼンの言葉はシュタードラーが語った話と正反対だった。

「ヘレンが父親に依存していたのではないのですか？」ピアはたずねた。

「ヘレンは自分の人生を歩みたかったんだ。だがそれを父親にいう勇気がなかった」トムゼンはため息をついた。「過去が明かされ、責任者が罰せられれば、普通の生活が営めるとヘレンはずっと期待していた。だがディルクは、現状に満足していた。ヘレンと永遠にいっしょにいたかったんだ。外の世界と縁を切り、過去に生きていた。そしてヘレンを放そうとしなかった。だからディルクは俺のことを憎んだ。俺にヘレンを取られると思って」

「それはハルティヒにもいえることじゃないですか？」オリヴァーが口をはさんだ。

「違う。ディルクはハルティヒの罪悪感を利用して彼を支配していた。ハルティヒとヘレンは彼に洗脳され、感情的に抑圧されていたんだ」

「シュタードラーはハルティヒが当時ルードルフのチームにいたことを知っていたんですか？」

「ああ、もちろんだ。病院を訴えるようにヴィンクラーと俺で説得したとき、ハルティヒは告白せざるをえなかった。ヘレン以外の全員が知っていたことだ」

オリヴァーたちがこれまで抱いていたディルク・シュタードラー像がひっくり返った。これまでそれほど注目していなかったため、彼の引き裂かれた暗部に気づかずにいたのだ。

「ヴィンクラー夫妻はディルク・シュタードラーと連絡を取り合うのをやめていますね。どうしてですか?」ピアはたずねた。

「ふたりは、ディルクと娘の暮らしが不健全だと思ったからさ。ヘレンは父親といっしょのベッドで寝なければならなかった。テレビを観ているときでも手をつないでいた。なにをするにもいっしょだった。ヘレンは完璧に父親に依存していた。だがヘレンの自立を妨げていたのはディルクだ。傍目(はため)には、ディルクがヘレンを保護しているように見えたが、実際にはその逆だった。ヘレンが死んだとき、ヘレンはとうとう寄る辺を失い、母親が死んだ責任が背負いきれず、自ら命を絶った、とディルクは考えた」

トムゼンの話はすべて納得のいくものだった。カロリーネ・アルブレヒトの推測とも符合する。これで全貌が見えた。それでもオリヴァーは腹立たしかった。

「なぜすぐに話してくれなかったんですか、トムゼンさん?」「なんで打ち明けてくれなかったんです?」トムゼンに好感を持ちはじめていたが、それでもきつい言い方をした。「話してくれていたら、こんな大変なことにならなかったでしょう。ラルフ・ヘッセの命を救えたかもしれないし、ドクター・ブルマイスターも無事だったかもしれない!」

トムゼンはあざけるような目つきをした。

「ブルマイスターを救うなんて、冗談じゃない」彼は冷ややかにいった。「それに警察には痛い目にあわされているからな。協力する気などさらさらなかった」

「では急に考えを変えたのはなぜです?」

「豚野郎どもをひとりとして目こぼしする気はない。あいつらに相応の罰を受けさせたい」

＊

ドクター・ルードルフは取調室で机に向かってすわっていた。お茶会で退屈している客のように両手をズボンのポケットに突っ込み、足を組んでいた。ルードルフはすでに動画を見ていた。だが元同僚の残酷な運命をなんとも思わないのか、顔色ひとつ変えなかった。

「いつだしてくれるのかね？」どんな質問にも黙秘していたルードルフがたずねた。

「釈放はないでしょう」ピアは答えた。「検察局が、すくなくとも三件の殺人容疑であなたを起訴するべく準備に入っています。ゴルフと心臓移植手術はおしまいです。ノーベル賞の夢もね」

ルードルフははじめてピアをにらんだ。

「なんだそれは？」ルードルフはズボンのポケットから両手をだして、背筋を伸ばした。「だれと話しているかわかっているのか？」

「もちろん」ピアはにらみ返した。「あなたについていろいろわかっています。スナイパーの死亡告知の内容に心当たりはないといいましたね。患者の家族ともめたこともないとも。嘘ですね。それからあなたとブルマイスターがゲールケの息子のために心臓を確保する目的で、キルステン・シュタードラーを見殺しにしたこともわかっています。あなたがなぜそういう行動を取ったのか、その理由も知っています。研究成果が上がらなかったので、ゲールケが資金を引き上げるといいだしたからでしょう。それからまだ動物実験の段階だった新薬を人間に投与して、患者を死なせたことも知っています」

ルードルフの血の気の失せていた頬が怒りで紅潮した。

「名誉欲ゆえに、失敗は許されなかった」ピアはさらに挑発した。「あなたは心臓移植手術で血液型の不適合を克服した世界で最初の医者になる夢を追いかけた。ノーベル賞も夢ではなかった。そして名声と大金。そのためなら人の命など惜しくなかった！　血液型がO型のキルステン・シュタードラーはあなたにとって天の配剤だった。あなたにとって、あの女性はどうでもいい存在だった。旧友ブルマイスターのように、あるいはあなたの奥さん……」

「口を慎め！」ルードルフは目を吊りあげていった。両手がふるえていた。

「あなたにとって臓器はただの材料で、患者は目的を果たすための道具。そしてスタッフをゴミのように扱った」ピアは目をそらさず、相手の反応をうかがった。「でもあなたの偉大な計画は、傲慢で誇大妄想的なあなたのやり方についていけなかった名もなき若い医者によって頓挫させられた。ハルティヒはあなたを病院の理事会とドイツ連邦医師会に告発した。だからあなたはフランクフルト救急病院を去るしかなかった」

「わたしは何千人もの命を救ったんだ！」ルードルフは怒鳴った。「わたしは臓器移植の分野で画期的な発見をいくつもしている。おまえのような……小物の刑事が、汚していいようなものじゃない！　おまえたちにはわからないんだ！　わたしにはビジョンがあり、それを実現するだけの気概がある！　わたしのような人間が人類を進歩させてきたんだ。わたしたちがいなければ、人間は今でも洞窟に暮らしていただろう！　そのためには犠牲もやむを得ない」

「同業の人たちが築きあげてきたものをあなたのような人が台無しにするんです！」ピアは鋭い口調で言い返した。「あなたは罪のない無関係な人を犠牲にした！　恥知らずで、金に飢えた犯罪者として移植医療の歴史に名を残すでしょう！　あなたのことを恥じて、あなたの著作は古紙回収にだされるでしょうね」

ピアのひと言ひと言が、振りおろした剣のように彼の心に刺さった。ルードルフの表情からはっきり読み取れた。ピアのいうとおりだと理解するだけの理性は備わっていたのだ。

「患者に共感できない医者は家具職人になったほうがいいでしょう」ピアは容赦なくいった。

「実験がいくら失敗しても、人に害をおよぼしませんからね」

「わたしは負け犬などではない！」ルードルフが怒鳴った。こめかみの血管が浮かび、額に汗がにじんだ。

「いいえ、負け犬です」ピアはあわれむようにいった。ルードルフは顔を真っ赤にした。「仕事の上でも、私生活でも。刑務所から釈放されたとき、あなたはただの白髪の老いぼれになっているでしょう」

ルードルフは顔を痙攣させ、両手で膝をこすった。

「ヘレン・シュタードラーを走ってくる列車の前に突き落としたのはだれですか？」ピアはいきなりたずねた。「あなたが、秘密を隠そうとしてやったんですか？」

ルードルフは憎々しげにピアをにらんだ。「そうしたかったよ！　わたしのライフワークをあんな小娘に台無しにされるなんて。殺しても飽き足らない。しかし、わたしではない！」

口から唾が飛び、手に力が入って指関節が白くなった。

「だれがやったんですか？」ピアはかまわずたずねた。「いったほうが身のためですよ。協力すれば、罪が軽くなるかもしれません」

「糞食らえだ！　弁護士を呼ぶ」

ピアとオリヴァーは立った。

「最高の刑事弁護人を探した方がいいでしょう」オリヴァーがいった。「あなたは複数の殺人容疑で罪を問われるでしょうから」

「証拠がないだろう！」ルードルフは怒りに我を忘れて叫んだ。「なにひとつ！」

「そんなことありませんよ」オリヴァーは冷ややかに微笑んだ。「土曜日の夜、ゲールケ邸から出てくるあなたを見た人がいます。ゲールケをクロロホルムで眠らせ、インスリンを過剰投与して殺したあとですね」

「なにをいうか」ルードルフはそれでも根負けしなかった。「フリッツはわたしの友人だった！」

「どっちかが嘘をつけば、友情は終わるものです」オリヴァーは答えた。「お宅で、ひどく煤臭い衣服が見つかっています。あなたの車にゲールケさんが所有していたファイルとクロロホルムのガラス容器がありました。そしてお宅の金庫からスマートフォンが見つかっています。この数日頻繁に使っていますね。あなたのお嬢さんが協力してくれました」

ルードルフは顔面蒼白になった。

「娘はわたしを憎んでいるから、わたしに罪を着せようとしているんだ。弁護士だ。すぐに呼べ」

*

「虫唾が走りますね」ピアは取調室から出ると、身ぶるいした。「ブルマイスターのこともどうでもいいなんて！」

「現実から完全にずれた誇大妄想家だ」オリヴァーは答えた。「自分だけが大事で、野心しかない」

「彼が嘘をつかなければ、もっと早くディルク・シュタードラーが真犯人だと気づけたでしょう。まったく腹立たしいです」

ふたりは一階の特捜班本部へ向かった。

「リーゲルホフ弁護士とドクター・フルトヴェングラーはなにを恐れているんでしょうね？十年以上も前のことでしょ！」ピアは階段の防火扉の前で立ち止まった。

「ハウスマン院長が恐れるのはわかる」オリヴァーは答えた。「こういうスキャンダルは、十年経っても病院の評判を落とす。隠蔽しようとしたことが発覚すれば尚更だ」

「弁護士の場合も同じですね」ピアはうなずいた。「隠蔽に積極的に加担しましたから。弁護士免許の剥奪か、起訴される恐れもあるでしょう。もしかしたら例の金も彼を経由していて、賄賂か口止め料と判断されるかもしれないですし」

オリヴァーはガラス扉を開け、特捜班本部に入った。だらっとしていた数人がすっと背筋を伸ばしたが、他の者はうつらうつらしていて、反応すらしなかった。机には汚れた皿や、空のグラスや瓶がのっていて、その中に司法解剖所見の束が積みあげてあった。息苦しく、教会の中のようにしんとしている。オリヴァーは疲れ切った部下の姿を見て、早く一件落着して、休ませたいと内心思った。

机の一角に担当検察官、エンゲル署長、キム、カイが集まって、なにかひそひそ話していた。オリヴァーとピアはそこにすわり、トムゼンとルードルフを取り調べた結果を報告した。

「ブルマイスターの件が済んだら、シュタードラーはハルティヒを殺すでしょう」オリヴァーは最後にそういった。「他の人は自分に火の粉が飛んでこないよう口をつぐむでしょうから、スキャンダルは解明されずに終わるかもしれません」

「だけど、シュタードラーがなぜそんなことをするというの？」エンゲル署長は懐疑的だった。

「ハルティヒは共犯者でしょう？」

「シュタードラーは自分を人殺しだと思っていない。正義のために戦っているつもりなんだ」オリヴァーは答えた。「ヘレンと自分を苦しめた者に報復するためヘレンの調査を利用している。このプランどおりにことをすすめ、痕跡を残さないようにしてきた。だがなにか状況が変わった」

「どういうことだ？」頭脳明晰と自任しているローゼンタール検察官がたずねた。

「ブルマイスター本人を襲いました。娘とか交際相手とか元妻ではない。理由がわかりません。なぜ突然やり方を変えたのか？」

「なにか突き止めたのかもしれない」

「わたしもそう思います」オリヴァーはうなずいた。「だが、なんでしょう？　だれから知らされたか？」

「ハルティヒから？」ピアは考えた。

「いいや、ヘレンの友人ヴィヴィアン・シュテルンだと思う」オリヴァーがいった。「部外者だが、シュタードラーに新しい視点を与え、ハルティヒを計画に巻き込む気にさせた」

「ケムとカトリーンがまだシュテルンのところにいます」カイがいった。「シュテルンはここへ来るのを拒んでいます」

「娘の手帳についてシュタードラーに話したのはいつだった？」オリヴァーがたずねた。

「昨日の夜」ピアは答えた。

「ハルティヒがヘレンのアメリカ行きを断固阻止しようとしたことを、もしヴィヴィアン・シュテルンが話したとしたら、シュタードラーはハルティヒに下心があってヘレンに近づいたと思うだろう」オリヴァーは想像を巡らした。「ハルティヒは、フランクフルト救急病院を訴えるという無謀なことをさせようとシュタードラーを焚きつけた。しかしヘレンが突然トムゼンに協力してもらって過去を掘り返しはじめた。ハルティヒはそれを止めなければならなかった。さもないと、キルステン・シュタードラーの死に自分が関わっていたことを知られてしまう。だからヘレンを薬漬けにした。奴はヘレンを精神科病院に入れて、出てこられないようにすることも辞さなかっただろう。ところがそうなる前に、だれかがヘレンを走ってくる列車の前に突き落として、奴の問題を解決した。しかしハルティヒは、ヘレンが彼を恐れていたことをヘレンの家族とトムゼンに知られていると思っていない」

「ヘレンは人生に敗れたふたりの精神病質者の手に落ちていたんですね」ピアはいった。「彼女を救えたのはマルク・トムゼンだけだった」

「じゃあ、なんで救わなかったのかな？」カイがたずねた。

「シュタードラー、ハルティヒ、ヘレンの三人の関係を甘く見ていた」オリヴァーが答えた。

「推測の域を脱しないな」ローゼンタール検察官は首を横に振りながらいった。

「今のところはそうです」オリヴァーも認めた。「しかし堅実な捜査の結果、見えてきた推測です。百年前と同じ。DNAとか、そういったものの助けがなくても、わかることです。カイ、ケムに電話だ。昨日シュタードラーから電話があったかシュテルンに訊くんだ」

「ブルマイスターを襲ったのが、シュタードラーとハルティヒだというんだね？」検察官はオリヴァーに念を押した。

「ええ、間違いないです。ハルティヒはすぐれた外科医。そしてシュタードラーが一部始終を撮影した」

そのあいだキムは会話に参加せず、カイのノートパソコンでブルマイスターの動画を何度か見直していた。

「映像に映り込んでいたリノリウムの床が気になります」キムがいった。「厨房や肉屋とはどうも違いますね。水や脂で滑りやすくなるでしょう。それよりもこれ。これを見てください！」

キムは動画を一時停止してノートパソコンの向きを変えた。全員がそっちを見た。

「ここです！　木のベンチが見えます。それから上の方にフックが並んでいます。そしてこの床！　これ、体育館の更衣室ですよ！」

「学校の体育館。そうかもしれない！」カイがうなずいた。「今は休暇中だ。それに学校には金がないから、防犯カメラが設置されていない」

「いいぞ！」オリヴァーが誉めた。「フランクフルト西部の体育館がある学校を優先して捜索するよう全員に伝えるんだ。それと、そういう学校が何校あるか調べてくれ。そして、シュタードラーの復讐がまだ終わっていないことを忘れるな」

＊

「大当たりです、ボス！」そういって、カイが受話器を置いた。「シュタードラーは昨夜ボスたちが帰った直後、ヴィヴィアン・シュテルンに電話をかけていました。ヘレンがハルティヒについてどういっていたか、そして当時なにがあったか訊いたそうです。それからヘレンが死んだ九月十六日になにがあったかもたずねたとのことです。それはわたしもシュテルンに訊きました。あの日、母親の死の真相を知るだれかと会う約束だった、と彼女は涙ながらに打ち明けました。シュテルンはいやな予感がしたので、ついていこうとしたが、ヘレンは大丈夫だといって断ったそうです」

「それで？」エンゲル署長がせっついた。「だれに会ったの？」

「フランクフルト救急病院の医者です」カイは答えた。「しかし具体的な名前までは明かさなかったそうです」

だれかが窓を開けた。新鮮な空気が入ってきた。うつらうつらしている者はもういなかった。

「トムゼンの証言と一致しますね」ピアはいった。「病院の評判を守ろうとした冷酷な殺人者」

「あやうく気づかれずに終わるところだった」署長が付け加えた。

「ヘレン・シュタードラーの遺体からDNAを採取しています」クレーガーがいった。「ハウスマン、ヤニング、ルードルフ、ブルマイスターの唾液サンプルが手に入れば、DNA型鑑定ができます」

「やはり捜査は百年前と同じではないな」ローゼンタール検察官はにやっとした。「それでも、いい仕事をしてくれた」

「それから空港の監視映像が届いています」クレーガーはつづけた。「大型モニターに映します」

全員が映像に釘付けになった。出口と到着ロビーのゲートC前の店舗が映っていて、コーヒーショップがよく見える。

「止めて!」ピアが叫んだ。

クレーガーは映像を一時停止して拡大した。

ふたりのアジア人がテーブルについている。その横に新聞を読んでいる男性がひとり。その奥に男性がふたりいて、しきりにスマートフォンをいじっている。

「新聞を持っている男が犯人ね」ピアはいった。「到着ロビー全体が見渡せる位置取りね」

クレーガーは映像を早送りした。口髭を生やし、メガネをかけたその男は一見、ビジネスマン風だ。新聞を手に持ち、コーヒーをスプーンでかきまわしている。だがよく見ると、新聞をときどきめくってはいても、明らかに読んでいないし、コーヒーも飲んでいない。ずっと到着ロビーを気にしている。

「二、三分して、左からタクシーに乗り込んだ男と同一人物だな」カイはいった。「間違いない。ネクタイ、メガネ、口髭。すべて一致する！」

「おめでとう。あとは逮捕するだけだな」

検察官がそういった瞬間、当直の警部が警備室のドアから廊下越しに叫んだ。「見つけました！」

全員が感電したように立ちあがった。興奮が波のように部屋を覆った。あの怠け者のエーレンベルクまで勢いづいたほどだ。

「フランクフルトの同僚が捜索中の車を発見しました！ウンターリーダーバッハにあるルートヴィヒ＝エアハルト校の体育館のそばです」

これでようやく動ける。オリヴァーは指示を飛ばした。全員に仕事が割り振られた。三十分しないうちに、ライン＝マイン地域で過去最大の大捕物がはじまる。ウンターリーダーバッハとその周辺の通りは小道や野道に至るまで封鎖して、通過する車を検問する。高速道路六六号線や、国道八号線と高速道路に通じるケーニヒシュタイン通りも封鎖する。その地域からネズミ一匹はいだせないだろう。エンゲル署長とカイは全体の指揮にあたり、オリヴァーは現場に行くことを望んだ。

「クリスティアン、いっしょに来てくれ。それから鑑識の者をふたりフランクフルト救急病院に向かわせてくれ」ドアを出かけたところで、また思いついてオリヴァーがいった。「ふたりにはハウスマン、ヤニング、ブルマイスターのオフィスからDNAを採取できるなにかを押収させてくれ。検察官がすぐ許可してくれるはずだ」

「わかった」そういうと、クリスティアン・クレーガーはすかさず携帯電話をつかんだ。「やれ！　幸運を祈る！」

四台のパトカーがすでに、青色回転灯をともし、サイレンを鳴らして駐車場で待機していた。オリヴァー、ピア、鑑識チームをウンターリーダーバッハへエスコートするためだ。移動中、警察無線は音量を下げてつけっぱなしにした。ピアは助手席で方々に電話をかけた。オリヴァーはピアを横からちらっと見た。ピアの顔が緊張でこわばっている。オリヴァーと同じで、ピアもこの事件が人ごとではなくなっていたのだ。さっき階段で、ピアは泣いていた。オリヴァーは感動した。ピアが泣いているところを見たことがなかったからだ。二年前、クリストフの孫娘が誘拐され、クリストフまで負傷したときも、ピアは泣かなかった。ただあのときから、ピアは以前よりも感情を細やかに表すようになった。突然、オリヴァーはピアを抱きしめて、この二週間の超人的な働きを誉めてやりたくなった。だがそうするわけにはいかない。今のように感情が高ぶっているときは、やってはいけない。上司なのだから、いつでも節度を持って接しなくては。

ピアは電話でまずカロリーネ・アルブレヒトと話し、彼女のいるルードルフ邸にパトカーを向かわせた。それからハウスマン院長と話して、彼と家族が無事かどうか確認した。次はヤニング医長だ。彼もブルマイスターの写真を見せられて、すっかりおじけづいていた。「全員、自宅にいます。安全だといわれるまで家を出ません」

警察無線はとんでもないことになっていた。

「ルードルフというのはどういう人間なんでしょうね？」ピアは携帯電話を膝にはさみ、ドアのグリップをつかんでいた。オリヴァーが速度を落とさずカーブを走り抜けたからだ。「いかれた研究のスポンサーを失いたくないという理由で患者を見殺しにするなんて。まだ余罪がありますね。六十歳を超しているのに、過ちを認めようとしないとは。自分の妻が死んでも反省しないなんて！」

「それどころか、発覚するのを恐れて、長年の仲間で、支援者でもある男を殺めた」オリヴァーがいった。「あきれてものがいえない！」

二台のパトカーとオリヴァーたちの車は、青色回転灯をつけ、サイレンを鳴らして路肩を走り、渋滞している車を追い抜いた。ウンターリーダーバッハの出口で、いったん動きが取れなくなったが、警察無線でめざす学校がすでに包囲されているという連絡を受けた。

「扉がこじあけられています。どうしますか？」

「わたしたちを待つな。突入しろ！」オリヴァーが決断を下した。「高速道路の出口で引っかかっている。負傷者がいるなら、すぐに手当てをしなければならない」

「了解！」オリヴァーの指がじれったそうにハンドルを叩いた。気が気でないのだ。またしても手遅れのような気がしていた。

*

めざす学校にオリヴァーたちが到着したときには、すべてが終わっていた。オリヴァーの悪い予感が的中した。犯人に逃げられた失望感が、すべての捜査官の顔ににじんでいた。ブルマイスターは体育館の更衣室で発見され、救急医の手当てを受けていた。

「入る気になれません」ピアは立ち止まった。

「わたしに任せろ」オリヴァーは答えた。「車の方を頼む」

ピアはうなずいて、闇の中に消えた。オリヴァーはクレーガーといっしょに体育館に足を踏み入れた。更衣室特有の汗臭さに、甘く金臭い血のにおいがまじっている。救急医と救急隊員は負傷者にかかりっきりだった。

「容体は？」オリヴァーは戸口のところからたずねた。手がかりを台無しにしないためだ、と自分に言い訳したが、数時間前に映像で見た光景を目の当たりにしたくないというのが本音だった。

「安定しました。ヘーヒストの病院へ搬送しても大丈夫です」救急医は答えた。「両手が切断されています。かなり手際がいい。しかし縫合するには手遅れです」

「なぜ？」

「ちょっと見てください。十五年この仕事をしていて、これ以上ひどいものは見ないだろうし、経験しないだろうと思っていました。でも結局もっとひどい体験をしてしまう」

オリヴァーは勇気をふるい起こして更衣室に入った。リノリウムの床はすでに乾いた血だまりでびっしり覆われていた。ブルマイスターはベンチに横たわり、スーツケースなどに使うナイロンベルトで縛りつけられ、意識を失っていた。

オリヴァーは、手のない両腕と血で染まったベルトを見て息をのみ、背中に鳥肌が立った。殺人捜査課に長年いて、ぞっとする光景をさんざん見ているので、簡単には腰を抜かさない自信があったが、切断された二本の手がまるで汚れたソックスのように無造作に投げ捨てられているのを目にして、骨の髄まで衝撃を受けた。残虐の極みともいえる計り知れないほど深い憎悪にしかなしえない光景だ。それがオリヴァーの網膜に焼きついた。数時間前にここで起きたことを想像して、胃がひっくり返りそうになった。救急隊員のひとりがナイロンベルトを切った。ブルマイスターはうめき声をあげ、かすかに身じろぎした。

「気がついたようです」救急医がいった。オリヴァーはその場から逃げだした。

＊

シュタードラーとハルティヒの行方はようとして知れなかった。シュタードラーのシルバーのトヨタ車は施錠された状態で校庭の端に止めてあった。バールでこじあけた体育館のドアからそう遠くない。上空ではヘリコプターが旋回し、規制線のところにはいつものごとく野次馬やマスコミの第一陣が集まっていた。

オリヴァーはコンクリート製の植栽用コンテナの縁に腰かけて、額の冷や汗をぬぐった。シュタードラーにはまんまと逃げられた。更衣室の床の血は乾いていた。ブルマイスターの左手は切断されてから数時間が経っている。シュタードラーとハルティヒには遠くへ逃げる時間の余裕があった。車はわざと置いていったのだ。あざけり、そして〝遅すぎるぞ、ボーデンシュタイン！〟という明らかなメッセージだ。

ロードサービス会社が到着して、シルバーのトヨタ車を荷台にのせた。ピアは校庭を横切って、ゆっくりオリヴァーのところへやってきた。

「どういう車で逃走中かわかればいいんですけど」ピアはそういって、彼の前で立ち止まった。

「おそらくハルティヒの車だ」体からすっかり力が抜けてしまった。オリヴァーは自分の足にコンクリートブロックがついているような気がした。

ブルマイスターが待機している救急車に運ばれた。フラッシュがたかれ、サーチライトが闇を切り裂いた。オリヴァーは切断された手のおぞましい光景を記憶から消そうとした。

突然、カロリーネ・アルブレヒトのことがオリヴァーの脳裏をかすめた。シュタードラーの魔の手が彼女に伸びなければいいが。ピアが彼女のところに警護の巡査を当てがったのはいい判断だった。なぜかわからないが、緑色の目をしたあの気の強い勇敢な女性が気になる。

「どこかに向かっているはずです」ピアは彼にというより、独り言のようにいった。「こう寒くては、車中泊は無理でしょう。彼らがねぐらにしそうなところは片端から監視します」

「わたしたちが知らないところがあるのかもしれない」

「ここから退散しましょう」ピアは上着のポケットに両手を突っ込んだ。「シュタードラーがどこかで捜査網に引っかかるのを待つほかありません」

「そうだな」オリヴァーは失望の重圧に逆らって立ちあがった。「行こう」

＊

検問は撤収され、車がふたたび流れるようになった。ハンドルを握っていたピアがウィンカーをだし、ケーニヒシュタイン通りからヴィースバーデン方面の高速道路に乗ろうとした。そのときiPhoneが鳴った。オリヴァーはハンズフリーにした。

「目標が別荘地に戻ってきました」特別出動コマンド（SEK）の現場指揮官が打ち合わせたとおり警察無線を使わず、携帯電話でオリヴァーに報告した。「乗車しているのはひとり。車は黒のボルボ、ナンバーはMTK-JH 112」

ピアはすかさずウィンカーを消し、アクセルを踏んで、マイン＝タウヌス・センターのそばを通りすぎた。このあたりには詳しい。近道を知っていた。

「奴はひとりで、ハルティヒの車を運転している」オリヴァーはピアにいった。「すでにハルティヒを殺したのかもしれない」

ピアは青い顔でハンドルを握り、なにもいわなかった。

オリヴァーはカイに情報を伝え、そのあと口をつぐんだ。疲労困憊しつつも興奮している。感情の交互浴だ。希望と失望の繰り返しは精神衛生上よくない。心臓がばくばくしていた。この仕事は体に悪い、とオリヴァーはしみじみ思った。別の選択肢があるのはいいことだ。こういう追いかけっこにはもううんざりだ。血と死と絶望、そしてだまされ、こけにされることにほとほと嫌気が差した。だが中でも憤懣（ふんまん）やる方ないのは、捜査官のメンバーでもないよそ者のネフを頼りにしてしまったことだ。

「目標はまだ車の中！」現場指揮官の声がスピーカーから響き渡った。「エンジンは止めてあります。様子がおかしいことに気づいたようです。しかしもう逃がしはしません。逃げ道はすべてふさいで、狙撃手が配置についています」

「ひとりで車の中にいるのか？」オリヴァーはたずねた。ピアは霧が深くなってもかまわず時速百八十キロで国道を爆走した。

「そうです。やりますか？」

「いいや、まだだ」オリヴァーは答えた。「車から降りて、敷地に入るのを待て！　家に向かって歩きだしたところで身柄を確保する。絶対に生きたまま逮捕しろ！」

ピアは車の速度を落として左カーブをまわり、十字路を右折して、ガーゲルン環状線を直進した。距離にして十五メートルほど。

「ここを曲がれ！」オリヴァーは左を指差した。「車両進入禁止路を抜ける。十分は時間を短縮できる」

「目標はまだ車の中」特別出動コマンド（SEK）の現場指揮官が報告した。「霧が深くて、目の前の手も見えないほどです」

「では可能なかぎりすぐ確保しろ」そう命じて、オリヴァーは細い道で路線バスと鉢合わせしないよう祈った。さもないと、後退しなければならなくなる。

*

男は車から降り、施錠をすると、錆びついた庭の門へ向かった。門扉を開けたとき、蝶番（ちょうつがい）がきしんだ。疲れていた。くたくただ。眠れない日々がつづいた。熱いシャワーを浴びて、ベッドに入りたかった。電話もしたくないし、人に会いたくもない。とにかく口を利きたくない。なにも考えたくなかった。洗い出し仕上げのコンクリート舗装のアプローチからベランダへ向かい、かがんでマットの下に隠した鍵を取ろうとした。その瞬間、日中のような明るさになり、びっくりして心臓が止まりそうになった。振り返った。あまりのまぶしさに目を閉じた。

「手を頭にのせろ！」だれかが怒鳴った。男はいうとおりにした。「腹ばいになれ！」

突然、あたりが騒がしくなった。霧の奥から黒ずくめで、覆面をつけた男たちがあらわれた。飛び交う声、行き交う足音。だれかが男の腕をつかんで引っ張りあげ、身体を探った。それから地面に突き倒され、腕をねじ上げられて手首に手錠をはめられた。心臓がばくばくして、汗が吹きだした。いずれこういう目にあうと覚悟していたが、実際に経験すると肝が冷えた。だが耐え抜くだろう。耐え抜かなければならない。明日の早朝まで。

*

身柄を確保したという連絡を受けたとき、オリヴァーとピアはフィッシュバッハを抜けるところだった。

「抵抗しませんでした」現場指揮官がいった。「目標は非武装」

「よし。五分で着く」オリヴァーはほっとしてシートにもたれかかり、少しだけ目を閉じた。脈拍が落ちつくのを待って、「確保した。抵抗しなかった」とカイに電話で伝えた。

「これで眠れますね」ピアはにこっとした。「よかった」

ピアは別荘地に入ると、イチイ小路の入り口で車を止めた。濃い霧の中を袋小路のどん詰まりまで歩いた。そこはヘッドライトで明るく照らされていた。特別出動コマンドの黒い車両と数台のパトカーが道を封鎖し、黒ずくめのコマンド隊員や制服警官が歩きまわっている。ハルティヒのボルボは生け垣のそばに止めてあった。オリヴァーとピアは門をくぐり、アプローチを歩いた。男がベランダの外階段の手前で地面に横たわって、両手を背中にまわした状態で手錠をかけられていた。

オリヴァーは、スナイパーと対峙したときなにを感じるかこの数日よく考えていた。だが驚いたことに、なにひとつ感慨が湧かなかった。安堵感はあった。だが怒りも憎しみも感じなかった。もしかしたらこれからはじまる長い取り調べの中でそういう感情が生まれるかもしれない。今はとにかく悪夢に終止符が打たれたことが素直にうれしかった。

「立たせろ」オリヴァーはいった。

特別出動コマンドの隊員がふたり、男を立たせた。男はまばゆい光を浴びて目をしばたたいた。オリヴァーは、横でピアが息をのんだことに気づいた。そして目の前の男を見て、だれなのか気づいた。だがわずかな一瞬、彼の脳は見たものを受けつけなかった。目の前に立っていたのはディルク・シュタードラーではなく、ハルティヒだった。

二〇一三年一月三日（木曜日）

午前四時。

逮捕されてから、ハルティヒは黙秘をつづけた。取調室のプラスチックの椅子にすわって、青白い顔をして黙っていた。だれとも目を合わせようとせず、充血した目で机をじっと見据えていた。なにをいっても反応せず、オリヴァーは真夜中を少し過ぎたところで断念した。ボルボの荷室からはライフル銃が押収された。ステアーSSG69、ライフルスコープ、サプレッサー、赤外線距離計、さらに銃弾。ヤニング医長、ハウスマン院長とその娘には安全宣言することができなかった。シュタードラーがいまだに自由の身で、狙撃銃が押収されても危険性があるからだ。

ほとんどだれも帰宅しなかった。オリヴァーはデスクチェアで仮眠し、キムはピアの部屋の絨毯（じゅうたん）敷きの床に横たわり、毛布をかぶった。ピアはクリストフと電話で話をし、デスクに向かってすわっていた。書類棚の上の小さなテレビが消音にしてついていた。カイは彼女の向かいにすわり、足をデスクにのせ、うつむいてかすかに寝息をたてていた。部屋の照明は落としてあり、部屋を照らしていたのはテレビの青い光とドアの隙間から差し込む廊下の照明だけだった。

ピアは眠れなかった。疲れ切っていて、涙目になっていたが、頭が冴え、気持ちを静めることができずにいた。当てもなくチャンネルを替えた。ニュース専門チャンネルのN－TVが、体育館を取り囲む警察の様子と、ジーモン・ブルマイスターの顔写真を延々と流している。霧に包まれた宵闇の中、リポーターがマイクに向かってなにか話している。消音だったので、リポーターの大げさな仕草が滑稽に見えた。

シュタードラーがハルティヒを殺すと踏んでいたのに、逆の結果になったのだろうか。結局、ディルク・シュタードラーはスナイパーではなかったのか。

人間はどうして他人をだまし、嘘をつき、虐待し、殺すのだろう。それでいて、逃げおおせられると思っている。ピアにはわけがわからなかった。

あくびをしながら、ピアはさらにチャンネルを替えた。タバコを吸いたかったが、立ちあがって階段を下り、寒い戸外に出る気になれなかった。民放がホラー映画を放映していた。墓場を徘徊するゾンビ。チャンネルを替えようとして、はっと思った。あることがひらめいて勢いよく立ちあがると、オリヴァーの部屋へ行き、彼の肩を揺すった。オリヴァーがびっくりして顔を上げた。

「どうした？」オリヴァーは朦朧としながらささやいた。

「ディルク・シュタードラーは墓地にいると思うんです」ピアは小声でいった。

オリヴァーはあくびをして目をこすった。

「どこの？」と困惑してたずねた。

「娘の墓がある墓地です！」ピアは興奮していった。「彼はミッションを終えたんですよ。だから銃をトランクに入れっぱなしにした。行ってみましょう！」

オリヴァーはまだ意識がはっきりしなかった。それからゆっくりうなずいた。

「そうかもしれない。行ってみる価値はある」

＊

ふたりは闇と深い霧の中、黙って車を走らせた。ヘッドライトの光が道を照らす。それ以外すべて闇にのみ込まれていた。フロントガラスについた水滴をワイパーが何度も払った。十五分後、ケルクハイム中央墓地に到着した。ピアはすぐ駐車スペースに車を止めた。オリヴァーはトランクから懐中電灯をだした。墓地に入ると、ふたりは墓石に沿ってゆっくりと歩をすすめた。懐中電灯の淡い光が揺れながら地面を照らした。ピアは急に、風が舞うのを感じた。頭上すれすれをなにかがよぎった。ピアはかがんだ。胸がどきどきした。

「なんだったのかしら？」

「フクロウだ」前を歩いていたオリヴァーがいった。「気をつけろ、このあたりは枝が低く垂れている」

霧の中からいきなりヤナギの枝があらわれ、ピアの顔をはたいた。見ると、オリヴァーの姿が霧の中に消えていた。まわりは真っ暗で、黒々とした藪しか見えない。胸の鼓動がさらに速くなった。

「どこですか？」怯えた声だったので、ピアは自分に腹を立てた。凍った砂利道を踏む足音がした。

「ここだ」オリヴァーがピアを見た。「大丈夫か？」

「ええ、もちろん」といったら嘘になる。ピアは寒さにふるえ、腰の拳銃にさっと触れた。オリヴァーが手を差しだした。ピアは感謝して、その手にすがった。

「もうすぐだ」そういって、オリヴァーは細い道に曲がった。「この先だ！」

オリヴァーは懐中電灯を高く掲げた。ピアの口はからからに乾いていた。ピアはかじりついていたオリヴァーの腕を放すと、拳銃を抜いた。墓石にもたれかかるようにして、だれかが石畳にじっと横たわっている。

「シュタードラーか？」オリヴァーは懐中電灯の光を男の顔に向けた。ディルク・シュタードラーは仰向けになっていた。裸足で、Tシャツとジーンズしか身につけていない。目は閉じていて、まつ毛と眉に霜が降りていた。

ピアは拳銃をしまった。

オリヴァーはしゃがんで、男の頸動脈に指を二本当ててみた。

「手遅れだった」そういうと、オリヴァーはピアを見上げた。「またしても手遅れだった」

ディルク・シュタードラーは死んでいた。

＊

夜が明けた。真っ黒な闇がしだいに明るくなって灰色に変じた。オリヴァーとピアは路上に立ち、遺体搬送業者がシュタードラーの遺体を棺に納め、搬送するのを黙って見ていた。救急医も呼んだが、オリヴァーが確認したことを追認しただけだった。シュタードラーは死んだ。凍死したのは夜中の一時から二時のあいだだった。ジャケットとセーターをきれいにたたんで枕代わりにし、コルン（穀物を原料としたアルコール度数が三十二度以上の蒸留酒）を一本あけていた。泥酔した人間は凍えるのが速いことを知っていたとみえる。彼は自分の死に方まで完璧に計画していた。ハルティヒはわざと逮捕されて、シュタードラーのために時間を稼ぐ手伝いをしたのだ。

遺体搬送業者がオリヴァーのところへ来て、折りたたんだ封筒を差しだした。

「これがジャケットの内ポケットに入っていました」業者はいった。「刑事さん宛です」

「ありがとう」オリヴァーはうなずいて、自分宛の封筒をじっと見つめてから、封を切って便箋を取りだした。

＊

フォン・ボーデンシュタイン殿、とていねいな字で書いてあった。

これをあなたが読んでいるということは、わたしは死んでいるのだろう。わたしがしたことは許されることではないが、説明はできる。娘のヘレンとわたしが味わった苦しみを関係者に与えるために無実の人を殺すという決断はたやすいことではなかった。だがとことん考え抜いてのことだ。悲劇を引き起こした張本人はディーター・Ｐ・ルードルフだ。彼は人の命を犠牲にしてでも名声を追い求めた。こよなく愛する妻は、良心の欠片（かけら）もないあの怪物の手に落ちた。ブルマイスターにも同じく罪がある。奴も患者を人間として扱わず、目的を達成するための道具としか見なかった。このふたりの倫理にもとる悪行を嗅ぎつけたわたしの娘は、真実を明らかにしようとして命を落とした。

だが結局のところ、道徳的に見れば、わたしも罰した相手と同じだ。連中は神を気取った。わたしも同じだ。わたしは罪を犯した。裁きの場に立てば、許される見込みはまずない。わたしは一連の犯行をひとりで計画し、実行した。わたし以外のだれも、法を犯してはいない。

わたし自身は公（おおやけ）の場に立つ気などなかった。わたしを受け入れ、よくしてくれた国に多大な迷惑をかけたことだけは申し訳ないと思っている。だから法の裁きを受けようという当初の目的を変更して、自分の命を絶つことにした。遺言状には、わたしの行為で生じた費用を少しでも補塡（ほてん）するためわたしの全財産を国庫に納めるとしたためた。裁判所が罪を犯した者全員を裁きにかけることを希望する。

敬具

二〇一三年一月二日　ディルク・シュタードラー

オリヴァーは首を横に振り、黙ってピアにその便箋を渡した。それから両手をコートのポケットに入れ、霧の中、うなだれながら車の方へ歩いていった。

エピローグ

二〇一三年六月八日（土曜日）

緑の牧草地に張られた白い日除け。テーブルやベンチに楽しく集う人々。頭上には雲ひとつない初夏の青空が広がっている。バーベキューのにおいが、刈ったばかりの草の甘い香りにまじってあたりに漂っている。

「思い描いたとおりの披露宴になったわ」そういって、ピアはクリストフに微笑みかけた。

「本当に素敵なパーティ！」

「世界一素晴らしい妻のための最高のパーティさ」クリストフはピアをしっかり抱きしめた。

結婚したことは二月に発表したが、その前から白樺農場（ビルケンホーフ）で夏のパーティを兼ねた披露宴を催すことに決めていた。ピアは白いウェディングドレスを着るつもりはなかった。年齢のこともあるし、再婚だったので、馬鹿馬鹿しいと思った。だから家族や友人を招いて、昼からバーベキューをし、大いに飲んで笑うことにした。クリストフの娘たちも駆けつけてきた。リリーとその両親もオーストラリアから来た。大晦日（おおみそか）に夫婦の危機を迎えたヘニングとミリアムも仲直りして出席した。それにたくさんの友人や、ピアとクリストフそれぞれの仕事の関係者も来てくれた。さんざんな目にあったクリスマス以降、連絡を取っていなかったピアの両親もいる。クリストフははじめてピアの両親を訪ねたとき、魅力を全開にして母親にすっかり気に入られていた。

「バーベキューの補給をしないと」そういうと、クリストフはピアにキスをした。「ちょっと離れるけどいいかな?」

「いやだけど、仕方ないわね」ピアはにやっとして、同僚がテーブルを囲んで集まっているところに行った。オリヴァーは娘のゾフィアといっしょに来ていた。ゾフィアは庭のどこかでリリーとはしゃぎまわっているようだ。オリヴァーは、年の初めにインカ・ハンゼンと別れた。

九月にはヘレン・シュタードラー殺害の廉で、ドクター・ウルリヒ・ハウスマンの裁判がはじまる。殺人犯をまたひとり暴きだしたのは科学捜査の成果だ。ヘレン・シュタードラーの爪から採取した皮膚片がハウスマンのものであることを、科学捜査研究所が明らかにしたのだ。事件現場の近くでジーモン・ブルマイスターのポルシェがスピード違反で撮影されたが、写真に写っていたドライバーはハウスマンだった。逮捕の際、彼は二〇一二年九月十六日にヘレン・シュタードラーを走ってくる列車めがけて橋から突き落としたことを自白した。

ディーター・ルードルフはキルステン・シュタードラーとフリッツ・ゲールケの殺害およびすくなくとも三件の業務上過失致死で起訴された。終身刑を言い渡される恐れがある。ドクター・ジーモン・ブルマイスターは障害者となったが、それでも罪は免れないだろう。三件の業務上過失致死で罪を問われることになる。キルステン・シュタードラーから生命維持装置が取り外されるとき黙認したドクター・アルトゥール・ヤニングは殺人幇助罪で起訴された。

マルク・トムゼンはシュタードラーの遺体が発見された日に釈放された。息子の死やキルステン・シュタードラーの件、そしてルードルフとブルマイスターの悪事を暴いたノンフィクションを執筆し、ベストセラーになった。

エーリク・シュタードラーは父親を娘と同じ墓に葬った。

ハルティヒはブルマイスターへの重い傷害罪の疑いで送検されたが、証拠不十分で無罪放免になった。その後、金細工工房を売り払い、いずこへともなく姿を消した。

カロリーネ・アルブレヒトは父親と永遠に縁を切ったという。ピアは、オリヴァーが義母から受けた申し出の話をしたとき、ついでのようにカロリーネのことも教えられた。オリヴァーは義母の遺産についてカロリーネにいろいろ相談に乗ってもらっているらしい。だがピアは、それだけでは終わらないなと思った。

「まさか警察を辞めるつもり？」ピアはそのとき、びっくりしてオリヴァーにたずねた。

「きみがいてほしいというなら別だ」

「それは勘弁願いたいわ」ピアはそういったが、内心では〝今までどおりがいい〟と思った。

「じゃあ、このままつづけるとしよう」オリヴァーはにやっとした。「副業は認められないしな」

車が一台、開け放った門を抜けてきた。

「だれだい？」カイが興味を覚えてたずねた。

「いいお客は、遅く来る」ピアはベンチから腰を上げた。「キムの車ね」

「来ないのかと思った」クリストフはいった。

「あら、だれを連れてきたかと思ったら」車から降りたニコラ・エンゲルを見て、ピアはにやっとした。エンゲルは珍しくジーンズにモカシンをはき、シャツを着ていた。

「おい、署長まで招待したのか？」オリヴァーも驚いて立ちあがった。

「招待状には〝同伴可〟と書いてあったでしょう。忘れた？」ピアはいった。

キムとニコラが彼女のところへやってきた。

「遅くなってごめんなさい、キルヒホ……あ、いや……ザンダー夫人」ニコラ・エンゲルはピアに目配せした。「早く慣れないといけないわね。そしてこちらが幸運を射止めた旦那様？」

「この上ない幸運です」そう言い直して、クリストフは彼女に手を差しだした。「ふたりとも来てくれてうれしいです」

クリストフはパーティのために雇った給仕係を手招きした。

「新しいお客が来たら、まず酒を酌み交わさないと！」クリストフは笑ってピアの肩に腕をまわした。シャンパンが注がれ、みんなで乾杯した。

「ところで」ニコラ・エンゲルがシャンパンに口をつける前にいった。「遅刻したのは他でもないの。フランスから電話連絡があって、検察局に伝えることができたのよ。昨夜、死んだと思っていた人物がパリで逮捕された。ある若い女性に正体を見破られたの。外交官パスポートを所持して、名前も変えていたけど、フランスの警察は彼を逮捕した！」

「それは気になるな」オリヴァーはいった。

「マルクス・マリア・フライよ」そう答えると、ニコラ・エンゲルが屈託なく笑った。ピアははじめてそんなエンゲルを見た。「天網恢々疎（てんもうかいかいそ）にして漏らさずってこと」

「それじゃ乾杯だ。シャンパンが温くなってしまう」オリヴァーがいった。「乾杯！」

「そうだ、いつキスをするんだ？」カイが叫ぶと、みんなが面白がっていいだした。

「花嫁にキス！　花嫁にキス！」

「ちょっと持っていてくれないか？」クリストフはピアからグラスを取ると、自分のとあわせてオリヴァーに預け、それからピアを腕に抱いた。

「愛してる、ザンダー夫人」そうささやくと、クリストフはピアの目をやさしく見つめた。

「わたしも愛してる、ザンダーさん」そういって、ピアは微笑んだ。

タウヌス山地の向こうに真っ赤な太陽が沈んだ。客が喝采し、口笛を吹いた。キスをするのに、これ以上すてきな瞬間があるだろうか。

謝辞

担当編集者マリオン・ヴァスケスに深い感謝の気持ちを捧げたいと思います。彼女はプロットを構想するときそばでいろいろアドバイスし、原稿の最後の推敲もしてくれました。ズザンネ・ヘッカーにも感謝します。筋の発展段階で意見を寄せてくれたおかげで何度も道を違(たが)えずに済みました。

わたしが悩んでいるときに支えになり、アドバイスをくれたり、批評してくれた試し読みの読者にも大きな感謝の言葉を贈りたいと思います。わたしの母カローラ・レーヴェンベルク、姉妹のクラウディア・コーエンとカミラ・アルトファーター、出版エージェントのアンドレア・ヴィルトグルーバー、友人のジモーネ・シュライバー、カトリーン・ルンゲ、ヴァネッサ・ミュラー＝ライト。

犯行現場での一連の流れを教えてくれたラインハルト・シュトゥルム氏と警察の仕事について有益なコメントをくれたアンドレア・ルップ上級警部にも感謝します。

またさまざまなアドバイスやコメントをくれたすべての専門家にも感謝し、同時に作家の自由として物語の都合で状況を修正した点があることを容赦願いたいです。

いつもながらすばらしい仕事をしてくれたウルシュタイン社のスタッフにもお礼をいいた

い！

またわたしの本を愛してくれる読者のみなさんにもありがとういいたい。みなさんが大いに喜んでくれることが、わたしに新しい物語を考えだすようムチ打ってくれるのです。

そして最後に、わたしの人生にとってもっとも大切な人である、パートナーのマティアス・クネスに感謝を捧げます。あらゆる意味で注意深く、自分を捨ててわたしを支え、いつもそばにいて忠告し手助けし、わたしが執筆に集中できる環境を作ってくれます。ありがとう、あなた！

二〇一四年七月

ネレ・ノイハウス

注記

本書は小説である。存命中の人や亡くなった人、あるいは実際にあった出来事と類似していても、それは偶然であり、意図したものではない。

解説

北上次郎

本シリーズの翻訳者、酒寄進一氏によると、著者のネレ・ノイハウスはこの「刑事オリヴァー&ピア・シリーズ」の他に、馬と少女を描く児童文学のシリーズを書いているように、無類の馬好き、だという。

そういえば、この「刑事オリヴァー&ピア・シリーズ」にも馬がたくさん登場する。ピアが暮らす白樺農場(ビルケンホーフ)には厩舎(きゅうしゃ)があり、当然ながらそこには馬がいる。彼女がその馬たちに餌をあげたり、世話をする光景はもはやお馴染みといっていい。第三作『深い疵(きず)』では、二頭の一歳馬が囲いから抜け出し、隣の農場の果樹園に入り込み、リンゴを食べていた。二頭をおいかけて捕まえるまで二時間もかかったから、その世話も大変である。馬房で体を寄せ合うピアとクリストフを、馬たちがキョトンと見ていたのはどの作品だっけ。

オリヴァーの幼なじみで、恋人のインカも馬に関係している。いまはケルクハイム市内で馬専門のクリニックを経営しているのだ。だからオリヴァーも馬好きである。これほど馬好きが多く登場するシリーズも珍しい。もっともピアは馬だけでなく、犬を始め、猫も鳥も飼っているから、動物好きといったほうがいい。

第一作『悪女は自殺しない』や、第三作『深い疵』の冒頭にある地図を見ると、オリヴァーとピアが活躍するホーフハイム（この二人は、ホーフハイム刑事警察署の警部である）は、フランクフルトのすぐ近くだ。だったら、フランクフルト競馬場を舞台にする作品が出てきてもいいと思っていたが（私、競馬小説が好きなのである）、フランクフルト競馬場を廃止してそこにサッカースタジアムを作る話を数年前にネットで見た。その後、この動きがどうなったのかは知らないが、そういう時代の流れには逆らえないのかも。それにこの「刑事オリヴァー&ピア・シリーズ」も、最初の三作には馬を世話するピアの姿がかなりの分量で描かれたが、その後は少なくなっているのは淋しい。特に、馬小屋を掃除する『深い疵』のシーンは印象深かった。

たとえばこうだ。

「馬小屋に溜まった乾燥していない馬糞は鉛のように重く、アンモニア臭に息が詰まる。だが背中が痛くなり、腕の筋肉が引きつっても、ピアはほとんど気にしなかった。考えが行き詰まったときは、きつい肉体労働をするにかぎる。そういう状況に陥ったとき、酒を飲んで忘れようとする同僚が大勢いる。気持ちはよくわかる。ピアは歯を食いしばって馬糞をフォークですくい、馬小屋に横付けした運搬車にどんどん入れていった」

馬と暮らすということはけっして牧歌的なことではなく、こういうことでもあるのだ。「刑事オリヴァー&ピア・シリーズ」の特徴の一つが、この「馬との共存」であるなら、もう一つは「主要登場人物の私生活」だろう。ひらたく言えば、オリヴァーとピアだ。私は最初、このシリーズはダメ男小説だろうと思っていた。そのピークが『白雪姫には死んでもらう』なのだが、シリーズ第四作のこの長編が日本紹介の第二作だったことでそうした印象を強く受けていた。つまりごく初期に、オリヴァーのダメ男ぶりを読んでしまったので、その先入観が長くつきまとった。『白雪姫には死んでもらう』で、オリヴァーは妻コージマの密会現場を目撃するのだ。その前から、妻の携帯を盗み見たりするなど、ダメ男ぶりを発揮していたのだが、密会現場に遭遇した途端、心が折れてしまう。十五年間も禁煙していたのに「もうなにもかもいやになった」と突然煙草を吸い始めるし、家を出て、実家に戻ってしまうから、ショックが大きかったのだろう。さらに、若いときに付き合ったものの、自分の都合で捨てたニコラ・エンゲル（ホーフハイム刑事警察署の署長。つまり、オリヴァーの上司だ）に、突発的に「きみが欲しい」と迫り、あげくのはてに寝てしまうから、いくらなんでも感情的すぎる。

しかし、その後もコージマに振り回され続ける姿はダメであっても、この『白雪姫には死んでもらう』ほどひどくないので、徐々にダメ男感は薄れていく。では、ダメ男小説でないならば、なんなのだということを考えたときに、ぴかっとひらめいた。これは「悪女」をテーマにしたシリーズだと。それがいちばん顕著なのが『悪女は自殺しない』。殺された女性はとにかく評判の悪い悪女で、妹さんが死んで悲しいですかと質問された兄が「悲しいのは、妹が人生を恥ずかしげもなく浪費したことです」と証言していることに留意。つまり、そういう悪女を中心に置くと、殺人の動機を持つ人間が多くなるので物語が錯綜（さくそう）してくる。悪女の効用だ。しかしすべての作品に悪女がいるのかと言われると、そうとも言えなくなるので、この線も断念。

いまでは、「ダメ男の素質を持った中年男が、時に悪女の絡む事件に立ち向かう」ミステリーだと思って読むことにしている。

オリヴァーの相棒ピアの私生活について書くのを忘れていた。ピアの家族について書かれたのは今回が初めてではなかったか。彼女が若いときにバカンス先のフランスで知り合った男につきまとわれ、最後には自宅で襲われた——ことはすでに書かれていたが、そのとき家族がどういう反応を示したのかは書かれていなかった。両親は愕然として沈黙した、と本書にある。

さらにこうある。「兄のラースはどうしようもないほど頭でっかちな人間で、いいなりになって財テクをしていたら大変なことになるところだった。ピアはその代わりに一九九〇年代に新興株に数千ユーロ投資した。ヘニングと別居したあと、その儲けで白樺農場を買うことができた。株のプロを自任するラースはすっかりへそを曲げて、それっきりまともに口を利かない。一方、妹のキムとは今でもたまに連絡を取っていた。妹はハンブルクで刑務所付き司法精神医として働いている。フライターク家ではピアの職業と同じように忌み嫌われていた」

ピアの家族の話がこれまで出てこなかったのには理由があったということだ。そのキムが本書に登場する。しかも、州刑事局事件分析官（つまりプロファイラーだ）アンドレアス・ネフの嘘を暴くから痛快だ。

このネフ、本シリーズでは前作『悪しき狼』のフランク・ベーンケに次ぐ厭味な男だが（フランク・ベーンケはたぶん本シリーズ中の厭味な男グランプリを開催したら永遠の一位だろう）、二作続けて厭味な男が登場すると今後の展開が心配になってくる。こういう男が毎回登場するのかと。こんな人物を出さなくてもたっぷりと読ませてくれるのだから出来ればナシにしていただきたい。

紹介が遅くなったが、年配の女性が犬の散歩中に何者かに射殺されるのが本書の冒頭だ。それをスナイパーの側から描く。次のように。「視界をせばめ、標的に狙いをつける。そっと引き金を引く。勝手知った衝撃が鎖骨に響く。一瞬遅れてレミントン・コアロクト弾が女の頭部を吹き飛ばした。女は声もださずにばたりと倒れた。命中」

翌日には、小さな森に建つ家のキッチンにいた女性が、窓の外から頭部を狙撃される。次に、若い男が心臓を撃たれて殺害される。同じ犯人と思われるが、三人に共通する事柄は見えてこない。こうして、オリヴァーとピアの活躍が今回もまた始まっていく。本書は「刑事オリヴァー&ピア・シリーズ」の第七作なので、これまでの作品を読んでない方は、途中から読んでもわからないだろうと思われるかもしれない。なあに気にすることはない。なにしろ最初に翻訳されたのが第三作で、次に第四作、その次に第一作という順序で我が国に紹介されたシリーズなのである。それでも十分に面白かったのだから、この第七作から読み始めても大丈夫。これが面白ければ、遡(さかのぼ)ればいい。物語の衝撃、ということなら第三作『深い疵』と、第六作『悪しき狼』が群を抜いていると思うが、それは私の判断であり、読者によって異なるだろう。自分に合った作品を見つけるのもこういうシリーズを読む愉しみなのである。

検印
廃止

訳者紹介　ドイツ文学翻訳家。主な訳書にイーザウ〈ネシャン・サーガ〉シリーズ、フォン・シーラッハ「犯罪」「罪悪」「刑罰」、ノイハウス「深い疵(きず)」「白雪姫には死んでもらう」「穢(けが)れた風」「悪しき狼」、グルーバー「夏を殺す少女」「刺青の殺人者」他多数。

生者と死者に告ぐ

2019年10月31日　初版

著　者　ネレ・ノイハウス

訳　者　酒(さか)寄(より)進(しん)一(いち)

発行所　（株）東京創元社
代表者　渋谷健太郎

162-0814/東京都新宿区新小川町1-5
電　話　03・3268・8231-営業部
03・3268・8204-編集部
URL　http://www.tsogen.co.jp
旭印刷・本間製本

乱丁・落丁本は、ご面倒ですが小社までご送付ください。送料小社負担にてお取替えいたします。

ISBN978-4-488-27611-9　C0197